동아시아의 일본어 문학과 문화의 번역, 번역의 문화

▸ 본서는 2017년도 일본국제교류기금의 보조금에 의한 출판물이다.
  (本書は2017年度日本國際交流基金の補助金による出版物である。)

일본학총서 34
식민지 일본어 문학·문화시리즈 73

동아시아의 일본어 문학과

문화의 번역, 번역의 문화

跨境 日本語文學·文化 研究會
김효순 편저

역락

머리말

　본서는 고려대학교 글로벌일본연구원 <과경 식민지 일본어 문학·문화 연구회>와 <동아시아와 동시대 일본어 문학 포럼>이 공동으로 간행하는 일본어 문학 전문국제학술지『과경 / 일본어 문학 연구(跨境/日本語文學研究)』를 바탕으로 연속 기획의 형태로 간행하는 세 번째 연구서이다.

　고려대학교 <과경 식민지 일본어 문학문화 연구회>는 인문한국지원사업(2007년 선정)의 지원 하에 2008년 3월부터 <식민지 일본어 문학·문화 연구>라는 아젠다를 설정하여, 한반도를 중심으로 동아시아 일본어 문학·문화 연구의 형성과 전개과정을 연구함으로써 2000년대 이후 변화된 한국 내 일본문학 연구의 흐름을 주도해 왔다. <동아시아와 동시대 일본어 문학 포럼>은 동아시아라는 시좌를 갖는 한국, 중국, 타이완, 일본의 일본연구자들이 모여 각국의 일본 근대문학 체험의 특수성 및 역사성을 서로 비교하며 연구의 지평을 넓히고, 일본 근대문학을 동아시아 관점에서 재구축하고자 하는 의도로 기획되었다. 그리고 이러한 포럼의 문제의식을 구체적으로 실천하기 2014년 6월『과경 / 일본어 문학 연구(跨境 / 日本語文學研究)』를 창간함으로써, 근대가 만들어 온 다양한 영역의 특수성을 인정하면서도 그것을 극복하기 위한 대화 공간을 설정하는 것을 지향하는 연구를 수행해 왔다.

　이상과 같은 문제의식에서 출발한 <동아시아와 동시대 일본어 문학 포럼>은 2017년 10월 제5회 대회를 개최하였으며,『과경 / 일본어 문학 연구』는 현재 제4호(2017년 6월)까지 간행되었다. 올해부터는 국제전문학술지 등재를 목표로 6월, 12월 연2회 간행을 하기로 하고 현재 제6호 간행을 준비하고 있는 상황이다. 또한『과경 / 일본어 문학 연구』의 기획 논문은 한국 내 관련 연구자들과 연구성과를 공유하기 위해 한국어로 번역하여 단행본으로 간행하고 있으며, 현재 정병호 편저『동아시아의 일본어 잡지 유통과 식민지문학』(도서출판 역락, 2014년 10월), 유재진 편저『동아시아의 대중화사회와 일본어 문학』(도서출판 역락, 2016년 6월)이 기간행되었다. 본서는 이와 같은 기획의 일환으로 제3회 <동아시아와 동시대 일본어 문학 포럼>(타이완 푸런대학(輔仁大學), 2015년 11월 20~21일)을 바탕으로 간행된『과경 일본어 문학 연구』제3호(2016년 6월)의 특별기획논문을 중심으로 관련 연구 성과를 수합한 것이다.

　　제3회 <동아시아와 동시대 일본어 문학 포럼>의 주제는 「문화번역/번역문화(文化翻譯 / 翻譯文化)」였고, 본서는 이와 같은 포럼의 주제에 맞추어 동아시아의 문화번역과 번역문화의 특수성과 보편성을 일본어 문학을 중심으로 살펴볼 수 있도록 기획하였다. '번역'이라는 말은 한 언어에서 다른 언어로 번역을 한다는 의미와 한 문화를 다른 공동체가 수용하는 과정을 의미하기도 한다. 번역의 개념을 넓은 의미로 파악한다면 다양한 문화 현상의 수용과 변용의 과정을 번역을 통해 파악할 수 있을 것이다. 동아시아의 근대화는 아시아 각국이 일본이라는 중개자를 통해 서구의 사상, 문화를 자국의 공동체 안으로 번역하여 받아들이는 과정이었다. 또한 최근의 서브컬처 붐 역시 작품 그 자체의 번역만이 아니라 그 주변의 가치관이나 행동을 동반하는 광의의 번역이 되고 있다. 글로벌라이제이션이 진행되고 있는 오늘날 번역을 통한 문화의 수용과 변용의 과정을 파악하는 것은 그 어느 때보다 유의미한 연구가 될 것이다. 본서에서는 이와 같은 문제의식 하에 「문화번역/번역문화」라는 테마로 문화의 월경, 이동, 변용의 제 양상을 번역에 내재하는 언어, 국가, 민족, 공동체, 권력과 같은 시스템의 틀 안에서 살펴보고자 하였다. 이와 같은 문제를 본서에서는 제1부 <텍스트의 이동과 문화번역>, 제2부 <번역의 장에서 교류하는 언어, 길항하는 언어>, 제3부 <문화권력과 번역의 정치성>로 나누어 살펴보았다.

제1부<텍스트의 이동과 문화번역>에서는 여행, 이민 등 인적, 물적 이동 과정에서 발생하는 이문화 체험과 문화변용의 양상을 문화번역의 개념으로 조망하고자 하였다. 오카 에리나(岡英里奈)의 「'순례 여행'의 폴리틱스—시마자키 도손(島崎藤村)의 남미 방문과 그 이야기—」는 1936년 9월 시마자키 도손(島崎藤村)의 남미 방문을 일본 측과 이민자 측 혹은 호스트 국가 측으로부터 다양한 이해관계와 사고가 교차하는 가운데 공적 임무로서 파악하고, 거기에서 발생하는 힘의 작용이 도손에게 어떠한 이민상과 이민에 대한 발언을 형성시켰는지를 고찰한 연구이다. 천훙슈(陳宏淑)의 「쥘 베른에서 바오티엔샤오(包天笑)까지-『철세계(鐵世界)』의 중역사」는 청조 말기부터 민국 초기에 걸쳐 활동한 번역가 바오티엔샤오(包天笑)가 번역한 과학소설 쥘 베른의 『철세계(鐵世界)』를 원본과 일본어판과 비교 검토하여 그 특징을 파악하고 이것이 중국, 일본, 한국 과학소설 수용에 어떤 의의를 지니는지 규명한 연구이다. 고노 다쓰야(河野龍也)의 「언어체험으로서의 여행-사토 하루오(佐藤春夫)의 타이완물(臺灣物)에 있어서의 월경」은 『남방기행』과 「여계선기담」을 중심으로 작가 사토 하루오가 타이완·푸젠 여행 중 겪은 체험에서 이문화 이해의 가능성을 발견하고, 식민지 사회구조를 '언어'라는 면에서 고찰한 흔적을 밝히고 있다. 최성희의 「번역을 통한 새로운 여성상의 이식과 창조:『정부원』의 여주인공 연구」는 번역을 번역자의 문화적인 조건과 상황이 개입된 창조적인 '다시쓰기'로 파악하여, 영국 원작 『Diavola』의 한국어 번역 이상협의 『정부원』을 그것의 원작과 일본어 번역 구로이와 루이코의 『버려진 쪽배(捨小舟)』와 비교 검토하여, 『정부원』의 여주인공이 식민적 조선의 문화적, 정치적 콘텍스트에 의해 변용되

는 양상을 밝히고 있다. 오바 겐지(大場健司)의 「월경하는 『모래 여자』—아베 고보(安部公房), 폴 보울즈, T·S·엘리엇—」은 아베 고보의 『모래 여자』를 보울즈나 엘리엇 작품의 일본어 번역 혹은 문화 번역으로 파악하고, 그것이 일본문학/해외문학이라는 이항대립의 '경계를 넘어서고' 있음을 논하고 있다.

제2부 <번역의 장에서 교류하는 언어, 길항하는 언어>에서는 번역의 장에서 일어나는 복수의 언어의 대립과 갈등, 교류양상을 정치적, 문화적 콘텍스트 안에서 조망하고자 하였다. 후지타 유지(藤田祐史)는 「리비 히데오 『산산이 부서져』론—복수성·번역·하이쿠(俳句)」에서 '일본어를 모어로 하지 않은 서양 출신자의 일본문학'으로 화제를 모은 리비 히데오의 『산산이 부서져』의 주인공 에드워드의 복수성에의 지향을 분석하여, 그가 수많은 소리, 목소리, 문자를 몇 개의 시공과 결합시키고, 그러한 소리의 복수성은 환영에의 복수성으로 이어져 번역가 에드워드를 지탱하고 있음을 밝히고 있다. 린타오(林濤)는 「중국에서의 니이미 난키치(新美南吉) 아동문학의 번역과 수용– 소학교 국어 교과서에 관한 고찰을 중심으로」에서 니이미 난키치의 「작년의 나무」가 중국에서 크게 환영받으며 수용된 원인을 분석하는 가운데 중일문화교류 활동이 배경으로 작용하고 있음을 지적하고 있다. 이즈미 쓰카사(和泉司)의 「규에이칸의 「서유기」를 읽는다— 일본의 「서유기」 번역과 규에이칸 번역판의 의미」는 현대 일본의 「서유기」 번역 수용의 문제를 중일 국교 정상화를 배경으로 하는 문화교류의 흐름에서 파악하고 최초의 완역인 타이완 출신 나오키상(直木賞) 작가 규에이칸의 「서유기」 번역의 의미를 정치적, 문화적으로 분석한 논문이다. 나카네 다카유키(中根隆行)의 「이토큐시(李桃丘子)의 하이쿠(俳句)— 한국인 하이진(俳人)과 그 문학적 아이덴티티 —」는 이토큐시(李桃丘子)라는 한국 하이진을 중심으로, 식민지기 조선 하이쿠의 문제를 하이쿠의 세계화라는 콘텍스트와

관련지어, 일본의 전통시가인 하이쿠의 특수성이 동아시아 한자문화권에 콜라주로 수용되어 한국인 하이진이라는 문학적 아이덴티티가 만들어지는 양상을 한 사람 안에 다른 언어와 문예가 병존하는 극히 자연스러운 현상으로 분석하고 있다. 산 위안차오(單援朝)의 「'만주문학(滿州文學)'에 있어서 오우치 다카오(大內隆雄)의 번역활동—「만계(滿系) 작가」의 이해자, 대변자로서—」는 '만주국' 재주의 '일계(日系) 문화인' 중에서 동시대의 '만계 작가'의 작품을 가장 많이 번역하고 소개한 오우치 다카오의 번역활동을 문학창작의 장에서 중국어와 일본어가 서로 대립하는 상황 속에서 '일계 문학'과 '만계 문학' 사이의 가교역할로 파악하면서도 동시에 그가 문학표현의 장에서 중국어와 일본어가 서로 대립하는 상황을 해소하지는 못했다는 한계를 지적하고 있다.

제3부 <문화권력과 번역의 정치성>에서는 언어와 언어, 문화와 문화 사이를 중개하는 번역의 과정에 내재하는 위계질서에 따른 권력관계와 정치성을 분석하고자 하였다. 도미타 아키라(富田哲)의 「전(前) 타이완어 통역자 이치나리 오토시게(市成乙重)와 아시아・태평양전쟁기의 '푸젠어(福建語)'」는 일본통치기에 타이완에서 타이완어 통역자이자 교육자, 저술가로 이름을 떨친 이치나리 오토시게(市成乙重)의 『푸젠어 입문』을 중심으로 제국 내에서 타이완인의 이동을 포함해 논해지는 '남방공영권'이 실은 그 공간에 사는 사람들이나 사회에 대한 대등한 지적 호기심이 결여된 것이었음을 밝히고 있다. 정병호의 「1910년 전후 한반도 <일본어 문학>과 조선 문예물의 번역」은 식민지 시기 간행된 『조선』의 <문예>란, 『암흑의 조선』 속의 문예 번역물, 『조선 이야기집』, 『조선문화사론』 중의 '제8편'을 대상으로 1910년 전후 조선 문예물의 번역 행위에는 투명한 언어적 전달 외에 식민지적 권력이 정치학적으로 개입되고 있다는 사실을 분석하고 이를 식민지 번역문학의 특징으로 지적하고 있다. 김효순의 「3.1운동과 호소이 하

지메(細井肇) 감수 「홍길동전」 번역 연구—홍길동 표상과 류큐정벌 에피소드를 중심으로—」는 호소이 하지메 편 《통속조선문고》의 일본어 번역 「홍길동전」의 번역의 주체, 목적, 번역의 방법, 등장인물의 성격, 서사 구조 등을 분석하여, 「홍길동전」이라는 번역대상의 선택, 해설, 서사 구조의 변용에 노골적인 정치적 의도가 개입되었음을 분석하고 이를 1920년대에 일어난 조선문학, 문화 붐의 실상과 허상의 한 측면으로 파악하고 있다. 엄인경의 「1920년대 조선 민요 채록과 일본어 번역—한반도의 단카(短歌) 결사 진인사(眞人社)의 활동」은, 1920년대 재조일본인 가인(歌人)들의 단카 잡지 『진인(眞人)』의 <조선의 자연> 특집호를 중심으로 조선 전통시가의 수집과 일본어 번역 양상을 살펴봄으로써 이들 특집호의 기획이 조선의 로컬컬러를 문학적으로 체득하기 위한 노력의 일환이었고 조선 특유의 자연과 풍경의 번역이라는 감각의 전도를 초래하였음을 밝히고 있다. 요코지 게이코(横路啓子)의 「번역/권력-타이완에서의 『타이완론(台湾論)』 소동을 둘러싸고」는 고바야시 요시노리(小林よしのり)의 만화 『신 고마니즘 Special 타이완론(新ゴーマニズムSpecial台湾論)』을 둘러싼 논쟁을 타이완과 일본이라는 두 공간에서 번역을 중개로 발생한 현상으로 파악하고 타이완에서의 논쟁을 중심으로 타이완의 어떠한 문맥 안에서 어떠한 권력 행사가 발생했는지를 고찰함으로써, 다양한 형태의 번역 활동에 언어가 가지는 권력성이 부각되고 있음을 강조하고 있다.

이상 3부 구성으로 동아시아의 문화번역과 번역문화의 특수성과 보편성을 일본어 문학을 중심으로 검토한 연구성과를 집대성한 본서의 기획의도는, 비슷한 시기 일본이라는 중개자를 통해 서구의 사상, 문화를 자국의 공동체 안으로 번역하여 수용한 아시아 각국의 문학, 문화 현상을 일국의 시각을 벗어나 동아시아 시각에서 조망하여 새롭게 바라보고자 하는 시야를 확보하는 데 있다 할 수 있다. 이러한 시야의 확보는 근대 시기 일본의 제국주의, 식민주의의 영향으로 인해 오랜 동안 침묵, 은폐, 왜곡되었던 그러나 엄연히 존재했던 다양한 문화, 문학 현상의 실상을 직시하고 문화 교류의 보편성과 특수성을 파악함으로써 생산적, 미래지향적 문화 창조와 교류의 전망을 가능하게 할 것이라 생각한다.

　　마지막으로 본서의 간행 취지에 뜻을 같이 하여 옥고를 보내준 집필자 분들과 번역자들에게 감사드리며, 아낌없이 출판 간행을 지원해 준 일본 국제교류기금에 감사의 뜻을 전한다. 아울러 원고 수합과 번역, 교정, 연락 등 번거로운 작업에 애써 준 김보현 선생님께 감사드린다. 끝으로 연속해서 본서의 편집과 출판을 맡아 주신 도서출판 역락 관계자분들, 박태훈 이사님, 박윤정님께도 진심으로 감사드리는 바이다.

2018년 1월

과경 일본어 문학 · 문화연구회

김효순

차 례

제1부 텍스트의 이동과 문화번역

제2부 번역의 장에서 교류하는 언어, 길항하는 언어

제3부 문화권력과 번역의 정치성

제1부
텍스트의 이동과
문화번역

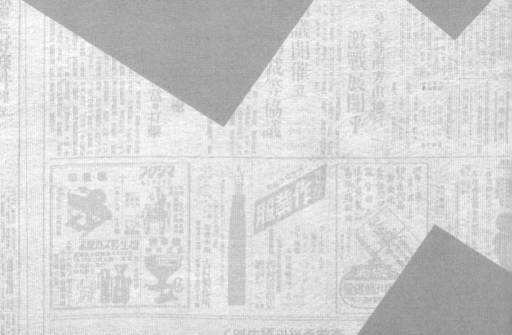

제1장

번역 '순례 여행'의 폴리틱스

―시마자키 도손(島崎藤村)의 남미 방문과 그 이야기―

오카 에리나(岡英里奈)

1. 문제의 소재

1936년 7월, 시마자키 도손은 같은 해 9월에 아르헨티나의 부에노스아이레스에서 개최되는 제14회 국제펜클럽대회에 참석하기 위해 부인 시즈코(靜子)와 아리시마 이쿠마(有島生馬), 그리고 약 850명에 달하는 남미 이주자들과 함께 고베(神戸)를 출발했다. 싱가폴, 콜롬보, 케이프타운을 거쳐 개최지인 부에노스아이레스와 브라질의 상파울루에 약 1개월간 체재하고, 펜클럽대회에 출석하는 짬을 이용해서 영사관 관계자와 현지 일본인 이민자와 교류한 후 북미, 파리, 상하이를 방문하고 다음 해 1월에 귀국했다.

반년간에 달하는 장기여행을 앞두었을 때의 모습을 이후에 도손은 다음과 같이 술회하고 있다.

잠시 일본을 떠난다는 것으로 여러 가지 일이 마음에 걸리기는 했지만, 나는 20년 만에 보는 바다로 가슴이 벅찼다. (중략) 원래 이번 남미

<u>여행은 여러 방면으로부터 의뢰를 받아 그 사명을 달성해야만 하고, 무</u>
<u>사히 귀국하여 이에 대한 보고도 마쳐야만 했다.</u> 그렇다고 억지로 하겠
다는 의식을 갖지 않고 많은 여행객과 마찬가지로 될 수 있는 대로 가
볍게 떠오르는 것을 기대하며 이 나라를 떠났다. 나도 이 나이가 되어
하는 여행이니만큼 부인 동반의 세계 순례 여행이라도 하는 것 같은 느
낌이 깊게 들었다.[1] (밑줄: 인용자)

'순례 여행'이라고 스스로 부여한 이름에 어울리게 도손은 가는 곳곳에
서 후타바테이 시메이(二葉亭四迷)나 오카쿠라 덴신(岡倉天心)과 같은 근대문
학사의 선배들에서 시작하여, 시대와 사회의 힘에 의해 먼 이국땅으로 밀
려난 이름 없는 사람들이 남겨놓은 흔적—거기에는 필리핀을 방문한 '가
라유키상'의의 묘도 포함되었다(pp.132~133)—까지 생각하면서, 이동의 시
대가 가져온 것의 거대함에 직면하게 되었다. 근대시기의 이동과 교통의
문제는 『동트기 전(夜明け前)』(1929~1935)부터 만년의 『동방의 문(東方の門)』
(1943)까지 관통하는 도손의 라이프워크의 하나였다.

이렇게 작가 자신이 여행을 묘사했기 때문에, 지금까지 선행연구에서도
도손의 남미행과 그 기행문인 『순례(巡礼)』(岩波書店, 1940)는 '문명비평가' 도
손에 의한 사상적 영위의 일환으로서 오랫동안 읽혀왔다. 그러나 앞서 인
용한 문장의 밑줄 친 부분에서 알 수 있듯이, 이 '순례 여행'은 결코 작가
의 개인적인 영위에 그치는 것이 아니라 적어도 남미행에 한해서는 여러
'의뢰'에 대한 집행자로서의 공적인 성격을 갖는 것이었다. 그러나 이제까
지의 연구에서는 작가가 처한 이러한 입장의 문제는 제쳐두고 시종 작가
개인의 사상적 영위에 관한 문제로서 이 남미행을 파악해 왔다.[2]

---

1) 시마자키 도손 『순례』 pp.123-124. 이하 『순례』의 인용은 모두 『도손 전집(藤村全集)』 제14
　권 (筑摩書房, 1967)에 의한다. 본문에서는 페이지만을 명기한다.
2) 겐모치 다케히코(劍持武彦), 「문명비평가, 시마자키 도손(文明批評家·島崎藤村)」(『시마자키
　도손—문명비평과 시와 소설(島崎藤村—文明批評と詩と小説と)』, 双文社出版, 1996), 호소가와
　마사요시(細川正義) 「시마자키 도손 『동방의 문』에 있어서 동과 서(島崎藤村 『東方の門』に

이에 대해 메노 유키(目野由希)의 일련의 연구와 이나가 시게미(稻賀繁美)의 도손의 셋슈관(雪舟觀)관에 관한 연구에서는 도손의 남미행을 외무성에 의한 문화정책의 일환으로 다시 파악할 필요성을 지적하고 있다.[3] 그러나 본고에서 다루고자 하는 도손의 남미에서의 펜대회 이외의 활동—특히 현지 일본인 이민자와의 교류의 문제에서는, 위와 같은 도손의 남미방문의 공적 성격이나 정치성에 주목하는 논자들도 그것을 한 작가가 갖는 문학적 흥미나 관심의 문제로 회수해 버리는 경향이 강해서, 이민자들을 관찰하고 그들과 교류하는 도손을 둘러싼 정치적인 문맥을 쉽게 놓쳐 버리고 있다.

예를 들어, 이나가는 도손이 담당한 공적 역할에 주목하면서도 최종적으로는 "일본 이민자들의 의지할 곳 없는 처지에 가까이 다가가서 문학이나 예술에 기대어 격려와 위로의 뜻을 전달하는 것"이 도손 안에서 "공적 임무보다 더 중요한, 문학자로서의 진지한 책무로 성장했다"고 결론짓고 있다.[4] 그러나 지금부터 논하겠지만, 남미에서의 도손 주위에는 펜대회의

おける東と西)」(『島崎藤村文芸研究』, 双文社出版, 2013) 참조. 단, 최근에는 김정혜 「순례의 내셔널리즘적인 해석의 가능성(巡礼のナショナリズム的解釈の可能性)」(『島崎藤村研究』31, 2003)과 마이켈 보다슈(Michael Bourdaghs), 『『동트기 전』:시마자키 도손과 일본적 내셔널리즘(The Dawn That Never Comes : Shimazaki Tōson and Japanese Nationalism)』(Columbia University Press, 2003) 등, 도손의 국가주의와 일본주의적인 경향을 비판적으로 보는 입장이 어느 정도 우세하다. 그러나 이들 주장도 역시 남미행을 둘러싼 공적인 측면을 고려하지 않고 있다는 점에서 불충분하다고 생각한다.

3) 目野由希, 「『東方の門』執筆前の藤村」(『島崎藤村研究』35, 2007), 「南米の島崎藤村—国策的国際文化交流の再考」(『文学研究論集』 26, 2007), 稻賀繁美 「ブエノス・アイレスの雪舟—島崎藤村の国際ペン・クラブ參加」(『絵畫の臨界—近代東アジア美術史の桎梏と命運』, 名古屋大学出版会, 2014).

4) 이외에, 사노 마사토(佐野正人) 「문학적 국제주의와 디아스포라의 운명—쇼와 10년대, 도손, 동아시아문학(文学的国際主義とディアスポラの運命—昭和一〇年代、藤村、東アジア文学)」(文学・思想懇話会編 『近代の夢と知性—文学·思想の昭和一〇年前後』, 翰林書房, 2000)은 '황기(皇紀) 2600년'에 맞춘 펜대회의 도쿄 유치를 위한 펜 사절(使節)의 '국가적 미디어'로서의 측면을 다루면서도, 그러한 공적 성격과는 거리를 두고 있는 여행에 대한 도손의 '근대 일본인이 걸어간 여행의 흔적'의 확인이라는 내적인 모티브의 존재를 강조한다. 그리고 그 일환으로서 도손에서 있어서의 이민의 발견을 파악하고 있다.

활동 외에도 외무성을 중심으로 하는 일본 정부나 현지 영사관과 매스미디어, 호스트국 정부, 이민자들이라는 각 방면으로부터의 생각과 기대가 착종하고 있었고, 여러 가지 이해관계나 입장이 교차하는 장이 형성되어 있었다. 그리고 거기에는 그가 무엇을 보고, 무엇을 생각하고, 무엇을 말하는가에 커다란 영향을 부여하는 힘이 교착하고 있었고, 또 그가 한 말이 입장의 차이에 의해 어떻게도 해석될 가능성이 있었다.

또한, 도손과 이민자들과의 만남이 문학의 문제로서 읽히기 쉽다는 것은 『순례』라는 텍스트 자체가 그러한 읽기를 유발하고 있기 때문이라고도 할 수 있다. 따라서 도손이 남미의 이민자들에 대해 어떻게 말하고, 또 그들을 관찰하는 자신을 어떻게 말했는지에 관한 텍스트 읽기 그 자체가 무엇보다 중요하다. 그러나 앞서 언급한 남미방문의 정치성에 착목하는 선행연구는 텍스트 외부에 있는 역사적인 사실의 해명이 우선되고 있기 때문에 이러한 정치성에 입각한 『순례』의 독해에는 힘을 쏟지 않았다. 필자의 소견으로, 전게한 메노의 「남미의 시마자키 도손(南米の島崎藤村)」은 이민에 대한 도손의 정치적인 역할과 그 한계를 논한 유일한 연구이지만, 이 점에서는 문제가 남는다.

따라서 본고에서는 남미 이민에 대면한 도손을 둘러싸고 있었던 정치적 문맥과 거기에서 그에게 기대되었던 역할을 명확히 하면서, 국제문제나 이민문제라는 커다란 틀 속에서 공적인 역할을 부여받은 작가가 그러한 정치의 장을 어떻게 문학의 언어로 소화/승화시켰는지 고찰하고자 한다.

2. 남미방문의 공적 역할과 장(場)의 편성

남미에서 도손을 중심으로 하는 공간은 어떠한 담론과 정치적 입장에 의해 편성되었을까. 우선 도손의 남미행의 배경을 밝히는 것부터 생각해 보자.

『일본펜클럽 30년사(日本ペンクラブ三十年史)』(日本ペン·クラブ, 1976)에는 도손이 초대회장에 취임한 일본 펜클럽의 창립과정에 야나기사와 다케시(柳澤健)를 중심으로 한 외무성 문화사업부의 역할이 있었음이 지적되고 있다. 도손의 발족 취지에는 "소소한 민간의 일"[5]이라고 표현한 펜클럽과 외무성, 또 그 출장기관인 국제문화진흥회와의 관계가 명확하게 제시되어 있다. 시바사키 아쓰시(芝崎厚士)에 따르면 1933년 국제연맹 탈퇴 후 외무성 관료들은 문화교류를 주축으로 하는 새로운 '국제협조주의'를 모색하였고, 국제문화진흥회는 그 대응의 하나로서 1934년에 창설된 조직이었다. 그러나 여기에서 '국제협조주의'란, 일본 문화에 대한 구미 여러 나라로부터의 '오해'를 풀고 진정한 이해를 얻기 위한 것으로, 일본의 국제적인 지위를 개선하는 것을 최우선으로 하였으며 국가주의에 대립하는 개념은 아니었다. 또한, 이러한 외무성 관료적인 '국제협조주의'에서는 '국민외교'라는 개념이 중요한 키워드의 하나였지만, 여기에서의 '국민외교' 개념 또한 친선 그 자체는 이차적인 목적이고, 관민 일체가 되어 국익을 위해 연대하여 노력하는 것을 주안으로 하는 것이었다.

흥미로운 것은 이 '국민외교'라는 말이 도손 일행의 방문에 대해 기대를 표하는 브라질의 일본어 신문 기사에도 등장하고 있다는 점이다.[6] 즉 도손의 방문은 이민자 측에게도 브라질 국내에 있는 일본인 이민자의 입장을 향상시킨다는 이점을 가진 것으로 생각되었다.

게다가 도손이 귀국한 후 1937년에 외무성에서 한 강연 기록인 『남미이민견문록(南米移民見聞錄)』의 모두에는 도손에 대한 외무성으로부터의 위촉—「재류방인사회(在留邦人社會)의 실정시찰, 특히 동포의 정조 함양과 사상

---

5) 島崎藤村,「日本ペン俱樂部の設立に就いて」(日本ペン俱樂部『会報』1936.3). 인용은 『도손전집(藤村全集)』제13권(筑摩書房, 1967), p.357에 의한다.

6)「ペン使節を迎ふるの悦び」(『伯剌西爾時報』, 1936.9.23.).

의 계발 등에 관한 연구」[7]—의 존재가 기록되어 있다. 즉 도손의 남미행에는 외국 여러 나라에 대한 외교와 선전 활동뿐 아니라, 현지이민에 대한 조사와 교화 활동이라는 의미도 있었다. 이 점은 또한 "잠시 들르신 두 분과 친밀하게 대면할 기회를 갖지 못한 우리는 두 분이 최소한 대다수 재류민의 이러한 처지를 살펴서 그 심정을 추찰해 주시기 바란다."[8]라는 『니치하쿠신문(日伯新聞)』의 기사에도 드러나고 있듯이, 도손의 방문을 통해 일본 국내에서의 이민에 대한 이해를 깊게 했다는 현지 측의 생각과도 일치하는 것이었다. 남미행 때에 도손이 받은 "여러 방면으로부터의 의뢰"라는 것은 아마 이러한 것이었다고 할 수 있다.

그렇다면 도손 일행이 방문한 1936년은 남미 이민 사회에서 어떠한 의미를 가진 시기였을까. 1930년대에 브라질 일계 이민 사회에서는 1933, 34년을 정점으로 국책에 의한 이민 수의 증가와 일본인 식민지(콜로니얼)의 증가, 그리고 여기에 수반되는 일본어 소학교의 건설과 일본어 신문을 중심으로 한 매스미디어의 발전에 의해 급속하게 '동포'로서의 공동체 의식이 양성되고 있었다. 그러나 이처럼 브라질 국내에서의 일본인의 존재감이 증가하는 가운데 브라질 정부에 의해 배일사상이 고양되었고 동화에 대한 압박도 점차 강화되어 갔다. 이러한 흐름 속에서 브라질 일계이민 사회에서 1936년은 일본과 브라질이 대립하는 내셔널리즘에 대해 조정이 모색되던 시기였다. 브라질 국내의 사조와 어떻게 융합하여 일본식 문화와 언어를 계승해 나갈지가 이 시기 영사관 관계자나 언론계, 교육계의 중요한 쟁점이었던 것이다.[9]

---

7) 「머리말(はしがき)」(『남미이민견문록(南米移民見聞錄)』移民問題研究会, 1937.6)에서 인용.
8) 「펜클럽대표통과(ペンクラブ代表通過)」(『日伯新聞』, 1936.9.22.)에서 인용.
9) 1937년 이후에는 이제까지 온건한 자세를 유지하던 경향을 보이던 일본 이민자 측에서도 구재성일본인학교(旧在聖日本人學校) 부형회의 일본인 문교보급회로의 개조 등, 국수주의적인 교육을 진전시키려는 움직임이 보인다. 또한 이 무렵부터 일본어 신문에 일본국내 신문사 기사가 전재(転載)되기 시작해서 이민 사회에서의 내셔널리즘은 한층 강화되었다.

한편 아르헨티나는 브라질과는 달리 정부의 개입을 허락하지 않는 자유이민 제도에 기초하고 있었고 또 이민자들은 단신의 청년층이 많았다는 점에서 상당히 빠른 시기부터 호스트 사회와의 동화가 진행되고 있었다. 때문에 일본어의 계승에 대해서는 1920년대 초반 무렵까지는 그다지 의식하지 않았지만, 점차 일본어 상실에 대한 위기의식이 싹트게 되어 1927년 일본어 강습회가 발족된 이후 점차 일본어 소학교가 설립되었다.10) 아르헨티나 이민 사회에서의 1936년은 이러한 일본어 교육과 이에 수반되는 공동체 의식의 형성과 발전기로서 파악할 수 있을 것이다.

이상과 같이 정치적인 입장이 뒤섞이는 가운데 도손의 방문이라는 이벤트는 미디어의 힘에도 크게 지지받고 있었다. 도손 일행과 이민자들과의 직접적인 교류는 아주 제한된 범위에서 이루어졌지만 그 과정과 발언은 일본어 신문의 기사에 의해 연일 보도되어 이민자들에게 알려졌다.11) 앞서 언급한 호스트 사회와의 동화가 진행되고 있는 아르헨티나에서 도손의 내방은 신문의 스페인어 섹션에도 게재되어 크게 보도되었다.12) 또한,

---

이에 대해 브라질 정부 측은 1938년 일본어 교육을 금지시키고 각지 일본어 학교의 폐쇄에 착수한다. 또한 1941년 7월에는 일본어 신문의 발행이 금지된다. 그리고 태평양전쟁 발발 후에는 아르헨티나를 제외한 남미 여러 나라와 일본은 국교가 단절되고 이민자들은 조국의 상황을 알 수 없는 채로 종전을 맞이하게 된다. 브라질일본이민백년사편찬·간행 위원회 편(ブラジル日本移民百年史編纂·刊行委員会 編), 『브라질 일본 이민백년사(ブラジル日本移民百年史)』제3권(風響社, 2010), 마루야마 히로아키 편(丸山浩明編), 『브라질 일본 이민 백년의 기적(ブラジル日本移民百年の奇跡)』(明石書店, 2010) 참조.

10) 이상, 오오시마 요시카즈(大島嘉一), 「남미 아르헨티나(南米アルゼンチン)」(이시카와 도 모키(石川友紀) 감수, 『일계이민자료집<남미 편>(日系移民資料集<南米編>)』제19권(日本図 書センター, 1931), 야마시타 아케미(山下曉美), 「아르헨티나 일본어 교육의 역사(アルゼ ンチン日本語教育の歷史)」(国際学友会日本語学校 『紀要』15, 1991) 참조.

11) 예를 들어 도손이 부에노스아이레스의 문과대학 강당과 상파울루의 이탈리아 클럽에서 강연한 「근대 일본에 있어 문학발달의 경로(近代日本における文学発達の経路)」는 필자 의 소견으로는, 『아르헨티나시보(亞爾然丁時報)』, 1936년 9월 19일 2면, 『브라질시보(伯剌 西爾時報)』, 9월 28일 5면, 30일 6면, 『상파울루신보(聖州新報)』, 9월 26일 3면에 그 강연기 록 전문이 게재되어 있다.

12) 『아르헨티나시보』, 1936년 8월 29일 외 참조.

도손 측에서도 일본어 신문이 전하는 기사에 의해 이민자들의 반응을 살폈던 흔적이 보인다.(『순례』, pp.184~185)

또한, 이민자들의 실정에 대해서도 영사관 관계자는 물론, 신문사 사람들을 통해 도손에게 전달된 것이 많았던 듯하다. 아르헨티나의 신문사에 대해서는 명확하지 않은 점이 많으나, 상파울루에서 도손과 관계를 가진 것은 주로 『브라질시보(伯剌西爾時報)』의 기자들이었다. 후카사와 마사유키(深澤正雪)에 의하면 『브라질시보』는 1919년 8월 31일 브라질 이민 사회의 기관지로서 창간되었는데, 이민자의 불평을 억누르기 위해 봉건 도덕을 설명하는 등 체제에 친화적인 성격을 가진 것이었다.13) 특히 이 시기의 『브라질시보』에는 앞서 언급한, 대립하는 일본과 브라질의 내셔널리즘 조정을 도모하는 백주일종주의(伯主日從主義)의 논조가 눈에 띈다. 이 점은 다음 장에서 고찰하게 될, 도손이 본 남미가 어떠한 정치적 입장에 기초한 것인가라는 과제에 있어서도 간과할 수 없는 문제이다.

한편에서는 외무성을 중심으로 국제사회에서의 이해를 높이고자 하는 일본 정부, 다른 한편에서는 브라질 국내에서의 문화마찰을 피하고 이를 통해 일본인 이민자들의 입장을 향상시키고자 하는 현지 영사관과 매스미디어 관계자를 주로 하면서 남미에서 도손을 둘러싼 장은 편성되었다. 그리고 여기에 덧붙여 잊지 말아야 할 것은 도손이 실제로 만나고 그 목소리를 듣고자 노력한 이민자들의 존재이다. 그들도 또한 도손과 얼마 안 되는 접촉의 기회 속에서 그들 자신의 목소리를 전달하고 싶다는 절실한 생각을 품고 있었다. 앞으로 살펴보겠으나, 이러한 여러 목소리는 도손의 시점이나 발언에도 적지 않은 영향을 주게 되었다.

---

13) 『브라질일본이민 백년사』 제3권(2010) 제2장 참조.

3. '이민'인가 '기민(棄民)'인가

이러한 가운데 도손이 본 남미이민의 모습은 어떠한 것이었을까. 본 절
과 다음 절에서는 『순례』와 『남미이민견문록(南米移民見聞錄)』(이하『견문록』)
의 기술을 살펴보면서, 특히 이민 사회에서의 '기민론(棄民論)'과 이민자 자
녀의 일본어 교육의 문제를 중심으로 고찰하고자 한다. 왜냐하면, 이 두 가
지 테마는 당시 남미이민 사회와 이민론에 있어서 중대 쟁점이고, 도손도
또한 이들 문제에 대해 깊은 관심을 두고 많은 글을 남기고 있기 때문이다.

　　일본민족의 진정한 발전이라는 것이 단지 횡적으로 팽창하기만 하면
　　된다는 그런 것일까. ―오히려 나는 그 점을 깊이 생각하면서 여러 사람
　　의 이야기에 귀를 기울였다. 다마카와 가든(玉川ガアデン)에서 어떤 사
　　람에게서 들었던 '이민인가, 기민인가'라는 말도 마음이 쓰이고 싱가폴
　　일본인 소학교에서 들은 교장의 이야기도 그냥 흘려버릴 수 없었다. 그
　　런 의미에서 나는 나 자신의 눈에 의지하는 것 이외에는 어떠한 판단도
　　내릴 수 없다고 생각해서 이제부터 저 멀리 있는 남미의 많은 동포를
　　방문하는 것도 기대가 되었다. (『순례』, p.136)

남미로 향하는 여행 도중 도손은 가끔 남미이민의 실정에 대해 사람들
에게서 이야기를 들었다. 위의 인용은 싱가폴에 들렀을 때 일본 요리점과
일본인 소학교에서 들은 소문에 대해 쓴 것인데, 남미이민의 실정에 대해
서는 싱가폴에서도 불분명한 점이 많아 '비관론'과 '낙관론'의 두 견해가
섞여 있는 상태였다. 이러한 혼란스런 담론은 『견문록』에도 상세하게 기
록되어 있는데,[14] 결국 아무도 남미에서의 양상을 실제로 보고 있지 않은
이상 어느 쪽으로도 판단하기 어려운 상황이었다.

이러한 남미이민을 둘러싼 비관적 혹은 낙관적인 억측은 배 안에서도

14) 전게 『견문록』 「싱가폴 방인의 남미 이민관(新嘉坡邦人の南米移民觀)」 참조.

반복적으로 도손의 주의를 끌었다. 예를 들어 배 안의 이발소 주인은 남미로 향하는 이민자들 중에 도착 후의 행선지가 드러나지 않는다는 점, 이민 권유서에 쓰인 내용을 전혀 이해하지 못하고 "감나무 밑에서 감 떨어지기만 기다리는 생활을 꿈을 꾸며" 오는 사람이 많다는 점 등 이민정책에 대한 문제점을 도손에게 설명한다. 하지만, 한편으로는 배 안에서의 생활에 불평만 하고 선원에게 화풀이하는 이민자에 대한 불만도 토로하며 "아주 개탄스러운 어조로" "어차피 국가에서는 필요하지 않은 사람들이니까"라고 본심을 드러내고 있다. 한편 이민의 출발을 오랫동안 배웅해 온 선장의 입장에서 본다면 "이민의 상황"이 "최근에는 상당히 개선되어" 현지에서도 "보통으로 일할 수 있는 사람이면 누구라도 적당한 일을 하고 보람을 느낄 수 있는 일을 가질 수 있"는 것 같아, 이전과 비교해서 비관할 상황이 아니라고 한다. 그러나 그러한 입장에 있는 사람들도 국가의 이민정책에 대해 전혀 불만이 없는 것은 아니어서 이민자의 생활개선을 위해서는 보다 큰 자본이 필요했다.(『순례』, pp.166-167)

이들 목소리를 듣는 가운데 도손은 점차 남미행에서 자신의 사명을 느끼게 된다. 그것은 앞서 인용한 "나 자신의 눈"에 의지해서 남미이민의 실정을 파악하는 것이었다. 그러나 현지에 도착한 도손이 보고 들은 것은 불과 1개월 정도의 체재 기간으로는 판단을 내릴 수 없는 다양한 이민자들의 모습이었다.

앞서 언급했듯이 현지에서 도손 측에는 항상 영사관 관계자나 신문기자와 같은 사람들이 동행하고 있었고 그들의 안내에 따라 도손의 견문은 형성되었다. 영사가 소개한 이민자의 대부분은 도손의 눈에는 "믿음직스럽게"(p.180)비쳤다고 할 수 있다. 예컨대 아르헨티나에서의 이토 세이조(伊藤淸藏)(『순례』에서는 I 박사로 되어 있다)는 남미 이민의 개척자적인 존재로 "농업과 목축과 삼림 경영에 관해 폭넓은 지식을 가지고 다년간 침식을 잊은 연구와 경험의 결과" "'아르헨티나 일본인 농목계의 일인자'라고 불릴 정

도의 이력"(p.189)을 가진 사람이었다. 또한 그곳에서 『한 이민자의 땀의 수기(一移民の汗の手記)』(「다른 제목으로 『남미잡록』(別に題して 『南米雑録』)」)이라는 자기 저서를 도손에게 전달한 Y군—야마기시 신사이(山岸晋齊) 또한, 성공자의 한사람이라고 해도 좋을 것이다.(pp.202~205) 게다가 브라질의 캄피나스 농장에서 도손이 만난 사람은 "이미 지긋한 나이였지만, 왠지 상당히 건강하고 거침없어 보이는 풍채와 다년간의 경험을 쌓은 건장한 체구는 관동지방 주변의 경작지에서 일하는 농부를 연상시키는 듯한" "숙달되고 근면한" 농가의 주인이고, 그 주인은 "남미생활의 즐거움을 말하면서 자신은 본국으로 돌아가려고 생각한 적이 없다"고 말할 정도였다.(p.217)

이처럼 도손은 이민자 중에서도 성공한 측에 속하는 사람들과 많이 접촉했는데, 여기에서 영사관 관계자를 비롯하여 이민정책을 진행하는 측이 도손에게 바람직한 이민관을 심으려 했던 의도를 엿볼 수 있다. 그러나 한편, 도손을 앞에 두고 슬쩍 흘린 이민자들의 본심—산토스의 일본인 마을에서 만난 노부인의 "일본에서 본다면, 마치 걸식과 같은 상태입니다."(p.179)라는 표현—과 상파울루에 재주하는 독일 문학연구자로 도손과는 구면이었던 나카지마 기요시(中島清)(『순례』에서는 N군)가 하는 말에는 낙관적이고 안이한 판단을 허락하지 않는 절박한 이민자들의 상황이 있었다. 상파울루에서 리오로 향하는 기차 안에서 도손은 나카지마가 보낸 편지를 보고 "상파울루 시 일본인 사회는 거의 일본 생활의 연장이라고 해도 틀리지 않고, 진정한 일본 이민자의 생활 상태는 아무래도 오지로 가지 않고서는 볼 수 없다."(p.231)는 말을 듣는다. 자신이 봐 온 것이 이민 사회의 표층에 불과하다는 것은 실은 그 자신도 통감하는 것이었다. 그리고 적어도 일시적인 위안으로서 도손은 차창으로부터 보이는 브라질 내지의 "거친 자연"(p.233)을 뇌리에 새기고자 하였다.

이처럼 '이민인가, 기민인가'라는 싱가폴에서 들었던 질문에 대한 답을 찾는 것은 짧은 체재기간 동안, 그것도 영사관 관계자나 그들과 친화성이 높은 매스미디어에 의해 이른바 차려진 여행에서는 어려운 일이었다. 북미를 출발하기 직전, 도손은 지금까지의 견문을 기반으로 "나의 좁은 견문 범위에서 그것에 답해야만 하는 때가 왔다."(pp.241~242)고 스스로의 응답책임을 완수하려고 했다. 하지만, 그 후에 계속되는 말은 다음과 같은 것이었다.

> 세상에는 최후의 최후까지 보살피겠다는 마음도 없이 격증하는 국내 인구를 조절해야겠다는 발상에서, 단지 많은 동포를 해외로 보내면 된다고 사고하는 경향이 없다고는 할 수 없다. 그러나 진정한 민족의 발전은 횡적으로 확장하기만 하면 된다는, 그런 것이 아니라는 것은 어떠한 형태로든 내가 표현하고 싶은 점이었다. (『순례』, p.242)

여기에서 도손은 단순한 인구증가의 대책으로서 현지의 실상을 전달하지 않고 또 보낸 후에도 적절한 지원을 하지 않는 이민대책의 무책임함에 대해 분명 비판적인 시선을 보이고 있다. 그러나 "경향이 없다고는 할 수 없다"는 표현, 또 "진정한 민족의 발전은 횡적으로 확장하기만 하면 된다는, 그런 것이 아니다"라는 싱가폴 체재 때의 술회의 단순한 반복과 같은 부분에서는 공공연하게 비판할 수 없는 모호함을 드러내고 있어 자신이 처한 입장에 대한 중압과 억압의 그림자가 엿보인다. 또한, 이처럼 명확한 표현을 피하려는 모호함은 자신이 본 것에 대한 자신 없음에서 유래하는 것이기도 했다. 부에노스아이레스에서 도손은 현지 문학청년들로부터 『아도문학(亞都文學)』 등의 "여러 인쇄물"을 받았지만, 거기에 담겨 있는 "남미의 진정한 모습을 모국의 사람들에게도 전달하고 싶다"는 생각은 "자신과 같은 여행자의 몸"으로는 "쉬운 주문이라고 생각할 수"(p.219) 없다고 하여, 그 책임을 주체하지 못하는 모습을 보이고 있다.

이처럼 이민자의 실정에 대치하고자 하는 도손의 주위에는 각 방면으로부터 각각의 입장에 기반하는 의견이 교차하고 있었고, 『순례』에 그려져 있는 것은 거기에 농락당하면서도 제한된 입장 안에서 응답을 시도하려는 도손의 모습이라고 할 수 있다. 그러나 다음 절에서 고찰하게 될 이민자의 자녀 교육문제에 대해서 도손은, 자신이 주어진 입장에서 벗어나서 현지 정부 관계자에게는 불편한 발언을 남기게 된다.

4. 자녀들의 일본어 계승을 둘러싸고

본 절에서는 이민 사회에서 2세, 3세의 일본어 계승의 문제에 관한 다양한 입장의 길항과 그것에 대한 도손의 반응에 대해 고찰하고자 한다. 앞서 언급했듯이 이 문제에 관한 도손의 반응은 외무성이나 영사관 관계자 그리고 그들과 입장을 같이하는 매스미디어들에게 불편할 수 있는 부분이 드러나고 있다. 그리고 이러한 배경에는 도손의 국학 수요에 기반한 일본어 관(觀)이 깊이 작용하고 있었다.

우선 당시 이민자 자녀의 언어 상황에 대해 살펴보자. 브라질에서는 2절에서 언급한 것처럼 이민의 증가에 수반해서 농촌 각지에 일본인 마을이 형성되어 일본어를 중심으로 하는 자녀 교육이 전개되고 있었다. 그 한편에서 도손이 방문한 도시에서는 포르투갈어와 일본어의 이언어(二言語)·이문화상황(二文化狀況)이 농촌과는 비교할 수 없을 정도로 진행되고 있었다. 이것 역시 앞서 언급한 대로 아르헨티나에서 도시로의 이민자들은 스페인어를 중심으로 생활하고 있었고 그 때문에 자녀에 대한 일본어 계승은 상당히 곤란한 상태였다.15)

---

15) 이상 네가와 유키오(根川幸男), 「전간기 브라질일계 이민자제교육의 선진적 측면과 문제점(戦間期ブラジル日系移民子弟教育の先進的側面と問題点)」(『트렌스내셔널 '일계인'의 교육·언어·문화(トランスナショナルな「日系人」の教育·言語·文化)』, 明石書店, 2012), 전게 주 10)의 야마시타 아케미(1991) 참조.

이러한 상황 속에서 특히 브라질에서는 자녀에 대한 일본어 교육의 양상이 크게 세 가지 입장에서 길항하고 있었다. 첫 번째는 배타적, 폐쇄적인 성격을 가진 국수주의로 일본 국내와 같은 일본어에 의한 애국교육을 지지하는 입장, 두 번째는 언젠가 일본으로 귀국하는 것을 상정한 자녀 교육관으로 포르투갈어에 의한 교육도 실행하면서 어디까지나 일본어 교육을 중시하는 일주백종주의(日主伯從主義) 입장, 그리고 세 번째는 브라질 영주를 상정하고 일본어 교육을 보족적인 것으로 파악하는 백주일종주의(伯主日從主義) 입장이다.16) 이들 중에서 도손이 많이 관계했던 영사관 관계자와 매스미디어는 앞서 언급한 호스트 사회와의 마찰을 해소하기 위해 백주일종주의의 입장에 서서 미디어에서의 논의나 계몽활동을 전개하고 있었다.

이러한 관계자의 기대를 파악했는지, 상파울루 체재 중의 도손도 또한 일본과 브라질 간의 문화적인 충돌을 피하면서 이민자 측과 호스트 사회 측 쌍방이 유연한 자세를 취할 것을 요구하는 발언을 하고 있다.『순례 10』의 「남미 사정 2(南米事情の二)」에 쓰여 있는 브라질인 기자와 이민자 자녀를 동석시킨 일본어 교육을 둘러싼 간담회에서 브라질에서 태어난 자녀들에 대한 일본어 교육의 의미를 기자에게 질문 받고 도손은 다음과 같이 대답한다.

어떤 나라에도 역사의 운명은 잠재하고 있어서 변화하고 발전한다는 점은 말할 필요도 없다. 그러나 그 성쇠는 외래의 자극과 깊은 관계가 있다는 것을 잊어서는 안 된다. 문화의 기초라고도 할 수 있는 언어에 있어서 특히 그러한 느낌이 깊이 든다. 오늘날 브라질에서 본다면 일본어도 외국어이지만, 그것을 배우는데 유리한 우리 2세대에게 잘 습득시킨다면 일본과 브라질의 문화교류의 중개가 되고 결국에는 브라질 말 그 자체를 풍부하게 하는 결과도 낳을 것이다. (p.223)

---

16) 마에야마 다카시(前山隆),『이민의 일본회귀운동(移民の日本回帰運動)』(NHK出版, 1982) 참조.

이 대답의 배경에는 "브라질 쪽으로 이민을 보낸다는 것은 조선이나 타이완으로 동포를 보내는 것과 상당히 사정이 다르"고 "하나의 독립된 나라에는 그 역사가 있고"라고 생각하고 있어 도손의 아시아 식민지에 대한 자세가 의도치 않게 드러나고 있는데 이 점에 대해서는 후술하도록 하겠다. 어쨌든 여기에서 도손은 호스트 사회의 입장을 고려에 넣으면서 한편에서 자녀들이 언어를 배울 자유를 존중하는 "유연한" 태도를 보여주고 있어 거기에 동석한 브라질인 기자를 만족시켰다. 이러한 도손의 발언은 영사관과 매스미디어 관계자도 환영할만한 것이어서, 도손이 귀국한 후인 1936년 10월 21일의 『브라질시보』의 가정란에는 「브라질 출생의 아이는 브라질 국민으로, 일본어 교육은 민족성 발휘를 위해」라는 표제로, 간담회에서 도손과 아리시마가 했던 발언이 인용되어 백주일종주의의 입장을 계몽하는 데에 이용되고 있다.

그러나 여행하는 동안에는 자녀에게 일본어와 일본인으로서의 '소질'의 '상실'을 한탄하고 일본어 교육을 중시하는 입장의 목소리 또한 도손의 귀에 들어온다. 그리고 이러한 목소리를 받아들이면서 도손도 자신에게 기대하고 있는 범위에서 벗어나버리는 시점을 갖게 된다. 『순례 6』 「야마토나데시코(大和撫子)」에는 부에노스아이레스의 일본인 소학교를 방문했을 때의 모습이 그려져 있는데, 아이들의 모습을 관찰하면서 "그들의 놀이친구는 전혀 그런 말을 모른다. 그 사용법도 그 느낌도 더구나 그 안에 담겨있는 말의 생명도"(p.183)라고 표현한 것에서, 아이들에 의한 일본어의 '상실'을 받아들이는 도손의 감상(感傷)이 그려져 있다.

게다가 현지 아이들을 모아 놓고 진행된 강연회에서 「모모타로(桃太郎)」 이야기가 끝난 후 모임 마지막에 아이들 중 한 명이 도손 무리에게 노래를 선물하는데, 이때 도손 또한 다음의 인용에서처럼 호스트 사회에 대한 배려와 동화의 필요성에는 어느 정도의 이해를 표하면서도 아이들에게 있어서의 일본어 '상실'이라는 관념에 사로잡혀 그 감상을 드러내고 있다.

그날 청중석 뒤쪽에는 서반아어를 능숙하게 구사하는 남녀 학생이
모여 있었는데, 그 속에는 조숙한 얼굴에 눈길을 끄는 학생도 있었다.
이윽고 선택된 한 소녀가 청중 가운데 일어나서 특별히 우리들을 위해
서 일본 창가를 불렀다. 본 적도 없는 고국의 말로 신기하게 노래하는
소녀야말로 2세 그 자체였다. 여행 와서 나도 그때만큼 눈물이 밀려온
적은 없었다. (p.185)

위의 인용에서처럼 아르헨티나에서 만난 아이들의 모습을 그리고 있는
이 문장에는 「야마토나데시코」라는 제목이 붙어 있다. 이처럼 자녀의 언
어 상황을 일본어 '상실'로 파악하고 있음에도 불구하고 오히려 그들을 이
국에 핀 '야마토나데시코'라고 말한 역설적인 표현에서 도손의 특징적인
일본어 관을 읽어낼 수 있다. 즉 여기서 '야마토나데시코'의 논리라는 것
은 대개 도손이 자녀에게 있어서 일본어를 '본질'로서―전제로서 마땅히
그래야 할 것으로 파악하고 있기 때문에 그것이 '상실'되고 있다는 사고가
가능하며, 그 '상실'이야말로 도손에게 자녀들에 대한 특별한 감상을 일으
키게 하는 것이었다.

사카이 나오키(酒井直樹)는 18세기에 국학을 시작으로 한 고대 일본어 연
구가 "투명하고 균질적이고 잡종성을 갖지 않는 순수 일본어"라는 이념을
고대에 가설(仮設) 하고, 현재에서 이미 '상실'된 것으로 파악함으로써 비로
소 가능해 졌다고 논했다.[17] 도손이 '상실'을 가설함으로써 자녀들을 '야마
토나데시코'―'일본인'도 '일본 아이'도 아닌 '보다 순수하고 일본적인 것'
으로서의 '야마토나데시코'―라고 표상하는 배경에는 브라질 도항 시기
이후 국학에 대핸 경도가 크게 영향을 미치고 있다고 할 수 있다.

그리고 브라질에서는 도손의 이러한 일본어 관이 결과적으로 일본과
브라질 간의 정치적 긴장을 고조시켰다. 자세한 것은 전게한 메노의 논문

17) 사카이 나오키(酒井直樹), 「사산되는 일본어·일본인―'일본'의 역사-지정적 배치(死産さ
    れる日本語·日本人―「日本」の歴史-地政的配置)」(新曜社, 1996), pp.186-188 참조.

을 참조하면 되는데, 브라질 외무대신을 방문한 도손은 거기에서 이민자
자녀에게 일본어 교육이 필요하다고 호소하지만 그것이 브라질 정부의 경
계를 불러와서 일본 정부에 대한 경고라는 형태로 나타나 버렸다.[18] 또한
이러한 도손 안에 있는 강렬한 일본어에 대한 의식은 다음과 같은 '국어'
라는 개념에 의한 타자와의 분단도 발생시킨다.

　　이번에 배 안에서 그 대표 중 한 사람과 우연히 만났을 때 나도 여러
　가지 생각나는 바가 많았는데, (중략) 어쨌든 이 사람은 우리처럼 국어
　라는 것을 갖고 있지 않다. 따라서 또한 국가의 고충이라는 것을 갖고
　있지 않다. 유대인이라고 하더라도 그렇게 논리로 인간을 희생시키려는
　사람만 있는 것은 아니겠지만, 우리와는 고충이 다르기 때문에 국제연
　맹 탈퇴 후의 일본에 대한 동정도 희박하다. 따라서 자연히 우리의 입장
　을 오해하고 있는 것 같은 말투가 많은 것도 그 유래하는 원인은 먼 것
　으로 생각된다. (p.246)

위의 인용은 남미를 출발하여 뉴욕 항으로 향하는 배 안에서 펜 대표의
한 사람인 유대인 망명 작가[19]와 만났을 때를 술회한 것이다. 여기에서
도손은 이 작가가 놓인 상황—독일로부터 부득이하게 망명할 수밖에 없
는 상황—에는 전혀 몰이해인 채로 그의 일본에 대한 몰이해를 비난한다.
이러한 서술은 펜클럽적인 '국제협조주의'는 커녕 오히려 적극적으로 타자
와의 분단을 일으키고자 하는 것이라 비판의 대상이 돼도 어쩔 수 없을
것이다. 앞서 언급했듯이 아시아 식민지에 대한 도손의 인식에서도 마찬
가지의 내셔널한 틀이 만들어내는 배제와 억압에 대해 무자각적인 것을
볼 수 있다. 그러나 위의 인용문에서는 국학 수용에 기초한 일본어 관이
나 내셔널한 틀에 갇히면서도 이러한 범주를 용이하게 넘어가는 현실에

---

18) 전게 주 3)의 메노 유키, 「남미의 시마자키 도손-국책적 국제문화교류의 재고」(2007) 참조
19) 마이켈 보다슈의 전게서에 의하면 이 인물은 아마도 리빅 해퍼(Leivick Halpern)라고 한다.

직면한 도손의 당혹과 초조함이 드러나 있다고도 생각할 수 있다.

5. 도피로서의 '순례 여행'

그렇다면 이상과 같은 남미 방문의 공적, 정치적 의미와 현지에서의 도손의 주변 상황과 그 자신의 반응에 입각해서, 이러한 체험이 『순례』 속에서 어떻게 위치지워지고 있는가에 대해 고찰하고자 한다.

1937년 1월 귀국 후, 일시 중단을 포함해서 같은 해 5월부터 1940년 1월까지 『개조(改造)』 지상에 연재되어 같은 해 2월에 이와나미쇼텐(岩波書店)에서 간행된 『순례』는 크게 왕로편(往路編), 남미편, 복로편(復路編)의 3부로 구성되어 있다. 그 중 고베에서 싱가폴, 콜롬보, 케이프타운을 거쳐 리오에 도착하기까지를 그린 왕로편과 브라질을 떠나서 뉴욕에서 보스턴, 디트로이트, 워싱턴을 돌아서 프랑스의 마르세유를 경유해서 귀국하기까지를 그린 복로편에서는 각지로 건너간 일본인이 남긴 흔적과 20년 전의 프랑스 여행을 참조계로 하여 세계에서의 일본 입장의 변화에 대해서 주로 이야기하고 있다.

특히 흥미로운 점은 "4. 아프리카의 남단(四, 阿弗利加の南端)"에서 이야기되는 아파르트헤이트 아래의 케이프타운 모습으로, 여기에서 도손은 '백인'의 '유색인종'에 대한 차별에 반발하면서 '명예 백인'인 일본인의 위치를 특별하게 쓰고 그것을 세계에서의 일본인 입장의 '향상'으로 말하고 있다. 여기에서 현저하게 드러나고 있듯이 도손의 이야기는 기본적으로는 세계에서의 일본인의 '발전'이나 '공헌'이라는 진보사관적인 견해에 기초한 것이고 이동이 가져온 긍정적 측면을 중시한 것이었다.

이러한 전편과 후편에 공통하는 이야기 가운데 그 사이에 있는 남미 편의 이야기는 어떠한 특징을 갖고 있을까. 우선 주목하고 싶은 것은 이하 인용에 보이는 것처럼 자신의 입장에 대한 과잉된 언급이다.

> 그러한 나는 <u>그렇게 깊게 들어가 볼 참으로 이 여행길에 올랐던 것은
> 아니기 때문에</u> 이 땅에 와서 일부의 사람들에게서 일어나는 배일의 목
> 소리를 듣기는 했어도 그것을 밝혀낼 수 없었다. (중략) 오히려 나는 동
> 포 이민자를 이해하는 브라질인의 목소리를 듣고, 나의 여행의 마음을
> 가볍게 하고 싶다고 기원했다. (p.228, 밑줄 인용자)

위의 인용은 "남미 사정 3(南米事情の三)"으로서 브라질에서 배일 운동의
존재에 대해 언급한 부분이지만, 밑줄 부분의 "그렇게 깊게 들어가 볼 참
으로"라는 표현은 실은 본고 1절에서 인용한『순례』모두 부분에도 등장
하는 표현이다.(p.124) 또한 상기 인용의 후반부에는 배일 문제의 존재는
인식하고 있어도 굳이 거기에 눈을 감음으로써 "나의 여행의 마음을 가볍
게 하고 싶다"는 솔직한 생각도 드러나고 있다. 즉 여기에서 밑줄 친 부분
은 남미 이민 사회에서의 다양한 문제에 대해 그것을 판단할 수 없는 자
신의 존재를 합리화시키는 표현으로 등장하고 있는 것이다.

마찬가지로 본고 3절에서 언급한 아르헨티나에서 문학청년들로부터의
요망에 대해 "자신과 같은 여행자의 입장"으로서는 책임이 무겁다고 말하
고, 그러한 여행자로서의 자신은 "스스로 눈으로 보고 들을 것이 있다는 것
만으로도 만족해야 한다(p.124)이라는 표현과 공명하는 것이다. 이처럼 남미
편에서는 본문의 모두에서 제시된 여행의 양상이나 여행자로서의 "나"의
양상을 과잉되게 재인식하고, 그러한 자신을 단순히 지나치는 여행자로 묘
사함으로써 비대화되어 가는 책임과 그것을 완수할 수 없는데 대한 우울감
과 초조감으로부터 해방되고자 하는 의식을 찾아볼 수 있다.

1절에서 언급했듯이 지금까지의 선행연구에서는 여행의 배경에 있는
도손이 담당한 공적 역할을 지적하는 논자 중에도 도손의 이민자들에 대
한 시선을 그의 문학적, 사상적 영위의 문제로 파악하는 경우가 많았다.

본고에서는 이러한 읽기가 도손의 여행 이야기 그 자체에 유래하는 것이 아닌가라는 시점에서 도손 주변의 상황과 함께 『순례』 이야기 그 자체에 도 주목했다. 이상의 고찰에 입각해 보면 근대에 있어 일본인이 더듬었던 흔적을 둘러싼 '순례 여행'이라는 테마는 도손이 이민 사회의 관찰자로서 짊어진 커다란 책임에서 벗어나기 위한 위장이 되고 있다고도 할 수 있다.

게다가 이러한 도손에게 있어서의 도피는 『순례 6』 「야마토나데시코」 에 쓰여 있는 「모모타로」 이야기에서도 발견된다. 아르헨티나 체재 중 도 손이 2세 아이들에게 이야기한 「모모타로」에서 "저 먼 곳에 있는 귀신의 섬도 지금은 변했을 거야. 거기에는 이미 빨간 귀신도 없고 파란 귀신도 살지 않을 걸."이라고 하듯이 모모타로와 대립하는 귀신의 존재는 소거되 어 있다. 즉 귀신이 없어진 귀신의 섬에서 땅을 개척해서 "옛날에는 귀신 이 살던 황폐한 섬"을 "인간이 살 수 있는 낙원"(pp.184~185)으로 바꾸는 모모타로에게 이민자의 모습이 겹쳐져 있기 때문에 현실의 이민자들에게 닥친 곤란을 모두 무화(無化)시킨 이 남미의 「모모타로」 또한 도손에게 있 어서 하나의 도피로서 다시 파악할 수 있을 것이다. 이러한 여행 도중의 옛날이야기도 포함해서 『순례』라는 텍스트에는 이민과 문화의 접촉을 둘 러싼 복잡한 정치적 역학과 그 속에서 머뭇거리는 작가의 모습이 그려져 있다.

그러나 이러한 도손의 이른바 문학으로의 도피는 단순히 국제문제라는 커다란 틀에 직면한 무력한 개인에만 머무르지 않는다는 문제도 있었다. 4절에서 본 바와 같이 내셔널한 틀을 초월하는 현실에 대해 그 '잃어버린' 내셔널한 것을 '야마토나데시코'나 '야마토고토바(大和言葉)'[20]라는 문학적 인 감상으로 말하는 그의 자세는 '순례 여행'과 마찬가지로 도피의 논리인

---

20) 남미에 갈 때 도손은 사사키 노부쓰나(佐佐木信綱), 오타 미즈호(太田水穗)와 함께 선정한 직필의 「야마토고토바의 비문(大和言葉の碑文)」을 브라질 이민자 자녀들을 위한 '선물'로 가지고 갔다. 이 비문에 대해서는 별고에서 논하겠다.

것이다. 도손에게는 도피의 귀결로서 쓰인 『순례』는 이러한 개별성을 배제한 내셔널한 것에 대한 회귀와 그것을 낳는 타자에 대한 억압과 배제라는 위험성을 배태하고 있는 것이다.

6. 결론

이제까지 1936년 9월 도손의 남미 방문을 일본 측과 이민자 측 혹은 호스트 국가 측으로부터 다양한 이해관계와 사고가 교차하는 가운데 공적 임무로 파악해서 거기에서 발생하는 힘의 작용이 도손에게 어떠한 이민상과 이민에 대한 발언을 형성시켰는지에 관해 고찰해 보았다. 도손의 남미 방문은 국제연맹 탈퇴 후 일본이 모색한 새로운 '국제협조주의'에 기초한 '국민외교'이고, 거기에는 관민 일체가 되어 세계에서의 일본 문화의 이해에 힘쓰고 국제사회에서의 일본 입장을 향상시키는 것이 우선으로 되어 있다. 또 이러한 이념은 현지의 이민 사회에서도 공유되었다. 더욱이 이 방문은 이민 사회 실정의 시찰이라는 의미도 지니고 있어 현지에서 도손은 이민자들의 '동포'로서 그들의 일본 정부나 일본 사회에 대한 호소를 받아들여 전달하는 역할을 담당하고 있었다.

그러나 현지에서 도손의 주변을 둘러싸고 있었던 것은 '이민인가, 기민인가' 또는 일본어의 계승을 중시하는가 하지 않는가 하는 여러 가지 정치적인 입장이나 사고가 교차하는 공간이고, 그들이 무엇을 보고 듣고 그리고 말하는가에 커다란 제한을 부여하여 때로는 그 입장을 농락시키는 힘이 작용하는 곳이었다. 이러한 가운데 도손은 스스로 견문할 수 있는 범위의 협소함을 통감하고 또한 때로는 자신에게 허락되는 발언의 범위를 넘어서 감상이나 초조함을 드러내는 경우도 있었다. 3절과 4절에서 살펴본 바와 같이 도손의 불명료한 표현이나 타자에 대한 초조감에 드러나고 있듯이 전체적으로 남미에서의 도손은 그 견문과 발언의 범위에 대해 자유롭지 못했다고 할 수 있다.

그리고 이러한 부자유는 공적인 사명을 짊어진 자신을 여행자로서의 '나'로서 수정한다고 하는, 도피의 형태로서 현재화(顯在化)되어 있었다. 5절에서는 복잡하고 신중함을 필요로 하는 정치의 장이나 일국민(一國民) 일언어(一言語)라는 기존의 가치관을 쉽게 초월해 가는 현실을 목격한 도손이 이것을 어떻게 문학의 언어로 수정하고, 문학의 장으로 도피했는지를 확인했다. 거기에서 도피의 대상이 되는 '야마토나데시코'나 '야마토고토바'라는 내셔널적인 것이 품고 있는 위험성에 대해서도 언급했다.

『순례』를 둘러싼 이상과 같은 특징과 문제성은 이후 도손의 텍스트에도 계승되고 있다고 생각한다. 1942년부터 연재되기 시작해서 도손의 죽음으로 미완의 소설이 된『동방의 문』의 모두에는 '천상의 암굴(天の岩戸)' 신화를 모티브로 하는 막부 말기의 시볼트(Siebold)와 그 문하생들과의 교류가 그려져 있는데, 그 평화적인 국제 교류의 양상에는 남미의 '모모타로'와 마찬가지로 도피의 논리가 있다고 생각한다. 또한 집필 이외의 활동에서도 같은 해 11월의 제1회 대동아문학자 대회에서의 만세 삼창 등 도손과 국책의 관련을 어떻게 평가해 갈까에 대해서도 많은 과제가 남아 있다. 자세한 것은 별고에서 논하겠으나 '순례 여행'이 그 후 도손에게 가져다준 영향은 1940년대 전반의 문학을 생각하는데 있어서도 중요한 의미가 있다.

번역 : 송혜경

제2장

쥘 베른에서 바오티엔샤오(包天笑)까지

—『철세계(鐵世界)』의 중역사—

천훙슈(陳宏淑)

1. 들어가며

바오티엔샤오(包天笑)는 청조 말기부터 민국 초기에 걸쳐 활동한 저명한 번역가로, 많은 장르의 소설을 번역하는 등 번역서의 수도 매우 많다[1]. 그 중에서도 특히 잘 알려져 있는 것이 상무인서관(商務印書館)에서 『교육잡지』 용으로 번역, 간행한 교육소설이다. 특히 교육부에서 상을 받은 '교육삼기 (教育三記)'[2]는 바오가 번역한 대표작이라고 할 수 있다. 그러나 실제로 바 오는 교육소설 번역에 착수하기 이전부터 많은 SF소설, 당시로 말하면 '과학소설'을 번역했다. 다만 지금까지 선행연구에서 관심을 가진 것은 교 육소설의 번역과 원앙호접(鴛鴦蝴蝶) 소설의 창작에만 몰려 있어서, SF소설

---

1) '1901년에 공역한 『가인소전(迦因小传)』부터 1916년까지 출판된 번역소설은 약 36~37종(공 역 포함)에 달한다. 린친난(林琴南)을 제외하고 그 번역 수가 많은 것은 추종을 불허한다.' (陳平原, 『二十世紀中国小説史』第一巻, 北京大学出版社, 1997, p.61).

2) '교육삼기'는 『형아취학기(馨児就学記)』(1910), 『매석기석기(埋石棄石記)』(1912), 『고아유랑 기(苦児流浪記)』(1915)를 가리킨다.

의 번역은 간과된 경향이 있다. 그러나 실제로 보면 청조 후기에 과학소
설 번역이 매우 성행해 쥘 베른(Jules Gabriel Verne, 1828~1905)이 특히 인기
가 있었는데, 바오티엔샤오도 이러한 붐의 영향을 받았던 사실을 알 수
있다. 천밍저(陳明哲)는 1900~1919년(5·4운동) 사이에 중국어로 번역된 베
른의 저작이 총 19종 있었고, 이중에서 바오티엔샤오의 번역은 『철세계(鐵
世界)』(1903), 『비밀의 사자(秘密の使者)』(1904), 『무명의 영웅(無名の英雄)』(1904),
『일념홍(一捻紅)』(1906)의 4종으로, 이 시기에 베른의 작품을 가장 많이 번
역한 번역자의 한 사람이라고 지적했다[3]. 바오티엔샤오가 혼자서 완성한
첫 번역소설은 베른의 작품을 원작으로 한 과학소설 『철세계』로, 이후 그
는 많은 SF소설을 번역했으며 나중에는 SF소설을 창작하기도 시작했다.
이때부터 이 번역자는 SF소설의 번역에 상당히 힘을 쏟았다. 청 말의 문
인 번역자인 바오티엔샤오 연구에서 초기의 과학소설 번역이 결코 간과되
어서는 안 된다는 사실은 명백하다.

바오티엔샤오의 첫 번역작품인 『철세계』는 특이한 의미와 가치를 지닌
다. 그 이유로 우선 이 작품이 바오티엔샤오가 자력으로 완성한 번역작품
이라는 사실이다. 양즈린(楊紫麟)과 공역한 바오티엔샤오의 첫 번역작품인
『가인소전(迦因小伝)』[4]과는 달리, 『철세계』야말로 진정한 의미에서 바오
자신이 원문을 해독하고 번역문을 완성한 번역작품이라는 것이다. 두 번
째로 번역작품의 재료가 된 텍스트는 일본어 번역본으로, 『가인소전』의
재료가 된 텍스트가 영역본인 점과 다르다는 사실이다. 이른바 『철세계』
는 바오티엔샤오가 일본어를 재료 텍스트로 삼은 최초의 시도였던 것이

---

3) 陳明哲, 『凡爾納科幻小説中文訳本研究』(国立台湾師範大学翻訳研究所, 修士論文, 2006), p.26.
4) 바오티엔샤오의 번역 첫 번째 작품은 『가인소전(迦因小伝)』으로, 이 책은 영국 빅토리아시
　대의 작가 해거드(Henry Rider Haggard, 1856~1925)의 작품이다. 번역 방법으로 우선 양즈
　린이 구술하고 바오티엔샤오가 그것을 원고에 쓰는 방식이었는데, 이후 양즈린이 초벌 번
　역을 하고 바오티엔샤오가 수정하는 방식으로 진행했다. (包天笑, 『釧影樓回憶録』(上), 台
　北 : 龍文出版社, 1990, pp.204-205).

다. 세 번째는 필자의 조사로 밝혀진 사실인데『철세계』는 우선 베른의
프랑스어 원작이 킹스톤(William Henry Giles Kingston, 1814~1880)에 의해 영
역되고, 모리타 시켄(森田思軒)(森田文藏, 1861~1897)이 이 영역본을 일본어로
번역한 다음, 다시 바오티엔샤오가 모리타 시켄의 일본어역을 중국어로
번역했다는 점이다. 이와 같이 몇 번에 걸친 중역이 행해진 루트는 바오
티엔샤오의 중역 모델의 모형이라고 할 수 있다. 이 때문에 바오티엔샤오
의 SF소설 번역을 고찰하는 데『철세계』가 중요한 기점이 되는 것은 의
심할 여지가 없다. 따라서 본고에서는 바오티엔샤오의 가장 초기의 과학
소설 번역작품『철세계』를 대상으로, 선행연구에서 다루어지지 않은 부분
을 보충하고 지금까지 밝혀지지 않은 번역 과정을 명확히 하고자 한다.
텍스트의 세독(細讀)5)을 통해 바오티엔샤오의 과학소설 번역의 특색을 분
석하여 바오티엔샤오의 SF소설 번역사 구축의 계기로 삼고자 한다.

2. 선행연구에 대해서

본고가 고찰하는『철세계』의 중역사는 원작자인 베른, 영역자인 킹스톤,
일본어 번역자인 모리타 시켄, 그리고 중국어 번역자인 바오티엔샤오가 관
련되어 있다. 이들 모두 저작이나 번역작품이 많은 작가나 번역자이기 때
문에 각각의 개인이나 작품에 관한 문헌자료는 매우 많은데,『철세계』에
직접 관련된 연구는 손으로 꼽을 정도밖에 없다. 베른에 대해서는『철세계』

---

5) '세독'은 뉴크리티시즘에서 말하는 정독(close reading)과 조금 다르다. 본 논문이 강조하는
   텍스트의 세독이라는 것은 몇 개의 단락이나 어휘에 한정되는 것이 아니라, 역으로 텍스
   트 전체를 빠짐없이 탐색하는 동시에 독해할 때 재료가 된 텍스트와 목표로 하는 텍스트
   를 비교하는 것은 말할 것도 없고, 이로써 번역자의 조작을 관찰하는 것을 말한다. 이 때
   문에 관찰한 결과가 번역자가 당시 살았던 사회나 역사적 상황과 깊게 관련되어 있음을
   보여주는 것은 물론이다.

의 원작인 프랑스어 작품 『Les Cinq Cents Millions de la Bégum』(프랑스어 제명을 번역하면 '귀부인의 5억', 이하 『Les Cinq Cents Millions』)은 그다지 인기가 없어6), 베른의 중요한 작품으로 간주되지 않고 베른의 여러 작품을 논할 때 가볍게 언급하는 정도이다. 예를 들면, 티모시 언윈(Timothy Unwin)이 쓴 『Jules Verne: Journeys in Writing』처럼 많은 연구가 베른 문학의 전체를 주목하고 개별 작품은 논의의 예로서 언급하는 정도이다. 이중에서 『Les Cinq Cents Millions』는 말이 멸망의 힘을 갖고 있는 예로서 언급하고 있을 뿐이다. 여기에는 작품 속에서 악인 Schultze가 편지로 France-Ville이라는 마을을 멸망시키라고 명령하는 장면이 있는데, 이를 들어 베른이 독자에게 에크리튀르 그 자체가 사람들의 운명을 결정지을 수 있다는 사실을 전하려고 했다고 이야기하고 있다7).

  『Les Cinq Cents Millions』를 들어 논한 연구는 필자가 살펴본 바로는 2건뿐으로, 잡지논문 「The Catastrophic Imaginary of the Paris Commune in Jules Verne's Les 500 Millions de la Bégum」8)과 「The Begum's Millions」의 최신영역판의 소개9)가 있다. 이 중에서 잡지논문은 베른의 이 작품이 보불전쟁에서 프랑스의 참패와 1871년 파리코뮌의 영향이 섞여 있어 프랑스의 당시의 역사적 콘텍스트와 밀접하게 연결되어 있음이 명백하다고 지적하고 있다. 또한 최신영역판에서는 상세한 소개와 주석도 게재되어 있어 이 책의 출판 전후 관계나 당시의 사회적 콘텍스트를 독자에게

---

6) 그의 1879년 이전의 작품과 비교해보면 제1판은 평균 35,000~50,000권의 판매부수를 올렸는데, 이 소설은 17,000권밖에 팔리지 않았다. Charles-Noël Martin, *La Vie et l'oeuvre de Jules Verne* (Paris: Michel de L'Ormeraie, 1978), pp.280-281.

7) Timothy Unwin, *Jules Verne: Journeys in Writing*(Liverpool, UK: Liverpool University Press, 2005), pp.93-94.

8) D. Lee, "The Catastrophic Imaginary of the Paris Commune in Jules Verne's Les 500 Millions de la Bégum", *Neophilologus* 90.4 (Oct. 2006), pp.535-553.

9) Peter Schulman, "Introduction", *The Begum's Millions*. by Jules Verne, trans. Standford L. Luce, ed. Arthur B. Evans (Middletown, CT: Wesleyan University Press, 2005), pp.xiii-xxxix.

보여주고 있다. 더욱이 적절한 분석도 이루어져 있기 때문에 이 작품이
베른의 그때까지의 낙관적인 태도를 변하게 한 전환점이 된 책이라고 논
의되고 있다. 이 외에 소개나 주석을 쓴 피터 슈르만(Peter Schulman)은 그
전에 출판된 2권의 영역본 번역에서 적절하지 못한 부분을 지적하고 있는
데, 그에 따르면 이 책을 통해 독자가 보다 깊게 베른의 원작을 접할 수
있다고 보고 있다. 그는 단락마다 비교해 이전의 영어 번역의 오역부분을
명확히 했는데[10], 이들 오역 중에는 베른의 원작의 의미를 완전히 비틀어
버린 것도 있다고 강조했다[11]. 아서 에반스(Arthur B. Evans)도 이러한 견해
를 갖고 있었는데, 뉴욕의 Munro출판사의 영역본은 매우 심한 번역이라
고 혹평했다[12].

번역자인 킹스톤의 자료에 대해서는 많은 부분이 백과사전에 기재된
경력 정도밖에 없고, 그중에는 *Oxford Dictionary of National Biography*
가 비교적 상세하게 기록되어 있다. 이 외에 선행연구, 예를 들면 Patric
A. Dunae의 *Boy's Literature and the Idea of Empire, 1870~1914*[13]에서
는 19세기 영국의 소년문학을 논하는 속에서 모험소설 작가로서 킹스톤을
언급하고 있다. 그러나 킹스톤에 관한 기술이 많은 것은 소년모험소설 작
가의 부분에 주목한 것으로, 번역에 대해서는 거의 언급하지 않았다. 그

---

10) 베른의 다른 작품의 영어 번역에 대해 평가가 낮은 것은 William Butcher와 Arthur Evans
    의 문장에서도 보인다. William Butcher, "Journey to the Centre of the Text: On
    Translating Verne", *Babel* 40.3 (Jan. 1994): 131-136.; Arthur B. Evans, "Jules Verne's
    English Translations", Science Fiction Studies 32.1 (Mar. 2005): 80-104.; Arthur B. Evans,
    "A bibliography of Jules Verne's English Translations", *Science Fiction Studies* 32.1 (Mar.
    2005) pp.105-141.
11) Peter Schulman, "A Note on the Translation", *The Begum's Millions*. by Jules Verne, trans.
    Standford L. Luce, ed. Arthur B. Evans (Middletown, CT: Wesleyan University Press, 2005),
    pp.ix-x.
12) Arthur B. Evans, "A bibliography of Jules Verne's English Translations", p.124.
13) Patric A. Dunae, "Boy's Literature and the Idea of Empire, 1870-1914", *Victorian Studies*
    24.1(Autumn, 1980): pp.105-121.

영역본 *The Begum's Fortune*은 전술한 베른 연구자에게 그다지 질이 높지 않다고 평가를 받고 있고, 또 한 권의 베른 작품의 영역본 *The Mysterious Island*도 대폭 수정이 되었기 때문에 영국의 제국주의를 비판하는 원작의 정신을 상실했다는 비판을 받고 있다.[14] 이와 같이 선행연구에서 이미 영역본과 프랑스어 원작의 비교가 이루어졌기 때문에, 본고에서는 킹스톤의 영역본의 문제에 대해서는 언급하지 않고 일본어역과 중국어역의 비교 분석에 중점을 두고자 한다.

일본어역의 『철세계』는 단행본으로 출판되었는데, 출판 전에 「프랑스의 두 학자 이야기(仏曼二學士の譚)」라는 제명으로 『우편호치신문(郵便報知新聞)』에 발표되었다. 일본어역 『철세계』 혹은 「프랑스의 두 학자 이야기」 연구는 필자가 아는 바로는 후지모토 나오키(藤本直樹)의 잡지논문 「메이지 베른 평판기-『철세계』편」[15] 뿐이다. 이 논문은 주로 『철세계』가 출판된 후에 각 신문에 발표된 광고나 서평을 정리한 것으로, 기사 내용의 많은 부분이 이야기 줄거리로 모리타 시켄의 번역에 관한 평론도 몇 줄 있다고 지적했다. 단, 모리타 시켄에 관한 연구는 많은데, 특히 번역문체가 많은 주목을 받고 있다. 메이지 20~30년(1887~1897)은 모리타 시켄의 번역 작업의 전성기로, 메이지 번역사에서는 '주밀문(周密文)'[16]으로 유명해서 '번역왕'이라는 호칭이 있었을 정도이다. 이 때문에 많은 연구가 예를 들면 나카자토 미치코(中里理子)의 「모리타 시켄의 주밀문체의 특징」[17]이나 다카하시 오사무(高橋修)의 「모리타 시켄 역 ≪탐정 유벨≫의 최후」[18] 등과 같

14) Walter James Miller: "As Verne Smiles", Verniana 1(2008-2009): 3. <http://www.verniana.org> (6 Sept. 2014).

15) 藤元直樹, 「明治ヴェルヌ評判記-『鐵世界』編」(『Excelsior!』 第4期, 2010.4), pp.111-125.

16) 柳田泉, 『明治初期の飜譯文學』 (東京 : 松柏館, 1935), p.191.

17) 中里理子, 「森田思軒の周密文体の特徴-「探偵ユーベル」に見る文章表現上の特色」(『学校法人佐藤栄学園埼玉短期大学紀要』 第2号, 1993.3), pp.69-77.

18) 高橋修, 「森田思軒訳『探偵ユーベル』の終り-「探偵」小説というあり方をめぐって」(『上智大学国文学論集』 第38号, 2005.1), pp.1-17.

이 주밀문을 중심으로 논하고 있다. 그러나 이들 연구가 논한 주밀문체의 표현은 메이지 중기 이후에 나타난 것으로, 초기의 번역인『철세계』의 번역문에는 아직 보이지 않는다. 1887년에 모리타 시켄의 번역 작업은 이제 막 시작한 단계로, 한칠구삼(漢七歐三)의 문체19)도 아직 만들어지지 않은 상태이고 문체도 아직 메이지 전기의 한문체 영향을 강하게 받았다.

한편, 바오티엔샤오의 연구는 개론적인 것이 많아, 특정 장르에서 바오티엔샤오의 번역 표현에 대한 상세한 분석은 보이지 않는다. 왕칭칭(王晶晶)의 박사논문『신구의 사이-바오티엔샤오의 문학적 창작과 문학활동 연구』20)는 그 한 예이다. 이 논문은 주로 바오티엔샤오의 문학 창작과 신문 편집활동을 논하고 있는데, 제2장에서는 초기의 번역을 논하고는 있지만 여기에서 들고 있는 예에는 바오티엔샤오가 번역한 과학소설은 보이지 않는다. 바오티엔샤오의 번역작품을 취급한 논문도 많은 논문이 바오티엔샤오의 교육소설 번역이 중심이고 글 속에서 든 예도 대부분이『형아취학기(馨兒就學記)』에 한정되어 있어, 과학소설의 번역은 간과되었다. 천밍저의 석사논문『과학소설 속 중문번역본 연구-≪지저여행(地底旅行)≫의 예』21)는 중국에서의 베른 소설의 번역상황을 논한 것으로, 바오티엔샤오가 번역한 베른의 여러 권의 소설도 취급하고 있다. 그러나 이 논문의 주요 연구대상은 어디까지나 루쉰(魯迅)이 번역한『지저여행』이기 때문에 바오티엔샤오의 과학소설에 대해서는 깊게 논하지는 않았다. 이 외에 선행연구에서는 청 말의 과학소설의 번역 계보를 논하는 중에 많은 번역자나 작가를 언급하고 그 안에 바오티엔샤오의 이름도 보이기는 하지만, 상세히는

---

19) 도쿠토미 소호(德富蘇峰)가 편찬한『시켄 전집 1권(思軒全集卷壹)』의 서문에서 시험 문체를 "한칠구삼(漢七歐三), 만약 이를 뒤바꾸면 아마 오늘날의 시켄은 없을 것이다"고 말하고 있다. (高橋修,「森田思軒訳『探偵ユーベル』の終り-「探偵」小説というあり方をめぐって」, p.7).

20) 王晶晶,『新旧之間-包天笑的文学創作与文学活動研究』(上海師範大学人文与伝播学院中国現当代文学 博士論文, 2012).

21) 陳明哲,『凡爾納科幻小説中文訳本研究』(国立台湾師範大学翻訳研究所, 修士論文, 2006).

논하고 있지 않다. 청 말의 소설의 테마에 대해서는 개괄적인 연구는 적지 않지만 바오티엔샤오의 번역작품에 관해서는 한두 마디의 코멘트가 많고 텍스트를 상세히 분석하고 그 과학소설의 번역을 논한 것은 발견되지 않는다. 그러나 바오티엔샤오라고 하는 청말민초(清末民初) 시기의 번역자를 깊게 이해하기 위해서는 그가 번역업에 종사하기 시작했을 무렵, 즉 교육소설의 번역에 관여하기 전에 어떻게 과학소설을 읽고 어떠한 전략을 구사했는지, 또 어떠한 자세로 번역에 임했는지에 관한 점부터 살펴보고 그 후의 변화를 관찰하는 것이 필요하다.

3. 중역의 경위

나중에 바오티엔샤오가 '찬고(撰稿)'로 칭하며 자신이 작자라고 자칭하면서 번역한 교육소설과 비교하면, 『철세계』는 재료 텍스트에 대해서 책임감을 갖고 번역에 임한 모습을 엿볼 수 있다. 바오는 「역여췌언(譯余贅言)」에서 "나는 얼마간 프랑스어를 배웠지만 책을 번역을 정도는 아니다. 이 책은 일본의 모리타 시켄의 번역문을 중역한 것인데, 원 뜻을 전혀 손상시키지 않았다는 자신이 있다"[22]고 말했다. 필자가 조사한 바에 의하면 같은 제명인 일본어역 『철세계』는 모리타 시켄이 「프랑스의 두 학자 이야기」로 제목을 붙이고 1887년 3월 26일부터 5월 10일까지[23] 도쿄 『우편호치신문』의 칼럼 「가파통신호치총담(嘉坡通信報知叢談)」에 게재되어 동년 9월 『철세계』라는 서명으로 단행본으로 출판된 사실을 알 수 있다. 시켄은 단행본 서문에서 이 책이 '쥘 베른 씨'의 「디 베건스 폴튠」을 번역한 것이

22) 包天笑, 「訳余贅言」(『鉄世界』, 文明書局, 1903), p.1.
23) 莱原丈和, 「嘉坡通信報知叢談論-メディアとしての小説」(『文学・芸術・文化』 第21巻 第1号, 2009.9), p.20.

라고 하고 있는데, 이 표기음으로 보면 그것이 프랑스어 원문의 서명이 아니라는 것은 분명하다. 더욱이 모리타 시켄이 영문학을 배운 배경을 아울러 생각해 보면[24], 영역본을 통한 중역의 가능성이 높다고 봐도 좋을 것이다.

모리타 시켄이 1887년에 일본어역을 출판하기 이전에 있었던 영역본은 2종이다. 한 권은 1879년에 런던에서 출판된 것으로, 출판사는 Sampson Low, 서명은 *The Begum's Fortune*[25], 번역자는 킹스톤이다. 또 한 권은 1879년에 뉴욕에서 출판된 것으로, 출판사는 George Munro, *The 500 Millions of Begum*, 번역자는 분명하지 않다[26]. 최서연(崔瑞娟)은 일본어역의 재료 텍스트가 *The Begum's Fortune* 이라고 추론했는데[27], 이는 서명만으로 판단한 것으로 상세한 검토는 이루어지지 않았다. 모리타 시켄이 든 서명으로 생각해 보면 분명 런던판에 가까우며, 필자가 텍스트를 비교하고 인명을 비교해 본 결과 일본어역이 런던판에서 나온 것이라는 사실은 거의 확정적이다. 예를 들면, 일본어역에서는 '맥스'라는 인물명이 나오는데, 런던판에서는 동일 인물이 'Max'로 되어 있고, 뉴욕판에서는 'Mureel'[28]로 되어 있다. 또 한 명의 중요한 등장인물에 의학박사가 있는

---

24) 모리타 시켄은 13세에 게이오의숙대학(慶応義塾大学) 오사카 분교에 입학해 영어를 배우기 시작했다. (柳田泉, 『明治初期の飜訳文学』, p.503).

25) 현재까지 1879년 런던판은 입수하지 못했고, 동년 필라델피아에서 출판된 버전밖에 발견하지 못 했다. 그러나 번역자는 W.H.G.Kingston으로, 인쇄한 곳도 역시 런던이고 쪽수도 똑같이 272쪽이기 때문에 내용도 런던판과 동일할 것으로 추정했다. Norman Wolcott의 자료에 의하면, 필라델피아 J.B.Lippincott출판사가 발행한 버전은 런던의 Sampson Low출판사가 발행한 버전의 복사본이라고 한다. Norman Wolcott, "The Victorian Translators of Verne: Mercier to Metcalfe." (Lecture, the Jules Verne Mondial, March, 2005).
<http://www.ibiblio.org/pub/docs/books/sherwood/The%20Victorian%20Translators%20of%20Verne.htm> (27 Aug 2015).

26) Peter Schulman은 2005년의 신역본으로 그때까지의 버전에 대해서 이야기했는데, 마찬가지로 이 두 버전밖에 들고 있지 않다. Peter Schulman, "A Note on the Translation", p.ix.

27) 崔瑞娟, 『中韓近代科学小説比較研究－以凡爾納的, 『海底旅行』和『鉄世界』為中心』(山東大学韓国学院亜非語言文学所, 修士論文, 2012), p.38.

데, 일본어역에서는 이 인물의 성이 '좌선(佐善)'으로 되어 있고 이름은 '법
랑송(法朗宋)', 발음표기는 프랑소아로 되어 있다. 이 발음은 뉴욕판의
'Francis'보다도 런던판의 'François'에 가깝다. 이들로부터 일본어판이 런
던판을 번역한 것으로 생각해도 무방할 것이다. 모리타 시켄은 1885년에
유럽을 여행하고[29], 동년 12월에 영국을 방문했다. 그리고 1886년 여름에
미국을 거쳐 일본으로 돌아온 다음, 1887년에 이 번역본을 출판했다. 그렇
기 때문에 영국여행을 했을 때 런던판을 입수했을 수도 있고, 혹은 미국
을 경유했을 때 런던판과 서명도 내용도 같은 필라델피아판을 구입했을
가능성이 높다[30]. 따라서 『철세계』의 중역 루트는 프랑스(베른) → 영국
(W.H.G.Kingston) → 일본(모리타 시켄) → 중국(바오티엔샤오)이 된다.

1870년 보불전쟁 후에 쓴 베른의 이 작품은 독일에 대한 적의로 가득
차 있는데, 권선징악의 스토리로 패전한 프랑스를 고무하는 의미가 들어
있다. 또한 이 작품 이전에 베른은 작중에서 현대문명과 과학의 진보에
대해 적극적인 자세를 보였는데, 이 작품부터는 이른바 '진보'에 대해 분
명하게 비관적인 견해를 보이기 시작했다. 이야기 속의 두 도시는 마치
한쪽은 이상적인 유토피아, 또 한 쪽은 사악한 디스토피아와 같다. 이에 대
해 Peter Schulman은 비록 유토피아나 현대적인 진보와 같이 보여도 실제
로는 제한과 집착으로 가득 찬 사회라고 논하고 있다[31]. 주목할 것은 이
작품이 완전히 베른에 의한 창작이 아니라는 점이다[32]. 원서는 L'Héritage

28) 프랑스어 원작의 주인공 이름은 Maxcel로, 뉴욕판은 Mureel로 되어 있는데 이는 단어의
   형태가 비슷한 때문인지도 모른다.
29) 모리타 시켄은 「선상일기」에서 선상의 무료함을 달래기 위해 많은 서양소설을 읽었다고
   적고 있다. (柳田泉, 『明治初期の飜訳文学』, p.524).
30) 모리타 시켄은 여행 중에 영어 소설에 열중해서 『소하수필(消夏随筆)』에 자신이 야노 류
   케이(矢野龍渓)가 표를 살 예정이었던 돈으로 애플톤 출판회사(D. Appleton & Company)
   에서 20권 남짓의 문학서를 구입해 버렸다고 적고 있다. (柳田泉, 『明治初期の飜訳文学』,
   p.524).
31) Peter Schulman, "Introduction.", p.xv.

de Langévol 인데, 최초의 작자는 Paschal Grousett 라고 하는 혁명분자였다. 이 최초의 작자는 몇 번이나 수감되고 그 후에 미국으로 도망간 다음, 다시 런던으로 옮겨 런던에서 이 작품을 완성시켜 1,500프랑에 출판상 Pierre-Jules Hetzel(1814~1886)에게 매각했다. Hetzel은 베른이라면 이런 상처가 있는 작품을 인기작으로 변신시킬 수 있을 것으로 생각해서[33] 베른에게 고쳐 쓰도록 요구했다. 즉, 베른은 실제로는 개작자였던 셈이고, 진정한 작자는 아니었던 것이다.

공교롭게도 영어판 번역자인 킹스톤도 진정한 번역자는 아니었다. 전술했듯이, 킹스톤은 주로 작가로서 명성이 알려져 초기에는 역사소설이나 기행문을 집필했다. 1850년 이후는 소년용 읽을거리를 쓰기 시작했고 또 소년용 간행물을 편집했는데, 소년소설의 인기는 디킨즈 다음으로 인기가 좋았다[34]. 그는 1859년에 소년잡지 *Kingston's Magazine for Boys* 를 창간하고 자신이 집필한 매우 교육적인 문장도 게재했다. 이 외에 동 잡지에 번역작품도 게재되어 킹스톤의 이름이 번역자로서 알려지게 되었지만, 이들 작품의 진정한 번역자는 사실 아내인 아그네스 킹록 킹스톤(Agnes Kinloch Kingston, 1824~1913)이었다. 아그네스는 이러한 잡지의 작품을 번역하는 외에 베른의 작품도 번역했는데, 번역자에는 모두 남편 킹스톤의 이름이 적혀 있다[35]. 아그네스가 남편을 대신해서 번역했다고 하는 사실은 1940년대에 킹스톤 부부의 일기가 발견될 때까지 알려지지 않았다. 킹스톤은 130편 남짓의 작품을 집필했는데, 만년에는 빚과 병으로 시달리다 『철세계』의 영역본이 출판된 이듬해의 8월에 이 세상을 떠났다. 킹스톤의

---

32) Timothy Unwin, *Jules Verne: Journeys in Writing*, p.189.

33) Peter Schulman, "Introduction.", p.xvii.

34) W. E. Marsden, "Rooting racism into the educational experience of childhood and youth in the nineteenth-and twentieth-centuries", *History of Education* 19.4 (1990): pp.333-353.

35) *Oxford Dictionary of National Biography*, s. v. "Kingston, William Henry Giles (1814~1880)". <http://www.oxforddnb.com/view/article/15629>(26 Aug 2015).

사후에 아내 아그네스는 당연히 남편의 이름으로 번역작품을 낼 수 없게
된다. 출판사 Sampson Low는 킹스톤의 아내가 늘 번역에 관여하고 있었
던 사실을 알고 있었지만, 그녀 자신의 이름으로 번역을 계속하는 것은
원하지 않았다. 출판사에서는 만약 킹스톤의 사후에 작품에 아내의 이름
을 번역자로 하게 되면, 독자가 그때까지의 작품의 실제 번역자가 누구인
지 의심하지 않을까 우려했기 때문이다. 이 때문에 킹스톤의 아내는 딸인
아그네스 던다스 킹스톤(Agnes Dundas Kingston, 1856~1886)의 이름을 빌려
킹스톤이 생존 중에 그녀가 착수한 *The Steam House* 라는 작품의 번역
을 출판하게 된다[36]. 이와 같이 영역본 *The Begum's Fortune* 의 실제 번
역자는 서적 위에 적힌 W. H. G. Kingston이 아니라, Agnes Kinloch
Kingston 인 것이다. 그러나 이 여성에 대한 연구는 매우 적어서 그녀에게
음악적 재능이 있다든가 유럽 미술관에서 예술을 배우고 프랑스어와 독일
어를 매우 유창하게 잘했다는 외에는 알려져 있지 않다[37].

킹스톤의 아내의 영역본은 모리타 시켄이 번역한 『철세계』가 되었다.
이 번역작품은 모리타 시켄에게 매우 큰 의미를 갖는다. 쓰보우치 쇼요(坪
內逍遙)는 메이지 문단의 외국문학 번역에 대해 이야기하는 중에 원저를
재현하는 듯한 번역을 할 수 있는 사람 3명을 '삼여래(三如來)'라고 칭했다.
즉, 모리타 시켄을 '영문여래(英文如來)', 모리 오가이(森鷗外)를 '독문여래(獨
文如)'(독일어), 하세가와 시메이(長谷川四迷)를 '노문여래(魯文如來)'(러시아어)로
칭한 것이다.[38] 그러나 모리타 시켄의 번역의 길은 처음부터 순조롭지는
않았다. 모리타는 『우편호치신문』에 처음 게재할 때 참패하고, 그 후에 「프

---

36) Norman Wolcott, "The Victorian Translators of Verne: Mercier to Metcalfe".
37) Reverend M. R. Kingsford, *The Life, Work, and Influence of W. H. G. Kingston* (Toronto: Ryerson Press, 1947). Norman Wolcott에서 인용.
38) 坪内逍遥, 「外国美文学の輸入」(『早稲田文学』第3号), 秋山勇造, 「森田思軒」(『埋もれた翻訳』, 新読書社, 1998), p.79 에서 인용.

랑스의 두 학자 이야기」(철세계)의 번역으로 크게 방침을 바꾸어 동 신문의 대중화 노선에 맞췄다. 이로써 번역자로서 높은 평가를 얻을 수 있게된 것이다[39]. 주의할 점은 「프랑스의 두 학자 이야기」의 번역자명이 '홍작원주인(紅芍園主人)'으로 되어 있고, 모리타 시켄이 아니라는 사실이다.『우편호치신문』의 칼럼 「가파통신호치총담(嘉坡通信報知叢談)」('가파'는 싱가폴의 의미)에 게재된 작품의 형식상의 공통점은 원작자명도 번역자명도 기재되어 있지 않고, 자주 사용된 펜네임도 쓰지 않은 점이다. 한편,『우편호치신문』의 다른 번역소설은 그야말로 반대여서, 일반적으로 이름을 기재하고 번역자가 자주 사용하는 펜네임을 사용했다. 구와바라 다케카즈(桑原丈和)는 그 원인으로 첫 번째, 「가파통신호치총담」에 작자가 명기되어 있는것은 부자연스럽다고 생각된 때문이 아닐까 추측하고, 두 번째, 독자가 특정 번역자가 있다는 사실을 의식하지 않고 「가파통신호치총담」을『우편호치신문』의 전체적인 시리즈로 간주해 주길 바랐던 것이 아닐까 하는 두가지를 지적했다. 이 때문에 작자, 번역자가 분명하지 않아서 그 후에 연구자가 연구할 때까지 그 속에 많은 베른의 작품이 있다는 사실을 몰랐다. 소설 중에는 그 후에 단행본으로 발행되었을 때 실제로 번역자의 성명이표기된 경우도 있다[40]. 그러나 단행본으로 발행된 후에 모리타 시켄은『철세계』의 서문에서, 이 책은 친구인 '홍작원주인'이 번역한 것이고 자신은조금 도왔을 뿐이라고 했지만, 판권에는 모리타 분조(森田文藏)가 '번역자겸 출판인'이라고 적혀 있다. 같은 상황은 모리타가 번역한『고사자(瞽使者)』에서도 보이는데, 그는 역시 번역자는 자신이 아니라 '양각산인(羊角山人)'이라는 다른 사람이라고 말했다. 그러나 판권에는 역시 모리타 분조가 '번역자 겸 발행인'이라고 적혀 있다. 따라서 '홍작원주인'이나 '양각산인'은

---

39) 川戸道昭・榊原貴教 編,『図説翻訳文学総合事典第1巻・図録日本の翻訳文学・図説日本翻訳文学史』(大空社, 2009), pp.122-123.

40) 莱原丈和,「嘉坡通信報知叢談論-メディアとしての小説」, pp.22-23.

모두 모리타 시켄이라고 추정된다.[41)]

　바오티엔샤오가 일본어 번역본을 입수하게 된 것은 일본에 유학한 친구를 통해서이다[42)]. 바오가 번역한『철세계』의 머리말에 의하면, 이 책은 친구 우허시(吳和士)[43)]가 일본에서 돌아왔을 때 선물로 받은 것이라고 적혀 있다. 바오티엔샤오는 이때부터 소설 번역의 인생이 막을 열었다고 해도 좋을 것이다. 그때부터 수년간 바오가 교육소설 번역에 착수하게 되었는데, 그 이전에 번역한 소설은 모두 당시의 이른바 '과학소설'이었다. 예를 들면, 1904년의『비밀사자』,『천년후의 세계』,『무명의 영웅』, 1905년의 「법라선생담(法螺先生譚)」과 「법라선생속담(法螺先生續譚)」 등을 들 수 있다. 그리고 1908년에 바오는 자신의 과학소설 「세계말 일기」와 「공중전쟁 미래기」를『월월소설(月月小說)』에 발표했다. 바오티엔샤오는 상무원서관(商務院書館)에서 나온『교육잡지』에 교육소설을 번역하기 시작한 후에도 1910년에 「신조인술(新造人術)」, 1911년에『무선전화(無線電話)』, 1912년에『결핵균 이야기(結核菌物語)』, 1914년에『발명가(發明家)』, 「현미경(顯微鏡)」, 「심전참(心電站)」 등, 과학소설의 번역이나 창작을 계속했다. 이러한 사실로 보면 바오티엔샤오가 교육소설을 번역하기 이전에 힘을 쏟고 있던 것은 과학소설 번역이었고, 교육소설 번역을 시작한 후에도 과학소설에 대한 정열은

41) 도미타 히토시(富田仁)에 의하면, 모리타 시켄이 사용한 별호에는 '홍작원주인', '대괴생(大塊生)', '독성자(獨醒子)', '양각산인'이 있다고 한다. (富田仁,『フランス小説移入考』東京 : 東京書籍, 1981, pp.54-55).

42) 바오티엔샤오의 회고록에 있는 기록을 보면, 그는『가인소전』외에 2권의 일본 소설을 번역했는데, 한 권은『삼천리심친기(三千里尋親記)』이고 또 한 권은『철세계』로, 모두 일본에 유학한 친구가 고서점에서 사서 귀국했을 때 선물로 받은 것으로 적혀 있다. (包天笑,『釧影樓回憶錄』(上), pp.205-206).

43) 우허시는 쑤저우(蘇州) 출신으로 바오티엔샤오, 왕웨이보(王薇伯), 쑤만슈(蘇曼殊) 등의 동지가 모여 「오중공학(吳中公學)」을 발족하거나 바오티엔샤오와 함께『오군백화보(吳郡白話報)』의 편집을 담당하기도 했다(諸家瑜, 「『吳郡白話報』和創辦人王薇伯」, 蘇州政協, 2013年6月28日(열람일: 2015년8월17日, <http://www.zx.suzhou.gov.cn/szzx/infodetail/?infoid=c5549881-088b-434c-85fc-bed5823f802d&categoryNum=004007002>)).

변하지 않았음을 알 수 있다. 『철세계』는 그를 과학소설 창작으로 이끈 번역작품으로, 그 중요성은 두말할 필요도 없다. 후세에 청 말의 과학소설 번역이 논의되었을 때, 바오티엔샤오가 「『철세계』 역여췌언(譯余贅言)」에서 "과학소설은 문명세계를 선도한다. 과학서를 반기지 않는 사람은 있어도 과학소설을 좋아하지 않는 자는 없다. 즉, 그 문명 사상을 수입하는 데 가장 빠른 방법이다"44)라고 쓴 부분이 자주 인용되는데, 이 서적이 중국과학소설의 발전에 계몽 역할을 한 공이 있었음을 알 수 있다.

여기에서 일본어역과 중국어역의 번역의 특징에 주목하고자 한다. 영역본에 대해서는 선행연구에서 논의된 문제점을 앞에서 이야기했는데, 그 외에 중일 번역에 검토할 점이 세 가지 있다. 첫 번째로 일본어 번역본에서는 많은 면수가 삭제되어 있다. 모리타 시켄도 일본어 번역본의 <범례 삼칙(凡例三則)>에서 많은 곳을 마음대로 잘라내 버렸기 때문에 이것을 단순한 번역이라고는 말할 수 없었다. 그래서 '술(術)'을 넣어 '번역술(飜譯術)' 이라는 말로 자신의 번역을 칭한다고 하고 있는 사실이다45). 번역본 내용의 차이가 크면 클수록 검토할 곳이 많아진다. 일본어 번역본의 삭제된 부분에서 모리타 시켄 개인의 과학소설에 대한 상상과 정의를 찾아내는 것이 가능해진다. 두 번째로, 과학소설은 서양에서 들여온 새로운 장르로, 일본어 번역자와 중국어 번역자가 새로운 장르로 표현된 새로운 세계나 일을 어떻게 다루었는지 관찰함으로써 일본과 중국이 어떻게 서양의 새로운 관념을 수용했는지 알아낼 수 있다고 하고 있다. 세 번째로 바오티엔샤오의 교육소설 번역 전략은 이미 많은 연구가 있지만, 과학소설 번역과 닮은 스타일을 찾을 수 있는지 없는지 검토해 봐야 한다는 점이다.

---

44) 包天笑, 「譯余贅言」, p.1.
45) 森田文藏, 「凡例三則」(『鐵世界』, 東京：集成社, 1887), pp.1-2.

4. 번역의 특징

『철세계』는 프랑스의 의학자 '좌선'과 독일 화학자 '인비(忍毗)'가 각각 자신의 이상적인 마을을 만드는 이야기이다. 두 사람은 우연한 계기에 막대한 유산을 물려받아 좌선은 그 돈을 사용해서 미국 서해안에 장수촌을 건설하고, 인비도 마찬가지로 미국 서해안에 연철촌(鍊鐵村)을 건설하는데, 인비는 계속 신형 폭탄을 제조해 프랑스인의 장수촌을 소멸시키려고 한다. 주인공 마극(馬克)은 좌선에게 자식과 같은 젊은이로 여겨지는데, '약한(約翰)'이라는 거짓 이름으로 연철촌에 들어가 인비의 계획을 안 후에 가까스로 마을을 나와 장수촌의 주민들에게 알리러 간다. 인비의 첫 공격 폭탄은 계산 실수 때문에 장수촌에 명중하지 않는다. 두 번째로 공격할 때는 액체탄산이 새어 인비가 순간적으로 동사해 버린다. 이때 인비는 바로 논첩(論帖)을 적고 있었는데, 마지막 서명도 이름의 전반인 '인(忍)'이라는 글자밖에 쓰지 못하고 비운의 죽음을 맞는다. 이야기의 결말은 악은 역시 정의를 무너뜨릴 수 없고, 장수촌이 난을 모면한다는 내용이다. 프랑스의 원저나 영역본과 대조하면 일본어 번역본과 중국어 번역본은 좌선의 아이에 관한 에피소드가 삭제되어 있다. 왜냐하면 모리타 시켄은 마극과 좌선의 딸의 연애가 본 줄거리에 관계가 없다고 생각해서 연애 부분을 삭제해 버리고 좌선의 아들을 방어위원 을투(乙透)로 바꿔치기해 놓았기 때문이다. 이 보조역은 이야기의 종반 부분에 등장해 마극과 함께 연철촌으로 숨어들어가 사실을 폭로할 뿐이다. 영역본은 전반부분에 좌선의 아들 Otto와 주인공 Max의 우정, 그리고 두 사람이 함께 있는 에피소드가 있는데, 이것이 일본어역에서는 모두 삭제되고 이야기의 마지막에 좌선의 딸과 마극이 맺어지는 것도 함께 삭제되어 버렸다.

언뜻 보기에 지엽적인 것 같은 이러한 에피소드를 모리타 시켄이 삭제한 것은 모리타가 과학소설이 표현하는 신세계, 신발명, 새로운 시점을 중

시하는 한편, 소설이 본래 갖는 은폐된 의미를 놓치고 있다는 사실을 보
여주고 있다. 프랑스의 원저나 영역본의 결말에서는 원래 결혼과 가정의
아름다운 이미지가 표현되어 있어, 인비가 밀실에서 혼자 쓸쓸히 죽어가
는 것과 대조를 이루고 있다. 이는 인비가 이 싸움에서 장수촌에 패배했
을 뿐만 아니라 인생이라는 전장에서도 결국은 패배자로 그가 이데올로기
상 실패했다는 사실을 보여주고 있는데46), 이러한 의미는 모리타 시켄이
이와 관련된 에피소드를 삭제함으로써 독자에게 전달되지 않는다. 1887년
10월 22일 『조야신문(朝野新聞)』의 평론에서도 「소년소녀의 정화(小女小男の
情話)」를 삭제함으로써 "1권을 통독하고 목석이 몹시 설킨 모습이 보일 뿐
으로 홍색과 자주색 사이에 이어짐이 없음을 유감으로 생각한다"고 지적
했다.47) 베른은 독일의 과학자 인비의 실패에서 모더니즘의 마이너스 부
분을 들어 그때까지 과학의 진보에 낙관적이었던 견해를 바꾸었음에도 불
구하고, 번역이 아시아에 들어왔을 때에는 일본이 동경하는 강고한 무력
과 문명과학이야말로 모리타 시켄이 관심을 기울이는 포인트로 바뀌어 있
었다. 시켄은 서문에서 베른의 소설을 읽으면 19세기 문명의 진보가 느껴
진다고 말했다48). 베른은 과학소설에서 철학이나 정치문제를 언급했는데,
모리타 시켄의 눈에는 과학밖에 보이지 않았던 것이다.

에피소드를 삭제한 것은 일본 메이지시대나 중국의 청 말에 자주 보이
는 방법이다. 그때까지 바오티엔샤오는 자주 『형아취학기』에서 이탈리아
의 원작과 비교해 삭제부분이 너무 많아 임의로 바꿔 썼다고 비판을 받아
왔다. 그러나 바오의 번역과 원문인 일본어역을 대조해 보면 대부분의 삭
제나 바꿔 쓰기는 일본어의 번역자 스기타니 다이스이(杉谷代水)가 했다는

---

46) Peter Schulman, "Notes", *The Begum's Millions*. by Jules Verne, trans. Standford L. Luce, ed. Arthur B. Evans(Middletown, CT: Wesleyan University Press, 2005), p.216.

47) 藤元直樹, 「明治ヴェルヌ評判記-『鐵世界』編」, p.114.

48) 森田文藏, 「鐵世界序」(『鐵世界』, 東京 : 集成社, 1887), p.10.

점은 명백하다. 『철세계』도 비슷한 상황으로 삭제나 바꿔 쓰기의 내용은 사실은 모리타 시켄이 행한 것으로, 바오티엔샤오에 의한 것이 아니다. 바오티엔샤오는 기본적으로 재료 텍스트에 매우 충실했다. 또한 필자가 지금까지의 연구를 통해 바오티엔샤오의 교육소설 번역에도 몇 가지의 특색이 있다는 사실을 알게 되었다. 예를 들면, 원문 한자를 그대로 사용하거나 현지화, 사자성어의 사용, 쑤저우(蘇州) 방언의 음을 따른 전문적인 명사 용어의 음역, 서문 내용을 일본어 번역본에서 번역하는 등의 특색이다. 이 외에, 이데올로기적으로는 그가 보수적이고 낡은 도덕 가치관을 가지고 있다는 사실이 명백하다. 이 중에서 몇 가지 특징을 이미 『철세계』의 번역본에서 살펴볼 수 있다. 이하에서는 이에 대해 논하고자 한다. 우선, 첫 특징은 사자성어이다. 이야기의 모두(冒頭) 첫 단락부터 사자성어의 특색이 명백히 보인다.

> 夕陽明媚, 萬木蔚蔥, 門外繞以鐵欄, 雜花怒放, 闌內細草如氈, 風景開
> 豁可愛。中有斗室, 明窗淨几, 簾幕斜捲.[49]

『철세계』는 바오티엔샤오의 매우 이른 시기의 번역작품으로, 여기에 사용된 문체는 주로 문어문이다. 바오티엔샤오는 우선 번역으로 시작해서 그 후에 창작을 하게 되었는데, 당시의 상황에 대해 "백화소설은 너무 독자에게 인기가 없고, 역시 문어문이 존중을 받고 있어서 이는 임역(林譯)의 소설에 의한 영향을 부정할 수 없다"[50]고 말하고 있다. 이 때문에 바오티엔샤오의 문체도 고전적인 문어문에 의한 것으로 평가받고 있다. 사자성어를 다용한 문어문적인 쓰기 방식은 특히 풍경묘사에서 자주 등장해 매우 전형적인 중국 전통의 소설 쓰기 방식을 답습하고 있다. 이러한 부분

---

49) 包天笑, 「訳余贅言」, p.1.
50) 包天笑, 『釧影樓回憶錄』(上), p.208.

의 풍경묘사는 일본어 번역에는 없고, 바오티엔샤오가 추가한 것이다. 천 평위안(陳平原)은 청 말의 신소설가의 이러한 형식적인 글쓰기 방식을 비 판하면서, 신소설의 풍경이나 사물의 묘사에 매우 실망했다, 기존의 상투 적 문구가 다용되었다고 지적했다. 신해혁명 후에 출현한 대량의 문어문 의 장편소설도 고서에서 옮겨 적은 '송원산수(宋元山水)', 즉 상투적인 문구 로 가득하다. 천평위안은 "산은 종이 산, 물은 먹물, 모두 생생하게 살아 있는 것은 없다. 도대체 어떤 세상인지 알 수 없다"[51]고도 말했다. 후스(胡 適)도 중국소설에 풍경묘사 기술이 부족하다고 하면서, "풍경묘사 부분에 서는 병문시사(駢文詩詞)가 많은 말이 자연히 일어나 몰려와서 떨쳐내려고 해도 떨어지지 않고 쫓아내려고 해도 쫓아낼 수 없다"[52]고 지적했다. 바 오티엔샤오가 이 단락에 풍경묘사를 덧붙인 것은 전형적인 상투 문구를 끼워 넣기 위함이었다.

두 번째의 특징은 쑤저우 방언을 따른 음역이다. 바오티엔샤오는 쑤저 우 출신으로 펜네임 '오문천소생(吳門天笑生)'은 그의 쑤저우(구칭, 오문)에 대 한 마음을 나타내고 있다. 필자는 이전에 『아동수신지감정(兒童修身之感情)』 의 중역사를 고찰했을 때, 바오티엔샤오가 쑤저우 방언에서 인명이나 지 명을 음역했는데, 린수(林紓)가 푸저우(福州) 방언에서 인명이나 지명을 음 역한 것과 동공이곡(同工異曲)이라고 지적한 바 있다[53]. 이번에 『철세계』의 번역문을 고찰하며 새삼 이 추론이 증명된 형태가 되었다. 주인공인 마극 을 예로 들면, 그 이름은 영역본에서는 Max Bruckmann으로, 모리타 시켄 번역에서는 '마극 모라만(馬克·貌剌萬)', 읽기는 '맥스 블랙맨'[54]으로 되어 있

---

51) 陳平原, 『中国小説敍事模式的転変』(北京大学出版社, 2006), p.114.
52) 胡適, 「老残遊記序」(劉德隆·朱禧·劉德平 編, 『劉鶚及老残遊記資料』, 四川人民出版社, 1984), p.384.
53) 陳宏淑, 「『馨児就学記』前一章 : 『児童修身之感情的転訳史」(『翻訳学研究集刊』第17輯, 2014.6), pp.1-21.
54) 森田文蔵 訳, 『鉄世界』(東京 : 集成社, 1887), p.15.

다. 바오티엔샤오는 '마극 포사맹(馬克浦士孟)'으로 번역했는데, 이 중의 '맹'이라는 글자는 쑤저우 방언으로 'man'으로 발음하는데, 현재 보통말의 'meng'이라는 발음과 달라서 쑤저우 방언의 발음이 표기 마지막 두 글자 '맨'에 가까운 것은 명백하다. 또 'Sedam'이라는 지명의 경우, 일본어 번역본 표기에는 '세단'이라고 되어 있는데, 바오티엔샤오는 '서돈(瑞敦)'이라고 표기했다. 이 '서(瑞)'라는 글자는 쑤저우 방언에서 'ze'라고 발음하고, 보통말의 'rui'와는 다르다. 이 때문에 '세단'의 '세'(se)를 '서(瑞)'(ze)로 번역하는 것은 분명 쑤저우 방언의 영향에 의한 것이다.

세 번째 특징은 서문 번역이다. 바오티엔샤오의 「역여췌언」[55]에서는 번역을 둘러싸고 다섯 가지가 거론되는데, 이 중에서 두 번째와 세 번째는 모리타 시켄의 「철세계 서문」을 참고해 정리한 것으로, 그 자신이 쓴 내용이 아니다. 여기에는 "오늘날 영국의 학자가 해저를 잠수하는 배를 제조했다", "파리의 학자가 공중을 나는 배를 조종해서 대서양을 횡단했다", "영국의 육군이 미국인으로부터 독 폭탄을 구입했다", "벨기에 황후가 궁전에 있으면서 프랑스 대극장 가곡을 들었다" 등, 유럽 문명의 진보를 계속해서 들고 있다. 이 책의 이데올로기에 대해 바오티엔샤오는 "이 책은 독일과 프랑스의 전쟁 이후에 프랑스인의 마음을 기분 좋게 하려고 한 것으로, 책 속에는 독일인의 박정하고 냉엄한 성질이 남김없이 적혀 있고, 다른 사람을 원망하는 마음이 매우 심하다"라고 되어 있다. 이는 모리타 시켄이 "이 저작은 보불전쟁 후에 성립되었다. 그 뜻은 주로 프랑스인의 마음을 기분 좋게 하는 것에 있다. 독일인의 박정하고 냉엄한 풍모를 그리는 데 특히 원망이 깊은 것을 볼 수 있다"[56]고 하는 부분을 번역한 것이 명백하다. 타인의 서문을 자신의 서문의 일부로 만들게 되면 독자들은

---

55) 包天笑, 「訳余贅言」, pp.1-2.
56) 森田文蔵, 「鉄世界序」, pp.10-11.

이를 번역자 바오티엔샤오의 독자적인 견해라고 착각할 수 있다. 실제로 팡링(范苓)은 이 서문에 대해서, 이는 "중국 과학소설의 선구자가 중국 과학소설이 사회를 변혁하는 중요한 의미를 이해한 것이다"[57]고 설명하는 등, 서문에 적힌 내용이 바오티엔샤오 자신의 견해라고 잘못 알고 있었다.

위에서 살펴본 몇 가지의 특징 외에, 베른의 과학소설 그 자체의 특수성도 생각해야 한다. 우선, 과학명사의 번역을 들 수 있다. 과학소설이라면 이야기에 당연히 많은 새로운 명사가 등장하고 신발명이나 새로운 사물 등이 표현된다. 작중에 등장하는 갖가지 새로운 명사는 모리타 시켄, 바오티엔샤오 모두 문중에 주를 넣는 형태로 주석을 보충해서 독자의 이해를 도왔다. 이는 모리타 시켄이 본문 중에 주를 넣었기 때문에 바오티엔샤오도 당연히 이를 번역했다는 것이다. 예를 들면, 모리타 시켄이 '학경(鶴頸)'이라는 말에 '무거운 물건을 올렸다 내렸다 하는 기계'[58]라는 주를 문중에 삽입했고, 바오티엔샤오는 '무거운 물건을 상하로 움직이는 기계'[59]로 번역했다. 그 형태도 한 줄 서술에 상하를 묶는 형태로 비슷하다. 그러나 모리타 시켄이 삽입한 주 외에, 바오티엔샤오는 자신이 별도로 주를 추가적으로 삽입했다. 예를 들면, '구마데(熊手)'를 '일종의 기계 이름'[60], '도가니'를 '금속류를 녹이는 흙으로 만든 그릇 같은 것'[61], '현여(懸輿)'는 '갱도 안에서 타고 오르락내리락 하는 것'[62], '전화기'는 '즉 텔레폰'[63] 등이 있다. 이들 바오티엔샤오가 추가한 주석은 소문자로 2행 쓰기로 되어

57) 范苓, 「明治「科学小説熱」与晩清翻訳 : 『海底旅行』中日訳本分析」(『大連海事大学学報』, 社会科学版, 第8巻第3期, 2009.6), p.123.

58) 森田文蔵 訳, 『鉄世界』, p.45.

59) 包天笑 訳, 『鉄世界』(上海 : 文明書局, 1903), p.30.

60) 앞의 주, p.27.

61) 앞의 주, p.29.

62) 앞의 주, p.38.

63) 앞의 주, p.79.

있어, 모리타 시켄의 한 줄 삽입 주와 다른 형식이 사용되었음을 알 수 있다. 바오티엔샤오가 문중에 삽입하는 주석을 두 줄로 하는 방법은 알레니(Gilulio Aleni, 1582-1649)가 구술 번역한 『천주강생언행기략(天主降生言行紀略)』에도 보인다. 바오티엔샤오의 역주 쓰기 방식은 명조(明朝)의 번역자의 전통을 이은 것으로, 이른바 중국문학의 주석의 전통에 따른 것일 가능성도 있다. 이를 통해 바오티엔샤오가 과학적인 명사를 번역할 때, 일본어 번역본에 따라 주를 붙인 외에 중국 독자가 이해하지 못할 수도 있다고 스스로 판단한 명사의 경우에도 주석을 붙이고 이 경우는 두줄의 소문자로 삽입하는 형태를 사용함으로써 모리타 시켄의 형태와 구별하고 있음을 알 수 있다. 이러한 방식은 그가 번역할 때 독자의 존재를 의식하고, 또한 자각적으로 과학의 새로운 지식을 도입하는 책임을 느끼고 있었던 사실을 보여준다.

  그러나 새로운 명사에 특히 민감했던 때문인지 바오티엔샤오는 보통명사를 새로운 명사라고 착각한 부분도 있다. 예를 들면, 일본어 번역본에 한 소년이 탄광 마당의 말 옆에서 잠들어 있다는 묘사가 있는데, 일본어역에서는 "밤에는 다시 하마(荷馬) 주변에 자며 이를 지킨다"[64]고 되어 있다. 이중에 '하마'라는 것은 짐을 나르는 말을 가리키는데, 바오티엔샤오는 문중에 "갱도에서 사용하는 일종의 기계의 명칭"[65]이라고 주를 넣었다. 이는 바오티엔샤오가 갱도를 몰라 갱도에서 하마를 운반용으로 사용한 사실을 상상할 수 없었기 때문인지도 모른다. 또한 새로운 명사에 익숙하지 않은 탓인지, 바오티엔샤오가 번역한 명사에는 전후가 일치하지 않는 경우가 있다. 일본어 번역본에서는 갱도에 들어가는 장비인 '호흡기'[66]가 있는데, 바오티엔샤오는 '흡기통', '호기통', '호흡기'[67]의 세 종의 번역어로 번

---

64) 森田文蔵 訳, 『鉄世界』, p.54.
65) 包天笑 訳, 『鉄世界』, p.34.
66) 森田文蔵 訳, 『鉄世界』, pp.59-62.

역했다. 우연하게도 모리타 시켄도 인식부족으로 오역한 곳이 있다. 영역본에서는 좌선의 장수촌이 'The scene lies in the United States, to the south of Oregon, ten leagues from the shores of the Pacific'[68], 즉 미국의 오리건 주에 있다고 적혀 있다. 그러나 모리타 시켄은 이 위치에 대해 '합중국의 서해안에서 해변을 가로질러 10리 정도 간 곳에 있는 <u>오리건 강</u>의 남쪽'[69]으로 적어 오리건 강으로 번역했다. 이 때문에 바오티엔샤오도 그를 따라 오역해, '합중국의 서해안, 해변에서 10리 남짓 떨어진 곳의 오리건 강의 남쪽에 있다'[70]고 적었다.

『철세계』의 과학소설로서 또 하나의 특색은 많은 단위가 등장하며 이야기에 기계의 크기나 건물의 개관을 묘사하고 있는 점이다. 서양의 단위가 동양에 들어올 경우, 일본이나 중국에서 관용적으로 사용되고 있는 단위로 전환하지 않으면 독자는 그 길이, 무게, 크기 등을 실감할 수 없을 것이다. 일본어 번역본에서는 모리타 시켄이 길이의 단위-'야드(yard)'와 '피트(feet)'를 취급할 때, 특히 혼란스러워한 사실을 확인할 수 있다. 예를 들면 포탄의 사정거리 2만 야드를 '4리 20정'[71]이라고 표현하고, 거리상으로는 비슷하기는 하지만 집이 도로에서 '10야드' 떨어진 곳을 모리타는 '10피트'[72]로 번역했다. '10야드'라면 '38척'이 옳다. 또한 가장 작은 주물장(鑄物場)의 길이가 약 '450피트'라고 되어 있는데, 이를 모리타 시켄은 '80간(間)'으로 번역하고 있고[73], 이는 정확한 수치인 75간과 상당히 가깝다. 그러나

67) 包天笑 訳, 『鐵世界』, pp.38-39.
68) Jules Verne, *The Begum's Fortune*, trans. W. H. G. Kingston (Philadelphia: J. B. Lippincott, 1979), p.63.
69) 森田文蔵 訳, 『鉄世界』, p.29.
70) 包天笑 訳, 『鉄世界』, p.20.
71) 森田文蔵 訳, 『鉄世界』, p.86.
72) 앞의 주, p.123.
73) 앞의 주, p.45.

한편으로 갱도의 지저의 깊이 '1500피트'를 모리타는 '60간'[74]으로 번역했
다. 이 경우의 정확한 숫자는 '251간'으로, 면적 단위의 오차는 더욱 크게
벌어지고 있다. 장수촌의 땅값은 0달러에서 1헥타르 당 180달러로 올랐는
데, 모리타는 1평에 180엔(圓)[75]이라고 번역해서, 1헥타르=3000평으로 생각
하면 이 가격 차이는 너무나 크다. 이는 모리타 시켄이 단위 환산에 대해
그다지 신경을 쓰지 않았음을 보여주는 것이 아닐까.

   마찬가지로 바오티엔샤오도 단위 환산이 부정확한 문제가 있다. 일본어
에서 사용하는 '간(間)'과 '정(町)'이라는 단위를 바오는 때로는 직접 사용했
다. 예를 들면, 전술한 포탄의 사정거리가 '4리 20정'이라는 부분을 바오티
엔샤오는 그대로 '4리 20정'[76]이라고 번역해서 중국어 독자가 이해할 수
있는지 어떤지를 생각하지 않았다. 때때로 중국어 독자가 잘 알고 있는
단위로 번역한 경우도 있지만, 바오는 단위를 중국의 것으로 바꾸어도 숫
자를 환산하지 않았다. 예를 들면, 전술한 갱도의 깊이가 지하 약 '60간'이
라는 부분을 바오티엔샤오는 '60장(丈)'[77]이라고 번역했다. 그러나 '60간'은
약 '30장'과 같다. 다른 예로서는 '수십 간'을 '십수 장', '6간 정도'를 '67장
정도', '2백간 사방 안에'를 '2백 장 세제곱 이내'로 번역한 예 등이 있다.
더욱이 '20간'을 '12장', '2간 남짓'을 '10장 남짓'으로 번역한 경우도 있다.
바오티엔샤오는 한자를 그대로 사용하는 것을 좋아했을 뿐만 아니라, 단
위의 번역에서도 일본의 단위를 그대로 사용하거나 중국의 단위로 해도
숫자를 그대로 사용하거나 혹은 환산해도 그 결과가 정확하지 않은 경우
도 있었다. 이는 바오티엔샤오가 단위 환산을 할 수 없었든지, 아니면 진
지하게 하려고 하지 않고 가장 편안한 방법으로 숫자나 외국의 단위를 직

---

74) 앞의 주, p.54.
75) 앞의 주, p.160.
76) 包天笑 訳, 『鉄世界』, p.52.
77) 앞의 주, p.35.

접 사용했다고 생각된다. 물론 모리타 시켄도 바오티엔샤오도 과학소설이라는 특수한 장르에 임할 때 숫자와 단위의 정확성의 중요함에 대해서는 인정하지 않았거나, 능력이 없었거나, 의식하지 않았을 가능성이 있다. 이는 역시 이 두 사람의 번역자에게 당시 정확함을 추구하는 과학적인 태도가 부족했다는 사실을 보여주고 있는 것이다.

5. 끝내며

전체적으로 정리하면, 『철세계』의 중역사 연구에서 특이한 점을 네 가지 이끌어낼 수 있다. 첫째, 작자가 진정한 작자가 아니고, 번역자가 진정한 번역자가 아니었다는 사실이다. 둘째, 과학소설이 특히 모리타 시켄과 바오티엔샤오의 흥미를 끌었다는 점이다. 셋째, 모방이나 그대로 옮기는 것이 바오티엔샤오의 가장 분명한 번역의 특징이다. 그리고 넷째, 모리타 시켄의 주밀역과 바오티엔샤오의 삭제, 바꿔 쓰기 스타일이 아직 나타나 있지 않다는 점이다. 먼저 첫 번째 사실을 살펴보면, 이 이야기의 최초의 작자는 Paschal Grousett인데, 베른이 개작하는 과정에서 스폰서인 Pierre-Jules Hetzel이 많은 의견을 내었고[78], 이 때문에 프랑스어 원저의 진정한 작자를 베른이라고 단정할 수 없다. 영역본의 번역자 킹스톤도 진정한 번역자가 아니고, 실제로는 그 아내가 번역한 것이다. 일본어 번역의 번역자 '홍작원주인'도 사실은 모리타 시켄이다. '시켄 거사(居士)'는 고의로 '홍작원주인'이 자신의 친구라고 강조했는데, 실제 번역자는 본명 모리타 분조, 즉 모리타 시켄이다. 이와 같은 흥미로운 현상은 번역 연구가 원저와 작자를 중심으로 한 흐름을 타파하고 있는 사실과 호응하고 있다. 이른바

---

78) Peter Schulman, "Introduction.", pp.xiii–xxxix.

원저나 작자가 상당히 부확정적인 경우, 재료 텍스트의 번역자가 진정한 번역자가 아닐 때, 번역의 충실성은 이미 번역 연구가 주목하는 포인트가 아니게 된다.

두 번째의 사실을 살펴보면, 모리타 시켄도 바오티엔샤오도 『철세계』를 번역하기 전에 별도의 번역작품을 발표했다. 모리타 시켄의 첫 번역은 「인도 태자 사마 이야기(印度太子舍摩の物語)」로, 이는 혹평을 받았다[79]. 즉, 『철세계』는 그가 「호치총담」의 계몽적 성격에 맞춰서 집필방침을 바꾼 후에 재도전한 번역작품인 것이다[80]. 한편, 바오티엔샤오의 첫 번역작품인 『가인소전』은 주로 양즈린(楊紫麟)이 구술한 내용에 따른 것으로, 바오티엔샤오는 단지 중국어를 정리했을 뿐이다. 이 두 사람의 번역자가 과학소설 『철세계』를 실력을 시험하는 출발점으로 삼은 것은 어쩌면 스토리의 강렬한 과학성과 이상성에 이끌렸거나, 혹은 이 작품이 독자를 끄는 신선한 모티브가 되어 앞으로 번역 인생의 가장 좋은 스타트가 될 것이라고 생각했기 때문은 아닐까. 그러나 결국 두 사람은 번역을 막 생업으로 삼기 시작한 때여서 지리나 과학의 새로운 지식을 접했을 때, 혹은 다양한 단위를 취급할 때 아직 익숙하지 않았다는 사실을 알 수 있다. 이러한 사실은 세 번째의 사실로 연결된다. 번역 능력이 아직 좋지 않았던 바오티엔샤오가 가장 자주 사용한 번역 전략은 일본어 번역문 내용을 참고한 다음 정리하든가, 아니면 그대로 옮기는 방법이었다. 이는 서문이나 전문 용어, 단위, 숫자 등도 포함된다. 바오티엔샤오는 타인의 서문을 자신의 의견으로 사용하는 것이 얼마나 부적절한 일인지, 또 번역한 단위-길이, 면적, 가격 등

---

79) 川戸道昭・榊原貴教 編, 『図説翻訳文学総合事典第1巻図録日本の翻訳文学·図説日本翻訳文学史』, p.123.

80) 후지이 히데타다(藤井淑禎)의 연구에 따르면, 「금려담(金驢譚)」(不語軒主人 譯)의 번역은 「프랑스의 두 학자 이야기(仏曼二學士の譚)」보다 앞선 것으로 되어 있는데, 「금려담」은 오락성이 높은 작품으로 「호치총담(報知叢談)」 본래의 계몽적 성격과 거리가 있다. (藤井淑禎, 「森田思軒の出発-「嘉坡通信報知叢談」試論」『国語と国文学』第54巻第4号, 1977.4, pp.30-31).

이 정확한지 어떤지, 이치에 맞는지 등을 의식하지 못했다. 이러한 점들은 역으로 말하면 이 당시의 바오티엔샤오가 재료 텍스트에 매우 충실했다는 사실을 반영하고 있다. 그 때문에 네 번째로 이야기하고 싶은 점은, 바오티엔샤오가 번역 연구사에서 멋대로 삭제나 바꿔 쓰기를 한다고 연구자들에게 자주 지적을 받았는데, 실제로는 그 대부분의 번역이 바오티엔샤오가 의거한 일본어 번역에 충실했고, 『철세계』도 물론 그랬다는 사실이다. 모리타 시켄은 원래 주밀 문체로 유명한데, 『철세계』의 단계의 번역작품은 아직 축어역이나 주밀체라고 할 수는 없다. 두 번역자 모두 이 작품을 통해 행한 번역은 과거의 번역사 연구자가 부여한 평가에는 합치되지 않는다.

『철세계』는 모리타 시켄과 바오티엔샤오가 과학소설의 길로 들어가는 입구가 되었을 뿐만 아니라, 그 후에도 일련의 영향을 미쳤다. 1897년에 가와카미 오토지로(川上音二郎)는 모리타 시켄의 『철세계』를 원작으로 해서 이 이야기를 연극으로 상연했다[81]. 1908년에는 한국에서도 『철세계』가 출판되었다. 번역자는 이해조로, 『철세계』는 근대 이후 1907년의 『해저여행기담』으로 이어져 한국에서 번역된 두 번째 과학소설이 되었다. 최서연의 연구 목록에 따르면, 이해조의 한국어판 『철세계』는 바오티엔샤오의 중국어 번역본에서 번역된 것으로 생각된다. 이 외에 고양씨부재자(高陽氏釜才子)는 1909년에 『소설시보(小說時報)』에 서명이 불과 한 글자 다른 『전세계(電世界)』를 발표했다. 린지엔친(林建群)은 이 서명에서 알 수 있듯이 이 작품은 『철세계』에서 힌트를 얻어 창작된 과학소설이라고 지적했다[82]. 이러한 『철세계』의 사후 영향은 소설이 연극화된 뒤에 어떻게 로컬리제이션화했는지, 바오티엔샤오의 중국어 번역본이 이해조에 의해 한국어로 번역

---

81) 藤元直樹, 「明治ヴェルヌ評判記-『鐵世界』編」, p.125.
82) 林健群, 『晚清科幻小說研究1904-1911』(国立中正大学中国文学所, 修士論文, 未出版, 1997).

된 뒤에 어떻게 변화했는지, 혹은 『전세계』가 어떻게 『철세계』의 영향을
받았는지 등에 대해 실제로 텍스트를 독해하고 비교해 보지 않으면 답을
발견할 수 없다. 이는 본 연구의 금후 과제로 삼겠다. 이들의 더 발전된
형태나 변화를 알아봄으로써 『철세계』의 중역사를 보다 풍부하고 완전한
것으로 정리해 갈 생각이다.

번역 : 김계자

제3장

언어체험으로서의 여행

―사토 하루오(佐藤春夫)의 타이완물(台湾もの)에 있어서의 월경―

고노 다쓰야(河野龍也)

1. 들어가며―사토 하루오와 타이완(臺灣), 푸젠(福建) 여행

시인이자 소설가로 알려진 사토 하루오는 1920년 여름, 3개월 반 동안 식민통치하의 타이완에 머물렀다. 당시 그의 나이는 29세. 1918년, 소설「전원의 우울(田園の憂鬱)」(『중외(中外)』 1918, 9)의 성공으로 데뷔한지 얼마 되지 않은 신진 작가였던 그는 부인의 부정으로 인한 정신적인 피로와 남편에게 배신당하면서도 그 사실을 모르고 있던 친구의 부인, 다니자키 지요(谷崎千代)에 대한 동정과 사모의 마음 때문에 신경쇠약 상태에 빠져 있었다. 고향인 신구(新宮)에서 요양 중이던 그는 1920년 6월, 다카우(打拘, 현재는 가오슝(高雄))에 치과 병원을 신축한 신구중학의 동급생, 히가시 기이치(東熙市)와 우연히 재회하게 되는데, 그의 권유로 타이완을 방문하게 된다. 7월 6일, 지룽(基隆)에 입항한 후, 타이베이(台北)의 총독부 박물관에서 모리 우시노스케(森丑之助, 원주민족 연구자)를 만나 여행 계획을 의뢰하고 다음날 아침, 히가시의 집에 도착. 다카우를 거점으로 반대편에 위치한 푸젠성(7월

21일 다카우 출발, 8월 4일 샤먼(廈門) 출발), 펑산(鳳山), 타이난(台南) 등의 주변 도시를 둘러보았다. 또 9월 16일에는 모리 우시노스케가 세운 타이완 종단계획에 따라 다카우를 떠나 자이(嘉義), 신강(新港), 지지(集集), 르웨탄호(日月潭), 푸리(埔里), 우서(霧社), 넝가오(能高越), 타이주(台中), 루강(鹿港), 코로톤(胡蘆屯), 우펑(霧峰) 등을 거쳐 10월 2일, 타이베이에 도착했다.[1] 이 여행은 입산허가, 안전행로 등 여러 면에서 총독부의 각별한 보호 하에 이루어졌다. 타이베이에서 모리 우시노스케의 집에 머물다가 10월 15일, 지룽을 출발한 그는 오다와라(小田原)의 다니자키 준이치로(谷崎潤一郎)의 집으로 직행해 부인과 이혼한다. 또 다니자키의 합의 하에 지요와의 결혼을 꾀하지만 결국 다니자키의 번복으로 이 혼담은 파탄에 이르게 되는데, 이를 "오다와라 사건"이라 한다.

사토 하루오에게 있어 타이완·푸젠 여행은 두 가지 점에서 중요한 의미를 가진다. 먼저, 계속되는 정신적인 충격으로 창작 의욕이 사라지고 있던 당시, 여행의 추억을 씀으로써 집필 활동을 유지할 수 있었다는 점. 두 번째는 여행의 실체험을 묘사함으로써 괴기, 환상을 주체로 하는 가상 소설에서 '사소설'로 전환하는 준비를 할 수 있었다는 점이다. 「오다와라 사건」 후, 『순정시집(殉情詩集)』(新潮社, 1921. 7)에서 지요에 대한 미련을 토로하는 한편, 푸젠성의 여행을 소재로 한 『남방기행(南方紀行)』(新潮社, 1922. 4)을 출판했다. 또, 타이완 관련 중에서도 「르웨탄호에서 즐긴 이야기(日月潭に遊ぶの記)」(『改造』, 1921. 7), 「메뚜기의 여행(蝗の大旅行)」(『童話』, 1921. 9), 「응조화(鷹爪花)」(1923. 8) 「마조(魔鳥)」(『中央公論』, 1923. 10) 「여행자(旅行者)」(『新潮』

---

1) 하루오의 작품으로는 타이베이에 도착한 정확한 날짜를 알 수 없다. 종단 여행 중에 총무장관 시모무라 히로시(下村宏)의 1920년 10월 2일자 일기에 방문자 하루오, 우시노스케의 이름이 기록되어 있다. 시모무라 장관은 후년, 사토 하루오의 방문을 타이완 선전의 좋은 기회로 삼으려 했다고 밝히고 있으나, 하루오의 작품에는 총독부의 지령으로 자신에게 과잉 접근하는 타이완 관민의 사대주의를 비웃는 시선을 찾아볼 수 있다.('여행자', '식민지 여행' 등)

1924. 6), 「우서(霧社)」(『改造』, 1925. 3), 「여계선기담(女誡扇綺譚)」(『女性』, 1925. 5), 「기담(奇談)」(『女性』, 1928. 1), 「식민지 여행(殖民地の旅)」(『中央公論』, 1932. 9-10) 등 10편에 가까운 작품을 썼으며, 여계선기담(『女誡扇綺譚』, 第一書房, 1926. 2) 을 단행본으로 출판하는 외에 대표적 작품을 작품집 『우서(霧社)』(昭森社, 1936. 7)에 수록했다. 이 작품들은 오랫동안 낭만주의 작가의 이국주의의 일면으로 이해되어 왔으나[2] 90년대 이후, 타이완학(臺灣學)이 발전하면서 사회적 비평성이 재평가되어[3] 최근 일본문학 분야에서도 주목을 받고 있다.

본고에서는 사토 하루오가 타이완, 푸젠 여행을 어떻게 작품으로 정착시켰는지에 대해 고찰하고자 한다. 그 대상은 『남방기행』과 「여계선기담」이다. 특히 작품 속에 나타나는 사용 언어에 주목하여 이문화 표상과 체험 기술의 양상을 살펴보고자 한다. 이는 사토 하루오가 여행 중 커뮤니케이션의 곤란을 겪는 장면에 처할 때마다 이문화 이해의 가능성, 식민지 사회구조를 '언어'라는 면에서 고찰한 흔적을 찾아볼 수 있기 때문이다.

2. "일본인"이라는 불안-「샤먼의 인상」(『남방기행』)

"언어"에 대한 주목은 당시 다른 작가가 쓴 아시아 기행문에서는 찾아볼 수 없는 그만의 특색이라고 할 수 있다. 다이쇼 중기, 장거리 철도망이 정비됨에 따라 중국 관광이 관심을 끌게 되고 도쿠토미 소호(德富蘇峰), 다니자키 준이치로, 아쿠타가와 류노스케(芥川龍之介) 등의 문필가들이 앞 다투어 시찰 여행을 떠나게 된다. 하지만 그들의 여행은 현지에 있던 일본

---

2) 松風子(島田謹二), 「佐藤春夫氏の『女誡扇綺譚』「華麗島文学志」」(『台湾時報』231, 1939.9).

3) 후지이 쇼조(藤井省三), 「식민지 타이완에 대한 시선-사토 하루오의 「여계선기담」을 중심으로-(植民地台湾へのまなざし-佐藤春夫「女誡扇綺譚」をめぐって-」(『日本文学』42(1), 1993.1). 이 논문은 종래의 '이국정취적 문학'론의 계보를 비판하여 연구사에 파문을 일으켰다.

인들이 주도한 것으로, 안전한 조계지에 머물며 명소를 둘러보는, 문자 그
대로 관광여행이었기 때문에 그들의 여행기에는 언어로 인한 문제를 겪는
경험이 거의 등장하지 않으며 현지 사회의 내부에 들어간 흔적도 찾아볼
수 없다. 그에 비해 사토 하루오는 샤먼 출신의 데쿄쥬(鄭亨綬)[4]와 함께 푸
젠성을, 쭤잉(左營) 출신의 진소카이(陳聰楷)와 펑산과 타이난에, 루강 출신
의 교마키(許媽葵)와 함께 타이주 근교라는 식으로 모든 곳을 현지인의 안
내를 받아 여행했다는 점에 주목해야 한다. 사토 하루오는 그들과 함께
통상적으로는 일본인이 들어갈 수 없는 공간으로 들어갔다. 여행이라는
제한이 있었다고는 해도 그의 작품에 그려진 체험은 극히 희소적이고 농
밀한 이문화 체험이라 할 수 있는 것이다.

『남방기행』은 다카우에서 타이완 해협을 건너 푸젠성의 아모이(廈門)와
장저우(漳州)를 여행한 약 2주 간의 체험을 그린 기행문이다. 전 해인 1919
년, 베르사이유 회의에서 일본의 산둥 권익이 조인된 것을 계기로 발발한
5·4운동이 중국 전역으로 퍼져나갔는데, 특히 푸젠성에서는 그해 말 일어
난 푸저우 사건[5]이 이와 겹쳐졌다. 또한 일본의 권익 보호에 의해 대두된
타이완 상인에 대한 경계심마저 더해져 화난(華南) 지방 중에서도 아오이
와 샤먼은 특히 반일 감정이 심했던 곳으로 알려져 있었다.[6] 『남방기행』
의 제1장인 「샤먼의 인상」에는 아무것도 모른 채 반일 감정이 있는 여관

---

4) 작품 속 정씨 성을 가진 인물이 데쿄쥬(鄭亨綬)라는 증거는 졸고 「사토 하루오 『남방기행』
   의 중국 근대(3)—동시시(東熙市)와 데쿄쥬(鄭亨綬)(佐藤春夫『南方紀行』の中国近代(3)—東
   熙市と鄭亨綬)」『実践国文学』 84, 2013.10)를 참조하기 바란다.
5) 1919년 12월, 푸젠성 푸저우에서 일본인과 타이완인이 반일 활동을 하던 중국인에게 폭행
   을 가하는 푸저우 사건이 발생했다. 이후 일본 정부가 구속자 석방을 위해 군함으로 위협
   하자 북양(北洋) 정부가 철회 요구를 하는 정부 간의 국제 문제로 발전했다. 이 사건을 배
   경으로 1920년 푸젠성에서는 일본인에 대한 항의 활동이 활발해졌다.
6) 1920년 7월 20일자 편지에서 모리 우시노스케도 하루오에게 '이 지방에는 반일 감정이 있
   으니 여행 도중 주의하시기 바랍니다'라고 주의를 주고 있다. (新宮市立佐藤春夫記念館
   編, 『佐藤春夫宛森丑之助書簡』新宮 : 新宮市立佐藤春夫記念館, 2003).

에 숙박했던 공포 체험이 묘사되어 있다. 숙박한지 이틀 째 되는 밤, 숙소의 종업원이 침대에 넣어 둔 돼지 뼈를 발견하고 그것이 반일 감정임을 알아차렸을 때, '나'는 깜짝 놀라 주위를 둘러보고는 처음으로 자신이 안전한 조계지가 아닌 타국의 번화가에서 자고 있으며 그것이 얼마나 위험한지 생각하게 된다.

　　어찌된 일인지 둥근 뼈 조각이 튀어 나왔다. 예상치 못한 이 물건은 자세히 보니 돼지 등뼈인 듯하다. 아마도 종업원의 장난임에 틀림없을 것이다. 내가 일본인인 것을 알고는 주방 주변에서 개가 물어뜯던 것을 가져와 이런 발칙한 일을 한 것 같다. 나는 이 기분 나쁜 물건을 발로 차서 침대 아래로 떨어뜨렸다. 다시 한 번 전등을 끄고 이곳에서 느낀 일본인에 대한 악감정을 생각해 보았다.-바로 어제 산책을 하다가 본 벽의 낙서를 생각했다. "청도문제로 온 세상이 분노하고 있다(靑島問題普天共憤)" "나라의 수치를 잊지 말자(勿忘國恥)"라고 씌여 있었다.-일본 상품 불매 운동(日貨排斥)에 관한 것으로는 "적의 물건을 쓰지 말자(勿用仇貨)" "질 떨어지는 물건을 사용하지 말자(禁用劣貨)"라고 적혀 있는 것도 있었다. 또 어떤 술 취한 사람이 나에게 다가왔는데 "이놈은 일본인이다!"라고 말하는 것 같았다.

여기서 주목하고자 하는 것은 '일본인'이라는 것을 자각한 순간, 어제 본 거리의 풍경이 하나씩 떠올랐다는 것이다. 5·4운동과 관련된 정치적 슬로건이나 일화(日貨) 배척에 관한 표어, 또 술 취한 사람의 행동 등 샤먼의 거리는 애초부터 반일 감정으로 가득 차 있었다. 하지만 돼지뼈 사건이 일어나기 전까지 이상하게도 '나'는 그것들이 직접 자신을 위협하는 기호라는 것을 알아차리지 못했던 것이다. 그런데 "보고 있으면서도 보지 않는" 이 이상한 사태는 어떠한 조건 하에서 환기된 것일까?

원래 동행한 데쿄쥬는 타이완에 살고 있었지만 샤먼 출신이기 때문에 일본어를 할 줄 몰랐다. 그래서 모든 안내와 통역은 필담이나 영어로 이루어졌다. 서로 모국어가 아닌 언어를 사용한다는 점에서 두 사람의 입장은 대등했던 것이다. 하지만 샤먼에 도착해 배에서 내린 순간, 상황은 일변한다. 정은 '나'를 방치하고 옛 친구와 지인을 만나러 간다. '샤먼의 언어'가 형성하는 하나의 '장'에 '나'만 참가할 수 없다는 소외감은 동행한 타이난 상인 진(陳)과 두 명의 손님, 그리고 '나', 이렇게 다섯 명의 연회가 시작된 둘째 날 밤에 극에 달하게 된다. "말을 모른다는 것이 주된 원인이겠지만, 나는 아무래도 따돌림을 당하는 느낌이 들어 기분이 좋지 않았다." 이처럼 '나'의 불만은 명확한 형태로 나타나게 된다.

이 문장을 시작으로 「샤먼의 인상」에서는 언어의 불통에 기인하는 소외감이 빈번하게 등장하게 된다. 다 함께 기생집에 가서도 말이 통하지 않는 '나'는 "기분 나쁜 얼굴"로 "이방인이라는 기분을 절절히 느끼며" 같이 간 사람들을 구경할 수밖에 없다. "이방인인 나에게는 아무도 말을 걸지 않고 그들의 언어-나는 절대 알지 못하는 말로 이야기하고 있다." 그리고 정은 그 중 한 사람에게 '나는 알지 못하는 말로 뭔가 두 세 마디 하고'약속을 한 뒤, '나'를 방으로 데리고 가더니 샤먼의 어둠 속으로 사라져버렸다. 혼자 남겨진 '나'는 "알 수 없는 말을 하는 사람들 사이에서" 잠들어야하는 불안에 떨었고, 그 결과 "일본인에 대한 반감이 격렬한 오늘날 이 거리"에 혼자 남아 있다는 위험을 느낀다. 그리고 "말이 통하지 않아 서로의 의지를 전달할 방법이 없는 상황에서" 자신이 살해당하는 망상을 할 때, 돼지 뼈는 등 뒤에서 자신의 등을 찌르는 적의 가득한 칼끝으로 인식되는 것이다.

영어로 행한 대등한 소통이 사라진 순간, '나'의 앞에는 언어의 벽이 생겨났다. 거기서 생겨난 소외감과 고독은 '내'가 '일본인'이라는 자각을 하도록 만들었다. 『남방기행』은 '언어'가 자기인식에 있어 그 역할이 얼마나 큰 것인지를 반복해서 말하고 있다. 하지만 '내'가 '일본인'이라는 내셔널 아이덴티티를 부정적인 형태로 받아들이는 프로세스는 단순하지 않다. 이는 같은 작품 안에 자신을 '이방인'이라고 규정하는 다른 단계가 존재하고 있기 때문에다. 이 두 개의 언어에는 의도적인 구분이 있고, '나'의 자기인식은 그 둘 사이를 미묘하게 오가고 있다. '일본인'이라는 것과 '이방인'이라는 것 사이에는 어떠한 차이점이 있는 것일까?

3. '이방인'의 도취-「루장(鷺江)의 월명」(『남방기행』)

1920년대 샤먼의 도시정보에 의하면 데쿄쥬와 '내'가 숙박했던 화난여관(華南旅社)은 영국 조계지에서 남쪽으로 떨어진 오래된 선착장을 에워싼 거리(수선궁(水仙宮) 거리)에 실제로 존재했던 것이라는 것을 확인할 수 있다.[7] 이 여관은 물에 관한 오신(五神)을 모신 수선궁 앞에 있으며 범선 시대 일본과 타이완에서 남양(南洋)에 이르기까지 폭넓은 교역항으로 발전해 온 항구 도시 샤먼의 기억을 농밀하게 떠오르게 하는 공간이었다. 또 인접한 리아우아(寮仔後) 거리는 항로 안전을 주관하는 마조궁(媽祖宮)을 중심으로 발전해 항상 변화한 거리를 형성하고 있었다. 지리 관계상 「샤먼의 인상」에서 '내'가 갔던 '기생집'도 이곳에 있었다고 생각할 수 있다. 하지만 샤먼의 기생에 대한 '나'의 첫 인상은 "조금도 아름답지 않고 그들이 부르는 노래가 좋건 나쁘건 내 알 바 아니었다"라고 낙담을 하게 된다.

하지만 『남방기행』 제 4장 「루장의 월명」에서 '나'는 다시금 루아우아 거리의 '기관(기생집)'을 방문하게 된다.[8] 이 때 '나'의 감상은 같은 기행문

7) 화난여관을 포함해 1920년 당시 샤먼에 관한 고증은 졸고 「사토 하루오 『남방기행』의 뒷골목 세계-샤먼 조계와 담배 전쟁의 「애국」(佐藤春夫 『南方紀行』の路地裏世界-廈門租界と煙草商戰の「愛国」)」(『アジア遊学』167, 2013.8)을 참조하기 바란다.

8) 「샤먼의 인상」에서는 거리 이름이 나와 있지 않은데 「루장의 월명」에는 거리 이름이 명시되어 있다. 전자가 골목길이고, 후자는 배를 타고 갔다는 차이는 있지만 지리적으로 두 장소는 같은 곳인데, 하루오가 몰랐을 가능성도 있다.

이라고는 생각하기 어려울 정도로 달라져 있다. 이 날, 근교에 있는 지메이(集美)에서 학교 참관을 마친 '나'는 돌아오는 배 안에서 루쟝(샤먼항)의 노을을 보고 깊은 감동을 느끼고는 그 밤의 정취를 즐기고 싶다고 데쿄쥬에게 부탁을 한다. 데쿄쥬는 대찬성을 하고 자산가인 린젠타이(林正態)를 불러내자고 제안해 함께 루아우아 거리로 갔다. 린젠타이의 부친인 린이상(林李商, 祖密)은 타이완 우펑린(霧峰林) 가문의 적자(赤子)로, 일본의 지배가 싫어 중화민국으로 복적(復籍)한 무장이었으나, 그 아들은 온화한 귀공자였다. '나'는 그가 아름다운 기녀 소부귀(小富貴)와 함께 있는 모습을 보며 "내가 연애 이야기를 쓴다면 이 두 사람 이야기를 쓸 것이다"라며 두 사람의 아름다움을 찬미하고, 특히 여자에 대해서는 "그녀는 내가 지금까지 본 여성, 일본의 여성을 포함해서 '진정한 아름다움'이라 할만하다"고 절찬에 가까운 감상을 하고 있다. 또한 그곳에서 들은 음악도 "지금껏 한 번도 음악을 듣고 진정으로 유쾌하다고 느낀 적이 없었는데, 이 음악이 내 마음을 이루 말할 수 없는 격앙의 상태로 이끈 것은 내가 생각해도 이상한 일이다"라고 쓰고 있다. 언어의 불통이라는 문제는 지난번과 똑같다. 하지만 그는 "말이 통하면 이 여인들도 일본의 기생들과 똑같이 비속한 말을 무의미하게 내뱉는 것이 들릴 텐데, 아무것도 모르는 내게는 이계의 말이 낭랑한 새소리처럼 들리니 감사한 일이다"라고 하며 "기녀들이 가끔씩 이방인이 있음을 생각해 내고 손짓으로 아직 차 있는 술잔의 술을 억지로 마시게 하고 다시 새로운 술을 따라주면 그 이후 당분간은 신경 쓰지 않는 것에 감사하며" 달을 바라보고는 아이헨도르프의 "향수"의 한 구절을 "내 나라 말로" 몇 번이고 읊조리며 도취되었다고 말하고 있다.

「루쟝의 월명」속의 '나'는 「샤먼의 인상」과 마찬가지로 언어로 인해 연회에서 소외되지만 그 고독을 '이방인'에게만 허락된 여수(旅愁)의 특권이라고 생각할 수 있는 여유를 가지고 있다. 역설하면 샤먼의 여행을 즐기려 한다면 '나'는 일본인이어서는 안 되는 것이다. 이러한 아이덴티티의 구분에 관해 『남방기행』의 기술은 실로 용의주도하다. 「루쟝의 월명」에서 '내'가 읊조리는 노래의 언어는 '일본어'가 아닌 '내 나라의 말'로 직접성을 회피하고 있으며, 게다가 그 노래는 독일어 노래를 번역한 것이다.

이 뿐 아니라 「루쟝의 월명」은 실로 다양한 해외 예술의 이미지를 사용하고 있다는 점에 그 특색이 있다. "타고르의 붓"이 그린 해변의 백로를 보면서 감상하는 해질녘 루쟝의 저녁풍경은 "알베르 사맹의 시"도 "앙리 드 레니에의 소설"도 미치지 못하는 아름다움이었다. 샤먼 거리의 등불은 "윌리엄 터너의 구도", 그리고 자신들이 타고 있는 배는 "제임스 휘슬러가 그린 배"이다. 이 풍경 속에서 '이방인'인 '나'는 아직 보지 못한 아름다운 기생 소부귀에 관한 이야기를 들으며 가슴 두근거리고 있다.

「루쟝의 월명」은 「샤먼의 인상」에서 자신을 '일본인'이라고 규정해 버린 '내'가 즉, 자신을 중국이 배척하는 대상으로 구체적으로 이미지화한 '내'가 예술적 힘을 빌려 자기 자신을 코스모폴리탄적인 '이방인'으로 되돌렸다. 그리하여 잃어버렸던 '여수'의 로마네스크한 세계를 회복하고자 하는 것을 읽어낼 수 있다. 이 때 '언어의 불통'은 오히려 상상을 즐기기 위한 긍정적인 조건으로 전환된다.

사실 '샤먼의 언어'의 공동체에 거절당한 체험을 쓴 「샤먼의 인상」도 "언어의 불통"이 공포의 직접적인 원인이 되는 것은 아니었다는 것에 주목하고자 한다. "나는 알지 못하는 말로 뭔가 두 세 마디 하고" 비밀의 장소로 떠나버린 정과 진. 정은 돌아오지만 진은 거리에서 만난 창녀와 사랑에 빠져 계속해서 아편 연기 속에서 잠을 잤다고 한다. '내'가 계속해서 그런 진의 행동을 신경을 쓰는 것은 그를 사로잡은 샤먼의 파멸적인 매력에 '나' 또한 강하게 매혹되었다는 증거이다. 그리고 그 정도로 '나'의 상상력이 자극된 원인 중 하나는 분명 언어의 벽에 의해 '내'가 거부되었다는 것에 대한 미련인 것이다.

공통의 '언어'를 사용하는 사람들이 같은 세계에 살고 있다는 것. 그리고 그 세계에 참여할 수 없는 자는 궁극의 고독을 느낌과 동시에 '언어의 벽' 저편에 있는 것에 대해 끊임없이 상상하게 된다는 것. 『남방기행』이 보여주는 이러한 사토 하루오의 생각은 친밀함을 느끼지만 서로 대화는 할 수 없었던 쥬유팅(朱雨亭)을 회상하는 최종장 「쥬유팅, 그 외」에 명료한 형태로 요약되어 있다. ―"말이 통하지 않는다는 것은 우리가 다른 두 개의 세계에 살고 있고, 게다가 서로 통하는 길도 없는 것과 같다"

4. 「여계선기담」이 그리는 '월경' 체험

그렇다면 사람은 '언어'에 의해 단절된 세계를 어떻게 '월경'할 것인가? 이 문제를 다루고 있는 것이 '타이완물'의 명작 「여계선기담」이다.

이 작품은 타이완 남부의 항구도시 안핑(安平)에서 타이난의 서쪽 교외에 이르는 오래된 운하지대의 폐가를 무대로 하고 있다. 내지인 신문기자인 '나'는 타이완 한시인인 세외민(世外民)[9]에게 이끌려 토사의 퇴적으로 폐항 직전 상태인 안핑항에서 "황폐의 미"를 느끼고 이어 운하의 가장 안쪽에 있는 쿠토항(禿頭港)의 역사 산책을 하게 된다. 남겨진 거대한 폐허에 들어가니 2층에서 취안저우(泉州) 말로 이야기하는 여자의 목소리가 들려온다. 이웃 사람은 그곳은 유령이 나오는 집이라고 경고한다. 덕이 없는 조상을 가진 이 집의 일족은 어느 날 밤 몰아친 폭풍우로 몰락하게 되고 그 결과 혼담이 깨져 미쳐버린 딸의 혼백이 지금도 젊은 남자를 불러들이고 있다는 것이다. '나'는 그 괴담을 진짜라고 믿고 겁을 내는 세외민을 비웃으며 폐가에서 주은 '여계선'을 보면서 상상의 나래를 펼친다. 어떤 젊

9) 세외민의 모델은 타이난에서 하루오와 동행했던 진소카이(陳聰楷, 「응조화」에 등장하는 '데쿄쥬')와 반골적 한시인이었던 교마키(許媽葵, 「식민지의 여행」에서 통역을 맡은 'A군'), 두 사람을 섞은 것으로 생각할 수 있다.

은 여인이 여자가 지켜야할 덕목이 적힌 부채를 손에 쥐고 연인과 쾌락을 즐기는 상상을 하는 것이다. 하지만 다음 날 폐가의 침대에서 목을 맨 남자의 사체가 발견된다. 아무렇지도 않게 연인을 버리고 주위를 속이는 여자의 행위에 분노한 '나'는 그녀를 추궁하러 나선다. 하지만 눈앞에 나타난 현실의 소녀는 연인의 죽음을 깊이 슬퍼하고 있었다. 후일 '나'는 신문사에서 그 소녀가 곡물상의 '하녀'이며 주인으로부터 내지인(일본인)과의 결혼을 강요당해 죽었다는 이야기를 듣게 된다.

이 이야기에서 탐정 역할을 하는 '나'와 세외민은 문화적 배경과 개인적 관심이 모두 다른 존재로 묘사되고 있다. 귀속집단으로부터 말하자면 '나'는 지배자측의 식민자이며 세외민은 피지배자측의 사람인 것이다. 두 사람의 우정은 그러한 정치적 입장을 초월한 곳에 존재하고 있지만, 그들이 귀속집단의 가치관에서 완전히 자유로운가 하면 그렇지는 않다. 세외민이 토지의 역사에 집착하며 과거에 대한 영탄을 발하는 것은 대대로 수재(과거 수험자격자인 '생원')를 배출한 지적 엘리트 집안을 경모하는 르상티망(ressentiment)과 관련이 있으며 또 '목소리의 여인'의 도덕파괴에 갈채를 보내는 '나'는 타이완이라는 곳에서 문화나 역사로부터 자유로운 남국의 "신천지"를 환상한다는 점에서 근대식민지주의의 개발사상을 짊어지고 있는 것이라 할 수 있다. 당국으로부터 "통치상 유해하다"는 경고를 받은 세외민의 시를 "반골 기질" 정도로밖에 이해하지 못하는 데에는 '나'의 맹점이 극단적으로 나타나 있다. 우정관계를 강조하는 '나'의 말과는 달리 두 사람은 간극은 결코 적지 않다.

하지만 그런 '나'에게도 문화를 이해하려는 자세가 전혀 없는 것은 아니다. 예를 들어 '황폐의 미'를 강조하는 모두 부분을 보자.

사람들은 황폐의 미를 노래한다. 또 그에 대한 개념이라면 나에게도 있다. 하지만 나는 아직 그것을 통절하게 느낀 적은 없었다. 그러나 나는 안핑에 가보고 드디어 그것이 무엇인지 안 것 같은 느낌이 들었다. 이 섬의 주요한 역사라고 하면 네덜란드인의 장대한 계획, 정성공(鄭成功)의 웅지, 유영복(劉永福)의 야망의 말로 등이 모두 이 항구 도시와 관련되어 있다는 것이 사실이지만, 나는 여기서 그에 대해 이야기하려는 것이 아니다. 또 옛것을 사랑하는 호고가(好古家)이자 시인인 세외민이라면 모를까 나는 하고 싶어도 할 수도 없다. 내가 안핑에서 황폐의 미에 사로잡혔다는 것은 반드시 그 역사적 지식 때문만은 아닌 것이다. 그러니 누구라도 좋고, 아무것도 몰라도 좋다. 그저 이곳에 단 한 번이라도 발을 들여 놓기만 하면 이곳의 쇠퇴한 시가지가 눈에 들어온다. 그리고 만약 마음이 있는 사람이라면 그 속에서 처연한 아름다움을 느끼게 될 것이라고 생각한다.

'역사적 지식'보다 감수성을 중요시한다고는 해도 원래 '황폐의 미'란 과거에 대한 상상력 없이는 성립할 수 없는 미학이다. 그리고 유령의 존재를 둘러싸고 세외민과 언쟁을 하는 다음 장면에 잘 나타나 있듯이 '나' 자신의 태도는 '황폐의 미'에 강하게 매료되면서도 동시에 그 매력에 저항하지 않을 수 없는 양가적인(ambivalent) 것이었다.

　　"멸망한 것의 황폐 속에 옛 영혼이 깃들어 있다는 미적 감각은-중국의 전통적인 감각이지긴 하지만 내 생각에는…자네, 화내지 말게-아무래도 망국적 취향이야. 어째서 멸망한 것이 계속해서 존재한다는 것인지… 없어졌기 때문에 멸망했다고 하는 것 아니겠나?"
　　"자네!" 세외민은 소리를 질렀다. "'멸망한 것과 황폐는 다르지 않은가?'-그래, 멸망한 것은 없어진 것인지도 모르지. 하지만 황폐라는 것은 없어지려고 하는 가운데 아직 살아 있는 정신이 남아 있는 것 아닌가?"
　　"맞아. 그건 자네의 말이 맞아. 하지만 아무튼 황폐란 진짜 살아 있는 것과는 다르지 않나? 황폐에 대한 해석은 내가 틀렸다고 할 수 있지만 언제까지나 거기에 그 영혼이 넘쳐흐르지는 않아. 오히려 어떤 것이 사라지려는 그 배후에서는 그 부패를 이용해서 더 힘 있는 어떤 것이 생겨나는 거야. 그렇지 않은가. 썩은 나무에도 여러 가지 버섯이 자라나지

않는가? 우리는 황폐의 미에 사로잡혀 탄식하기보다 거기서 새롭게 탄
생하는 것을 찬미해야 하는 것 아닌가?"

"망국적 취미"라는 표현 외에도 "젊은 세외민이 끊임없이 과거에 대해
영탄스러운 어조로 이야기하는 것을 보고" "매너리즘과 센티멘털리즘" 등,
세외민의 감성을 시대착오적인 것으로 생각하는 태도가 '나'에게는 존재한
다. 하지만 '나'에게 있어 '황폐의 미'에는 저항하기 힘든 매력이 있다. 때
문에 그것을 즐기는 세외민적인 감성을 부정하는 것으로 생에 대한 회복
이 가능하다고 한다면 그것은 '나'의 위기적 자기인식의 표현이기도 한 것
이다.

실제로 쿠토항에서 폐가를 발견한 두 사람이 나누는 대화와 그에 이어
지는 '나'의 감상은 상반되는 것처럼 보이는 두 사람의 감수성이 하나로
겹쳐지는 극적인 순간이며, 작품 속에서도 아주 이채로운 느낌을 주는 장
면이라 할 수 있다. 주목할 것은 여기서도 '언어'가 문화적 공간 그 자체와
거의 같은 정도로 중요한 의미를 가지고 등장한다는 것이다.

> "'이보게, 이 집은 여기가 정면,-현관일까?"
> "그런 것 같아"
> "해자를 마주 보고서?"
> "해자?-이 항구를 마주 보고 말일세"
> 세외민의 '항구'라는 말 한마디에 나는 퍼뜩 정신이 들었다. 그리고
> 나는 입으로 쿠토항이라고 말해 보았다. 나는 쿠토항을 보러 와서는 어
> 느 샌가 이곳이 항구라는 것을 완전히 망각했던 것이다. 그 이유는 먼
> 저, 내 눈 앞에 있는 폐가에 정신을 빼앗긴 것과, 또 이 주위 어디에도
> 바다 혹은 항구와 같은 느낌을 주는 것이 없었기 때문이다. 이 점에 대
> 해 세외민은 나와는 완전 달랐다. 그는 이 항구와 흥망을 함께 한 종족
> 으로, 이 토지에 대해서 나와 같은 이방인이 아니었다. 뭐 그런 것보다
> 그는 조금 전 오래된 지도를 펴고 그것을 정신없이 보는 사이 이 근처

의 옛 모습을 뇌리에 그리고 있었을 것이다. '항구'라는 말은 나에게는 일종의 영감과 같은 것이었다. 나는 지금까지 죽어 있던 이 폐가가 영혼을 얻었다고 느꼈다. 진흙탕 웅덩이가 아닌 것이다. 이 폐허... 옛날에는 조석으로 파도가 저 돌계단을 철썩철썩 때렸다. 주마루(走馬樓)는 파도가 빛나는 항구를 향해 펼쳐져 있었다. 그렇다면 이 집은 바다를 현관으로 삼고 있었던 것인가?

타이난에 머물던 '나'는 타이완에서 통용되는 '샤먼의 말'(閩南語)을 알고 있었다고 한다. 하지만 모국어가 아니기 때문에 그 뉘앙스를 충분히 몸에 익히고 외부 세계를 파악하는 고도의 언어감각을 가질 수는 없었다. 또 타이완의 역사에 눈을 감으려 했기 때문에 역사가 있는 폐가를 보아도 "집의 크기와 낡기 아름다움만을 보고" 그 의미를 알아차리지는 못했던 것이다. 이러한 '내'가 세외민이 별 생각 없이 말한 '항구'라는 말 한 마디에 눈을 뜨는 것이 이 장면이다. 즉, '칸(港)'이라는 단 한 마디의 '샤먼의 말'이 통로가 되어 지금까지는 들어가고자 하는 생각이 없었던 세외민 측의 세계에 서서, 그의 눈을 자신의 눈으로 삼아 풍경의 배후에 있던 그 땅의 문화적 의미를 살펴볼 수 있게 된 것이다. 「여계선기담」의 경우, '언어'는 단순한 의사소통의 도구가 아니라 그것을 사용하는 사람의 생각과 발상을 근본적으로 규정하는 것으로 사용되고 있다.

5. 코드화되지 않는 목소리

「여계선기담」이 묘사하는 결말의 비극도 아마 이 '언어' 문제와 관계가 있을 것이다. '노비'가 자살에 이르게 되는 경위에 대해서는 앞서 논한바 있으나,10) 다시 한 번 간결하게 정리해 보면 이렇다. 한 남자가 죽은 것은 「노비」가 이별을 고한 결과이다. 하지만 그것은 결코 '노비'의 가벼운 변심 때문이 아니라는 것은 이후 그녀의 울음으로 알 수 있다. 그녀가 연인에게 이별을 고하고, 주인집 영감이 뛰어난 '아가씨'의 예언으로 사체를 발견했다고 위장한 것에는 필시 어쩔 수 없는 사정이 있었을 것이다.

당시 타이완의 '노비'(查媒嫺)는 가구와 같은 재산으로 취급되어 주인의 재량에 따라 매매의 대상이 되었다. 또한 종종 그들에 대한 학대도 사회문제로 대두되고 있었다. 이러한 습관은 일본 통치하에서 금지되었으나, 결혼이라는 이름을 빌린 노비 매매는 1920년대까지 계속되었고 이 '노비' 또한 주인이 내지인의 환심을 사기 위해 혼담을 강요했을 것이다. 특히 고아였던 그녀는 주인에게 은혜를 입었을 것이다. 연인의 죽음을 '아가씨'의 예언으로 알았다고 위장한 것도 혼담에 문제를 일으키지 않기 위해서이다. 그런데 공교롭게도 신문기자인 '내'가 심문을 하러 왔다. 이 일이 기사화되면 혼담이 깨질 것이 확실한 상황에서 '노비'가 연인의 뒤를 따라가는 수밖에 없다고 생각한 것도 이상한 일이 아니다. 즉 '노비'가 죽음에 이르게 된 원인은 비록 간접적이나마 '나'에게 있다. 작품 종반에서 '나'의 서술이 애매모호해진 것도 '내'가 자신의 죄를 깨달았기 때문일 것이다.

여기서 다시 한 번 주목하고자 하는 것은 이러한 '노비'의 심정을 당시 누가 정확하게 이해할 수 있었을까 하는 문제이다. '나'는 '목소리의 여인'에게서 도덕파괴와 생명주의의 히로인 역할을 기대했다. 하지만 정열을 간단히 버린 여인이라고 이해한 '나'는 화가 나서 그녀의 뒤를 쫓았다. 만남의 장소에서 자신의 잘못을 깨달았지만, '나'는 "뭐든 다 말씀드리겠습니다"라고 말한 '노비'의 말을 차단하고 이해의 통로를 막아버렸다.

한편 '노비'의 옆에서 그녀의 아픔을 구원하려 했던 '아가씨'는 어떤가? 그녀는 "나는 신문에 아무것도 쓰지 않겠습니다"라고 말한 '나'의 말을 선

---

10) 졸고 「사토 하루오 「여계선기담」론-어느 「노비」의 죽음까지(佐藤春夫「女誡扇綺譚」論-或る「下婢」の死まで)」(『日本近代文学』75, 2006.11)를 참조하기 바란다.

의와 동정을 말로 이해하고 유창한 일본어로 "감사합니다. 감사합니다"라
는 인사를 하면서 눈물을 흘린다. 하지만 결국 '노비'가 죽은 사실로 보자
면 비밀의 사랑이 '노비'에게 가져다 준 도취감과 죄악감, 또한 그 과거가
드러나는 순간 생길지도 모르는 학대에 대한 공포 등, '아가씨'의 이해도
충분치 않았던 것은 아닐까?

또 그녀의 죽음을 전하는 신문기자 동료는 "타이완인이 내지인과 결혼하
는 것을 싫어한다는 데에 초점을 맞추어 그것이 괘씸하다는 식의 기사를
썼다」고 한다. 혼담 자체가 「내지인과 친하게 지내고 싶어 하는" 주인이 꾸
민 일임은 사실일 것이다. 하지만 '노비'가 죽은 것은 자신의 의지에 반해
결혼 상대가 내지인이었기 때문은 아니다. 가령 상대가 본도인(타이완인)이
라면 결과가 달랐을 것인가?[11] 어떤 경우를 생각해 보아도 그녀는 고독하
고, 그 죽음의 의미를 정당하게 이해할 수 있는 타인은 없을 것이다.

이는 '노비'의 모국어인 취안저우 말이 작품 안에서는 "××××, ××××!"와
같이 복자가 되어 전혀 코드화되어 있지 않은 것과 미묘하게 대응하고 있
다. 원래는 "어떻게 된 거예요? 왜 더 빨리 오지 않았나요?"라고 번역되는
이 대사는 몰락한 집에서 혼담이 깨진 신부가 광기에 빠져 누구로부터도
이해받지 못한 채 반복되던 말이었다. '노비'의 죽음의 진상이 텍스트에
명확히 나타나 있지 않은 것과 마찬가지로 '그녀들'이 속한 언어 공간 또

---

11) 1920년 당시, 내지인과 타이완 한족과의 결혼은 법률적 근거를 가지지 않는 '잡혼(雜婚)' 상
태였다. 같은 해 8월 23일이 되어서야 타이완 총독부가 내지 연장주의의 일환으로서 타이
완에서만 통용되는 '내태공혼편의법(內台共婚便宜法)'을 시행한 상태였다. 내지와 같은 정
식 '법률혼'은 1933년 3월 1일 시행된 「내태공혼법(內台共婚法)」까지 기다려야 했다는 점을
생각해보면 작품 속에서 「결혼」이라는 말로 표현되는 '노비'의 혼담은 내연관계로, 지속적
인 금전적 수수 관계가 동반되는 첩 계약이었을 가능성도 높다. 이러한 점에서 타이완 한
족끼리의 결혼 내지 노비 매매 결혼과의 차이는 있지만 그에 대한 반발 자체가 노비가 자
살한 직접적 원인이라고는 생각하기 어렵다. '내태공혼'에 관해서는 황가기(黃嘉琪), 「일본
통치 시대에 있어 '내태공혼'의 구조와 전개(日本統治時代における「內台共婚」の構造と展
開)」(『比較家族史硏究』 27, 2013.3)에 상세히 나와 있으니 참조하기 바란다.

한 은폐되어 있으며, 그 존재는 복자라는 '탈락'의 기호를 통해 미미하게 시사되고 있는 것이다.

「여계선기담」에는 일본어, 샤먼의 말, 취안저우의 말, 이렇게 세 개의 언어가 등장한다. 그리고 그 세 언어가 서로 이질적이고 닫힌 언어공간을 형성하고 있는 상황을 묘사하고 있다. '언어'가 어떻게 그것을 사용하는 사람들의 감성을 속박하는지, 그리고 장벽을 허무는 '월경'의 순간이 얼마나 귀중한 것인가. 『남방기행』과 마찬가지로 이 작품에서도 '언어'와 '언어'의 경계는 차양막과 같은 불투명성으로 실체화되어 있다. 그리고 저 너머의 세계를 확인하려는 상상력이 이야기의 원동력이 되고 있다.

여행자로서의 하루오의 의식 또한 이러한 점과 깊이 연관되어 있는 것 아닐까? 하루오가 겪은 3개월 반 동안의 이문화 체험의 실질은 언어와 문화, 언어와 감성의 강력한 연결을 실감적으로 이해했다는 점에 있다고 생각할 수 있다.

6. 나가며

1920년대의 여행 체험이 이후 하루오의 활동에 미친 영향에 대해서는 다시 한 번 검토할 필요가 있다. 중일 전쟁기의 중국관이 국책적인 관점을 넘지 못하고 오히려 군국주의에 보조를 맞추었다는 사실과 어떤 관계가 있는지를 살펴보는 것은 매우 중요한 과제일 것이다. 하지만 상황에 따른 정치적 발언을 구체적인 문맥의 검증 없이 일괄적으로 파악하는 경솔함을 경계하여 지금 무리하게 결론을 내지는 않겠다. 하지만 직업작가로서의 출발기에 행했던 여행의 언어화와 예술적 태도의 근간의 명확화, 하루오가 이 둘을 밀접한 상관관계 속에서 심화시켜 간 경위가 있다는 것, 그리고 공동체로의 귀속의식이 커다란 문제로 얽혀 있다는 것은 분명하다.

예를 들어 「여계선기담」을 발표한 1925년, 하루오는 하기와라 사쿠타로(萩原朔太郎)와의 대화에서 자신의 시인으로서의 자질을 산문가와는 완전히 다른 것으로 설명하고 있다.

> 나는 종종 순수한 일본어의 아름다움에 감동받곤 한다. 언어라는 것은 즉 영혼이다. 그렇게 근대인도 아니고 세계인도 아닌 자신의 혼을 응시하고 사랑하는 것이다. 나는 딱 그러한 때에만 노래한다. (중략) 어제의 기억으로 나는 시인이 되고, 오늘의 생활에 나는 산문을 쓴다. 시인은 나의 일부분이다. 산문가는 나의 전부이다.
>
> (「나의 시에 대해」『일본시인』 1925.8)

"일본어의 아름다움"에 감동받는 순간, 자신은 "근대인도 아니고 세계인도 아닌" 존재로서 노래한다는 이 주장에서 언어를 "혼"=정신이라고 생각하는 발상이 눈에 띈다. 언어라는 것은 과거로부터 축적되어 온 문화적 기억, 그 자체이며 이를 모국어로 하는 사람의 감성은 저 깊은 곳에서 시대를 초월한 기억으로 연결되어 있다는 것이다. 언어공동체의 일원으로서 이 문화적 기억에 형태를 부여하는 것이 시인의 역할이며, 반대로 산문가가 되기 위해서는 '근대인' '세계인'이 되고자 이 감성의 매력에 저항해야만 한다. 하루오의 주장을 이렇게 정리해 본다면, 「여계선기담」에 등장하는 심미적인 신문기자인 '내'가 시인인 세외민의 감성과 '황폐의 미'에 대해 품고 있던 양가적 감정과 공통된 구조를 이끌어낼 수 있을 것이다.

창작가로서 사토 하루오의 특색은 시인과 소설가라는 두 개의 얼굴을 지니며, 그 둘을 자신의 모순으로 파악한다는 점에 있다. 또 그가 말하는 '시'와 '산문'은 실체로서의 예술형식이 아니라 '시정신', '산문정신'(「산문정신의 발생」『신쵸』 1924. 11)으로, 이 또한 정신을 나타내는 개념이었다는 것이 이후 그의 궤적을 의미 짓는 중요한 열쇠가 될 것이라고 생각한다. 문화적 공동체에 직접 접근하는 '시인'이라는 채널을 가지고 있던 하루오는 일본의 '근대'에 대한 회의가 정치적 의미를 가지고 등장하는 1930년대 후반 이후, '시정신'의 근거를 '국민감정의 대변'(「無曆日日記抄」 『新潮』, 1946. 1)에서 찾고 있는 구절이 있기 때문이다.

　이처럼 하루오의 『남방기행』 및 '타이완물'에 나타난 고도의 비평성의 성쇠는 그가 가진 독특한 장르 의식과 다이쇼 작가들이 마주볼 수밖에 없었던 문학의 대중화라는 상황, 두 가지 면에서 살펴볼 필요가 있다고 생각한다.

번역 : 신주혜

제4장

번역을 통한 새로운 여성상의 이식과 창조

—『정부원』의 여주인공 연구*—

최성희

1. 서론

『정부원(貞婦怨)』은 1910년대 우리나라에서 선풍적인 인기를 모았던 최초의 순 한글로 쓰인 신문 연재 번안 소설이다. 이 소설은 우리나라 문학계에 현대 소설의 형태를 처음 도입한 작품으로, 원전인 영국 소설을 번역하여 우리나라 최초로 서양 소설의 감각과 스타일을 보여 주었다는 점에서 매우 중요한 작품이다. 그럼에도 불구하고 이 작품은 오랜 기간 동안 신파극 정도로 인식되어 학계의 주목을 받지 못했다. 본 연구는『정부원』에 나타나는 여성 주인공의 재현 양상을 원작인『Diavola; or the Woman's Battle』(이하『Diavola』)와 비교 분석하는데 목적을 둔다. 세부적으로는 페미니스트 번역 이론을 도입하여 여성 주인공의 재현 양상을 원천텍스트를 통해 분석한 후, 이러한 양상이 어떻게 번역본에 변형되는지 분

---

* 이 논문은『동서비교문학 저널』제40호(2017)에「번안 소설에 나타난 여성의 재현:『정부원』의 페미니스트 번역 양상 연구」로 수록되었던 저자의 논문을 수정한 글임.

석한다.

본 연구에서 사용하는 텍스트는 브래든(Mary Elizabeth Braddon)의 『Diavoa』
와 그 번역본인 이상협의 『정부원』이다. 『Diavola』는 『The London Journal』
에 1866년 10월 27일부터 1867년 7월 20일까지 연재되었으며, 이 작품의
번역본인 『정부원』도 『매일신보』에 1914년 10월 29일부터 1915년 5월 19
일 까지 실렸다. 본 연구에서는 『Diavola』가 게재된 『The London Journal』
최초 판본의 텍스트 전부와, 『정부원』이 실린 『매일신보』 최초 판본의 텍
스트 전부를 비교 분석한다. 『정부원』의 경우, 옛 우리말 표기법으로 인해
가독성이 많이 떨어지는 점을 보완하고자, 이를 현대 우리말 맞춤법과 표
준어로 바꾼 박진영의 『정부원』을 사용하였다. 본 연구에서는 『Diavola』
를 원천 텍스트(이하 ST)로 하고, 『정부원』을 목표 텍스트(이하 TT)로 한다.
목표 텍스트의 표기는 박진영의 『정부원』을 사용한다.

『Diavola』는 영국 빅토리아조의 대표적 대중 소설로 당대에 큰 인기를
누린 작품이다. 하지만 영문학 분야에서도 브랜든의 작품은 대중 선정 소
설이라는 이유로 빅토리아 시대의 정전 소설의 하위 장르로 평가되어 본
격적으로 연구되지 못했다. 다만 최근에 들어 이러한 하위 장르에 대한
연구가 진행됨에 따라 브랜든의 소설은 빅토리아 시대의 대중문화와 문학
을 이해하는데 주목받고 있다[1]. 그러나 국내외의 주요 연구에서 『Diavola』
는 상대적으로 학계의 주목을 받지 못했다. 본 연구에서는 『Diavola』의 여
성의 재현 양상을 자세히 다루기로 한다.

『Diavola』에는 가난한 여주인공 제니(Jenny Milsom)가 등장한다. 제니는
나쁜 양 아버지에게서 도망쳐서 우연히 에버스레이 남작(Oswald Eversleigh)
의 도움을 받는다. 제니는 남작과 결혼하지만, 그녀의 정절을 의심한 남편

---

[1] 장정희, 「선정소설과 여성의 육체: 메리 엘리자베스 브래던의 『오들리 부인의 비밀』」(『근
대영미소설』 제 9권 2호, 2002), p.87.

에게서 버림받는다. 그 후 남작은 조카의 사주로 독살된다. 남작의 아이를 낳은 후 그의 유산을 상속받은 제니는 친 아버지와 재회한다. 이 소설에서 제니는 수동적이며 부차적인 역할에 머물고, 여러 남성과 여성들의 음모와 결탁, 사건의 급작스런 해결이 소설의 플롯을 구성한다. 한편, 일본어 번안을 거쳐 우리말로 번역되면서 『정부원』의 후반부는 크게 변형된다. 『정부원』에서는 남작이 죽지 않으며, 그는 이미 떠난 여주인공 정혜를 찾아 나선다. 그런 중에 정혜와 남작 정세흥의 갈등이 펼쳐진다. 마지막에 정혜는 남작의 아이를 홀로 낳아 기르다 우연히 친아버지를 찾고, 남작과 재결합한다.

『Diavola』는 일본의 구로이와 루이코에 의해 『버려진 쪽배(捨小舟)』라는 소설로 번안되었고, 일본 신문 『요로즈초호(萬朝報)』에 1894년 10월 25일부터 1895년 7월 4일까지 155회에 걸쳐 연재되었다. 『정부원』은 『버려진 쪽배(捨小舟)』를 『매일신보』 기자이자 번역가였던 이상협이 우리말로 재번안한 작품이다. 서구의 소설을 우리 문학계에 성공적으로 접목했다는 평가와 함께, 『정부원』의 번역 방법은 우리나라 번안 소설의 기틀이 되었다는 점에서 높이 평가된 바 있다[2] 본 연구에서 주목하는 부분은 영국의 원작을 한국에 이식하는 과정에서 근대 한국의 사회, 정치, 문화적인 측면이 『정부원』에 반영된 양상이다. 그런 점에서 일본어 번역본에서 한국어로 번역되는 과정[3]에 나타나는 번역의 전이 양상은 여기에서 논의하지 않는다.

『정부원』은 서양 작품의 일본어 중역이라는 이유로 오랫동안 문학사의

---

2) 박진영, 『한국의 근대 번역 및 번안 소설사 연구』(연세대학교 대학원 박사논문, 2010), p.144.

3) 영어 원전 『Diavola』와 일본어 번역본인 『버려진 쪽배(捨小舟)』, 그리고 우리말 번안본인 『정부원』에서 여성 주인공을 재현하는 양상은 상당히 다르게 나타난다. 그러나 일본어 번역본과 우리말 번안본의 차이에 대해서는 본고의 연구 범위를 벗어나므로 이는 다음 연구 주제로 남기도록 한다.

변방에 머물렀다. 이는 이 작품이 일본 번안물이기 때문이기도 하고, 번역본은 가능한 원본에 가까워야 가치가 있다는 오래된 믿음에서 연유한다. 학자들은 『정부원』과 같은 일본 중역 소설이 유행했던 현상에 대해, 한국 근대 소설사의 답보, 혹은 커다란 퇴보를 의미하는 사건[4]이라 평가한다. 그러나 번안이란 외국의 것을 길들이고 조정해서 자국의 감성에 맞도록 번역하는 것임을 감안할 때, 번안 소설에는 자국의 문학을 고양시키는 번역가의 창의성이 개입될 수 있다. 그러한 맥락에서 임화는 번안 소설을 외국 작품의 "창조와 이식의 변증법"[5]이라 강조한 바 있다.

소설은 번안되는 과정에서 번역가에 의해 '창조'된다는 임화의 생각은 번역학의 가장 중요한 개념인 '다시쓰기' 개념과 긴밀하게 연결된다. 번역학자들에 의하면, 번역물은 그 번역이 이루어지는 장소의 사회, 정치, 경제, 문화적인 맥락의 영향을 받기 때문에 번역 과정에서 번역물은 원본과는 다른 텍스트로 창조될 수밖에 없다. 번역학자들은 번역물은 시대적 산물이므로, 번역을 연구하는 것은 번역이 수행된 배경을 감안해서 연구하는 것이 중요하다고 본다. 번역의 사회학적 측면을 연구한 르페브르(André Lefevere)는 번역 연구가들의 임무는 원본과는 다른 번역본들을 "누가 다시 썼고, 어떤 상황에서 썼으며, 어떤 독자들을 위해 완성한 것인지를 살펴보아야 하는 것"[6]이라고 강조하였다.

그런데 이러한 번역의 사회 수용적 측면은 이데올로기적인 면에서 양가성을 띤다. 한편으로 번역가는 명백히 독자들이 중시하는 이데올로기에 따라 번역 방향을 조정[7]한다. 그렇지만 또 다른 면으로 번역가는 해당 사

---

4) 김영민, 「1910년대 신문의 역할과 근대소설의 정착 과정-『매일신보』를 중심으로」(『현대문학연구』 제25호, 2002), pp.281-282.

5) 전은경, 『1910년대 번안 소설 연구-독자와의 상호 소통성을 중심으로』(경북대 대학원 박사논문, 2006), p.6.

6) André Lefevere, 『Translation, rewriting, and the manipulation of literary fame』(Routledge, 1992), p.9.

회의 권력의 요구에 맞추어 번역물을 생산하여야[8] 한다. 이처럼 상이한 조건으로 인해 번역가는 해당 사회의 독자들의 이데올로기 성향, 그리고 권력 기구의 담론 사이에서 끊임없는 조율을 통해 번역하는 것이다. 이를 감안할 때, 번역문이 신문과 같은 대중 매체에 실리는 경우는 복잡한 이데올로기적 양상을 띤다. 번역가는 한편으로는 대중 매체의 방침에 따라 국가의 이데올로기를 산포하는 역할을 하지만, 또 한편으로는 신문 독자와 상호 소통하면서 그들의 요구와 번역가 자신의 의지를 일치시키는 차원에서 번역을 전개해 나가야 하는 것이다.

　이러한 문제의식이 본 연구의 출발점이다. 『정부원』은 『매일신보』라는 정부 기관지와 1910년 당시 근대 교육과 새로운 문물을 통해 성장해 가던 여성 독자들의 능동적 요구가 만나는 자리에서 시작되었다. 본 연구에서는 『매일신보』가 유포하는 가부장 담론과 여성 독자들의 반 가부장적 요구라는 이데올로기적 양가성이 『정부원』에 어떻게 투영되는지를 살펴보고자 한다. 이를 위해 1910년 당대 가부장 담론과 페미니즘 담론을 살펴보고, 이 두 가지 건설적인 힘이 상호 갈등한 국면에서 태동된 『정부원』의 여주인공 재현 양상을 짚어 보고자 한다. 구체적으로 『Diavola』와 『정부원』에서의 여주인공 재현 양상의 차이점을 밝히기 위해 각 시대 배경을 감안하여 세밀한 텍스트 분석을 한다. 그리하여 번역가가 『정부원』에서 원본에 나오는 가부장적인 양상을 어떻게 '다시 쓰는'지를 밝히고 이러한 변형이 당시 여성 담론을 둘러싼 문화적인 갈등을 어떻게 반영하고 있는지 알아보고자 한다.

---

7) Basil Hatim and Ian Mason, 『Discourse and the Translator』(Longman, 1989), p.1.
8) André Lefevere, 『Translation, rewriting, and the manipulation of literary fame』(Routledge, 1992), p.xii.

2. 논의의 배경

2.1.『매일신보』, 가부장 담론의 강화와 균열의 장

일제 강점 직후에 정부 기관지가 된『매일신보』를 통해 조선 총독부는 왜곡된 현모양처 담론을 설파했다.『매일신보』에서 나오는 여성 담론은 교육을 통한 현모양처 양성을 내용으로 한다. 곧, "여성을 교육은 시키되, 황국 신민인 아이를 잘 양육하고, 남편에게 복종하며, 가부장제의 틀 안에서 남성에게 종속되고, 다시 천황이라는 일원성으로 회귀될 것을 강조하는 것이다"[9]. 그러면서도『매일신보』는 한일 병합이후 급강하한 판매 부수를 높이기 위해 순 한글 소설을 제 1면에 실어 대중 독자를 끌어들이고자 하였다[10]. 그런데 1910년대『매일신보』에는 상당수의 여성 독자가 있었으며, 실제로 여성 독자들은 기고자의 20%에 달했다[11]. 그들은『매일신보』의 <독자 투고>란과 <독자로부터의 편지>란을 통해 적극적으로『정부원』에 대한 애정과 바람을 당부했다. 그들은 자신의 입장에 비추어 여주인공에 감정이입을 하는 경우가 많았다. 그들은 "세상에 초년 고생은 이 사람보다 더 많은 이가 없을 줄 알았더니……정부원의 그 불쌍한 정혜를……너무 고생시키지 마십시오. 날마다 정부원을 생각하면 제 생각, 정혜 생각이 아울러 일어나 눈물이 나서 못 견디겠습니다"(개성 동랑 박명녀), 혹은 "정혜는 이 사람이 주야로 잊지 못하는 동무올시다"(경성 수송동 소녀 정애)[12]라고 탄원하며 번역의 방향에 개입하고자 하였다.

---

9) 전은경, 「1910년대 이상협 소설과 식민지배담론-『매일신보』 독자와의 상관성을 중심으로-」 (『현대소설연구』 제25권, 2005), p.382.

10) 김영민, 「1910년대 신문의 역할과 근대소설의 정착 과정-『매일신보』를 중심으로」(『현대문학연구』 제25호, 2002), p.279.

11) 전은경, 『1910년대 번안 소설 연구-독자와의 상호 소통성을 중심으로』 (경북대 대학원 박사논문, 2006), pp.9-10.

또한 『정부원』은 여성 독자들이 자신들이 원하지 않는 사회 이데올로기에 저항하는 공간이기도 하였다. 근대화로 진행되는 한국 사회에서 신식 교육을 받은 여성들은 차츰 현모양처라는 가부장적 이상에서 벗어나 새로이 남녀평등에 기초한 여성해방론을 전개하였다. 그들은 특히 전통적인 가치관, 가족제도, 결혼제도 등을 여성을 억압하는 요인[13]이라 보았다. 이러한 의식은 당시 <독자로부터의 편지>란에도 반영된다. 한 독자는 『정부원』이 "그 덮어놓고 남편이 가라면 가고 다시 오라면 오는……아주 종 노릇하는 우리 조선의 여자에게 깊은 잠을 깨우칠 한 쇠북이 될 것이 분명."[14]하다고 주장하였다. 이러한 상황에서 『정부원』에는 독자들의 관심에 부응하기 위해서 당시 성장하고 있던 여성 독자들의 의견 역시 반영되어야했다. 번역가 이상협은 현모양처 담론을 통한 왜곡된 유교적 여성상을 강조하면서도 당시 부상하기 시작한 여성자유 담론과 독자들의 요구를 연계하는 차원에서 소설을 엮어나간 것이다.

이상협이 현모양처 담론을 강조하는 양상은 『정부원』의 여주인공 정혜가 부계 중심의 가족질서에 순응하는 부분에 잘 나타난다. 예를 들어 정혜가 3년 동안 모은 돈으로 친 아버지의 집을 되찾는 것, 친 아버지를 찾아 힘든 여정을 치러내는 것, 그리고 이혼을 한 후에도 정조를 지키며 홀로 살아가는 것, 아이를 최선을 다해 정성껏 양육하는 것, 그리고 나중에 남편과 재결합하여 순종하며 사는 것 등이 그러하다. 이러한 가부장제로의 최종적인 편입을 이유로 『정부원』을 연구하는 최근의 학자들은 이 작품의 여주인공을 가부장적인 여성의 재현이라 단언한다. 박진영은 심지어 이 작품에서 여자 주인공은 이 소설의 진정한 주인공이 아니며, 소설 속에서 아무런 책무도 주어지지 않는 부차적인 인물[15]이라고 평가한다. 조

---

12) 박진영, 『정부원 상』(현실문화, 2007), pp.391-393.
13) 이송희, 『근대사 속의 한국 여성』(국학자료원, 2014), pp.143-144.
14) 박진영, 『정부원 상』(현실문화, 2007), p.364.

(Heekyoung Cho)와 권용선도 이 작품의 여주인공을 가부장적 이상적 여성의 전형16)이라 보았다.

그렇지만 『정부원』을 페미니즘 관점에서 읽을 경우, 여주인공의 재현에는 1910년대 『매일신보』가 표방하는 왜곡된 가부장 이데올로기에 저항하는 진보주의적 양상이 드러난다. 여주인공은 분명히 한 남자에 대해 지조를 지켰다. 그러나 그녀가 지닌 '정숙함'이란 고전적인 '열녀'의 이미지와는 거리가 있다. 주인공은 남편에게 자신의 주장을 굽히지 않으며, 현실적인 태도로 인생을 개척하는 독립적인 인물이며, 사회활동을 통해 경제적 부를 이룬다. 이러한 모습은 오히려 자본을 가진 근대적인 여성의 적극적인 양상을 드러내며 자아실현과 남녀평등을 추구했던 당대 여성들의 욕구를 구체화한다.

2.2. 페미니즘 번역 이론

『정부원』에 나타난 여성의 재현 양상을 분석하는데 페미니즘 번역 이론은 매우 유용한 분석틀을 제공한다. 페미니스트 번역 이론가들은 권력과 언어, 그리고 여성의 정체성 재현 문제를 중점적으로 연구한다. 그들은 가부장 이데올로기가 여성을 남성보다 열등한 위치에 유지시켜 왔다고 본다. 페미니스트 번역 이론가들은 가부장 이데올로기를 남성들이 여성들에 대한 지배를 합리화하기 위해 조작해 온 '허구'이자, 오랜 역사를 거치면서 남녀의 위계 관계와 질서를 보장해 왔다고 주장하는 페미니스트 이론

---

15) 박진영, 『한국의 근대 번역 및 번안 소설사 연구』(연세대학교 대학원 박사학위논문. 2010), p.401.

16) Heekyoung Cho, 「Imagined, Transcultural, and Colonial Space in Print: Newspaper Serialization of Translated Novels in Colonial Korea」(『East Asian Publishing and Society』, 2013. 3), p. 167. 권용선 「번안과 번역 사이 혹은 이야기에서 소설로 가는 길-이상협의 『뎡부원』을 중심으로」(『한국근대문학연구』 제 5권 1호, 2004), pp.145-146.

가들의 주장을 옹호한다. 또한 페미니스트 번역 이론가들은 기존 사회의
담론 체계가 남성 중심적으로 오랜 시간 동안 굳혀져 왔다고 본다.

이러한 시각을 바탕으로 페미니스트 번역 이론가들은 남성적 언어 담
론 속에서 여성의 정체성이 왜곡된 방식을 문제시하고, 이를 정정하여 '다
시 쓰는 것'을 번역의 목표로 삼는다. 그들은 "모든 번역에는 의도적으로
그 번역이 수행되는 사회의 요구에 맞추어 특정 이데올로기가 반영되며
그 결과 원전은 조작된다"라고 주장한 르페브르의 주장을 따른다[17]. 그들
은 르페브르의 '조작'이라는 개념을 페미니스트 입장에서 창의적인 개념으
로 전환한다. 페미니즘 번역 이론가들은 원본에 가부장적 이데올로기가
있다면 이를 변형하고 여성주의 측면에서 수정해야 한다고 주장한다.

대표적인 페미니스트 번역 이론가인 폰 플로토우(Luise von Flotow)는 여
성을 과도하게 이상화하거나 혹은 그 반대로 일탈적이고 열등하며 수동적
인 이미지로 재현하는 가부장적 텍스트를 해체하여 여성의 말이 들릴 수
있는 공간을 마련하는 것[18]을 모색한다. 이보다 더 급진적인 입장에 서
있는 레빈(Suzanne Jill Levin)은 가부장적 원작을 파괴하는 번역 활동을 옹
호한다. 그녀는 번역의 목적이란 가부장적이고 여성 혐오적인 텍스트를
폭로하고 페미니스트 견지로 '다시 쓰는 것'[19]이라고 주장한다. 같은 맥락
에서 아호주(Rosemary Arrojo) 역시 페미니스트 번역가는 특히 원작의 가부
장적인 부분을 훼손한다고 설명하면서, 번역본이 원본과 다르게 '다시 쓰
여져서' 여성 주체를 가시화하는 것이 중요하다[20]고 주장한다. 이들의 주
장을 종합해 보면, 페미니스트 번역 이론가들은 번역자에게 큰 권한를 부

17) Luis von Flotow, 「Tracing the Context of Translation: The Example of Gender」(『Gender, Sex and Translation: The Manipulation of Identities』, 2005), pp.39-45.
18) Luis von Flotow, 『Translating Gender』(St. Jerome, 1997). pp.24-29.
19) Suzanne J. Levine, 「Translation as (sub)Version: On Translating Infaute's Inferno」(『Substance』, 1983. 42), p.5.
20) Rosemary Arrojo, 「Fidelity and the Gendered Translation」(『Meta』, 1994, 2), p.149.

여하며, 더 나아가 번역가들이 기존의 원전을 재생산하는 차원에 머무는 것이 아니라 새로이 창조할 것을 옹호하고 있다.

본 연구에서는 여러 번역 전략 중에서도 가장 영향력이 있는 폰 플로토우의 페미니스트 번역 전략을 기초로 한다. 본 연구에서는『정부원』에 나타난 여성의 재현 양상을 폰 플로토우의 페미니즘 번역 전략인 '보충하기' (supplement), '서문 및 각주 쓰기(Prefacing and Footnoting)', '납치하기(hijacking)' 를 적용하여 분석하고자한다.

우선 폰 플로토우가 제시하는 '보충하기'는 번역가가 번역문에 추가적인 정보를 넣는 방법이다. 페미니스트 번역 방법으로서의 보충하기가 일반적인 보충 방법과 다른 점은 번역가가 페미니스트적이지 않은 원문을 번역하는 경우에 특정 독자층을 의식하여 주로 페미니스트적인 감정, 태도, 암시에 관한 내용을 부가한다는 것이다. 폰 플로토우는 이 방법을 번역가가 페미니스트의 입장에서 적극적으로 개입하는 방법이자, '텍스트를 여성화하는 것'21)이라고 정의한다.

두 번째로 '서문 및 각주 쓰기'는 번역가들이 본문에서 벗어나, 자유로운 메타 텍스트 지면을 자유로이 활용하는 외적 번역 전략이다. 서문과 각주는 번역가들의 일종의 특권적인 공간으로, 번역가는 자신의 존재를 드러내고, 원저자와 동등한 위치의 텍스트 창조자가 될 수 있다. 서문과 각주의 지면을 통해 번역가는 자신의 번역이나 번역 과정을 설명하고, 번역을 돌아보며, 번역시 사용한 페미니스트적 개념 및 용어에 대해 소개한다. 또 원저자와 번역가의 관계를 설명하고 원문과 번역문에 대한 페미니스트적인 해석을 제공하는 등 자신의 의도를 보다 명확하고 구체적으로 밝힐 수 있다22). 또한 서문쓰기와 각주쓰기는 번역가가 번역문 내부에 자

---

21) Luis von Flotow, 「Feminist Translation: Context, Practices, and Theories」(『TTR』, 1991, 2), p.75.
22) José Santaemilia, 「Feminist Translating: On Women, Theory and Practice」(『Translating

신의 페미니즘적인 정치의식을 보다 훨씬 잘 드러낼 수 있는 방법이기도 다. 본 연구에서는 두 방법 중 '각주쓰기' 방법을 다룬다.

세 번째 번역 전략은 '납치하기'인데, 이는 번역가가 페미니스트적인 입장에서 번역 텍스트 내부에 적극적으로 개입하는 창조적인 과정을 말한다. 이 용어는 원래 번역가가 원전을 과도하게 여성주의 입장으로 번역하면서 고의적으로 전용하고 개작한 경우를 비판하면서 사용된 말이었다[23]. 폰 플로토우는 이 용어를 페미니즘적인 번역 방법을 일컫는 긍정적 의미로 전환한다. 그녀는 이 전략을 원작이 번역가에 의해 페미니즘 관점에서 전유되는 방법[24]이라 본다. 구체적으로 이 방법은 "원작을 의도적으로 페미니스트의 관점에 따라 '교정'하고 여성화하는 것이자 원저자의 의도를 넘어서는 것"[25]이라고 설명한다. 특히 폰 플로토우는 번역이 수행되는 사회의 시대적 요구에 맞추어 번역가가 원문을 '납치' 하는 경우에 주목한다. 그녀는 원문에서 여성의 모습이 가부장적으로 재현된 경우에는 번역문에서 이를 의도적으로 삭제하거나, 혹은 이를 정반대인 강한 페미니스트적 재현으로 변형하는 것을 옹호한다.

이상에서 언급한 폰 플로토우의 3가지 페미니즘 번역 전략은 번역가의 '다시쓰기'를 급진적으로 지향한다는 점에서 『Diavola』가 번안되는 과정을 분석하는데 적절하다. 다음에서는 폰 플로토우의 페미니즘 번역 이론에 따라서 『정부원』의 여성 주인공 재현 양상을 분석한다.

Gender』, Peter Lang, 2011), pp.70-71.

23) Luis von Flotow, 「Feminist Translation: Context, Practices, and Theories」(『TTR』, 1991, 2), pp.78-79.

24) Luis von Flotow, 위의 책, p.46.

25) Luis von Flotow, 위의 책, p.79.

3. 분석과 논의

3.1. 보충하기

'보충하기' 번역 방법은 주인공 정혜의 정체성을 재현하는 부분에서 자주 사용된다. 가부장 이데올로기 내에서 남성의 정체성과 여성의 정체성은 서로 상반되는 성향으로 이분화된다. 남성성은 적극적이고 이성적이며 독립적인 반면에 여성성은 의존적이고 수동적이며 감정적이라는 것이다[26]. 이러한 정형화를 통해 남성은 여성에 대한 지배를 합리화하며 존속시킬 수 있다[27]. 일제 강점기 조선 여성의 성 정체성 담론 역시 이러한 이분법적 우열관계를 기초로 한다. 조선 총독부가 교시한 여성의 의무는 양순한 현모양처가 되는 것이었으며, 『매일신보』는 정부 방침대로 여성이 남성에게 복종적인 '양순한' 여성이 될 것을 설파하였다.[28]

그런데 『정부원』의 정혜는 양순한 여성이라는 가부장제의 이상형과는 다르다. 그녀는 강인하고 자존감이 강하고 당당한 여성으로 재현되기 때문이다. 정혜는 의붓아버지 집에서 탈출한 후, 추운 밤에 거리를 헤매다 쓰러져서 남작 정세홍에게 발견된다. 자초지종을 묻는 남작에게 자신의 상황을 설명하는 정혜의 태도는 매우 힘든 상황임에도 불구하고 독립적이고 당당하며 강인하다. 다음 TT1에서 번역가는 정혜를 '여장부'로 지칭하면서 번역문에 페미니즘적인 의미를 '보충한다'.

---

26) Silvia Walby, 『Theorizing Patriarchy』(Blackwell, 1990), p.141.

27) Rosemary. P. Tong, 『Feminist Thought: A More Comprehensive Introduction』(Westview, 1998), pp.246-247.

28) "여자의 학자를 작(作)함에 있어 부재(不在)하고 다만 온량정숙(溫良貞淑)하며 양처현모(良妻賢母)를 양성코자하는 외에 타의(他意)가 무(無)한지라"(『매일신보』 1911년 4월 9일자, 필자강조).

ST 1: 내용 없음

TT 1: "이렇게 까지 간곤 타락하였을지라도 신상의 부끄러움을 말하고 타인의 구제를 받으려고는 아니한다. 이는 빌어먹는 여자의 **마음이 아니라 실로 귀부인, 실로 여장부의 심지로다**(필자 강조)"(『정부원: 상』 77).

또한 다음 TT2에서도 정혜는 강인하게 묘사된다. 정혜는 남편 정남작을 독살하려 시도했다는 누명을 쓰고 감옥에 구금되는데, 자신을 고압적으로 취조하는 판사에게 당당히 맞선다.

ST 2: 내용 없음

TT 2: 비수의 날에 엉긴 서리보다도 더 냉랭한 눈을 광휘있게 뜨고 판사를 눈 아래로 내려다보는 모양. 인간의 더러움에 진노하여 구름 사이에서 꾸짖으며 내려다보는 옥경의 선녀도 이에는 더 지나지 못할 듯하다(『정부원: 하』 59).

위와 같이 정혜는 유약하고 수동적인 가부장적 여성의 정형성을 벗어난다.

한편, 가부장 이데올로기 안에서 여성의 성격은 일반적으로 감정에 치우치고 감상적이라 기술된다. 근대 조선의 여성에 대한 담론 역시 "여성은 치우친 성정을 갖고 있으며 환희, 우수, 원망, 희롱 등의 모든 감정을 극에 달하도록 느끼는 존재"라는 관념이 지배적이었다[29]. 그렇지만 번역가가 '보충하기' 방법을 통해서 다시 쓴 정혜는 감정이 과도하거나 불안정하지 않고 오히려 매우 이성적이고 평정심을 가진 여성이다. 다음 TT3는 정혜가 납치되어서 밤새도록 고탑에 감금되었던 상황을 묘사한다. 정혜는 밤새도록 공포와 추위에 고통을 당했음에도 불구하고 조금도 동요하거나

---

29) 홍인숙, 『근대 계몽기 여성 담론』(혜안, 2009), p.217.

두려워하지 않는다.

> ST 3: 내용 없음
> TT 3: 정혜 부인은 지금까지 눈으로 본 몇천 몇만의 부인과 같지 아
> 니하고 남자도 미치지 못할 가용한 기질이 있다. 여느 부인 같
> 으면 다만 두려운 마음과 슬픈 생각에 땅에 엎디어 몸을 버리
> 고 슬피 울 터인데 정혜 부인은 거의 그 근체에 붙접을 할 수
> 없도록 정숙히 몸을 가지고 마음의 괴로움을 기색에 나타내지
> 아니함은 실로 이 세상사람 보다 한층 뛰어난 여자이라...(『정
> 부원: 상』 214)

위 TT 3처럼 번역가 이상협은 정혜의 담대하고 이성적인 태도를 남성
보다 더 담대하다고 높이 평가하는 내용으로 '보충한다'.

더 나아가 번역가는 정혜를 독립적이면서 합리적인 여성으로 재현한다.
정남작은 고성에 감금되어 밤을 지새고 온 정혜의 정절을 의심해서 이혼
을 요구한다. 정혜는 아무리 자신의 결백을 주장해도 남편이 들으려하지
않자 스스로 남작의 집을 나온다. 오랜 시간 후 정혜가 자신의 아이를 낳
고 홀로 사는 것을 보고 잘못을 뉘우친 남작은 정혜에게 찾아와 재결합을
요구하는데, 정혜는 그 제의를 거절한다. 다음 TT 4는 감정에 치우치지
않고 냉철하게 대응하는 그녀의 모습을 반영하며, TT 5에서는 정혜가 논
리적으로 남작의 제의를 반박하는 모습을 보여준다.

> ST 4: 내용 없음
> TT 4: 정혜는 이 동안에 원망과 슬픔에 마음이 어지러워 자기의 몸을
> 지탱키 어려울 지경이었으나 **비상한 때에 임하여 무섭게 마음
> 을 가라앉히는 자는 여자가 제일이라**(필자 강조) (『정부원: 하』
> 202).

ST 5: 내용 없음
TT 5: 아니요, 나와 남작 사이에 다시 부부라는 인연을 아무리 하든
  지 있을 수 없어요(『정부원: 하』 209).

정혜가 남작의 재결합 제의를 거절하는 것은 자신의 인생에 대한 자기
결정권을 주장하고, 이혼녀에 대한 사회의 인습적인 시선을 거부하는 과
감한 독립 선언이다. 정혜는 자신이 처한 삶의 조건을 정면으로 바라보면
서 문제의 본질에 다가간다. 정혜는 남작에게 둘의 결혼이 파국에 이른
문제의 본질은 평등하지 않은 조건을 가진 두 남녀가 결혼을 했기 때문이
라고 말한다.

ST 6: 내용 없음
TT 6: 아무의 잘못도 아니요 전혀 층등 지는 혼인으로 일어난 일이니
  까 이 뒤에라도 다시 남작의 아내가 되면 또 어떠한 곳에서 또
  어떠한 재화가 일어날는지도 알 수 없습니다……결단코 남작
  의 아내는 될 수 없다고 단념하여 주십시오 (『정부원: 하』 212).

TT 6의 정혜의 말은 당대 사회 결혼과 부부 관계에 대한 인습적 사고
방식을 전도한다. 그녀의 말은 사실의 진위여부와 상관없이 다만 세상의
평판과 체면만을 중시해서 부부의 연을 저버린 전 남편의 경솔함에 대한
질타이다. 또한 정혜의 말에는 여필종부라는 결혼과 관련된 근대 한국의
가부장적 사고방식을 벗어나서 남편과 부인의 평등한 관계를 추구하는 근
대 여성의 바램을 투영하고 있다. 이처럼 번역가가 '보충하기' 번역 방법
을 통해서 재현한 정혜는 근대 한국의 여성 담론에서 정형화된 양순한 부
인의 양상과는 전혀 다른 모습이다. 원작에서와는 다르게 남성으로부터
정신적인 독립을 하고 자존감을 지키며 강인한 성격을 가진 정혜의 재현
은 1910년 당시 "여성들은 현모양처의 전형성을 탈피하고 개인으로서의

자유와 권리를 갖는 인격체임을 스스로 각성해야 한다"[30]고 주장한 여성 해방론을 반영한다고 볼 수 있다.

3.2. 각주쓰기

『정부원』에서 번역가 이상협은 각주를 통해서 젠더 문제를 간접적으로 다룬다. 다음 TT7에는 남녀평등 사상이 우회적으로 드러난다. 1910년대에 조선 총독부는 소위 '황국 여성'을 만드는 전초 작업으로 철저히 복종적인 여성상을 이상형으로 삼았다. 총독부의 방침에 따라 『매일신보』는 조선 여성들이 남편에게 절대 복종해야한다고 설파하였다. 『매일신보』에서는 당시의 여성 해방론자들을 공격하면서, 그들이 가정 일에 소홀하고 밥이나 바느질 하나 제대로 못하면서도 남녀평등을 외치고 다닌다고 비난하였다.[31] 그런데 이에 맞서 1910년 당시 한국의 여성 해방론자들은 남녀 평등사상을 강하게 전파했다. 그들은 여성이 남성과 동등한 권리를 획득함으로써 자아를 실현할 것을 촉구하였다[32]. 그들은 현모양처 담론은 여성을 노예로 만든다고 비판하였고 "현모양처라는 기계를 만들지 말고 독립적인 여성을 양성할 것"[33]을 촉구했다. 여성 해방론자들은 여성 억압의 원인을 기존의 전통적인 가치관과 결혼제도에서 찾고, 남성과 동등한 권리와 지위를 획득하여 자아를 실현하는 것을 강조하였다[34].

다음 TT7에서 번역가 이상협은 영국 여성의 사회적 지위에 대해 설명

---

30) 이송희, 『근대사 속의 한국 여성』(국학자료원, 2014), p.144.
31) 귀중하도다, 우리 조선 천리의 좋은 풍속과, 아름다운, 습관이여. 지킬지어다 (중략)……
    밥 한솥 지을 줄 모르고, 옷 한 가지 꿰멜 줄 몰라도, 입으로는 남녀동등권이니, 무엇이니,
    짓거리하면, 집안의 정승되는 양처현모(良妻賢母)가 될까(『매일신보』 1913년 6월 11일).
32) 이송희, 위의 책, p.145.
33) 김혜경, 『경계의 여성들』 (한울 아카데미, 2013), p.95.
34) 이송희, 『근대사 속의 한국 여성』(국학자료원, 2014), p.73.

하고, 여성이 남성과 동등한 대접을 받는 영국의 관습이 한국에도 바람직
하다는 의견을 우회적으로 표출하였다.

> ST 7: 내용 없음
> TT 7: 정혜를 상 곁에라도 좀 앉힐 것이라 함은 서양 풍속에는 주인
> 뿐 아니라 주인의 처자도 같이 나와 손을 접대하며 기껍게 놀
> 게 함을 좋은 대접으로 여기는 풍속이라.(『정부원: 상』 34).

위의 TT 7에는 남성 어른들이 대화를 나누는 자리에 딸이 자연스럽게
동석하여 대화에 참여하는 장면을 긍정적으로 묘사하고 있다. 이러한 상
황은 남녀가 평등한 관계라는 전제를 기초로 한다. 그런데 실제로 당시
한국 사회에서 딸이 아버지의 손님과 담소를 즐기는 일은 매우 드문 일이
었으며, 전통적인 남녀 위계질서를 일탈하는 것을 의미한다. 그러므로 TT
7은 당시 한국 사회의 남성 지배 담론과 방향을 달리한다.

남녀평등 사상은 서양 결혼에 대한 다음 TT 8에서도 암시된다. TT 8
은 정혜와 정남작의 신혼여행에 대한 묘사이다. 여기에서 그들의 행동은
혼인관계가 아니라 동등한 부부관계를 암시한다. 서양의 풍습인 신혼여행
을 설명하면서 "손목을 이끌고"라는 부분은 여성이 남성보다 몇 걸음 뒤
로 물러나 걷는 관습적인 조선의 불평등한 여필종부를 의미하지 않는다.
이 부분은 나란히 걸어가는 동등한 부부 관계를 상징한다.

> ST 8: 내용 없음
> TT 8: 신혼여행이라 함은 혼례를 행하며 즉시 신랑 신부가 **손목을 이**
> **끌고** 외방에 여행을 함이니 집안에 있지 않고 객지에 나가면
> 부부간의 정이 더 깊게 든다하여 그를 행함이라(『정부원: 상』
> 114 필자강조).

각주 안에 내포된 남녀평등 사상은 정혜가 남작에게 자신을 지칭하는 데서도 나타난다. 다음 TT 9에서 정혜는 남작에게 자신을 낮추는 '저'라는 공손법을 쓰는 것이 아니라 '나'라고 지칭한다. 이에 대한 각주로 번역가 이상협은 다음과 같이 설명을 한다.

> ST 9: 내용 없음
> TT 9: 소녀가 남작에게 자기를 말할때에 '나'라 일컬음은 거지가 귀족
> 에게 대하여 너무 방자한 듯 하지마는 '저'라는 말은 적당치 못
> 하기에 그대로 씀이라(『정부원: 상』 77).

정남작보다 지위가 낮고 나이가 어리며 여성인 정혜가 정남작에게 '저'라는 공손법을 사용하지 않는 것은 근대 초기 한국의 가부장 이데올로기에서 문제가 될 수 있다. 그럼에도 불구하고 번역가는 이 부분을 의도적으로 '나'라고 번역하였다. '나'라는 어휘는 자신을 지칭하는 서양의 어법인 동시에 근대 여성과 남성의 평등한 관계를 암시한다. 당시 여성 독자들은 이 각주 부분에 내포된 남녀평등 사고방식에 마음이 끌렸을 것이다. 이처럼 각주는 한국 독자들에게 익숙하지 않은 영어 어휘나 영국의 관습을 설명하는 기능을 하고 서양과 한국의 문화 관습 차이를 비교하는 역할을 하였다. 그러나 더 중요한 각주의 역할은 당대 여성주의를 흡수하고 여성해방주의자들의 바램을 반영하고 있다는 점이다.

3.3. 납치하기

'납치하기' 번역 전략을 통해 번역가 이상협은 원문의 가부장 이데올로기가 나타나는 부분을 삭제하거나 변형하여서, 여주인공 정혜가 가부장 이데올로기를 탈피하는 양상을 보여준다.

『Diavola』의 여주인공 제니와 『정부원』의 정혜는 상반되는 성향을 가지고 있다. 제니는 빅토리아 시대의 여성의 육체에 관한 이중적인 문화 담론을 보여준다. 빅토리아 시대의 가부장 담론에서는 여성을 남성을 위해 희생하는 천사이거나 남성을 유혹해서 치명적인 파멸로 이끄는 팜므 파탈에 비유한다[35]. ST 10의 제니의 얼굴 묘사는 치명적인 아름다움을 지닌 팜므 파탈의 이미지를 재현한다.

> ST 10: A pale, oval face, framed with bands of smooth black hair, and lighted by unfathomable black eyes; a face, whose ivory pallor was contrasted by the rich crimson of full, pointing lips, as well as by the deep blackness of hair and eyes; the face of a Roman empress rather than a single- girl at a public house of Shadwell……He had a vague kind of idea that there were women, and mermaids, and other dangerous creatures, lurking somewhere in this world, for the destruction of honest men (『Diavola』 1866. 10. 27)
> (창백하고 갸름한 그녀의 얼굴을 부드러운 검은 머리 타래가 감싸고 있었고 깊이를 알 수 없는 검은 두 눈동자가 빛나고 있었다. 그리고 상아빛 창백한 안색은 풍만하고 뾰족이 내민 붉은 입술 색깔과 깊은 검은 머리 타래와 눈동자 색깔과 대비되었다. 그 얼굴은 새드웰에 있는 선술집 여자의 얼굴이기보다는 로마의 왕후의 얼굴이었다……그는 막연하게나마 이 세상 어디엔가 정직한 남자들을 파멸시키는 여자들이나 인어들, 아니면 다른 생명체가 있다는 생각이 들었다.: 필자 번역)
>
> TT 10: 생략

ST 10에서 볼 수 있듯이, ST의 저자 브래든은 제니를 아름다운 여왕으

---

35) Helena Michie, 『The Flesh Made Word: Female Figures and Women's Bodies』(Oxford UP, 1987), p.409.

로 비유하지만 또 한편으로는 그와 모순되는 위험한 생물체인 인어에 비
유한다.[36] 처음 Jenny를 본 남성의 시선을 통해 제니는 위험한 유혹녀의
이미지를 강하게 전달하고 있다. 흰 피부와 풍만한 입술, 검은 눈과 검은
머리타래에 대한 수사가 나열되면서 제니는 "여행객들을 죽음으로 유혹하
는"[37] 인어에 비유된다. '검은 눈의 인어' 의 이미지에는 여성의 성은 위험
하며 일탈적이라는 빅토리아 시대의 여성에 대한 가부장적담론을 반영한
다. 그런데 이 부분은 번역 과정에서 완전히 삭제되어서 ST에 나타났던
위협적인 여성성에 대한 담론은 전달되지 않는다. ST의 가부장적 이데올
로기는 이러한 번역을 통해 '납치'된 것이다.

한편, 빅토리아 시대에 여성의 역할과 품행을 지도하기 위해 제작된 지
침서에 따르면, 빅토리아 시대의 여성은 가족 구성원들을 위해 자신의 욕
구를 억눌러야하고, 자신이 불편하더라도 다른 사람들의 의견을 따라야하
며, 자신의 주장을 강하게 피력하면 안 된다고 교육받는다[38]. 다음 ST 11
에서처럼, 『Diavola』에서 제니의 선생의 말은 당시 빅토리아조 시대의 가
부장제에 따르는 여성의 행동 지침을 반향한다.

ST 11: A lady has no right to express herself forcibly upon any subject
　　　 whatever."(『Diavola』 1866. 11.24)
　　　 (귀부인은 어떤 주제에 대해서도 자신의 주장을 강력하게 내

---

36) 특히 영국 빅토리아 조에 쓰인 많은 소설에는 가부장 사회에 도전하는 야심차고 원한을
　 품고 남성에게 도전하는 여성의 모습이 인어의 모습에 비유된다. 인어의 이미지는 영국
　 빅토리아조에 발흥한 산업 혁명 속에서 자신의 사회적 정체성을 찾으려 시도한 중산층
　 빅토리아 여성에게 부과된 남성 중심의 재현물이다. White-Garrison, Melissa. 「Angels
　 and Mermaids in the two Novels by Mary Elizabeth Braddon」(Dissertation. Wyoming
　 University, 1992), p.8.
37) Rosemary. P. Tong, 『Feminist Thought: A More Comprehensive Introduction』(Westview, 1998),
　 p.196.
38) Trollers, Elizabeth. 「Inherent Value: Braddon's 1860 Women in Historial Context」(Dissertation.
　 Tennessee University, 2003), p.14.

세울 권한이 없다.:필자 번역)

TT 11: ……이 사람이 음악을 사랑하는 것은 남의 칭찬을 듣고자함이
아니라 다만 음악 한 가지를 사랑할 뿐이올시다. 음악의 소리
가 끊이지 아니하는 동안에는 이 세상의 풍랑이 잊어져버리니
까 이 사람의 평생을 음악 가운데 묻혀 지내기를 제일 다행한
일로 생각하는 것이지 남이 듣든지 아니 듣든지, 칭찬을 하든
지 아니하든지 그런 것은 조금도 어렵게 생각하지 않습니다(『정
부원: 상』 104).

그렇지만 TT 11에서는 선생의 가부장적인 말이 번역 과정에서 생략되
었고, 그 대신 정혜가 자신의 직업에 대한 사랑과 자부심을 열정적으로
설명하는 내용으로 변형되었다. TT 11에서 정혜는 자신의 생각을 거침없
이 주장하면서 동시에 자신의 직업관을 피력한다. 정혜의 직업관은 단지
경제적인 목적에서 연유한 것이라기보다는 자신의 직업에 관한 소명의식
을 반영하고 있다.

정혜의 독립적인 경제관, 직업관은 다음 예에서도 여실히 드러난다.
『Diavola』의 제니는 빅토리아조 '집안의 천사'라는 가부장적인 여성의 전
형이다. 집안의 천사란 남편에게 전적으로 의존하고 집안에만 머무는 여
성을 말한다. 그들은 자신을 희생하는 것을 당연시하며, 집에서 남편의 행
복과 안락함을 위해 사회생활을 포기한다.[39] 『Diavola』의 제니는 남편이
세상을 떠난 뒤 남편의 모든 재산을 물려받고, 남편의 유산으로 풍족하게
살아가면서 직업을 가질 생각이 없다. 제니는 탐정을 불러 남편 독살에
관한 수사를 요청하는 장면에서 큰 보수를 지불할 것을 약속한다. 다음
ST12는 제니가 남편의 풍족한 유산에 대한 자신의 권리를 당연시하며 전
적으로 의존하는 사고방식을 보여준다.

---

39) Emily Allen, 「Gender and Sensation」(『Companion to Sensation Fiction』, Willey-Blackwell,
2011), pp.401-413.

ST 12: You shall be paid whatever you require. (『Diavola』1867. 1. 23)
(돈은 요구하는 만큼 얼마든 드리겠어요. : 필자 번역)
TT 12: "보수 없이 일을 하여주십사는 것이 아니라 지금은 아무 직업
이 없으니 차차 직업만 얻으면 상당한 보수라도 내지요"

(『정부원: 상』 295).

그렇지만 번역문은 크게 변형되었다. 남편의 경제 지원을 거부하고 떳
떳이 집을 나온 정혜는 한 푼도 없는 상황에서도 직접 돈을 벌어서 탐정
의 보수를 주겠다고 자신 있게 말한다. ST의 제니와는 정 반대로 정혜는
이후에도 자신의 힘으로 사회활동을 통해 독립적인 재산을 모은다. 정혜
는 더 이상 자신을 집안에 가두어 두지 않으며, 남성의 영역인 바깥세상
에서 경제적 독립을 추구하는 적극적이고 근대적인 여성상을 보여준다.

이러한 정혜의 모습은 "여성이 남성의 지배를 벗어나 해방되기 위해서
는 무엇보다도 경제적으로 자립해야 한다"고 주장했던 1910년대 당시 한
국의 여성해방론자들의 사고방식을 투영하고 있다(이송희 196). 실제로 당
시 사회의 여성의 경제 진출은 이전보다 훨씬 증가했다. 당시 조선인 여
성은 비록 그 절대 수에서는 남성에 비해 경제 활동비율이 낮기는 했지만,
상당히 다양한 직종에 폭넓게 참여하였던 것이다40). 그러므로 경제적 독
립을 성취한 정혜의 모습은 당시 여성들이 독립적인 주체로서 사회에 기
여하기 시작했던 사회 현실을 반영한다.

---

40) 특히 자영 생산자 및 생산 공정 노동자의 경우는 약 3분의 2를 여성이 차지하였다. 1915
년에서 1920년 사이, 여성들은 특히 공업 분야에서 활발하게 활동하였다. 이 시기가 1차
세계대전으로 인한 호황기로서 구미 시장으로의 섬유류 수출에 주력했던 시대였으므로
공업 부문에서 많은 노동력이 필요했다. (정진성, 『경계의 여성들』서울대 출판부, 2013,
p.115).

4. 결론

본 연구의 목적은 페미니스트 번역 이론을 바탕으로『정부원』에 나타나는 여성 주인공의 재현 양상을 원작인『Diavola』와 비교 분석하는 것이었다. 본 연구는『정부원』을 번역자의 문화적인 조건과 상황이 개입된 창조적인 '다시쓰기' 차원으로 새롭게 조망하고자 하였다. 본 연구는『정부원』에 재현된 여성성과 당시의 여성 담론의 관계를 살펴보고『정부원』이 원본인『Diavola』에 나타나는 가부장적 젠더 문제를 어떻게 수용하는지 알아 보았다. 또한 본 연구는『정부원』이 근대 초기 우리나라의 여성 담론을 둘러싼 문화적인 갈등을 어떻게 반영하는지 살펴보았다.

페미니즘 번역이론은 번역을 원본의 '다시쓰기'로 개념화하고 원본을 재맥락화하여 여성의 주체성을 가시화하는 과정이라 해석한다. 이러한 시각은 본 연구에서 여성 담론의 재현 양상을 분석하는데 매우 용이한 기초를 제공하였다. 본 연구는 폰 플로토우의 페미니즘 번역 방법론을 적용해서 원문과 번역문을 각각 보충하기, 각주쓰기, 납치하기라는 번역 방법 측면으로 나누어 분석하였다.

분석 결과,『정부원』의 여주인공은 가부장적 여성의 정형성을 벗어나고 있음을 알 수 있었다. 이러한 결과를 구체적으로 살펴보면, 우선, 번역가는 '보충하기' 방법을 통해서 주인공 정혜의 정체성을 강인하면서도 당당하고 이성적이면서도 합리적인 근대적 여성으로 재창조하였다. 정혜는 가난 속에서도 비굴하지 않고 공권력 앞에서도 자신의 생각을 거침없이 피력하는 여성으로 나타났다. 또한 그녀는 열악한 조건에서도 결코 동요하지 않고 냉철하게 현실을 파악한다. 또한 정혜는 부부 관계에서도 대등한 권리와 의무를 주장하는 평등한 관계를 추구한다. 두 번째로 본 연구는 번역가가 각주쓰기 번역 방법을 통해서 남녀평등 사상을 간접적으로 드러낸다는 점을 밝혔다. 각주에서 번역가 이상협은 남성과 여성이 동등하게 교류하는 서양의 풍습을 긍정적으로 평가하고, 평등한 부부관계를 아름답게 묘사하며, 여주인공이 스스로를 '나'라고 지칭하여 독립적이고 개인적인 정체성과 자존감을 드러내는 것을 재현하였다. 세 번째로 번역가는 '납치하기' 방법을 통해서 원문의 가부장적 담론을 삭제하거나 탈 가부장적으로 변형하였다. 번역가는 원문에 나타난 여성의 외모에 대한 가부장 담론을 삭제하고, 원문에서 수동적인 여주인공을 번역과정에서 자아실현을 추구하는 경제력을 지닌 근대적인 여성형으로 변형하였다.

그런데『정부원』의 마지막 부분에서 정혜는 남편과 재결합하고 더 이상 사회생활을 하지 않으며 집안에서 아이를 잘 양육하는 현모양처의 모습으로 돌아간다. 번역가 이상협은 결국 여주인공 모습을 일본 총독부의 정책을 반영하는 가부장적 여성상으로 보여줌으로써, 친일적인 한계를 벗어나지 않는다. 이렇게 가부장적 결말로 이끌어간 번역자의 시도는 결국『정부원』을 가부장주의를 거부하려는 독자의 욕망과『매일신보』의 식민 지배 가부장 담론이 얽혀 교차하는 갈등의 장으로 남겨둔다.

본 연구는『매일신보』의 전략과 독자의 욕망이 상충될 때,『매일신보』가 표방하는 지배 담론의 균열 속에 독자들의 욕망과 연계되는 목소리가 어떠한 방식으로 드러나는지 살펴보았다.『정부원』에는 차츰 현모양처주의에서 벗어나 개인으로서 자유와 권리를 가지는 인격체임을 스스로 각성하고자 했던 당대 여성들의 열망과, 남성과 동등한 권리와 지위를 획득함으로써 자아를 실현할 수 있다고 강조했던 여성 해방론자들의 주장이 담겨 있다. 그리고『정부원』은 여성들이 자신의 실질적인 해방을 경제적인 독립에서 모색할 수 있었던 근대 초기 한국 사회의 경제 구조를 반영한다. 그리하여『정부원』의 여주인공 정혜의 행동과 목소리는 식민적 가부장제 지배 담론이 원하는 고정된 성역할에서 벗어나 강인하고 근대적인 여성형을 재현한다.

그러므로『정부원』은 일제 식민지 지배 이데올로기와『매일신보』라는 거대 언론 매체, 그리고 독자의 요구가 상호 갈등하는 작품으로 새롭게 조명될 수 있다. 또한 영국 소설『디아볼라』를『정부원』으로 '다시 쓰는' 과정에 영향을 준 우리나라 1910년대의 사회적, 역사적, 문화적, 경제적 맥락을 다 학제적 차원에서 조망할 수 있게 하는 계기가 될 수 있을 것이다. 그런 의미에서『정부원』은 신파 소설이라는 평가를 넘어 식민적 가부장 이데올로기라는 1910년 당시의 지배 담론에 대한 저항을 보여 주는 작품으로 새로이 주목받을 필요가 있다.

제5장

경계를 넘는『모래 여자』

—아베 고보(安部公房), 폴 보울즈, T·S·엘리엇—

오바 겐지(大場健司)

1. 들어가며

아베 고보(安部公房, 1924~1993)의『모래 여자(砂の女)』(新潮社.1962.6.)는 아베
가 유년기를 보낸 만주[1]와 그가 1962년 2월 7일에 제명된 사실이 공표된
일본 공산당과의 관계로 논해져 왔다.[2] 따라서 선행연구에는『모래 여자』

1)『모래 여자』와 '외지'인 만주의 관계성에 대해서는 나미가타 쓰요시(波潟剛), 「아베 고보
<실종 삼부작>론—고보의 도시표상과 식민지 체험—」(安部公房 <失踪三部作>論—公房の
都市表象と植民地体験—)」(『文學硏究論集』第15卷, 1998.2)에서 상세히 다루고 있다.
　『모래 여자』의 '실종'과 '외지'에서 귀환하지 못한 사람들에 대한 '미 귀환자에 대한 특별
조치법'(1959.5)이라는 '실종선고'가 중첩되어, '이 두 가지 실종의 어긋남은 아베 고보의 패
전시의 도시 체험에 기인하는 것으로 보인다'라고 언급하고 있다.(p.253).
2) 지금까지의 선행연구에서는 아베가 일본 공산당에서 제명된 것은 1962년 2월이라는 논이
많았는데, 아베 고보 팬에 의한 잡지『두더지통신(もぐら通信)』제16호(2014.1)에 따르면 제
명을 둘러싼 질문에 대해 일본공산당중앙위원회가 아베의 제명일은 1961년 9월 1일이라고
대답했다.(pp.39~40).도바 고지(鳥羽耕史)의『운동체, 아베 고보(運動体·安部公房)』(一葉社,
2007.5)에는 아베 고보와 하나다 기요테루(花田淸輝)(1909~1974)의 제명이 공표된 것이
1962년 2월 7일이라는 점에서(p.256), 여기에는 실제 제명 후에 아베나 하나다의 제명이 공
표된 날짜를 1962년 2월 7일로 표기했다.

가 그리는 '모래'의 알레고리적인 의미에 주목한 논고가 많았고, 『모래 여자』
의 '사막'이 외국 문학의 '사막' 이미지를 섭취했을 가능성에 대해서는 고
려하지 않았다. 즉, 『모래 여자』의 비교문학적 연구 자체가 거의 행해지지
않았다고 할 수 있다.

해외문학과의 관계를 다룬 선행연구는 많지 않으나, 예를 들어 고바야
시 마사아키(小林正明)는 내러티브론(narratology)의 관점에서 『모래 여자』와
루이스 캐럴(Lewis Carroll, 1832~1898)의 『이상한 나라의 앨리스』(Alice's
Adventure in Wonderland, 1865)및 프란츠 카프카(Franz Kafka, 1883~1924)의 『변
신』(Die Verwandlung, 1915)의 유사성을 지적했다.3) 그러나 내러티브론적 시
점에서 내러티브 구조의 유사성을 지적할 수는 있지만, 직접적인 영향관
계에 대해서는 논할 수 없다. 더욱이 선행연구에서는 캐롤이나 카프카 같
은 작가는 아베의 소설을 비교문학적으로 논할 때 언급되는 경우가 많았
으며 '카프카의 영향을 받은 아베 고보'식의 스테레오타입에서 벗어나지
못하고 있다.4) 그러므로 종래에 언급되지 않았던 다양한 외국문학과의 관
련성은 중요한 문제이다.

따라서 본고에서는 『모래 여자』가 발표된 동시대에 일본에서 번역, 출
간된 해외문학을 조사하여, 『모래 여자』가 단어 레벨의 유사성에서 미국
문학을 패러디하며 섭취했을 가능성을 지적하였다. 구체적으로는 미국의
실존주의 작가 폴 보울즈(Paul Bowels, 1910~1999)의 『쉘터링 스카이』(The
Sheltering Sky, 1949)와 미국 출신 시인 T·S·엘리엇(Thomas Stearns Eliot, 188
8~1965)의 장편시 『황무지』(The Waste Land, 1922)를 수용하고, 거기에서
1960년대에 아베 고보가 주제화하게 되는 아나키즘(anarchism)의 맹아가 발

3) 小林正明, 「物語論から『砂の女』を解剖する」(石﨑等 編, 『安部公房『砂の女』作品論集—近代
   文學作品論集成』19, クレス出版, 2003.6), p.251, p.255.
4) 아베와 카프카 등의 관계를 다룬 비교문학적 연구로는 윌리엄 커리의 『소외의 구도—아베
   고보, 베케트, 카프카의 소설(疎外の構図—安部公房, ベケット, カフカの小説)』(安西徹雄
   譯, 新潮社, 1975.6) 등이 있다.

견될 수 있다는 점을 논했다.

『모래 여자』의 '사막'의 모델이 아베가 유년기를 보낸 만주의 '사막'이고 나아가 보울즈나 엘리엇이 그린 아프리카의 '사막' 및 유럽의 '황무지'를 수용한 것이라면 아베는 일본 / 만주 / 아프리카 / 유럽이라는 틀을 넘어 오버 랩 되는 '사막'을 그린 것이다. 이는 동아시아의 영미문학 수용에 관해서도 중요한 시사점을 던진다.

본고에서는 보울즈나 엘리엇 작품의 일본어 번역과 일본에서의 수용, 그리고 아베가 보울즈나 엘리엇을 수용했다고 할 때 『모래 여자』를 어떻게 읽을 수 있는가 하는 문화 번역(cultural translation)에 주목하여, 『모래 여자』가 일본문학/해외문학이라는 이항대립의 '경계를 넘어서고' 있음을 논하고자 한다.

2. '사막 로맨스'로서의 『모래 여자』

영문학에는 '사막 로맨스'(desert romance)[5]라고 불리는 장르가 있다. 영국의 여성작가 이디스 모드 헐(Edith Maude Hull, 1880~1947)이 『시크』(The Sheik, 1919)에서 아프리카 사하라 사막을 무대로 영국 여성과 아랍계 부족 시크(Sheik)의 연애를 그린 것을 계기로 '사막 로맨스'라는 장르가 생겨났다.[6]

아베가 『모래 여자』나 그 전신인 단편소설 「지친데라 야파나(チチンデラ ヤパナ)」(『新潮』 1960년 9월호)를 발표하기 이전에 일본에서 번역본이 간행된 '사막 로맨스'에는 미국 작가 폴 보울즈의 『쉘터링 스카이』(The Sheltering Sky,

---

[5] 일본어 원문에서는 '사막포수 로맨스(砂漠捕囚ロマンス)'로 번역. 본문에서는 영어 표현에 근거하여 '사막 로맨스'로 번역함.

[6] 尾崎俊介, 「シークの時代—二十世紀初頭の「砂漠捕囚ロマンス」」 『ホールデンの肖像—ペーパーバックからみるアメリカの讀書文化』(新宿書房, 2014.10.), pp.124-125.

〈그림 1〉「신예 해외문학총서 ≪신간≫ 쉘
터링 스카이」(『群像』 1955년 7월
호 광고)

1949)가 있다. 이 작품은 신초사(新潮
社)의 <신예 해외문학 총서(新銳海外文學
叢書)>로 1955년 5월에 출판되었는데,
이 총서는 프랑스 작가 앙리 드 몽테
르랑(Henry de Montherlant, 1895~1972)『사
막 장미 사랑이야기[7]』(L'Histoire d'amour
de La Rose de sable, 1954)의 호리구치
다이가쿠(堀口大學) 번역본(1955.3), 미
국 작가 트루먼 카포티(Truman Capote,
1924~1984)『다른 목소리 다른 공간[8]』
(Other Voices, Other Rooms, 1948)의 고노
이치로(河野一郎) 번역본(1955.4.) 등, 구
미의 현대문학이 번역, 소개되었다.[9]

그 당시에는 전술한 몬테르랑의『사
막장미 사랑이야기』나 고이즈미 유즈루(小泉讓, 1913~2004)의『8월의 모래
(八月の砂)』(藝文書院, 1957.1.) 같은 사막이나 사구를 무대로 한 연애 소설이
출판되었는데, 사막에서의 '실종'을 그린 소설로는 보울즈의『쉘터링 스카
이』가 유일했다. 그러나 선행연구에서는 아베와 보울즈의 직접적 영향관
계에 대해서는 언급된 적이 없다.[10]

---

7) 일본어 원문에서는 '사막의 장미 사랑이야기(沙漠のバラの戀物語)'.
8) 일본어 원문은 '먼 목소리, 먼 방(遠い聲遠い部屋)'.
9) <신예 해외문학총서>의 권말에 첨부된 총서의 신간 광고는 다음과 같다. '시대와 함께
   전진하는 문학 중에서 진정으로 현대적 의의를 지닌 해외문학의 문제작들을 여기에 모았
   다. 독자의 현명한 평가를 획득하고 이 작품들의 불멸의 가치를 확립하고자 하는 것이 이
   총서의 염원이다.' (「新銳海外文學叢書」ポール·ボウルズ, 大久保康雄 譯, 『極地の空』新潮社,
   1955.5, p.300).
10) 나미가타 쓰요시는 폴 보울즈나 아이작 싱어(Isaac Singer, 1902~1991), 엘리어스 카네티
    (Elias Canetti, 1905~1994) 등 '경계의 작가'와 마찬가지로 아베가 문화적 아이덴티티의

『쉘터링 스카이』에 대해 당시 일본의 평론들은 거의 다루지 않았지만11), 1955년 7월호 『군조』에 게재된 광고(<그림 1>)에서는 다음과 같이 평가되었다.

현대 미국문학의 유일한 실존주의 작가이자, 때로는 육체파라고도 불리는 보울즈의 대표적 작품. 기계 문명의 획일성을 혐오하여 북아프리카로 도피한 미국인 부부가 원시적인 대륙의 매력에 깊숙이 빨려 들어간다는 특이한 이야기. 미국적 인간의 내부를 지탱하는 의식의 해체를 추구한 걸작이다.12)

이처럼 『쉘터링 스카이』의 출판 당시에 보울즈는 '현대 미국문학의 유일한 실존주의 작가'로 수용되었다. 또 당시 미국 문학을 소개한 니시카와 마사미(西川正身)의 「전후 미국문학(戰後のアメリカ文學)」(『新潮』 1956年 10月号)에서는 보울즈가 카포티와 함께 미국의 신예작가로 평가되었다.13) 즉, 보울즈는 당시 일본에서 현대 미국의 신예 실존주의 작가로 수용된 것이다.

『쉐터링 스카이』는 미국에서 사하라 사막으로 건너온 미국인 부부 포트(Port)와 킷(Kit)의 「여행」(travel)을 그리고 있다. 작중에서는 그 「여행」에

'경계'에 머물러 있다고 지적한다. (波潟剛, 「高度成長期の「アヴァンギャルド」─小說『砂の女』と安部公房」 『越境のアヴァンギャルド』 NTT出版, 2005.7, p.257).

11) 이 작품이 일반에 알려지게 되는 것은 1990년에 영국의 베르나르도 베루톨루치(Bernardo Bertolucci, 1941~)감독에 의해 『쉘터링 스카이』(Sheltering Sky)라는 타이틀로 영화화된 이후의 일이다. 또 영화 음악을 사카모토 류이치(坂本龍一, 1952~)가 담당하게 되어, 일본에서는 영화를 통해 보울즈가 알려졌다. 『유레카(ユリイカ)』 1994년 3월호에는 특집 「폴 보울즈—영원의 월경자(越境者)」가 기획되었다. 베르톨루치가 영화 『마지막 황제』(The Last Emperor, 1987), 『리틀 붓다』(Little Buddha, 1993)에서 서양(Occident)에서 본 동양(Orient)의 이미지를 표현할 때, 사카모토 류이치가 작곡가로 기용된 것은 흥미롭다. 사카모토의 오리엔탈적 음악이 서양에서 본 '일본'의 이미지를 의도적으로 '동아시아'적으로 그린다는 비평적 시도가 되었다는 점은 베르톨루치와 사카모토의 차이를 단적으로 시사하고 있다.

12) 「新鋭海外文学叢書≪新刊≫極地の空」(『群像』1955年7月号, 広告).

13) 西川正身,「戰後のアメリカ文学」(『新潮』1956.10), p.71.

대해 다음과 같이 기술된다.

> 자신은 관광객(투어리스트)이 아니라 여행자(트레블러)에 속한다고
> 그는 생각하고 있었는데, 그의 설명에 따르면 이 두 가지는 일단 시간의
> 측면에서 상이하다. 관광객이라는 것은 대략 수 주간 내지는 수개월 후
> 에 집으로 돌아가는 것에 비해, 여행자는 어떤 지역에도 속하지 않고 몇
> 년의 기간에 걸쳐 지구상의 일부분에서 다른 부분으로 천천히 이동해
> 간다.14)

보울즈가 그리는 '여행'이란 일정 기간을 지난 후에 '집으로 돌아가는'
'관광'과는 달리 '어떤 토지에도' 속하지 않고 이동해 가는 노마드(nomad)적
인 것이다. 그 여행의 도중에 포트는 자신이 미국인이라는 것을 증명하는
여권을 분실하고, '자신이 누구인가에 대한 증명을 갖지 못한 채'(have no
proof of who you are)15), '사막의 마을로, 신분을 증명할 서류도 없이 출발'(be
going off with no proof of his identity to a hidden desert town)16)하게 되고, 자신
이 누구인가 하는 '본질'(essence)이 현상학적으로 환원되는 실존주의적인
여행이 그려진다. 소설의 후반부에서 포트가 전염병으로 죽자 킷은 '실종'
되어 유목민 부족 남성의 부인이 되고, 아베의 『모래 여자』와 마찬가지로
이 소설이 사막에서의 '실종'을 그린 '사막 로맨스'의 일종임을 알게 된다.

여기에서 중요한 것은 제1부 「사하라에서의 차 한 잔」("Tea in the Sahara")
에서 아베의 『모래 여자』를 상기시키는 모래 구덩이에 텐트를 치는 유목

---

14) ポール・ボウルズ 著, 大久保康雄 訳, 『極地の空』(新潮社, 1955.5), p.8.
    원문은 다음과 같다. "He did not think of himself as a tourist; he was a traveler. The
    difference is partly one of time, he would explain. Whereas the tourist generally hurries
    back home at the end of a few weeks or months, the traveler, belonging no more to one
    place than to the next, moves slowly, over periods of years, from one part of the earth to
    another."(Paul Bowles. *The Sheltering Sky*. New York: Vintage International, 1990.6.)

15) ポール・ボウルズ, 『極地の空』 p.124. Paul Bowles. *The Sheltering Sky*. p.164.

16) ポール・ボウルズ, 『極地の空』 p.132. Paul Bowles. *The Sheltering Sky*. p.174.

민 여자가 등장하는 점이다. 사막 마을의 교외에서 포트가 걷고 있을 때, 아랍인 남성 스마일(Smaïl)이 포트에 대해 꼬치꼬치 물어보고는 그 후 유목민 여성이 있는 모래 구덩이로 안내한다. 그 아랍인 남성이 포트에게 말을 거는 장면을 소개하면 다음과 같다.

> "당신, 거기서 뭘 찾고 계신건가?"
> (앞으로 귀찮은 일이 일어날 것이다)포트는 가슴 속에서 이렇게 생각하고 꼼짝도 하지 않았다.
> 아랍인은 잠시 기다렸다. 경사면의 가파른 끝 부분까지 걸어서 다가왔다. 거꾸로 뒤집힌 깡통이 소리를 내며 포트가 앉아 있는 바위 쪽으로 굴러 떨어졌다.
> "이봐요! 뭘 보고 계신 거요?"[17]

다음으로 이 보울즈의『쉘터링 스카이』의 인용부를 단서로, 아베 고보의『모래 여자』와의 영향관계에 대해 고찰해 보고자 한다.『모래 여자』의 경우, 보울즈의『쉘터링 스카이』와 마찬가지로 주인공 남자가 마을을 걷고 있을 때 마을 노인이 주인공이 누구인지를 캐묻는 장면이 있다.

> "「조사하러 온 거요?」"
> 바람에 휘날려, 휴대용 라디오처럼 진폭이 없는 목소리다. 그러나 액센트는 확실해서 알아듣기 어려울 정도는 아니었다.
> "조사라구요?" 남자는 당황한 듯, 렌즈 위를 손바닥으로 가리고 상대의 눈에 띄기 쉽게 채집망을 고쳐 잡으면서 "무슨 얘기인지, 잘 모르겠지만 ……저는 그 뭐냐, 곤충 채집을 하고 있습니다. 이런 사막지대의

---

17) ポール・ボウルズ,『極地の空』, pp.17-18. 원문은 다음과 같다.
""*Qu'est-cetichurches là?*" / "Here's where the trouble begins," thought Port. He did not move. The Arab waited a bit. He walked to the very edge of the slope. A dislodged tin can rolled noisily down toward the rock where Port sat. / "*Hé! M'sieu! Qu'est-ceti vo?*"" (Paul Bowles. *The Sheltering Sky.* 18).

벌레가 제 전문이라서."

　"뭐라구요?"

　아무래도 상대방은 제대로 납득하지 못한 것 같았다.

　"곤, 충, 채, 집!"이라고 한 번 더 큰 목소리로 반복하고, "벌레 말이에
요, 벌레!......이렇게, 벌레를 잡는 거에요!"

　"벌레......?"

　노인은 의심하는 듯 눈을 내리깔며 침을 뱉었다. 아니, 입에서 흘러나
오는 대로 내버려 두었다는 편이 정확할 지도 모른다. 침은 바람에 휩쓸
려 입술 끝에서 실처럼 나부꼈다. 도대체 뭐가 그리 신경이 쓰이는 걸까?

　"뭔가 이 근처 조사라도 하는 건가?"

　"아니 뭐 조사가 아니라면 상관없지만......"[18]

　여기에서 중요한 것은, 『쉘터링 스카이』에서 아랍인 남성이 말꼬리에
'~거요'를 붙여서 말했던 것처럼 '모래 여자'에서는 공동체 외부에서 온
주인공에게 노인이 어미에 '건가'나 '거요', '지만'을 붙인 말투로 질문을 한
다는 점이다. 예를 들어 이 노인은 이 장면에서만도 "하하, 학교 선생님인
가......", "흠, 선생님을 하고 계신가......", "묵는다니, 이 부락에서 말이
요?", "보시다시피 가난한 마을이라 제대로 된 집도 없지만, 댁만 괜찮다
면 내가 물어보는 것 정도는 해드리지"라고 말한다.[19]

　보울즈의 『쉘터링 스카이』의 경우도 마찬가지로, 미국에서 사막으로 찾
아온 포트에게 아랍인 남성이 말꼬리에 '건가'를 붙인 말투로 주인공에 대
해 캐묻고 있음을 알 수 있다. 예를 들어, 전술한 『쉘터링 스카이』의 인용
부에서는 프랑스어로 '당신, 거기서 뭘 찾고 계신건가', '뭘 보고 있는 거
요?'라고 하며, 일본어 역에서는 프랑스어 대사가 'かね(거요?)」'를 붙인 어
투로 번역되었다.[20] 이러한 단어 레벨의 유사성에서 아베가 『모래 여자』

18) 安部公房, 『砂の女』, p.125.

19) 安部公房, 『砂の女』, pp.125-126.

20) 보울즈의 『쉘터링 스카이』 일본어판에서 이 아랍인 남자가 어미에 '건가'를 붙여서 말하

의 주인공을 모래 구덩이로 이끄는 노인을 그릴 때 보울즈의 『쉘터링 스카이』를 참고로 했을 가능성이 있을 것이다.

이러한 문체상의 유사성에서 떠오르는 것은 『쉘터링 스카이』의 서양/아프리카의 문제가 『모래 여자』에서는 도시/지방의 문제로 변화했다는 점이다. 『쉘터링 스카이』에서는 프랑스어를 하는 미국인이 프랑스어가 지배 언어인 사하라 사막으로 향하게 된다. 만주에서 귀환한 체험을 가지는 아베의 눈에는 이러한 미국인/아프리카인의 비대칭적인 관계성이 일본인/만주인이라는 식민자/비식민자의 관계성으로 오버랩되어 보였을 것이다. 아베가 『모래 여자』에서 '변경'이나 '사막'을 주제화한 이래로 『타인의 얼굴(他人の顔)』(講談社, 1964.9.)이나 『불타버린 지도(燃えつきた地図)』(新潮社, 1967.9.) 등에서 '도시'가 주제화된 것을 고려해 보면 만주에서 심양이라는 도시가 '외지'로서가 아니라 "도시의 미래상, 혹은 도시의 극한상태로 표상되어 있다"21)는 점에서 아베가 만주 체험을 통해 보울즈의 『쉘터링 스카이』를 수용하면서도 이를 1960년대의 도시와 변경을 둘러싼 콘텍스트에 접목시켰다는 것을 알 수 있다. 즉, 아베는 식민지주의나 오리엔탈리즘을 회피하는 형태로 보울즈를 수용한 것이다.

이러한 포스트 콜로니얼(post-colonial)적 상황을 반영하여 아베가 보울즈를 수용했다고 생각하는 경우, 흥미로운 것은 영화 『모래 여자』(1964.2.)의 시나리오로, 미국인 남성을 주인공으로 한 시놉시스 「모래 여자(영화를 위해 개편)」(1962년 10월경)를 아베가 집필했다는 점이다. 장편소설 『모래 여자』의 영화판이 기획되었을 때, 감독 데시가하라 히로시(使河原宏, 1927~2001)에게 미국 여배우 셜리 맥클레인(Shirley MacLaine, 1934~)의 남편 스티브 파커

는 것이 이 장면에서는 "산책하기는 싫은 건가?", "왜 그런 건가?", "그럼 뭐가 하고 싶은 건가?", "어디 가는 건가?", "뭘 찾는 건가?", "댁은 기다려 주질 않는군"이라고 되어 있다. (ポール・ボウルズ, 『極地の空』, pp.18-19).

21) 波潟剛, 「安部公房<失踪三部作>論—公房の都市表象と植民地体験」, p.248.

(Steve Parker, 1954~1982)로부터 합작이 타진되었고,『모래 여자』의 주인공을 외국인으로 할 것이 제안되었는데 결국에는 일본 측 배우의 스케줄 관계로 미일합작은 이루어지지 못했다.[22] 이 시놉시스에서는 "일본어를 모르는 J"라는 "34세"의 "서부 소도시의 고교 교사"인 "남자" "미국인"이 주인공이며[23], 원작 소설『모래 여자』이상으로 서양/동양이라는 이항대립이 강조된 "사막로맨스"이다. 소설과 시놉시스를 비교할 때 중요한 것이, 주인공의 "정신적 임포텐츠"의 원인이 시놉시스에서는 "6.25 전쟁"(1950~1953)때문이라고 되어 있다는 점이다.[24] 이 점에 대해 도모다 요시유키(友田義行)는 "성폭행이나 위안부와의 관계도 상상된다"고 언급하는데 이러한 시놉시스 특유의 요소는 실제 영화화나 라디오 드라마화(1963.3.4.~4.13.)시에도 채용되지는 않았고, "작가의 의사에 따라 삭제되었다고 생각하는 것이 타당할 것"이라고 논하고 있다.[25] 미국인을 주인공으로 함으로써 서양/동양 혹은 미군에 의한 점령 문제의 주제화로 연결되지만, 일본공산당이나 만주 문제는 다루기 어려워진다. 아베가 시놉시스의 독자적 요소를 채용하지 않은 것은 미국인을 주인공으로 함으로써 잃는 것이 있었기 때문이 아닐까?

다음으로는『쉘터링 스카이』의 모래 구덩이와『모래 여자』의 모래 구덩이를 비교하려 한다.『쉘터링 스카이』에서는 사막에 유목민 여성이 거주한다는 '터키인의 보루'(Turkish fortress)가 등장한다.

> 가슴 높이의 낮은 벽은 큰 포물선을 그리고 있었고, 그 아래 지면은
> 더욱 짙은 어둠 속으로 가파르게 패여 있다. 수로는 이미 몇 백 미터 전

22) 安部公房,「[作品ノート30]1947.9~1976.4」(『安部公房全集』第30卷, 新潮社, 2009.3), p.660.
23) 安部公房,「砂の女(映畵のための梗槪)」(安部公房,『安部公房全集』第30卷, 新潮社, 2009.3), p.100.
24) 安部公房,「砂の女(映畵のための梗槪)」, p.117.
25) 友田義行,「流動する風景と身体―『砂の女』論」(『戰後前衛映畵と文學―安部公房×勅使河原宏』, 人文書院, 2012.2), pp.186-187.

에서 끊겨 있었다. 두 사람은 거기에서 아래쪽으로 계곡이 펼쳐지는 언덕 쪽으로 나왔다.

"터키인의 보루입니다.'

발꿈치로 바닥의 돌을 두드려 소리를 내면서 스마일이 설명했다.

"이봐, 자네"

포트는 화를 내며 말을 꺼냈다. "도대체 어디로 가자는 건가?"

두 사람 앞 쪽의 수평선에서 떠올라 있는 울퉁불퉁한 검은 언덕의 윤곽을 그는 바라보았다.

"저기입니다."스마일은 계곡을 가리켰다. 그리고는 금세 발걸음을 멈췄다. "여기 계단이 있습니다." 두 사람은 절벽에서 몸을 앞으로 내밀었다. 좁은 철 계단이 벽 쪽에 걸려 있었다. 손잡이는 없었고 가파르게 수직으로 뻗어 있다.

"그렇습니다. 이것이 터키인의 보루지요. 아래 쪽으로 빛이 보이지 않나요?" 스마일은 두 사람의 거의 바로 밑을 왔다 갔다 하는 희미한 붉은 빛을 가리켰다. "저것이 그 여자가 사는 텐트입니다."[26]

그 후 포트는 사다리를 타고 절벽을 내려가서 유목민 텐트에서 마니아(Marnia)라는 무희를 만나 성관계를 갖게 되는데 지갑을 도둑맞을 위기에 처하면서 그곳을 탈출하게 된다.

다음으로 『모래 여자』에서 주인이 부락 노인의 안내를 받아 모래 구덩

26) ポール・ボウルズ, 『極地の空』, p.23. 원문은 다음과 같다. "The parapet made a wide curve and the ground below dropped steeply away into a deeper darkness. The most had ended some hundred feet back. They were now high above the upper end of an open valley. / "The Turkish fortress," remarked Smaïl, pounding on the stones with his heel. / "Listen to me," began Port angrily;" where are we going?" He looked at the rim of uneven black mountains ahead of them on the horizon.
"Down there." Smaïl pointed to the valley. A moment later he stopped walking. "Here are the stairs." They learned over the ledge. A narrow iron staircase was fastened to the side of the wall. It had no railing and led straight downward at a steep angle. / "It's a long way," said Port. / "Ah, yes, it's the Turkish fortress. You see that light down there?" He indicated a faint red glimmer the came and went almost directly beneath them. "That's the tent where she lives." (Paul Bowles. The Sheltering Sky.26).

이를 방문하는 부분을 인용하겠다.

> 안내 받은 곳은, 부락의 가장 바깥쪽인 사구의 능선에 접한 구덩이
> 중 하나였다. 능선에서 한 줄기 안 쪽 좁은 길을 오른쪽으로 돌아 잠시
> 가다가 노인이 어둠 속에서 몸을 웅크리더니 손뼉을 치며 큰 소리로 외
> 쳤다.
> "이봐, 할멈!"
> 발 밑 어둠 속에서 램프 불빛이 흔들리며 대답이 들렸다.
> "여기, 여기에요……그 가마니 옆에 사다리가 있으니까……"
> 그렇다, 사다리가 연결되어 있지 않다면 이 모래 절벽은 도저히 당해낼
> 수가 없다. 거의 지붕 높이의 세 배 정도로, 사다리를 사용하더라도 그렇
> 게 용이하다고는 말할 수 없었다. 낮 동안의 기억으로는 더 경사가 완만
> 했던 것 같은데, 이렇게 보니 거의 수직에 가깝다. 사다리는 불안할 정도
> 로 삐뚤빼뚤한 밧줄 사다리로, 밸런스를 잃으면 도중에서 뒤집혀 버릴 것
> 같았다. 마치 천연 요새 속에 살고 있는 것이나 마찬가지인 것이다.[27]

『모래 여자』에서는 모래 구덩이로 내려갈 때 "마치 천연 요새 속에 살
고 있는 것이나 마찬가지인 것"이다. 이 '요새'란 일반적으로 "견고한 요새"
를 지칭하고, 『쉘터링 스카이』에 등장한 "터키인의 보루"의 '보루'가 "돌·
토사·콘크리트 등으로 구축된 소규모의 성"을 지칭한 점에서[28] 『모래 여
자』의 '요새'가 『쉘터링 스카이』의 '보루'를 변주한 것임을 알 수 있다.

이상과 같이 단어 레벨의 유사성에서 아베가 『모래 여자』를 집필할 때
보울즈의 『쉘터링 스카이』를 프레임워크로 삼아, 주인공이 부락의 남성에
게 이끌려 모래 구덩이로 향하는 장면을 그린 것이 아닐까.

또한 『모래 여자』와 『쉘터링 스카이』에서는 공통적으로 사막에서의 '실

---

27) 安部公房, 『砂の女』, pp.128-129.
28) 小學館(2007년 7월 2일 공개) 『日本國語大辭典』, Japan Knowledge Lib. 2015년 11월 10일
　　열람. <http://japanknowledge.com>.

종'을 그린다는 점이 중요하다. 『모래 여자』에서는 서두부터 남자가 "행방 불명"이 되고, "실종"된다는 것이 언급되어 있다.29) 『쉘터링 스카이』에서 도 폴의 사후에 아내 킷이 실종되고 작중에서도 '실종'이나 '행방불명'이라 는 말이 사용되었다. 다음으로 두 작품의 차이로, 『쉘터링 스카이』에서 '실종'된 킷을 최종적으로는 미국으로 데려가는 것과는 대조적으로, 『모래 여자』에서는 '실종'된 채 모래 구덩이 안에 머무르는 주인공을 그렸다는 점을 들 수 있다. 이는 『쉘터링 스카이』의 제3부 '하늘'의 서두 에피그래 프에 인용된 카프카의 "어떤 지점에서부터는 더 이상 나아갈 수 없게 된 다. 다시 돌아갈 수 없게 된다. 바로 그런 지점까지 도달해야만 한다." (*From a certain point onward there is no longer any turning back. That is the point that must be reached.*)30)라는 말을 보울즈 이상으로 철저히 그린 행위였다고 할 수 있다.

3. 1950~1960년대 일본의 T.S.엘리엇 『황무지』의 수용

T·S·엘리엇 『황무지』는 엘리엇 자신이 창간한 잡지 『크라이테리온』 (*The Criterion*) 제1호(1922.10.)와 제2호(1923.11.)에 게재된 모더니즘 시다. 제1 부 「매장」("The Burial of the Dead"), 제2부 「체스」("A Game of Chess"), 제3부 「불 의 설교」("The Fire Sermon"), 제4부 「익사」("Death by Water"), 제5부 「천둥신 의 말」("What the Thunder said") 등 전 5부 구성으로, 고전을 패러디한 신화 적 수법을 사용하면서 제1차 세계대전(World War I, 1914~1918) 후의 황폐해 진 유럽을 '황무지'로 묘사하며, 죽음과 재생, 성의 불모성을 그린 것으로

---

29) 安部公房, 『砂の女』, p.117.
30) ポール·ボウルズ, 『極地の空』, p.212. Paul Bowles, *The Sheltering Sky*. p.277.

간주되었다.

일본에서는 1950년대에 니시와키 준자부로(西脇順三郎, 1894~1982) 번역의 『황무지』(『エリオット詩集』創元社, 1952.11.) 발표를 시작으로 여러 번역본이 출판되었다.[31] 또 1950년대에는 엘리엇 『황무지』의 영향을 받아, 아유카와 노부오(鮎川信夫, 1920~1986) 등의 '황무지파'가 『황무지 시집』을 간행했고, 1952년 전후로 엘리엇 붐이 일어나면서[32] 대학 내 연구에서도 다루어지게 되었다.

1950년대에 엘리엇의 『황무지』가 '황무지파'나 대학 내 영문학 연구에서 다루어졌다면 1960년대부터는 『엘리엇전집』 전5권(中央公論社, 1960.5~9.)이 간행되고 문예지에서도 특집이 꾸려진다[33]. 예를 들어 『모래 여자』의 원작이 된 「지친데라 야파나(チチンデラ ヤパナ)」(『新潮』 1960.9.)가 발표되기 한 달 전부터 아베가 동인이었던 잡지 『근대문학(近代文學)』의 1960년 8월호, 9월호에서 아라 마사히토(荒正人, 1913~1979) 등이 참석한 좌담회 「엘리엇의 「황무지」에 대하여」가 게재되었다. 아라 마사히토 등의 현대영미문학연구회에 의해 이 좌담회는 진행되었고 그 내용은 아라 마사히토·오노 교이치(小野協一) 편 『엘리엇 입문』(南雲堂, 1961.1.)에 수록되었다[34].

---

31) 일본에서는 니시와키 준자부로 이외에 다음의 번역본이 발표되었다. 中桐雅夫 訳, 「荒地」 (『荒地詩集』 1953, 荒地出版社, 953.1), 吉田健一 訳, 「荒地」(『現代世界文学全集』 第二六巻, 福田恒存,吉田健一訳, 新潮社, 1954.3), 深瀬基寛訳, 「荒地」(『エリオット』, 筑摩書房, 1954. 10), 上田保 訳, 「荒地」(『エリオット詩集』, 白水社, 1954.10), 大沢実 訳, 「荒地」(『現代世界文学全集』第二七巻(三笠書房, 1955.8).

32) 田口麻奈, 「T·S·エリオット『詩と批評』」(和田博文 編, 『戦後詩のポエティクス 1935~1959』, 世界思想社, 2009.4), p.63.

33) 1961년 1월 시점에서 엘리엇을 일본에 소개한 사람이자 '대학의 연구자'로 후카세 모토히로(深瀬基寛, 1895—1966), '직접 창작이나 문예비평을 하는 사람들'로서 아유카와 노부오(鮎川信夫)와 야마모토 겐키치(山本健吉, 1907~1988), '양쪽 모두인 자'로 니시와키 준자부로의 이름이 거론되었다. (山川學而, 「評価と影響<日本のばあい>」荒正人·小野協一 編 『エリオット入門』, 南雲堂, 1961.1, p.280).

34) 현대영미문학연구회에서는 1960년 8월, 9월에 엘리엇 『황무지』에 대한 좌담회를 진행하기 이전에 잡지 『근대문학』 1958년 7월호에서 사에키 쇼이치(佐伯彰一, 1922~2016) 등이

이 좌담회 「엘리엇의 「황무지」에 관하여」에서는 엘리엇이 제시 레이들리 웨스턴(Jessy Laidlay Weston, 1850~1928)의 『제의에서 로맨스로』(*From Ritual to Romance*, 1920)와 아더왕 전설의 「피셔킹」(Fisher King)에피소드를 바탕으로 '물이 없는 황폐한 토지'를 그린 것이 언급되었다[35]. 더욱이 일본의 엘리엇 수용에 있어서 중요한 연구자로 니시와키 준자부로와 후카세 모토히로의 이름을 거론했다[36]. 당시 일본의 엘리엇 수용에 영향을 준 것이 후카세 모토히로의 『엘리엇』(筑摩書房, 1954.10.)이었다. 후카세의 『엘리엇』에는 피셔킹에 대해 다음과 같이 적혀있다.

성배전설에 따르면 피셔킹(Fisher King)이라고 불린 왕이 부상 혹은 병으로 인해 성적 능력을 잃었고, 그 결과 그가 지배하는 국토는 황폐해져 농작물도 열매를 맺지 않고 동물도 새끼를 낳지 못했다. 그때 한 기사가 나타나 '위험의 성당'에 접근하여 각종의 시련을 거친 후에 고대에 남성과 여성의 상징이었던 창과 성배를 되찾음으로써 저주가 풀리고, 황무지에는 다시 단비가 내리고 풍요가 돌아왔다는 것이다.[37]

이 인용부에 나타나 있듯, 엘리엇의 『황무지』는 국왕이 성적능력을 잃었기 때문에 '황폐'해져 버린 '황무지'가 '풍요'의 토지로 부활하기까지를

제임스 조이스(James Joyce, 1882~1941)의 『율리시즈』(Ulysses, 1922)에 관한 좌담회 「「율리시즈」―작품연구(「ユリシーズ」―作品研究)」를 진행했다. 그 대담과 평론을 수록한 연구서로 아라마사히토, 사에키 쇼이치(荒正人・佐伯彰一) 편 조이스 입문(『ジョイス入門』)(南雲堂, 1960.5)이 출판되었고, 당시 현대영미문학연구회가 영어권 모더니즘 문학을 일본에 소개하는 역할을 담당하고 있었음을 알 수 있다. 『근대문학』에서는 그후 좌담회로 스즈키 겐조 등이 참여한 「최근의 영국문학을 말한다(最近のイギリス文學を語る)」(『近代文學』1年四—五月号) 등이 개최되었다.

35) 荒正人・小野協一・鈴木健三他, 「エリオットの「荒地」をめぐって(一)」(『近代文學』1960年8月号), p.54.

36) 荒正人・小野協一・鈴木健三他, 「エリオットの「荒地」をめぐって(二)」(『近代文學』1960年9月号), p.42.

37) 深瀬基寬 『エリオット』(筑摩書房, 1954年10月), p.195.

그리고 있다고 할 수 있다. 후카세의 『엘리엇』이 1954년 10월에 출판된 이후, 『황무지』의 내용을 요약할 때에는 '황폐'나 '풍요'라는 말이 가끔씩 사용되기 시작했다. 당시 아라 마사히토도 '황폐'한 '황무지'에서 '풍요의 땅'을 향한 회복을, '농경민족의 봄 축제'인 '식물제'에서의 자연의 부활과 연관지었다[38].

당시 아베 고보도 에세이 「꽃을 싫어한다는 것(花ぎらい)」(『いけばな草月』一九六一年五月)[39]에서, '황무지'나 '황폐', '풍요', '식물' 등의 단어를 사용하면서 자신이 '꽃을 싫어한다는 것'에 대해 설명했다.

> 하지만, 황폐한 풍경 속에서 꽃을 싫어하게 된다는 것은 약간 모순적으로 보일지도 모르겠다. 황폐해져 있다면 오히려 더욱 꽃을 원하게 될 거라는 논리도 성립할지 모른다. 하지만 그것이야말로 당신이 풍요로운 대지에서 자랐다는 증거일 뿐이다. 황폐함을 그 내부에서 응시해 온 뼛속까지 황무지의 주민은 그 스스로 또 다른 느낌을 갖는 법이다.[40]

> 아무래도 내 안의 사막은 상상 이상으로 깊이 뿌리를 내려 버린 듯하다. 일단 사막화해 버린 토지는 어떤 처치를 해도, 풍요로운 토지로 되

---

38) '피셔킹은 어떤 이유로 성적능력을 잃고, 그 때문에 국토는 황폐해져 버렸다. 이를 다시 풍요의 땅으로 회복하는 것이 이 시의 전제이다. (중략)그리스도의 부활이라는 종교적 전설의 배후에 농경민족의 봄 축제가 있다. (중략)식물제는 수천 년, 아니, 몇만 년이라는 유구한 세월을 지나왔다. 자연은 끊임없이 죽고, 끊임없이 소생한 것이다'. (荒正人, 「『荒地』」荒正人・小野協一 編, 『エリオット入門』南雲堂, 1961.1, pp.60-61).

39) 에세이 「꽃을 싫어한다는 것」이 게재된 잡지 『이케바나 소게쓰(いけばな草月)』는 영화 『모래 여자』의 감독 데시가하라 히로시가 소속된 화도(꽃꽂이) 유파인 소게쓰류(草月流)의 소게쓰회(草月會)에서 1955년 6월부터 1969년 12월까지 간행된 잡지이다. 『이케바나 소게쓰』의 전신인 잡지 『소게쓰』는 "장르를 넘어선 전위예술잡지를 만들어가는 젊은이들의 실천의 장이 되고, 동시에 소게쓰류와 전위예술운동을 접속시키는 파이프 역할을 하게 된다."(友田義行, 「協働の序幕」『戰後前衛映畵と文學—安部公房×勅使河原宏』人文書院 2012.2, p.27). 『이케바나 소게쓰』도 아베의 에세이 등을 게재하여 화도의 세계에 국한되지 않은 잡지가 되어 갔다고 할 수 있다.

40) 安部公房, 「花ぎらい」(『安部公房全集』第15卷, 新潮社, 1998.11), p.219.

돌릴 수는 없다고 한다.

　게다가 도쿄라는 곳은 이미 풍요의 땅도 아니다. 식물적인 풍요의 시
대는 저 멀리로 사라져 버렸다. 여기저기에 황폐의 조짐만이 보인다.[41]

　이 인용부에서는 '황폐'나 '황무지', '풍요로운 토지', '식물'이라는 단어가
사용되어 있는데, 엘리엇『황무지』에 대한 동시대 담론 네트워크의 내부
에서 생성되었다는 것을 알 수 있다. 아베는 이 에세이에서 만주라는 '황
폐'한 '황무지'에서 자라난 자신에 대해서는 "아무래도 보통은 꽃이 차지
해야 하는 장소를 내 경우에는 모래에 점령당해 버린 듯하다"고 기술한
다.[42] 그리고, 「황무지가 낳은 이야기」에서는, "꽃 대신 돌이나 진흙, 모래
의 노래가 불려지게 될 것이다"라고 말한다.[43]

　동시대 일본에서도 '황폐'한 '황무지'가 '풍요'를 되돌리는 이야기로 엘리
엇의『황무지』가 수용되었던 것과 대조적으로 아베에게 '사막화'한 '황무
지'는 '풍요로은 토지'로는 되돌릴 수 없다는 것이 된다. 사막이라는 '황무
지'를 무대로『모래 여자』에서는 어떤 '모래의 노래'를 부르고 있을까. 다
음 절에서는 아베의『모래 여자』에 있어서의 엘리엇『황무지』의 수용에
대해 검증하고자 한다.

4. 아베 고보의『모래 여자』에서의 T·S·엘리엇『황무지』수용

　이러한 엘리엇 붐을 맞이하여 아베의『모래 여자』에도 엘리엇의『황무
지』를 수용한 흔적이 눈에 뜨인다.『모래 여자』의 제1장은 「지친데라 야

---

41) 安部公房, 「花ぎらい」, p.220.
42) 安部公房, 「花ぎらい」, p.219.
43) 安部公房, 「花ぎらい」, pp.219-220.

파나」의 내용과도 중복되는데 실종된 주인공이 모래 여자가 있는 구덩이
에 갇히기까지의 이야기가 그려진다. 새롭게 집필된 제2장과 제3장에서는
주인공이 모래 구덩이에서 탈주하려다 실패하고 나서 스스로 구덩이에 머
무르기로 하기까지의 이야기 그려진다. 그 제2장은 여자가 "항아리 안의
물때를 퍼내며 같은 문구를 질리지도 않고 반복해서"[44]부르는 장면으로
시작한다.

> 첨벙 첨벙 첨벙 첨벙
> 무슨 소리?
> 방울 소리
>
> 첨벙 첨벙 첨벙 첨벙
> 무슨 소리?
> 귀신 소리[45]

여기서 상기되는 것이 엘리엇의 『황무지』 중 다음 장면이다.

> "저 소리는 뭘까?"
>   문 아래를 지나가는 바람이다.
> "봐, 저 소리는? 왜 그런 곳에 바람이 불지?"
>   아무 것도 아무 것도 하지 않았다.
>   "아무것도 모르는 거야? 아무것도 보이지 않아? 아무것도
>   기억나지 않아? 아무 것도?"[46]

---

44) 安部公房, 『砂の女』(『安部公房全集』第一六卷, 新潮社, 1998.2), p.156.

45) 安部公房, 『砂の女』, p.156.

46) T・S・エリオット著, 西脇順三郎 譯, 『荒地』(西脇順三郎, 『西脇順三郎全集』第三卷, 筑摩書
房, 1971.7), p.56. 원문은 다음과 같다. "'What is that noise?' / The wind under the door. /
'What is that noise now? What is the wind doing?' / Nothing again nothing. / 'Do / 'You
know nothing? Do you see nothing? Do you remember / Nothing?'"(Thomas Stearns Eliot.
The Waste Land. In The Complete Poem sand Plays of T. S. Eliot. London and Boston :

이렇게 두 작품에는 모두 소리에 대한 문답이 반복된다는 점에서 아베가 엘리엇의『황무지』를 패러디했다고 읽을 수 있다. 또한『모래 여자』에서는 '무슨'이라는 부분에서 일본어 '응(ん)' 첨가한 점이 중요하다. 당시『황무지』의 완역에는 6종류의 번역본이 있었는데 인용한 니시와카 준자부로의 번역본에서만 '무슨' 밑에 '응'이 있다는 점에서 아베가 니시와키의 번역본을 참고로 했을 가능성이 있다.

『모래 여자』에서는 물소리가 "첨벙 첨벙(일본어 발음으로 '쟈부 쟈부'='ジャブジャブ')"이라고 표현되었는데 엘리엇의『황무지』에서도 비슷한 표현을 찾을 수 있다.『황무지』제2부「체스」에서는 "나이팅게일"(nightingale)로 변신하게 된 "필로멜 공주"(Philomel)의 울음소리가 "쨱쨱. '쟉구 쟉구'='ジャッグ・ジャッグ'"('jug jug')라고 울려 퍼지는 부분이다.

> 저 야만적인 임금님 때문에 가혹하게도
> 나이팅게일로 모습을 바꾼 필로멜 공주 이야기의 그림이다.
> 그 나이팅게일의 신성한 울음소리는 아직 이 황야에 끊임없이 울려 퍼졌다.
> 여전히 인간은 그 뒤를 쫓는다.
> 추악한 귀에는 "쨱쨱"으로 들리는 것이다.[47]

후카세 모토히로의『엘리엇』에 따르면 이 "쨱쨱"이라는 소리는 "야만인의 나라의 국왕 테레우스"에게 성폭행을 당하고, "나이팅게일"로 변신한 "필로멜"의 울음소리라고 한다.[48]『황무지』에서 이렇게 성적 이미지가 황

Faber and Faber, 1969, p.65).

47) T・S・エリオット,『荒地』, p.55. 원문은 다음과 같다. "The change of Philomel, by the barbarous king / So rudely forced; yet there the nightingale / Filled all the desert with inviolable voice / And still she cried, and still the world pursues, / 'Jug Jug' to dirty ears." (Thomas Stearns Eliot, *The Waste Land*, p.64).

48) 深瀬基寛,『エリオット』, p.226.

무지를 무대로 반복적으로 그려지는 것처럼, 아베의 『모래 여자』에서도 모래 여자와 주인공의 성관계 장면을 마을 사람들에게 보이도록 하는 장면 등49), 『황무지』의 「필로멜 공주」를 패러디하고 있다고 볼 수 있다. 본고에서는 이러한 『황무지』와의 유사성을 보조선으로 삼아 『모래 여자』를 어떻게 읽을 수 있는지를 논해 가고자 한다.50)

전술한 것처럼 『황무지』가, 왕의 성적 능력을 상실하여 국토가 황무지화하는데 남성／여성의 상징을 되찾음으로써 풍요를 회복한다는 구조를 갖고 있다고 한다면 아베의 『모래 여자』의 경우는 어떨까. 『모래 여자』에서는 주인공 남자는 "전부터 앓고 있던 임질" 때문에 도시에 있는 아내와의 성관계에서, 남성기의 비유인 "손가락"이 "콘돔"(모자) 없이는 "시들어서 역할을 다하지 못하는" "정신적 성병환자"로 그려지고51), 피셔킹과 마찬가지인 일종의 성불구로 그려져 있다. 그것과 대조적으로 모래 여자와는 "콘돔 없이 그의 손가락은 훌륭하게 요동치며 되살아났다"52), "천천히 그러나 확실한 충실감이, 단수되려고 하는 수도관 같은 소리를 내며 다시 손가락을 채우기 시작한다……"53)고 되어 있으며, 남자의 성적 능력의 회복이 물의 이미지를 수반하며 그려져 있다. 따라서 『모래 여자』가 사막이라는 황무지에서의 성적 능력의 회복을 그리고 있다는 점에서 『황무지』의 신화적 수법을 기반으로 하고 있다고 해도 좋을 것이다.

---

49) 安部公房, 『砂の女』, pp.242~244.
50) 선행연구로는 아시다 에이지(蘆田英治)의 「『모래 여자』의 제문제(『砂の女』の諸問題)」 (『論樹』2001年11月号)에서 『모래 여자』의 물소리가, 후카자와 시치로(深澤七郎, 1914~1987)의 『나라야마부시코(楢山節考)』(中央公論社, 1957.2)에서 연상된 것이라고 지적했는데(p.87), 『나라야마부시코』에 같은 노래는 등장하지 않으며, 『모래 여자』와 『황무지』 사이에 단어 레벨의 유사성을 지적할 수 있다는 점에서 『황무지』가 『모래 여자』의 프레텍스트(プレテクスト)일 가능성이 있다.
51) 安部公房, 『砂の女』, pp.189~191.
52) 安部公房, 『砂の女』, p.191.
53) 安部公房, 『砂の女』, p.194.

선행연구로는 『모래 여자』의 성병 문제에 대한 기무라 요코(木村陽子)의
상세한 연구가 있는데, 임질에 걸린 주인공이 "육체에서 실패를 겪고 도
주하려는 남자가 육체로부터의 복수로 인해 육체 그 자체인 '여자'와의 대
치를 강요받고, '여자'와의 통로 회복과 또 다른 상실을 거쳐 최종적으로
육체와의 화해에 이르는 이야기였다"고 기술했다[54]. 본고의 연구에서는
일종의 성적 불능 상태의 주인공이 모래 여자와의 성교를 통해 그러한
"육체와의 화해"에 이르는 플롯의 배경에 엘리엇의 『황무지』가 있었다는
것을 알 수 있었다.

『모래 여자』에 피셔킹 전설이 패러디되어 있다고 생각하는 경우, 엘리
엇이 바탕에 두고 있는 웨스턴의 『제사에서 로맨스로』가 당시 일본에서
는 번역본이 간행되어 있지 않았다는 점에서 아베가 당시 『황무지』론을
참고했다고 생각할 수 있다.

전술한 좌담회 「엘리엇의 「황무지」에 대하여」에서는 『황무지』서두의
'4월은 잔인한 달'(April is the cruelest month)[55]이라는 구절이 농경 민족을 연
상시킨다고 논했다[56]. 농경을 행하는 4월에 물이 없는 것은 농경민족에게
는 잔인하다는 것이다. 『황무지』에서는 풍작을 위한 제물로 "익사한 피니
키아인"이 등장하는 장면이 두 군데 있다[57]. 니시와카 준자부로(西脇順三郎)
의 역주에는 "익사한 피니키아인"의 "익사"는 "풍요의 기원"에 있어서의
"부활의 상징"이 된다고 적혀 있다.[58]

이처럼 『황무지』에서 '익사(水死)'가 키워드가 되어 있던 것처럼 『모래
여자』에서도 '익사'가 키워드라고 할 수 있다. 주인공 남자와 모래 여자는

54) 木村陽子, 「『砂の女』論—「死と性病」の再考から—」(『安部公房とはだれか』, 笠間書院, 2013.5), p.283.
55) T・S・エリオット, 『荒地』, p.51. Thomas Stearns Eliot. *The Waste Land* p.61.
56) 荒正人・小野協一・鈴木健三他, 「エリオットの「荒地」をめぐって(一)」, p.58.
57) T・S・エリオット, 『荒地』, p.52, p.64. Thomas Stearns Eliot. *The Waste Land* p.62, p.71.
58) 西脇順三郎, 「譯注」(『西脇順三郎全集』第三卷, 筑摩書房, 1971.7), p.83.

모래 구덩이에서 모래 치우기라는 노동을 하는 대가로 물을 공급받고 있었다. 남자는 '희망'이라고 이름 붙인 "물 저장 장치"59)로 물을 모을 수 있다는 것을 알게 되자, "웃음이 저절로 터져 나와", "사방에 펼쳐진 수맥의 그물을 떠올리"면서, 여자에 대해서는 "겨우 익사를 피하게 된 조난자가 아닌 한, 숨을 쉴 수 있다는 것만으로도 웃고 싶어지는 심리 따위는, 도저히 이해할 수 없을 것"이라고 생각한다.60) 여기에서는, 『황무지』의 '익사(水死)'를 상기시키는 '익사(溺死)'라는 말이 사용되고 있으며, 『모래 여자』에서는 '물 저장 장치'를 통해 '익사(水死)'가 회피되고 있음을 알 수 있다. 그리고 이 '물 저장'이라는 단어는 『황무지』의 다음 구절을 상기시킨다.

> 물이 있고
> 바위가 없었다고 해도
> 바위도 물도 있었다면
> 또 물도
> 샘도
> 바위틈에 고인 물이라도 있었다면61)

여기에서는 가정법으로 물이 희구되며 '고인 물'과 '물 저장 장치'의 단어상의 유사성에서 출발하여 『모래 여자』에서는 『황무지』의 '고인 물'을 인공적으로 발명하는 사고 실험이 행해졌음을 알 수 있다.

---

59) 크리스토퍼 볼튼(Christopher Bolton)은 『모래 여자』의 테크놀러지 문제를 논하면서 이 '물 저장 장치'가 언어(language)의 변혁을 통해 남자와 마을 사람의 커뮤니케이션에 변화를 주고 있다는 것을 지적했다.(Christopher Bolton. *Sublime Voices :The Fictional Science and Scientific Fiction of Abe Kōbō*. Cambridge and London : Harvard University Press. 191). 본고에서는 이러한 선행연구를 기반으로, 아베가 『모래여자』에서 농경 민족적(정착적)인 커뮤니케이션이 아니라, 유목민적(유동적)인 커뮤니케이션을 제기하고 있음을 논한다.

60) 安部公房, 『砂の女』, pp.245-246.

61) T·S·エリオット, 『荒地』, p.66. 원문은 다음과 같다. "If there were water / And no rock / If there were rock / And also water / And water / A spring / A pool among the rock" (Thomas Stearns Eliot. *The Waste Land.* p.66).

전술한 아베의 에세이「꽃을 싫어한다는 것」에서, '뼈 속부터 황무지의 주민'에는, '사막화' 속에서 "어떤 황폐함이라도 견뎌내고 자신을 주장해가는, 인공적인 것이나 추상적인 것이 얼마나 격렬하게, 매력적인지"라는 표현이 있으며[62] 그 뒷부분에는 다음과 같이 기술되어 있다.

풍요로운 토지 위에서는 광물적인 것에서 죽음을, 식물적인 것에서 생을 인식하는 것이 통념일지도 모른다. 하지만 황무지가 낳는 이야기 속에는 생명이 있는 것이 죽음의 표시가 되고, 죽음의 세계가 오히려 생의 상징이 되는 법이다. 그곳에서는 꽃 대신에 돌이나 진흙이나 모래의 노래를 부르게 된다.[63]

이 인용부에는, 아베가 엘리엇의『황무지』를 어떻게 수용했는지가 시사되어 있다. 아베에게 있어서, '황무지'로부터 '풍요의 대지'로의 회귀를 노래하는『황무지』에서는 '식물적인 것'에서 '생'을 발견한다. 그러한 엘리엇과는 반대로 아베는『모래 여자』에서 농경민족의 '풍요로운 토지'를 부정하고 인공적 '물 저장 장치'를 발명함으로써 사막에 머무르는 이야기를 쓴 것이다.

아베가 사막을 그릴 때에 하나다 기요테루(花田淸輝, 1909~1974)의 사막에 대한 담론을 도입한 것은 선행연구에서도 지적되어 왔는데[64], 하나다는「데레자 판자의 편지(テレザ·パンザの手紙)」(『文化展望』 1947.7.)에서 "사막으로부터의 도피를 꾀하지 않는" 사막의 부부의 생활양식이 유목민적인 것이라고 기술하고 있다[65].『모래 여자』에서 정착보다 유동을 중시한다는

---

62) 安部公房,「花ぎらい」, p.219.

63) 安部公房,「花ぎらい」, pp.219-220.

64)『모래 여자』에서의 정착 / 유통의 문제를 다룬 대표적인 선행연구로는 쓰루다 긴야(鶴田欣也)의「「모래 여자」의 유동과 정착의 테마(「砂の女」における流動と定着のテーマ)」(石﨑等編『安部公房『砂の女』作品論集—近代文學作品論集成』19, クレス出版, 2003.6)를 들 수 있다.

65) 花田淸輝,「テレザ·パンザの手紙」(『花田淸輝全集』第三卷, 講談社, 1977.10), p.57.

것은 때때로 지적되어 왔는데, "일체의 형태를 부정하는 모래의 유동성"[66]
에 주목하여 유목민처럼 유동하는 집이 상상되었다는 점이 중요하다.

> 집의 고정관념에서 자유로워지면 모래와의 싸움에 쓸모없는 노력을
> 할 필요도 없어진다. 모래 위에 떠 있는 자유로운 배……유동하는 집,
> 형태가 없는 마을이나 거리……
> (중략)예를 들어, 부유하는 통 같은 모양의 집……아주 조금 회전하
> 면 뒤집어 쓴 모래를 털어내고 금세 다시 표면으로 기어오른다……무
> 엇보다 집 전체가 계속 회전을 하면 살고 있는 인간이 불안정해서 견딜
> 수 없다……그래서 조금 고안을 한 것이 통을 이중으로 하는 것……안
> 쪽 통은 축을 중심으로 바닥이 항상 중력 방향을 향하도록 하면 된
> 다……안쪽은 고정된 채, 바깥만이 돌아가는 것이다. ……큰 시계의 진
> 자처럼 , 유동하는 집……요람 같은 집……사막의 배……[67]

이러한 인용부에서는 주인공이 "모래에 떠 있는 자유로운 배", "유동하
는 집"으로서 "유동하는 통 같은 모양의 집……"을 상상한다. 여기에서 상
기되는 것은 종이 상자에 들어가서 도시공간을 헤매는 상자인간을 그린
아베고보의 『상자인간』(新潮社, 1973.3.), 그리고 통에서 살았던 것으로 알려
진 철학자 디오게네스(Diogenes, B.C.412?~B.C.323)이다. 당시 일본에서는 철
학서 등에서 디오게네스의 에피소드가 소개되었으며[68], 디오게네스는
세계시민주의의 철학자로 수용되어 있었다. 디오게네스적인 "세계시민"
(cosmopolitan)이야말로, "바로, 폴리스 내부(가정술)와 외부(상인술)의 경계,
공인(데모시오스)과 사인(이디오스)의 경계에 위치하며 세간에서 통용되는
모든 습관(노미스마)을 패러해러틴(가치전도)하는 자"[69]라는 것처럼, 디오게

---

66) 安部公房, 『砂の女』, p.138.
67) 安部公房, 『砂の女』, pp.138-139.
68) 山內得立, 「ソクラテスの周囲」(『ギリシアの哲學』第一巻, 弘文堂, 1944.4), p.312.
69) 大黒弘慈, 「犬儒派マルクス」(『現代思想』2015年1月号), p.88.

네스는 출신지 시노페에서 "추방되었거나 스스로 방랑의 여행을 떠난" 후에 외국인으로서 아테네에서, "사회의 최하층, 즉 프롤레타리아의 친구로 생활"했다70). 이렇게 디오게네스가 폴리스(도시국가)의 내부 / 외부의 경계에 머무름으로 인해 플라톤(Plato, B.C.427~B.C.347)적인 공동체주의를 비판했던 것처럼71), 『모래 여자』에서도 주인공은 공동체의 외부에서 방문한 타자로서 모래 구덩이에 머물러 있다는 점에서, 『모래 여자』의 주인공과 디오게네스의 모습을 중첩시켜 읽을 수 있다.

아베의 엘리엇 수용에서 중요한 것은, 아베가 이러한 '유동하는 집'의 에피소드를 그렸다는 것이며, 농경 민족적인 '정착'을 부정하고 노마드적인 '유동성'을 제시하고 있다는 것이다. 여기서 엘리엇과 아베의 차이를 농경민족/유목민족의 차이라고 바꾸어 말해도 좋을 것이다. 당시 일본에서도 엘리엇은 반공산주의자로서 수용되어 있었고72), 아베가 일본공산당에서 제명된 직후에 발표한 『모래 여자』가 엘리엇을 수용한 배경에는 일본공산당과의 관계가 있었을 것이다. 그러나, 엘리엇이 보수파였던 것에 비해, 아베는 오히려 공산주의로 환원될 수 없는 세계시민주의적인 좌익을 표방하고 있었다고 할 수 있다.

아베는 그 후 에세이집 『내부의 국경(辺境)』(中央公論社, 1971.11.)에 수록된 「이단의 패스포트(異端のパスポート)」(『中央公論』 1968年 9月号)에서 "유목민족은 농경민족의 영토선언—정착의 국가적 완성—과 동시에 태어난 반영토적 이단민족이기도 했다"73)고 하며, 농경민족적인 국가나 공동체를 부정하고, 정주하지 않는 '유목민족'에게서 아나키즘을 발견했다74). 또한 『모

---

70) 山內得立,「ソクラテスの周囲」, pp.324-325.

71) 柄谷行人,「アテネ帝國とソクラテス」(『哲學の起源』, 岩波書店, 2012年11月), p.187.

72) 荒正人・小野協一・鈴木健三他,「エリオットの「荒地」をめぐって(二)」, p.25.

73) 安部公房,「異端のパスポート」(『安部公房全集』第二卷, 新潮社, 1999.7), p.147.

74) 졸고「아베 고보 '밀리터리 룩' 또는 실존주의적 아나키즘—단편소설 「보호색」, 미시마 유키오・롤랑 바르트(「安部公房「ミリタリィ・ルック」あるいは實存主義的アナキズム—短

래 여자』와 마찬가지로, 주인공의 '실종'이 그려진 『불타버린 지도(燃えつ
きた地図)』에서는 국가로부터의 실종이라는 아나키즘을 찾을 수 있다.[75]
이렇듯 1960년대 후반 아베가 공산주의에서 아나키즘으로 경도되어 갔고,
『불타버린 지도』나 『내부의 국경』에 '실종'이나 '유목 민족'의 자유로운 이
동이 그려져 있다는 점에 기반하여, 『모래 여자』에서 노마드적인 '유동성'
이라는 아나키즘의 맹아를 찾아 볼 수 있다.

5. 맺으며

　본고에서는, 아베 고보의 『모래 여자』가 발표된 당시의 해외문학을 조사
하여, 동시대 해외문학에서의 사막이나 황무지가 갖는 문학적 이미지를 받
아들였을 가능성을 지적했다. 구체적으로는 『모래 여자』가 폴 보울즈의 『쉘
터링 스카이』와 T·S·엘리엇 『황무지』를 수용했다고 할 때, 『모래 여자』
를 어떻게 읽을 수 있을 것인가를 논하고, 『모래 여자』에 공산주의만으로는
충분히 환원될 수 없는 세계시민주의나 유목민적 사상이 있음을 밝혔다.
　보울즈의 『쉘터링 스카이』에서 사막의 부부와 그들의 실종, 모래구덩이
가 그려진 것처럼, 『모래 여자』에서도 사막을 여행하는 부부나 실종, 모래

　　編小說 「保護色」, 三島由紀夫·ロラン·バルト)」(『九大日文』 第二五号, 2015年3月)에서는
　　아베의 『내재된 변경(內なる辺境)』에 실린 에세이 「밀리터리 룩(ミリタリィ·ルック)」
　　(『中央公論』 1968年8月号)을 중심으로 1968년도의 아나키즘에 대해 동시대 언설 및 실존
　　주의와의 관계라는 측면에서 논하였다.
75) 졸고 「아베 고보 『불타버린 지도』와 나다니엘 호손 「웨이크 필드」—아베 고보의 아메리카
　　학 수용과 장폴 사르트르(安部公房 『燃えつきた地図』とナサニエル·ホーソーン 「ウェイ
　　クフィールド」—安部公房のアメリカ文學受容とジャン=ポール·サルトル)」(『九大日文』
　　第二三号, 2014年3月), p.109. 이 글에서는 아베가 『불타버린 지도』에서 미국 작가 나다니
　　엘 호손(Nathaniel Hawthorne, 1804~1864)이 단편 「웨이크필드(Wakefield)」(1835)에서 그
　　린 도시공간에서의 지친데라 야파나를 참고로 하여 국가 및 공동체로부터의 '실종'을 실
　　존주의, 아나키즘적으로 그렸다고 논하고 있다.

구덩이가 그려진다. 또한 아베는 엘리엇 『황무지』의 피셔킹 전설을 반복하면서도 농경민족 중심의 『황무지』와는 달리 디오게네스적인 유목민을 그렸다고 할 수 있다. 『모래 여자』가 단편소설 「지친데라 야파나」를 장편소설로 재집필한 것이라는 점에 주목한다면, 「지친데라 야파나」의 시점에서는 보울즈를 수용하여 '사막'이나 '구덩이'를 그린 것이 된다. 그 후의 『모래 여자』에서는, 엘리엇의 『황무지』가 아베가 일본공산당에서 이탈한 시기에 수용된 것이 된다. 일본에서 지금까지 『황무지』가 정치적으로 보수적인 황무지파에 의해 수용되었다면, 아베는 혁신 / 보수라는 이항대립을 내부에서 파괴하면서 일본공산당보다도 좌익적, 혁신적인 코스모폴리타니즘을 제시했다고 할 수 있을 것이다. 아베가 1968년경부터, 『불타버린 지도』 및 『내적인 국경』에서 국가나 공동체를 비판하는 아나키즘이나 노마돌로지(nomadologie)로 경도되어 갔다는 점을 고려하면 『모래 여자』에 그 맹아가 있음을 알 수 있다.

마지막으로 덧붙이자면, 『모래 여자』는 미국에서 벗어나는 이야기로 읽혀지고 있다. 예를 들어, 도바 고지(鳥羽耕史)는 『모래 여자』를, 미국에서 들어온 성병을 앓고 있는 "'정신적 성병환자' 즉, 미국적 사상에 침범당한 남자의, 치유 이야기로 읽을 수 있다"고 논하고 있다[76]. 여기서 중요한 것은, 본고에서 아베가 『모래 여자』를 집필할 때 바탕으로 삼았던 것으로 보이는 보울즈나 엘리엇이 모두 미국으로부터 이탈한 작가들이었다는 점이다. 보울즈는 1947년에 탕헤르로 이주했고, 엘리엇은 1927년에 영국으로 귀화했다. 『모래 여자』의 미국문학 수용을 살펴보는 작업은, 아베가 탈미국적인 미국문학을 근저에 두면서 탈미국적이라고 할 수 있는 『모래 여자』를 발표했다는 것을 알게 해 준다.

번역 : 이선윤

---

76) 鳥羽耕史, 「視覚の手ざわりへ―『砂の女』1962」(『運動体・安部公房』, 一葉社, 2007.5), p.269.

제2부

번역의 장에서 교류하는 언어, 길항하는 언어

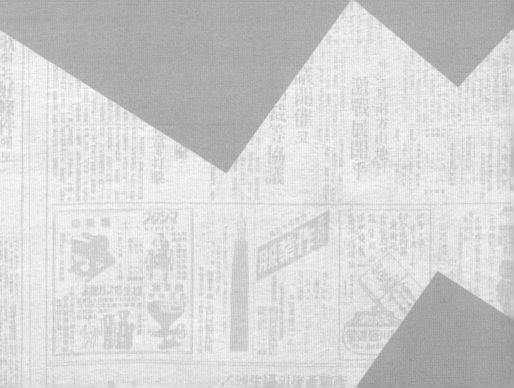

제6장

리비 히데오『산산이 부서져』론

―복수성·번역·하이쿠(俳句)―

후지타 유지(藤田祐史)

1. 들어가며

리비 히데오의 소설『여러 개로 부서져(千々にくだけて)』(2005)에는 주인공 에드워드가 바쇼(芭蕉)의 '섬아 섬들아 산산이 부서져 여름의 바다(島々や千々にくだけて夏の海)'라는 하이쿠를 떠올리는 장면이 있다. 이때 그가 하이쿠를 떠올림으로써 어떠한 일이 일어났던 것일까?

2001년 9월 11일, 미국에서 일어난 동시다발 테러 사건을 배경으로 하고 있는 이 소설은 선행연구에서는 '월경문학(越境文學)' 또는 일종의 '사소설(私小說)'로 다루어 왔다. 미야다 후미히사(宮田文久)는 작자 리비 그 자체를 "월경문학이 가진 복잡한 다이너미즘(dynamism), 복잡한 문제 체계를 취급하는데 유효한 아이콘이다"[1]라고 하며,『산산이 부서져』를 '서양의 모델'과 싸우는 소설이라 정의하였다. 또한 시바타 쇼지(柴田勝二)는 이 소설을 "사소설의 역설적인 지평을 시사하는 세계로도 파악할 수 있다"[2]라고 평가하고, 궁극적으로는 "마이너리티의 언어라는 의미를 품고 있는" 일본어를 선택하여 소설을 쓴 리비 히데오를 테러리스트에게 보복하기 위해 폭력적으로 집결하려는 미국의 패권주의와 대치시키고 있다.

본고는 이러한 선행연구와 달리 '산산이 부서져'라고 제목에도 사용된 바쇼의 하이쿠에 초점을 맞추어 새로운 시점으로 이 소설을 해독하고 싶다. 이 하이쿠를 떠올림으로서 무슨 일이 일어나고 있는가? 영어와 일본어를 교차하여 떠올림으로써 무슨 일이 일어나고 있는가? 그리고 어째서 바쇼의 하이쿠인가? 이러한 물음에 답을 내림으로써 분명해 지는 것은 반드시 정치적인 읽기만으로 제한할 수 없는 『산산이 부서져』의 독해일 것이며, 이로써 번역과 하이쿠에 대해 구체성이 풍부한 식견을 작중에서 발견할 수 있는 계기가 될 것이다. 당연하지만 소설에서 다루고 있는 내용을 고려할 때 이 소설의 독해에서 정치성을 완전히 박탈할 필요는 없다. 실제로 본고에 이어지는 제2절에서는 선행연구에서 제시한 결론을 부정하는 것이 아니라 하이쿠라는 다른 시점에서 그것에 대한 답을 바로잡고자 한다. 그러나 제3절, 제4절에서는 논을 넓혀 번역과 바쇼의 하이쿠라는 시점에서 소설 안에서 일어나고 있는 것을 명료하게 하여 이 소설의 지평을 넓히는 것을 모색하고자 한다.

작자 리비 히데오는 1950년 미국에서 태어났으며 부친의 일로 소년시절을 타이완에서 보냈다. 고등학교 졸업 후, 일본과 미국을 오가게 된 그가

---

1) 宮田文久, 「リービ英雄 『千々にくだけて』を読む―「越境文学」の可能性―」(『日本大学大学院総合社会情報研究科紀要』13, 2012.7).

2) 柴田勝二, 「テロリズムと私小説―リービ英雄の表現と『千々にくだけて』―」(『総合文化研究』18, 2014). 인용한 문장에서 '역설적'이라는 말은 시바타 씨의 말로 "세계규모의 중대성을 띤 사건과 연속해 있다고 한다면 그 극히 사적인 세계는 동시에 세계를 움직일 역사의 증언이라는 의미를 내포하는 것이 되기도 하므로"라고 설명하고 있다.

처음 한 일은『만요슈(萬葉集)』를 영어로 번역하는 것이었고, 서른 살 후반 일본어로 쓴 소설이 '일본어를 모국어로 하지 않은 서양 출신자의 일본문학'으로 화제를 불러일으켰다.3) 현재 그는 일본뿐만 아니라 중국에도 관심을 중심으로 두며 일본어로 집필 활동을 계속하고 있다. 이후 본고에서는 작자 리비 히데오는 분석의 대상으로 하지 않고 텍스트론에 입각한 독해를 진행하고자 한다. 작자 리비 히데오보다 작중의 번역가 에드워드에게 주목함으로써 이 소설에서 일어나고 있는 사항이 보다 분명해지고 새로운 독해로 이어진다고 생각하기 때문이다.

2. 복수성의 지향

리비 히데오를 '복수성'이라는 시점에서 다루는 선행연구는 이미 존재하는데 예를 들어 아오야기 에쓰코(青柳悦子)는 '복수성'을 키워드로 "생활언어 외에도 또 한 가지 '자신의 언어', 즉 정신세계를 감싸고 있는 언어"를 선택한 리비 히데오에 대하여 논하였다.4) 본 절에서는 마찬가지로 작중에서 발견할 수 있는 '복수성'의 지향에 관해 논하게 될 것이나 어디까지나『산산이 부서져』의 주인공 에드워드와 하이쿠의 시점에서 이 '복수성'의 존재를 확실히 하여 소설 전체의 독해로 이어나가고자 한다.

그럼 먼저 에드워드가 하이쿠를 떠올리는 다음과 같은 장면을 확인해 보도록 하자. 아래의 인용은 문제로 제시하고 싶은 첫 번째 장면으로 소설의 앞부분에 해당하는데, 일본에서 번역가로 일하고 있는 에드워드가

---

3) 리비 히데오의 경력에 관하여서는 리비 히데오의『천안문(天安門)』(講談社, 2011) 속「연보(年譜)」를 참고하였다.

4) 青柳悦子,「複数性と文学—移植型 <境界児> リービ英雄と水村美苗にみる文学の渇望—」(『言語文化論集』56, 2001.3).

캐나다를 경유하여 미국으로 향하는 비행기 창문에서 밖의 풍경을 바라보며 바쇼의 하이쿠를 떠올리고 있다.[5]

또 다시 손이 양복 주머니로 움직이려 하는 것을 참고 창문에 잇따라 나타나는 작은 섬의 모습을 가만히 들여다보았다. 자 마쓰시마와 반대편에 있는 여름 바다도 산산이 부서져 있어, 라고 자신의 기분을 달래려 하는 그러한 일본어를 떠올렸다. "섬아 섬들아 여러 개로 부서져 여름의 바다"라는 바쇼의 마쓰시마 하이쿠에 집중하려고 하였다. 손이 또 다시 움직이려고 하였다. 에드워드는 다시 한 번 '섬아 섬들아'라는 문자를 필사적으로 상상했다. 그리고 all those islands!라고 거듭 머릿속에 울려보았다.

에드워드가 20년 전에 S대학의 교수에게 들은 '섬아 섬들아'의 명역이었다.

All those islands!
Broken into thousands of pieces,
The summer sea.

에드워드는 창문에 시선을 쏟으며 혼자 작은 목소리로 말하였다.

"섬아 섬들아 all those islands!"

바로 옆 좌석에 있던 백발의 할머니가 다시 이상한 표정으로 에드워드를 흘겼다. (pp.8-9)

위의 인용 장면에 나오는 홋쿠(発句) "섬아 섬들아 산산이 부서져 여름의 바다"는 1689년 여름 바쇼가 도호쿠(東北)의 마쓰시마(松島)에서 읊었다고 하는 구이다. 이 구의 의미는 "마쓰시마의 정경을 바라보고 있으면 크고 작은 무수히 많은 섬들이 산재해 있어 바다가 여러 개로 부서져 흩어진 것처럼 보인다"[6]라고 보통 해석하여 여름 바다의 상쾌함을 강렬하게

---

5) 본문에서 소설의 인용은 모두 리비 히데오(リービ英雄)의 『산산이 부서져(千々にくだけて)』(講談社, 2005)이고 이하 인용부터는 마지막에 페이지만 표기한다.

6) 岩田九郎, 『諸注評釋芭蕉俳句大成』(明治書院, 1967), p.625.

표현하려고 한 것으로 받아들여진다. 덧붙여 이 구는『오쿠노 호소미치(奧の細道)』에 수록되지 않아 바쇼 연구자들 사이에서는 평가가 낮은 구이다.

이러한 하이쿠가 소설에서는 캐나다 상공으로 배경이 바뀌어 떠오르게 된다. 이 때 주인공 에드워드가 이 하이쿠를 떠올림으로써 어떠한 일이 일어나는가? 이러한 물음에 답하기 전에 이 소설에는 주인공이 같은 구를 완전히 다른 상황에서 떠올리는 장면이 또 하나 있어서 먼저 그 부분을 인용해 보겠다.

> 위에서부터 함몰하여 무너져 내리는 건물은 거대한 주먹에 부서지는 모래성과 같이 돌과 철이 엄청난 폭포가 되어 가늘게 세로로 쏟아졌다. 건물의 가로 폭 가득히 같은 움직임이 보이는 단조로운 잿빛을 보고 에드워드는 순간 텔레비전이 흑백텔레비전으로 변한 것인가 생각했다.
> Oh no, oh no
> 어두운 골목의 구석에서 남성의 목소리와 여성의 목소리가 들려왔다
> 남쪽 탑이 붕괴한 후에 북쪽 탑도 맥없이 무너져 내렸다.
> 보고 있는 에드워드의 귀에 소리가 울려 왔다.
> 산산이 부서져
> 맥없이 산산이 부서져, broken, broken into thousands of pieces
> 소리의 파편이 머릿속에서 동분서주하였다.
> 에드워드는 정신이 아득해지기 시작했다. (p.40)

위의 인용은 2001년 9월 11일, 미국에서 일어난 동시다발 테러 사건을 에드워드가 호텔의 텔레비전을 통해 보고 듣고 있는 장면이다. 그리고 여기에서도 '산산이 부서져'라는 바쇼의 구 일부를 떠올리고 있다. 여기에서 산산이 부서지는 것은 섬들도 여름 바다도 아닌 두 개의 탑이며 그 붕괴를 표현하는 말로 '산산이 부서져'를 사용하고 있는 것이다. 게다가 이 '산산이 부서져'는 'broken, broken into thousands of pieces'라고 반복되어 소리의 파편으로 그의 머릿속을 동분서주한다.

인용한 첫 번째 장면에서 사태는 아직 단순하다. 바쇼가 『오쿠노 호소미치』의 여행 중에 읊은 구를 에드워드는 시간을 초월하여 현대 캐나다 상공에서 인식한다. 하이쿠의 '차경성(借景性)'이라는 성격에 대하여서는 다음 절에서도 언급할 것이다. 여기에서는 겐로쿠시대(元祿時代, 1688~1704)의 도호쿠 마쓰시마의 섬들이 캐나다의 섬들로 배경이 바뀌어 일본어에서 멀어져 가는 그가 기댈 것으로, 또한 끊기 어려운 담배에 대한 욕구에 '저항'하는 수단으로 하이쿠가 소환되고 있다.

두 번째 장면에서는 사태가 급변한다. 에드워드가 탄 비행기가 테러 사건으로 환승지였던 캐나다의 지방 도시에 멈추게 되고 그는 호텔 텔레비전의 옆에 있다. 여기에서 '산산이 부서진'것은 세계 무역센터이며 '섬아 섬들아', '여름의 바다'는 저편으로 사라지고 '산산이 부서져'라는 음이 영어와 일본어로 반복된다.

그러나 이 때 부서지는 것은 과연 빌딩뿐인 것일까? 해당 장면들을 다시 떠올려 보면 "소리의 파편이 머릿속을 동분서주하였다"라고 한 것처럼 이 장면에서 말은 비명과도 같으며 정돈되지 않은 조각들이다. 즉, 말 자체가 산산조각이 나서 이 세계에 흩어져 버린 것을 시사하고 있다. 사실 두 번째 장면 이후 말이 '산산이 부서져' 버린 세계는 에드워드가 길에 나와 수많은 문자와 소리, 목소리를 수집하기 시작하는 소설의 각 상황으로 전개되어 간다.

그러한 말이 산재하는 세계에서 번역가 에드워드의 '듣는' 상태에 관하여서는 다음 절에서 논하기로 하고 먼저 여기에서는 '산산이 부서져' 있는 것은 여름의 바다도 두 개의 탑도 아닌 사람들의 말이었다는 것, 그리고 에드워드는 그것을 부정적이 아닌 긍정적인 사건으로 경험해 간다는 것을 확인해 두고 싶다.

주지하다시피 구약성서에 따르면 '바벨 이후'[7] 사람들의 말은 제각각이 되어간다. 『창세기』 11장에는 다음과 같은 이야기가 있다.

온 세상은 모두 같은 언어를 사용하여 똑같이 말하고 있었다. (중략) 그들은 "자 하늘까지 닿는 탑이 있는 마을을 만들어 유명해지자. 그리고 모든 지역에 흩어지지 않게 하자."라고 말하였다.

예수 그리스도는 하늘에서 내려와 사람들이 세운 탑이 있는 마을을 보고 말하였다.

"그들이 하나의 민족으로 모두 하나의 언어로 이야기하기 때문에 이러한 짓을 하기 시작하였다. 이렇게 하면 그들이 무슨 짓을 꾸며도 방해하지 못한다. 우리들은 내려가 즉시 그들의 말을 혼란시켜서 서로의 말을 알아들을 수 없도록 해 버리자."

예수 그리스도가 거기에서 그들을 모든 지역에 흩어지게 하였기 때문에 그들은 그 마을을 짓는 것을 그만 두었다. 이러한 연유로 이 마을의 이름은 바벨로 불리었다. 예수 그리스도가 모든 지역의 말을 혼란(바벨)시켜 그들을 모든 지역으로 흩어지게 하였기 때문이다.[8]

이 구약성서의 바벨 이야기에 대한 해석은 다양하지만 일반적으로는 하늘까지 닿는 탑을 만들려고 우쭐대는 인류에게 신이 벌을 내린 것으로 받아들여진다. 바벨은 혼란이며 재난이다. 그러나 문제시하고 있는 소설에서 에드워드는 두 개의 탑이 무너진 세계, 비유해서 말하자면 현대 바벨 이후의 세계에서 복수의 언어가 뒤섞여 나오는 지방도시를 돌아다니며 테러에 대한 복수로 하나가 되려 하는 미국의 움직임에 대해 저항하고 있는 것처럼 보인다. 저항하는 대상이 뿌리 깊은 담배에 대한 욕구에서 자동적으로 다른 뿌리 깊은 집합적인 욕구로 바뀌는 것이다.

'산산이 부서져'라는 말이 캐나다의 거리를 돌아다니는 에드워드의 뇌

---

7) 조지 슈타이너(George Steiner)가 '번역'에 초점을 맞춘 저서의 제목은 『바벨 이후에(バベルの後に)』(日本 : 法政大学出版局, 1999)이다. 슈타이너는 이 저서의 제2판 서문에서 "바벨 사건은 재앙임과 동시에 (중략) 하늘에서 별이 인간을 향해 은혜로운 별처럼 쏟아져 내리는 것이라고도 할 수 있다"(p.26)라고 하였는데 이러한 견해는 본고에서 논하고 있는 에드워드의 자세와도 통하고 있다.

8) 『聖書 新共同訳』(日本 : 日本聖書協会, 1987), pp.13-14.

리에 떠오르는 것도, 목소리로 새어나오는 것도 소설에는 묘사되고 있지
않다. 그러나 앞부분의 비행기 안에서 이 구를 떠올리고 탑이 무너지는
텔레비전의 영상을 보고 들으며 이 구를 떠올리듯 예상치 못하게 체재
하게 된 북미 대륙의 거리에서 에드워드는 항상 이 하이쿠와 함께 있는
것처럼 비춰진다. 그것도 '산산이 부서져'가 일본어로 떠오르는 것이 아
닌 'broken into thousands of pieces'라는 영어로도 떠오름으로써 그 복수
성에 대한 지향이 영어와 일본어에 그치는 것이 아니라 북경어, 아라비아
어, 관동어, 한국어라는 다채로운 언어들을 끌어들여[9] 지금 일어나고 있는
것을 단순히 하나의 말이 아닌 복수의 말로 말하는 것을 가능하게 한다.

바쇼의 구를 떠올림으로써 어떠한 일이 일어나는 것일까? 이것이 이 논
문의 질문이었다. 그 답은 주인공 에드워드가 이 구를 일본어와 영어로
떠올림(말함)으로써 복수성을 지향할 수 있었다고 우선 말할 수 있을 것이
다. 바벨 이야기와 관련지어 보면 재앙이라고 여겨져 온 구약성서의 이해
와 『산산이 부서져』의 에드워드의 모습을 통한 긍정적인 사건의 이해는
겹쳐지고 있다.[10] 그렇다면 에드워드는 그것을 어떤 자세로 실현하고 있
는 것일까? 다음 절에서는 번역가 에드워드에 주목하여 본 절에서 충분히
언급하지 못한 일본어와 영어로 하이쿠를 떠올리는 것의 의미에 대해 깊
이 고찰해 보고자 한다.

---

9) 또한 '영어'라 하여도 그것은 "완전히 미국 영어 그대로의 아나운서의 목소리"(p.36)이거
   나 "살짝 프랑스계 사투리(p.38)"이거나 하여 주인공이 듣는 목소리는 다양하다.
10) 이 소설과 구약성서와의 관계에 관하여서는 작중 주인공의 여동생이 "재에 뒤덮인 배 갑
    판에 나는 혼자 서 있었다. 아침 하늘은 마치 구약성서 이야기와 같이 점점 검어져 갔
    다."(p.17)라는 발언을 찾아 볼 수 있다. 이 소설에 나타나는 다양한 시공간에 관하여서는
    제3절에서 자세하게 고찰할 것이나, 점점 검어져 가는 하늘이라는 표현에서 검은 이미지
    가 반복되는 '욥기'가 상상되지 않는가?

3. 번역가, 또는 '듣는 사람'으로서의 에드워드

이 소설의 주인공 에드워드의 직업은 번역가이다. 그리고 번역가인 그는 바벨 후의 거리를 돌아다니며 다양하게 '산산이 부서'진 말들을 듣고 정리해 나간다. 작중에 나오는 순으로 예를 들어 보면, "Please find my brother", "형을 찾아 주세요"라는 젊은 여성의 목소리, "ground zero", "폭심지"라는 텔레비전 화면의 문자, "evildoers", "악을 행하는 자들"이라는 대통령의 발언, "Please discuss it의 다음 행은 with Miss Kato at Fuji Bank라 적혀 있었다"는 종잇조각, 에드워드가 일본어로 변환할 수 없는 한국어, "avoid foreign entanglement", "이국과 얽이는 일은 피해야 한다"는 그의 엄마가 갑자기 말한 예스러운 영어, 중국 관광객의 밝은 웃음소리이다. 그런 여러 가지 것들을 에드워드는 들으며, 읽고, 말하고, 거리를 떠돌고, 쉬고, 또 걸으며, 그 파편을 이해하며 여러 가지 형상들을 조합해 간다.

롤랑 바르트는 「듣는 것(聴くこと)」이라는 글에서 문화 인류학자들의 사고에 의거하여 "청각은 시간=공간적 상황을 판단하는 것과 이어져 있다"[11]라는 의견을 나타내었다. 사람은 청각으로 즉 문을 닫는 소리, 주방의 물소리, 귀에 익은 외부의 소리에서 자신의 '거처'를 인식한다. 그렇다면 이국땅에서 귀에 익어 친숙한 소리가 들리지 않는 세계에서 무수한 말의 파편을 번역가가 들을 때 어떠한 일이 일어날까?

Infidels
라는 영어 자막이 나타났다.
이교도들과
에드워드는 순간 천여 년 전 텔레비전 토론을 보고 있는 것과 같은

---

11) ロラン・バルト, 「聴くこと」 (沢崎浩平 訳, 『第三の意味—映像と演劇と音楽と—』, みすず書房, 1984), p.157.

기분이 들었다.

사막의 문자가 눈에 날아 들어오고, 철과 유리 건물이 모래성으로 변
하여 무너지는 것이 다시 뇌리에서 전개되기 시작하였다. (p.65)

귀에 익숙하지 않은 여러 가지 소리는 시공을 초월한 형상과 결합하여
생각지도 못한 세계를 현출(幻出)한다. 소리는 환영을 만들어 간다.

동양풍으로 뽐내고 있는 문자 「ORIENTAL GIRLS」라는 제목이었다.
'오리엔타루 갸루즈(オリエンタル・ギャルズ)'라고 가타카나로 읊조리
며 에드워드는 긴 의자에 앉아 사진집을 자신의 무릎 바로 옆에 두었다.

방 안에는 아무도 없다는 것을 알고는 무심코 돌아보았다. 케네디 대
통령 시절 엄마의 워싱턴 집 지하실에서 무심코 돌아보았던 것이었다.
(p.98)

결합된 형상은 천여 년 전의 사막이거나 소년시절의 지하실처럼 시간
도 공간도 다양하지만 그는 다양한 음성을 들으며 그것을 환영의 시공간
과 결합함으로써 분별해 나간다.[12] "소리의 바다에서 섬과 같이 떠오른
다"[13]는 표현은 벤자민이 발레리의 시를 논한 말인데, 이와 같이 끝없이
형상은 소리의 바다에서 생겨 '산산이 부서'진 말의 파도에 쓸려간다. 그
리고 그러한 방황 속에서 에드워드는 어떤 하나의 형상을 지키려 하지 않
는다. 오히려 "죽이지 마라"라든지 "복수를 생각하지 말라"라는 지나치게

---

12) 이러한 애드워드의 모습은 사실 이야기의 초반 부분에서도 볼 수 있다. 그는 비행기에서
   알게 된 늙은 부인의 '전쟁이 끝났을 때'라는 대사에서 다음과 같은 환시를 경험하고 있
   다. "침묵하고 있는 사이 미국 연합국의 사건에 대하여 '전쟁이 끝났을 때'라는 것이 일본
   어로 소환된 것은 지금까지 들어본 적이 없다. (중략) 옅은 화장에서 십대 소녀의 붉으레
   한 얼굴이 나타나고, 프랑스풍의 꽃무늬 드레스 차림의 늙은 부인이 불에 타 폐허가 된
   곳에서 집으로 돌아가려 있는 몸빼 차림의 여학생으로 바뀌었다." (p.25).
13) ヴァルター・ベンヤミン, 「ポール・ヴァレリー」(久保哲司 訳『ベンヤミン・コレクション
   2』, 筑摩書房, 1996), p.465.

단순한 말에는 구역질을 느끼고14) 백인의 노파가 일반적인 생각으로 그
린(것이라 에드워드는 생각한다) 원주민이 없는 토템 폴 그림에 현기증을 느
낀다.15)

　무엇보다 중요한 하이쿠를 떠올리는 장면에서도 에드워드는 늘 영어와
일본어 어느 쪽에 편중하지 않으며 그 동일성, 공통성에 안도하지 않고
오히려 그 이질적인 소리 속에서 그의 망설임과 환영을 넓혀 간다. 이때
소리는 이질적인 소리이기 때문에 서로의 소리를 보완하고 보관한다.16)

　　섬아 섬들아, 라고 속삭이는 자신의 목소리와 거의 동시에 all those
　islands!라는 또 하나의 자신의 소리가 메아리쳤다. 산산이 부서져, 라는
　소리도 broken into thousands of pieces라고 반향 하였다. (p.13)

　『산산이 부서져』라는 소설은 번역가 에드워드의 '귀의 이야기', 듣는 것
과 보는(환시하는) 것의 쇠사슬처럼 이어지는 이야기로 읽을 수 있는 측면
을 가지고 있으나,17) 그렇게 "떠오르는 것은 이미 직접적인 청취가 아니

---

14) "분수 주변을 가득 메운 수 백 개의 '자기표현'의 앞에서 에드워드는 내내 서 있었다. 너
　무도 선명한 색과 너무도 단순한 말들이 계속해서 눈에 들어왔다. 보고 있는 동안 에드
　워드는 조금씩 구역질을 느끼기 시작하였다."(p.56).

15) 미야다(宮田)는 이 장면에 대해 "거기에 살아 있는 이누이트의 모습은 어디에도 없다"라
　는 것에 주목하고 싶다고 하며 "원주민을 모조리 내쫓음으로서 그 역사가 없었던 것처럼
　행동하는 무심함, 또는 그 섬멸당한 상대의 혼이라 할 수 있는 토템 폴을 달콤함 감정으
　로 그려 버리는 둔감함"을 비판하고 있다. 또한 그 늙은 화가의 이름은 작중에는 나와 있
　지 않으나 에밀리 카(Emily Carr, 1871~1945)라고 생각된다.

16) 인용한 문장 이외에도 예를 들어 본문 32쪽의 홍콩의 가드만이 에드워드에게 "You better
　call your sister in New York"라고 한다. 그리고 그 말은 소설 속에서는 즉시 "뉴욕의 여
　동생에게 전화하는 게 좋을 거야"라고 변환된다. 의미가 이 변환으로 인해 상통하게 되
　는 것이 제일의 목적이 아니다. 두 가지의 언어가 나열되어 서로의 음이 공명함으로서
　(써) 말 그 자체의 존재가 선명해진다.

17) 리비 히데오 자신은 본 소설에 대해 『나의 일본어(我的日本語)』(日本 : 筑摩書房, 2010)에
　서 "단지 거기에서 듣는다. 여기에서 본다. (중략) 논픽션에 가까운 픽션이지만 '보고', '듣
　고', '보고', '듣고'의 연속에서 자연히 말이 생성된다."(p.186)라고 논하고 있다.

라 빗나가 다른 항해로 옮겨간 청취이다."[18] 에드워드는 단순한 이야기(테러/복수)에 대항하여 여러 가지 소리로 이루어진 다양한 이야기를 가지고 저항하려 하고 있다.[19] 그리고 그러한 자세는 에드워드가 떠올린 하이쿠와 밀접하게 관계하고 있다.

하이쿠에 대한 본격적인 고찰은 다음 절로 미룬다. 그러나 번역가, 또는 '듣는 사람'으로서의 에드워드를 생각해 볼 때, 앞 절에서도 언급한 하이쿠의 '차경성'이라는 성격에 대해 재차 언급해 두고자 한다.

> 하이쿠라는 것은 그 자체가 독립한 가치를 가지고 있는 문학 형태이지만 그와 동시에 어떠한 배경에 놓여 있는가에 따라 구의 느낌이 변화하는 문학 형태이기도 하다. (중략) 단독으로 주어진 경우나 「은하의 서(銀河の序)」와 더불어 주어진 경우, 『오쿠노 호소미치』 안에서 '음력 7월'의 구로 나열하여 주어진 경우 등 이러저러한 상황에 따라 하이쿠의 양상은 변화한다. (중략) 하이쿠라는 문학은 배경에 민감하게 반응하는 특성을 가지고 있다고 생각해야 한다.[20]

인용한 것은 오와 야스히로(大輪靖宏)가 바쇼의 하이쿠 '거친 바다여 사도에 가로놓인 밤의 은하수(荒海や佐渡に横たふ天の川)'에 대해 논한 일부분인데 하이쿠는 본래 하이카이(俳諧)의 홋쿠로 다음에 읊어지는 구(付句)에 따라 그 구의 느낌이 완전히 달라지는 문예이다. 그리고 오와 씨가 지적한 것과 같이 하이쿠는 배경(문맥)에 반응하며 구의 양상을 결정해 가는 문예이기도 하다.

이러한 점을 번역의 문제와 결합해 보면 하이쿠의 번역은 말하자면 '외

---

18) ロラン・バルト, 앞의 책, p.170.

19) 여기에서의 결론은 본 논문의 논법과는 다르지만 미야다의 선행연구(59쪽)의 "시공간을 달리하는 '비아메리카'가 여러 겹으로 짜 넣어짐으로써 9.11은 폭력적 '모델'로 회수되지 않고 받아 들여진다"라고 표현한 결론과 근접하다.

20) 大輪靖宏, 『芭蕉俳句の試み―響き合いの文学―』(南窓社, 1995), p.115.

측(外側)'에 있는 것으로, 거기에 표현된 말에서 한 글자 한 구의 의미와 통하는 말을 발견하는 것이 아니다. 오히려 에드워드의 경우라면 그 소설 안에서의 모든 체험이 이 하이쿠의 번역이 되며, 작자인 리비 히데오를 들어 말하자면 그가 쓴 소설이 이 하이쿠의 번역이 된다.[21] "원작의 전달을 중시하면 할수록 번역의 역할은 점점 적어지며 결국에는 원작의 의미의 완전한 우위가 (중략) 번역을 무(無)로 돌아가게 한다."[22] 어떤 종류의 하이쿠 번역은 벤야민이 이와 같이 논한 예를 완전히 역행하는 것으로, 하이쿠가 가진 의미의 완전한 열위가 번역의 역할을 확대한다.

　번역가 에드워드의 태도 검증이라는 본 절의 목적으로 다시 되돌아 가보면 그는 그가 환기한 하이쿠를 의지하여 다양한 소리, 목소리, 문자를 듣고 '산산이 부서'진 말에 무수한 형상을 결합하는 '번역'을 감행하고 있는 것이다. 그렇다면 어째서 그 때 의지하는 것이 바쇼의 하이쿠여야만 하였는가? 다음 절에서는 이 물음에 답하고자 한다.

4. 왜 바쇼의 하이쿠인가

　에드워드는 왜 다른 것이 아닌 바쇼의 하이쿠 '섬아 섬들아 산산이 부서져 여름의 바다'를 떠올린 것일까? 왜 그것은 바쇼의 하이쿠여야만 하였을까? 이 물음에 대하여서는 두 가지의 질문으로 나누어 검토하는 것이 유효할 것이다. 즉, 왜 바쇼인가? 왜 하이쿠인가?

　먼저 왜 바쇼인지에 대해 생각해 보자. 단순한 답으로는 에드워드와 바

---

21) 하이쿠의 번역론에 관한 것은 본고의 목적은 아니지만 이러한 견해는 하이쿠가 '번역가능한가 아닌가를 연구해 온 고미야 도요(小宮豊) 이후의 논쟁에 새로운 의견을 제시할 수 있다고 생각한다. 이에 대해서는 다른 논문에서 자세히 논하고자 한다.

22) ヴァルター・ベンヤミン,「翻訳者の使命」(内村博信 訳, 前掲書), p.409.

쇼가 여행자로서 일치하고 있음을 들 수 있다. 바쇼가 이 구를 읊은 것이『오쿠노 호소미치』를 여행하는 길에, 그것도 도호쿠의 입구와 가까운 마쓰시마에서 이 구를 읊은 것처럼, 에드워드도 여행 도중 목적지인 대륙에 다다른 근처에서 이 구를 떠올리고 있다. 이러한 단순한 부합이 첫 번째 이유이다.

두 번째는 앞 절에서 논한 것처럼 번역가 또는 '듣는 사람'으로서 에드워드를 생각해 본다면 바쇼도 '듣는 사람'이었다는 것이 서로 들어맞는다.

오래된 연못 개구리 뛰어드는 물소리　　古池や蛙とびこむ水の晋

개구리 뛰어드는 물소리　　＿＿＿蛙とびこむ水の晋

물소리　　＿＿＿＿＿水の晋

바쇼 옹은 청각형의 시인, 소리의 세계[23]

위의 인용은 자유율 하이진 다네다 산도카(種田山頭火)의 일기 중 한 구절이다. 에드워드와 바쇼의 '듣는 사람'으로서의 일치. 예를 들어 바쇼는 들려오는 소리를 "치치하하 끊임없는 귀여운 새끼 꿩 울음소리(ちゝはゝのしきりにこひし雉子の聲)", 그리고 희미한 소리에는 "가을은 깊고 옆에는 무얼 하는 사람인가(秋深き隣は何をする人ぞ)"와 같은 구를 지를 정도로 예민하였으며 그리고 그러한 소리는 그의 환시와 접속하고 있다.[24] 이러한 바쇼와의 관계에 대하여서는, 『산산이 부서져』의 본문에도 '섬아 섬들아' 구와는 다른 구를 떠올리는 장면으로서, 다음과 같은 한 구절이 있다.

S대학의 교수에게 고요함이여는 단순히 quiet가 아니라 오히려 stillness에 가깝다고 들은 것을 에드워드는 떠올렸다. 소리가 나지 않는 것뿐만

---

23) 種田山頭火,「其中日記(十三)」(『山頭火全集第九卷』春陽堂書店, 1987), p.60. 또한 마루야 사이이치(丸谷才一)의 소설 『요코시구레(橫しぐれ)』에도 이러한 부분이 인용되어 있는데 거기에서는 산도카(山頭火)와 바쇼가 모두 청각 시인이라는 것을 시사하고 있다.

24) 새끼 꿩의 울음소리에 부모님이 떠오르고, 희미한 사물의 소리에 이웃의 생활이 떠오른다.

아니라 소리가 날 것만 같은 움직임조차 없다. 소리도 움직임도 없는 세
계를 상상하세요 라고 하였다. (p.110)

인용한 부분은 소설에는 명기되어 있지 않지만 에드워드는 필시 바쇼
의 하이쿠 "고요함이여 바위에 스며드는 매미의 소리(しづけさや岩にしみ入
る蟬の聲)"를 떠올리고 있을 것이다. 이 하이쿠도 원래는『오쿠노 호소미치』
여행 중의 구로 '섬아 섬들아'를 읊고 얼마 지나지 않아서 읊은 작품이다.
이 하이쿠는 소설『산산이 부서져』의 끝부분에 가까운 부분에서 그때까
지 계속 이어져 왔던 소리의 혼잡함에서 벗어나 "아주 고요함에 둘러싸
인" 장소로 주인공이 들어가는 장면에서 소환되고 있다. 이 장면은 "고요
함이여 그에게 스며드는 수많은 소리"라고도 표현하고 싶은 장면으로, 번
역가 에드워드는 이 고요한 공간에서 그때까지의 수많은 소리, 목소리, 문
자, 그리고 그것들과 결합된 환영을 반추하고 "돌아간 후에 시즈에게
설명할 일본어"(111쪽)를 만들려고 하고 있다.

그리고 세 번째로 '섬아 섬들아'의 구와 '고요함이여'의 하이쿠를 본디
바쇼가 '마쓰시마'와 '릿샤쿠지(立石寺) 절'에서 읊은 구라는 것을 생각해 보
자. "중세 사람들에게 (마쓰시마)의 오시마(雄島)는 고야산(高野山)과 릿샤쿠
지 절과 같이 죽은 사람을 저 세상에 보내는 기능을 하는 성지에 다름 아
니었다."[25] 구를 상기할 때 예전에 그 구가 읊어진 공간도 다시 소환되는
것이라면 에드워드는 (의식적이지는 않더라도) 캐나다에서 마쓰시마와 릿샤
쿠지 절을 환상처럼 어렴풋이 떠올리며 테러로 죽은 사람들을 애도하고
있을 것이다. 중세의 인정을 알고 있었던 바쇼도 그곳을 방문하였을 때
거기에 안치되어 있는 수많은 유골에 마음을 썼을 것이다. 왜 바쇼인가?
그에 대한 대답은 이러한 에드워드와 바쇼의 여행자로서의 일치, '듣는 사
람'으로서의 일치, 그리고 그들의 죽은 사람에 대한 진혼의 정이 일치하고

25) 佐藤弘夫,『死者の花嫁―葬送と追想の列島史―』(幻戲書房, 2015), p.63.

있다는 데에서 찾을 수 있지 않을까?

다음으로 왜 하이쿠인가? 라는 물음에 대한 답 중 하나는 이제까지 논하여 온 주인공의 태도가 그가 체재하는 캐나다 지방도시의 모습과 닮아 있다는 것에 암시되어 있다. 무엇보다도 이는 하이쿠뿐만 아니라 옛날 일본 시인들의 일반적인 태도이기도 하지만 시인은 어떤 지역에 가서 자신의 생각을 읊는 것이 아니라 그 지역에 어울리는 생각을 떠올려 그것을 읊는다.26) 에드워드의 복수성의 지향은 그가 방황하는 밴쿠버에 어울리는 그것이다. 이 지방도시 전체가 '우타마쿠라(歌枕)'와 같이 기능하여 복수성 지향을 그에게 전해 주고 있는 것이다. 그러나 이 지역은 또한 그에게 "그 나라는 환승지로 좀처럼 지나지 않는 곳이니까"(7쪽)라는 생각으로 애초에 들어가 보고 싶은 "호감도 없는 것은 아니지만 이민도 가고 싶지 않고, 입국하려고 생각한 적도 없는 나라"(28쪽)이기도 하였다.

> 인간관계성, 말하는 사람, 듣는 사람의 구조에 관해 말하자면, 번역자는 내면적으로 분열해 있으며 복수성이 있지만 안정성이 없다. 번역자는 겨우 '환승하는 주체'(subject in transit)로서 밖에 그 주체를 획득할 수 없다.27)

인용한 부분은 사카이 나오키(酒井直木)가 번역자에 대해 논한 문장의 한 구절이다. 확실히 번역가 에드워드는 캐나다 지방도시에서 문자 그대로 '환승하는 주체'로서 그 주체성을 획득한다. 복수성을 받아들이면서 동시에 불안정한 채로 거리를 떠돈다. 그렇지만 그러한 상황은 그를 해치는 것은 아니며, 그는 이미 이 거리에 "안주하여 어느 정도 지났으면서도 주변으로부터는 '여기' 사람으로 보이지 않았고 미국에 있는 가족들은 언제

---

26) 본래 하이카이(俳諧)에서는 우타마쿠라의 약속을 '어겨' 읊는 것도 시도한다. 에드워드도 그의 체험을 부여함으로써, 바쇼와 일체가 되는 것이 아니라 바쇼의 구 '처럼' 되는 것이다. 바쇼의 구에 그 자신의 이야기가 오버랩 되는 것처럼 겹쳐지는 것이다.

27) 酒井直樹, 『日本思想という問題—翻譯と主体—』(岩波書店, 2012), p.25.

부터인가 '저쪽' 사람이 되었다"(11쪽)라는 종류의 고민을 안고 있지 않았다. 그는 대신 점차 축적되는 '목소리의 기억'에 괴로워하지만 하이쿠를 의지하는 이 '번역가'를 거리 전체가 만들어 내는 것 같기도 하다. 이 지역의 섬들을 입국 전 비행기의 창문에서 바라보며 바쇼의 구를 읊었을 때, 그는 이미 이 지역에 어울리는 모습을 갖추게 된 것이다.

그리고 또 한 가지 왜 하이쿠인가에 대한 답으로 다시 바쇼 이야기를 하겠는데, 바쇼에게『오쿠노 호소미치』여행에서 하이쿠(하이카이의 홋쿠)를 읊는 것은 처음 그 지역에서 만나는 사람과 대화를 시작하기 위한 수단이었다는 것을 생각해 보고 싶다. 홋쿠가 제시되고 그가 말로 제시되어 거기에 좌(座)가 형성된다. 바쇼는 어느 지역에 가더라도 연이 없는 여행자이기보다 '여기에 있는' 사람으로 자신을 그 지역의 사람과 어울리게 하였다. 이처럼 에드워드도 제시된 것이 아닐까? 즉, 그의 존재를 우연히 체재하게 된 거리에 온통 노출하여 각인각양의 목소리를 듣고 각인각양이라는 것을 인정하고 끊임없는 시공간을 자아내기 위하여.

> 어느 날, 정말 갑자기 바쇼가 에도 토박이가 아니라는 것이 미카미의 머리에 떠올랐다. 그러나 (중략) 바쇼도 에도에 있는 동안은 그곳이 자신이 있는 곳이라고 여겼던 것은 무어라 하는 다리가 스미다가와 강에 새로 세워져 감격한 것을 홋쿠로 읊었다는 것에서 알 수 있다. 그리고 여행만 다니고 있었다. 그러나 그것은 어떤 지역에 사는 비법과도 같은 것으로 자신이 있는 곳이 세상에서 가장 좋다고 생각하는 것은 그것이 도시 사람이어도 시골 사람이어도 마찬가지이다. 만약 자신이 있는 곳을 그렇게 자신이 있는 곳이라 인정하는 것이 그곳에 사는 마음이라고 한다면 인간은 어디에서도 인간의 세계에 있다.
> 하이카이는 그런 말을 하고 있는 것 같았다. 한적함, 그 이외에는 아무래도 괜찮다는 것으로 인간이 아무리 오랫동안 어떤 곳에 있어도 언젠가는 죽는다는 것을 인정을 한후에, 사람이 있고 그럴듯한 생활을 하는 그 모습을 선호할 때, 거기에서 하이카이의 본령이 시작된다.[28]

아마 공항 로비에 넘쳐나고 있었던 "여기에 있다는 놀라움"(29쪽)에 대한 태도에는 '듣는 사람'으로서의 에드워드는 존재하지 않았을 것이다. '이국인과 같은 시선'으로는 우연히 들른 지역은 우연한 채로 끝나게 된다. 섬아 섬들아 산산이 부서진 여름의 바다. 산산이 부서진 말의 바다에 몇 개의 형상을 떠올리는 그의 행위는 자신이 지금 있는 곳에 '사람이 있고 그럴듯한 생활을 하고 있는 모습'을 떠올림으로써 성립한다.

에드워드는 소설의 마지막 장면에서 테러 사건 때문에 평소보다 한층 더 적막한 공원 안에서 원주민 토템 폴 주변에 모이는 "또 한 가지 대륙의 밝은 목소리"(114쪽)를 듣고 "넓은 하늘에서 부드러운 빛이 내리쬐는" 느낌을 받는다. "이 따스함이 모든 공포를 극복한다—"[29], 이러한 시구가 환기하듯이 흔해 빠진, 그러나 그러하기 때문에 귀중한 정경. 일상성으로 일방적인 비일상성을 대치하는 것. 정치적인 압력에 대해 반드시 정치적이지 않은 비속한 태도로 대항하는 것. 왜 하이쿠인가 라는 물음에 대한 답은 하이쿠가(얼마나 여행을 다녔다 하더라도) 어디까지나 일상과 마주하는 문예라는 것과 불가분할 것이다.

5. 나가며

주인공 에드워드가 바쇼의 하이쿠 '섬아 섬들아 산산이 부서져 여름의 바다'를 떠올렸을 어떠한 일이 일어나는가? 이러한 물음에 대해 지금까지 답해 보았다.

제2절에서는 작중 '산산이 부서진' 것이 말이었다는 것을 확인하고 주인

28) 吉田健一, 「町並」(『吉田健一著作集第三十巻』, 集英社, 1981), p.278.
29) W・B・イエーツ, 「碧空の色の石に」(加島祥造 訳 『イエーツ詩集』, 思潮社, 1997), p.16.

공의 복수성 지향을 확인하였다. '산산이 부서진'을 'broken into thousands of pieces'라고 번역할 때 말은 두 가지로 갈라진다. 그러나 그것은 바벨 후의 재앙이 아니라 에드워드에게 복수의 목소리를 듣게 하여 그를 자기 폐쇄적인 존재에 머무르지 않게 하는 힘으로 작용한다. 그리고 그것은 동시다발 테러 후 보복을 위해 결속하려 하는 사회에 대한 일종의 견제이다. 이러한 구도를 이 소설은 내포하고 있었던 것이다.

제3절에서는 그러한 에드워드의 복수성 지향을 번역가 또는 '듣는 사람'으로서 그의 태도 속에서 정의해 보았다. 무수하게 쪼개어진 말을 듣는 에드워드는 수많은 소리, 목소리, 문자를 몇 개의 시공과 결합시킨다. 소리의 복수성은 환영의 복수성으로 이어지며, 그것은 단 하나의 강력한 환영(복수[復讐])에 대항하는 것으로 번역가 에드워드를 지탱한다.

제4절에서는 에드워드가 떠올리는 것이 왜 특별히 바쇼의 하이쿠인가에 대해 깊이 고찰해 보았다. 바쇼와 에드워드가 여행자, '듣는 사람', 진혼하는 자로서 일치하고, 하이쿠가 항시 일상을 기저로 하는 문예인 것과 달리 비일상을 만드는 거대한 소설 작자에 대한 그들의 무력한 저항을 발견하였다.

어느 날 익숙하지 않은 세계에 던져진다. 그 때 누군가가 만든 유일한 이야기에 몸을 맡기는 것은 즐거울 것이다. 그러나 그 세계를 정말로 익숙한 것으로 바꾸려고 한다면 한 명의 사람이 아니라 수많은 사람의 목소리를 소환하여 믿을 수 있는 환영을 만드는 방책이 유효할 것이다. 에드워드가 바쇼의 하이쿠 '섬아 섬들아 산산이 부서져 여름의 바다'를 떠올림으로써 일어난 것은 그리하여 모인 말의 반향이며, 환영의 넘침이며 그러한 도정을 거쳐 '여기에 있는' 우리들의 세계를 만들려는 시도였다.

번역 : 김보현

제7장

중국에서의 니이미 난키치(新美南吉) 아동문학의 번역과 수용

─소학교 국어 교과서에 관한 고찰을 중심으로─

린타오(林濤)

1. 문제 제기

중국에서 니이미 난키치의 아동문학이 번역 소개되기 시작한 것은 1980
년대 초반부터였다. 이후 10년 정도의 정체기가 존재하기는 하지만, 동화
「작년의 나무(去年の木)」가 소학교 국어 교과서에 실리면서 난키치 문학의
독자 수가 급증했고, 그 이후로 번역도 왕성히 이루어졌다. 잡지 게재뿐
아니라 단행본도 다수 발간되었는데, 특히 「작년의 나무」의 중역이나 각
본의 개편 및 국어과 교사의 교안 등이 종종 보이고, 웹에는 상당히 전문
적으로 난키치와 그의 작품 세계를 소개하는 개인이나 출판사의 홈페이지
까지 출현했다. 그야말로 난키치 문학이 중국의 대지에서 꽃을 피운 듯이
보인다.

그러나 실상은 이러한 번역의 성황에 비해 관련 연구는 현재로서도 그
다지 진척되지 않고 있는 형편이다. 본고에서는 먼저 최근 30년간 중국어

로 번역된 난키치 문학을 정리하고 각 시기 수용의 특징을 분석해 본다.
더불어 난키치 문학이 중국에서 전파되는 과정에서 큰 역할을 수행한 동
화「작년의 나무」의 소학교 국어 교과서 채택 상황을 구체적으로 고찰하
고, 그에 내포된 문제점을 지적하고자 한다. 그런 후에「작년의 나무」가
중국에서 막대한 독자층을 획득한 이유에 대해 고찰해 볼 것이다.

2. 난키치 아동문학 번역의 개황

2.1. 1980년대

〈표 1〉 1980년대 잡지에 게재된 난키치 작품1)

잡지명(원제)	게재년(호)	편명(중국어제목)	역자 등	출판사 등
아동문학 (兒童文學)	1980(3)	꽃나무 마을과 도둑 (花樹村和小偸)	페이쯔췬(裴志群)	中國少年兒童 出版社
조화(朝花)	1981(4)	할아버지의 램프 (爺爺的洋燈)	페이쯔췬 역, 우띠차(吳棣揷) 그림	人民文學 出版社
아동문학	1982(7)	일본 동화 두 편 (日本童話二則)	손요우쥔(孫幼軍)	中國少年兒童 出版社
화성역작 (花城譯作)	1982(9)	팔음종(八音鐘)	취우스쥔(丘仕俊)	花城出版社
거인(巨人)	1984(2)	일본 유아동화 열두 편 (日本低幼童話十二則)	손요우쥔	少年兒童 出版社
일본어 학습과 연구 (日語學習與 研究)	1984(4)	여우 아근(狐狸阿根)	시하쨘요우(夏戰友) 역주	日語學習與 研究雜誌社
북방소년 (北方少年)	1985(4)	붉은 양초(紅蠟燭)	미상	黑龍江人民出 版社

1) 표 작성 시 주로 중국어 학술 데이터뱅크 "두시오(讀秀)"(http://www.duxiu.com)를 참조했다.

잡지명(원제)	게재년(호)	편명(중국어제목)	역자 등	출판사 등
푸춘장화보 (富春江畫報)	1985(10)	작년의 나무(去年的樹)	딩리런(丁立人) 역, 딩비시하(丁比下) 그림	富春江畫報編 輯部

〈표 2〉1980년대 각종 서적에 게재된 난키치 작품[2]

도서명(원제)	출판년도	수록작품(중국어제목)	출판사
깊은 산속 연기와 불 일본 동화 (深山裡的焰火 日本童話)	1982	푸른 여우(青狐狸)	雲南人民出版社
세계아동(世界兒童)11	1984	꼬마 여우 장갑을 사다 (小狐狸買手套)	四川少年兒童出版社
일본아동문학명작선 (日本兒童文學名作選)	1985	꼬마 여우 아취엔(狐狸阿權)	湖南少年兒童出版社
목마의 작고 하얀 배 (木馬的小白船)	1987	흰 나비 작년의 나무 (白蝴蝶 去年的樹)	寧夏人民出版社
검은 마귀 일본동화 (黑魔馬 日本童話)	1987	여우 쿤쿤(狐狸困困)	中國少年兒童出版社
외국 신동화특선 (外國新童話精選)	1989	꼬마 여우 장갑을 사다	四川少年兒童出版社
동화(童話)	1989	작년의 나무	教育科學出版社

이번 조사를 통해 발견한 사실은, 우선 <표 1>에서 보듯이 「꽃나무 마을과 도둑」이 중국에 가장 일찍 번역 소개된 난키치의 아동문학이라는 점이다. 주룽메이(周龍梅) 씨는 「일본 3대 동화 거장 작품의 중국에서의 소개와 전파(日本三大童話巨匠的作品在中國的譯介与傳播)」에서 「작년의 나무」라고 언급한 바 있다.[3] 그리고 또 한 가지 사실은, 번역된 작품이 「할아버지의 램프

---

2) 표 작성 시 중국어 학술 데이터뱅크 "두시오(讀秀)", e북 스토어 "징동(京東)"(http://www.jd.com), "당당(當當)"(http://www.dangdang.com), "아마존 중국(亞馬遜中國)"(http://www.amazon.cn.com)등을 참조했다. 이하 동일.

3) 주룽메이는 이 논고에서 난키치 문학 최초의 소개는 '작년의 나무'라고 서술하고 있다. (p.248) 첨언하자면 주씨는 해당 논문에서 난키치 아동문학의 번역과 수용에 대해 간단히

(おじいさんのランプ)」,「꼬마 여우 장갑을 사다(手袋を買いに)」,「여우 곤(ごん狐)」처럼 일본 국어 교과서에 실린 명작이나,「데굴데굴 종(ごんごろ鐘)」,「붉은 양초(赤い蠟燭)」,「작년의 나무」와 같은 난키치 아동문학의 대표작이었다는 점이다. 그리고「작년의 나무」는 이 시기부터 이미 주목을 받고 있었던 것 같다. 손요우쥔이 1982년에 최초로 번역한「작년의 나무」는「일본 동화 두 편」중 한 편으로서『아동문학』에 게재되었고, 1985년에는 다시 딩리런과 딩비시하의 번역, 삽화로 '연환화(連環畵, 그림 이야기 책)'의 형태로『푸춘장화보』에 실렸다. 이 두 잡지는 당시 중국에서는 대중적인 읽을거리였다.

한편, <표 2>로 알 수 있는 것은 '여우계' 난키치 동화와「작년의 나무」가 사랑을 받았다는 점과, 수록된 읽을거리들 대부분이 각각 소년 아동 출판사에서 간행되고 있다는 점이다. 잡지 매체에서의 다양한 수용4)과 달리, 서적의 형태로는 완벽하게 아동문학, 특히 동화로서 받아들여지고 있었던 것이다.

2.2. 1990년대

<표 3> 1990년대 각종 서적에 게재된 난키치 작품

도서명(원제)	출판년도	수록작품(중국어제목)	출판사
세계명작동화감상사전 (世界著名童話鑒賞辭典)	1990	꼬마 여우 장갑을 사다 (小狐狸買手套)	江蘇少年兒童出版社
일본동화특선 (日本童話精選)	1991	흰나비 작은 목우 (白蝴蝶　小木偶)	二十一世紀出版社

언급했을 뿐이다. (方衛平主 編,『在地球的這一邊 第十屆亞洲兒童文學大會論文集』北京市：外語教學與硏究出版社, 2010.10, pp.245-249).

4) 잡지의 경우에는 아동문학잡지 외에도『조화(朝花)』,『화성역작(花城譯作)』등의 일반 문예지에 게재되었으며『일본어 학습과 연구(日語學習与硏究)』등의 어학 학습지와『푸춘장화보(富春江畵報)』같은 일반 대중잡지에도 실려 있다.

도서명(원제)	출판년도	수록작품(중국어제목)	출판사
소년아동 중국과 외국문학특선 부록 200편(少年兒童中外文學精品助讀200篇)	1991	붉은 양초(紅蠟燭)	中國婦女出版社
세계우수동화보고 일본동화편(世界優秀童話寶庫 日本童話卷)	1991	여우 쿤쿤(狐狸困困)	東北師範大學出版社
20세기 세계단편동화특선 (20世紀世界短篇童話精選)	1992	꽃나무 마을과 도둑 (花木村和盜賊)	四川少年兒童出版社
세계동화명작특선 제4편 (世界童話名著精選 第4冊)	1993	여우 아취엔(狐狸阿權)	長春出版社
똑똑한 동화왕국 동방신화 (小聰慧童話王國 東方神話)	1995	여우 쿤쿤	吉林人民出版社
외국동화대왕 (外國童話大王)	1995	꼬마 여우 장갑을 사다	上海遠東出版社
세계유명작가아동문학집선 (世界大作家兒童文學集萃)	1996	도둑, 꽃나무 마을에 오다 (盜賊來到花木村)	安徽少年兒童出版社
이기적인 거인 (自私的巨人)	1999	꽃나무 마을과 도둑 (花木村和盜賊)	新蕾出版社

이 시기부터 난키치 문학이 대부분 잡지에서 사라졌다. 각종 서적에 수록된 작품도 <표 3>에서 보듯 모두 1980년대에 번역된 것이다. 난키치 문학의 번역이 침체기에 빠져든 데에는 여러 가지 이유가 있겠지만, 아동문학을 경시하는 경향이 있는 중국인 학자의 인식과 출판사의 경영 이념의 변화가 그 주된 원인일 것이라고 추측할 수 있다. 한편, 일본문학을 대량으로 번역할 필요가 있었음에도 번역자가 부족했던 것도 사실이다. 그래서 아동문학처럼 이른바 어린이를 대상으로 한 '유치한' 것보다는, 가와바타 야스나리(川端康成)와 같은 대작가의 순문학을 번역하는 편이 적절하다는 인식을 당시 많은 중국인 학자들이 공유했다는 사실은 부정할 수 없을 것이다. 또한 개혁 개방에 따른 경제 이익의 추구가 출판사의 경영 이념의 핵심이 된 시점에서, 소박하고 깊은 철학이 담긴 난키치의 아동문학보

다도 화려한 미스터리가 전개되는 추리소설 쪽이 더 판매 실적이 좋았고 다수의 출판사에게 환영받은 것이 아닌가 한다.

그러나 1990년대 말에는 중국에서 처음으로 중국어역 난키치 문학 단행본인『니이미 난키치 동화(新美南吉童話)』가 출간되기도 했다. 1999년에 산시희망출판사(山西希望出版社)에서 출판된 이 단행본에는 그때까지의 번역 편수를 훨씬 뛰어넘는 38편5)의 작품이 수록되었다. 그리고 역자인 리우잉 (劉迎) 씨는「서문(前言)」에서 난키치의 생애를 소개했을 뿐만 아니라 그 창작의 특징에 대해서도 세 시기로 나누어 비교적 상세히 설명했다.

> 제1기는 초기 낭만주의의 시기이다. 이 시기에는 두 가지 특색을 보이고 있다. (1) 민화나 전설을 제재로 하여 인간과 동물의 심적 교류나 서민의 생활 체험을 묘사한 것이 많다. (2) 이국정서가 넘치며 외국동화를 패러디한 것이 많다. (중략) 제2기는 자전적 색채가 짙은 생활동화가 많고, 주로 소년소설이다. (중략) 제3기는 환상동화의 시기이다.6)

그리고 나아가서는 난키치 문학의 주제를 '형언할 수 없는 슬픔을 참고 견디어내는 문학'이며 '사랑에 대한 갈망의 문학'이라고 정리했다. 리우잉 씨의 번역과 해설은 아직 충분하다고는 할 수 없지만, 기본적으로는 난키치 문학의 정수와 외연을 파악하고 있는 것으로 보인다. 아쉬운 것은 이 책의 발행부수가 2천부밖에 되지 않아 그 영향력이 한정적이었다는 점이다.

---

5) 구체적인 목차는 본고의 <부록1>을 참고할 것.
6) 劉迎, 「前言」(『新美南吉童話』, 中國太原 : 希望出版社, 1999), pp.5-6.

2.3. 2000년 이후

〈표 4〉 2008년 이후 난키치 작품 단행본

도서명(원제)	출판년도	출판사	역자 등
꼬마 여우 장갑을 사다 (小狐狸買手套)	2008	貴州人民出版社	펑이(彭懿), 주롱메이 (周龍梅) 역
꽃나무 마을과 도둑 (花木村和盜賊們)	2008	貴州人民出版社	주롱메이, 펑이 역
작년의 나무 민들레다리 리딩 시리즈 제1집(去年的樹 蒲公英橋樑閱讀系列 第1輯)	2008	貴州人民出版社	주롱메이, 펑이 역
스타트 리딩 주음그림책 작년의 나무 (起點閱讀注音美繪本　去年的樹)	2009	湖北少兒出版社	차이잉치(蔡迎旗) 편집
꼬마 여우 아춰엔(小狐狸阿權)	2009	長春出版社	주롱메이, 펑이 역
꼬마 여우 장갑을 사다 (小狐狸買手套)	2009	南昌二十一世紀出版社	와카야마　겐(若山憲) 그림, 췌이시웅옌(崔維 燕) 역
꼬마 여우 장갑을 사다	2010	南海出版公司	펑이, 주롱메이 역 구로이 겐(黑井健) 그림
니이미 난키치 동화특선 거인과 공주의 눈물(新美南吉童話精選 巨人和公主的眼淚)	2010	上海少年兒童出版社	쭈쯔치앙(朱自强) 역
작년의 나무 니이미 난키치 전집(去年的樹 新美南吉專集)	2010	北京同心出版社	주롱메이, 펑이 역
작년의 나무	2011	靑島出版社	쭈쯔치앙 편저
니이미 난키치 동화그림책 시리즈 꽃나무 마을과 도둑들 (新美南吉童話繪本系列 花木村和盜賊們)	2011	天津新蕾出版社	쉬에리나(薛麗娜) 그림, 한무(寒木) 편역
니이미 난키치 동화그림책 시리즈 작년의 나무 (新美南吉童話繪本系列 去年的樹)	2011	天津新蕾出版社	쉬에리나 그림, 한무 편역
니이미 난키치 동화그림책 시리즈 꼬마 여우 장갑을 사다 (新美南吉童話繪本系列 小狐狸買手套)	2011	天津新蕾出版社	쉬에리나 그림, 한무 편역

도서명(원제)	출판년도	출판사	역자 등
니이미 난키치 동화그림책 시리즈 꼬마 여우 아취엔 (新美南吉童話繪本系列 小狐狸阿權)	2011	天津新蕾出版社	쉬에리나 그림, 한무 편역
꼬마 여우 장갑을 사다	2012	貴州人民出版社	주롱메이, 펑이 역
일본아동문학거장시리즈 소를 매어 놓은 동백나무 (日本兒童文學大師系列 拴牛的山茶樹)	2012	北京新星出版社	주롱메이, 펑이 역
꼬마 여우 아취엔	2012	北京新星出版社	구로이 겐 그림, 주롱메이, 펑이 역
할아버지의 남포등 니이미 난키치의 동화(爺爺的煤油燈 新美南吉的童話)	2012	陝西人民出版社	왕신시(王新禧) 역
꼬마 여우 아취엔 리딩 가이드판 (閱讀指導版)	2013	長春出版社	주롱메이, 펑이 역
니이미 난키치 동화이야기 전집 도둑과 새끼양 (新美南吉童話故事全集 盜賊和小羊羔)	2013	安徽少年兒童出版社	주롱메이, 펑이 역
니이미 난키치 동화이야기 전집 따라오는 나비 (新美南吉童話故事全集 跟蹤的蝴蝶)	2013	安徽少年兒童出版社	주롱메이, 펑이 역
니이미 난키치 동화이야기 전집 두 마리 꼬마 청개구리 (新美南吉童話故事全集 兩隻小靑蛙)	2013	安徽少年兒童出版社	주롱메이, 펑이 역
니이미 난키치 동화이야기전집 꼬마 스님 염불을 외다 (新美南吉童話故事全集 小和尙念經)	2013	安徽少年兒童出版社	주롱메이, 펑이 역
니이미 난키치 동화이야기 전집 게가 장사를 하다 (新美南吉童話故事全集 螃蟹做生意)	2013	安徽少年兒童出版社	주롱메이, 펑이 역
니이미 난키치 동화이야기 전집 꼬마 여우 아취엔 (新美南吉童話故事全集 小狐狸阿權)	2013	安徽少年兒童出版社	주롱메이, 펑이 역
꽃이 피는 나무 니이미 난키치 작품집(開花的樹 新美南吉作品集)	2013	天津人民出版社	장윈옌(張雲燕) 역

도서명(원제)	출판년도	출판사	역자 등
작년의 나무 니이미 난키치 아동문학집 (去年的樹 新美南吉兒童文學集)	2014	人民教育出版社	주롱메이, 펑이 역
스즈키 그림책-해바라기 시리즈(鈴木繪本－向日葵系列)	2014	河北少年兒童出版社	펑이, 주롱메이 역
세계고전문학명저박람 작년의 나무 (世界經典文學名著博覽 去年的樹)	2014	上海人民美術出版社	모한(莫涵) 편저

이 시기부터는 난키치 아동문학 번역의 새로운 장이 열렸다고 할 수 있다. 「작년의 나무」가 2002년부터 계속해서 소학교 국어 교과서에 채택된 이후, 이 짧은 동화가 『유아교육(幼兒教育)』, 『문학소년(文學少年)』, 『소년월간(少年月刊)』, 『작문주간(作文周刊)』, 『가정교육(家庭教育)』, 『소학생(小學生)』 등 21종7)의 소학생 대상 잡지에 게재되었고, 난키치의 다른 작품도 환영받게 되어 2013년까지 각종 잡지에 게재된 난키치 작품의 수는 93편에 이르며, 작품을 수록한 동화집 같은 출판물은 52권에 달했다. 나아가 중국어역 단행본은 <표 4>에서 보듯 2008년부터 현재까지 6년간 29권이나 출판되었다.

이처럼 폭발적으로 대량 번역된 것이 이 시기 난키치 문학 수용의 큰 특징이지만, 그 외에도 몇 가지 특색을 보인다. 첫 번째로, 출판사가 집중적으로 난키치 문학을 세상에 내 놓은 경향이 있다. 예를 들면 안후이 소년아동출판사(安徽少年兒童出版社)가 간행한 『니이미 난키치 동화이야기 전집(新美南吉童話故事全集)』6권과 텐진신뢰출판사(天津新蕾出版社)가 간행한 ≪니이미 난키치 동화 그림책 시리즈(新美南吉童話繪本系列)≫가 그것이다. 두 번째로, 그림책으로 개편한 텐진의 난키치 동화 시리즈는 중국에서의 오가와 미메이(小川未明), 미야자와 겐지(宮澤賢治)의 수용과는 다른 신선한 이미

---

7) 본고에서의 수치(21종, 93편, 52권, 29권)는 모두 필자가 "두시오(讀秀)"의 데이터를 바탕으로 통계화한 것이다.

지를 보여 어린이나 학부모들에게 크게 환영받았다. 세 번째로, 교과서의 영향인지 「작년의 나무」라는 제목의 단행본이 7권이나 출판되었다. 마지막으로, 인터넷의 보급과 더불어 웹에서 난키치 및 그의 문학을 전문적으로 소개하고 연구하는 개인이 등장했다. 「샤오슈팡 아동문학 네트워크(小書房世界兒童文學網)8)」에서 난키치 아동문학의 진지를 개척한 쉬차오(徐超, 닉네임 '흘러가는 구름(流雲之鷹)')는 그 대표적인 인물이다. 샤오슈팡 사이트의 관리자인 그는 일본의 위키피디아, 니이미 난키치 기념관, 아오조라 문고(青空文庫) 등의 인터넷 자료를 이용하여 난키치의 생애와 창작 및 연구와 관련된 일본 출판물 등을 상세하게 소개하고 있다. 또한 그 스스로도 난키치의 동화 29편을 번역하여 온라인에서 무료 공개하고 있다. 샤오슈팡 사이트에는 그 외에도 난키치의 팬이 많아서, 그들은 난키치 문학의 중국어 번역이나 출판물 등에 대해 수시로 의견을 교환하고 있다.

3. 소학교 국어 교과서의 난키치 문학

난키치의 작품은 본래 교과서와 밀접한 관련을 맺고 있었다. 일본에서는 1953년에 「할아버지의 램프」가 처음으로 채택된 이래, 2013년 3월까지 총 14편이 소학교와 중학교의 국어 교과서에 등장하고 있다.9) 그에 비해 '본문(課文)'으로서 중국의 국어 교과서에 실린 것은 「작년의 나무」 단 한 편뿐이며, 그것도 시기적으로는 21세기까지 기다려야만 했다. 이번 조사로 밝혀진 사실은, 중국에서는 저장교육출판사(浙江教育出版社), 인민교육출판사(人民教育出版社), 창춘교육출판사(長春教育出版社) 및 산둥교육출판사(山東教

---

8) http://www.dreamkidland.cn을 참조할 것.
9) 「新美南吉生誕100年(3)」(『読売新聞』 2013.3.27).

育出版社) 등 4종의 교과서(이후 각각 저장판(浙敎版), 인교판(人敎版), 창춘판(長春版), 산교판(山敎版)이라고 약칭함)에 실렸으며, 창춘판만 소학교 3학년 하학기(下學期), 그 외에는 모두 소학교 4학년 상학기(上學期)에 「작년의 나무」가 실렸다는 점이다.

「작년의 나무」는 1935년에 난키치가 창작한 동화인데, 당시에는 미발표 작이었으나 1940년에 처음으로 『어린이의 빛(コドモノヒカリ)』 제3기에 게재되었다. 짧은 단편이므로 이야기의 줄거리를 정리하기보다는 전문을 게재해 둔다.

한 그루의 나무와 한 마리의 작은 새는 너무나 사이가 좋았어요. 작은 새는 하루 종일 그 나무의 가지에 앉아 노래를 부르고, 나무는 하루 종일 작은 새의 노래를 들었답니다.

그렇지만 추운 겨울이 다가와, 작은 새는 나무와 헤어져야만 했어요.

"잘 가. 내년에 또 와서 노래를 불러 줘."

나무는 말했습니다.

"응. 그때까지 잘 있어."

작은 새가 말하고는 남쪽으로 날아갔어요.

봄이 왔어요. 들과 숲에서 눈이 사라져 갔습니다.

작은 새는 사이좋은 작년의 나무가 있던 곳으로 다시 돌아왔어요.

그렇지만 이게 어떻게 된 일일까요? 나무는 그곳에 없었어요. 그루터기만이 남아 있었습니다.

"여기 서 있던 나무는 어디 갔어?"

작은 새는 그루터기에게 물어 봤어요.

그루터기는

"나무꾼이 도끼로 찍어 쓰러뜨려서 골짜기 쪽으로 가져가 버렸어."

라고 말했어요.

작은 새는 골짜기 쪽으로 날아갔습니다.

골짜기 아래에는 커다란 공장이 있어서, 나무를 자르는 소리가 윙윙 들려 왔어요.

작은 새는 공장 문 위에 앉아서

"문 씨, 나와 사이좋던 나무가 어떻게 됐는지 모르나요?"

라고 물었습니다.

문은

"나무라면 공장 안에서 잘게 잘려서, 성냥이 되어 저쪽 마을로 팔려 갔어."

라고 말했어요.

작은 새는 마을 쪽으로 날아갔습니다.

램프 옆에 여자 아이가 있었어요.

그래서 작은 새는

"여보세요, 성냥을 알고 계십니까?"

라고 물었습니다.

그러자 여자 아이는

"성냥은 다 타버렸어요. 그렇지만 그 성냥불이 아직 이 램프에서 타오르고 있어요."

라고 말했습니다.

작은 새는 램프의 불을 물끄러미 바라보고 있었습니다.

그리고 나서 작년의 노래를 불러 불에게 들려 주었습니다. 불은 하늘 하늘 흔들리며 마음 깊이 기뻐하는 것 같았어요.

노래를 다 부르고나자 작은 새는 다시 물끄러미 램프의 불을 바라보고 있었습니다. 그리고는 어딘가로 날아가 버렸습니다.[10]

저장교육출판사는 2002년에 솔선하여 이 짧은 동화를 교과서에 실었는데, 이것이 선구적인 역할을 했다고 할 수 있을 것이다. 단, '발췌 본문(選讀課文)'으로 실렸기 때문에 현재에는 교재로 사용되지 않고 있어 고찰의 대상에서 제외하기로 한다. 그리고 산교판은 인교판의 채택 상황과 완전히 동일하므로 산교판 역시 고찰의 대상으로 삼지 않는다. 본고에서는 주로 인교판과 창춘판의 교과서 채택 상황을 비교·분석하면서,

---

10) 『校定 新美南吉全集』第四卷(大日本図書, 1980), pp.377-379.

중국의 소학교 국어 교과서에서의 난키치 문학의 구체적인 수용의 정황을 살펴보고자 한다.

통상적으로 중국 소학교 국어 교과서에서 한 과의 구성은 주로 '과문(課文)' 다시 말해 텍스트, '신출한자(新出漢字)' '연습문제(練習問題)'와 '삽화(揷畫)' 네 부분으로 이루어지는데, 본고에서는 번역문으로서의 텍스트 및 신출한자와 연습문제를 중심으로 논고를 진행할 예정이다.

3.1. 번역문으로서의 텍스트

〈표 5〉 인교판·창춘판과 원문의 비교표

원문	인교판 번역문	창춘판 번역문
예시 1) いつぽんの木と、いちはの小鳥とはたいへんなかよしでした。小鳥はいちんちその木の枝で歌をうたい、木はいちんちぢゆう小鳥の歌をきいてゐました。 한 그루의 나무와 한 마리의 작은 새는 <u>너무나 사이가 좋았어요</u> 작은 새는 하루 종일 그 나무의 가지에 앉아 노래를 부르고, 나무는 <u>하루 종일</u> 작은 새의 노래를 들었답니다.	一棵樹和一隻鳥兒是<u>好朋友</u>。鳥兒站在樹枝上，天天給樹唱歌。樹呢，<u>天天聽著鳥兒唱</u>。 한 그루의 나무와 한 마리 새는 <u>좋은 친구</u>이다. 새는 나무 위에 앉아 날마다 나무에게 노래를 해 준다. 나무는 <u>날마다</u> 새가 노래하는 것을 듣고 있다.	有一棵樹，它和一隻小鳥是<u>非常要好的朋友</u>。小鳥整天在這顆樹上唱歌，樹整天聆聽小鳥的歌唱。 한 그루의 나무가 있었는데, <u>그(것)</u>와 한 마리 작은 새는 <u>정말 좋은 친구</u>이다. 작은 새는 하루 종일 나무 위에서 노래하고 나무는 <u>하루 종일</u> 작은 새의 노래를 경청한다.
예시 2) 小鳥は、なかよしの去年の木のところへまたかへつていきました。 ところが、<u>これはどうしたことでしょう</u>。木はそこにありませんでした。根つこだけがのこつてゐました。 「ここに立つてた木は、どこ	鳥兒又回到這裡，找<u>她的好朋友</u>樹來了。 可是，樹不見了，只剩下樹根留在那裡。 "立在這兒的那棵樹，到什麼地方去了呀？"鳥兒問樹根。	小鳥又飛回到它的好朋友－－去年的那棵樹身邊了。 可是，<u>究竟是怎麼回事呢？</u>去年的樹不見了，只有樹椿留在那裡。 "這裡的樹到那裡去了？"小鳥問樹椿。

원문	인교판 번역문	창춘판 번역문
へいつたの。」 と小鳥は根つこにききました。 根つこは、 「きこりが斧でうちたほして、谷のほうへもつていつちやつたよ。」 といひました。 작은 새는 사이좋은 작년의 나무가 있던 곳으로 다시 돌아왔어요. 그렇지만 <u>이게 어떻게 된 일</u><u>일까요?</u> 나무는 그곳에 없었어요. 그루터기만 남아 있었습니다. "여기 서 있던 나무는 어디 갔어?" 작은 새는 그루터기에게 물어봤어요. 그루터기는 "나무꾼이 도끼로 찍어 쓰러뜨려서 골짜기 쪽으로 가져가 버렸어." 라고 말했어요.	樹根回答："<u>伐(fa)</u>木人用斧子把<u>他</u>砍倒，拉到山谷裡去了。" 새는 다시 이쪽으로 돌아와 <u>그녀의</u> 좋은 친구인 나무를 찾아왔다. 그런데, 나무는 보지 못했고 다만 나무뿌리만이 그곳에 남아 있었다. "여기에 서 있던 나무는 어느 쪽으로 갔나요?" 새가 나무뿌리에게 물었다. 나무뿌리가 대답했다 : "벌목인이 <u>그를</u> 도끼로 찍어내어 골짜기로 던져 버렸어요."	樹椿說："伐木人用斧頭把<u>它</u>砍倒，然後運到了山谷那兒。" 작은 새는 다시 <u>그(것)의</u> 좋은 친구에게 날아왔다－작년의 그 나무 곁으로 왔다. 그런데, <u>도대체 어떻게 된</u><u>일인가?</u> 작년의 나무는 보이지 않고 그루터기만 그곳에 남았다. "이쪽의 나무는 어디로 갔나요?" 작은 새가 그루터기에게 물었다. 그루터기가 말했다 : "벌목인이 도끼로 찍어낸 후 골짜기 쪽으로 옮겨 버렸어요."
예시 3) 小鳥は工場の門の上にとまつて、 「<u>門さん</u>、わたしのなかよしの木は、どうなつたか知りませんか。」とききました。 （略） ランプのそばに女の子がゐました。そこで小鳥は、 「<u>もしもし、マッチをごぞ</u><u>んぢありませんか。</u>」 とききました。 작은 새는 공장 문 위에 앉아서 "<u>문 씨</u>, 나와 사이좋던 나무가	鳥兒落在工廠的大門上。她問大門："<u>門先生</u>，我的好朋友樹在哪兒，<u>您</u>知道嗎？" 在一盞煤油燈旁，坐著個小女孩。鳥兒問女孩："<u>小姑娘</u>，請告訴我，<u>你知道火柴在哪兒</u>嗎？" 새가 공장의 문 위에 날아 앉았다. 새가 문에게 물었다 : "<u>문 선생님</u>, 저의 좋은 친구인 나무는 어디 있나요?, <u>당</u><u>신(높임말)</u>은 아시나요?" 남포등 옆에 한 소녀가 앉아	小鳥落在工廠的大門上，問道："<u>大門先生</u>，你知道我的好朋友－－樹怎麼樣了嗎？" 油燈的旁邊有個小女孩兒。 小鳥問她："<u>請問</u>，你知道火柴在哪裡嗎？" 작은 새가 공장의 문 위에 날아 앉아 물었다 : "문 선생님, <u>당신(평서체)</u>은 저의 좋은 친구 나무가 어떤지 아시나요?" 등잔불 옆에 한 소녀가 있었다. 작은 새가 그녀에게 물었다 : "<u>말씀 좀 여쭙겠습니다,</u>

원문	인교판 번역문	창춘판 번역문
어떻게 됐는지 모르나요?" 라고 물었습니다. (중략) 램프 옆에 여자 아이가 있었어요. 그래서 작은 새는 "여보세요, 성냥을 알고 계십니까?" 라고 물었습니다.	있다. 새가 소녀에게 물었다 : "아가씨, 제게 알려 주세요, 성냥이 어디 있는지 아시나요?"	당신은 성냥이 어디 있는지 아시나요?"
예시 4) すると女の子は、「マッチはもえてしまひました。けれどマッチのともした火が、まだこのランプにともつてゐます。」といひました。 小鳥は、ランプの火をぢつとみつめてをりました。 それから、去年の歌をうたつて火にきかせてやりました。火はゆらゆらとゆらめいて、こころからよろこんでゐるやうに見えました。 歌をうたつてしまふと、小鳥はまたぢつとランプの火を見てゐました。それから、どこかへとんでいつてしまひました。 그러자 여자 아이는 "성냥은 다 타 버렸어요. 그렇지만 그 성냥불이 아직 이 램프에서 타오르고 있어요." 라고 말했습니다. 작은 새는 램프의 불을 물끄러미 바라보고 있었습니다. 그리고 나서 작년의 노래를 불러 불에게 들려 주었습니다. 불은 하늘하늘 흔들리며, 마음 깊이 기뻐하는 것 같았어	小女孩兒回答說 : "火柴已經用光了。可是，火柴點燃的火，還在這個燈裡亮著。" 鳥兒睜大眼睛，盯著燈火看了一會兒。 接著，她就唱起去年唱過的歌給燈火聽。 唱完了歌，鳥兒又對著燈火看了一會兒，就飛走了。 소녀가 대답하여 말했다 : "성냥은 이미 다 썼어요. 그런데, 성냥이 밝힌 불은 아직 이 등 안에서 빛나고 있어요" 새는 눈을 크게 뜨고 등불을 잠시 응시했다. 이어서 그녀(새)는 작년에 불렀던 노래를 불러 등불에게 들려 주었다. 노래를 마치고 새는 다시 등불을 잠시 바라보고 곧 날아갔다.	小女孩告訴小鳥 : "火柴燒沒了，可是，它點燃的油燈還燃燒著。" 小鳥深情地注視著油燈的火苗，然後爲火苗唱起了去年的那支歌…… 소녀가 새에게 알려 주었다 : "성냥은 다 탔어요. 그런데 그것이 불을 붙인 등불은 아직 타고 있어요." 새는 등불의 불꽃을 주시한 후 불꽃을 위해 작년의 그 노래를 부르기 시작했다……

원문	인교판 번역문	창춘판 번역문
<u>요</u> 노래를 다 부르고나자 작은 새는 다시 물끄러미 램프의 불을 바라보고 있었습니다. 그리고는 어딘가로 날아가 버렸습니다.		

<표 5>에서 알 수 있듯이, 두 개의 번역문은 주로 다음과 같은 측면에서 차이를 보인다.

1) 도입부의 번역(예시 1을 참조). 이 첫 문장은 참으로 중요하다. "나무와 작은 새는 너무나 사이가 좋았(木と小鳥とはたいへんなかよし)"기 때문에 이후로 우정과 성실함에 관한 이야기가 자연스럽게 전개된다. 창춘판의 번역문 "정말 좋은 친구(非常要好的朋友)"는 분명히 인교판의 "좋은 친구(好朋友)"보다 원문에 가깝고 적절한 것으로 여겨진다.

2) 지시어의 번역(예시 1, 2, 4를 참조). "나무(木)"와 "작은 새(小鳥)"를 가리킬 경우, 창춘판에서는 "그것(它)"인데 비해 인교판은 "그, 그녀(他·她)"이다. 중국어에서 전자는 사물을 가리킬 때 쓰는 3인칭 대명사이고, 후자는 사람을 가리킬 때 쓰는 3인칭 대명사이다. 바꿔 말하자면, 한쪽은 "나무"와 "작은 새"를 사물로서 냉정하게 바라보고 있고, 다른 한쪽은 의인법으로 그들을 인간과 동일시하고 있다. 어린이에게 있어 동화를 읽는 과정은 자신의 기분이나 희망을 이야기 속 주인공에게 투영하여 그들과 동일시하고, 그들의 희로애락을 함께 나누는 과정이기도 하다. "그것"이라는 번역은 독자인 소학생이 나무와 작은 새에게 거리감을 느끼게 하여 읽는 즐거움을 반감시켜 버릴 우려가 있다. 그러므로 필자는 이 점에 있어서 인교판의 번역인 "그, 그녀" 쪽이 보다 소학생의 감정에 호소 할 것이라고 생각한다.

3) 호칭의 번역(예시 3을 참조).

(1) 우선 "문 씨(門さん)"에 대한 "작은 새"의 호칭을 보자. 인교판의 "문
선생님·당신(門先生·您(높임말))"에 비해 창춘판은 "문 선생님·당신
(門先生·你(평서체))"으로 되어 있다. 원문을 보면, '문 씨' 다음에 일반
정중체인 "…모르나요(知りませんか)"가 이어진다. 그러나 그 후 "여
자아이"에 대한 "작은 새"의 질문인 "알고 계십니까(ごぞんじありま
せんか)"는 존경의 뜻을 담은 어미 표현이다. 전후를 비교하여 고찰
해 보면, 여기서는 "작은 새"의 상이한 두 가지 태도가 실로 명확하
게 드러나 있음을 알 수 있다. "문"은 나무로 만들어졌으므로 자신
과 같은 자연계의 동류이다. 친근함을 느낀 "작은 새"는 자연히
"문"에게 일반 정중체를 사용한 것이다. 그에 비해 "여자 아이"는
자신과는 다른 종류인 인간이다. 때문에 그녀에게는 어딘가 소원함
을 느낀 "작은 새"는 일부러 존경어를 쓴 것이다. 그러므로 "작은
새"는 특별히 "문"을 "선생님"이라든가 "당신(높임말, 您)"이라고 부
를 필요가 없다. 대신에 "문 선생님·당신(門先生·你(평서체))"으로 번
역하는 것으로 충분하다고 여겨진다.

(2) 다음으로 "작은 새"의 "여자 아이"에 대한 호칭을 보자. 원문에서
"작은 새"가 "여자 아이"에게 "나무"의 행방을 물어볼 때 쓰인 "여
보세요(もしもし)"는 인교판의 번역문에서는 "아가씨(小姑娘)"로 되어
있다. "아가씨"는 직접 상대를 부르는 말로 중국어에서 쓰일 경우,
대체로 어른이 어린이를 부를 때 쓰이는 호칭이다. 이렇게 번역해
버리면 "작은 새"가 적어도 삼촌 정도의 연령으로 여겨져, 어린이
독자는 "작은 새"와의 거리감을 느끼게 되어 버린다. 그러나 원문을
읽어 보면, "작은 새"는 명확하게 "여자 아이"와 비슷한 연령대로
묘사되어 있다. "아가씨"라는 번역의 배후에는 성인 역자의 아동 심
리에 대한 인식 부족이 존재하는 것은 아닐까. 이 부분의 번역에 관

해서 필자는 창춘판의 "말씀 좀 여쭙겠습니다(請問)"가 좀 더 적절하다고 생각한다.

4) 생략과 개역의 문제

(1) 우선 <표 5>의 예시 2를 보자. 인교판에서는 원문 "이게 어떻게 된 일일까요(これはどうしたことでしょう)"가 빠져 있다. 이 문장은 봄이 온 뒤 "작은 새"가 다시 작년의 나무가 있던 곳으로 돌아와 그루터기밖에 없는 것을 발견했을 때의 기분이 잘 드러난 문장이다. 번역이 되지 않음으로써 이 부분의 묘사는 순수한 화자의 진술이 되어, 원문처럼 "작은 새"의 "나무"에 대한 걱정이나 초조함 같은 심리 작용을 잘 표출할 수 없게 된다.

(2) 다음으로는 원문의 결말 부분인 "불은 하늘하늘 흔들리며 마음 깊이 기뻐하는 것 같았어요(火はゆらゆらとゆらめいて、こころからよろこんでいるようにみえました)"(예시 4 참조)라는 문장에 주목해 주기 바란다. 이 문장의 중요성에 대해 주룽메이 씨는 다음과 같이 지적하고 있다.

이 문장은 매우 중요하다. 작자가 이 동화의 도입부에서 나무가 작은 새의 노래를 아주 좋아한다고 서술했기 때문에, 마지막에 작은 새가 작년의 노래를 불러 불에게 들려 주었을 때 "불은 하늘하늘 흔들리며 마음 깊이 기뻐하는 것 같았"던 것이다. 이 문장은 도입부와 앞뒤로 호응하고 있으므로, 결말에서 작은 새가 몇 번이고 불을 물끄러미 바라보는 이유가 되기도 했던 것이다. 나무는 불로 변했지만, 영원히 작은 새의 마음속에 남았다. 이는 실로 니이미 난키치가 평생 바랐던 이상향—다른 세계에서 살고 있어도 마음이 영원히 통하는 것—이기도 하다.11)

보족(補足)이 되겠지만, 이 문장이 있어야 비로소 "작은 새"의 "나무"에 대

---

11) 周龍梅,「日本童話作家新美南吉和他的作品」(『中國兒童文學』秋季號, 上海 : 少年兒童出版社少年出版社, 2009), pp.57-60.

한 우정은 덧없는 짝사랑으로 끝나는 것이 아니라 "나무"는 "불"이 되어 "하늘하늘 흔들리며" "작은 새"의 우정에 응답하게 되는 것이다. 그렇기 때문에 교과서의 번역문으로서 번역되지 못한 것은 지극히 유감스러운 일이다.

(3) 창춘판에서는 결말을 "새는 등불의 불꽃을 주시한 후 불꽃을 위해 작년의 그 노래를 부르기 시작했다…"라고 개역하고 있다. 원문과 대조해 읽지 않는다면 일견 부자연스러운 결말이 아닌데다, 오히려 "작은 새"의 우정을 돋보이게 하는 듯 보인다. 그러나 원문의 마지막 문장인 "노래를 다 부르고나자 작은 새는 다시 물끄러미 램프의 불을 바라보고 있었습니다. 그리고는 어딘가로 날아가 버렸습니다."를 삭제해 버리면, 이 동화가 내포하고 있는 또 하나의 모티프에 대한 독해의 가능성—'죽음'에 대한 사고가 무시되는 결과를 낳는다. "나무"는 나무꾼에 의해 베어진 뒤 공장에서 잘게 잘려 성냥이 되고, 마지막에는 불이 된다. 실은 이 "불"도 곧 이 세상에서 영원히 사라지는 것이다. 하지만 "작은 새"는 그다지 슬퍼 보이지도 않고, "나무"가 좋아하는 노래를 불러 들려 주고난 뒤 어딘가로 날아가 버렸다. 이 부분에는 니이미 난키치, 혹은 일본 민족의 생사관(生死觀)이 내포되어 있다고 생각한다. 노래로 "작은 새"와 "나무"가 만났듯이 인간 역시 서로 어떤 인연으로든 만나고 있다. "나무"가 "불"이 되어 사라지듯이 인간 또한 언젠가는 사라져 버린다. 그러나 "작은 새"는 슬픔에 빠져드는 것이 아니라, 제대로 약속을 지킨 뒤 초연히 '죽음'과 직면하는 것이다. 어린이가 이 동화를 읽고 마음만 통한다면 일생에 단 한 번 만난다 하더라도 충분하다는 식으로 생각하지는 못한다 하더라도, 이러한 심미 체험이 틀림없이 그들의 성장과 함께 할 것이다. 창춘판의 개역은 '죽음'이라는 모티프를 될 수 있는 한 아동문학에서는 피해 가려고 한 중국인 편집자에게서 유래

한 것이리라 짐작한다. 그러나 이러한 개역은 원작에 대한 문학적·철학적인 이해를 반감시킬 뿐만 아니라, 급작스러운 사건이 빈발하는 현대 사회에 있어서 본래 이러한 작품에 함축적으로 내포된 어린이에 대한 사생관 교육의 기회까지도 앗아가 버리는 것이다.

3.2. 신출한자와 연습문제

[그림 1] 인교판 신출한자   [그림 2] 창춘판 신출한자

〈표 6〉 인교판·창춘판 「작년의 나무」 연습문제

인교판	창춘판
這篇童話很感人，我們來分角色讀一讀。 이 동화는 아주 감동적이므로 우리들이 역할을 나누어 읽어 봅시다.	默讀課文。讀一讀，寫一寫，再選擇詞語說話。 鋸條 究竟 死灰復燃 大動干戈 聆聽 砍伐 融會貫通 大刀闊斧 이번 글을 묵독한다. 읽고 쓰고 다시 단어와 어휘를 선택해 말한다. 톱날 / 도대체 / 사그라진 재가 다시 타오르다 / 걸핏하면 전쟁 경청 / 벌목 / 통달하다 / 도끼를 과감하게 휘두르다
讀了這篇童話，我想到了很多，讓我們來交流一下。 이번 동화를 읽고 저는 많은 생각을 했으니 우리 함께 소통해 봅시다.	討論交流。讀了課文，我想到了……小鳥看到火苗，心情怎樣? 火苗聽了小鳥的歌，會對小鳥說些什麼? 토론하고 소통한다. 본문을 읽고 저는 생각

인교판	창춘판
	했습니다……새가 불꽃을 보고 어떤 마음이 었을까? 불꽃이 새의 노래를 듣고, 새에게 무슨 말을 할 수 있을까?
我有很多話要對鳥兒說. 我先說一說, 再寫下來. 저는 새에게 해 주고 싶은 말이 아주 많습니다. 제가 먼저 이야기하고 다시 써 보겠습니다.	課文接尾的省略號省略的是什麼?把你想到的講給同學聽. 小鳥爲火苗唱歌之後, 小鳥對火苗說道…… 火苗聽了小鳥的歌, 想起了難忘的往事……火苗聽了小鳥的歌, 想到…… 본문 끝에 생략된 것은 무엇일까요? 여러분이 생각한 것을 반 친구들에게 들려 주세요. 새가 불꽃을 위해 노래한 뒤 불꽃에게 이야기했다…… 불꽃은 새의 노래를 듣고 잊어 버렸던 과거가 생각났다……불꽃은 새의 노래를 듣고 생각했다……

　[그림 1], [그림 2], <표 6>을 통해 알 수 있듯이 인교판이나 창춘판 모두 편집자들이 될 수 있는 대로 국어 교육에 있어서 교육성과 문학성이 균형을 이루도록 배려하고 있다. 한편 신출한자의 학습에서는 양쪽 다 "벌(伐)"이라는 한자를 채택하고 있다. 창춘판은 다른 한자와 구별하여 특별히 '벌(伐)'의 오른쪽 반쪽인 '과(戈)'와 '벌(伐)' 두 글자의 금문(金文)으로부터 해서(楷書)에 이르기까지 글자 형태의 변화 과정을 보여주고 있다. 벌(伐)이란 현대 중국어에서 주로 '벌채(伐採)'라는 의미이다. 그만큼 한자 벌(伐)에 주목한다는 것은 어린이들에게 환경 보호 의식을 환기시키려는 교과서의 의도가 명확하게 드러나는 것이다. 그러면서도 한편으로 사고와 교류를 중시하는 연습문제에서는, 편집자들이 아동문학을 지나치게 도구화하는 것도 기피하고 있어서 거의 텍스트에 의거해 문제를 만들고 있다. 하지만 완전히 교육과 문학에서 동떨어진 국어 교육은 어디에도 존재하지 않으며, 환경 문제가 점점 심각해지고 있는 오늘날의 중국에서는 이러한

교육 방침을 잘 도입한다면 특별히 비난할 만한 일도 아니다. 직접적으로 이러한 텍스트 편집의 영향이 있었는지 어떤지는 모르겠지만, 그 후「작년의 나무」는『생태문화(生態文化)』와 같은 잡지에 게재되거나 다양한 교과서 보조 교재의 과외독본(課外讀本)에서 '환경 보호'가 주제인 아동 작품으로서 읽히고 있다. 그 대표적인 예를 두 가지 들어 보자.

첫 번째 예시는『신인문독본 소학 1권(新人文讀本 小學卷.1)』에 실린「작년의 나무」이다. 텍스트는「우리 집 정원을 보호하자(保護我們的家園)」라는 단원에 실려 있고, 본문 앞에「읽기 전에 생각해 보기(讀前猜想)」라는 머리말이 덧붙여져 있다.

이 작품(작년의 나무)은 의미심장한 이야기로서 사람들이 나무를 마구 벌채하지 못하도록 하고 환경을 보호하도록 할 뿐만 아니라 봉사의 위대함도 이야기하고 있다. 나무는 성냥이 되어 생명을 다했지만, 여자아이에게 빛을 가져다 주었다.[12]

그리고 본문 뒤에 사고(思考) 문제가 네 문항 실려 있는데, 그 중 4번 문제는 "나무꾼의 행동은 옳다고 생각합니까. 어째서입니까." 이다.

또 한 가지 예시는『신 교과과정 국어 교과서 소학 3학년(新課標語文讀本 小學3年級)』에 실린「작년의 나무」이다. 텍스트는 여전히「우리 집 정원을 보호하자」라는 단원에 실려 있으며, 본문 뒤에 다음과 같은「힌트 읽기(閱讀提示)」가 덧붙어 있다.

문장은 세련되고 짧지만 진지한 테마를 제시하고 있다. 즉, 살기 위해 나무를 마구 베어내는 것은 자연계에 마땅히 존재해야 할 환락을 없애

---

12) 일본어 번역문은 필자에 의한 것으로 중국어 원문은 다음과 같다. "這是一個寓意深刻的故事, 旣告訴人們要熱愛環境, 不要亂砍濫伐, 也說出了奉獻的偉大。樹木被做成火柴, 雖然它燃盡了自己的生命, 卻爲小女孩帶來了光明。"(曹文軒主 編,『新人文讀本 小學卷』1, 北京: 北京大學出版社, 2004, p.154).

버려서, 인간을 자연으로부터 멀어지게 한다는 점이다. 보라, 작은 새는 온갖 노력을 다해 작년의 나무를 찾았지만, 마지막에는 작년의 노래를 불러 들려 줄 수밖에 없다. (중략) 작은 새의 침묵은 오히려 우리들에게 생각할 여지를 남겨 주는데, 인간이 거처를 소중히 여기고 자연과 친밀해지도록 넌지시 요청하고 있는 것이다.13)

나아가 사고 문제 3문항 중 3번 문제는 "이제부터 생활 속에서 환경 보호를 위해 우리들은 무엇을 해야만 하는가."이다.

그런데 「작년의 나무」 집필 시기인 1935년 전후의 상황을 고려해 볼 때, 우선 이 무렵에는 '환경 보호'라는 개념이 없었을 것이다. 다음으로, 병약한 몸의 소유자이자 첫 연인인 기모토 미나코(木本咸子)와 막 이별했던 난키치는 "환경에 대한 배려"보다도 "사람과 사람 사이의 정이나 생명의 상실 등에 대한 생각을 보다 많은 작품에 투영하고 있다"고 생각하는 편이 합리적일 것이다. 하지만 이 두 가지 요소를 고려하지 않더라도 충분히 이 동화를 즐길 수 있을 것이다. 만약 어린이 독자가 이 동화를 읽었을 때 잘린 '나무'에 대한 가련한 마음에 스스로 '환경 보호'에 대한 의식이 솟아났다고 한다면, 그것은 기쁜 일이자 사회적으로도 의외의 수확이라 할 것이다. 그렇다고 앞서 언급한 예처럼 성인의 입장에서의 독해를 어린이 독자에게 강요하는 것은 그다지 동의할 수 없는 일이다.

이상과 같은 이유로, 소학교 국어 교과서의 「작년의 나무」에서 특별히 신출한자 "벌(伐)"을 어린이들에게 학습시킬 필요는 없다고 필자는 주장하는 바이다.

---

13) 일본어 번역문은 필자에 의한 것으로 중국어 원문은 다음과 같다. "文章短小精悍卻爲我們揭示了一個嚴肅的主題：爲生活所需亂伐樹木，讓自然界失去了應有的歡樂，也讓人類遠離了自然。你看，鳥兒千方百計尋找著去年的樹，最後她只好把去年唱過的歌兒唱給燈火聽。(中略) 鳥兒的無言卻給我們留下了思考的空間，她無聲地呼喚著人類要珍愛家園，親近自然。"(莊文中 等 編著, 『新課標語文讀本 小學3年級』, 北京：華夏出版社, 2003, 第68篇).

4. 보조교재에서의 「작년의 나무」

「작년의 나무」는 2002년 저장교육출판사(浙江教育出版社)의 교과서에 선독 (選讀) 텍스트로 실렸고, 또한 거의 같은 시기에 광시교육출판사(廣西教育出版 社)의 『신어문독본(新語文讀本) 5』에 소학교 3학년 상(上) 독서 보조 자료로 수 록되었다. 그 후 앞서 언급한 화샤출판사(華夏出版社)의 『신과표어문독본(新 課標語文讀本)』(2003), 화둥사범대학출판사(華東師範大學出版社)의 『신과표어문독 본(新課標語文讀本)』(2005) 및 봉황출판전매집단(鳳凰出版伝媒集団), 장쑤문예출 판사(江蘇文芸出版社)의 『개성화 읽기 교재(個性化同步閲讀)』(2008) 등의 소학교 국어 교과서의 보조 교재로도 연이어 채택되었다. 본고에서 특별히 고 찰해 보고자 하는 것은 2014년 1월에 인민교육출판사에서 나온 보조 교 재 『작년의 나무―니이미 난키치 아동문학집(去年の樹―新美南吉兒童文學集)』이다.

이 책은 인교판의 소학생 3, 4학년 대상의 '국어 읽기 교재(語文同步閲讀教 材)'이다. '국어읽기 교재'란 국어 교과서와 완벽하게 진도를 맞춘 보조 교 재를 뜻한다. 이러한 보조 교재에는 교과서에 나온 작가들과 대체로 비슷 한 수준의 다른 작품을 싣는 것이 일반적인데, 『작년의 나무―니이미 난키 치 아동문학집』은 한 권 전체에 난키치의 작품만을 수록하고 있다는 점에 서 실로 드문 예라 할 수 있을 것이다. 그렇다고 해서 난키치만이 특별대 우를 받은 것은 아니고, 이 책은 ≪국어 읽기 교재 본문 작가 작품 시리즈 (語文同步閲讀教材課文作家作品系列)≫ 총 12권 중 한 권일 뿐이다. 다만 난키치 는 『곤충기』의 작가 파브르를 포함하여 단 두 사람의 외국인 작가 중 한 사람으로, 다른 이들은 모두 중국인 아동 문학가이다. 한 권의 보조 교재 에 한 작가의 작품만을 담는 편집 방법은 『작년의 나무―니이미 난키치 아 동문학집』의 편집 후기를 보면, 2011년 판 '의무교육 국어과정 표준'이 규 정하는 "학생에게 글을 읽는 습관을 들여 폭넓게 많이 읽힘으로써 심미안 을 높일 것, 숙제를 적게 낼 것, 독서를 많이 시킬 것, 독서를 즐기도록 할

것, 좋은 책을 읽힐 것, 완성된 책을 읽힐 것을 제창한다."14) 라는 독서 지
도 방침에서 유래한다. 이러한 방침은 매우 좋다고 생각한다. 짧게 개편,
개역된 작품을 많이 읽는 것보다, 비교적 적은 권수라 하더라도 완성된
형태의 명작을 집중해서 읽는 편이 작가의 정신세계에 더 깊이 들어갈 수
가 있어 어린이의 심미 의식을 한층 높은 수준으로 길러줄 수 있다. 첨언
하자면, 이 보조 교재에 실린 「작년의 나무」의 중국어 번역문은 '작은 새'
가 '여자 아이'를 부르는 호칭이 여전히 '아가씨(小姑娘)'인 것 외에는 앞서
필자가 지적한 문제점이 거의 해결되었다. 이렇게 보면 중국에서의 니이
미 난키치 아동문학의 수용은 한층 더 심화되는 측면을 보이고 있다고 할
것이다.

5. 결론

거듭 강조하지만 「작년의 나무」는 1982년 처음으로 소개된 이래 중국
에서 점차 많은 독자들에게 읽히게 되었고, 21세기 들어서는 소학교 국어
교과서에 채택되기에 이르러 그 지명도가 점점 높아지게 되었다(중국의 방
대한 소학생의 수를 생각한다면 상상하기 어렵지 않을 것이다). 특히 2008년부터
2014년까지 6년간 「작년의 나무」로 명명된 단행본은 7권이나 탄생했다.
그리고 수용 스타일로 보면 문자로 된 텍스트뿐만 아니라, 연환화나 각본
등으로 개편된 작품도 등장했다. 대체 무엇 때문에 이 짧은 동화가 중국
에서 이토록 환영받은 것일까. 그 요인을 필자 나름대로 적어 보는 것으
로 본고의 마무리를 지으려고 한다.

---

14) 彭懿 周龍梅, 「編后」(『去年的樹──新美南吉兒童文學集』, 北京：人民教育出版社, 2014), p.140.
　　중국어 원문은 다음과 같다. "要重視培養學生廣泛的閱讀興趣, 擴大閱讀面, 增加閱讀量, 提
　　高閱讀品味。提倡少做題, 多讀書, 好讀書, 讀好書, 讀整本的書。"(p.140).

우선 「작년의 나무」는 말할 것도 없이 매우 우수한 동화작품이다. 이야기는 간단하고 짧아도 이 작품에는 깊이 생각할 거리가 숨겨져 있다. 그리고 외재적인 도덕 교훈을 전혀 느낄 수 없다. 독자는 그저 자연스럽게 심각한 사색의 세계로 이끌려 가는 것이다.

다음으로, 소학교 국어 교과서에 채택된 것이 「작년의 나무」가 중국에 널리 퍼지는 데 결정적인 역할을 담당한 것으로 보인다. 그리고 교과서에 채용된 이유를 추측해 보면 앞서 언급한 이 동화 자체의 작품성과 짧은 길이 외에도 다음과 같은 외부적인 요소도 생각해 볼 수 있을 것이다.

첫 번째로, 2001년에 중국 교육부는 새로운 '전일제 의무교육 국어과정 표준(실험고)'을 제정했다. 이 새로운 지도 요강은 그때까지의(1991년 판) 가치관과는 상당히 달라서, 교과서의 본문, 다시 말해 텍스트를 선택하는 기준을 "문장과 내용이 모두 아름답고 문화적 가치와 현대 의식을 겸하며, 모범으로서 읽힐 수 있는 작품일 것"[15]이라고 설명하고 있다. 「작년의 나무」는 그야말로 이 기준에 완전히 합치하는 작품이라고 할 것이다.

두 번째로, 2002년은 마침 중일 국교 정상화 30주년이 되는 해였다. 이 해에 실로 다양한 중일 교류 문화 활동이 이루어졌다. 이러한 배경 하에 연해 지역에 위치한 저장교육출판사는 솔선하여 「작년의 나무」를 교과서에 실었던 것이다. 하지만 선독 텍스트였으므로 어느 정도 실험 정신이 엿보이지 않는 것은 아니다. 필경 신(新) 중국 성립 이후 일본의 문학 작품을 국어 교과서에 등장시킨 것은 처음 있는 일인지도 모른다.

세 번째로, 학자형(學者形) 번역자들이 「작년의 나무」를 보급시키는 데 조력한 것으로 보인다. 「작년의 나무」는 중국에서 수용되는 과정에서 실로 많은 사람들을 대상으로 여러 중국어 텍스트로 번역, 개역되어 왔다.

---

15) 陸志平, 『語文課程新探─"全日制義務教育語文課程標準(實驗稿)解析"』(長春 : 東北師範大學出版社, 2002), p.67.

그 중 순요우쥔, 쭈쯔치앙, 펑이와 주롱메이 네 사람은 대표적인 학자형 번역자들이다. 이들은 모두 대학 교수임과 동시에 아동문학 작가거나 연구자이기도 하다. 「작년의 나무」를 처음으로 중국에 번역 소개한 사람은 안데르센 문학상 후보로 오른 적도 있는 아동문학 작가인 순요우쥔이며, 인교판 국어 교과서에 실린 「작년의 나무」도 그의 번역이다. 쭈쯔치앙은 『아동문학개론(兒童文學槪論)』으로 중국의 아동문학 연구영역에서 폭넓게 주목받고 있는 학자다. 그는 이 책에서 "동화는 본질적으로 상징과 시의 예술"이라고 지적하며 그 근거로 자신이 번역한 「작년의 나무」전문을 게재하고 "이 동화는 니이미 난키치의 생명의 근저로부터 솟아난 시"16)라고 격찬하고 있다. 그리고는 2011년에 그가 내놓은 『쭈쯔치앙 정선 아동문학 독본 1A 작년의 나무(朱自强精選兒童文學讀本 1A 去年的樹)』는 현재 이미 제5쇄까지 재판중이다. 펑이는 아동문학 작가이면서 『세계 환상 아동문학도독(世界幻想兒童文學導讀)』등 아동문학 연구서의 저자이기도 하다. 주롱메이는 난키치 작품의 번역을 많이 담당했을 뿐만 아니라, 난키치와 그의 작품에 대한 논문도 빈번하게 발표하고 있는 대학교수이다. 앞서 언급한 인교판 국어 읽기 교재인 『작년의 나무-니이미 난키치 아동문학집』은 펑이와 주롱메이 두 사람이 공역한 것이다.

이들 학자형 번역자들은 원래부터 그들의 출신이나 지명도로 인해 독자들의 신뢰를 얻고 있었다. 「작년의 나무」에 대한 그들의 중역과 비평이 중국 독자에게 이 동화 작품을 한층 널리 알리게 되었다고 말할 수 있을 것이다.

네 번째로, 중국 자연 환경의 현상에 맞추어 「작년의 나무」를 생태 보호가 주제인 작품으로 독해하는 것은 문학상 일종의 오독일 지도 모른다. 그렇지만 이 오독이 어떤 의미로는 중국에서의 「작년의 나무」의 보급에

---

16) 朱自强, 『兒童文學槪論』(北京 : 高等教育出版社, 2010), p.222.

도움이 된 것도 사실이라는 점은 부정할 수 없다.

마지막으로 덧붙이자면, 니이미 난키치는 1929년 3월 2일 일기에 다음과 같은 말을 남기고 있다. "만약 지금으로부터 몇 백 년 몇 천 년 후에도 나의 작품이 인정받는다면, 나는 그곳에서 다시 살아갈 수 있을 것이다." 만약 난키치가 오늘날에도 생존하여 그의 작품이 이 정도로 중국에서 읽히고 있다는 사실을 알았다면, 그리고 중국 아동문학의 저명한 연구자 류쉬웬(劉緒源)이 "이 소품(「작년의 나무」)을 훌륭한 세계 문학에 포함시킬 수 있다면, 안데르센에게도, 프쉬킨이나 톨스토이에게도 뒤처지지 않는다. 아동문학을 쓴 적 없는 셰익스피어와도 견줄 수 있을 것이라고 감히 말할 수 있다."라고 언급한 것을 알았다면 얼마나 행복했을지, 필자는 생각해 보지 않을 수 없는 것이다.

번역 : 임다함

부록 1 『니이미 난키치 동화(新美南吉童話)』 목록

제8장

규에이칸의 「서유기」를 읽는다

─일본의 「서유기」 번역과 규에이칸 번역판의 의미─

이즈미 쓰카사(和泉司)

1. 일본의 「서유기」

「서유기」는 중국 「사대기서(四大奇書)」의 하나로, 중국의 승려인 삼장(三藏)이 당나라 시대에 불교 경전을 얻기 위해 인도로 여행을 떠났다가 무사히 돌아온 사실(史實)을 그린 『대당서역기(大唐西域記)』를 바탕으로 하여 명나라 중기인 16세기에 소설로 성립했다고 한다. 그 줄거리는 새삼 말할 필요도 없지만, 삼장이 손오공(孫悟空), 저팔계(猪八戒), 사오정(沙悟淨)의 세 요괴를 제자로 거느리고 천축(인도)까지 가는 여정 중에 요괴와 마귀들을 물리치면서 여행하는 모험 활극이다.

삼장의 고사(故事)가 일본에 전해진 것은 헤이안시대(平安時代)로 상당히 빠른 단계였지만, 「서유기」가 일본에 전해진 것은 에도 시대 초기라고 한다. 그 후 교쿠테이 바킨(曲亭馬琴)과 같은 저명한 작가도 「서유기」의 번안에 뛰어들었지만, 이 100권에 이르는 장편 소설은 완역되지 못 했다[1].

---

1) 나카노 미요코(中野美代子)역, 『서유기(西遊記)』【10】(岩波文庫, 1998)의 「해설」 참조.

근대에 들어서면서 아동용 독서물로 「서유기」가 번안되었다. 그 중 1945년 이전의 「서유기」 번안물로 유명한 것은 나카지마 아쓰시(中島敦)가 「나의 서유기(わが西遊記)」라는 이름으로 정리한 「오정출세(悟淨出世)」, 「오정탄이(悟淨歎異)」 연작일 것이다. 「서유기」 속에 자주 등장하지 않는 사오정의 존재에 초점을 맞추어 존재의 의미에 대해 자문하게 만드는 텍스트는 나카지마 아쓰시가 1945년 이후 일본 근대 문학사에서 지명도를 높여가는 가운데 그 존재를 인정받게 되었다.

또 1952년부터 1959년까지 데즈카 오사무(手塚治虫)에 의해 「나의 손오공(ぼくのそんごくう)」이 『만화왕(漫畫王)』(秋田書店)에 연재되고, 1960년에는 애니메이션으로 만들어졌다.

그러나 현대 일본에서 「서유기」의 지명도를 크게 올린 것은 1978년부터 1980년까지 방영된 드라마 「서유기」(日本テレビ)일 것이다2). 이 드라마는 1972년 중일 국교 정상화를 배경으로 중국에서도 촬영되었다.

그러나 이 드라마가 획기적이었던 것은 그런 배경이 아니라, 삼장 역에 여배우 나쓰메 마사코(夏目雅子)를 캐스팅한 것이었다. 드라마의 설정상 삼장은 '남성'으로, 여성으로 취급되진 않았지만, 미남자인 삼장이 여행지에서 만난 여자에게 청혼을 받는다는 설정에는 나쓰메 마사코의 남장이 많이 활용되었다. 삼장 역에 여배우를 기용한다는 이 캐스팅은 대단한 영향력을 발휘하여, 이후 일본에서 제작된 「서유기」 드라마는 대부분 여성이 삼장 역할을 맡았다.

또 2006년에는 일본 아이돌 그룹 SMAP(당시)의 가토리 싱고(香取慎吾)를 손오공 역에 캐스팅한 「서유기」가 방영되고 영화로도 제작되었다. 이는 1978년판 정도의 영향력은 없었지만, 「서유기」의 반복적인 드라마화는 일

---

2) 명시하진 않았지만, 규에이칸은 이 드라마가 자신의 「서유기」를 도용했다고 말했다. 규에이칸, 『지금 시대를 읽을 수 있습니까?(いまの時代が讀めますか)』(PHP出版, 2001) 참조.

본에서 이 이야기가 매우 인기가 높고, 받아들여지기 쉬운 환경에 있음을 보여주고 있다.

그리고 잊어서는 안 될 것은 도리야마 아키라(鳥山明)의 만화 「드래곤 볼(DORAGON BALL)」(『週刊少年ジャンプ』 1984년~1992년)이다. 중국 권법의 달인이자 꼬리가 달린 소년 손오공이 어떤 소원이라도 이뤄 주는 드래곤 볼을 모으는 모험을 떠난다는 이야기는 후반으로 갈수록 연재가 지연되면서 격투 만화가 되고 말았지만, 초반에는 등장인물의 이름을 거의 '일본식' 중국어, '일본식' 중화요리 이름에서 따오고 있고(우롱(ウーロン), 얌차(ヤムチャ), 푸얼(プーアル), 타오파이파이(桃白白), 덴신항(天津飯) 등), 「서유기」 본편의 등장인물로 유명한 우마왕(牛魔王)도 같은 이름으로 만화 속에 등장하는 등, 「서유기」 이야기를 바탕으로 하는 의식이 강하게 드러났다. 이 만화의 세계적인 흥행으로 '손오공'이라는 이름은 「서유기」와는 별개의 차원에서도 대단히 유명해졌다고 할 수 있을 것이다.

그러나 이런 「서유기」가 일본에서 그 원전이 완역된 것은 1972년에 출판된 오타 다쓰오(太田辰夫)·도리이 히사야스(鳥居久靖) 역 『서유기』(平凡社)로, 현재 가장 구하기 쉽고 높은 평가를 받는 것이 오노 시노부(小野忍)와 그의 갑작스러운 죽음으로 인해 작업을 이어 받은 나카노 미요코(中野美代子)의 이와나미 문고판 『서유기』 전10권(1998년 완결)이다. 그밖에 아동용 서적을 포함해 무수히 출판되고 있는 「서유기」는 에피소드를 선별하여 실은 요약판이거나, 또 그 안에 「평요전(平妖伝)」처럼 다른 이야기의 에피소드를 담은 개편판(改編版)이다.

이렇게 수많은 「서유기」 텍스트가 존재하고 있는 일본에, 실은 헤이본샤판, 이와나미문고판에 앞서 「서유기」 이야기를 거의 그대로 옮겨 와 완역에 가까운 형태로 번역한 버전이 있다. 그것이 바로 타이완 출신 나오키상(直木賞) 작가 규에이칸(1924~2012)에 의한 『중앙공론(中央公論)』 연재판 「서유기」(1958~1963년)이다.

후술하겠지만, 규에이칸판 「서유기」에 앞서 니시카와 미쓰루(西川滿)(1909 ~1999)와 단 가즈오(檀一雄)(1912~1976)도 각각 「서유기」의 번역에 착수했다. 이들은 1954년 소설가를 목표로 일본으로 건너와 활동한 규에이칸을 대대적으로 지원한 작가들이기도 하다.

니시카와는 일본 통치 기간 타이완에서 활약한 일본어 작가로, 제2차 세계 대전 중인 1943년과 일본 패전 후 도쿄로 귀환한 1949년 이후, 두 차례에 걸쳐 「서유기」를 번역하여 잡지에 연재, 출판했다(전전판과 전후판에는 내용적으로 차이가 있다)3). 단 가즈오도 1958년 규에이칸이 「서유기」 연재를 시작하기 1년 전에 요약판으로 『서유기』(東京創元社)를 출판했다.

또 1950년대에는 일본, 중국(중화인민공화국), 타이완(중화민국)의 국제 관계와 「서유기」가 얽힌 외교 문제도 부상하고 있었다.

사카이다 유키코(坂井田夕起子)가 『아무도 모르는 서유기 - 현장삼장의 유골을 둘러싼 동아시아 전후사(誰も知らない西遊記 玄奘三藏の遺骨をめぐる東アジア戰後史)』(龍溪書舍, 2013년)에서 밝혔지만, 1940년 일본군은 당시 점령 중이던 중국 난징(南京)에서 '현장삼장의 유골'을 발굴했다고 공표하고, 그것을 일본으로 가지고 돌아갔다. 1950년대가 되어 그것을 '중국'에 반환하게 되었을 때, '중화인민공화국'과 '중화민국' 모두에게 '반환'할 것인지를 두고 일본 불교계가 흔들렸던 것이다. 결과적으로 1954년 '현장삼장의 유골'은 '반환'이 아니라 '분골'의 형태로 타이완 현장사(玄奘寺)로 가게 된다. '유골'의 진위를 포함하여 「서유기」가 현실 외교 정치 문제의 도구로 거론된 것도 1950년대였다.

「서유기」를 연재하기 시작한 무렵, 규에이칸은 1956년 1월에 소설 「홍콩(香港)」으로 나오키산주고상(直木三十五賞)을 수상하면서 그 지명도가 비약

---

3) 니시카와 미쓰루(西川滿)의 「서유기」 번역에 대해서는 왕경상(王敬翔) 「니시카와 미쓰루 『서유기』 번역개작을 둘러싸고(西川滿 『西遊記』の翻譯改作をめぐって)」(『愛知論叢』95号, 2013年) 참조.

적으로 높아져 대중 문예 잡지를 비롯한 여러 잡지에 글을 쓰게 되었다. 그러나 「홍콩」 이후 발표한 소설은 대체로 높은 평가를 받지 못했고,『문예춘추』나『중앙공론』 등, 당시 일본에서는 여전히 존재 가치가 높았던 종합 잡지에 평론 및 에세이를 쓰면서 그쪽으로 관심을 끌기 시작했다.

이런 규에이칸이 「서유기」의 번역을 종합 잡지『중앙공론』에 연재한 이유는 무엇이었을까. 그리고 규에이칸판 「서유기」에는 어떤 주목할 점이 있을까. 거기에는 당시 작가로서의 규에이칸의 입장과 의도가 복잡하게 얽혀 있다.

2. 규에이칸과 중앙공론사

규에이칸이 1956년 1월 타이완 출신으로는 처음으로 일본의 저명한 문학상인 나오키상을 수상한 것은 1954년 7월 망명지 홍콩에서 작가가 되겠다는 목표로 일본으로 건너간 지 2년도 채 안 됐을 때의 일이었다.

일본에 왔을 당시 규에이칸의 글을 게재한 것은 앞서 언급한 니시카와 미쓰루가 소속된 「신응회(新鷹會)」라는 대중 문예 동아리의 기관지『대중문예(大衆文芸)』가 중심이었다. 이『대중문예』 1954년 8월호에서 10월호까지 연재한 소설『탁수계(濁水溪)』가 단 가즈오의 높은 평가를 받으며 1954년 12월에 단행본으로 출판되자,『문학계(文學界)』 등 다른 상업 문예지에도 글이 실리게 되었다. 그래도 규에이칸의 활동 무대는『대중문예』가 중심으로, 실제로 나오키상을 수상한 소설『홍콩』도『대중문예』(1955년 8~11월호)에 게재되었다.

이처럼 나오키상 수상 이전에 규에이칸이 작품을 발표한 미디어는 한정되어 있었는데, 수상 이후 그 양상이 크게 바뀐다. 다수의 대중 문학 상업 문예지에 글을 게재하게 되는데, 그 중에서도 중앙공론사 잡지에 등장하게 된 것은 큰 변화 중 하나였다.

규에이칸은 이 점에 대해, 나오키상 수상 이후 중앙공론사에서 연락이 와 당시 『중앙공론』 편집장인 시마나카 호지(嶋中鵬二)를 알게 된 것을 계기로 중앙공론사에 글을 게재하게 됐다고 말했다[4]. 그 때 게재한 텍스트는 소설뿐만 아니라 평론이나 에세이 쪽이 늘어나게 되었다. 규에이칸은 『중앙공론』은 물론, 동사(同社)의 『부인공론(婦人公論)』에도 연재를 하고(여기에 연재한 「금전독본(金錢讀本)」이 규에이칸의 첫 베스트셀러이며, 그가 '돈벌이의 신'으로 불리게 된 계기이기도 했다), 1950년대 후반에 불어 닥친 주간지 열풍 속에서 창간된 『주간공론(週刊公論)』에도 연재를 했다. 지금도 규에이칸의 문고본을 절판하지 않고 출판하고 있는 곳은 주코문고(中公文庫) 뿐이다[5].

이처럼 규에이칸은 1950년대 후반부터 갑자기 중앙공론사와 긴밀한 관계를 구축했다. 그 관계의 깊이와 돈독함을 엿볼 수 있는 것이 이번 글에서 다루게 될 「서유기」의 연재이다.

규에이칸의 「서유기」는 『중앙공론』 1958년 1월호에 처음 게재되어 1963년 4월호까지 5년 5개월에 걸쳐 연재가 이어졌다. 『중앙공론』에 중단 없이 이 정도로 장기간에 걸쳐 연재된 문학 텍스트는 「서유기」가 유일하다. 게다가 규에이칸은 「서유기」 연재 직전까지 『중앙공론』에 「사무라이 일본(サムライ日本)」이라는 일본론, 일본인론을 연재하고 있었다. 그것을 중단시키고(한 작가가 두 개를 연재하는 경우는 피한 것 같다) 「서유기」를 연재하기 시작했던 것이다[6].

규에이칸 본인은 이 시기에 「서유기」를 번역하기 시작한 이유를 1977

---

4) 규에이칸, 『나의 돈벌이 자서전(私の金儲け自伝)』(日本経済新聞社, 1982) 참조.
5) 절판된 문고도 현재는 아마존사의 킨들판 전자서적으로 주코문고를 통해 복간되어 있다.
6) 「사무라이 일본(サムライ日本)」은 다른 잡지로 옮겨 연재를 계속했고, 훗날 중앙공론사에서 단행본으로 출판되었다.

년『서유기』의 주코문고판이 출판되었을 때 쓴 후기에 다음과 같이 쓰고
있다.

　1958년 미국의 인공위성이 소련의 스푸트니크호를 뒤쫓듯이 발사된
직후, 당시 『중앙공론』의 편집장이었던 다케모리 기요시(竹森淸) 씨가
나에게 「서유기」를 연재하지 않겠냐고 권유했다. '천공을 누비고 싶다는
인류의 꿈이 첫발을 내디딘 셈인데, 이 꿈을 가장 먼저 소설로 쓴 것이
「서유기」이니까 그걸 여기서 재현했으면 좋겠다'는 취지였다.

　일반적인 일본인 작가나 중국 문학자에 비하면, 나는 구두점을 찍지
않고 중국어 문장을 읽을 수 있는 입장이니 적임자라고 생각했을 것이
다. 고마운 이야기였지만, 그런 목적을 갖고 서유기를 읽은 적이 없었기
때문에, 약간의 시간적인 여유를 요청하여 명간본(明刊本) 금릉(金陵) 세
덕당(世德堂) 「신각출상관판대자서유기(新刻出像官板大字西遊記)」를 다시
처음부터 끝까지 통독했다.

　이 소설은 중국에서 이른바 사대기서의 두 권으로 손꼽히고 있으며,
일본에서도 아이들 사이에 널리 읽히고 있다. 그러나 일본에 알려진 서
유기는 돌 속에서 태어난 고독한 원숭이가 손오공이 되어 천계를 어지
럽히는 부분과, 금각, 은각 형제 괴물과 싸우는 기상천외한 부분이 전부
로, 천축으로 불경을 가지러 가는 길고, 지루하며, 고난에 찬 여정은 완
전히 생략되고 말았다.

　이 여정을 원문에 충실하게 재현하려고 하면 아마 독자는 한 명도 따
라오지 않게 될 것이다.

　(생략)

　이리하여 『중앙공론』이 시작된 이래 5년 4개월이라는 첫 장기 연재
로, 2560장 분량의 대장편이 되고 말았다.

소비에트 연방이 역사상 최초의 인공위성인 스푸트니크 1호 발사에 성
공한 것은 1957년 10월 4일이다. 스푸트니크 1호의 성공으로 미국이 우주
항공 기술에서 소비에트에 뒤쳐졌다는 사실이 드러나면서 서방 국가들의
위기감이 더해졌다. 한편 일본에서는 외교적, 정치적 위기감보다는 우주

항공 기술의 발전에 주목했던 듯하여, 『중앙공론』에서는 1957년 11월호에서 「특집 – 안보이사국 일본 앞에 있는 것(特集 安保理事國 日本の前面にあるもの)」에서 미소 관계, 군축 문제를 거론했지만(이 권호에서 스푸트니크 1호 발사 정보는 시간상 아직 맞지 않았다), 다음 12월호에서 「특집 – 우주 세기는 시작되었다(特集 宇宙世紀は始まった)」를 편성, 소련의 위협보다는 새로운 기술 개발에 주목하고 있는 부분이 흥미롭다.

「서유기」와 스푸트니크 쇼크 사이에 규에이칸이 말한 만큼의 관련성이 있다고는 좀처럼 생각하기 어렵지만, 다케모리 기요시의 "천공을 누비고 싶다는 인류의 꿈이 첫발을 내디뎠다"는 발언도 소련의 위협을 의식한 것 같지는 않다. 적어도 『중앙공론』에서는 스푸트니크의 성공(1957년 11월에는 2호 발사도 성공했다)을 '인류의 꿈'으로 취급하는 경향도 있었던 셈이다.

또 이 「후기」에서 규에이칸은 다케모리가 「서유기」 연재를 권한 시기를 1958년 "미국의 인공위성이 소련의 스푸트니크를 뒤쫓듯이 발사된 직후"라고 하고 있는데, 미국발 인공위성 익스플로러 1호 발사 성공은 1958년 1월 31일로, 「서유기」는 『중앙공론』 1958년 1월호부터 연재를 시작했으므로 이는 잘못된 기억일 것이다.

1950년대 말부터 1960년 초까지는 그가 당시 대중 문예 잡지에 한 차례 소설을 발표했지만, 결과적으로 높은 평가를 받지 못했던 시기에 해당한다[7].

한편 규에이칸은 당초 『문예춘추』와 『중앙공론』에 타이완 독립 문제에 관한 정치 평론을, 그리고 서서히 일본론, 일본인론에 해당하는 평론(이라고 하기에는 경묘한 필치였다)을 연속해서 발표하기 시작했다. 앞서 말했듯이 『중앙공론』 1957년 8월호부터는 「사무라이 일본」이라는 일본론, 일본인론

---

7) 규에이칸의 대중문학노선이 '실패'로 끝난 점에 대해서는 2014년 10월에 북경에서 개최된 <동아시아와 동시대 일본어 문학 포럼> 제2회 대회 「대중화 사회와 일본어 문학」에서 이즈미 쓰카사 「규에이칸의 『대중문학』─나오키상의 의의와 제약에 있어서(邱永漢にとっての「大衆文学」─直木賞の意義と制約において)」를 통해 보고했다.

을 연재하기 시작했고, 역시 중앙공론사의 잡지인 『부인공론』에는 「서유
기」와 마찬가지로 1958년 1월호부터, 훗날 규에이칸 최초의 베스트셀러가
되는 『금전독본』(1959년)도 연재하기 시작했다. 이 연재들은 1960년대에 규
에이칸이 '주식의 신', '돈 벌이의 신'으로 불리게 되는 하나의 계기가 된
다. 또 주간지 열풍 속에서 중앙공론사가 1959년 11월에 창간한 『주간공
론』에 「회사알현(會社拜見)」이라는 연재도 시작했다. 즉 이 시기는 규에이
칸이 중앙공론사와 강력한 유대관계를 맺으면서 소설가에서 경제 평론,
주식 평론가로 노선을 바꾸는 전기가 된 해이기도 했다.

  중앙공론사 쪽 사정은 어땠을까? 네즈 도모히코(根津朝彦)에 따르면 1956
년부터 1958년까지 "『중앙공론』을 중심으로 일군의 새로운 집필자들이 등
장"했다8). 그것은 이 시기에 『중앙공론』 편집장이 젊은 시마나카 호지,
그리고 다케모리 기요시로 바뀌고, 또 잡지를 초월하여 이루어지는 '논쟁
적 논문'이 다수 등장하기 시작했기 때문이라고 한다. 그 중에서도 네즈는
"주목해야 할 것은 이런 『쇼와사(昭和史)』 논쟁'과 '전중파'의 문제 제기를
전후로, 전쟁 책임에 관한 논고가 많이 나타나는 것"이라며, 당시의 종합
지 논단이 전후 책임을 거론하는 경향이 강했다는 점을 지적했다. 이런
상황에서 『중앙공론』에서는 정치학자를 중심으로 새로운 필자들이 다수
데뷔하고, 그 중 상당수는 1920년대생 '젊은이'들이었다. 1924년생인 규에
이칸은 바로 '전후 책임을 이야기하는 젊은이'로 『중앙공론』에 등장한 것
이다.

  다만 규에이칸의 경우, 데뷔 평론인 「타이완인을 잊지 마라(台湾人を忘れ
るな)」(1958년 1월호)가 갑자기 『중앙공론』의 권두 논문으로 게재되는데, 그
후 평론진으로 정착하지는 못했다. 외교, 정치 평론에서도 수필풍의 경묘

8) 네즈 도모히코(根津朝彦), 『전후 「중앙공론」과 <풍류몽담> 사건(戦後 『中央公論』と「風流
   夢譚」事件)』(日本経済評論社, 2013) 참조. 전후 중앙공론사에 대해 동서(同書)에서 얻을 수
   있었던 지견은 대단히 의의가 있으며, 본 보고의 기초가 되었다.

한 말투를 유지하면서 일상적인 사례를 들어 문제를 논하는 규에이칸의 글은 이해하기 쉽고 친밀감이 느껴지긴 했지만, 다른 평론들과 한 데 어울리지는 못했을 것이라고 추측할 수 있다.

그리고 규에이칸이 이후 『중앙공론』에 연재하는 「사무라이 일본」은 평론도 문예도 아닌 가벼운 읽을거리, 이른바 「중간」란에 게재된다. 중앙공론사(혹은 사장·편집장인 시마나카 호지)가 규에이칸을 필자로서 중시한 것은 그 후 자사의 각 잡지에 연재를 하게 하고, 규에이칸의 단행본도 다수 출간한 사실에서도 알 수 있지만, 이 시기 규에이칸은 '간판', '주력' 작가가 아니었다.

그 이유로는 규에이칸이 말할 수 있는 정치, 외교 문제가 '타이완 문제'에 치우쳐 있었던 점도 중요할 것이다. 타이완 해협을 사이에 둔 긴장감이 중국 공산당과 중국 국민당 사이의 '냉전 구조'로 수렴되었던 당시의 구도 속에서, 차마 다 이야기할 수 없는 '타이완 문제'는 아마 일본 논단에서 다루기 어려웠으리라.

또 규에이칸의 「서유기」 후기에 쓰여 있듯이, 1957년 11월 『중앙공론』의 편집장이 시마나카 호지에서 다케모리 기요시로 바뀐다. 이 다케모리가 규에이칸에게 「서유기」 연재를 권한 것인데, 한편으로 그것은 「사무라이 일본」의 연재 중단을 의미하기도 했다. 다케모리가 편집장이었던 시기는 1957년 11월호부터 1961년 2월호까지로, 이 기간의 『중앙공론』은 그 역사 속에서 가장 '좌파'적이었다고 다케모리 자신도 인정했다고 한다[9]. 다케모리 편집장 시대에는 이른바 진보 지식인의 신진 논객이 지면에 등장하면서 논쟁도 활성화되기 시작했다. 한편 다케모리가 편집장에 취임하기 직전인 『중앙공론』 1957년 10월호에 규에이칸은 『중앙공론』에서 두 번째 권두 논문으로 「관료흥국론(官僚興國論)」을 게재했는데(이 호에서 「사무라이

---

9) 네즈 도모히코, 전게서의 제4장 「『중앙공론』의 편집자 군상(『中央公論』の編集者群像)」 참조.

일본」은 휴재(休載)했다), 이것 역시 경묘한 사회시평체재로, '논문'이라고는
할 수 없는 것이었다.

따라서 다케모리는 규에이칸을 '논객'으로 보지 않고, 평론인지 수필인
지 구별하기 어려운 규에이칸의 문장을 싫어했는지도 모른다. 하지만 규
에이칸이 직접 시마나카와 담판을 지어 연재 약속을 받아낸 「사무라이 일
본」을 중단시킨다고 해도, 이를 대체할 연재를 준비해야 했던 것은 아니
었을까. 그것이 뜻밖이라고도 볼 수 있는 「서유기」의 이례적인 장기 연재
로 이어졌다고 추측하는 것이다.

한편 이런 규에이칸 개인의 상황을 훨씬 뛰어넘는 격진(激震)이 「서유기」
를 연재 중인 『중앙공론』에 두 차례나 찾아왔다. 1961년의 '풍류몽담(風流
夢譚)'사건과 '사상의 과학(思想の科學)'사건이다.

1960년 『중앙공론』 12월호에 게재된 후카자와 시치로(深澤七郎)의 단편
소설 「풍류몽담」이 천황가를 모욕했다는 이유로 비난을 받고 문제가 되
자, 1961년 1월 우익 단체의 구성원인 17세 소년이 시마나카 사장의 자택
을 습격, 시마나카의 부인이 중상을 입고 가정부 여성은 사망하는 테러
사건이 일어났다. 다케모리는 1961년 2월호를 끝으로 편집장을 사임, 이후
피해자인 『중앙공론』 측이 「풍류몽담」 게재에 대한 사과문을 올리는 사
태가 벌어지고 당시 연이은 정치인 습격 테러와도 맞물리면서 좌파적 논
조는 후퇴했다.

또 1961년 12월 당시 중앙공론사가 발행을 맡고 있던 좌파계열 잡지 『사
상의 과학』이 1962년 1월호에 천황제 특집을 실었다는 사실을 알게 된 중
앙공론사 간부가 이 호를 독단적으로 발행 중지시켜 버렸는데, 이를 두고
언론 탄압으로 이어진다고 하여 좌파로부터 큰 비난을 받게 됐다. 이것이
바로 '사상의 과학' 사건이다.

중앙공론사는 이와나미서점의 『세계(世界)』와 함께 당시의 논단을 이끌
고 있었는데, 이 시기 그 기둥이 크게 흔들렸던 것이다(또 그 해에는 『주간공

론』이 창간 3년 만에 폐간되었다).

규에이칸의 「서유기」는 이런 격진을 거치면서도 한 번의 휴재 없이 연재를 계속했다. 오히려 이처럼 『중앙공론』의 운영 방침이 크게 흔들렸던 시기에, 정치색이 약하고[10] 대중적인 인기를 유지했던 규에이칸은 이용하기 쉬운 작가였다고도 할 수 있다.

3. 규에이칸의 「서유기」가 가진 특징과 의미

앞서 언급한 「서유기」 주코문고판 후기에서 규에이칸은 자신의 번역에 대해 다음과 같이 말하고 있다. 다소 길지만, 규에이칸의 번역이 가진 특징의 일단을 스스로 지적하는 부분이므로 인용하도록 하겠다.

이 여정을 원문에 충실하게 재설(再說)하고자 한다면 아마 독자는 한 명도 따라오지 않게 될 것이다. 그 정도로 묘사 자체가 지극히 지루한 것도 사실인데, 현대인의 눈으로 봤을 때 도저히 납득이 안 되는 부분이 적어도 두 군데는 있다.

첫 번째는 권선징악의 불교적 사상이 이 소설의 저류를 이루고 있는 것이다. 선을 행하면 반드시 좋은 보답이 있다는 인과응보의 트릭만큼 현대인에게 인기가 없는 것은 없다. 다음으로 원문에서는 산전수전을 다 겪은 괴물들이 갓 스무 살이 넘은 삼장법사를 스승으로 우러러 보며 무슨 말이든 순순히 듣는데, 그런 부자연스러운 상하 관계 속에서 목숨을 건 모험을 계속해 갈 수 있을 리가 없다.

그래서 나는 권선징악의 사상을 표면에서 감춰 버리고, 또 앞에서는 스승님 스승님 하며 삼장을 섬기는 오공이나 팔계도 뒤돌아서면 "그 철부지 게이 보이 녀석이..."라고 서로 스승의 욕을 하며 스트레스를 해소

---

10) 50년대 소설 텍스트, 그리고 평론가로서 초기에 '타이완 문제'를 계속 거론했던 규에이칸의 논조는 60년대에 들어갈 무렵부터 급속히 그와 멀어지면서 경제 수필 쪽으로 기울었다.

하는 것이다. 직원이 뒤에서 몰래 사장을 헐뜯는 현대의 기업 집단이라
고 생각하시면 딱 맞을 것이다.

　또 약 4백 년 전 원작자 오승은이 이 작품을 썼을 때는, 알다시피 수차
례 과거 시험에서 떨어진 낙제생 도련님의 공상망상이 만들어낸 산물이
므로 아마 당시로서는 획기적이었을 것이며, <u>또 당시의 사회체재를 야유
하는 예리함도 있었을 것이다. 그것을 현대 사회에 대입하면 대체로 이
런 게 아닐까 하는 식으로 글을 써야 한다고 생각했다.</u>(밑줄 인용자)

　이 후기처럼 규에이칸판 「서유기」는 대략적으로는 원전 「서유기」의 줄
거리대로 진행되지만, 번역 속에 동시대 사회 경제 상황에 대한 규에이칸
의 인식이 반영된 표현이나 현대 사회, 문화에 관한 어휘가 유입되었다.
그것은 연재 초기부터 현저히 나타났다(이후 밑줄은 인용자에 의한다).

　(신선술을 익힌 손오공이 고향인 수렴동(水簾洞)으로 돌아가고, 나중
에 자신의 무기를 얻고자 오래국(傲来国)을 찾아간 장면)
　오공은 상공에서 지형을 정찰하고 곧장 왕궁의 무기고를 향해 뛰어
든다. 문을 뜯고 안으로 들어가니 산더미처럼 쌓인 수많은 무기들 칼,
창, 극(戟), 도끼, 낫, 채찍, 활, 화살, 없는 게 하나도 없다.
　"인간이라는 놈들은 항상 이래. <u>입으로는 평화니 공존이니 하며 염불
을 외고 있지만 한 꺼풀 벗기면 보다시피 이런 식이라니까.</u> 그러느니 차
라리 우리처럼 적자생존을 내세우는 게 정직하지."
　　　　　　　　　　　　　　　　　　(연재 제2회, 1958년 2월호)

　(천계에 반기를 든 손오공이 석가여래에 붙잡혀 오행산 아래에 깔린
장면)
　하늘은 나를 멸하려고 하지만, 나는 결코 망하지 않을 거야. 빗대어
보면 <u>하늘은 지배 계급 같은 거야. 그들은 모든 진보, 모든 새로운 사상
에 '반역'과 '불령'이라는 딱지를 붙이지. 그들은 자신의 지위를 흔드는
그 어떤 시도에도 반대해.</u>
　　　　　　　　　　　　　　　　　　(연재 제4회, 1958년 4월호)

(삼장을 잡아먹으려는 요괴들의 대화 장면 - 인용자)

"호랑이 장군은 언제 봐도 경기가 좋아 보이네요."

"천만에요. 그렇게 말하는 여러분도 의외로 잔뜩 저축하고 있잖아요?"

"무슨 그런 말씀을."(중략)

"여기는 세무서가 아니니까 그렇게 방어선을 치지 않아도 괜찮습니다. 아하하하......"

(연재 제9회, 1958년 9월호)

여기 나오는 '평화니 공존이니'라는 것은 1956년 당시 소련의 제1서기장 흐루시초프가 제시한 평화 공존 노선에 입각한 것일 것이고, '하늘'에 대한 손오공의 반론은 고도성장이 시작되고 있던 당시 사회 변화가 불러온 마찰과 갈등을 근거로 한 것이었다. 규에이칸은 「서유기」 번역에 있어서 동시대적인 '현대 감각'을 강하게 반영했던 것이다. 즉, 이는 번역이라기보다 '번안'에 가까운 것이었다.

그리고 5년 4개월의 장기 연재였던 까닭에 그 '반영'은 시대의 변화에도 대응하고 있었다. 연재 중반 1960년대를 맞이할 무렵까지는 정치적 상황에 따른 표현이 나타났다.

(가사(袈裟)에 눈이 먼 스님에게 타 죽을 뻔한 삼장을 손오공이 구한 장면, 오공의 대사)

"농담을 하시면 곤란합니다. 저희는 보스가 워낙 평화주의자라 여론이 좀처럼 통일되지 않는 상황입니다. 그것을 통일하기 위해서는 벼랑 끝까지 몰리지 않으면, 전쟁을 할 수도 있지 않겠습니까? 공격이야말로 최선의 방어인데, 따귀를 한 대 맞으면 그때 일어나라, 게다가 끝까지 방어만 해라, 그런 식으로는 힘들어요(후략)."

(1958년 11월호)

이는 '60년 안보'를 앞두고 일본의 안전 보장과 자위대 문제에 대한 규에이칸의 견해와 비판으로 파악할 수 있다. 이 점은 당시 『중앙공론』의 논조와는 어긋나고 있는 셈이다.

그러던 것이 연재 후반 1960년을 넘어가면서 '60년 안보'가 지나가고 기시 노부스케(岸信介) 내각이 퇴진, 후계자인 이케다 하야토(池田勇人) 내각이 경제 정책에 특화된 방침을 세우고 고도성장이 본격화되기 시작하는 시기에 이르자 경제 관련 표현이 빈번히 나타나게 된다. 물론 여기에는 이 시기 규에이칸이 경제 평론가, 주식 분석가로 노선을 변경한 것도 큰 영향을 미치고 있을 것이다.

그 모습은 규에이칸판 「서유기」의 결말부에 뚜렷이 나타나고 있다. 「서유기」의 결말부에서 삼장 일행은 천축국에 도착하고, 거기에서 석존에게 대장경을 받는다. 그때 대장경을 삼장 일행에게 건네는 역할을 맡았던 아난(阿難)과 가엽(伽葉)이 삼장에게 경을 건넬 때 선물을 요구한다. 이때 뇌물을 요구받은 삼장 일행이 깜짝 놀라 줄 것이 하나도 없다고 하자 아난과 가엽은 경을 주기를 꺼리고, 화가 난 손오공 일행이 석존에게 직소하려고 하니 그제서야 경을 건넨다. 그러나 나중에 그 경문이 모두 백지임을 알게 되고, 이를 석존에게 고발하러 간 삼장을 석존이 달래시어 두 사람에게 탁발 그릇을 줌으로서 간신히 글자가 있는 경전을 입수하게 된다.

이 결말 부분에 규에이칸의 본령이 발휘되고 있다. 규에이칸판에서 석존은 두 사람의 부정(不正)을 고발한 삼장 일행을 다음과 같이 타이르는 것이다.

"딱히 내가 그렇게 하라고 가르친 것은 아니지만, 한참 전에 이곳의 비구니와 성승(聖僧)이 산에서 불경을 가지고 나가 사위국(舍衛国) 조장자(超長者)의 집에서 독서회를 한 적이 있었다. 그때 받은 사례가 황금으로 서 말 서 되였는데, 그렇게 싸게 팔면 나중에 판매에 지장이 생긴다고 나무란 적이 있다. 싸게 팔면 유통 기구의 질서가 흐트러지고, 따라서 그걸로 생활을 하는 사람들이 밥을 먹고 살 수 없게 된다. 그렇게 생각해서 염가로 책을 내 놓지 않도록 단단히 주의를 주었다. 그때 너희들이 나타나 공짜로 달라고 했기 때문에 백본(白本)을 건넸을 것이다."

"그러나 세상은 유통 혁명의 시대입니다. 큰 도매상에서 중간 도매상, 그리고 작은 도매상의 손을 거쳐 비싼 중간 마진을 떼이느니 직접 제조 업체로 와서 흥정을 하는 게 좋겠다는 생각에 이렇게 멀리까지 온 거 아니겠습니까?"라고 팔계가 가지고 있는 경제학 지식이란 지식은 몽땅 기울여 응수했다.

"그래, 지금은 유통 혁명의 세상이야. 하지만 이렇게도 생각해 보아라. 나는 전 세계 수천만의 승려들에게 생활 수단을 주고 있다. 너희 나라 경영자들 중에도 나를 우주 최대의 경영자라고 해 주는 사람이 있지. 만약 전 세계 사람들이 스님이라는 브로커를 통하지 않고 나와 직접 거래하게 된다면 이들을 어떻게 먹여 살리지? 설마 스님을 위해 생활 부조금을 내놓을 리도 없고."

(글자가 있는 진짜 경전을 삼장에게 건넨 뒤 석존이 말하는 장면)
"본래는 판권을 요구해야 할 상황이지만, 남첨부주(南瞻部州)에 돌아가면 최대한 PR을 해서 많은 사람들이 부처님의 마음을 갖도록 노력해야 할 거야. 부처님의 마음이란 예를 들어, 거래처에 뇌물을 요구하는 부하라도 내가 관대함을 베풀어 밥을 먹고 살 수 있도록 해 주듯이, 관용의 정신을 갖고 가능한 한 많은 사람에게 일자리를 주는 것이다. 무릇 세상을 이롭게 하는 일을 해서 자기가 번창하지 않는 경우는 없으니 말이야……"

(중략. 그 후 삼장과 손오공의 대화)
"이것도 네 덕분이야. 판매 없이는 사업도 없다고 하는데, 너야말로 일급 세일즈맨이다."

"그런 말씀 마세요. 같은 장사를 한다고 해도, 상대가 먼저 대리점을 하고 싶다고 희망하게 만들었을 뿐이에요. 이로써 대당국(大唐國)에도 우리 불교의 막강한 현지 법인이 생겼으니 국제적인 종목으로서 불교의 주가는 점점 올라가게 되겠죠."

두 사람은 얼굴을 마주 보며 박장대소했다.

(1963년 4월호, 최종회)

여기 등장하는 '유통 혁명', '대리점', '세일즈맨', '주가'라는 표현은 당시 사회적으로 주목받고 있었던 문제였던 것이다. 특히 '유통 혁명'은 슈퍼마 켓의 등장에 맞추어 『중앙공론』 1963년 4월호(「서유기」 최종회가 게재된 호) 에서도 「유통 혁명은 어떻게 진행되는가」라는 기사로 다뤄지고 있었다. 그러나 규에이칸판의 기교가 돋보이는 부분은 여기 나오는 아난과 가엽의 태도나 삼장에 대한 석존의 해명이 기본적으로 원전에도 나오는 것으로, 그 발언의 방향성을 바꾸지 않고 규에이칸판의 번안 자세에 대입했을 뿐 만 아니라 거기에 대단한 설득력마저 부여한 점에 있을 것이다. 그보다 규에이칸판의 해석, 싸게(혹은 무료로) 경전을 유포하면 종교인(스님)은 생활 이 안 된다-결과적으로 불교가 쇠퇴한다는 석존의 주장은 '경제화'된 현대 사회에서 매우 납득할 만한 것이었고, 최종적으로 삼장에게 '무료'로 유자 진경(有字眞經)을 건넨 것도 손오공의 말대로 대당국에 불교 경전이 전해진 다=현지 법인이 생김으로써 불교의 세력=주가가 오른다는 것이 명확했기 때문이다. 또한 20세기 단계에서 천축=인도는 이미 불교 국가가 아니었고, 불교가 중국에 전파되면서 동아시아의 세계 종교로서 확립된 사실을 생각 하면, 규에이칸판의 번안과 해석은 대단히 이치에 맞는 것이다.

규에이칸이 「명간본 금릉 세덕당 『신각 출상 관판 대자 서유기』」를 읽 고 썼다는 「서유기」는 이처럼 아동용도 아니고 종교적이지도 않은, 당시 현대 사회의 우화로서 의미 있는 텍스트였다고 할 수 있을 것이다. 그리 고 초역(抄譯)이 아닌 전역(全譯)으로서의 가치도 매우 높다. 그러나 규에이 칸 번안의 '기교가 돋보인' 까닭에 원전과 멀어진 표현이 이 텍스트에 대 한 평가를 어렵게 만들었다고 여겨진다. '문학'에 대한 예술적 가치관이 아직 견고했던 이 시기에 규에이칸의 기교는 '지나친 장난'으로 읽혔던 건 아닐까?

실제로 『중앙공론』에서 「서유기」는 '문예'로 취급되지 않았다. 통상 문 예 텍스트의 새 연재에 즈음하여 잡지 속에 '새 연재 예고'가 게재되는데,

「서유기」에 관해서는 그런 것이 없었다. 「서유기」를 처음 게재한『중앙공론』1958년 1월호에 야마사키 도요코(山崎豊子)의 「꽃포렴(花のれん)」, 아리마 요리치카(有馬賴義)의 「실각(失脚)」, 후나하시 세이치(舟橋聖一)의 「화실(花實)」이 동시에 새 연재를 시작했는데, 이들은 모두 전호에 '예고'가 게재되어 있었음에도 불구하고 말이다. 그리고 잡지에 게재된 위치도 잡지 마지막의 <창작>란이 아니라 <중간>란이었다. 「서유기」는 오락 서적으로 취급되었던 것이다.

4. 규에이칸에게 번역 · 번안이란

규에이칸은 「서유기」에 앞서 「나의 논어(私の論語)」(『大衆文芸』에 연재), 「나의 한비자(私の韓非子)」(『文藝春秋』, 훗날『日本讀書新聞』에 개고하여 연재)를 연재하고, 「서유기」를 연재하기 시작한 후인 1958년 8월에 신작 「나의 장자(私の莊子)」를 더하여 단행본『동양의 사상가들(東洋の思想家たち)』(講談社)을 출판했다. 이것들 역시 번안물로, 나중에 규에이칸은 "나오키 상을 수상하고 소설가로 독립하게는 됐지만, 앞으로 어떻게 나아가야 좋을지 방황을 거듭하던 시기였다. 일본인이 관심을 갖는 주제의 하나로 동양의 고전을 거론하는 것도 한 가지 방법이 아닐까 생각해서"[11] 집필했다고 말했다. 즉 중국 고전을 번역, 번안하는 것은 규에이칸이 작가로서의 '모색'을 꾀하는 가운데 본인의 출신을 재료로 생각하고 시작했던 것인 셈이다.

그러나 이 중국 고전의 번역 혹은 번안물은 규에이칸에게 의미 있는 평가를 가져다 주지 못 했다. 「서유기」는『중앙공론』에 이렇게 장기간 게재

---

11) 『규에이칸 자선집 5권 동양의 사상가들(邱永漢自選集5卷 東洋の思想家たち)』(德間書店, 1972) 「후기」에서.

되었음에도 불구하고 오늘날까지 거의 잊혀져 가고 있다. 물론 그것은 결과적으로 규에이칸판 「서유기」가 '너무 길었던' 영향도 있을 것이다. 단행본과 문고판 양쪽이 다 8권에 달하는 장편이 베스트셀러가 되기는 쉽지 않다. 1960년대에 히트했던 규에이칸의 텍스트 중 상당수가 1회 완결형인 평론이나 수필인 점을 감안하면 '한 번 읽고 버릴 수' 없는, 계속적인 독서가 요구되는 연재물은 당시부터 현재까지 전체적인 평가를 받을 수 없었던 것이다.

규에이칸은 역시 「서유기」와 같은 시기에 『음식은 광저우에 있으니(食は廣州にあり)』(龍星閣, 1957년), 『상아 젓가락(象牙の箸)』(中央公論社, 1960년), 『사모님은 요리를 좋아해(奧樣はお料理がお好き)』(三和図書, 1964년) 등의 중화요리에 관한 수필집을 출판했고, 이들은 스테디 셀러가 되었다. 모두 1회 완결 수필로, 중화요리 지식과 그것에 관련된 사적인 에피소드, 저명인사의 교류가 그려지고 있다.

규에이칸은 경제 평론이나 사업가로 활동함과 동시에 요리 수필가로도 주목받으며, 저명인사와 문화인을 집에 초대해 아내가 만든 중화요리를 대접하고, 요리=입맛을 사로잡음으로써 강한 커넥션을 만들어 갔다[12]. 소설이나 사상적인 텍스트에서 이용하기 어려운 '중화'라는 카드는 '금전욕'이나 '식욕' 방면에서는 크게 도움이 된 것이다.

규에이칸은 1972년 당시 중국 국민당 정부의 초청을 받아 타이완으로 돌아가고, 1980년 일본 국적을 취득한 뒤 1988년에는 중국 정부의 초청 형식으로 처음으로 중국 대륙으로 건너간다. 그곳에서도 사업을 시작, 1992년에 홍콩으로 이주...이렇게 '망명 타이완인'에서 '중국인, 화교'로 입지를

---

12) 야스오카 쇼타로(安岡章太郎)는 『양우, 악우(良友・惡友)』(新潮文庫, 1973년) 속에서 규에이칸에 대해 1장을 할애하고 있다. 거기서 야스오카는 규에이칸이 "먹보인 일본인을 밥으로 낚아 문단에 나선다"고 말했다고 지적하고 있다. 규에이칸은 야스오카의 이 지적이 몹시 마음에 걸렸는지 『규반점 메뉴(邱飯店のメニュー)』(中央公論社, 1983)에서 야스오카의 이야기는 착각이며 과장됐다고 반복하고 있다. 상당히 신경 쓰였던 것으로 보인다.

바꾸고, 현대 중국의 금융과 경제 정보를 전달할 수 있는 평론가, 사업가로 변신해 갔다. 예전에 스스로 소설가로서의 장벽이 됐다고 말했던 '세 글자 이름'을 '중국계'라는 입지를 획득하기 위한 비장의 카드로 활용하여, 시대에 맞게 자신의 확실한 세일즈 포인트로 만들어 간 셈이다.

　그러나 이러한 '중화'를 비장의 카드로 삼는 입지를 쌓아올릴 수 있었던 것은 확실히 「서유기」를 비롯한 중국 고전을 번역, 번안한 경험에 있었을 것이다. 이들 텍스트에 대한 재검토와, 그것이 동시대부터 현대에 이르기까지 왜 제대로 평가받지 못했는가 하는 문제를 푸는 것은 현대 일본의 중화 문화 수용과 중국에 대한 흔들리는 스탠스를 이해하는 데 있어서도 중요한 일인 것이다.

번역 : 채숙향

제9장

이토큐시(李桃丘子)의 하이쿠(俳句)

―한국인 하이진(俳人)과 그 문학적 아이덴티티―

나카네 다카유키(中根隆行)

1. 들어가며

2003년 4월, 오이타(大分)에서 하이쿠 잡지 『머위(蕗)』를 주재한 구라다 고분(倉田紘文)은 『요미우리신문(讀賣新聞)』의 문예시평에 하이쿠 번역 사례로 호시노 쓰네히코(星野恒彦) 역의 『Selected Haiku― 영역 다카하 슈교 구집(Selected Haiku―英譯鷹羽狩行句集)』(ふらんす堂, 2003)과 탕 웨이웨이(湯薇薇) 역의 『한역 세키모리 가쓰오 하이쿠집(漢譯關森勝夫俳句集)』(蜻蛉發行所, 2003), 그리고 곽대기(郭大基) 저 『俳句를 活用한 高校日本語學習法』을 소개하였다. 첫머리에는 "최근 내 앞으로 다음 세 권의 책이 도착하였다. 영역, 한역, 한국어 역의 하이쿠집이다"라고 적고 각각 다음과 같이, 하이쿠와 그 번역을 인용하였다.[1]

エムパイア・ステート・ビル　　The Empire State Building
摩天樓より新曲のパセリほど　　from the skyscraper
　　　　　　　　　　　　　　The fresh greenery of the trees
　　　　　　　　　　　　　　Just like parsley(鷹羽狩行、星野恒彦譯)

朴の花朝の山氣を噴くごとし　　我愛朴樹花
　　　　　　　　　　　　　　山間精氣蘊其中
　　　　　　　　　　　　　　清晨噴薄發(關森勝夫、湯薇薇譯)

牡丹散て打ちかさなりぬ二三片　モ란이지고
　　　　　　　　　　　　　　땅바닥에 겹쳐진
　　　　　　　　　　　　　　꽃잎 두 세 편(与謝蕪村、郭大基譯)

　　구라다 고분은 "이렇게 일본의 하이쿠는 세계로 확산되고 있다"라고 끝맺으며 소개에 그치고 있으나, 이러한 하이쿠의 나열은 현대 하이쿠의 세계화와 그 문화 번역에 시사하는 바가 크다고 생각한다. 각기 근세와 현대 일본 하이진들의 하이쿠를 외국어로 번역한 것이지만 모두 삼행시로 되어 있고 게다가 탕 웨이웨이와 곽대기의 중국어, 한국어 번역은 영어 번역과는 다르게 각각의 언어로 5·7·5의 17자 정형을 지켜 번역되어 있다는 점은 분명히 언급해 두어도 좋을 것이다.

　　다카하 슈교의 해외영(海外詠)을 영어로 번역한 호시노 쓰네히코, 그리고 세계 번역 콩쿠르 중국어부문 최우수상을 수상한 탕 웨이웨이의 세키모리 가쓰오 하이쿠의 중국어 번역과 견주어 특히 주목할 만한 것은 일본어 교재이기는 하지만 곽대기의 요사부손(与謝蕪村) 하이쿠의 한국어 번역이지 않을까? 1950년대 하이쿠 붐과 함께 일찍이 알려진 영어 하이쿠 형식을 따라 일본 하이진의 해외영을 일본인이 영어로 번역하게 된 것, '한파이(漢俳)'라 불리는 중국어 하이쿠가 읊어지게 되면서 현대 하이진의 구집이 한파이 형식으로 번역되는 것 역시 세계로 확산되는 하이쿠라는 점에서 분명 매우 흥미롭다. 그러나 영어 하이쿠와 한파이가 이전에도 해외 하이쿠 소개의 사례로 알려져 왔었던 것에 비하여, 한류 붐 도래 이전 암흑기에 그것과는 대조적으로 한국인에 의한 하이쿠의 한국어 번역이라는 영위는 삼행시로 정렬된 한글이 부손의 하이쿠라는 참신함과 함께 적어도 일본의 독자들에게는 놀라움을 동반하여 인식되었을 것이다. 하물며 일본 하이쿠 의 한국어 번역이 아니라 한국인이 일본의 전통시가를 창작한다면 더욱 더 그러할 것이다.

하지만 구라다 고분에게 곽대기의 『俳句를 活用한 高校日本語学習法』이 전해진 것처럼 애당초 한국인의 하이쿠 창작은 한국과 교류가 있는 일본 하이진에게는 잘 알려진 사실이기도 하였다. 구라다 고분이 주재하는 하 이쿠 잡지 『머위』에서는 곽대기를 비롯한 한국 하이진의 일본어 하이쿠 와 한국어 하이쿠 소개 기사를 볼 수 있기 때문이다. 여기에서 발견할 수 있는 것은 한국과 하이쿠의 세계화라는 문제이다. 일본에는 영어 하이쿠 나 한파이의 사례가 알려져 있다. 한편 1990년대 이후 한국에서는 하이진 이나 연구자 수는 아직 적지만 재한일본인과 함께 한국 하이진이 참가하 는 하이쿠 활동, 한국인 연구자에 의한 하이쿠 연구와 한국어 번역, 그리 고 한국어 하이쿠의 시도가 이루어지고 있다. 그러나 한국의 하이쿠 역사 를 펼쳐 보면 적어도 식민지기 조선 하이쿠라 불렸던 외지 하이쿠의 역사 까지 거슬러 올라가야 한다. 물론 식민지기 조선 하이쿠는 일본의 제국주 의적인 문화정책 속에서 재조선 일본인들을 중심으로 확산된 문예이다. 이 식민지기 조선 하이쿠는 1945년 일본의 패전/조선 해방을 거쳐 오늘날 에 이르는 한국과 하이쿠의 세계화라는 콘텍스트와 어떻게 연결되고 있는 것일까? 본고에서는 그 하나의 도정으로 이토큐시(李桃丘子)라는 한국 하이 진에 초점을 맞추어 검토해 보고자 한다.

2. 일본 전통시가와 두 문학자 — 손호연과 이토큐시

한국인이 하이쿠, 단카(短歌)와 같은 일본 전통시가를 실제로 읊는 것. 한국에서 이러한 영위는 그것이 일본에 대한 어떠한 비판성을 동반하지 않을 경우 대개 곤란하다는 상상을 하게 한다. 일본 전통시가의 창작은 한국 사회에서는 말하자면 기피되는 행위로 사회화되어 있기 때문이다. 물론 현재 한국에서 일본 전통시가의 소개나 연구는 실제 행해지고 있고 하이쿠도 마찬가지임은 앞서 언급한 대로이다. 그러나 그것도 일면의 사실일 뿐이다. 2008년 3월 『인터내셔널 헤럴드 트리뷴(International Herald Tribune)』에 게재된 「서른 한 자의 힘―한국에서 유지되고 있는 일본의 시가」는 손호연과 이토큐시에 초점을 맞춰 한국에서 일본 전통시가를 읊는 가인(歌人)과 하이진들이 당면한 현상을 인터뷰와 함께 전하는 귀중한 기록이다.

> 손호연이 가집을 출판하였을 때 한국 작가들은 그녀가 우리나라 사람이 아니라고 비판하였다. (중략) 이한수는 하이쿠를 지을 때 이를 친구에게 말하는 것을 피하였다. 손호연과 마찬가지로 부정적인 평가를 받을 것이 명백하였기 때문이다. (중략) 두 사람은 한 번도 만난 적이 없었으나 60년 이상 같은 정열을 공유하고 있었다. 그들은 모두 한국에서 일본 전통시가를 써 왔지만 한국에는 일본의 식민지배에 뿌리 깊은 증오가 아직까지 남아 있기 때문에 그녀들과 같은 세대의 한국인들은 이러한 일본문학의 추구는 모독이라 여기고 있다.2)

이 기사 중 "예술에 국경은 없다고 합니다. 그러나 내가 선택한 길은 국경에 막혀 있었습니다"라는 손호연의 말이 마음에 걸린다. 그녀는 1998년

---

2) Choe Sang-Hun, "The power of 31 syllables : Japanese poetry endures in South Korea."(*The International Herald Tribune.* 2009. 3. 26).

정월 궁중가회시(宮中歌會始)에 초대된 한국의 가인으로 몇 권의 가집을 세
상에 내 놓았다. 손호연은 2003년에 타계하였으나 2005년 6월 서울에서 열
린 한일정상회담 때에 고이즈미 준이치로(小泉純一郎) 수상이 회담 후 공동
발표에서 다음과 같은 그녀의 단카를 피로한 것으로 알려져 있다. "꼭 이
루고픈 바람 하나가 내게 있네 분쟁이 없는 나라와 나라 되어주기를(切實
な望みが一つ吾れにあり爭いのなき國と國なれ)".[3]

　2013년 서거한 전직 치과의사 이한수(李漢水)도 식민지기 때부터 활약한
한국인 하이진으로 서울 하이쿠회의 장로 중 한 사람이었다. 이토큐시라
는 하이쿠 아호(俳號)로 알려진 그도 인터뷰에서 다음과 같이 말하였다.
"여기(한국)에서는 예를 들어 영어로 시를 써 미국이나 영국에서 출판하면
존경을 받는다‥‥‥ 그러나 일본어로 시를 쓰면 멍청한 놈이라고
멸시받거나 (사회에서) 추방당한다." 한일관계에 대하여서도 "한국인도 일
본인도 이웃나라에 대해 너무 편협하다"라고 말하였다.

　손호연은 1923년 도쿄에서 태어난 직후 바로 경성으로 이사해서 성장했
다. 진명고등여학교 졸업 후에는 도쿄(東京)의 제국여자전문학교(帝國女子專
門學校)에서 유학하였으며 그곳에서 단카를 접하였다. 그녀는 마쓰토미 데
루코(枡富照子)와 사사키 노부쓰나(佐佐木信綱)에게 가르침을 받은 한국인 가
인이었다. 이토큐시는 1926년 경성에서 태어나 경기중학교에서 경성치과
의학전문학교에 진학하였다.[4] 이 때 하이쿠에 흥미를 갖게 되어 구작을
시작하였다. 직접 가르침을 받은 하이진은 없었으나 특히 다카하마 교시
(高浜虛子)와 박노식(朴魯植)을 존경하였던 한국인 하이진이다. 두 사람 모두
식민지기 종주국의 전통시가에 매료되어 조선 해방/일본 패전 전후에 걸
쳐 평생을 단카와 하이쿠를 짓는데 힘을 쏟은 인물들로 『인터내셔널 헤럴

---

3) 손호연, 『호연연가』(서울 샘터사, 2002).
4) 1946년 미국 군정청 산하 구 경성제국대학을 기초로 하여 구 경성치과의학전문대학은 국
　립서울대학으로 통합되었기 때문에 이토큐시는 국립서울대학교를 졸업한 것이 되었다.

드 트리뷴』에 실린 이들의 말은 중요하다.

그러나 한편으로는 다음과 같은 의문을 씻어 낼 수 없다. 그녀들은 어째서 일본 전통시가의 담당자로서의 인생을 포기하지 않았던 것일까? 손호연도 이토큐시도 식민지기에 태어나 학교에서는 종주국의 언어인 일본어로 교육받고 스스로 단카와 하이쿠를 지었다. 해방/패전 직후 그래도 어렸을 적부터 친숙하고 인정받아 온 구 종주국의 전통시가를 계속 지어 왔다 하더라도 그 후 한국에서 단카와 하이쿠에 평생을 쏟는다는 것은 이만저만한 일이 아니었을 것이다. 본고에서는 하이쿠의 경우에 한하여서만 이토큐시를 중심으로 식민지기 그리고 해방 후 한국 하이진의 궤적을 검토하고자 한다.

3. 이토큐시와 조선 하이쿠

과거 식민지기 조선반도에는 분명 가단(歌壇)과 류단(柳壇)도 존재하였으나 조선의 하이쿠계는 그 이상으로, 문자 그대로 '조선 하이단(朝鮮俳壇)'이라고 칭해질 만큼 주로 『호토토기스(ホトトギス)』 계열의 구작 활동이 성하였던 지역이었다. 조선반도는 다른 외지아 해외 중에서 최대의 하이쿠 왕국으로 알려져 있었다.5) 이러한 사실은 『호토토기스』의 다카하마 교시 선(選) 잡영란(雜詠欄)에 1920년 전후부터 1940년 전반에 걸쳐 조선에서 보내 온 투고가 다른 곳에 비해 압도적이었으며 계속적으로 입선한 경향에서도 확인해 볼 수 있다.

이렇게 조선에서 하이쿠가 성행하였던 것에는 이유가 있었다. 조선총독

---

5) 식민지기 조선반도에서 간행 된 하이쿠 잡지에서는 일본인 하이진들을 중심으로 '조선 하이단', '조선 하이쿠'로 불리고 있었다. 阿部誠文, 『朝鮮俳壇—人と作品』上,下巻,(花書院, 2002) 참조.

부의 어용 신문이었던 『경성일보』는 초대 사장으로 취임한 요시노 사에 몬(吉野左衛門) 이후 서서히 하이쿠란이 정비되어 갔다. 그리고 선자(選者)를 맡고 있었던 구스메 도코시(楠目橙黃子)가 하이쿠 잡지 『잣(松の實)』를 창간한 1920년대 이후 하이쿠 지도자의 존재와 함께 각각의 시기와 지역을 대표하는 하이쿠 잡지가 다수 등장하게 되었다. 이러한 상황을 뒷받침 하듯 하이쿠에 힘쓰는 재조선 일본인이 많았으며 내지의 저명한 하이진과의 교류도 활발하게 이루어졌다. 그 중에서도 『경성일보』와 각지 하이쿠 잡지 와의 연계 및 정비가 톱다운(top-down)으로 추진됨과 동시에 보텀업(bottom up)으로 실제 하이쿠 애호자와 창작자도 또한 점차 늘어난 것이 조선 하이단 형성의 기반이 되었다.6)

이와 같이 하이쿠 애호자와 창작자 대부분은 재조선 일본인이었으나 때때로 조선에서의 하이쿠 현상을 언급할 때 괄목시되었던 것은 조선인 하이진이었다. 조선 하이단은 내지의 하이쿠와도 손색이 없는 그 정통성을 내지 하이단이 인정해 주기를 바랐다. 그러나 동시에 내지와는 다른 조선 하이쿠의 독자성을 조선인 하이진의 존재를 내세워 증명하려고 하였다.7) 이러한 사례의 하나로 쓰치야마 시규(土山紫牛)의 「반도 청년층과 하이쿠(半島青年層と俳句)」라는 글을 참조해 보자.

　(중략) 반도 하이쿠의 기원은 일찌감치 다이쇼 초기 이미 나타나기 시작하였다. (중략) 이후 봄가을을 맞이하는 것이 서른 여 번, 그 사이 몇 차례의 흥망성쇠를 지나 오늘 날 반도 하이단은 실로 화조풍영 시의 황금시대라고도 할 수 있는 성관(盛觀)을 나타내고 있다. 그러나 이러한

---

6) 졸고, 「조선 시가의 하이쿠 권역—박노식에서 무라카미 교시로(朝鮮詠の俳域—朴魯植から村上杏史へ)」(『海を越えた文学—日韓を軸として』, 和泉書院, 2010.6) 참조.

7) 졸고, 「이향에의 가탁—조선 하이쿠와 향토색의 역학(異郷への仮託—朝鮮俳句と郷土色の力学)」(『跨境—日本語文学研究』 創刊号, 東アジアと同時代日本語文学フォーラム, ソウル : 高麗大学校日本研究センター, 2014年6月) 참조.

변천 속에서 특히 멀리 내지 중앙 하이단에도 확실히 인식되고 있는 것은 바로 반도 청년층에게 팽배하게 보급되고 있는 하이쿠 애호의 정신이며 또한 우수한 수많은 반도 청년 작가의 배출이다.[8]

시규의 평론이 게재된 『빨래방망이(水砧)』는 1941년 7월, 조선 각지의 하이쿠 잡지가 통합하여 창간된 조선하이쿠작가협회의 기관지이다. 이 후 1943년에는 조선하이쿠작가협회는 조선문인보국회에 흡수합병되었다. 각지 하이쿠 잡지의 통합과 이후 조선문인보국회에 이르는 식민지 말기 하이쿠의 전개는 재조선 일본인들에게 종주국의 문예인 하이쿠의 우위성을 어떻게 담보할 것인가라는 문제의식을 야기하였을 것이다. 이러한 상황에서 "화조풍영 시의 황금시대라고 할 만한 성관"이라고 선전되고 있었던 '반도 하이단'에서 이 '반도 청년 작가의 배출'을 확실히 하는 것은 매우 중요하였다.

이 평론에서는 조선인 하이진 또는 조선 하이단을 대표하는 인물로 1933년 서거한 박노식을 들어 그의 공로를 치하하며 다음과 같이 말하고 있다.

"그렇다면 박노식의 사후 조선 하이단의 반도인 작가의 면면은 어떠하였을까? 그것은 마치 박 씨의 눈부신 유업을 현창하고 아울러 그 커다란 유지를 계승하려는 것처럼 조선 각지에서 유력한 청년작가가 끊임없이 대두하여 서로 경쟁하여 훌륭한 작품들을 세상에 내고 평가를 구하는 등 반도 하이단 미증유의 장관을 이루는 것이었다."[9]

확실히 시규가 적은 것처럼 박노식의 사후 특히 그의 영향을 받은 이순철(李淳哲), 이영학(李永鶴), 장봉환(張鳳煥) 등 조선인 하이진들의 활약은 『호토토기스』에서 눈에 띈다.[10] 또한 경성의 『풀씨(草の實)』에는 몇몇 조선인

8) 土山紫牛, 「半島青年層と俳句」(『水砧』第2巻第2号, 1942年 9月).
9) 土山紫牛, 「半島青年層と俳句(三)」(『水砧』第2巻第5号, 1942年 11月).

하이진들의 이름도 볼 수 있으며, 시규가 적은 조선인 하이진도 도합 약 20명에 이르고 있는 등 1930년대는 조선인 하이진들이 많이 대두하였던 시기였음에 틀림없다. 그렇지만 시규는 "그런데 이상한 것은 1939년 이후에는 잡지에서 활동하였던 그 작가들의 수가 급격히 적어졌다. 이는 아마도 때가 중일전쟁의 발발로 시국이 긴박해짐에 따라 각자의 신변이 갑자기 다망해졌기 때문인가"(상동)라고 적고 있다. 즉 중일전쟁 발발 이후, 조선인 하이진들의 투고가 격감하였다는 것이다. 1939년은 조선총독부가 창씨개명을 시작한 해이기도 하고 각지의 하이쿠 잡지도 통폐합을 강요받아 '시국의 긴박'함이 현실로 다가왔기 때문이다. 이토큐시가 하이쿠를 짓기 시작한 것은 바로 이 시기이며 게다가 그는 쓰치야 시규의 바로 가까이에서, 즉 『빨래방망이』에서 활동을 시작하였다.

이토큐시가 조선인 하이진으로 출발한 것은 1940년대이다. 그는 그 계기에 대해 『구집─한국(句集──韓國)』에서 "나는 중학교 2학년 교과서에 있었던 시키(子規)의 구 '감 두 개'가 마음에 들어 바로 하이쿠를 시작하였다"라고 적고 있다.[11] 이 마사오카 시키(正岡子規)의 구는 '삼천 여 구의 하이쿠 살펴보니 감 두 개 있네(三千の俳句を閱し柿二つ)'이며, 경기중학교 국어교사 나카시마 사부로(中島三郎)의 하이쿠 감상에 감동을 받은 것이 계기가 되어 그 후 혼자서 하이쿠를 짓게 되었다고 한다. 그러나 『구집─한국』의 다음과 같은 기술에 따르면 이토큐시가 한국인 하이진으로서 가졌던 긍지가 보통이 아니었다는 것을 알 수 있다.

나는 아직 일본에 가본 적이 없다. 아버지는 조선총독부 시절 종교학교의 반일사상 교육자여서 당국의 미움을 사 감옥에 오래 갇혀 있었고,

10) 이 세 사람은 목포의 하이쿠 잡지 『가리타고(かりたご)』의 '신선로 하이단(神仙炉俳壇)'에서 박노식 등으로부터 지도를 받은 하이진이다.
11) 李漢水, 「序にかえて」(『句集─韓国』, ソウル : 昔岩社, 1971).

이후에도 2차 세계대전이 끝날 때까지 경찰의 삼엄한 감시를 받았다. 어째서 이러한 집안 출신의 내가 하이쿠에 흥미를 계속해서 가지고 있었는지는 다소 불가사의하다면 불가사의하기도 하다.[12]

존경하는 아버지에게 '반일사상 교육자'라는 딱지를 붙이고 서대문 형무소에서 장기간 수감을 시킨 조선총독부에 대한 증오와 반감, 그러한 종주국의 전통시가인 하이쿠에 대한 흥미와 관심은 25년 이상이 지났어도 본인조차도 '불가사의'라고 할 수 밖에 없는 수수께끼라 한다. 이토큐시의 아버지는 이순탁(李順鐸)이다. 중학교 때부터 일본에서 유학하였으며 교토제국대학(京都帝國大學) 경제학과를 졸업한 고학력 엘리트로, 귀국 후에는 조선식산은행을 거쳐 연희전문학교 교수로 초빙되었다. 독실한 감리교파로 제국대학 시절 은사는 가와카미 하지메(河上肇)였으며, '조선의 가와카미 박사', '연희의 가와카미'로 칭송받은 한국 근대 경제학의 권위자였다.[13] 그러나 이러한 점에서 짐작할 수 있듯이 이순탁은 가와카미 하지메의 사상적 유파를 잇는 반일 마르크스주의자라는 혐의를 받아 1943년 동료 두 명과 함께 서대문 형무소에 수감되었고 석방되기까지는 문자 그대로 1945년 해방/패전을 기다려야만 하였다.[14]

이에 대하여서는 이전에 다음과 같이 논한 바가 있다. "이한수의 이야기는 하이쿠라는 종주국의 문예와 내선융화라는 이데올로기 사이에 역으로 쐐기를 박은 것을 의미하며, 거기에는 친일이라는 정치성도 다시 문학과 내셔널 아이덴티티의 틈새로의 세분화를 강요받은 것"이 아닌가라고.[15] 조선의 해방/일본의 패전 후에도 거의 일관되게 하이쿠를 짓고 있

12) 李漢水, 「序にかえて」(『句集—韓国』), p.113.
13) 홍성찬, 「노동규의 생애와 학문」(『한국경제학보』제22권제1호) 참조.
14) 豊田康, 『韓国の俳人—李桃丘子』(ソウル : J&C, 2008) 참조.
15) 졸고, 「종주국 문예의 회전—박노식과 일한 하이쿠의 인맥(宗主国文芸の転回—朴魯植と日韓俳句人脈)」(『社会文学』第37号, 2013年2月) 참조.

는 한국인 하이진들의 하이쿠에 대한 열정은 반일/친일이라는 정치성과 관계가 없으며, 한국인이라는 내셔널 아이덴티티와도 병존 가능한 심성이 아닌가라는 문제 제기인 것이다.

4. 이토큐시의 해방 / 패전 전후

이토큐시에게 해방/패전 전후는 어떠한 시기였을까? 자료의 문제도 있어 실증적으로 입증하는 것은 곤란하나 가능한 한 평가를 해 보고자 한다. 이토큐시가 하이쿠에 매료되어 구작을 시작한 것은 아마 1940년 가을일 것이다.[16] 당초에는 두세 명의 동료와 함께 하이쿠를 짓고 있었다고 하나 이후 구작의 기회를 얻기 위해 다음 해부터『빨래방망이』관련 구회에 참가하게 되었다. 당시 15살이었던 이토큐시에게 1941년 창간된『빨래방망이』는 매우 위대한 존재였다.『빨래방망이』에 수록된 이토큐시의 하이쿠 중 다음과 같은 도미야스 후세이(富安風生) 선 잡영란 하이쿠 세 구를 들어 보자.

작은 마을에 변함이 없이 부는 상쾌한 바람 小さき町昔ながらに青嵐
경성(京城) 기쿠하라 도큐시(菊原桃丘子)(『水砧』3-3, 1943年 9月)

클로버 뜰을 애정을 가지고서 살펴보시네   クローバの苑を親しみ拝觀す
경성(京城) 기쿠하라 도큐시(菊原桃丘子)(『水砧』3-4, 1943年 10月)

마른 갈대를 지펴 놓고 검사를 기다렸다네   枯芦を焚いて檢査を待ちにけり
경성(京城) 기쿠하라 도큐시(菊原桃丘子)(『水砧』3-9, 1944年 3月)

---

16) 이한수『구집—한국』에는 1941년 가을이라고 적혀 있으나, 그 자신의 회상을 근거로 한 도요다 야스시(豊田康),『한국의 하이진—이토큐시(韓国の俳人—李桃丘子)』에는 1940년 가을이라고 나와 있다. 경기중학교 2학년 때로 그 후의 하이쿠 활동과 대조해 보았을 때 1940년이 맞는 것으로 보인다.

『빨래방망이』에는 도미야마 후세이 선의 잡영, 사토 비호(佐藤眉峰) 선 초보자 잡영, 니시무라 고호(西村公凰) 선 잡영과 같이 총 세 개의 잡영란이 존재하였다. 앞의 두 사람은 『호토토기스』계열이고 후자는 우스다 아로(臼田亞浪)의 석남(石楠) 계열이었다. 이토큐시 뿐만 아니라 많은 조선인 하이진들은 『호토토기스』계열에서 활약하고 있었다. 기쿠하라 도큐시(菊原桃丘子)라고 적혀 있는 것은 이토큐시가 창씨개명 한 이름 '기쿠하라 요시오(菊原芳雄)'에서 유래하였다. 이러한 점 때문에 이토큐시를 모르는 동인이나 독자들은 그가 조선인이라는 것조차 구별할 수가 없다. 도미타 야스시(富田康)의 『한국의 하이진―이토큐시』에 따르면 중학생 시절 그의 하이쿠 아호는 '요시오(芳雄)'에서 딴 '호스이(芳穂)'이고, '도큐시(桃丘子)'라 지은 것은 경성치과전문학교 시절부터라고 한다.

이후 『빨래방망이』는 1944년 폐간되었으나 이미 이토큐시는 『호토토기스』에 투고를 하고 있었고 다카하마 교시 선의 잡영에 다음과 같은 하이쿠가 입선하였다.

뒤쪽 문에서 다가와 다가오는 보리의 가을　裏戸より訪ひ訪はるゝも麥の秋
경성(京城) 기쿠하라　도큐시(菊原桃丘子)(『ホトトギス』46-12, 1943年9月)

점차 조금씩 부처님 몸 보이고 불당 추워라　段々と佛體も見え堂寒し
경성(京城) 기쿠하라　도큐시(菊原桃丘子)(『ホトトギス』47-4, 1944年1月)

원래 1945년까지 교시 선 잡영에 입선한 구는 이 두 구뿐이나 '뒤쪽 문에서'의 구에서 왕래와 경물의 원근법, 그리고 '점차 조금씩' 구에서의 시점 이동에 따른 대상 이동과 체감 표현의 결합은 분명 『빨래방망이』의 후세이 선 보다 표현이 탁월하며 약관 17세의 하이쿠라고는 생각할 수 없다. 이와 동시에 이 시기 이토큐시의 하이쿠는 수가 적기 때문에 단정할 수는 없지만 종군과 총후(銃後)를 읊는 일본인 하이진들이 많았던 것과는 대조적으로 '시국의 긴박함'(쓰치야마 시규(土山紫牛))을 전하고 있는 것은 적다. 그리고 주로 이 때 니시무라 고호 등이 주창하고 있었던 조선 향토색의 영향도 보이지 않는다.

이와 같이 이토큐시는 1940년에 하이쿠를 접하고 조선의 해방/일본의 패전까지 수년간『빨래방망이』의 후세이 선에서『호토토기스』교시 선으로 점점 단계를 밟아 나가고 있었다는 것을 알 수 있다.17) 더불어 이 시기『호토토기스』에 입선한 조선인 하이진은 목포의 이영학, 경성의 장봉환이 단골이었다. 1942년 11월『호토토기스』(46-2) 교시 선 잡영에 입선한 구들은 다음과 같다.

> 구름다리의 혼잡한 곳 와서는 부채를 파네 棧橋の雜沓にきて団扇賣
> 목포(木浦) 의성 이영학(誼城李永鶴)

> 이슬 한 방울 타오르는 것처럼 풀 잎사귀에 露一つ燃ゆるがごとく草の葉に
> 경성(京城) 사쿠라이 장봉환(櫻井張鳳煥)

이후 전장에서 병사들의 투고가 격증하고 용지배급 형편에 따라 입선자의 이름은 하이쿠 아호만 명기하게 되었는데 이 때문에 창씨개명을 밝혀도 거리낌이 없는 조선인 하이진들이『호토토기스』에 투고를 계속한 것이 아닌가라고 짐작인 된다. 물론 스무 살도 되지 않은 이토큐시도 그러한 조선인 하이진 중 한 명이었으나, 과연 그것을 내셔널 아이덴티티의 부정이라고 할 수 있는지는 성급하게 판단할 수 없다. 그 이유는 나이가

---

17) 또한 도요다 야스시(豊田康),『한국의 하이진―이토큐시(韓国の俳人―李桃丘子)』에 이토큐시의 교시 선 잡영의 입선이 1940년이라고 되어 있으나 이는 아마도 이토큐시의 착각이라고 여겨진다.

어리다는 이유도 있으나 아버지가 이미 수감되어 있었던 것에 더하여 조선 해방/일본의 패전 후 이토큐시의 경력이 매우 가혹하였기 때문이다. 먼저 이후 이토큐시의 하이쿠를 살펴보도록 하자. 해방/패전 후『호토토기스』에 그의 하이쿠가 처음 등장하는 것은 1954년이다.

초목 마르고 해바라기는 더욱 화려해지네　末枯るゝ向日葵のなほ豪奢なる
한국(韓國) 이토큐시(李桃丘子)(『ホトトギス』57-2, 1954年2月)

무엇인가가 바깥쪽 날고 있네 가을의 나비　もの影の外を飛びをり秋の蝶
한국(韓國) 이토큐시(李桃丘子)(『ホトトギス』57-3, 1954年3月)

위의 이토큐시의 입선구를 본, 이전 박노식과 함께 목포에서『가리타고(かりたご)』를 지원하고 있었던 무라카미 교시(村上杏史)가 다카하마 교시를 통해 한국 주소를 알아내 이토큐시 앞으로 박노식의 유족의 안부를 묻는 편지를 보내온 경위, 그리고 이때부터 무라카미 교시와의 교류가 시작되었다는 것은 다른 논문에서 다룬 바가 있다.[18] 문제는 조선 해방부터 한국전쟁을 거쳐 휴전협정이 체결될 때까지의 이토큐시의 동향이다.

1945년 조선의 해방/ 일본의 패전 후 이토큐시의 행적은 서대문 형무소에 수감되어 있었던 아버지 이순탁 씨의 귀환에서 시작된다. 이순탁은 그해 미국 군정부의 입법회의위원, 1946년에는 연희대학교 초빙상경대학장, 1948년에는 정부 기획부에 초빙되어 국가예산 책정에 힘쓴 탑 엘리트였다. 그러나 1950년 총선거에서 낙선하고, 바로 직후 한국전쟁이 발발, 그리고 6월 28일에는 자택에서 북조선으로 피랍되어 버렸다. 이른바 '납북'이었다. 구 경성제국대학을 초석으로 통합 합병된 국립 서울대학교를 졸업한 이토큐시는 세브란스 의과대학 치과교실에 근무하였으나 한국전쟁 발

---

18) 졸고, 전게서.

발과 아버지의 납북으로 실의에 빠져 가족과 함께 대구로 피난, 1951년부터는 밀양의 육군 제7병원에 근무하면서 한국전력병원에서도 겸직하였다. 휴전협정 체결 후에는 서울에 돌아와 종합병원의 치과에서 근무하였다고 한다. 조선의 해방/ 일본의 패전 후에도 조국의 분단, 한국전쟁, 그리고 아버지의 납북 등 이토큐시 자신과 가족의 고난은 계속되었다. 그런데 이 9년간의 세월동안 하이쿠는 어떻게 되었을까? 도미타 야스시의 『한국의 하이진―이토큐시』[19]에는 다음과 같은 글이 적혀 있다.

새로운 직업을 갖게 된 22살의 도큐시는 훌륭한 치과의사가 되겠다고 결심하고 익숙하지 않은 일에 몹시 바쁘게 되었다. 그러나 하이쿠로부터 멀어지는 일은 결코 없었다.

그 동안 몹시 혼잡한 병원에서 일에 쫓기면서도 『호토토기스』에는 이를 악물고 계속 투고했다. (중략) 전쟁의 한가운데에서도 국제우편이 끊기지 않았던 것에 대해 이토큐시도는 지금 생각해 보면 이상하다고 한다. 투고는 매월 빠트리는 일이 없었다.

이러한 기술에 따르면 이토큐시는 해방/패전 후 9년 동안 하이쿠 투고를 이어 갔다는 것이 된다. 이후 그는 1954년 『호토토기스』교시 선 잡영에 재입선, 무라카미 교시와의 왕복 서간을 통해 그가 주재하는 에히메(愛媛)의 하이쿠 잡지 『감(柿)』에 투고하고 동인으로 추천되었으며 『구집―한국』을 출간하게 된다. 이전 『호토토기스』 잡지에서 알게 된 이영학, 장봉환과 같은 한국 하이진들과의 만남과 교류, 이렇게 한일을 잇는 하이쿠를 통한 다양한 교류를 거쳐 1990년대에는 『호토토기스』의 동인으로 추천되

---

19) 도요다 야스시(豊田康), 『한국의 하이진―이토큐시(韓国の俳人―李桃丘子)』 p.65, p.67. 본문의 이토큐시의 9년간의 기술에 관하여서도 본 서적을 참조하였으나 일부 그 내용에 대해서는 필자가 가필하여 수정하였다.

었다. 해외 동인은 이 두 사람뿐이었다. 이후에도 구작과 투고는 계속되었으며 2006년 4월에는 권두(卷頭)에는 오르지 못하였으나 『호토토기스』이나하다 고타로(稻畑廣太郎) 선 잡영에 다음과 같이 세 구가 입선하였다.

겨울 마른 풀 잎 하나 가득하게 햇살이로다   冬草のひと葉全き日ざしかな
서울(ソウル) 이토큐시

새하얀 하늘 푸르른 하늘 있고 버들 잎 지네   白き空靑き空あり柳散る
서울(ソウル) 이토큐시

마른 갈대에 감도는 한낮 바람 제멋대로의   枯芦に殘る日の風ほしいまま
서울(ソウル) 이토큐시(『ホトトギス』109-4, 2006年4月)

이렇게 만년까지 이어진 하이쿠 활동에 입각하여, 이토큐시의 해방/패전 전후 경력을 생각해 보면 구 종주국의 문예인 하이쿠 창작을 이어 갔던 그에게 한국인 하이진이라는 것은 한국인이라는 내셔널 아이덴티티와 결코 모순되지 않는 문학적 아이덴티티라는 것을 알 수 있다. 이는 단순히 이토큐시가 평생 동안 하이쿠를 사랑하였다는 간단한 결론이다. 그러나 여기에는 또 한 가지 의문이 남는다. 식민지 교육으로 의도치 않게 구 종주국의 언어를 익히고 하이쿠라는 구 종주국을 상징하는 문예에 의식적으로 매료된 이토큐시. 다른 창작 문예가 있음에도 불구하고 그것은 어째서 하이쿠였을까? 이 문제에 대해 생각하기 위해서는 식민지 조선 하이쿠의 역사와 그 이데올로기를 다루면서 다시 한 번 세계로 확산되고 있는 하이쿠 현상과 그 문예적 특징에 입각하여 검토할 필요가 있다.

5. 나가며

하이쿠의 세계화 논의로 다시 돌아가서 생각해 보자. 평생을 단카에 바친 한국 가인 손호연은 항상 단카의 원형은 신라의 향가에 있다고 하였다고 한다. 그녀도 역시 단카를 사랑한 한국인이었다. 일본 유학 시절, 그녀를 처음 대면한 사사키 노부쓰나는 "조선에는 아직 와카를 짓는 사람이 적기 때문에 조선의 여류 가인으로 열심히 정진할 것을 격려해 주었다. 그리고 도중에 그만 둘 것이라면 일본 가인의 흉내를 내지 말 것, 이 두 가지를 조언해 주었다'라고 한다.[20] 한국 옷을 입고 된장독을 바라보며 홀로 단카 약 2,000수를 짓고 여섯 권의 가집을 모두 '무궁화'라고 붙인 그녀의 문예관은 단순하게 넘길 수는 없다. 그리고 흥미로운 것은 이토큐시도 또한 한시와 비교하여 하이쿠를 정의하려는 시점을 가지고 있었다는 것이다. 이토큐시는 자신의 추천 구 '작은 벌레의 장난질이었구나 쫓아내었네(まぐなぎの茶目と知りけり拂いけり)'를 다음과 같이 설명하였다.

> 이 구의 퇴고를 시도하면서 문득 생각지 못한 발견을 한 것과 같은 기분이 들었다. 그것은 하이쿠에서 계제가 단순히 계제로서의 역할만을 하고 있는 것이 아니라 계제 그 자체로, 또는 기레지(切れ字)와 함께 한시의 소위 '기승', 어떤 경우에는 '전결'의 역할도 동시에 하고 있다는 것이었다. (...) 나는 이러한 관점을 '하이쿠에 있는 한시의 잔영론(설)'이라고 부르고 있다.[21]

여기서 이토큐시는 하이쿠는 중국의 한시에 영향을 받은 것이라 말하고 있다. 즉 5·7·5로 전개되는 하이쿠의 전개에 근체시(近体詩)의 절구의

---

20) 北出明, 『争いのなき国と国なれ―日韓を詠んだ歌人・孫戸姸の生涯』(英知出版, 2005), p.35.

21) 豊田康, 『韓国の俳人―李桃丘子』, p.216. 덧붙여 도요타 이러한 생각에 대해 도요타 야스(豊田康)는 이러한 것은 이토큐시 독자의 생각으로 다른 한국인 하이진들에게 물어 보아도 고개를 갸우뚱한다라고 덧붙이고 있다.

기승전결이라는 논리구성의 흔적이 인정된다는 의미이다. 이러한 하이쿠관은 일본의 전통시가를 동아시아 한자문화권의 문예 중 하나로 정의한다는 점에서 '단카의 원형은 신라의 향가'라는 손호연의 주장과 같다. 물론 이러한 주장을 황당무계하다고 비판하는 것은 쉽다. 그러나 바쇼(芭蕉)나 부손이 근세 지적 문화권의 한시에서 강한 영향을 받았다는 것은 잘 알려진 사실이다. 중요한 것은 일본의 전통시가인 하이쿠를 한시와의 영향 수요 관계에서, 즉 보다 보편적인 지평에서 인식하는 시점이 배양되고 있었다는 것이다.

식민지시대에 활약한 조선인 하이진, 그리고 해방 후 하이쿠를 계속 지었던 소수의 한국인 하이진들은 그 대부분이 『호토토기스』 계열로 유계정형을 준수하는 전통 하이쿠의 계보에 속한다고 할 수 있다. 이토큐시 또한 "하이쿠는 계제를 읊는 시"[22]라고 하고 있다. 이처럼 한국인 하이진이 일본의 전통시가인 하이쿠의 세시기(歲時記)와 기요세(季寄)를 중시하는 유계정형을 따르는 것은 계제를 읊는 하이쿠의 특수성 그 자체에 매료되었기 때문이 아닐까? 즉 다른 문예와 달리 계절을 읊는 하이쿠의 문예적 특징 말이다. 이제까지 살펴본 이토큐시의 해방/패전 전후의 하이쿠, 그리고 『구집—한국』에 수록된 하이쿠도 그렇지만 그는 가족이나 사회 등 인사에 관련된 하이쿠는 거의 짓지 않았다. 계절의 경물에서 말을 지어내는 하이쿠에 매료된 이유는 이러한 하이쿠의 문예성에 있다 하여도 좋을 것이다. 일본의 전통시가인 하이쿠의 특수성이 동아시아 한자문화권에 콜라주로 수용되어 한국인 하이진이라는 문학적 아이덴티티가 만들어지는 것이다. 이러한 경위는 정치적 입장과는 별개로 한 사람 안에 다른 언어와 문예가 병존하는 극히 자연스러운 사실이다. 그러나 동시에 이토큐시의 도정이 분명히 제시하고 있는 것은 조선의 해방/일본의 패전 이후 문예성

---

22) 豊田康, 『韓国の俳人—李桃丘子』 참조.

을 지닌 조선의 하이쿠가 그들 소수의 한국인 하이진들에 의해 세계화되었다는 맥락일 것이다.

번역 : 김보현

제10장

「만주문학(滿州文學)」에 있어서 오우치 다카오(大內隆雄)의 번역활동

—「만계(滿系)작가」의 이해자, 대변자로서—

산 위안차오(単援朝)

1. 들어가며

'만주국' 재주의 '일계(日系)문화인' 중에서 동시대의 '만계작가'의 작품을 가장 많이 번역하고 소개한 것은 오우치 다카오(1907~1980)로, 일본어로 번역된 '만계작가'의 작품 대부분은 그의 손에 의한 것이다. 오우치의 번역활동은 '만주문학'의 중요한 일부분으로서 주목받아, 오카다 히데키(岡田英樹, 1944~)의 연구1)를 시작으로 중일 양국에서 종래의 연구를 통해 번역동기, 특징, 실적 등에 대한 많은 사실관계가 이미 해명되었다. 한편으로는 '만주문학'의 실태와 위상을 '만계문학'과 '일계문학'의 관계를 중심으로 살펴볼 경우, 오우치의 번역활동을 어떻게 평가해야 할 것인가 하는 관점은 결여되어 있다. 본고는 이러한 관점에서 오우치의 번역활동을 총체적

---

1) 岡田英樹, 『文学に見る「満州国」の位相』(研文出版, 2000).

으로 고찰한 후, '만계문학'에서의 자리매김을 시도해 보고자 한다. 더욱이 고찰에 있어 번역의 동기보다 결과를 중시하는 입장을 취하여, 번역된 '만계작가' 측에서도 접근을 시도해 본다.

2. 오우치의 번역활동의 배경과 역할에 대하여

오우치 다카오의 번역활동을 고찰할 때, 우선 '만주문학'을 둘러싼 언어적, 문화적 상황에 주목해야 한다. 언어도 이념도 다른 '만계문학'과 '일계문학'은 '만주문학'이라는 이름 아래서 어떻게 공존하였을까? 당시의 상황을 알아 볼 단서로 '일계문학'의 대표적 한 사람인 기타무라 겐지로(北村謙次郎, 1904~1982)의 전후(戰後) 회상기가 있는데, 그 안에서 중국어 문예지『예문지(芸文志)』창간과 관련하여 그는 다음과 같이 말하고 있다.

> 필자들도 창간호부터 기증을 받고 있었지만, (중략) 반도 만족스럽게 다 읽을 수 없는 것은 (다른 일계작가도 모두 필자와 같은 문맹이다) 반대로 그들 만계작가가 모두 자유롭게 일본어 글을 구사하는 것에 비해 좀 부끄러워하지 않으면 안 되는 것이었다. 그들은 소학교 교육부터 일본어를 필수과목으로 했기 때문에 일본어로 글을 읽고 듣는 것에 불편함이 없다 하면 그 뿐이지만, 특히 민족협화의 문예를 표방하는 필자들이 자유롭게 중국어를 할 수 없다는 것은 분명 유감스러운 일이었다. '이 기회에 중국 백화문 공부를' 하겠다고 결심했지만, 만주에 체류하는 동안 결국 그것을 성취하지 못한 것은 태만하다고 비난받아 마땅했다.[2]

이처럼 기타무라 겐지로 자신을 포함한 '일계작가' 대부분이 중국어 '문맹'이었고, '태만'이라는 말에서 엿볼 수 있듯이 그러한 상황을 자신의 노

---

2) 北村謙次郎, 『北辺慕情記』(大學書房, 1960), p.120.

력으로 바꾸려 하지 않았음을 알 수 있다. 동시에 '만주국'에서는 일본어가 '만어(滿語)'(중국어)와 함께 '국어'로 지정되어, 정부 당국이 특히 일본어 교육에 힘썼다는 것도 알 수 있다. 당시 문단의 중심에서 활약한 평론가 기자키 류(木崎龍, 미상)도 「『원야(原野)』에 대하여」라는 글에서 언어의 문제를 다루며,

　　문화회에서 우리들 자신의 작품뿐만 아니라, 아니 그 이상의 관심과 기대로 만계작가의 문학이 문제된 것은 결코 최근의 일이 아니다. 게다가 언어의 방해로 인해 우리들의 대부분이 그것들과 친밀하게 접할 수 없고, 따라서 구딩(古丁, 1914~1964) 씨 등과 이야기해도 표면적으로 다람쥐 쳇바퀴 도는 상황일 뿐, 거기서 탐구하고 깊이 파고들어 이야기하는 수준까지 가지 못하니 진심으로 애가 타고 어딘가 부족한 마음이었다. 그래서 우리들도 부쩍 지나어(支那語)를 공부하거나 해서 구딩 씨들과 함께 웃는 것이 정답이었겠지만, 그래도 임시변통으로 할 것은 아니었다.3)

라고 말하고 있다. 동시대의 증언으로서 그가 밝힌 것처럼 '일계작가'와 '만계작가' 사이에 가로놓인 가장 큰 장애물은 '언어의 장해'였다. '문화회'에 진을 치고 '민족협화의 문예'를 표방하는 '일계작가'들이 '만계작가의 문학'에 강한 '흥미와 기대'를 갖게 된 것은 '만주국'의 문화 건설을 위함이었다. 그들은 '만계작가'를 '건국정신'에 입각한 '만주독자'의 문학 창조에 끌어들이려 했지만, 스스로 중국어를 공부하고 '언어의 장해'를 극복하려 하지 않았다. 그 이유는 뒤에 인용할 기타무라 겐지로의 회상에 있는 '지배자의 얼굴4)'이라는 말이 힌트가 된다. 즉, '지배자'로서 '만주국'에 군림하는 일본인은 필요성을 느끼면서도 그 입장 상 자진해 중국어를 공부할

---

3) 木崎竜, 「『原野』について」(『満洲文話会通信』), 大内隆雄『満洲文学二十年』(国民画報社, 1944), p.268에서 재인용.
4) 北村謙次郎, 『北辺慕情記』(大学書房, 1960), p.147.

수는 없었던 것이다. 이것은 자연히 '오족협화'의 허망함을 보여준다.

한편으로는 '자유롭게 일본어 글을 구사하는' '만계작가'의 대부분은 '언어의 장해'가 거의 없었을 터인데 문학표현의 장에서 완강히 '일본어 글'을 거부하는 스탠스를 취하고 있다. 예를 들어, '만계작가'의 대표격이라고 할 수 있는 구딩은 일본의 평론가 아사미 후카시(淺見淵, 1899~1973)의 "일본어로 소설을 쓸 생각은 없습니까"라는 질문에 "감상 수필이라면 경우에 따라 쓰지 않을 것도 없지만, 소설만은 절대로 일본어로 쓰지 않을 생각입니다"라고 대답하여, 스스로의 입장을 감추지 않았다. 구딩뿐만 아니라 '만계작가'들은 대부분 이러한 입장을 관철해 왔다. 물론, 예외가 없는 것은 아니다. 일부, 특히 일본에서 돌아온 작가가 일본어로 창작을 시도한 것도 사실이지만 그러한 행위는 바로 다른 '만계작가'에게 비판받고 보이콧 당했다. 일례를 들자면, 작가이자 평론가 산촨 차오차오(山川草草, 본명 화시루[花喜露], 1913~1946)는 "이전에 『새로운 감정(新しき感情)』을 낸 저자는 일본인 작가로부터 '왜 일본어로 시를 쓰는가?'라고 질문을 받은 적이 있다. 나는 이 질문이 정당하다고 생각한다. 왜냐하면 옥수수 가루를 근저에 둔 문학작품은 만계국민에게 가장 가까운 형식을 취해야 하며, 또한 만주적인 것이 어울리기 때문이다5)"라고 하며, '일본어로 시를 쓰는' 것에 대해 반대 입장과 그 이유를 표명한 바 있다. 여기서 말하는 『새로운 감정』은 작가 왕두(王度, 미상. 당시 杜適民라는 필명을 썼다.)가 일본 유학 중 도쿄에서 낸 일본어 시집으로, 출판 후 바로 발매 금지 처분을 받았다. 그럼에도 불구하고 문제시 된 것은 일본어로 쓰였기 때문이다. 산촨 차오차오에게 있어 시집의 내용은 차치하고, 일본어로 쓰인 것은 문학의 전통과 성격에 관련된 문제로서 납득되지 않았던 것이다. 따라서 '만주국'에는 '일계문학',

---

5) 山川草草, 「向何処去」(錢理群主 編·封世輝 選編, 『中国淪陥区文学大系 評論巻』, 広西教育出版社, 1998), p.61.

'만계문학'은 있지만 조선이나 타이완에 있었던 것 같은 '일본어 문학'은 없었던 셈이다. 문학표현의 장에서 일본어를 거부하는 자세는 간접적이지만 '만주국'의 식민지화에 대한 저항의 하나가 되는 것이었다.

아사미 후카시와의 문답에서 일본어 소설 창작의 가능성을 명확하게 거부한 구딩은 그 이유에 대해 "쓸 수 없는 것은 아니지만, 일본어 글로는 아무래도 만주어 글이 갖고 있는 뉘앙스가 나오지 않습니다."6)라고 덧붙인다. 기자키 류가 구딩을 비롯한 사람들과의 교류로 체험한 '어딘가 부족한 마음'을 상기하면 이것은 표면상의 이유이면서 동시에 본심이기도 했다. 기자키 류가 앞서 인용문에서 "결국, 우리들의 유일한 '통역'인 오우치 씨의 번역이 그러한 문제를 메꿔 주는 기반이 되었다7)"고 지적하듯이, 많은 일본인에게 '오우치 씨의 번역'은 그 시점에서 '언어의 장해'를 넘어 '만계작가'의 작품에 '쉽게 접하는' '유일한' 수단이었던 것이다. 한편으로는, 후술하겠지만 오우치에게는 '많은 일본인이 만주인의 문학에 대해 너무 모르는 것'이 번역의 동기로 이어졌다. '너무 모른다'는 현상은 우선 일본인의 '만계문화'에 대한 의식과 관련이 있다. 1936년부터 37년에 걸쳐 재만 일본인 사이에서 널리 퍼진 '만주문학'의 성질, 방향에 대한 토론 중에는, "만주의 낮은 문화는 지금으로서는 일본인의 문화에 거의 영향을 주지 않는다"라든가 "만주인 문학이 문학문제로 수준면에서 도달하기 위해서는 앞으로 수십 년을 필요로 한다"등의 견해가 보인다. 당시로서는 오히려 주류였던 이러한 의식은 물론 기타무라가 말하는 '태만'으로 이어진다. '태만'은 곳곳에서 발견되며, 일찍이 기자키 류가 구딩의 장편소설 『평사(平沙)』를 오우치가 번역해 준 줄거리만으로 논한 것도 그 일례이다. '흥미와 기대'가 있었던 것은 부정할 수 없지만 『평사』가 오우치 번역으로 중앙공

---

6) 淺見淵, 『滿洲文化記』(国民画報社, 1943), p.171.

7) 木崎竜, 「『原野』について」(『滿洲文話会通信』), 大内隆雄, 『滿洲文学二十年』(国民画報社, 1944), p.268에서 재인용.

론사(中央公論社)에서 간행된 것은 일 년 후의 일이다. 이것은 오우치라는 존재를 부각시키는 일이기도 하며, 그의 '번역'은 결과적으로 일본인의 '태만'으로 인한 갭을 줄이기 위한 것이었다.

이렇게 보면 '만주문학'에 있어 '언어의 장해'는 입장이나 민족의식이 얽힌 문제이며, 그 뒤에는 지배자 계층과 피지배자 계층의 대치가 존재했다. 이처럼 문학표현의 장에서 일본어와 중국어가 서로 대립하는 상태가 계속되는 가운데, 오우치의 '번역'은 '문제를 메꾸는 기반이 되었'던 것이다. 게다가, 적어도 1939년이라는 시점에서는 '유일'한 '기반'이었다. 여기서는 번역의 전제가 되는 언어의 문제에 관련된 오우치의 생각을 살펴보자. 그는 '만주국' 건국에 즈음하여 『만주평론(滿洲評論)』에 「만주문화건설사안(滿洲文化建設私案)」이라는 글을 'T.O생(T.O生)'이라는 필명으로 보내, '만주국'의 '공통어'로서 '지나어와 에스페란토(Esperanto)를 지지하는 숫자에서의 지나문화(지나어)가 가진 우월성과 보조어를 이용8)'한다. 이는 당시로서는 전대미문의 제안이었으며, 그 속에는 이후 번역의 동기로 이어지는 것이 이미 숨어 있었다. 오우치는 1930년대 초반 다롄(大連) 문단을 석권한 프롤레타리아 문학운동에서 활약한 사람 중의 한 명이며, 이러한 인식은 이후 '만계문학'에 대한 강한 관심과 공명으로 이어졌다.

3. 외부, 내부에서 본 오우치의 번역활동, 작품의 '어두움'을 중심으로

오우치의 번역활동은 학생시절부터 시작되었다. 1925년 봄, 오우치는 장춘상업학교(長春商業学校)를 졸업하고 만철(滿鐵, 남만주철도주식회사)의 내지유

---

8) T.O生, 「滿洲文化建設私案」(『滿洲評論』 1932年 4月 15日号), 大内隆雄, 『滿洲文学二十年』(国民画報社, 1944.5), p.179에서 재인용.

학생으로 상하이(上海)의 동아동문서원(東亞同文書院)에 입학했다. 상하이에
가기 전, 장쯔핑(張資平, 1895~1947)의 「식수절(植樹節)」을 번역하여 『만몽(滿
蒙)』 3월호에 게재하였다. 이 해에 번역된 작품에 순아이뤼(孫愛綠, 미상)의
「지나간 시대(過ぎ去しかた)」도 있다. 이듬해 1926년에 장쯔핑의 「밀약(密約)」,
궈모러(郭沫若, 1892~1978)의 「낙엽(落葉)」, 쌍위런(孫寅人, 미상)의 「어머니 떠
난 밤(母の去りし夜)」 등을 번역했다. 게재지는 모두 『장춘실업신문(長春實業
新聞)』이었다. 상하이 유학 중 궈모러를 비롯한 창조사(創造社) 작가들과 접
촉했는데, 특히 티엔한(田漢, 미상)과 친분이 있었던 것은 알려져 있다. 이렇
게 상하이에서 좌익문학의 세례를 받았던 것이다. 1929년 봄, 그는 다롄으
로 돌아가 만철본사조사과(滿鐵本社調査課)에 취직했다. 이듬해부터 다롄문
단을 석권한 프롤레타리아 문학운동에 참여하고, 번역으로는 「중국의 프
로소설 선집(中國のプロ小說選集)」, 「우리들(おれたち)」[인푸(殷夫, 1909~1931)
作, 시], 「새로운 동료에게(新しい仲間に)」[산췬(杉尊 미상)作, 시] 등의 작품을
내 놓았다. 「새로운 동료에게」는 『서인(曙人)』 第5号(1931. 1), 나머지 두 작
품은 오우치가 편집을 맡았던 『대륙문학(大陸文學)』 1931년 6월호에 게재되
었다. 덧붙여서 인푸는 1931년 1월에 국민당 당국에 의해 상하이 교외에
서 살해된 다섯 명의 좌익작가 중 한 사람이었다. 그 후, 그는 1931년 10월
28일 만주공산당사건(滿洲共産党事件)과 1932년 10월 28일의 적색구호위원회
사건(赤色救援會事件)으로 다시 검거되는 신세가 되었지만, 모두 불기소 처
분으로 끝났다. 그 후 만철에서 은퇴하고 만주를 떠났지만, 1933년 말에
다시 만주로 돌아와 네슬레연유회사 봉천사무소(奉天事務所)를 거쳐 신경일
일신문사(新京日日新聞社, 전신은 장춘실업신문사)에 들어갔다.

『신경일일』에 근무할 시절, 오우치는 곤도 기주로(近東綺十郎, 미상)와
"『만주문학』이라는, 만계동인도 규합한 문학월간잡지의 계획을 세우고,
서류를 당국에 제출했지"만, "이것은 허용되지 않았다." 원인은 "아무래도
우리들(나와 곤도)의 전력(前歷) 때문인 듯 했다"고 말한다. 이것은 '만계작가'

의 작품 번역에 힘을 쏟는 계기 중 하나가 되었다고 봐도 좋을 것이다. 나중에 그는 『고량(高粱)』 1935년 9월호에 송핑(頌平, 미상)의 「추억조각(追憶斷片)」이라는 번역시를 게재했다. 『만주문학 이십 년(滿洲文學二十年)』에 의하면 이것은 『고량』에의 첫 기고였다고 한다. 하지만 그 '첫 기고였다는 사실'보다 주목해야 할 것은 그 작품이 "지난해에 나온 『광야(曠野)』라는 만주어잡지에서 가져온 것"이었다는 점이다. 요컨대, 번역의 대상이 상하이 부근의 작가에서 고향의 '만인작가(滿人作家)' 작품으로 바뀐 것이다. 이에 대해 그는 괄호를 덧붙여 다음과 같이 주를 달고 있다.

> 나는 이때부터 점차 만계문학에 대해 열정을 품기 시작했다. 훨씬 이 전부터 명심해 왔지만, 현재 내가 해야 할 일 중 하나는 분명 이 방면에 있다고 믿게 된 것이다. ──이 해 8월의 『만몽』에 나는 쯔첸(致泉, 미상)의 소설 「할머니(祖母)」를 번역하여 기고했다. (중략) 나는 점점 번역에 주력하기 시작했다.9)

이처럼 1935년 중반 무렵부터 '만계문학'에 강한 관심을 갖고 번역, 소개를 자신이 '해야 할 일 중 하나'라고 믿게 된 것을 알 수 있다. 무엇이 그를 그렇게 믿게 하였는지, 그 계기나 동기가 완전히 해명된 것은 아니지만 '만계작가'의 작품에 그의 흥미, 관심을 끄는 것이 있던 것은 확실하다. 그리고 이때까지 번역, 창작, 검거, 전향 등의 여러 형태로 체험한 좌익문학과의 관계도 하나의 큰 요인이 되었을 것이다. '만계작가'의 작품을 대상으로 한 그의 번역활동은 이렇게 시작되었다. 번역된 작품의 독자가 일본인인 것은 말할 것도 없다.

그럼 오우치 다카오의 '번역'은 '만주문학', 그리고 '일계작가'에게 어떤 영향을 미쳤을까? 우선 이 질문을 『만인작가소설집 원야(滿人作家小說集 原

---

9) 大内隆雄, 『満洲文学二十年』(国民画報社, 1944), p.199.

野)』(이하 『원야』)의 출판을 둘러싼 상황을 통해 고찰해 보자. 1939년 9월 도쿄의 삼화서방(三和書房)에서 간행된 이 소설집은 구딩의 「원야(原野)」, 「골목(小巷)」을 시작으로 샤오송(小松, 1912~)의 「인조견사(人造絹糸)」, 티엔핑(田兵, 미상)의 「아리요샤(アリヨーシャ)」 등 작가 아홉 명의 작품 12편을 수록한 오우치 다카오 최초의 번역 단편 소설집이다. 그리고 이듬해 7월 삼화서방에서 간행된 『만인작가소설집 제2집 민들레(滿人作家小說集第二輯 蒲公英)』는 두 번째 번역 단편소설집이며, 우잉(吳瑛, 미상)과의 공편으로 1944년 여성만주사(女性滿州社)에서 간행된 『현타이완주 여류작가 단편집(現代滿州女流作家短編選集)』은 세 번째 번역 단편소설집이 된다. 이외에 단행본 번역으로, 중편소설이나 장편소설도 다수 있다. 기자키 류는 전술한 인용문에서 『원야』에 대한 독후감을 이렇게 전하고 있다. "일독하면 전체적으로 매우 어두운 느낌이 들고 흐름이 갑작스러우며 인물이 부자연스러운 점이 눈에 띄지만, 거기에 이 사람들의 큰 고민도 있다고 생각되어 우리는 그런 의미에서도 서로 단단히 이어져, 조금이라도 그 고민을 해결해 가고 싶다고 생각한다10)"고 어느 정도 이해를 드러내고 있지만, 전체적인 인상은 '어둡다'라는 말에 잘 나타나 있다. 『원야』에 대해 오카다 히데키(岡田英樹, 1944~) 씨는 "이 작품집을 통해 처음으로 일본인은 중국인 작가가 존재한다는 걸 알았다고 해도 과언이 아니다".11)라고 말한다. 여기서 '일본인'은 일본 내의 일본인을 포함한 것이다.

동시대 평으로서 아사미 후카시가 "내지 문단에서는 『원야』의 저술로 인해 만주문학의 존재를 알기 전까지 만주에 확실한 문학이 생겨나고 있는 것에는 대부분 무관심했다. 당연히 재만작가의 존재 같은 것은 모르고, 한 두 개의 아마추어 동인잡지가 있다는 정도의 지식 밖에 없었다. 그것

---

10) 木崎竜, 「『原野』について」(『満洲文話会通信』), 大内隆雄『満洲文学二十年』(国民画報社, 1944), p.268에서 재인용.

11) 岡田英樹, 『文学に見る「満州国」の位相』(研文出版, 2000), pp.225-226.

이 『원야』의 소개를 계기로, (중략) 단순히 만인문학뿐만 아니라, 넓게는 만주문학 전반에 대해 내지문단의 관심이 급속히 고조되기 시작했다"[12] 고 지적하는 것처럼, 내지의 일본인은 '만인문학'뿐만 아니라 '재만작가' 및 '일계문학'이 존재하는 것도 『원야』를 통해 처음으로 알게 되었다. 당시 오우치의 '번역'은 그 정도의 영향력이 있었던 셈이다. 또한 아사미 후카시 는 "만인작가들은 처음에는 정치적 압력을 무의식적으로 두려워 해 구석 에서 조심스럽게 쓰고 있던 것을, 오우치 다카오가 발탁하고 번역하여 일 본인의 독서계에 소개한 덕분에 처음으로 진가를 인정받아 오늘날의 존재 가 되었는데, (중략) 현재 솔직히 만주문학에 있어 재만작가보다도 만인작 가 쪽에서 뛰어난 작품이 나오고 있다"(상동)고 말한다. '만인작가의 작품' 의 진가를 알게 된 것은 물론, 그의 입장에서 본다면 '만인작가'가 주역으 로서 '만주문학'의 무대 위에 올라온 것도 오우치의 번역활동 덕분이다. 물론, '만계작가'의 작품의 '어두움'도 이것으로 널리 알려지게 되었다. 기 자키 류는 『만주낭만(滿洲浪曼)』 제5집에 「만인작가논설(滿人作家論序説)」이라 는 글을 게재하고, 그 머리말에서 『원야』를 언급하며 다음과 같이 말하고 있다.

사카이 엔지(坂井艶司, 미상)는 만인작품집 『원야』의 합평좌담회에서 (『신경일일』연재), 다음과 같이 말했다.

"구딩 씨 자신과, 구딩 씨가 쓴 『원야』라는 글에 대한 생각, 거기에 매우 큰 거리가 있지 않을까 생각한다. 거기에 나는 밝음이 필요하다고 생각하지만."

이 작품집에 대해 다들 어둡다고 하지만 그에 대해, 특히 구딩 씨의 작품에 대해, 사카이 엔지는 시인적인 직감으로 그런 말을 했다고 생각 한다.[13]

---

12) 浅見淵, 『滿洲文化記』(国民画報社, 1943), p.212.
13) 木崎竜, 「滿人作家論・序説」(『滿州浪曼』第五輯, 1940.5), p.129.

사카이 엔지가 느낀 '매우 큰 거리'는 구딩의 평소 발언과 작품 세계 사이에 큰 간극이 있다는 의미이며, 아사미 후카시의 말을 빌리자면, '구딩이 만주문학에 대해 말한 포부 중에서 협화운동의 한 톱니바퀴가 되고 싶다는 발언이 있었는데, 아직 그것은 어디까지나 포부에 그쳐『원야』에 수록한 작품에는 만주국 사람의 의식이 거의 드러나지 않는다'고 할 수 있다. 사카이에게 있어 '어두움'은 결코 용납할 수 없는 것이었다. 그래서 '밝음이 필요하다'고 지적한 것이다. 이처럼『원야』에 대한 반응은 '어두움'에 대한 불만이 주를 이루고 있는데, 그 계기가 된 것이 오우치의 번역활동이었다. 그런 의미에서 오우치는 '만계문학'의 뚜껑을 연 것과 동시에 '어두움'의 판도라 상자도 열었다고 할 수 있다. 이를 뒷받침하듯이 기타무라 겐지로도 전후『원야』를 회상하며 다음과 같이 말하고 있다.

　　지금까지 여러 잡지를 통해 만계작가의 작품을 거의 알고 있다고 생각했지만, 이렇게 하나에 집중해 보면 다시 그 '어두움'에 주목하게 된다. 게다가 그것이 각 작가에게 공통된 필치였다는 것은 이미 치우잉(秋螢, 미상) 씨가 지적한 부분으로 만계작가가 가진 하나의 특색이자 반대로 귀중히 여겨야 할 것일지 모르지만, 당시 비평의 글을 쓴 일계작가나 비평가는 모두 여기에 신경쓰며 "만주에는 빈곤함과 비와 진창 밖에 없는 것인가?"하고 고개를 갸웃한 것이다.
　　지금 생각해 보면, 오우치 군이 작품을 선택하는 눈도 다소 편향적이었던 것은 아닐까 하는 부분도 있지만 이 '어두움'은 그들에게 있어 이른바 전통적인 것이며, 갑자기 지배자 얼굴을 하고 나타난 일본인의 낙천적인 두뇌로는 금방은 이해할 수 없는 성질의 것이었던 것도 사실이다.14)

여기서 말하는『원야』에 대한 생각도 '만주작가가 가진 하나의 특색'으로서 '어두움'을 중심으로 하는 것이다. '어두움'을 표상하는 것에는 '가난'

---

14) 北村謙次郎, 『北辺慕情記』(大学書房, 1960), p.147.

등이 있지만, 구로자키 후미타카(黒崎史貴, 미상)가 "모든 작품의 저류에 있는 것은 '빈곤함'이다"고 지적한 것처럼, 두 번째 번역단편소설집 『민들레』에서는 '가난'이 보다 더 눈에 띄며, 수록 작품의 공통점을 하나의 단어로 형용한다면 '가난'이라고 할 수 있을 정도이다. 하나의 경향으로서, 역시 기타무라가 지적한 것처럼 작품 선정에 '편향이 있었다'는 것 같다. 덧붙여서 '편향성'은 다른 '일계작가'도 지적했다. 프롤레타리아 문학의 가장 중요한 테마 중 하나인 '빈곤함'은 '만인문학' 번역의 동기로 이어지는데, 오우치는 번역의 동기에 대해 다음과 같이 말하고 있다.

> 실제로 만인문학을 쓰는 사람은 전부 노동자다. 그리고 그들이 쓰는 문학의 방법은 리얼리즘이다. 노동자의 문학이 리얼리즘과 이어지는 것은 필연적이며 이에는 깊은 의미가 있다고 생각한다. (많은 일본인이 만인의 문학에 대해 너무 모르는 것에 나는 큰 불만이다.)
> 만주의 노동자 문학! 나는 이 깃발을 내걸고 싶다고 생각한다.[15]

'너무 모르는 것'에 대한 불만, 반대로 말하면 알리고 싶다는 것은 번역 활동의 동기가 된다고 볼 수 있지만, '노동자 문학'의 깃발은 '만계작가'라기보다 자신을 위해 내걸고 싶은 것일 것이다. '노동자 문학'+'리얼리즘'에의 주목 및 공명에는 프롤레타리아 문학의 꿈을 번역을 통해 다시 한 번 꾸려는 의식이 있음을 알 수 있다. 이러한 잠재의식은 기타무라가 지적한 '편향'으로 표면화되지만, 오우치에게 그것은 '편향도 무엇도 아닌, 작품의 '어두움'을 만들어 내는 방법으로서의 리얼리즘이다. 지금까지 '편향설은 여러 각도에서 검토되어 왔다. 예를 들어, 구체적인 작품분석은 수반하지 않지만 니시다 마사루(西田勝, 1928~)는 오우치가 매호에 '만인작가'의 소설을 번역, 게재함으로써 "『만주낭만』 속에서 프롤레타리아 문학

---

15) 大内隆雄, 「満洲文化についての断想」(『満洲浪曼』第1輯, 1939.10), pp.223-224.

이 전성기16)의 한 장면을 연출했다"고 말한다. 왕쯔송(王志松, 1962~)은 오우치가 번역한 위엔시(袁犀, 미상)의 「이웃 세 사람(隣三人)」을 원작과 비교하여 "오우치는 「이웃 세 사람」을 번역할 때, 추가나 개역을 통해 노동자들의 생활의 불행이나 그 연대감을 강조하고 반항의 재기를 암시하는, 프롤레타리아 문학적 색채의 작품으로 읽게 유도했다"17)고 결론짓고 있다. 이처럼 프롤레타리 문학에 대한 의식이라는 점에서 작품 선정과 함께 번역에도 오우치의 색이 짙게 드러난 것이다.

오우치는 자신 안의 프롤레타리아 문학의 잔상을 '만계작가' 작품에서 추구하는 한편, '일계작가'들은 그의 '번역'을 통해 '만계문학'의 '어두움'을 알게 되고, 결국 그것이 '만계작가가 가진 하나의 특색'으로서 인식된 것이다. 예를 들어, 만주문예가협회위원장(滿州文芸家協會委員長)을 지낸 야마다 세이자부로(山田淸三郎, 1896~1987)는 『예문(芸文)』 1944년 5월호에서 「대동아선언과 만주문학—독자성의 문제와 관련하여—(大東亞宣言と滿州文學—獨自性の問題にふれつつ—)」라는 글을 통해 "만계의 경우는 어떠한가 하는 것에 대해 그들의 작품 대부분은 한 마디로 '어둡다'고 표현되어 왔다. 상기의 선집(選集) 제1권의 만계작품 중 이 평가에 항의할 수 있는 것은 우선 없다"고 말하면서, "제2권에서는 이미 일계작가의 향수문학적인 것은 거의 흔적이 사라지고, 만계문학의 방향도 점차 '새로운 만주'의 적극적 측면과 그 진짜 생활을 다루고자 해온 것을 알 수 있다"18)고 말한다. 여기서 '선집'이라는 것은 각각 1942년 6월, 1944년 3월 도쿄의 창원사(創元社)에서 간행된 『만주국 각 민족 창작선집(滿洲國各民族創作選集)』 제1권, 제2권을 가리킨다. 이것은 창원사의 의뢰를 받은 가와바타 야스나리(川端康成, 1899~1972)를 중심으로 기획, 편집된 것으로, '어두움'의 측면에서 야마다가 봤을 때,

---

16) 西田勝, 「座談会『滿洲浪曼』をどう評価すべきか」(『植民地文化研究』第一号, 2002.6), p.9.
17) 王志松, 「翻訳と『滿洲文学』」(『跨境 日本語文学研究』創刊号, 2014.6), p.102.
18) 山田淸三郎, 「大東亜宣言と満州文学—独自性の問題にふれつつ—」(『芸文』1944年5月号), p.32.

제2권에 수록된 '만계작가'의 작품에서 변화가 발견된 것이다.

그러나 이 점에 있어서 가와바타 야스나리는 그와 견해를 달리하였다. 두 달 후의 『예문』 1944년 7월호에 게재된 「만주국의 문학(滿州國の文學)」이라는 글의 끝에서 가와바타는 "『각 민족 창작선집』의 제1권, 제2권을 통해 만계작가의 난점은 역시 어두움이고 백로계(白露系) 작가의 난점은 역시 낡음에 있다"[19]고 말하며, '어두움'을 '만계작가의 난점'으로 거론하고 있다. '역시'라는 말에서 알 수 있듯이 그가 봤을 때, '어두움'은 여전했고 어떠한 변화도 없었다. 이에 반해 '어두움'이라는 비평을 가장 많이 받은 구딩은 빠르게 반응하며, 다음달 『예문』(8월호)에서 「어두움에 대해(暗さについて)」라는 글을 기고해 가와바타의 비평에 정면으로 반론하였다. 그의 반론은 '밝음'이 있기에 '어두움'이 있다는 논법으로 전개되어 다음과 같은 결론에 다다랐다.

> 우리 만주국과 일본의 관계는 우방에서 맹방으로, 더 나아가 맹방에서 친방(親邦)이 되었고, 신도(神道)는 우리 만주국의 건국정신의 근원이며 대동아전쟁의 중핵입니다.
> 이와 같이 우리 눈에 비춰져 온 이 여러 밝은 면은 매우 급속한 것이었습니다. 따라가도 따라가도 따라갈 수 없을 정도로 빠른 것이었습니다.[20]

"'밝음'을 향해 마음껏 눈을 크게 뜨"면서, '대동아전쟁'의 '화면에 삼켜진'(상동) 자신에 대한 반성이 담긴 이 발언은 아이러니로, '우방'에서 '맹방', '친방'으로 전락해 일본의 식민지가 된 '밝고 새로운 만주'에 대해 결별을 선언하는 것으로 풀이된다. '밝음'을 둘러싼 공방전이 국경을 넘어 전개된 것은 '만주문학'이 가진 동상이몽의 현실을 부각시키는 것이었다. 야마다 세이자부로는 앞서 인용한 문장에서 "만계작품의 '어두움'이 그들

---

19) 川端康成, 「満州国の文学」(『芸文』 1944年7月号), p.41.
20) 古丁, 「暗さについて」(『芸文』 1944年8月号), p.102.

에게 있어서는 소위 '사인주의(寫印主義)'와 모순되지 않는 것은 물론이다"라고 말하며, "일만계의 문학적 영위는 여전히 평행선을 그리고 있다. 즉, 일계는 일계의 길, 만계는 만계의 길을 가는 모습이다"[21]라고 지적한다. 이러한 현상인식은 아마도 오우치와 무관하지 않을 것이다. 왜냐하면 야마다 세이자부로도 그의 '번역'을 통해 '사인주의'를 비롯한 '만계의 길'을 안 사람 중 하나이기 때문이다. 이렇듯 그의 '번역'은 '만계의 길'을 아는 데 있어서 빼놓을 수 없는 것이었다고 할 수 있다.

4. '만계작가'의 대변자로서, '어두움'을 둘러싼 공방으로

'만계의 길'을 아는 데 있어서 소설만으로는 부족한 것은 자명하다. 오우치는 '만계작가'의 평론이나 수필도 다수 번역하여 그들의 문학상의 주장을 전하려 하였다. 『만주낭만』 제5집에 게재된 왕쩌(王則, 미상)의 「만일문학교류잡담(滿日文學交流雜談)」은 그 중 하나이다. "일본에 문학이 있는 것은 만주인 누구도 부정하지 않는다. 만주에도 문학이 있다. 이것은 일본인이 최근 발견한 것 같다"는 서두로 시작하는 이 글은 많은 '만계작가'의 입장과 심정을 대변하고 있다고 할 수 있다. '발견' 경위 등은 자세하게 다루고 있지 않지만, 글은 "그 후, 『명명(明明)』과 『신청년(新青年)』 두 잡지가 편집자의 노력을 통해 소위 '신문 끝자락의 문학'을 '잡지문학'으로 바꾸었다. 덕분에 만주문학에 관심을 가진 일계문학자의 주목을 모았다. 그 중에서 두드러진 것은 유명한 번역자 오우치 다카오 씨다"라고 하고 있다. 전후의 문맥을 봤을 때, 여기서 '만주문학'은 '만계문학', '일본인'은 '재만' 일본인을 가리킨다고 볼 수 있다. 즉, 왕쩌가 봤을 때 '만계문학'에 관심을

---

21) 山田清三郎,「大東亜宣言と満州文学―独自性の問題にふれつつ―」(『芸文』1944年5月号), p.33.

가진 오우치 다카오의 번역활동을 통해 일본인이 최근 '만주에도 문학이 있다'는 것을 발견한 것이다. 오우치의 '번역'이 이처럼 '만계작가'에게 받아들여진 것은 주목할 만하다.

『만주낭만』 제5집은 '만주문학연구' 특집으로 15편의 평론과 논문으로 구성되어 있다. 그 중에서 왕쩌의 글을 포함한 '만인'의 작품은 4편으로, 모두 오우치가 번역한 것이다. 『만인낭만』은 동인이기 때문에 이러한 번역을 '일'로서 의뢰받았다고 생각할 수도 있지만, 내용을 살펴보면 신쟈(辛嘉, 미상)의 「구딩에 대하여(古丁に就て)」에는 "구딩은 일종의 구역질의 정신을 갖고 있다. 「고독 속에서(在寂寞中)」라는 글에서 '밝음'과 '어두움'의 문제를 논하며 '우리들은 문인이 그리는 미와 달콤함에 추악함과 고뇌를 더하고, 심지어는 구역질과 타기(唾棄)를 더한다'고 하고 있다[22]"는 것처럼 간접적으로 '어두움'이라는 비평에 대한 반론이 포함되어 있고, 샤오송의 「이치와 그 작품(夷馳とその作品)」에는 구딩 등이 말하는 '사인주의'에 대한 설명, 선전이 포함되어 있다. 그러한 의미에서 오우치는 스스로 '어두움'을 둘러싼 공방에 참전했다고 할 수 있다.

물론 오우치의 번역활동은 기본적으로 개인의 의지에 의한 사적인 행동이며, 번역 작품 선정에서 그가 가진 문제의식을 엿볼 수 있다. 예를 들어, 그가 '시간항약(矢間恒躍)'라는 필명으로 『만주평론(滿洲評論)』에 번역 게재한 한후(韓護, 미상)의 「만주문화관의 확립─만주문화를 위해─(滿州文化觀の確立──滿洲文化のために──)」라는 글은 특별한 의미를 갖는다. 왜냐하면 이 글은 오늘날의 관점으로 봐도 제법 '과격'한 것이었기 때문이다. 한후는 우선 '만주문화관'의 현상을 다음과 같이 말하고 있다.

　　민족이라는 측면에서 말하자면, 가장 눈에 띄는 것은 만주의 일본계
　　문화인이 가진 만주문화관과 만주계가 가진 만주문화관의 차이이다. 지

---

22) 辛嘉, 「古丁に就て」(『滿州浪曼』第五輯, 1940.5), p.118.

배계급과 피지배계급이라는 점에서 말하면, 정부의 만주문화관과 민간
의 만주문화관의 차이이다. 이론과 실제로 말하면, 원칙상의 만주문화관
과 사실상의 만주문화관이 대립하는 것이다

　이를 자세히 말하자면, 만주의 일본계가 가진 만주문화관은 만주문화
를 일본문화의 만주로의 연장으로, 만주의 일계문화가 만주문화의 대표
라고 인정하는 것이자 만주에 존재하는 다른 계열의 만주문화를 부정하
는 것이다. 하지만 소수의 일본계 문화인 중 만계문화의 독립과 만주의
다른 계열 문화의 존재를 부정하지 말 것을 제창하는 사람도 있다. 그러
나 그러한 관념의 뒤편에서는 역시 만주문화는 일본문화의 연장이라고
인정하고 있다. 이른바 독립성이라는 것도, 이 연장된 일본문화의 개조
일 뿐이다. 그리고 만주의 다른 문화의 존재를 부정하지 않겠다는 것도
그저 말만 그럴 뿐이다. (중략)

　이에 반해, 만주의 다른 계열이 가진 만주문화관은 만주의 일본계가
가진 만주문화관과는 확연히 다르다. (중략) 만주계가 가진 만주문화관
의 가장 큰 특징은 만주의 만계문화의 확연한 존재가 어떠한 방면에서
도 부정 소멸되지 않는다는 것이다. 두 번째 특징은 만주의 만계민족은
완전한 한민족의 연장이며 만계의 문화는 당연히 한민족 문화의 연장이
라고 할 수 있다는 것이다.[23]

　위의 글은 한후가 '민족이라는 측면에서' 본 '만주의 일본계 문화인이
가진 만주문화관과 만주계가 가진 만주문화관의 차이'이다. 그는 세 가지
측면에서 두 문화관의 '차이'를 검토한 결과를 바탕으로, '만주문화관'의
'상극성', '대립성', '부정성'을 지적할 수 있다는 입장에서 구체적으로 몇
가지 예를 들어 이를 뒷받침하고 있다. 언뜻 '일계'와 '만계'가 각자의 '만
주문화관'을 고수하고 서로 양보하지 않는 현상을 객관적으로 언급한 것
처럼 보이는데, 이것 자체가 의미심장하다. 즉, '만주문화관'의 '대립성', '상
극성'을 명백하게 지적하는 것은 실질적인 식민지 지배라는 '지배계급'의

---

23) 韓護,「滿洲文化觀の確立—滿洲文化のために—」(『滿洲評論』第22卷第18号, 1942.5.9.),
　　pp.10-11.

불편한 진실에 다가가는 것이다. 뿐만 아니라 '민족협화'를 역으로 이용해 일부 '일본계 문화인'의 가면을 벗기고, 그 '만주문화관'의 배타성과 허위성을 가차 없이 비판하는 부분은 '일본계 문화인'에 대한 격문(檄文)으로 풀이할 수 있다.

오우치는 '일본계 문화인'의 일원으로서, 이러한 폭로적, 도발적인 글의 내용과 작자의 입장을 어느 정도 이해하지 못 했다면 번역을 단행할 수 없었을 것이다. 필자가 조사한 결과, 한후의 글은 그때까지 중국어로 발표된 적이 없었다. 즉, 오우치가 번역 게재함으로써 처음으로 빛을 본 것이다. 이외에도 당시 만영기획과(滿映企畵課)에 근무하던 한후는 오우치의 부하였으므로, 오우치와의 상담 후 집필했을 가능성도 생각할 수 있다. 사실이라면 이 글은 두 사람의 합작이라고 할 수 있다. 한후가 글에서 말하는 것은 대부분 '만계작가'가 말하고 싶었던 내용이기 때문에 이것을 번역 게재한 오우치는 '만계작가'의 대변자로서의 역할을 수행했다고 할 수 있다.

또한 오우치는 『예문』 1944년 5월호에 우랑(吳郎, 미정)의 「만주의 전통과 만계문학(滿洲の伝統と滿系文學)」이라는 글을 번역 게재한다. 여기서 주목할 것은 "그러므로 만주의 문학은 처음부터 중국신문학의 겉옷을 벗지 못 했다는 비판을 받지만, 만주의 현재 정치적 환경에서, 역시 그 전통으로써 특유의 작품을 만들고 있다"[24]라는 부분이다. 즉, 우랑은 '특유의 작풍', 바로 '어두움'을 만들어내는 것은 '민족적 전통정신'이며, 이를 뛰어넘으라고 해도 응할 수 없다는 인식을 드러낸 것이다. 한후는 '만주계가 가진 만주문화관'과 '일본계의 만주문화관'이 '대치하고 있다'는 사실을 지적하지만, 우랑은 대립하고 양보할 수 없는 이유를 여기서 말하고 있다고 할 수 있다. 이를 위해 그는 글 속에서 "끊임없이 민족을 초월하거나 혹은 민족적 정신을 초월한 관념을 확립하지 않는 것을 호소"[25]한 것이다.

---

24) 吳郎, 「滿洲の伝統と滿系文学」(『芸文』1944年3月号), p.38.

 우랑의 글은 원래 『예문지』 1944년 3월호에 게재된 것이다. 중국어인 『예문지』는 『예문』과 함께 만주예문연맹의 기관지였다. 일부러 기관지에서 기관지로 번역 게재한 것은 글의 내용을 일본인에게 꼬 알리고 싶었기 때문일 것이다. 우랑의 입장에서 본다면, '민족적 전통정신'은 절대 양보 할 수 없는 선이었고, 그 입장을 '만계작가'와 공유하기 위해 그는 글 속에서 그것을 반복해 설명한 것이다. 이러한 그의 입장이 오우치의 번역으로 일본인에게 전해진 셈이다. 선정하고 번역하는 것은 당연한 일이지만, 문제는 무엇을 선정하는가이다. 한후와 우랑의 글 모두 내용은 '일계작가'의 입장, 이념과 다른, 혹은 대립하는 '만계작가'의 주장, 이념을 호소하는 것으로 '어둡다'고 지적한 많은 비평에 대한 반론이 포함되어 있다. 이렇게 '어둠'을 둘러싼 공방에 관련된 형태로 '만계작가'들의 입장, 주장을 번역하여 전하고자 한 오우치는 사실상 '만계작가'의 대변자 역할을 맡았다고 할 수 있다.

 다만 전향 경력이 있는 오우치는 나중에는 체제 측에 다가가, 국책 추종의 자세를 점차 드러낸다. 한 가지 예를 들자면, 건국 당시의 '만주국'의 '공통어'로 '지나어를 지지하는' 입장에서 "일본어 진출의 문제에 대해서 나는 동아의 문화적 공통어답게 진출해야 한다는 의견에 찬성한다"[26]는 입장으로 바꾼다. 따라서 오우치는 '만계작가'의 이해자, 대변자라고는 할 수 있어도 동조자, 지지자는 아니었다. 일단 그가 샤오송의 「십 년(十年)」이라는 소설을 평하며 "만계문학의 밝은 면으로의 지향이 여기서 보이는 것에 대해 나는 기쁘게 생각한다. 종래의 만계작품은 대체로 다 어둡다는 정평이었다. 작품의 내용이 어두웠다고 하는 데에는 그만한 이유가 있다고 해석해야 할 것이다. 하지만 이제는 만계문학의 내용이 진일보할 것을 당

25) 吳郎, 「滿洲の伝統と滿系文學」(『芸文』1944年3月号), p.38.
26) 山口慎一, 『東亜新文化の構想』(滿洲公論社, 1944.5), p.134.

연히 요구해야 한다. 그런데 그러한 전진은 작가의 사상 전진이 실천되지 않으면 이루어질 수 없다"[27]라고 하고 있듯이 그도 결국 '만계작가'의 '밝은 면으로의 지향', '작가의 사상 진전'을 요구하는 한 사람이 된 것이다.

번역자이자 평론가인 오우치의 이러한 입장은 자신의 번역활동에도 영향을 미쳤다. 전후 80년대에 들어서 표면화된 문제지만, 그의 번역활동에 대해 당시 일부의 '만계작가' 사이에서는 저항문학의 적발로 이어지지는 않을까, 그 동기를 조심스럽게 의심했던 것 같다. 또 그의 번역문에 대한 불만의 목소리가 높아진 것도 사실이다.

전자에 대해서는 동시대의 증언이 부족하고, 같은 작가의 발언에도 모순되는 부분이 있어서 진상이 규명될 때까지 시간이 걸릴 것이다. 후자에 대해서는 기타무라 겐지로의 전후 회상 속에서, "『원야』는 대체로 호평이었지만, 나중에 만계작가들이 반드시 번역에 만족한 것은 아니었다는 사실을 들어서 알고 있었다. 누가 한 말인지는 잊었지만, 어떤 작가, 어떤 작품을 선정해도 같은 어법과 문체로 번역되어 각 작가 특유의 뉘앙스가 드러나지 않았던 점, 또 작업이 매우 섬세하지 못했다는 등의 불만이 잠재했던 것 같다. (중략) 나중에 『만주낭만』이 평론특집을 시도했을 때, 신쟈를 비롯한 작가가 새로 쓴 일본어 글을 기고한 것은 반드시 오우치를 피하기 위함이었다고 말할 순 없지만, 그와 관련한 불만을 숨기지 못한 것 같다"[28]고 말하고 있다. 이것은 당사자의 증언으로 대체로 신뢰할 수 있다. 다만, '오우치 기피'의 증거로서 거론된 신쟈 등의 글에 대해 게재지인 『만주낭만』 제5집을 확인할 결과, 신쟈의 「구덩에 대하여」도 샤오송의 「이치와 그 작품」도, 앞서 오우치 번역으로 언급된 것처럼 문말에 '오우치 다카오 역'이라고 쓰여 있다. 따라서 '새로 쓴 일본어 글'은 기타무라의 잘못된 기억이다. 이것은 오우치의 번역활동을 파악하는 데 무시할 수 없는

27) 大内隆雄,「最近の満州の作品」(『芸文』1943年3月号), p.84.
28) 北村謙次郎, 『北辺慕情記』(大学書房, 1960), p.145.

문제지만, 실제로 그의 번역 작품으로 인해 체포, 투옥된 작가는 한 명도 없었고, 앞서 말한 왕쩌의 발언처럼 오히려 그의 번역을 적극적으로 평가하는 '만계작가'는 많았다. 그리고 번역문에 대한 불만도 문학작품의 번역에는 자주 있는 기술적 문제로 번역활동 전체에 대한 평가에 큰 영향을 미치는 것은 아니라고 생각된다.

작품이 번역된 '만계작가'의 불만의 목소리가 높아진 한편, 작품이 번역되지 않은 '만계작가'의 불만의 목소리도 높아졌다. 이처럼 오우치의 번역활동은 뜻밖의 곳에서 반향을 일으켰는데, 심지어 일부 '일계작가'를 끌어들인 형태가 되었다. 발단은 히나타 노부오(日向伸夫, 1913~1945)가 『만주일일신문(滿洲日日新聞)』에 「만계잡지와 만계문학(滿系雜誌と滿系文學)」이라는 글을 기고하면서부터이다. 그는 글을 통해 라이벌 관계인 잡지 『문선(文選)』의 동인(이하 『문선』파)과 잡지 『예문지』의 동인(이하 『예문지』파)의 싸움을 다루며 전자의 후자에 대한 불만을 소개하고 있는데, 그 중의 하나가 '만계작가' 작품의 일본어 번역에 대한 것이었다. 요컨대 『예문지』파의 작품이 많이 번역된 것은 오우치 다카오에 의한 부분이 크고, 『문선』파는 그와 같은 명번역가를 만나지 못했다는 것이다. 간접적이지만 이쪽 작품에 관심을 가져 주지 않은 것에 대한 분함을 드러내고 있다. 히나타 노부오 등의 『작문(作文)』 동인이 펑텐(奉天)에서 치우잉(秋螢)을 비롯한 『문선』파 작가들과 교류했기 때문에, 위의 이야기는 직접 치우잉에게서 들은 내용으로 생각된다. 한편, 이름이 거론된 오우치는 『신경일일신문(新京日日新聞)』에 「만주문학인의 한 경향—히나타 노부오에게(滿系文學人の一傾向——日向伸夫に寄す)[29]」라는 글을 기고하여 『예문지』파의 작품이 많이 번역된 것을 둘러싸고, 자신과 『예문지』파의 관계 및 번역 작품 선정 등에 대해 해명했다. 당시 오우치의 번역활동을 '만계작가'들이 어떻게 파악했는지는 대

---

29) 원문 미발견, 李春燕主 編, 『東北文学綜論』(吉林文史出版社, 1997), pp.299-300.

리전쟁의 양상을 보인 이 양파의 싸움을 통해서도 그 단면을 알 수 있지만, 대체적으로는 긍정적으로 받아들였다. 오우치는 자신의 번역활동이 이렇게 깊이 '만계작가'의 싸움에 말려들 줄은 꿈에도 몰랐을 것이다.

5. 나가며

문학창작의 장에서 중국어와 일본어가 서로 대립하는 상황 속에서 '일계문학'과 '만계문학' 사이의 가교로서, 오우치 다카오의 번역활동은 '만주문학'에서 빼놓을 수 없는 것이라고 할 수 있다. '만주문학'의 외부에서 보면, 내지의 일본인은 그의 번역활동으로 '만계문학'뿐만 아니라 '일계문학'의 존재를 처음으로 알게 되었으며, '만계문학' 내부에서 살펴보면 '일계작가'는 그의 번역활동으로 '만계작가'의 존재와 그 작품을 알게 되었다. 그렇게 동시에 알게 된 것으로 인해 양자의 대립, 이념과 방법의 차이도 나타났다. 전자는 주로 '건설자'의 입장에서 낭만적, 건설적인 문학을 목표로 한 것에 비해, 후자는 기본적으로 '민족적 전통정신'에 기반한 리얼리즘 문학을 지향했다. 이러한 차이는 '어두움'을 둘러싼 공방이라는 형태로 표면화되어, '만주문학'의 내부에서 긴장관계를 초래했다. 표면적 명분인 '민족협화의 문예'와 달리 수면 밑에서는 평행 혹은 대립관계가 계속되는 가운데, 오우치는 '만계작가'의 평론이나 수필도 많이 번역하여 '어두움'에 대한 비판을 향한 반론을 포함해 그들의 입장이나 주장을 일본인에게 전하려고 했다. 요컨대 그는 자신의 번역을 계기로 일어난 '어두움'을 둘러싼 공방에 '만계작가'의 대변자로서 가담하고, 때때로 그들을 도와 주었다. 이것은 '만계작가'의 입장을 이해하지 못하면 할 수 없는 일이며, 그 뒤에는 '노동자문학'＋'리얼리즘'에 대한 공명이 있었을 것이다.

물론 오우치 다카오도 많은 '일계작가'처럼 '만주국'의 '건설자'로 자인하고 대체로 정부, 국책에 따라 활동하고 있던 한 사람이다. 그러나 이러한 '일본계 문화인'으로서의 기본적 입장과 그 번역활동을 구분할 필요가 있다. 왜냐하면 공적인 입장과 반대로 그가 번역한 작품에는 건설적인 것과 멀리 떨어진 것도 많이 포함되어 있기 때문이다. 극단적으로 말하자면 일본어를 통한 '어두움'의 재표현이라고도 할 수 있는 수많은 번역 작품은 '만주문학'을 구성하는 일부분이 되었고, 많은 일본인은 이를 통해 작품세계의 '어두움'과 함께 '만계작가'의 재능과 실력을 처음으로 깨달았다. 이렇게 '만주문학'의 무대 위에 오른 '만계문학'은 결과적으로 '일계문학'을 상대화하는 존재가 되었다. 전체적으로 보면 그의 정력적인 번역활동은 일본인의 '만계문학'에 대한 인식을 바꾸고, '만계문학'의 판도를 크게 바꿨다고 할 수 있다. 한편, 그걸로 자신을 얻은 '만계작가'들은 그 후로도 창작활동에 중국어를 사용했다. 바꿔서 말하면, 일본어를 거부하는 입장을 관철한 것이다. 그의 번역활동은 분명 '언어의 장해'를 뛰어넘어 '일만계작가'의 교류를 재촉하는 역할을 했지만, 문학표현의 장에서 중국어와 일본어가 서로 대립하는 상황을 해소하지는 못했다. 오히려 조장했다고까지 말할 수 있다.

마지막으로 오우치 다카오는 작가, 평론가, 번역가로서 다렌, 그리고 '만주국'의 문단에서 활약했는데, 가장 큰 성과를 거뒀다는 의미에서 번역가로서 가장 성공했다고 할 수 있다. 이러한 그는 번역가로서 '만주문학'에 이름을 남긴 한 사람으로서도 누구도 이의를 제기하지 않겠지만 그에게 『만주문학 이십 년』이라는 저작이 있는 것도 잊어서는 안 된다. '만주문학'의 흐름을 아는 데에 빼놓을 수 없는 한 권으로, 그는 이로써 문학사가의 대열에 합류했다고 해도 과언이 아닐 것이다.

번역 : 남유민

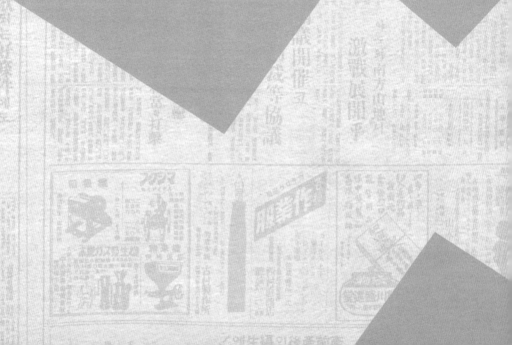

제3부

문화권력과
번역의 정치성

전(前) 타이완어 통역자 이치나리 오토시게(市成乙重)와 아시아태평양전쟁기의 '푸젠어(福建語)'

도미타 아키라(富田哲)

1. 들어가며
─이치나리 오토시게(市成乙重)와 타이완어/'푸젠어(福建語)'

나는 일본통치기에 타이완에서 타이완어 통역자이자 교육자, 저술가로 이름을 떨친 이치나리 오토시게(市成乙重)라는 인물에 대해 논한 바 있다.[1] 이치나리는 1881년에 가고시마(鹿兒島)에서 태어나 1897년에 타이완으로 건너갔다. 타이완 총독부의 몇 개 부서에서 통역 등의 일을 하거나 타이완 최대의 신문이었던 『타이완일일신보(台湾日日新報)』에 근무하는 한편, 타이완어나 베이징(北京) 표준어를 가르치는 교육기관을 주재하거나 자신의 주장을 잡지에 기고했다. 그중에서도 타이완어에 대한 인식이나 학습의욕

---

1) 富田哲, 「市成乙重―日本統治初期の台湾語通訳者、教育者、著述家―」, 和田博文・黄翠娥編, 『<異郷>としての大連・上海・台北』(東京 : 勉誠出版, 2015), pp.379-392. 富田哲, 「ある台湾語通訳者の活動空間と主体性―市成乙重と日本統治初期台湾―」(楊承淑 編, 『日本統治期台湾における訳者及び「翻訳」活動』, 台北 : 国立台湾大学出版中心, 2016), pp.85-129.

이 낮은 관민(官民) 재대일본인(在臺日本人)에 대한 비판은 특히 신랄했다. 이러한 자세와 관련 여부는 분명하지 않지만, 1906년 8월 29일에 "치안을 방해하려고 하거나 또는 풍속을 괴란시키려고" 한다면서 타이완 보안규칙에 근거해 3년간의 타이완 거주를 금지당했다. 이때 그는 아직 25세였다.[2]

처분을 받은 후 타이완을 언제 떠났는지는 분명하지 않지만, 이치나리가 1942년에 스스로 기록했을 것으로 생각되는 이력서에는 1906년 10월에 "수학(修學)할 목적으로 상경해 니쇼학사(二松學舍)와 그 외에서 배우다"라고 적혀 있고, 이후는 요코하마(横浜)나 도쿄(東京)의 몇 개의 신문이나 잡지에서 보도, 편집, 경영 등에 관여했다고 되어 있다. 이 이력서와는 별도로 타이완에서 친교가 있던 사람이 전하는 말에 의하면, 1931년 무렵에는 "도쿄에서 모 신문사의 사장을 했다"고 되어 있는데[3], 이력서에서 이 시기 전후를 보면 1925년에는 1916년에 자신이 창간했다고 하는 『관동일보(關東日報)』를 폐간하고 "월간경제잡지 『보험일본(保險之日本)』을 창간해 그 편집 및 관리 업무에 임하고", 1940년에는 "당국의 지시에 의해 6개의 동업 회사가 합동을 결행해 흥아보험일보사(興亞保險日報社)를 창립하고 그 전무이사로 편집 및 경리 업무에 참여했다"고 적혀 있다. 일관되게 미디어 업계에 적을 두고 아시아·태평양전쟁에 이르는 시기는 보험업의 업계 잡지 간행에 참여한 것으로 보인다.

다만 이력서에는, 이어서 1942년 6월에 "일신상의 사정에 의해" 흥아보험일보사를 퇴사하고, 그 후에 "푸젠어에 관한 저작 및 강의에 종사하는 동시에 해외지일본사(海外之日本社) 이사로 편집 사무에 참여 중"이라고 적혀 있다.[4]

---

2) 富田, 앞의 논문, pp.380–383.
3) 小野西洲, 「台湾語学界追懐録」(『語苑』24巻2号, 1931.2), pp.70–71.
4) 친족에 의하면, 이치나리는 1965년에 84세로 죽은 것으로 되어 있다. 이치나리의 자필로 생각되는 이력서도 친족으로부터 제공받은 것이다. 덧붙여, 본 논문의 기초가 된 논고 富田

사실은 '푸젠어'가, 아마 예기치 못한 형태로, 통치 초기 타이완의 젊은 이치나리와 패전 임박한 시기의 이치나리를 연결해 주었다. 이치나리는 1942년에 간행된 자신의 저서 『푸젠어 입문』이라는 교과서의 모두(冒頭)에서 다음과 같이 말하고 있다.

> 푸젠어 연구를 세상에 권하는 것은, 우선 푸젠어가 무엇인가를 개략적으로 말해 둘 필요가 있습니다만, 간단히 말하면, 푸젠어는 소위 '타이완어'로 토착 고사족(高砂族) 제군에 의해 일상적으로 사용되고 있는 바로 그 언어익 때문입니다.5)

'푸젠어'라고 하는 언어 명칭이 독자에게 친숙하지 않은 말, 또는 오해를 불러일으키기 쉬운 말이라고 상정하고6), 이 언어를 타이완에서 "고사족 제군을 제외한 섬사람 제군"이 사용하고 있는 타이완어인 것이 틀림없

哲, 「元台湾語通訳者市成乙重とアジア·太平洋戦争期の「福建語」」(『跨境/日本語文学研究』3号, 2016, pp.19-34)의 영문 타이틀, 요지, 키워드에서 이치나리의 이름 발음을 '오토시게'로 표기했는데, 그 후의 교시에 의하면 친족 사이에서는 '오토에'로 통용되었다고 한다. 후의에 진심으로 감사드린다.

5) 市成乙重, 『福建語入門』(東京 : 東京福建語講習所, 1942, 1943년 정정 재판), p.1. 六角恒広編·解題, 『中国語教本類集成(第5集第2巻)』(東京 : 不二出版, 1995)에 수록.

6) 1940년에 타이완지방자치협회(회장은 타이완 총독부에서 총독 다음의 지위에 있던 총무장관)가 간행한 잡지에 '재광둥(在広東)'의 쭝충민(鍾聡敏)이라는 인물이 집필한 논문은 '푸젠어'를 "푸젠 성(省)의 연안 지대부터 저장성(浙江省) 및 광둥성(広東省)의 일부에서 사용되고 있는 지방어이다"라고 하고 있는데, 이 정의는 물론 이치나리가 말한 '푸젠어'와는 다르다. 쭝충민은 '푸젠어'를 더 세분화해 "푸저우어(福州語), 샤먼어(厦門語) 및 차오저우어(潮州語, 산터우어[汕頭語])"로 하위구분하고 있는데, 이중에서 "푸젠성(福建省)의 남부지방뿐만 아니라 타이완을 비롯해 말레이반도나 남양 제도(諸島)의 여러 식민지에서도 널리 사용되고 있는 매우 유력한 지방어"인 '샤먼어'가 이치나리의 '푸젠어'와 겹친다.(鍾聡敏, 「中国の地方語と標準語」『台湾地方行政』6巻1号, 1940.1, p.65, p.67). 또한, 타이완 총독부는 1905년, 1915년, 1920년에 실시한 인구조사에서 언어조사를 실시했는데, 이 조사에서는 타이완어(민난어[閩南語])를 '푸젠어'로 칭하고 있다. 인구조사의 언어조사에 대해서는 도미타 아키라의 논문 「1905년 임시 타이완 호구조사가 말하는 타이완 사회—종족·언어·교육을 중심으로—(1905年臨時台湾戸口調査が語る台湾社会—種族·言語·教育を中心に—)」(『日本台湾学会報』5号, 2003.5, pp.87-106)를 참조해 주기 바람.

다고 하고 있다. 그렇다면 왜 독자에게 보다 잘 통할 '타이완어'가 아니라
일부러 설명이 필요한 '푸젠어'를 서명에 써 넣었을까? 이치나리는 이에
대해 시대적 요청에 의한 것이라며, 이하와 같이 독자에게 주의할 것을
당부했다.

> 일본이 타이완을 영유하고 나서 어느덧 반세기 가까이 세월이 지나
> 섬 안 곳곳에 일본어가 널리 퍼져 있는 오늘날, 새삼 이런 것을 배운들
> 도대체 무슨 도움이 되겠는가 하는 우려가 일단 세상 사람들의 머릿속
> 에 끓어오르지 않는다고 할 수 없지만, 그러나 이것은 의심할 바 없이
> 일종의 인식부족이다. 적어도 대동아공영권 확립의 위업이 절반 정도
> 완성되어 광대한 면적을 갖고 있는 말레이, 쇼난섬, 자바, 필리핀, 남북
> 보르네오, 해남도 등에는 벌써 일본 군정이 포진해 소위 팔굉일우(八紘
> 一宇)를 이상으로 하는 인정(仁政)이 여러 해 영국, 미국, 프랑스 등의 질
> 곡 하에서 신음해 온 토착민의 생령(生靈)을 윤택하게 하는 반면, 이들
> 각지에 산재하는 화교 즉 지나(支那) 이주민에 대해서도 일시동인(一視
> 同仁)적인 관대한 태도로 임할 방침이 확정되어 있는 오늘날, 지도적 입
> 장에 있는 상호 일본 국민 사이에 그 지역의 방언인 말레이어를 습득해
> 야 한다는 것은 말할 필요도 없습니다만, 동시에 일본과 동맹국인 타이
> 나 프랑스령의 인도차이나, 또 버마 등의 각지를 포함하는 소위 남방공
> 영권 내에 거주하는 다수의 화교에 의해 사용되는 푸젠어 학습의 중요
> 성도 또한 소홀히 하기 어렵다고 해야 할 것입니다.[7]

약 반 세기 전에 통치가 시작된 타이완에서는 이미 일본어가 퍼져 있고
통치 상 필요하다는 점에서 보면 더 이상 일본인이 타이완어를 학습할 필
요는 그다지 없을 것이다. 그러나 '남방공영권'으로 시선을 돌리면 이 언
어를 학습할 새로운 의의가 보인다고 하고 있는 것이다. 덧붙여, '남방공
영권'이라는 것은 아시아 · 태평양전쟁 직전 무렵부터 사용하기 시작한 말

---

7) 이치나리 오토시게(市成乙重), 앞의 책, p.2.

이다. 전쟁을 시작하기 전에는 지리적인 범위는 반드시 일정하지 않았는데, 전쟁을 시작한 후에는 프랑스령 인도차이나, 타이, 인도네시아, 말라야, 버마, 필리핀, 동부 뉴기니, 솔로몬 제도, 동티모르 등의 총칭으로 공통의 인식을 얻게 됨으로써 권역 내의 일본의 경제적 관심을 수반해 사용되는 일이 많았다.[8]

이치나리는 '남방공영권'에는 '토착' 사람들뿐만 아니라 "화교, 즉 지나 이주민"이 거주하고 있다고 인식했다. 그리고 그들에 대해서도 "일시동인적인 관대한 태도"로 임하기 위해 '대동아공영권'의 "지도적 입장에 있는" "일본국민"이 말레이어 등의 "그 지역의 방언"과 함께 "소위 남방공영권 권역 내에 거주하는 다수의 화교"가 사용하는 '푸젠어'도 배울 필요가 있다고 생각했다.

무엇보다도 '남지(南支)', 즉 중국 남쪽이나 '남양'에서는 타이완어와 동일한 언어가 사용되어 그곳으로 진출하기 위해서는 '푸젠어'/ 타이완어의 습득을 빼놓을 수 없다는 논의는 결코 새로운 이야기가 아니다. 타이완 총독부는 통치 초기부터 '남지', 나아가 '남양'에 계속 관여해, 1920년대 전반에는 하나의 절정기를 맞이했다. 그 후 일단 퇴조하지만 '남지', '남양'이 타이완 총독부로서는 중요한 전략적 가치를 갖고 있는 지역임에는 변함없었다.[9] 법원이나 경찰 관계자 등 타이완 총독부 직원의 어학 학습에 큰 영향력을 갖고 있던 『어원(語苑)』이라는 잡지가 있는데[10], 1927년 6월에 간행된 잡지의 권두언(「잡언(雜言)」)에서 다음과 같이 논하고 있다.

8) 疋田康行・柴田善雅, 「「南方共栄圏」研究の課題と日本の戦時経済支配の特徴」(『「南方共栄圏」－戦時日本の東南アジア経済支配』, 多賀出版, 1995), pp.4-6.
9) 富田哲, 「日本統治期台湾をとりまく情勢の変化と台湾総督府翻訳官」(『日本台湾学会報』14号, 2012.5), pp.145-168.
10) 岡本真希子, 「「国語」普及政策下台湾の官僚組織における通訳育成と雑誌『語苑』―1930-1940年代を中心に―」(『社会科学』42巻4号, 2013.2), p.74.

(남양 제도의-인용자 주)경제상 실권은 푸젠, 광둥의 두 성에서 이주한 약 5백만의 화교가 이를 장악해 그 세력이 실로 토착민과 구미인을 능가해 크고 작은 사업 및 일반 상업은 주로 이들 화교의 손에 의해 경영되고 있다. 그리고 푸젠성과 광둥성 두 성의 5백만 명 중의 10분의 7, 즉 350만 명은 푸젠인, 그것도 타이완 350만의 본도인과 언어를 같이 하는 쳰장저우인(泉漳州人)이다. 이 쳰장저우인이 스마랑, 바타비아, 마닐라, 메단, 마카사르, 하이퐁, 사이쿵, 랑군 등 주요한 상업지에서 실업계의 실제 세력을 쥐고 있다. 따라서 이 방면에서 경제적으로 발전하는 데 필요한 언어라고 하면 말레이어보다 오히려 푸젠어, 즉 타이완어라고 하는 편이 적절하다고 생각한다. 이러한 의미에서 남양의 천지에 비약하려는 사람을 위해 타이완어 연구의 필요를 이야기하는 것이다.[11]

"푸젠, 광둥의 두 성에서 이주"한 화교가 경제적으로 큰 힘을 쥐고 있는 지역에서 상업 활동을 해가는 데 '말레이어'보다도 '푸젠어, 즉 타이완어'를 학습할 필요가 있다고 하고 있다. 그리고 이어지는 부분에서 타이완어가 통하는 것은 타이완과 푸젠 남부의 "매우 좁은 지역에 한정되어 있다"고 생각되기 쉬운데, 사실은 "장래 일본국민이 더 크게 발전해 가고자 하는 남양지방에서 상업계의 용어는 대개 타이완어"라고도 말하고 있다. 학습자에 대해 종종 던졌을 "타이완어 사용 범위가 좁다고 하는" 목소리에 대해 타이완이나 푸젠 남부뿐만 아니라 '남양지방'에서도 '푸젠어, 즉 타이완어'가 유용하다고 반박하고 있는 것에는 '타이완어'를 '푸젠어'로 바꿔가려고 하는 타이완어 교육 관계자의 의지를 읽어낼 수 있다.

그리고 중일전쟁 중인 1939년 12월호의 『어원』에는 가오슝(高雄) 주 경무과장 후치노우에 다다요시(淵ノ上忠義)가 "중국 남부의 신질서 건설의 관점으로 봐도 타이완어 학습이 중요하다는 것은 강조되어야 한다"고 말한 내용이 보인다. 1938년 5월에 일본해군이 샤먼을 점령하고, 그 시점에서

---

11) 「南方発展と語の台湾研究」(『語苑』20巻6号, 1927.6), pp.1-2.

홍아원 샤먼 연락부 하에 샤먼 특별시 정부가 놓여 있었는데, 이에 대해
타이완 총독부는 다양하게 협력했다.12) 후치노우에의 발언이 염두에 두고
있는 것도 '중국 남부'에 파견되는 경찰이다.13) 나아가 아시아·태평양전
쟁기인 1942년 8월의 『타이완경찰시보(台湾警察時報)』에서는 『대일신사전(臺
日新辭書)』(台湾警察協會, 1931)의 저자로도 알려져 있는 법원 통역의 히가시카
타 다카요시(東方孝義)가 언어 학습과 "상대의 습속"을 아는 것이 중요하다
고 한 다음, '남방 화교'에는 '샤먼, 장저우(漳州), 첸저우(泉州) 지방' 출신자
가 많아서 "언어나 습속의 연구 학습은 이제 단지 타이완만을 위해서뿐만
아니라 그 의의가 수십 배나 확대되었다"고 주장하고 있다.14)

한편, 1942년 4월의 『타이완일일신보(台湾日日新報)』 사설에는 다음과 같
은 주장이 보인다.

　　이들 사람들("타이완에서 소집되어 남방에서 근로하며 봉공의 성의
를 보여 준 본도인 청년들"-인용자 주)이 말하는 바에 의하면, 푸젠어,
광둥어 등을 알아듣는 화교들조차 대원이 타이완어로 말할 때마다 기뻐
하기보다는 오히려 경멸하는 듯한 표정을 짓지만, 만약 일본어로 이야
기를 꺼내면 상대도 단정하게 존경을 보이며 대응한다고 한다. 그래서
대원 중에서 눈치 빠른 자는 남방 화교들과 이야기할 때 결코 타이완인
이라고 하지도 않고 본도어를 이야기할 수 있다고 하지도 않고, "자신은
일본인이다, 타이완어를 잘 하는 것은 오랫동안 타이완에 살고 있기 때
문이다"라고 했다고 한다. 이런 일들은 멋진 견식이고 새로운 구상이며,
사실 전적으로 맞는 생각이다.

　　앞으로 남방정세가 어떻게 진전된다 하더라도 일본을 배경으로 하는

---

12) 王麟銘, 「日中戦争期における台湾総督府の占領地協力について―厦門を中心に―」(『法学
　　政治学論究』100号, 2014.3), pp.195-198, pp.202-206.
13) 淵ノ上忠義, 「興亞の聖業と台湾語」(『語苑』32巻12号, 1939.12), p.3.
14) 東方孝義, 「台湾語の研究」(『台湾警察時報』320号, 1942.7), p.15.

일본어 세력에는 결코 차질이 없다. 그런 점에서 말하면 급속히 남방에
일본어를 보급시키는 일은 목하의 큰 국책임에 틀림없다. (중략) 대동아
권내에 통용시킬 공통의 말은 아무 주저할 것 없이 우리는 일본어 하나
로 충분하다고 단언하고 싶다. 또한 지도국 일본의 말이 여실히 행해지
지 않는데 사실 무슨 지도국이냐고 말하고 싶어지기도 한다. 게다가 현
실의 정세가 남방 제민족이 일본어로 흡수되듯이 따르는 이상, 이 점에
관해서 일본의 정책이나 방침은 분명 자명하다. 즉, 대화(對華) 관계 등
을 고려해서 매개어로 본도어를 활용하는 문제까지 꺼낼 필요도 없이
분명하게 일본어 일색으로 추진하는 것이 옳다.15)

50년 가까이 타이완에서 일본어 '보급'의 '실적'을 배경으로 한 호언장담
이긴 하지만, 여기에는 또한 '남방'의 현실을 억지로 떨쳐 버리려고 하는
자세도 엿보인다. '남방 제민족'은 일본어의 힘에 복종하고 있고, '푸젠어,
광둥어 등을 알아듣는 화교들'조차 일본어를 선택하기 시작했다,16) '대화
(對華) 관계' 등에 유의할 필요 없이 '남방'의 통치에 '본도어', 즉 타이완어
를 이용한다는 사실 등은 전적으로 논할 거리도 되지 않는다고 하고 있다.
사실 "지도국 일본의 말이 여실히 행해지고 있지 않은데 무슨 지도국이
냐"는 입장에서 보면, 타이완인이 일본어가 아니라 타이완어를 무기로 '남
방' 통치의 첨병이 되는 일은 용인할 수 없었을 것이다. 다만, 글속에서 보
이는 강한 부정은 타이완인을 이용한 "본도어 활용"이 오히려 유효한 수
단으로 인식되기 쉬웠다는 증좌일 것이다.17)

---

15) 「南方圏と日本語への熱情 邦語一色で推進すべきだ」(『台湾日日新報』, 1942.4.28.), 桧山幸夫,
   「台湾拓殖株式会社『殉職社員合同慰霊祭記録』(下)」(『中京法学』22巻2号, 1988.3), pp.115-117.
16) 여기서 말하는 '광둥어'는 하카어(客家語)를 가리킨다.
17) 후술하겠지만, 예를 들면 통역자로서 '남방'으로 보내져 타이완어 등의 능력을 갖고 있기
   때문에 종사한 업무에 의해 전후에 전범이 되고 교수대나 감옥으로 보내진 타이완인도
   있었다.(藍適斉, 「言語能力がもたらした「罪名」—第二次世界大戦で戦犯となった台湾人
   通訳—」(楊承淑 編, 前掲書) pp.281-318). 藍適斉·武田珂代子「通訳者と戦争—日本軍の台湾
   人通訳者を事例として—」(武田珂代子 編, 『翻訳通訳研究の新地平—映画, ゲーム, テクノ
   ロジー, 戦争, 教育と翻訳通訳』, 京都: 晃洋書房, 2017), pp.108-132.

　이상과 같이, 『푸젠어 입문』 간행 전에 이미 타이완어는 '남방' 통치를 위한 유효한 수단으로 주목을 받았고, 또 타이완의 타이완어에서 '남지'나 '남양'의 '푸젠어'로 대체하는 것도 이미 준비되었다고 해도 좋을 것이다. 그러나 일본통치 초기에 타이완어 교육에 종사하고 있던 사람 가운데 수십 년 후에 '푸젠어' 교과서의 저자로서 새롭게 이름을 남긴 사람은 그 외에는 보이지 않는다. 본고가 이치나리라고 하는 인물과 『푸젠어 입문』에 주목하는 이유는 여기에 있다.

　일본통치 초기 타이완의 이치나리를 논한 앞의 논고에서는 그가 협의의 통역자에 머무르지 않고 교육자 혹은 저술가라고 하는 복수의 얼굴을 가진 존재였음을 분명히 했는데, 자타 공히 인정하는 타이완어에 정통한 사람, 타이완에 정통한 사람이었던 이치나리는 통역 현장, 타이완어 교육, 저술활동분야에서 타이완 사회를 일본인에게 가시화시키는 역할을 담당했다. 이치나리의 교육활동이나 출판물을 통해 타이완어뿐만 아니라 타이완인의 행동, 습관, 사고를 이해하려고 한 재대일본인은 적지 않았을 것이다. 그렇다면 반대로 1940년대의 이치나리는 '남방공영권'이나 그곳에 사는 화교, '푸젠어' 학습에 관심을 갖는 사람에 대해서 어떻게 표현하려고 했을까?

　이하, 제2절에서는 1940년대의 『푸젠어 입문』의 저자로서 이치나리를 들어, 먼 옛날 타이완의 통역자, 교육자, 저술가 '푸젠어' 교육에 종사한 배경을 소개하겠다. 제3절에서는 『푸젠어 입문』의 내용을 분석하겠다. 그리고 마지막 절에서는 제국 내에서 타이완인의 이동을 포함해 논해지는 '남방공영권'이 실은 그 공간에 사는 사람들이나 사회에 대한 대등한 지적 호기심이 결여된 것이었다고 결론을 내리고자 한다.

2.『푸젠어 입문』의 저자로서 이치나리 오토시게

『푸젠어 입문』의 서문에는 이치나리가 '푸젠어 연구'가 필요하다는 것을 이전부터 주장하며 "동향의 선배 나카무라 요시히사(中村嘉壽) 씨가 주재하는 월간잡지『해외지일본(海外之日本)』지상(誌上)을 빌려 푸젠어 강좌 코너를 두고 열성적인 잡지 독자와 함께 연구를 계속해 왔다"고 되어 있다.[18] 이 나카무라 요시히사라는 인물은 1880년 출생으로 이치나리와 마찬가지로 가고시마 출신이다. 농상무성(農商務省)의 수산강습소를 졸업하고 같은 성의 유학생으로 쿠바에 파견되었다.[19] 그 후 뉴욕대학에서 수학한 다음, 1900년에는 나중에 호시제약(星製藥)을 설립하는 호시이치(星一), 그 외의 사람들과 함께『일미주보(日美週報)』를 발간했다. 1912년에 귀국해서 실업계에서 명성을 높인 후에 중의원 의원이 되었다. '외국통'으로 의회 내외에서 이름이 알려지고, 1927년에는 잡지『해외지일본(海外之日本)』을 창간하고 국제문제를 논하거나 국제교류사업을 실시했다.[20] 또한 나카무라는 1947년의 중의원 의원선거에서도 민주당에서 당선되고 일본국헌법 하에서 제1회 국회 중에 중의원 도서관 운영원원장에 취임, 이듬해 2월의 국립국회도서관법의 성립에 진력했다.[21]

이는 차치하고 이치나리로 이야기를 돌리면, 단지「푸젠어 강좌」의 집필자로서만『해외지일본』에 관여한 것은 아니다.「푸젠어 강좌」연재가 시작된 것은 1942년 2월호인데, 4월호의 기사에 의하면 이치나리는 해외

---

18) 市成乙重, (앞의 책), p.권두, p.3.

19) 小原国芳,「先輩の親切な誘導」(『小原国芳自伝—夢みる人—』(1), 町田:玉川大学出版部, 1973), pp.79-82.

20)『三州名士録大鑑』(東京 : 三州名士録刊行会, 1930), pp.205-207. 浦西和彦,「前田河広一郎と「日米時報」」(『国文学』83, 84 合併号, 2002.1), p.358.

21) 佐藤晋一,「国立国会図書館法・議院法制局法・内閣法制局設置法—「立法」の論理」(1)(『茨城大学教育学部紀要(教育科学)』45号, 1996.3), pp.317-326. 성립시의 참의원 도서관 운영위원장은 역사학자 하니 고로(羽仁五郎)였다.

지일본사의 "이사 외에 홍아일보의 전무이사로서 매우 다망"했다고 하면서[22], 나카무라가 사장으로 있는 동사(同社)에서 책임 있는 입장에 있었던 것 같다. 1943년에 동지(同誌)가 『황도세계(皇道世界)』로 개칭되었을 때 편집국장이었다.[23] 이러한 일들은 전술한 이력서의 기술과도 대체적으로 일치한다. 『홍아일보(興亞日報)』라고 하는 것은 이력서에 적혀 있는 『홍아보험일보(興亞保險日報)』를 가리킨다.

「푸젠어 강좌」는 1942년에 8회에 걸쳐 연재되었다. 연재에는 모두 "전 타이완 총독부 법원 통역, 전 사립 타이완어 학원 주간 이치나리 오토시게"라고 서명이 되어 있는데, 30여 년이나 오래된 통역자, 어학학교 경영자로서의 이치나리를 전면에 내세우고 있는 것은 흥미롭다.

연재 1회째는 독자에 대한 인사뿐이었는데, 이는 이미 일부를 인용한 『푸젠어 입문』의 모두 부분과 겹치는 내용이 많다. 여기에서 이치나리는 '푸젠어'가 지리적 확장이나 학습의 중요성 등을 이야기한 다음, "요즘 시내 곳곳에 푸젠어 강습회가 생기고 통신강좌가 개설된 것은 참으로 마음 든든하게 생각합니다만, 이번에 우연히 나카무라 사장의 권유에 의해 자신의 불민함도 돌아보지 않고 잡지 상에서 푸젠어의 강좌를 맡기로 했습니다"라고 덧붙였다.[24] 도쿄에서 '푸젠어'를 학습할 수 있는 기회가 늘었다는 점에 대해서 구체적인 사례를 발견하지는 못했지만, 전술한 1942년 4월호의 기사에는 해외지일본사의 요구에 응해 이치나리가 매주 일요일에 2시간 '푸젠어' 학습을 희망하는 독자에 대해 무료로 '발음과 그 외의 현장지도'를 한다고 되어 있다.[25]

1943년 초두에 『황도세계』가 된 후부터는 별도로 예고도 없이 연재가

---

22) 「本誌読者のもつ特権」(『海外之日本』16巻3号, 1942.4), p.29.
23) 「声明」(『皇道世界』18巻1号, 1944.1), p.32.
24) 市成乙重, 「福建語講座」(一)(『海外之日本』16巻2号, 1942.2), p.37.
25) 「本誌読者のもつ特権」.

없어졌는데, 1942년 12월에 『푸젠어 입문』이 출간되었기 때문에 연재에는 동서(同書) 간행을 앞둔 의미도 있었던 것이 아닐까. 사실 연재 2회째에는 베이징 관화(北京官話)와 '푸젠어'의 발음상의 차이 등을 이야기하고, 발음 연습의 중요성을 이야기하면서도 "본래 발음편에서 치밀하게 연구한 후에 회화 연구로 옮겨가는 것이 순서입니다만, 아무쪼록 잡지상에서 바랄 수는 없으므로 여기에서는 한달음에 간단한 회화 연구에 들어가기로 했습니다"라고 하면서, 바로 '제1과'를 시작했다. 연재와 『푸젠어 입문』에서 중복되는 예문이나 설명 등도 있는데, 매회 1~2쪽, 실질적으로 7회의 연재로, 『푸젠어 입문』과 비교해 보면 당연히 내용은 얄팍하다.

또한 본고를 집필하면서 확인된 『황도세계』는 타이완대학 도서관이 소장하고 있는 1944년 간행 제1, 2, 4, 6, 9호만 있는데, 1호와 2호에는 권두에 전 페이지 크기로 1943년 개정 재판 『푸젠어 입문』의 광고가 게재되었다. 타이완에 있을 때 인연이 있었던 귀족원 의원 세키야 데이자부로(關屋貞三郎)가 책의 서문을 써 준 것이 인용되어 있는데[26], 「저자의 말」에는 "천황의 위세가 남진함에 따라 푸젠어 학습의 중요성이 금세 재인식되어" 도쿄의 각종 교육기관에서 사람들이 학습에 몰두하고 있다고 하고 있다. 또, "황도세계의 푸젠어 강좌와 이것저것 대조해 연구하시면 반드시 연구에 도움이 되는 바가 적지 않을 것이라고 믿습니다"라고 적혀 있는데, 적어도 전술한 다섯 번의 호수에 연재되지는 않았다.[27]

이상과 같이 이치나리는 아시아·태평양전쟁 말기에 '푸젠어' 교육에 열정을 쏟아 "남방공영권으로 웅비하려고 하는 열의를 품은" 학습자도 어느 정도 확보하고 있었던 것 같다.[28]

---

26) 이치나리와 세키야의 관계에 대해서는 도미타 아키라의 앞의 논문(2016)을 참조해 주기 바란다.
27) 제4, 6, 9호의 광고는 잡지 안의 논문 속에 마련된 6분의 1쪽 정도의 작은 공간으로, 세키야나 이치나리의 말도 없다. 덧붙여, 『푸젠어 입문』의 정가는 2엔(円)이었다.

3. 『푸젠어 입문』

이치나리가 자비 출판한 『푸젠어 입문』은[29] 세키야와 이치나리의 서문 5쪽과 목차에 이어 「예비편」 241쪽으로 구성되어 있다. 전자에는 「푸젠어란 무엇인가」, 「문자와 발음부호에 대해서」, 「푸젠어의 발음과 그 표시법에 대해서」, 「음편 변화의 예」가 들어 있다.[30] 한편, 후자는 50절(과)로 구성되어 있다. 제49절까지는 새로 나온 단어나 문법을 소개하는 「신어(新語)」와 이들을 사용한 회화인 「응용회화」로 나뉘어 있고, 각각의 「신어」에는 「주(注)」, 「응용회화」에는 「부기(附記)」로 몇 가지의 해설이 붙어 있다. 단, 제50절은 긴 회화뿐이다.

또한 「응용회화」의 내용을 보면, 제1절부터 제44절과 제45절부터 제50절까지는 큰 차이가 있는 것을 알 수 있다. 즉, 전자에서는 '남방'에 대한 언급이 있다고 해도 1942년 당시의 '시국'이 별로 느껴지지 않는 것에 비해, 후자는 전시색이 매우 짙은 것으로 되어 있다.

우선 제44절까지의 「응용회화」를 보자. 제1절은 최초의 절답게 인칭대명사를 사용한 "A는 B입니다/가 아닙니다"와 인칭대명사+'적(的)' 학습이다. 또한 여기에서는 일본통치 초기에 타이완 총독부가 고안한 가타카나(かたかな)와 성조부호에 의한 발음표기가 한자 옆에 표시되어 있는데, 본고에서는 생략하겠다.[31]

---

28) 「卷頭広告」(『皇道世界』18卷1号, 2号, 1944.1).

29) 이치나리 오토시게, 앞의 책, 판권. 판권에 표시된 이치나리의 주소와 발행처가 도쿄 푸젠어 강습소의 소재지 모두 '도쿄도(東京都) 시부야구(渋谷区) 야마토초(大和町) 93번지'로 되어 있는 것으로 봐서, 이치나리의 자택에 강습소가 있었던 것으로 생각된다.

30) 여기에서 말하는 음편 변화라는 것은 음절이 연속되는 경우 본래의 성조가 별도의 성조로 변화하는 현상을 말한다.

31) 이치나리는 "충분한 구상을 할 시간의 여유도 없거니와, 원고도 자신이 적고 발음을 읽는 법도 또 팔성부호도 자신이 붙이는 상태여서, 도중에 다소의 착오가 없었다고 할 수 없다"고 말하고 있다. (이치나리 오토시게, 앞의 책, 권두, p.4).

伊是臺灣人是不是。

　　あの人は台湾の方ですか。저 사람은 타이완 분입니까?

是、伊是本島人。

　　左様、あの方は本島人です。そうです。저 분은 본도인입니다.

汝是日本人是不是。

　　あなたは日本の方ですか。당신은 일본 분입니까?

不是、我是本島人。

　　イヤ、私は本島人です。아니오, 저는 본도인입니다.32)

　　제1절의 「신어」에는 '본도', '일본', '타이완'이 나열되어 있고, 「응용회화」
에는 회화라고 할 수 있을지 없을지는 차치하고 "日本人"("일본인"), "臺灣
人"("타이완인"), "本島人"("본도인")이라는 말에 이어 전술한 회화가 적혀 있
다. 회화의 주체나 화제의 대상은 "타이완인/본도인"과 "일본인"이다. 제2
절에도 "咱日本人"("우리 일본인, 우리들 일본인"), "恁臺灣人"("여러분들 타이완
사람들")이라고 되어 있다.33) 그리고 제3절은 "汝何時來台灣"("당신은 언제 타
이완에 왔습니까"), "我舊年來"("나는 작년에 왔습니다"), "汝要去何位"("당신은 어
디로 가십니까"), "我要去日本"("나는 일본으로 갑니다"), "汝去日本、要做甚麼事
情"("당신은 일본에 가서 무엇을 하십니까?"), "要做生理"("장사 때문에 가는 겁니
다")라고 해서, 일본인이 타이완에 가는 것과 타이완인이 일본에 가는 것

---

32) 일본어 중간 중간에 붙어 있는 읽는 법은 생략했는데, 타이완어의 한자표기에 맞춘 한자
를 일본어역으로 사용하고, 거기에 읽는 방법을 붙인 예가 많이 보인다. 예를 들면 "당신
은 언제 타이완에 오셨습니까", "당신은 어디로 가십니까"와 같은 형태이다. 『푸젠어 입
문』의 수개월 전에 나온 「푸젠어 강좌」(2)의 「응용회화」에도 여기에 인용한 것과 같은
회화가 있는데, 일본어역의 "저 사람은 타이완 분입니까?"는 "저분은 타이완입니까?",
"당신은 일본 분입니까?"는 "당신은 일본인입니까?"로 되어 있다.

33) 단, 여기에서 주의할 것은 '咱'가 듣는 사람도 포함하는 일인칭 복수 대명사라는 점이다.
듣는 사람을 포함하지 않는 일인칭 복수 대명사는 '阮'으로, 「응용회화」에는 '阮兄弟'('우
리 형제, 우리들 형제') 등을 들 수 있다. 또한 '恁臺灣人'의 일본어역을 '여러분들 타이완
인'이 아니라, '여러분들 타이완 사람들'이라고 한 것은 일본인과 타이완인을 배타적으로
늘어 놓는 것을 피하기 위해서인지도 모른다.

을 염두에 두고 있는 듯한데, 제4절도 일본에 가는 목적에 대한 문답이다.
제5절까지는 타이완('타이완', '본도', '타이완인', '본도인')과 일본('일본', '일본인')
이외에 지명이나 민족적 속성을 표현하는 말은 없고, '남방공영권'의 언어
교과서를 칭송하기에는 시야가 좁다는 인상도 느껴진다. 타이완과 일본
이외에 처음으로 언급되는 것이 타이완의 건너편에 있는 '푸젠어'의 사용
지역인 샤먼이다. 제6절에는 "恁厝在何位"("당신 댁은 어디에 있습니까?"),
"阮厝在鼓浪嶼"("제 집은 코론스에 있습니다"), "在何位做領事"("어디에서 영사를 하
고 계십니까?"), "在厦門做領事"("아모이에서 영사를 하고 있습니다"), "阮厝在厦門
鼓浪嶼、請汝來chhit-tho"("제 집은 아모이의 코론스에 있습니다. 놀러 오세요")와
같은 회화이다.[34] 일본통치기 초기부터 '아모이'는 타이완 총독부의 화난
(華南) 지방의 교육공작 거점의 하나로, 타이완적민(台湾籍民)이라고 불리는
일본적을 갖고 있는 타이완인이나 중국인도 다수 살고 있었다.[35]

또한 같은 절에서 행선지를 묻는 상대에게 "我要去厦門"("나는 아모이에
갑니다"), "我要去上海"("나는 상하이에 갑니다")라고 대답하고, 이후의 절에서
는 상하이(上海), 광둥(廣東), 푸젠/푸젠성, 홍콩, 중국과 중국대륙 각지의 지
명이 등장한다. 제15절에는 "汝曾去中國抑不曾"("당신은 전에 지나에 간 적이
있습니까?"), "我不曾去"("나는 간 적이 없습니다"), "我曾去香港、廣東、上海做
生理"("나는 전에 홍콩, 광둥, 상하이에 장사 때문에 간 적이 있습니다")라고 되어
있다. 나아가 제33절은 타이완과 홍콩 사이의 상인의 내밀한 네트워크의
존재를 함의하고 있는 듯하다. 루강(鹿港)은 청조에 푸젠과 교역으로 번성
한 타이완 중부 지역이다.

---

34) 타이완어의 교회 로마자 표기(chit-tho)는 도미타가 붙인 것이다. 『푸젠어 입문』에서 이
부분은 한자표기 대신에 줄이 쳐져 있고 가나글자와 성조부호가 붙여져 있다.

35) 王学新, 「南進政策下的籍民教育(1895-1937)」(『国史館学術集刊』14期, 2007.12), pp.97-131. 蔡
薫光, 「台湾総督府による台湾籍民学校の成立—東瀛学堂・旭瀛書院・東瀛学校」(『東京大
日本史学研究室紀要』16号, 2012.3), pp.1-30.

眞久無看見、汝此久去何位仔、是不是。

　久しくお目にかゝりませんが、此久何位かへ去つてゐらしたのですか。

　오랫동안 뵙지 못했습니다만, 그동안 어딘가에 떠나 계셨습니까?

正是、我舊年去香港、昨昏卽返來。

　さうです。昨年香港に去りまして、昨日返つて參りました。

　그렇습니다. 작년 홍콩으로 떠나서 어제 돌아왔습니다.

汝去香港做甚麼事情。

　香港へ甚麼を做に去らしたのですか。

　홍콩에 무슨 일로 가셨습니까?

因爲我一個朋友在彼做生理、叫我去與伊鬪相幫、所以卽去。

　一個の友達が彼方で商賣をして居りまして手傳つて呉れと申して參りましたので、それで去つたのです。

　친구 한 명이 저쪽에서 장사를 하고 있는데 도와 달라고 해서 갔습니다.

恁朋友號做甚麼名。

　貴方のお友達は何といふ方ですか。

　당신 친구는 어떤 분입니까?

姓王、名叫山水。

　苗字を王、名は山水と申します者で……。

　성은 왕(王)이고 이름은 산쉐이(山水)라고 하는 사람입니다만.

汝講王山水、是鹿港人抑不是。

　貴下の仰有る王山水といふ方は鹿港の人ではありませんか。

　당신이 말씀하시는 왕산쉐이라고 하는 분은 루강 사람이 아닙니까?

無錯、汝那能知。

　さうです。貴下はまた如何してご存じで？

　그렇습니다. 당신은 또 어떻게 아십니까?

伊是我的舊朋友。

　彼人は私の旧友です。

　그는 내 옛날 친구입니다.

如此是阿、汝在何位識伊。

　さうですか、貴下はまた何位でご承知で？

　그렇습니까. 당신은 언제부터 알고 계십니까?

我在鹿港就識。

　私は鹿港に居つた時分から識つて居ります。

　내가 루강에 있던 때부터 알고 있습니다.

汝曾住鹿港是不(麼)。

　貴下は曾て鹿港にお住居になつたことがおありになるのですか。

　당신은 일찍이 루강에 계신 적이 있으십니까?

是、我曾去鹿港做生理。

　さうです。私は以前鹿港へ去つて商賣をしたことが御座いました。

　그렇습니다. 나는 이전에 루강으로 가서 장사를 한 적이 있습니다.

　등장인물의 행동 범위는 동남아시아로 넓어진다. 화난을 포함해 '남방 공영권'의 '푸젠어'를 독자에게 강하게 인상지워 주기 위해서인 듯하다. 제18절에서는 '星嘉坡'('싱가폴')에 가는 목적이나 그곳의 상황을 묻는 문장36), 또는 '星嘉坡'에 갔는가 하는 질문에, 그렇지 않고 '暹羅'('섬라')에 갔다고 대답하는 회화가 있다.37) 제29절에서는 '싱가폴'의 장사 상황에 대해 대화를 주고받고 있다.

　제35, 41절에서는 '남방'은 말할 것도 없고 '만주'까지 화제가 되고 있다.

---

36) 1942년 2월에 함락된 후 싱가폴은 소남도(召南島)로 개칭했는데, 1943년 2월의 개정 재판에서도 일본어역은 '싱가폴' 그대로이다.

37) 1936년 3월 15일의 『타이완일일신보』에 타이완 제당 감사역 마루타 하루타로(丸田治太郎)가 했다고 하는 말이 보도되어 있다. 마루타는 1928년부터 1931년에 걸쳐 "섬라(타이)에 네 번 가서 섬라통으로 알려진 사람"이었다고 한다.
　전에 말했듯이 타이완에는 내지에서 고등 학업을 마치고 마땅한 취직자리가 없어 고향에서 빈둥빈둥 무위도식하고 있는 자가 적지 않다. 타이완에만 머물러 있을 것이 아니라 섬라에 나아가 일섬(日暹) 친선을 위해 또 섬라 개발을 위해 활약해야 한다고 애써 권하니, 기후 풍토가 비슷한 점으로 봐도 이는 가능성이 있고, 언어도 타이완어라면 통용된다. 화교가 많기 때문이다. (「台湾と風土の似たシヤム開發に乘出せ」『台湾日日新報』, 1936. 3.15). 밑줄 부분은 큰 문자로 강조되어 있다.

전자는 만주로 갔다고 하는 지인의 이야기, 후자는 타이완인 같은 인물이
일본의 겨울 추위에 대해 묻고 일본인 같은 인물이 '만주'의 겨울과 비교
하면서 대답하고 있다. 이하 제35절의 일부이다.

> 林的頂日有與我講、伊去滿洲不知有影無。
>　林君が先日話しました所では、滿洲へお去になつたと申して居り
> ましたが、事實でせうかな。
>　하야시 군이 며칠 전에 이야기한 바로는 만주로 떠났다고 하는데,
> 사실입니까?
>　彼敢是有影、伊未返去日本的時候、有與我講要去滿洲。
>　それは或はさうかも知れません。三谷さんはまだ日本へお返りに
> ならない以前、滿洲に往きたいと私に仰言つたことがございました。
>　그건 어쩌면 그럴지도 모릅니다. 미타니(三谷) 씨는 아직 일본으로
> 돌아오기 전에 만주에 가고 싶다고 제게 말씀하신 적이 있었습니다.
>　不知去滿洲在做甚麼事情。
>　滿洲へ去らして、甚麼を做てゐらツしやるのでせうな。
>　만주로 가셔서 무엇을 하시는 걸까요?
>　我打算猶原是在做官。
>　矢ツ張り官吏を做てゐらしやるものと私は推量いたします。
>　역시 관리를 하고 계실 것으로 나는 추측합니다.

　여기에서는 지인인 일본인이 '만주'로 갔다고 하는 이야기인 것 같은데,
이 시기에 적지 않은 타이완인도 '만주'에 건너갔다.[38) '만주국'의 초대 외
교부 총장(외무대신)이 된 시제스(謝介石)는 유명한데[39), 쉬쉬에치(許雪姬)에

---

38) 그들을 대상으로 한 오럴 히스토리에 중앙연구원 근대사 연구소 「구술역사」 편집위원회
　　편, 『구술역사 제5기 일제시대 타이완인의 대륙경험(口述歷史 第五期　日拠時期台湾人赴大
　　陸經驗)』(台北 : 中央研究院近代史研究所, 1994)과 쉬쉬에치(許雪姬), 『일제시대 만주에 있
　　었던 타이완인(日治時期在「滿洲」的台湾人)』(台北 : 中央研究院近代史研究所, 2002)이 있다.
39) 許雪姬, 「是勤王還是叛国—「満州国」外交部総長謝介石的一生及其認同」(『中央研究院近代史研
　　究所集刊』57期, 2007.9), pp.57~117.

의하면 취업이나 거주를 위해 '만주'에 체재한 타이완인은 일본통치기를 통해 약 5,000명에 이른다고 한다. 특히 '만주국' 성립 후는 식민지 타이완과 비교해 사회적 상승의 길이 열렸다고 생각되어 스스로 활약의 장을 찾아 '만주국'에서 의사나 공무원 등이 되는 자가 있었다.[40] 지리적으로 먼 곳임에도 불구하고 '만주'에 대한 화제는 종종 타이완인의 입에 오르내렸던 것이 아닐까. 물론 '만주'는 '남방'과는 달라 일반적으로 '푸젠어'가 통용되는 지역이 아니지만.

다음으로 제45절 이후를 보자. 제45, 46절은 "상당히 교양 있는 청년 세 사람의 대화를 가상해 쓴 것"으로, 미국과의 개전 소식을 듣고 한 사람이 일본의 앞으로의 전황에 비관적인 의견을, 또 한 사람이 낙관적인 의견을 주고받고 있는 곳에 또 다른 사람이 "日本的海軍在眞珠灣、打破幾仔隻米國的戰船"("일본 해군은 진주만에서 미국 군함 다수를 격침했다")고 하는 뉴스를 전하는 호외를 갖고 온다. 제47절은 통역자로서 종군해 루손, 자바, 싱가폴에 간 사람이 "咱日本的陸軍與海軍"("우리 일본의 육군이나 해군")의 연전연승을 전한다. 타이완인으로 생각되는 이 통역자가 파견된 곳은 『푸젠어 입문』이 '푸젠어' 사용 지역으로 상정한 공간과 겹친다. 제48절에서는 '路照'('여행권')를 취득하고 하이난 섬(海南島)으로 장사를 하러 가려는 사람(아마 타이완인)에게[41], 또 한 사람이 하이난 섬뿐만 아니라 샤먼, 상하이, 광둥, 산터우, 필리핀으로 가려 해도 '여행권'을 발급받지 못해 지금은 무리해서 가려고 생각할 때가 아니라고 훈계하고 있다. 제49절은 화난(華南)의 어느

---

40) 許雪姫, 「日治時期台湾人的海外活動―在「満州」的台湾医生」(『台湾史研究』11卷2期, 2004. 12), pp.1-75. 許雪姫, 「在「満州国」的台湾人高等官：以大同学院的畢業生為例」(『台湾史研究』19卷3期, 2015.9), pp.95-150.

41) 타이완 총독부나 타이완의 당업(糖業) 자본, 재벌 자본 등이 출자해서 1936년에 설립된 국책회사 타이완척식주식회사는 일본군이 1939년 2월에 하이난 섬을 점령한 지 얼마 지나지 않아 이곳에서 사업에 착수했다. 그 사업은 농림개발·목축이나 축산·운송·제빙·건축·이민·벌목 등 다방면에 걸쳐 있었다. (鍾淑敏, 「台湾拓殖株式会社在海南島事業之研究」 『台湾史研究』12卷1期, 2005.6, pp.73-114).

곳인 듯한 장소에서 일본병이 중국병의 행동을 탐색하기 위해 주민을 심
문하는 내용, 제50절의 「범인 심문 예」라고 제목을 붙인 회화는 경찰관이
나 헌병이 싱가폴에서 푸젠의 장저우 출신이라는 인물을 심문하는 내용이
다. 다액의 금전을 소지하고 있는 이유를 질문받고 선착장에서 인부로 일
해 번 돈이라고 대답하는데, 심문하는 측은 납득하지 않는다. 회화 중에는
함께 싱가폴에 온 이 남자의 친구가 그 후에 '吉隆坡'('코론보')에 갔다고 하
는 문장도 있다.[42]

　이상의 '푸젠어' 교과서의 내용을 일본통치 초기에 이치나리가 저술한
타이완어 교과서 『실용 간이 일대상용회화편(實用簡易日台商用會話篇)』(이하,
『일대상용회화(日台商用會)話』)과 대조해 보겠다. 『일대상용회화』는 이치나리
가 주재한 어학학교, 대어회(臺語會)에서 1904년에 간행되었다. 이치나리는
서문에서 타이완에 있는 '내지 실업가'를 위해 이 교과서를 편찬했다고 적
고 있는데, 타이완어 능력이 결여되어 있어서 "동포 이외에 또 신 영토의
고객을 얻을 수 없는" 이들 독자에 대해 타이완어 및 타이완인 사회를 제
시하려고 하는 의도가 명확하다.[43]

　무엇보다도 내용분석의 대상으로 약 40년 전의 것을 꺼내는 것은 반드
시 적절하다고 할 수 없겠지만, 이치나리가 1904년에 타이완어 세계에 대
해 상상한 것과 아시아·태평양전쟁기의 '푸젠어' 세계에 대한 상상의 차
이를 분명히 알 수 있을 것이다.[44]

　『일대상용회화』는 「제1장 발음상의 규칙」, 「제2장 학습자의 마음가짐」,
「제3장 단어 부분」, 그리고 전체의 7할 가까운 쪽수를 점하고 있는 「제4

---

42) 이 친구는 싱가폴에서는 돈벌이가 적고 위험하기도 해서 '콸라룸푸르'에 갔다고 되어 있
　　다. '吉隆坡'는 '코론보'로 되어 있는데, 콸라룸푸르일 것이다.
43) 市成乙重, 『実用簡易日台商用会話篇』(台北 : 台語会, 1904), pp.1-2.
44) 이치나리는 1905년에 『세무용어(税務用語)』, 『호적용어(戸籍用語)』라고 하는 교과서도 간행
　　했다. 두 권 모두 타이완 총독부 관리가 직무상 필요한 타이완어를 학습하기 위한 것이다.

장 상용회화 부분」의 20절로 구성되어 있다. 거의 모든 절이 신출 단어 일
람, 문법 등을 해설하는 「주의(注意)」, 회화가 일본어 번역과 함께 제시되
는 「응용」으로 되어 있어, 구성이 『푸젠어 입문』과 매우 비슷하다.

　『일대상용회화』의 「응용」에서는 타이완의 상업용 습관이나 타이페이(臺
北)의 지리 등이 화제가 되는 경우가 많다. 예를 들면, 제9절의 「응용」에는
이하와 같은 회화가 있다. 덧붙여, 『일대상용회화』에도 『푸젠어 입문』과
마찬가지로 타이완 총독부의 타이완어 발음표기가 붙어 있는데, 이하에서
는 생략한다.

> 此久、銀票有起価抑無。
> 　近頃、銀券ワ騰リマシタカ子。
> 　최근에 은권(銀券)은 올랐습니까?
> 無、我聽人講是落価。
> 　イヤ(無)我ガ人カラ聽イタノニワ下ツタトノ事デス。
> 　아니오, 내가 아는 사람한테 들은 바로는 내려갔다고 합니다.
> 落若多。
> 　若多下ツタノデスカ。
> 　많이 내려갔습니까?
> 落二点錢。
> 　二錢下ツタノデス。
> 　2전 내려갔습니다.
> 現在、算若多錢。
> 　現在、若多ノ勘定デスカ
> 　현재 얼마입니까
> 九角二。
> 　九十二錢デス。
> 　92전입니다.[45]

---

45) 市成乙重(1904)의 앞의 책, p.99. "현재, 얼마입니까"의 말미에 구두점은 없다.

『일대상용회화』가 간행되기 전년에 타이완은행의 은행장이 타이완의 화폐제도 개정을 요구하며 대장성(大藏省)에 제출한 건의서에 의하면, 당시 타이완인 사이에서는 가격의 표준, 교환의 매개 모두 은화가 사용되거나, 또는 타이완 총독부의 수지, 일본인 사이에서의 거래, 타이완인과 일본인 사이에서 행해진 많은 거래는 계산상으로는 금화를 기준으로 하지만 실제 수수(收受)에서는 은화나 은권(은 본위의 타이완은행권)이 사용되었다. 은화 가격은 타이완 총독이 고시하는 공식 규정 환율로 결정되었다.[46]

또, 제19절에 있는 회화도 재미있다. 같은 가게 사람끼리 하는 회화일까? 타이페이에서 타오위안(桃園)으로 '외상값 수금'하러 간 사람이 돌아온다.

汝何時回來。

　汝、何時回ツテ來ましたか。

　당신, 언제 돌아왔습니까?

我頭値仔卽回來。

　我ワ、先程回ツテ參リマシタ。

　나는 조금 전에 돌아왔습니다.

去收了有錢無。

　錢ワ收レマシタカ。

　돈은 받아왔습니까?

收攏無、今年不知怎樣此歹收。

　イヤ、一寸モ收レマセン、今年ワ怎樣イウ理由デ、此樣ニ收レ難イノデショオ。

　아니, 한 푼도 못 받았습니다. 올해는 무슨 이유로 이렇게 받기 힘들까요?

　我講汝聽、今年因爲歹年冬 庄裡人各個都眞赤、所以卽艱苦收。

　マア、オ聽キナサイ、今年ワ不作ノ爲メニ、田舍ノ人ワ、誰レモ

---

46) 台湾銀行, 『台湾銀行十年志』(台北:台湾銀行, 1910), pp.27-37. 若林正丈 編, 『矢内原忠雄「帝国主義下の台湾」精読』(東京:岩波書店, 2001), pp.71-74. 1904년 6월에 금화 환전의 타이완 은행권이 발행되어 은화(1엔 은화)는 공납 이외의 사용은 금지되었다.

彼レモ貧乏デムリマスカラ、收レ難イノデス。

뭐, 들어 보세요. 올해는 흉작으로 시골 사람은 누구나 가난하니까 받기 힘든 거에요.

我打算亦是如斯。

我モ、左樣ニ想イマス。

저도 그렇게 생각합니다.[47)]

사실 이치나리는 1902년에 벽지의 타이완인 빈곤층의 구제를 위해 타이완 총독부가 대책을 강구한 일, 또 재대일본인도 그들에게 동정할 것을 주장하는 논설을 『타이완일일신보』에 발표했다.[48)] 이치나리의 지론이 제19절의 회화 내용에도 짙게 반영되어 있다.

한편, 타이완 이외의 공간에 대한 언급은 매우 적다. 언급이 있는 것은 '피샹(皮箱)'('지나 가방')을 사들일 곳을 묻는 상대에게 푸저우에서 매입하고 있다고 대답하는 회화나, '탕산생리(唐山生理)'('지나의 장사'), '탕산선재래(唐山船載來)'('지나의 배가 싣고 왔다'), '푸저우 삼나무(福州杉)'('푸저우 목재')라고 하는 어구가 이어지는 제7절, '일본 된장'('내지 된장')의 가격을 교섭하는 제9절, 일본의 상품을 파는 상점 주인이 고베(神戶)의 청나라 사람에게 매입을 위탁한다고 하는 제11절뿐이다.

일본통치가 시작된 지 10년이 지나지 않은 타이완에서 이치나리가 상상할 수 있었던 것은 타이완의 언어인 타이완어의 세계였다. 회화 장면의 대부분이 타이완을 상정한 것으로, 타이완 이외에도 겨우 18세기 후기부터 단수이(淡水) 사이에 항로가 열려 있던 푸저우 및 일본통치 개시 후에 지룽(基隆) 사이에 타이완 총독부의 명령으로 항로가 설정된 고베가 언급된 정도이다. 『일대상용회화』에서 타이완어를 배우는 일본인 독자 대부분에게 목적은 타이완에서 사용하고 타이완인과의 회화였을 것이다.

---

47) 위의 책, pp.174-176. '歹年冬'과 '庄裡' 사이에 한 글자 비어 있다.
48) 도미타 아키라, 앞의 논문(2015), pp.383-384.

그러나 1940년대 이치나리나『푸젠어 입문』독자에게는 더 이상 타이완에서의 사용이나 타이완인과의 대화는 안중에 없었다. '남양공영권' 나아가 '만주'까지 회화에 등장하고 화난이나 싱가폴을 무대로 '시국'을 반영한 화제가 전개되는『푸젠어 입문』에서 타이완의 타이완어는 분명 '남방공영권'의 '푸젠어'로 모습을 바꾼 것으로 보인다.

4. 마치며

『푸젠어 입문』을 복각한 롯카쿠 쓰네히로(六角恒廣)는 메이지기(明治期) 이후의 중국어 교과서를 수집해 상세하게 분석한 중국어교육사 연구의 태두이다. 롯카쿠는 해제에 다음과 같이 적고 있다.

> 1941년 12월 8일에 진주만을 기습공격해서 전선을 동남아시아의 제지역으로 확대시켜 각지를 군사 점령한 일본제국은 침략전쟁을 정당화하기 위해 '성전(聖戰)'으로 칭하고, 점령 지역을 대동아공영권 내지 남방공영권이라고 하면서 국민을 끝까지 기만하려고 했다. 이러한 시기에 이전의 '타이완어'를 '푸젠어'로 모습을 바꾸어 중국어계에 재등장한 것이 본서이다.[49]

이미 살펴본 바와 같이, 『푸젠어 입문』이 나오기 전에 타이완에서는 '남지', '남양에서도 통하는 언어로서 타이완어 학습의 필요성을 이야기하는 주장이 있었다. 그렇기는 하지만 "'타이완어'가 '푸젠어'로 모습을 바꾸어 중국어계에 재등장"했다는 것은 가히 훌륭하다고 할 수 있다. 일본통치 초기에는 그런대로 있던 일본인 타이완어 학습열도 식은 지 오래되어 경

---

49) 六角恒広 編,「解題」, 前揭書, p.12.

찰 일부 등을 제외하면 타이완어는 학습대상으로 돌아보는 일도 없어졌다. 이치나리는 일찍이 스스로도 정열을 기울였던 타이완어를 중국이나 '남방공영권'의 화교 언어로 다시 해석하고 일본인이 학습할 언어로 재등장시킨 것이다. 그리고 거기에는 '푸젠어'를 잘 구사하는 타이완인이 화난, '남방', 나아가 '만주'에 있는 모습도 직접 그려지거나 암시되어 있다. 이치나리는 타이완을 떠난 후에 타이완과 관련될 기회는 그다지 없었던 듯한데, 『푸젠어 입문』의 서문에서도 타이완어와 비교해서 "왕년의 자신감이 없이 다소 불안감을 느끼지 않을 수 없다"고 하고 있는데[50], 타이완인의 제국 내에서의 이동에 관해서는 그런대로 정보를 얻고 있었던 것으로 보인다.

그렇다면 '푸젠어'의 재등장이 내실을 수반한 것이었냐고 묻는다면 그것은 아니라고 말하지 않을 수 없다. 분명 『푸젠어 입문』에는 '남방공영권' 각지의 지명이 아로새겨지고 그곳에서의 사람의 이동도 그려져 있다. 그러나 결국 이들 지역은 일본인이나 타이완인이 향하는 장소로서 등장할 뿐이고, 그 공간이나 거기에 살며 '푸젠어'를 이야기하는 화교를 독자를 향해 이야기하려는 자세는 희박하다.

그렇다면 이치나리는 '남방공영권'이나 화교에 대한 독자의 해석욕구를 앞에 놓고 무엇을 하려고 한 것일까? "무적 황군의 빛나는 전과(戰果)를 발휘함에 따라 대동아공영권 확립의 대사업이 바야흐로 시작되려고 하고 있다. 이 경우 어떠한 사람도 등한시해서는 안 되는 것은 남방공영권 내의 방언 연구이다"라고 마음먹은 이상[51], '방언 연구'를 통한 '남방공영권' 사정의 전달이 필요할 터인데, 『푸젠어 입문』에서는 이러한 정보를 읽어낼 수 없다. 타이완어라고 하는 라벨을 바꿔 붙였을 뿐으로 '남방공영권' 화

---

50) 市成乙重, 前揭書(1943), p.巻頭, p.4.
51) 市成乙重, 前揭書(1943), p.巻頭, p.3.

교가 실제로 사용한 '푸젠어'의 언어적 다양성에 적절히 대응할 수 있다고
도 생각되지 않는다.

『푸젠어 입문』에서 제시되는 것은 관념적이고 실체가 빈약한 '남방공영
권'이고, '대동아공영권 확립의 대사업'이라는 슬로건에 놀아난 일방적이고
또한 자기만족적인 상상에 지나지 않았다. 일본통치 초기에 나온 『일대상
용회화』가 상정한 독자는 이치나리가 답답하게 느끼고 있던 상업상의 기
회 확대에 소극적인 '내지 실업가'이자 통치자 집단의 일원인 이치나리의
시점으로 규정된 것이었다고는 해도, 거기에는 타이완어를 사용하는 사람
들의 사회가 제시되어 있었다. 그러나 『푸젠어 입문』에는 그 언어를 사용
하는 사람들을 이해하려고 하는 노력이나 대등한 지적 호기심이 결여되어
있었다. 그리고 '남방공영권'의 사람들이 그 '맹주', 즉 독자들인 일본인에
게 어떠한 시선을 던지고 있었는가 하는 관점은 물론 존재할 수도 없었다
고 할 수 있다.[52]

번역 : 김계자

---

52) 田中雅一, 「コンタクト·ゾーンの文化人類学へ―『帝国のまなざし』を読む」(田中雅一編,
  『コンタクト·ゾーン』1号, 京都大学人文科学研究所 人文学国際研究センター, 2007), pp.31-
  43. Pratt, Mary L, *Imperial Eyes (Travel Writing and Transculturation*. 2nd ed. New York:
  Routledge, 2008), pp.1-12.

제12장

1910년 전후 한반도 '일본어 문학'과 조선 문예물의 번역

정병호(鄭炳浩)*

1. 서 론

20세기에 들어와 한국근대문학이 일본 문학의 영향이나 한국근대문학자들의 일본경험, 특히 일본문학과 일본어 문체의 번역(번안)과 밀접한 관련성을 가지고 형성되었다는 사실은 이제 새삼스러운 논의가 아니다.[1)]

이에 비해 해방이후 한국문학의 일본어 번역상황을 논할 때에는 한국문학의 일본어 번역이 일본문학의 한국어 번역보다 많지 않음을 지적하면서 일본에서 한국문학 번역 상황을 조사, 목록화하거나 일본에서 한국문학의 번역을 증진시키기 위한 방안을 탐색하는 방향에서 논해지는 경우가 많다.[2)] 또는 2000년 들어 이른바 '한류현상'에 바탕하여 번안된 한국대중

---

1) "식민지 문인들은 (중략) 일본어에 익숙해 있었고, 일본어로 번역된 외국문학은 물론 일본어로 창작된 일본문학을 읽으며 문학적 감수성과 의식을 성숙시켜 왔다. 그들이 식민지 근대문학을 형성한 주체라고 볼 때, 한국근대문학이 일본문학과 맺는 관계는 단순한 영향 관계 그 이상의 것이라고 할 수 있다."(서은주, 「일본문학의 언표화와 식민지 문학의 내면」 상허학회 『근대지식으로서의 사회주의』, 깊은샘, 2008), p.268.

2) 이에 대한 논문은 2000년대에 들어와 윤석임의 「일본어로 번역·소개된 한국문학의 번역 현황조사 및 분석」(한국일본학회 『일본학보』 57권 2호, 2003), 「일본의 한국문학 수용 현황

문화의 번역 붐에 대한 논고도 있지만[3] 전체적으로 한국문학의 일본어 번역에 관한 구체적인 양상을 둘러싼 분석은 그다지 이루어지지 않은 편이라 할 수 있다.

그러나 현대의 한국문학을 소급하여 일제강점기로 시야를 넓히면 이 시기는 "조선문학 번역의 전성기"[4]라고 호칭할 수 있을 만큼, 일본어로 조선 문학이 적극적으로 번역, 소개되는 시기였다. 이는 1920년대의 『통속조선문고(通俗朝鮮文庫)』전12권(自由討求社, 1921), 『선만총서(鮮滿叢書)』전11권(自由討求社, 1922~1923), 『조선문학걸작집(朝鮮文學傑作集)』전10권(奉公會, 1924) 등의 조선 고전문학의 번역, 1930, 40년대 일본에서 김소운이 번역한 일련의 번역집과 더불어 『조선소설대표작집(朝鮮小說代表作集)』전13권(申建譯編, 敎材社, 1940), 『조선문학선집(朝鮮文學選集)』전3권(赤塚書房, 1940) 등 근대문학작품의 일본어역 등 상당한 수의 한국문학이 일본어로 번역이 이루어진 시기이다.

이와 같이 일본 내에서 조선문학의 대량 번역이 기획되는 것은 1920년대부터라고 할 수 있지만 실제로 조선문학은 한반도 내에서도 1900초년대부터 이미 조선에 거주하던 일본인들에 의해 번역되기 시작한다. 예를 들면, 당시 일본어 신문이나 잡지에서 소개된 조선문예물의 번역, 우스다 잔운(薄田斬雲)『암흑의 조선(暗黒なる朝鮮)』(日韓書房, 1908) 내의 '조선총화(朝鮮叢話)' 및 '조선의 가요(朝鮮の歌謠)', 다카하시 도루(高橋亨)『조선 이야기집(朝鮮の物語集)』(日韓書房, 1910), 호소이 하지메(細井肇)『조선문화사론(朝鮮文化史論)』(朝鮮硏究會, 1911)의 '제8편 반도의 패사소설(半島の稗史小說)'에 보이는 조선문

---

3) 윤석임, 「한국대중문화관점에서 본 일본에서의 한국문학의 수용에 대한 전망」(한국일본언어문화학회 『일본언어문화』 12호, 2008) 참조.
4) 박상현, 「제국 일본과 번역—호소이 하지메의 조선 고소설 번역을 중심으로」(한국일어일문학회 『일어일문학연구』 71-2, 2009), p.426.

예물 번역이 대표적이라 할 수 있다.

이들 조선문학의 번역 연구는 최근에 연구가 막 시작되었다고 하더라도 과언은 아닌데 연구의 초점은 1910년 일본의 한국강제병합을 전후한 이러한 일련의 번역행위에 대한 종합적 연구보다는 개별 번역서의 연구에 치중한 경향이 강하다. 예를 들면 『조선 이야기집』을 분석한 권혁래는 이 번역서가 "근대의 가장 초기에 간행된 설화·고전소설집"5)이라면서 한국문학의 측면에서 문학사적으로 긍정적인 부분을 부각하고 있으며, 조희웅은 "이 책에 수록된 이야기들은 훗날 발간된 유사한 자료집들의 내용 구성에 적지 않은 영향을 끼쳤을 것으로"6) 평가하고 있다.

『암흑의 조선』속의 '조선총화'를 분석한 김광식은 위의 권혁래의『조선 이야기집』에 대한 평가와 비교하면서 번역자는 "차별적 조선관의 소유자"이지만 번역 작품에는 그것이 "한정적"7)으로 밖에 들어나지 않는다고 평가하면서 번역된 작품의 분류와 의미에 치중하고 있다. 한편 허석은『조선신보(朝鮮新報)』(釜山), 『조선일보(朝鮮日報)』(釜山), 『경성신보(京城新報)』(京城), 『조선신문(朝鮮新聞)』(仁川), 잡지『조선(朝鮮)』(京城) 등 한반도에서 간행된 일본어 신문과 잡지에서 여덟 작품에 대한 일본어 번역을 소개하고 있다, 그리고 이러한 작품을 번역하게 된 배경으로 이들 작품들이 "유교적 충효사상으로 일관한 국민적 영웅"을 대상으로 하고 있기 때문에 한반도 재조일본인들의 "디아스포라적 내셔널리즘의 문학적 추구의 일환"8)으

---

5) 권혁래, 「근대 초기 설화·고전소설집『조설물어집』의 성격과 문학사적 의의」(한국언어문학회『한국언어문학』제64집, 2008), p.239.

6) 조희웅, 「일본어로 쓰여진 한국설화/한국설화론(1)」(국민대 어문학연구소『어문학논총』제24집, 2005), p.19.

7) 김광식, 「우스다 잔운과 한국설화집「조선총화」에 대한 연구」(건국대 동화와번역연구소『동화와번역』제20집, 2010), p.26.

8) 허석, 「근대 한국 이주 일본인들의 한국문학 번역과 유교적 지의 변용」(최박광 외『동아시아의 문화 표상』, 박이정, 2007), p.562. 그러나 당시 한반도 내 '일본어 문학'을 선도하고 있었던 잡지『조선(朝鮮)』에서 번역으로서는 상당한 양을 차지하는 가요, 속요, 신체시, 시조

로 규정하고 있다. 전체적으로 보면 지금까지 한반도 내에서 이루어진 조선 문예물의 초기 번역물에 대한 연구들은 주로 번역행위나 번역의 의도 혹은 자세에 대한 연구보다는 한국문학의 측면에서 위의 번역서가 내포하는 의미와 번역된 작품의 분류와 대조가 그 중심이 되고 있다고 할 수 있다.

그런데 위의 작품들이 한반도 내에서 일본어로 간행되었다는 점을 본다면, 이들 번역 작품들은 당시 막 전개되기 시작한 한반도 내 식민지 '일본어 문학'의 연장선상 속에 있음을 알 수 있다. 실제 한반도에서는 1900년 초년대부터 한반도에 진출한 일본인 이민자들이 만든 일본어신문이나 잡지의 <문원>, <문예>란을 통해 일본어 문학 창작이 이루어지고 있었으며9) 위의 단행본 역자들도 이러한 신문이나 잡지의 필자들이었다. 예를 들면 『조선(만한)의 실업(朝鮮<滿韓>之實業)』(釜山, 1905~1914), 『조선(및 만주) <朝鮮(及滿洲)>』(京城, 1908~1941), 『조선공론(朝鮮公論)』(京城, 1913~1943) 등을 들 수 있다.

따라서 본 논문에서는 일본문학과 한국문학의 경계지점에 있으면서도 지금까지 한일의 문학 번역사에서 거의 언급이 없었던 잡지 『조선』의 <문예>란, 『암흑의 조선』 속의 문예 번역물, 『조선 이야기집』, 『조선문화사론』 중의 '제8편'을 대상으로 하여 이들의 번역의도와 번역행위에 초점을 맞추어 분석하고자 한다. 이들 재조일본인들이 이 당시 조선 문예물을

등의 번역에 대해서는 전혀 언급이 없으며 이러한 장르에 대한 번역이 다수였다는 점에서 위의 설명에는 다소 이론이 있다.

9) 이들 분야에 대한 연구로는 허석, 「明治時代 韓國移住 日本人의 文學結社와 그 特性에 대한 調査硏究」(『日本語文學』제3집, 한국일본어문학회, 1997), 「한국에서의 일본문학연구의 제문제에 대해서-도한문학의 "존재"에 초점을 맞추어-」(『日本語文學』제13집, 한국일본어 문학회, 2002), 박광현, 「조선 거주 일본인의 일본어 문학의 형성과 (비)동시대성-『韓半島』와『朝鮮之實業』의 문예란을 중심으로-」(『일본학연구 제31집』, 단국대학교 일본연구소, 2010), 정병호, 「근대초기 한국 내 일본어 문학의 형성과 문예란의 제국주의-『朝鮮』(1908-11)『朝鮮(滿韓)之實業』(1905~1914)의 문예란과 그 역할을 중심으로-」(『외국학연구 제14집』, 중앙대학교 외국어문학연구소, 2010) 등이 있다.

번역하게 된 이유는 어디에 있는지, 그들의 번역행위는 당시 일본 및 재
조 일본지식인들이 가지고 있었던 조선 문예에 대한 담론과 어떻게 연관
되어 있는지를 한반도 내 '일본어 문학'이라는 틀 속에서 고찰하고자 한다.
이를 통해 일제에 의한 강제병합이 이루어진 1910년 전후 한국문예물의
일본어 번역이 내포하는 의미를 당시의 시대적 컨텍스트 속에서 찾아보도
록 한다.

2. 조선 문예물의 일본어 번역과 한반도 '일본어 문학'의 형성

1910년 일본의 한국강제병합을 전후하여 우스다 잔운의 『암흑의 조선』,
다카하시 도루의 『조선 이야기집』, 호소이 하지메의 『조선문화사론』 등
조선의 문예물을 취급한 서적이 연이어 간행되었음은 조선 문예물의 번역
소개라는 측면에서 한일간 문학번역사에서도 분명 특기할 만한 일이다.
본 장에서는 우선 조선 문예물을 번역, 소개한 서적들이 간행하게 된 배
경과 해당 서적의 번역의식에 대해 알아보도록 한다.

먼저 『경성일보(京城日報)』 기자로 경성에 체류하였던 우스다 잔운의 『암
흑의 조선』은 36항목에 걸쳐 조선의 풍속, 의식(儀式), 생활상, 풍경 등을
차별적이고 부정적인 시선에서 기술한 저작으로 문예 번역만을 목적으로
쓰인 것은 아니다. 그렇지만 마지막 항목에 27개의 설화10)를 묶은 '조선총
화'와 여러 편의 '조선의 가요'가 게재되어 있으며 조선인 하이쿠(俳句)로는
최초라고 보여지는 45구(句)의 '조선인의 하이쿠(俳句)'가 첨부되어 있다. 한
편 이렇게 조선의 문예물이 소개되고는 있지만 "이 책은 저자인지 편자인

---

10) '조선총화'의 설화에 대해 김광식은 소담(笑談) 11편, 신이담(神異談) 10편, 동물담 4편, 운
　　명담 1편, 속담 1편으로 분류하고 있다. (김광식「우스다 잔운과 한국설화집「조선총화」에
　　대한 연구」, pp.24-25).

지 알지 못한다. 타인의 기록에서 발초(拔抄)한 곳도 있을 것이다. 재료 수
집상 어쩔 수 없는 사정이므로 미리 양해를 구한다."(p.164)[11])는 저자의 말
을 통해서 알 수 있듯이 문예물에 대한 번역의식이나 원문의식은 상당히
부재하다는 점을 지적할 수 있다. 특히 "옛날부터 구전되는 한인(韓人) 사
이의 전설에 따르면"(p.164), "그 때부터 뇌물이라는 것이 유행하기 시작했
다고 입으로 전해지고 있다."(p.202)라는 곳을 보면 작품의 성격상 번역이
라기보다는 구전설화를 저자 나름대로 발췌, 기록했다는 형식이 더 강했
음을 엿볼 수 있다.

다음으로 다카하시 도루의 『조선 이야기집』은 본격적으로 조선 문예물
에 대한 의식이 선명하게 드러나 있다. 예를 들면 "그 나라의 문학예술이
(중략) 사회정신과 사회이상을 전한다."[12])라는 입장에서 이의 저서를 통해
"조선사회의 정신과 이상의 진음(眞音)"을 전하려고 했다는 의식이 이에
해당한다. 『조선 이야기집』의 편제는 각각 28개의 항목[13])과 '조선속담(朝鮮
俚諺)'이 547개가 게재되어 있는데 각 항목의 말미에는 후주의 형태로 아니
면 작품 설명의 형태로 저자가 적극적으로 비평을 가하고 있다. 한편 『조
선 이야기』의 경우도 『암흑의 조선』처럼 번역에 대한 의식은 뚜렷하지 않
고, "조선 이야기와 속담을 수집(蒐集)하고 쌓아서"('自序' p.4.)라는 곳이나
'서(序)' 부분에서 "각지의 속화, 속담을 조사"하고 "다녀 채방수집(採訪蒐
輯)"했다고 하는 점, 그리고 이 저서에 대해 "편저"('序' p.1.)라고 부르고 있
는 점을 보면 번역의식보다는 조선 문예물의 조사, 수집 쪽에 무게를 두
고 있는 듯하다.

---

11) 薄田斬雲,「序」(『暗黑なる朝鮮』, 日韓書房, 1908).

12) 高橋享, 「自序」(『朝鮮の物語集』, 日韓書房, 1910), p.2.

13) 권혁래는 28항목 중 설화류가 24편(이중 소담 9편, 신이담 8편, 충수담 2편, 동물담 2편, 운
명담 2편, 열녀담 1편), 고전소설류가 4편(이중 윤리소설 1편, 애정소설 2편, 가정소설 1편)
으로 분류하고 있다.(「근대 초기 설화·고전소설집 『조설물어집』의 성격과 문학사적 의의」,
p.226).

　호소이 하지메의 『조선문화사론』은 저작의 이름을 보면 알 수 있듯이 말 그대로 조선의 문화나 역사, 문학에 대해 멸시적인 태도를 취하면서 일종의 문화사를 시도한 것인데 '제8편 반도의 패사소설'[14]란을 설치하여 8편의 가집(서도소리의 한 종류인 '송서(誦書)'에 해당하는 「추풍감별곡」, 가집 「남훈태평가」)과 고전소설류(「심청전」 「구운몽」 「조웅전」 「홍길동전」 「충향전」 「장화홍련전」 「재생연」)를 소개하고 있다. 그런데 『조선문화사론』에서는 비록 조선 문학에 대해 부정적인 자세를 취하고는 있지만 문학에 대한 뚜렷한 인식과 더불어 "이하의 제편도 어느 경우는 전부 있고 어느 경우는 일부분을 역출(譯出)하였"(p.551.)다고 지적하며 문학 "언문소설의 번역" 인식을 비교적 명료하게 드러내고 있다.

　그렇다면 비슷한 시기에 쓰여진 위의 세 저작들이 이렇듯 변역의식에 차이가 발생하는 이유는 어디에 있는 것일까? 그 이유로는 전자의 두 책은 구성의 중심이 구전설화에 있고 그런 의미에서 원전에 대한 번역보다는 수집과 채록 쪽에 무게중심이 놓여 있었으며 후자의 경우는 비교적 원전이 분명한 고전소설류의 문예물이기 때문에 비교적 선명한 번역의식을 가지고 있었다고 할 수 있다. 그러나 크게 보면 이들은 조선의 문예물을 인식하고 이언어(異言語)로 옮기고 있다는 의미에서 크게 번역이나 번안의 범주 속에서 논할 수 있을 것이다.

　예를 들면 당시 경성에서 간행되었던 일본어잡지 『조선(朝鮮)』의 <문예>란 내에 "한국 속요는 본지상에서 일찍이 고가와(古川) 씨의 기재"와 "최근 출판된 경성일보사 우스다(薄田) 씨의 저서 「한국의 암흑면(韓國の暗黑面)」 속에서도 다수 채록"하고 있다고 언급하면서 '조선의 속요(朝鮮の俗謠)'를 번역하면서 "그 원어를 첨부한 것은 번역문의 원의(原意)를 흠낼 수 있

---

14) 목차에서는 '반도의 패사문학'이라고 나와 있지만 본문에서는 '반도의 연문학(軟文學)'으로 나와 있다.(細井肇, 『朝鮮文化史論』, 朝鮮研究會, 1911, p.551).

는 곳이 있기 때문"[15]라고 기술한 문장을 보면 당시 분명하게 위의 저서
들도 조선문예물에 대한 이러한 번역의식이 있었다고 할 수 있다. 이렇게
본다면 이 당시 조선문예물들의 번역문제는 단지 『조선 이야기집』이나
『암흑의 조선』 문예물의 소개로 한정되지 않고 실제 1900초년대부터 한반
도에서 전개되었던 '일본어 문학'의 성립문제와 밀접한 관련을 가지고 있
다고 볼 수 있다.

한반도에서 일본어 문학은 강화도조약(朝日修好條約, 1876) 이후 부산, 원
산, 인천 등이 개항되면서 당시 일본 내 식민열기에 수반하여 한반도 내
재한 일본인사회가 형성되고 이들이 네트워크를 형성하고 한반도 내 자신
들의 이익을 대변하며 나아가 일본의 식민지주의를 변호하기 위해 일본어
신문과 잡지를 간행함으로써 시작되었다고 할 수 있다. 즉, 인천에서 간행
된 일본어신문 『조선신보(朝鮮新報)』나 『조선의 실업』(朝鮮實業協會, 1905, 부
산)과 『조선』(日韓書房, 1908, 경성) 등 일본어 잡지들이 창간되어 각각 <문원
(文苑)>과 <문예(文芸)>란을 만들어 하이쿠(俳句), 단카(短歌), 시(詩), 한시, 소
설, 수필, 평론과 같은 작품을 게재함으로써 일본의 한국 강제병합 이전에
한반도 내 '일본어 문학'이 성립했다고 볼 수 있다. 러일전쟁과 을사보호
조약, 한일병합이라는 이 시기 한반도 '일본어 문학'의 특징은 문학이라는
장르를 통해 당시 콜로니얼 담론에 호응하며 조선인사회와 준별되는 한국
내 일본인사회의 우월적인 문화공동체를 구축하고 재조일본인들에게 문
학적 오락을 제공하기 위함이었다.[16]

이들 잡지 중에서 확연히 한국 문예물을 게재, 소개하는데 적극적이었
던 곳은 『조선』의 <문예>란 쪽이었다. 『조선 및 만주(朝鮮及滿州)』로 잡지
명을 개명하기 이전인 1908년 3월부터 1911년 12월까지의 46호(이중 1910. 8

---

15) 闇牛, 「朝鮮の俗謠」 (『朝鮮』第2卷第4号, 日韓書房, 1908.12), p.72.
16) 정병호, 「한반도 식민지 <일본어 문학>의 연구와 과제」(한국일본학회 『일본학보』 제85
집, 2010.11), 제2장 참조.

월호는 발매금지)를 보면 조선의 가요, 속요, 동요, 시조, 가사, 신체시, 소설, 야담집, 속담 등 다양한 형태의 번역이 이루어지고 있었다.17) 이들 장르를 번역할 때는 물론 중역이라든가 번안의 형태18)를 취한다던가 하는 경우도 있었지만 명료하게 번역의식이 들어나 있는 경우가 적지 않다. 예를 들면 앞의「조선의 속요」라는 제목으로 <문예>란 내에 번역문과 더불어 한글 원어를 동시 게재하는 이유에 대해 "그 원어를 첨부한 것은 번역문의 원의(原意)를 흠낼 수 있는 곳이 있기 때문"이라는 의식과 더불어,

- 원문은 한문이라고 하는데 본적이 없다. 이것은 언문(諺文)으로부터 중역(重譯)한 것이다. 물론 번역 방법이 서투르기 때문에 원문을 훼손한 책망은 달게 받겠다.19)
- (이 노래의-역자 주) 불어 번역문은 크란씨의 목록 427호에 게재되어 있다. 지금 이것을 중역하여 5·7 신체로 한 것도 애서 원문의 의의를 남기고 크게 윤색을 가하지 않고 노래 속 조선의 풍속을 서술

17) 目池,「朝鮮の俚諺(一)」(第1卷第5号, 1908. 7), 甘笑子,「朝鮮の歌謠」(第1卷第3号, 1908. 5 / 批評), 松尾茂吉,「南薰太平歌(一)」(第1卷第4号, 1908. 6 / 批評), 松尾茂吉 譯,「南薰太平歌(二)」(第1卷第6号, 1908. 8 / 文芸欄內), 松尾茂吉 譯,「南薰太平歌(二)」(第2卷第2号, 1908. 10 / 文芸欄內), 櫻岳「朝鮮俚言」・徐書房,「朝鮮俚諺」(第2卷第3号, 1908. 11 / 文芸欄內),「朝鮮俚諺」(第2卷第4号, 1908. 12), 松尾目池 譯,「靑邱夜談」(第1卷第3号・第2卷第4号, 1908. 5·12), 闇牛,「朝鮮の俗謠」(第2卷第4号, 1908. 12 / 文芸欄內 / 韓・日文同時 / 批評), 薄田斬雲「女將軍(白鶴伝)」(第2卷第6号/第3卷第1号, 1909. 2. 3), 櫻岳「朝鮮の俚諺」(第3卷第2号/第3卷第4号, 1909. 4. 6), 闇牛散人「童謠五章」(第4卷第1号, 1909. 9 / 文芸欄內 / 韓・日文同時), 闇牛散士,「朝鮮俗謠(承前)」(第4卷第2号, 1909. 10 / 文芸欄內 / 韓・日文同時 / 批評), 闇牛生,「朝鮮の歌」(第4卷第5号, 1910. 1 / 文芸欄內 / 韓・日文同時), 闇牛散人,「朝鮮の歌 韓謠五」(第4卷第6号, 1910. 2 / 文芸欄內 / 韓・日文同時 / 批評), 闇牛散人,「韓謠」(第26号, 1910. 4 / 文芸欄內 / 韓・日文同時), 目池,「朝鮮の新体詩」(第27号, 1910. 5 / 文芸欄內), 闇牛散人,「韓謠」(第28号, 1910. 6 / 文芸欄內 / 韓・日文同時), 淺見霞城 重譯,「朝鮮の俗歌」(第43号, 1911. 9 / 文芸欄內 / 批評)
18) 위의 번역물 중 마쓰오 메이케(松尾目池) 역「청구야담(靑邱夜談)」과 아사미 가조(淺見霞城) 중역「조선의 속가(朝鮮の俗歌)」는 중역에 해당하며 우스다 잔운(薄田斬雲),「여장군 백학전(白鶴伝)」은 번안물에 가깝다고 할 수 있다.
19) 松尾目池 譯,「靑邱夜談」(『朝鮮』第1卷第3号, 1908. 5), p.53.

하고 인정이 활담(活澹) 무위(無爲)함을 유로(流露)하고 때때로 둔지
(鈍智) 기경(奇警)한 말을 이루고 있음을 본다.[20]

라는 문장이 이에 해당한다. 번역에 대한 태도를 언급한 이들 문장은 번
역에 있어서 원문을 어떻게 처리할 것인지라는 강한 번역의식을 가지고
있었음을 엿볼 수 있다.

전체적으로 본다면 우스다 잔운이나 다카하시 도루, 호소이 하지메는
기본적으로 '일본어 문학'이 활발하게 전개되었던 일본어신문이나 잡지의
필자진들이었다. 특히 이들 중 우스다 잔운은 『조선』에 다수의 문예작품
도 남기고 있는데 이러한 의미에서 이들이 번역소개한 저작들도 넓은 의
미에서는 이러한 '일본어 문학'의 흐름 속에 위치하고 있었다고 할 수 있
다. 나아가 이 당시 번역 작품 중 원문 의식을 비롯하여 번역에 대한 명료
한 관념이 두드러진 것은 잡지 『조선』이지만 해당 저작 마다 이러한 의식
에 차이가 나는 것은 구전설화를 채록한 것인지 아니면 원전이 명료한 저
작을 대상으로 번역한 것인지에 따라서 그 차별성이 드러나고 있다고 할
수 있다.

3. 재조 일본인들의 한국문예 담론과 번역의 정치학

위에서 살펴보았듯이 한반도가 일본의 식민지가 되기 이전부터 조선
문예물들이 재조일본인에 의해 적극적으로 번역, 번안되었던 이유는 무엇
이며 번역의 계기는 어디에 있는 것일까? 나아가 이들이 번역의 대상으로
선택한 조선 문예물에 대해 어떠한 인식을 가지고 있었던 것인가?

---

20) 淺見霞城 重譯, 「朝鮮の俗歌」(『朝鮮』第43号, 1911, 9), p.77.

이를 알아보기 위해 먼저 당시 일본어 잡지 『조선』및 위의 단행본에서 문예물을 번역하면서 동시에 비평을 가한 다음의 문장을 보도록 한다.

> ① 사회관찰자는 있는 그대로의 생활 속에 움직일 수 없는 풍속습관의 특색이 있음을 인식하지 않으면 안 된다. (중략) 아울러 그 풍속습관을 일관하고 있는 정신을 간취하고, 그리하여 그 사회를 통제하고 있는 이상으로 귀납함으로써 비로소 사회연구의 역할을 해냈다고 할 수 있을 것이다. 이 사회정신과 이상을 완전히 발견하는 것이 가능하다면, 이것은 조직의 대강의 개요를 든 것과 같은 것으로, 위정자와 사회정책자의 경영시설에도 다대한 공헌을 할 것이다. 즉시 민중의 마음의 근원을 헤아려 교육으로 인도할 방도를 얻도록 해야 한다. (개행) 나는 작년 이래 위와 같은 목적으로 조선 이야기와 속담을 수집하고 쌓아서 본서를 만들었다.[21]
>
> ② 그 희곡소설류와 같은 것은 (중략) 단지 여항(閭巷)의 하민(下民)에 의해 겨우 그 생명을 존속했다. (중략) 그렇지만 모방 이외에 기능 없는 국민은 여기서도 하등 볼만한 창작을 내지 못하고 세상에 행해지는 것을 열기하면 필시 수십종을 헤아릴 수 있다고 하지만 그 구상과 필치는 모두 지나소설의 모습이고 (중략) 대부분 이 일률에 귀결되지 않은 것은 없다.[22]
>
> ③ 동상(同上, 하절기 해질 무렵부터 작은 거리에서 아동, 소년들이 가락 흥겹게 부른다.) 소년, 아동들이 가사를 입 밖에 내는 더러운 풍속을 상상해 볼 수 있다.[23]

인용문 중 ①의 경우는 다카하시 도루가 『조선 이야기집』을 쓰게 된 이유와 목적을 밝히는 부분이다. 그는 "그 나라의 문학예술이 몇백 년 몇천 년간 단속적으로 출현하는 천재에 의해 정조(情操)화되고 구상화된 사

---

21) 高橋亨, 「自叙」(『朝鮮の物語集』), pp.3-4.
22) 細井肇, 『朝鮮文化史論』(朝鮮研究會, 1911), pp.4-5.
23) 「朝鮮俗謠(承前)」(『朝鮮』第4卷第2号, 1909. 10), p.51.

회정신과 사회이상을 전한다."(「自叙」, 2頁)는 전제 하에서 "위정자와 사회정책자의 경영시설에도 다대한 공헌을 할 것이다"라는 이유에서 조선의 '이야기(物語)'를 번역하게 되었음을 밝히고 있다. 이러한 설명은 바로 문학번역과 번역의 효용성을 가리키는 부분이라 할 수 있는데 문학번역이 바로 조선의 "사회정신"과 "사회이상", 그리고 "민중의 마음의 근원"을 알고 그들을 교육시키는 재료가 될 수 있기 때문에 이 번역행위 통해 "위정자와 사회정책자"가 조선을 잘 "경영"할 수 있도록 도움을 줄 수 있다는 입장이다.

이와 같이 조선문예의 번역을 조선 연구의 일환으로 생각하고 조선에 대한 이해를 높여 결국 조선의 식민지적 경영에 다대한 역할을 담당할 것이란 인식은 당시 재조일본인들이 조선 문예물을 대하는 일반적인 인식이었다. 『조선문화사론』에서도 "바야흐로 농업, 상업, 공업으로 조선개발이 매우 다단(多端)하다고 하지만 그런데도 그 사상과 습관 등 자연히 그 취향을 달리하는 것이 있다. 우선 조선인의 장점과 결점을 충분히 이해하는 것보다 급한 일은 없다."(p.7.)라고 지적하며 조선(인) 연구의 필요성을 적극 제기하고 있다. 그리고 "국정(國情), 민속(民俗)을 이해하기를 바란다면 그 나라 고유의 문학을 고찰하는 것 보다 긴요한 일은 없"다고 하면서 "희곡소설"을 포함한 조선의 문학, 문화를 고찰하려고 하는 호소이 하지메의 '서설'을 통해서도 그러한 취지를 확인할 수 있다.[24]

한편 이러한 논리는 당시 한반도에서 '일본어 문학'의 정착, 발전을 도모하였던 논리와 궤를 같이 하고 있다고 볼 수 있다. 예를 들면 "조선의

---

24) "국민의 기상이 유로(流露)하여 재미있는 노래에 그 나라의 진정(眞情)을 직사(直寫)한 것이 많다. 조선을 알기를 원하는 자에게는 오른쪽과 같은 것도 적당한 재료일 것이다."(甘笑子, 「朝鮮の歌謠」『朝鮮』第一卷第三号, 1908.5, p.58)라는 문장을 보면 역시 문학("가요")은 그 나라 국민의 "기상"을 드러내고 그 민족의 "진정을 직사"한 것이므로 조선문학은 조선의 이해와 연구를 위한 호재료라는 시각에서 '조선의 가요'를 번역하는 것도 이와 같은 취지에 해당한다.

경영은 모든 방면에 일본의 책임을 요구한다"면서 "조선에 있어서 일본문학을 크게 진흥시켜야"25) 한다는 논리나 한국강제병합 직후 "정치적 형세는 이미 매듭지어졌다. 금후는 관민(官民) 일치하여 경제방면으로, 문학방면으로 노력하여 신영토의 평화적 발전"26)을 도모하자는 논리가 이에 해당한다. 이는 문학적 방면의 조선연구와 한반도에서 '일본어 문학'을 이식해야 한다는 논리가 하나의 쌍을 이루고 있는 장면이라 할 수 있다. 그런데 조선문예의 번역소개를 통해 조선민족과 사회사상에 대한 이해를 도모하여 식민지 경영에 일정한 역할을 부여하겠다는 위의 논리는 이러한 '일본어 문학' 이식 논리의 연상선상에 위치해 있었다고 할 수 있다.

특히 호소이 하지메가 대표로 있었던 '조선연구회(朝鮮硏究會)'가 "조선의 인문을 연구하고 풍속제도 구관(舊慣)과 전례(典例)를 조사하고 그래서 지도, 계발의 자료로 삼"27)는 것을 그 목적으로 하고 있었던 논리와도 일맥상통하고 있다. 그리고 일본어잡지 『조선』의 편집자인 샤쿠오 교쿠호(釋尾旭邦)도 그 보다 빨리 '조선연구회'를 만들어 제3권 제2호(1909년 4월)부터 잡지에 <연구(硏究)>란을 설치하여 조선의 언어, 역사, 인물, 인물, 예술, 문학, 한일관계 등 조선과 연관된 내용을 적극적으로 게재하고 있다. 그들이 이와 같이 조선문예를 번역하고 '조선연구회'라는 모임을 통해 조선연구의 필요성 제기와 더불어 이들 내용을 한반도 내에서 단행본이나 잡지기사 형태로 발표한 것은 보다 효과적인 식민지 경영을 추진하기 위한 시도였음을 알 수 있다.28)

한편, 위의 인용문 중 ②는 호소이 하지메가 『조선문화사론』에서 조선

25) 美人之助, 「朝鮮に於ける日本文學」(『朝鮮之實業』第10号), pp.22-24.
26) 「時事片々」(『朝鮮』第31号, 1910.9), p.11.
27) 細井肇, 『朝鮮文化史論』 뒷부분의 「朝鮮硏究會創設趣旨書」.
28) 잡지 『조선』의 편집자 샤쿠오와 '조선연구회'에 대해서는 최혜주, 「한말 일제하 샤쿠오(釋尾旭邦)의 내한활동과 조선인식」(『韓國民族運動史硏究』 제45집, 2005) 참고.

의 패사문학을 번역하면서 이러한 "희곡소설류"에 대한 평가를 드러낸 부분으로, 요지는 조선 문화가 형식에만 편중되어 문예물이 양반, 유생들에 의해 천시를 받고 하민들만 향유하였는데 전체적으로 조선의 문예물은 수준이 낮으며 대부분 중국소설을 모방한 데 지나지 않다는 이야기이다. 이는 당시 일본 지식인들 사이에 널리 유통되고 있었던, 조선문화는 중국문화의 아류일 뿐이고 독창적인 문화가 부재하다는 논리와 일맥상통하고 있다. 한편 인용문 ③은 가요를 번역하면서 그 노래를 향유하는 소년, 아동을 가리키며 조선의 문화현상을 가치 비하하는 문장인데 전체적으로 조선문학 자체를 차별화하려는 의도가 엿보인다.

사실 이렇게 조선 문예물에 대해 그 가치를 폄훼하려는 자세는 당시 '일본어 문학'이나 조선문예를 번역[29]하는 과정에서 아주 일반화된 인식이었다고 할 수 있다.

① 문예라는 말 중에는 문학, 미술, 공예를 함축한다고 본다. 조선은 문예에 있어서 일본의 사전(師傳)이었지만 한문의 세력이 너무 심대하였기 때문에 특유의 문학이 번창하지 않고 또한 악정의 결과, (중략) 오늘날 조선은 거의 미술, 공예가 완전히 없어져 존재하지 않기에 이르렀다.[30]

② 본래 조선에는 문학이 있는가? (중략) 게다가 불행하게도 나는 조선에 문학이 없다고 단정하지 않을 수 없다. 물론 한국에는 시가 있고 음악도 있고 미술도 있다. 그렇지만 이 모두는 지나(支那)의 시, 지나의 미술, 지나의 음악이지 한국 특유의 것은 아니다.[31]

---

29) 대표적인 것으로는 '조선의 가요'를 번역하면서 그 예술성을 "국정", "권세 쟁탈" 등과 결부하여 조선의 악정(惡政)과 문학 부진의 상관관계를 열거하며 조선문학을 폄하하고 있는 곳이다. "조선의 노래에는 신운(神韻)이 있는 것이 거의 없으며 저속하고 외설(猥褻)스런 것이 가장 많은데 특히 정가(情歌)와 같은 것은 차마 들을 수 없는 대목이 많다. 이는 국정(國情)이 절로 그렇게 만든 것인가? (중략) 동요에 까지 권세 쟁탈의 뜻을 빗대어 말한다고 하는 것은 정말로 조선식이다."(甘笑子,「朝鮮の歌謠」, p.56).

30) 小山東助,「朝鮮同化論」(『新人』, 1905.6), pp.14-15.

③ 조선의 예술은 신라의 통일시대에 가장 발달하고 고려에 들어와
다소 쇠퇴하여 이조(李朝)에 들어와 더욱더 쇠퇴하여 거의 볼만한
것이 없기에 이르렀다고 하는 점은 조선시찰을 통해 더더욱 자신
감을 굳혔다.32)

위의 인용문 중 ①은 일본 내 조선문예에 대한 인식을 나타내는 문장이
고 ②와 ③은 한반도에서 '일본어 문학'이 형성되는 과정에서 조선의 문예
나 예술에 대한 평가를 드러내고 있는 문장이다. ①은 당시 일본에서 "문
학은 국민의 꽃이다."라며 "어떤 문명국도 (중략) 찬연한 일종의 문학을 가
지지 않은 나라는 없다"33)라는 담론에 기초하여 조선 문예의 부재(부정)론
을 주장하여 조선의 낮은 문명도를 증명하려는 콜로니얼 담론에 해당한다
고 볼 수 있다. ②와 ③도 한반도에서 간행된 일본어 신문이나 잡지 등에
서 조선에 왜 '일본어 문학'이 구축, 이식되어야 하는지를 설명하면서 조선
전통문예의 부재를 주장하고 있다. 이러한 인식은 결국 조선이 중국의 속
국으로서 문명국 일본의 보호를 받지 않으면 안 된다는 식으로 논리적 귀
결이 이루어지는데 이러한 의미에서 '조선문학 부재론'은 당시 일본제국주
의의 콜로니얼 담론을 지탱하고 있었던 하나의 축34)이었다고 볼 수 있을
것이다.

이상에서 보았듯이 1910년을 전후하여 한반도 내에서 일본어 잡지『조
선』이나『조선 이야기집』등 단행본을 통해 조선 문예물에 대한 일본어
번역이 본격적으로 개시되었다고 볼 수 있는데 이러한 문예 번역은 단지
이질적인 2개 언어 사이의 투명한 의미전달만이 있었던 것은 아니다. 오

31)「朝鮮の文學(上)」(『朝鮮新報』, 1907.9.10).
32) 關野貢,「南朝鮮に於ける古美術」(『朝鮮』第35号, 1911.1), p.38.
33) 井上哲次郎,「日本文學の過去及び將來」(『帝國文學』, 1895.1), p.1.
34) 정병호,「한국의 <조선문학(사)론> 형성과 중국사상의 표상― <일본문학사> 및 <조선
(인)론>의 비교를 통해―」(한국일본학회『일본학보』제81집, 2009.11) 참고.

히려 이러한 조선 문예물의 번역을 촉진한 것은 식민지 경영에 도움이 되는 식민지 지(智)의 획득, 즉 조선연구라는 과제에 힘입은 바 크다고 할 수 있다. 그렇기 때문에 그곳에 표현된 조선 문예물은 많은 경우 당시 일본이나 한반도의 일본어 신문이나 잡지에 유통되고 있었던 비문명국 국민의 증거로서 조선의 고유한 문학의 부재, 또는 부정적인 문학형상으로서 조선문학의 표상이 적극적으로 이루어지고 있었다. 그런데 당시 조선문예물을 번역하는데 있어서 커다란 토양이라고도 할 이러한 두 가지 요소는 단지 번역의 문제만이 아니라 한반도 내 '일본어 문학'의 논리와 상호 교섭되는 양상을 띠며 전개되어 갔다고 볼 수 있다.

4. 식민지 문예번역의 모호성과 '조선문학 부재론'의 파탄

다카하시 도루의 『조선 이야기집』이 각 작품의 후미에 주를 다는 형식으로 해당 작품이나 조선의 풍물에 대해 비평을 가하고 있는데 그것은 위에서 살펴본 호소이 하지메의 『조선문화사론』과 같이 대개 부정적인 조선(문학)상이 많았다. 나아가 『암흑의 조선』이라는 책도 '조선의 연극(朝鮮の芝居)'라는 항목에서 "조선연극는 (중략) 실로 매우 유치한 것이지만 조선인은 더욱 세밀한 예술은 불가능하며 구경하는 쪽에서도 관상(觀賞)할 능력이 없을 것이다."[35]라는 문장에 잘 드러나 있듯이 이 저작집의 기획 자체가 조선의 풍물이나 풍습, 생활상에 대해 낮은 문명도를 입증하려는 의도가 곳곳에서 보인다. 이렇게 본다면 당시 번역 과정에 있어서 조선 문예물에 대한 콜로니얼 담론은 일반적인 현상이었다고 볼 수 있을 것이다.

그러나 여기서 재차 주목해야 할 점은 '조선문학 부재(부정)론'을 통해

---

35) 薄田斬雲, 『暗黒なる朝鮮』(日韓書房, 1908), p.121.

표출되었던 이러한 일본적 오리엔탈리즘의 관점이 조선 문예물을 번역하는 과정에서 번역행위 그 자체로 인해 모호해지거나 모순에 빠지는 역설적인 상황이 만들어질 수도 있다는 점이다. 이를 구체적으로 파악하기 위해 식민지 조선의 통치를 위한 식민지 이해의 한 방편으로 조선 문예물 번역에 임했던 다카하시 도루의 『조선 이야기집』과 잡지 『조선』의 문예 번역에 대한 비평을 보도록 하자.

- 춘향전은 이 나라에서 가장 널리 행해지는 이야기(物語)이다. (중략) 춘향전, 재생연(再生緣), 장화홍련전 등의 이야기는 2, 3전 하는 가나문(仮名文)으로 된 책으로 도시나 시골 도처의 서림에서 판매되어 중류이상의 부녀는 서로 모여 이를 열독하고 그 주인공을 동정하며, 그래서 여덕(女德)을 갈고닦는 데 도움이 되게 한다. 생각하건대 그것이 주는 감화는 우리의 바킨물(馬琴物)이 막부시대 가정에 주었던 것과 같을 것이다. 이들 이야기도 또한 이 나라 남녀의 관계 및 상류부인의 도덕을 관찰하는 양호한 자료임에 충분할 것이다.36)
- 그렇지만 두 사람(잡지 『조선』 속의 고가와의 번역물과 우스다(薄田)의 저서)이 채집한 것 중에는 속요(俗謠)뿐만 아니라 아주 고상(高尙)한 곡조(曲調)에 속하는 것, 즉 마쓰오 메이케(松尾目池) 씨의 남훈태평가(南薰太平歌)에 있는 것도 섞여 있다.37)

먼저 첫 번째 인용문은 다카하시 도루가 「춘향전」을 기술하고 그 뒷부분에 설명자료로 써 넣은 부분이다. 여기서 주목되는 점은 「춘향전」을 비롯하여 「재생연」, 「장화홍련전」에 대한 다카하시의 가치가 내재된 평가적 발언이다. 여기서 이들 작품들이 도시나 시골 가릴 것 없이 많은 독자들이 읽고 있으며 결과적으로 "여덕(女德)"에 도움이 되어 문학적, 도덕적 감화를 제공한다는 발언이다. 이는 조선의 경우도 일본 에도시대 교쿠테이

36) 高橋享, 『朝鮮の物語集』(日韓書房, 1910), p.201.
37) 闇牛, 「朝鮮の俗謠」, p.72.

바킨(曲亭馬琴)의 문학에 비견되는 문학이 존재함을 전제로 하는 평가이다. 즉, 사람들의 마음에 도덕적, 문학적 감화가 가능한 '권선징악 문학'이 존재하며 나아가 그러한 조선문학이 한반도에서도 폭넓게 유통되고 있음을 확인해 주는 평가라 할 수 있다.

이러한 평가는 조선의 독창적인 문학성을 가지지 못한 '조선문학 부재론'은 물론, 이 책의 '서문'에서 "여기에 수록한 춘향전과 같은 것은 이런 의미를 가장 잘 표명하며 거의 지나소설을 읽는 면영(面影)이 있다"[38]며 '조선문학 부재론'의 핵심적 내용인 중국문화(문학)의 모방성을 지적한 도쿄대 교수인 하기노 요시유키(萩野由之)가 쓴 글과도 상호 모순하는 결과를 내포하고 있다.

한편 위의 인용문에서 두 번째 문장은 잡지 『조선(朝鮮)』 문예란에서 「조선의 속요」를 번역하면서 잡지 『조선』 속에서 몇 번인가 번역되었던 그리고 우스다 잔킨의 『암흑의 조선』과 『조선문화사론』에도 번역되었던 「남훈태평가」에 대해 "아주 고상한 곡조에 속하는 것"이라는 평가를 내리고 있다. 이러한 평가는 다양한 격식에 맞는 조선 시가가 존재함을 언급하는 발언이라 볼 수 있는데 이는 조선 문학이 단지 중국문학의 영향으로 독창성이 부재하고 따라서 그 문학적 가치를 부정하던 담론에 대해서 상당한 모호함을 잉태하고 있다고 볼 수 있다.

어떻게 보면 식민지 경영에 도움이 되는 조선연구를 위해 조선의 민족정신을 체현한 문학을 찾아 이를 번역소개하려고 하면 할수록 이러한 번역행위는 독립심이 부재하고 비문명적인 민족성을 입증시키는 '조선문학 부재론'이 모순에 빠질 수 있는 모호함과 모순성을 가지고 있다. 그러한 대표적인 증거가 바로 위에서 제시한 인용문의 「춘향전」 등 한국 고전소설의 평가와 「남훈태평가」에 대한 기술인 셈이다. 비록 시대는 조금 다르

---

38) 萩野由之, 「序」(『朝鮮の物語集』), p.3.

다고 하더라도 1924년 호소이 하지메가 편집, 간행한 『조선문학걸작집(朝鮮文學傑作集)』의 권두에서 "춘향전 이하 본서에 담겨진 10편은 실제로 조선에 행해지고 있는 소설시가 중 가장 걸출한 것이다. 특히 심청전과 제비다리(燕脚)와 춘향전은 효, 제(悌), 조(操)라는 인륜 삼강을 풍유한 대작으로서 조선인 사이에서 추상(推賞) 애독되고 있다."[39]는 글도 이미 '걸작'이라는 말에 응축되어 있듯이 바로 번역을 하면 할수록 "조선문학 부재론"이 파탄되는 결과를 잘 보여주고 있다.

이와 같이 1910년을 전후하여 한반도가 일제에 의해 강제 병합되는 과정에서 수많은 콜로니얼 담론들이 착종하는 가운데 조선 문예물의 번역, 그리고 그것의 바탕이 되는 '일본어 문학'은 이러한 콜로니얼 담론과 논리들이 상호 충돌하는 모호함을 내재하면서 형성, 전개되어 식민지 문학을 구성해 갔다고 볼 수 있을 것이다.

5. 결 론

이상에서 살펴보았듯이 조선 문예물의 번역은 일제의 식민지화 정책이 착착 진행되는 1900초년대부터 '일본어 문학'이라는 사정권 속에서 활발하게 이루어져 잡지 『조선』의 <문예>란, 『암흑의 조선』 속의 문예 번역물, 『조선 이야기집』, 『조선문화사론』의 '제8편' 등 다양한 장르의 결과물을 낳고 있다. 이러한 결과물들은 비교적 '문학'과 '번역'에 대한 의식에서는

---

39) 細井肇 編, 「『朝鮮文學傑作集』の卷頭に題す」(『朝鮮文學傑作集』, 奉公會, 1924), p.1. 한편 호소이는 이 권두언에서 3.1독립운동을 보고 "내선의 진정한 결합은 무엇보다도 우선 내지인이 조선인을 이해하는 데 있"(p.4)음을 언급하며 "국가민족의 심성을 이해하기 위해서는 그 국가민족의 문학을 아는 것보다 지름길은 없다"는 입장을 제시하고 있다. 한편 호소이는 그 동안 부정적으로 취급되어 오던 조신인의 민족성에 대해서도 위의 문학적 평가와 연동되어 긍정적 평가를 내리고 있다.

공통적인 인식보다는 다양한 차이를 보여주고 있었다. 특히 번역행위에 관한 의식은 구전설화에 대한 장르보다는 소설이나 시가 등 원문이 명확한 형태로 존재하는 경우 번역이나 원문에 대한 뚜렷한 인식을 엿볼 수 있었다.

그러나 번역물마다 이러한 차이에도 불구하고 1910년 전후 조선 문예물의 번역을 추진하게 한 커다란 동인으로는 조선연구를 통해 식민지 경영에 기여할 수 있다는 식민지 지(智)의 획득의 한 방편이었음을 확인할 수 있었다. 더구나 이들 조선 문예물을 번역소개하면서 그 대상이었던 조선 문예물에 대해서는 당시 한반도 '일본어 문학'이 형성되는 과정에서 문화이식론의 주요논리의 하나였던 '조선문학 부재(부정)론'에 대한 공명(共鳴)이 보이는데 이는 일종의 식민지국와 피식민지국의 문화(문학)에 대한 수직적 위계질서를 만듦으로써 일본의 식민지주의적 논리에 기여하려는 당시 콜로니얼 담론의 하나라 볼 수 있을 것이다. 그런데 앞에서 살펴보았듯이 이러한 조선 문예물이 번역되면 될수록 그 번역행위에는 이러한 '조선문학 부재론'이라는 논리와 상호 모순되어 모호화되는 경향이 나타나고 있는데 이는 보다 일제강점기 전체 조선문예물에 대한 통시적인 고찰이 필요한 분야라 볼 수 있겠다.

어쨌든 1920년대 위의 『조선문학걸작집』의 권두언에서 내선일체를 실현하기 위해 "내지인이 조선인을 이해"해야 하며 그 방편으로 "그 국가민족의 문학을 알"아야 한다며 대표적인 조선문학 10편을 걸작으로서 번역소개하는 부분을 통해 확인할 수 있지만 조선 문예물의 번역에는 투명한 언어적 전달 외에 식민지적 권력이 정치학적으로 개입되어 그것이 번역을 수행하는 큰 계기가 되고 있음은 식민지 번역문학의 특징을 잘 보여주는 점이라 할 수 있겠다.

제13장

3.1운동과 호소이 하지메(細井肇) 감수「홍길동전」 번역 연구*

―홍길동 표상과 류큐정벌 에피소드를 중심으로―

김효순(金孝順)

1. 들어가는 말

잘 알려진 바와 같이 일제는 1919년 3.1운동과 월슨의 민족자결주의의 영향으로 1920년대에서 30년대 전반까지 조선에 있어서 식민지지배를 원활히 수행하기 위해 식민정책을 무단정치에서 문화정치로 바꾸었다. 그 일환으로 헌병경찰제 폐지, 조선어에 의한 민간 신문 발행 허가, 교육령의 개정 등 일련의 문화정책과 함께 조선인을 대상으로는 일본어보급 정책을, 일본인 관리에 대해서는 조선어 장려 정책을 시행하였다. 이와 같은 변화된 식민정책의 영향으로 이 시기에는 조선문학, 문화 붐이 일어난 것은 선행연구[1])에서 지적하는 바이다.

---

* 이 논문은 「3.1운동과 호소이 하지메(細井肇) 감수「홍길동전」 번역 연구: 홍길동 표상과 류큐정벌 에피소드를 중심으로」(『한림일본학』제28호, 2014년 4월)를 본서의 간행 취지에 맞춰 수정, 게재한 것이다.

이와 같은 조선문학, 문화 붐으로 번역 간행된 조선의 고전문학 시리즈는 최근 연구자들의 주목의 대상이 되어 규모와 내용 등이 밝혀지고, 개별 작품에 대한 연구도 이루어지고 있다. 예를 들어 최혜주는 식민지시기 고서간행사업에 관여한 재조일본인 지식인이나 단체의 활동과 조선 인식을 연구하여, '자유토구사는 조선인의 민족성 연구에 도움이 되는 고서를 중시하여 소설류에 관심을 보이고 있다'2)고 하며, 1920~30년대 간행된 조선고전문학 시리즈 연구에 토대를 제공하고 있다. 박상현은 고서간행사업에 의해 일본어로 간행된 조선의 문학을 원본과 번역본의 차이에 주목하여 번역의도를 분석하고 있다. 이러한 연구는 이 시기 간행된 고서를 역사학적, 사회학적 분석이 아닌 문학번역의 측면에서 다루고 있다는 점에서는 높이 평가할 만하다. 그러나, 이들 논의는 '조선의 전근대성 곧 조선

---

1) 조선문학, 문화 붐의 영향으로, 이광수의 「가실」, 「유정」 등이 일본어로 번역되고, 『통속조선문고(通俗朝鮮文庫)』전12권(自由討求社, 1921), 『선만총서(鮮満総書)』전11권(自由討求社, 1922-1923), 『조선문학걸작선(朝鮮文学傑作集)』전10권(奉公会, 1924) 등 조선고전문학이 번역되었다. 또한 『오사카매일신문(大坂毎日新聞)』(朝鮮版)의 조선문학 특집인 『반도신인집(半島新人集)』(1934. 6-10), 『조선작가단편집(朝鮮作家短編集)』(1935.1-2), 「반도여류작가집(半島女流作家集)」(1936.4-6), 『모던 일본(モダン日本)』의 '임시대중판 조선판'이 성공(1938. 11)하였고, 김사량의 「빛 속으로(光の中)」(『文芸春秋』1940. 3), 김소운의 『젖빛 구름(乳色の雲)』(1940. 5), 『조선대표작집(朝鮮代表作集)』(申建訳編, 教材社, 1940), 『조선문학선집(朝鮮文学選集)』전3권(赤塚書房, 1940), 이익상의 「망령의 나무」(『조선시론(朝鮮試論)』, 1926. 6), 김동인의 「감자」(1926. 7), 현진건의 「고향」(1926. 8), 「피아노」(1926. 9), 최서해의 「기아와 살육」(2196. 9) 등 근대문학작품의 일본어 번역도 활발히 이루어졌다. 또한 모더니스트 시인들이나 경성제국대학 잡지 『청량』의 한국인 작가들은 한일 양국어 창작을 실현하여, 근대어로서의 조선어 실험을 시도하기도 했다. 김효순, 「한반도 간행 일본어잡지에 나타난 조선문예물 번역에 관한 연구」(『일본연구』제33집, 중앙대학교 일본연구소, 2012.8), pp.104-105 참조.

2) 최혜주, 「한말 일제하 재조일본인의 조선고서 간행사업」(『大東文化研究』제66집, 2009), p.444. 이 외에도 최혜주는 「한말 일제하 재조일본인의 조선고서 간행사업」(『大東文化研究』제66집, 2009), 「幣原坦의 고문활동과 조선 인식」(국사편찬위원회, 『국사관논총』79, 1988), 「青柳綱太郎의 내한활동과 식민통치론」(국사편찬위원회, 『국사관논총』94, 2000), 「일제강점기 조선연구회의 활동과 조선인식」(한국민족운동사학회, 『한국민족운동사연구』42, 2005), 「일제강점기 아오야기의 조선사 연구와 '내선일가'론」(한국민족운동사학회, 『한국민족운동사연구』49, 2006) 등의 연구가 있다.

의 정체성'이나 '조선에 대한 부정적인 민족성 담론'3)을 유포했다는 결론을 도출하는데 머물고 있는 한계를 보이고 있다.4) 이 시기 간행된 조선 고전 문학시리즈에는 기획자 혹은 번역자의 의도에 의한 선별, 배치, 해석, 가공, 첨삭 등을 통해, 단순히 조선민족의 '전근대성'이나 조선민족에 대한 '부정적 담론'이라는 막연한 비판만으로 설명하기에는 부족한 복잡한 정치적, 사회적 콘텍스트를 내재하고 있다.

이와 같은 문제의식에서 본 논문에서는 호소이 하지메(細井肇) 편 자유토구사의 ≪통속조선문고(通俗朝鮮文庫)≫의 「홍길동전」의 번역의 주체, 목적, 번역의 방법, 등장인물의 성격, 서사구조의 변화 등을 살펴봄으로써, 당시 정치, 사회적 콘텍스트 안에서 조선적 가치가 식민지 지식의 구축에 어떻게 활용되었는지를 파악해 보고자 한다. 일본어 번역 「홍길동전」은, 1919년 3.1운동 이후 변화된 국제정세와 일본의 식민정책에 적극적으로 반응하여, 등장인물의 성격이나 서사구조가 역사적 현실과 밀접한 관련을 맺으며 변용, 첨삭되고 있어, 이 시기 조선문화, 문학 번역의 붐에 내재하는 정치성이 가장 직접적이고 노골적으로 드러나기 때문이다.

---

3) 박상현, 「호소이 하지메(細井肇)의 일본어 번역본 『장화홍련전(薔花紅蓮傳)』연구」(『日本文化研究』第37輯, 2011.1), p.125.

4) 이외에도 호소이 하지메의 조선연구와 간행활동을 조선문학 번역의 측면에서 다룬 연구는 박상현, 「번역으로 발견된 '조선(인)'-자유토구사의 조선고서 번역을 중심으로」(한국일본문화학회, 『일본문화학보』제46집, 2010), 「제국일본과-호소이 하지메의 조선 고소설 번역을 중심으로-」(한국일어일문학회, 『일어일문학연구』제71집, 2009), 서신혜, 「일제시대 일본인의 고서간행과 호소이 하지메의 활동-고소설 분야를 중심으로-」(온지학회, 『온지논총』제16집, 2007) 등이 있다.

2. 「홍길동전」의 외국어 번역과 호소이 하지메의 일본어 번역의
   의의

「홍길동전」이 외국어로 번역된 것은, '우리 古代小説의 訳述 또는 번역 或은 縮訳을 通한 外国에의 紹介는 本書로써 嚆矢를 삼는다5)라는 선행연구의 지적처럼, 미국인 알렌(H. N. Allen)에 의해 영어로 번역된 『조선의 민담』(1889)에 실린 것이 제일 처음이다. 이후 그것은 아르노우스(H. G. Arnous)가 간행한 『Koreanische Mächen und Legenden』(1893)에 독일어로 번역되어 게재되었으며, 그것이 다시 이와야 사자나미(巌谷小波)에 의해 「구렁이의 꿈(大蛇の夢)」(『세계오토기문고』, 1912)이라는 제목의 일본어로 번역되었다.6) 그러나 알렌의 영어 번역은 '알렌의 韓国語 実力은 決코 京板本을 읽을 만한 것이 勿論 되지 못하며, 그는 京板本의 「스토리」를 자세히 이야기하게 하고 이것을 土台로 訳出한 것이 틀림없다."7)라는 언급처럼, 구술한 것을 듣고 번역한 것이고, 아르노우스의 독일어역과 이와야 사자나미의 일본어역은 알렌의 그것을 중역한 것이었다. 더욱이 이와야의 일본어역은 '어린이 독자에게 조선의 오토기바나시(동화, 인용자 주)를 다양한 삽화를 이용해 재미있게 들려준'8) 것으로, 개작에 가까워 본격적인 번역이라 할 수는 없다.

이와 같은 「홍길동전」 번역사에서, 호소이 하지메 기획의 ≪통속조선문고≫ 제7집 「홍길동전」(自由討究社, 1921.9.25.)은 한반도에서 최초로 일본어로

---

5) 구자균, 「서평-Book Review Horace N. Allen 著 『Korea:Fact and Fancy』」(고려대학교 아세아문제연구소, 『亞細亞研究』통권 12호, 1963), p.230.

6) 이와 같은 「홍길동전」의 번역 경로에 대해서는, 한유림이 「「홍길동전」과 「견우와 직녀」 번역 연구- 알렌(H. N. Allen), 아르노우스(H. G. Arnous),이와야 사자나미(巌谷小波)를 중심으로 -」(고려대학교 석사논문, 2015.7)에서 자세히 밝히고 있다.

7) 구자균, 「서평-Book Review Horace N. Allen 著 『Korea:Fact and Fancy』」(고려대학교 아세아문제연구소, 『亞細亞研究』통권 12호, 1963), pp.232-233.

8) 한유림, 「「홍길동전」과 「견우와 직녀」 번역 연구-알렌(H. N. Allen), 아르노우스(H. G. Arnous), 이와야 사자나미(巌谷小波)를 중심으로 -」(고려대학교 석사논문, 2015.7), p.62.

완역된 것이라는 의미를 갖는다.[9] ≪통속조선문고≫를 기획하고 상당 부
분의 번역을 담당한 호소이 하지메(細井肇, 1886.2~1934.10)[10]는, 1910년에는
조선 강제 병합을 기념하기 위해 기쿠치 겐조(菊池謙讓, 1870~1953)와 함께
조선연구회를 설립했으나, 1911년에는 아오야기 쓰나타로(青柳綱太郎, 1877~
1932)에게 경영권을 넘기고 일본으로 건너간 인물이다. 그는 3.1독립운동의
원인을 '수천 년의 특수한 여가와 습속 및 심성(心性)을 가진 조선인을 이
해하지 못한 식민정책에서 찾았고 내선(內鮮) 융합을 위해서는 조선문화연
구가 중요하다고 인식'[11]했다. 1920년에는 자유토구사를 설립하여 ≪통속
조선문고≫와 ≪선만총서(鮮滿叢書)≫를 간행했다. 이로써 그는 당시 조선
민족과 문학, 문화의 연구 분야에서는 절대적인 영향력을 미쳤다. ≪통속
조선문고≫는 이러한 호소이 하지메에 의해 기획되어 번역 대상과 번역
자, 번역 방법 등이 결정되었으며, 실제로 대부분의 번역이 호소이 하지메
의 손에 의해 이루어지고 해설되었다.

이와 같은 ≪통속조선문고≫의 기획의도와 구성상의 특징, 간행목적,
번역 대상, 방법 등에 대해서는, 선행연구에서 살펴본 바가 있으나, 논지

---

9) 오카야마 젠이치로(岡山善一郎)는 「日本에서의 한국고전문학 연구현황과 전망」(『동아시아
고대학』제35집, 2014.9, p.288)에서 한국고전문학 번역 단행본의 예를 정리하여 소개하고
있는데, '1.外務省『林慶業伝』諺文体(東京外国語学校, 1881), 2.『金鰲新話』上,下(東京大塚彦
太郎藏版,1884), 3. 高橋亨『朝鮮の物語集 附俚諺』(京城:日韓書房,1910), 4.『満古烈女日鮮
文 春香伝』(漢城書館, 1917), 細井肇『通俗朝鮮文庫』自由討究社, 1921-22)(후략)'으로 되어
있어 호소이 하지메가 기획 편집한『통속조선문고』에 게재된「홍길동전」이 가장 빠른「
홍길동전」의 번역임을 알 수 있다.

10) 메이지시대(明治時代)에서 쇼와시대(昭和時代)에 걸친 신문기자이자 평론가, 조선연구가
로, 우치다 료헤이(内田良平) 등의 한일병합운동을 지원. 『도쿄아사히신문(東京朝日新聞)』
정치부 기자로서 후에 조선에 건너와 조선 민족의 연구에 착수. 1910년 조선연구회를 설
립했고, 1911년에는 1920년에는 자유토구사를 설립. 1930년에는 월단사(月旦社)를 창설하
여 잡지『사람들의 소문(人の噂)』(후에『사람과 국책(人と国策)』)을 발행. 저서로는 『조
선문화사론(朝鮮文化史論)』,『조선문제의 귀추(朝鮮問題の帰趨)』,『여왕 민비(女王閔妃)』,
『국태공의 눈초리(国太公の眦)』,『일본의 결의(日本の決意)』 등.

11) 박상현, 「호소이 하지메(細井肇)의 일본어 번역본『장화홍련전(薔花紅蓮伝)』연구」(『日本
文化研究』第37輯, 2011), pp.109-110.

전개를 위해 간단히 정리를 하면 다음과 같다. 우선 간행목적은, 변화된 국제 환경에 대응하여, 3.1운동을 일으킨 조선의 민족성을 분석함으로써 원활한 식민통치와 경영을 위한 정보, 자료를 확보하고 내선일체나 동근 동조론 등과 같은 식민지배의 이데올로기를 개발하는 데 있었다. 따라서 있는 그대로의 조선 고서를 번역하기 보다는 최대한 식민정책의 실현과 지배이데올로기 개발에 용이한 방향으로 자료를 해석, 가공, 배치할 필요가 있었다. 그리고 ≪통속조선문고≫의 구성상의 특징을 살펴보면, 첫째 한 권에 소설이나 시가 등의 문학 작품과 정사나 야사와 같은 역사적 기록이나 평론 등을 함께 수록하는 형태를 취함으로써 소설이나 시가 등의 문예물을 식민지 지식의 구축과 유통을 원활히 하기 위한 자료로 활용하고 있음을 들 수 있다. 둘째, 시기상 조선시대 중국과의 역사적 사건을 다룬 서적의 번역을 통해 중국에 대한 조선인의 사대주의와 유교의 폐해를 비판하고, 중국과는 변별되는 조선의 언어나 문화, 풍속 등을 소개한다는 점, 셋째, 당쟁이나 탐관오리의 전횡을 기록한 서적의 번역을 통해 조선의 지배자들의 부패상과 모순을 강조한다는 점을 들 수 있다.[12]

일본어 번역 「홍길동전」은, 1919년 3.1운동 이후 변화된 국제정세와 일본의 식민정책에 적극적으로 반응하여, 등장인물의 성격이나 서사구조가 역사적 현실과 밀접한 관련을 맺으며 변용, 첨삭, 해석되고 있어, 이상과 같은 호소이 하지메의 ≪통속조선문고≫기획의도와 구성, 번역의 방법과 전략 등의 특징이 가장 전형적으로 드러난다고 할 수 있다.

---

12) 김효순, 「1920년대 조선문학 번역 붐과 만들어지는 조선적 가치—호소이 하지메(細井肇)편 ≪통속조선문고≫ 「장화홍련전」 번역을 중심으로—」(『한일군사문화연구』제21집, 2016.4), p.285 참조.

3. 일본어 번역본 「홍길동전」의 홍길동 표상

3.1. 소설 『홍길동전』의 작가 정신

주지하는 바와 같이, 「홍길동전」은 최고(最古)의 한글소설이자 작가 교산(蛟山) 허균(許筠, 1569.11.3.~1618?)의 생애와 사상의 결정판이라 할 수 있다. 허균은 조선시대 문인, 정치가, 사상가, 소설가로, 허엽(許曄, 1517~1580)의 셋째 아들로 태어났다. 허씨 집안은 고려말기의 재상으로 허공(許珙)의 피를 이어받은 명문가였다. 허엽은 석학으로 이름이 높았고 29세에 과거에 급제하여 참찬관(參贊官)으로서 국왕의 측근이 되었다. 또한 동인파(개혁파 관료)의 영수(領袖)로서 인망이 높았다. 그러나 모함으로 파면이 되었고 후에 복직이 되었지만 경상북도 상주에서 객사했다. 이복형 허성(許筬)은 이조와 병조판서를 역임하였고, 동인이 남인과 북인으로 갈라진 뒤 남인을 대표하는 인물이었다. 동복형 허봉(許篈)은 문인으로 허균을 가르칠 정도로 학문이 뛰어났던 인물이다. 누나는 여류문인으로 알려진 허난설헌이다.

이와 같이 허균은 당대 최고 명문가 출신이었고, 1594년 25세의 젊은 나이로 과거에 장원급제하여 사관직인 검열을 비롯해 세자시강원설서 등을 지내다가 황해도도사에 제수되는 등 정치에 깊이 관여했다. 그러나 자유분방한 삶과 종교 및 사상문제로 여섯 번이나 파직과 복직을 반복했다. 유교일변도의 조선사회에서 불교를 숭상하였고, 스승 이달(李達, 1539~1612)은 '삼당시인(三唐詩人)'이라 불리우며 이백(李白, 701~762)에 필적할 시인이었지만, 서자출신이라는 이유로 정당한 대우를 받지 못하고 뜻을 이루지 못하였다.

그 영향으로 허균은 양반의 서자로 조직된 '서얼당(庶孽党)'과 교제하며 서자에 대한 차별을 없앨 것을 주장했다. 그리하여 광해군의 신임을 받아 정치에 깊이 관여하였던 허균의 정치적 생애는 광해군 5년(1613) 이른바

'칠서지옥(七庶之獄)'과 인목대비 폐비 사건으로 인해 전환점을 맞이하였다. 칠서지옥이란, 영의정 박순의 서자 박응서, 목사 서익의 서자 서양갑, 심전의 서자 심우영, 병사 이제신의 서자 이경준, 상산군(商山君) 박충간의 서자인 박치인과 박치의, 그리고 허홍인 등 7명의 서자가 주도한 변란을 처리하는 과정에서 발생한 옥사를 말한다. 인목대비의 폐비 문제는 칠서지옥의 연장선상에서 이루어진 것으로, 같은 북인세력인 정온을 비롯해 남인계 이원익 등 상당수의 신료들이 반대하였던 사안이었다. 허균은 이 일로 폐비를 반대하는 상당수 여론으로부터 배격되었을 뿐 아니라 정치적 동지였던 기자헌의 아들 기준격으로부터 역모 혐의로 고발되기에 이르렀고 끝내는 죽음에 이르게 되었다

이와 같은 허균의 생애와 사상의 결정판으로 창작된 것이 바로 소설「홍길동전」이라 할 수 있다. 주인공 길동은 홍판서와 시비(侍婢) 춘섬(春纖) 사이에서 태어나 늘 천대를 받고 자라며 호부호형을 금지당한다. 또한 그는 총명한 재주에 학식이 뛰어나 아버지의 애첩에게 미움을 받아 목숨마저 위태롭게 되자, 집을 뛰쳐나온다. 호풍환우(呼風喚雨)하는 법과 신출귀몰의 둔갑술을 익혀, 도적의 소굴에 들어가 괴수가 되어 활빈당(活貧黨)을 조직한다. 그리고 인심을 혼란케 하는 승려, 각 지방의 탐관오리, 토호들의 불의의 재물을 탈취하여, 가난한 양민에게 나누어 준다. 서민에게 의적이라 칭송받는 홍길동을 조정에서는 체포하기 위해 애를 쓰지만, 오히려 전국 팔도에서 분신술로 동시습격을 하며 정삼품 관복을 입고 백주에 말을 타고 관리들을 농락한다. 국왕은 그 능력을 인정하고 병조판서에 임명하려 하지만 그것을 거절하고 부하들과 배를 타고 율도국(栗島國)에 가서 왕족을 정복하고 신분차별이 없는 이상향을 건설한다. 판본에 따라 율도에 도착하기 전에 제도(猪島)에서 괴물을 퇴치하고 두 아내 정씨(鄭氏)와 백씨(白氏)를 얻는 이야기도 있다.

이상과 같이 「홍길동전」은 작가 허균이, 당쟁과 전쟁으로 백성이 생활

고에 시달리던 시대 서얼차별이라는 신분제도의 모순과 유교사회의 폐해
를 비판하고 이상국가 건설의 의지를 구현한 작품으로, 주인공 홍길동은
그와 같은 작가 정신을 구현한 인물이라 할 수 있다.

3.2. 일본어 번역본 「홍길동전」의 홍길동 표상과 활빈당 활동

일본어로 번역된 「홍길동전」에서 홍길동이 어떻게 표상되는지를 알기
위해서는, 번역의 주체와 원본과의 차이를 알아야 할 것이다. 현재 「홍길
동전」은 수많은 이본이 존재하는데 이는 크게 경판본(京板本), 안성판본(安
城板本), 완판본(完板本), 필사본(筆寫本), 신활자본(新活字本)으로 나눌 수 있다.
그러나, '현재 「홍길동전」의 원본은 전해지지 않아 작자 및 창작 시기에
대해서는 아직 이론이 있지만 현재 전해지고 있는 이본은 19세기 이후의
것'[13]이라 할 수 있다. 일본어로 번역된 「홍길동전」의 원본에 대해, 이민
희는 '이 때 「홍길동전」의 인기는 대단해서, 일본인 호소이 하지메가 편집
하고 백석중이 번역한 「홍길동전」이 1921년 도쿄(東京) 소재의 자유토구사
에서 일본어로 간행되었다'[14]라고 하고 있는데, 이 지적에 근거하면, 1920
년 한림서림(翰南書林)에서 간행된 국문목판본으로 추정된다.

번역의 주체에 대해 생각해 보면, 번역자는 백석중 번역이라고 표시되
어 있다. 그러나 위에서 언급한 바와 같이, ≪통속조선문고≫의 기획 자체
가 호소이 하지메에 의해 이루어졌고, 번역 대상이나 번역가의 선정도 호
소이 하지메에 의해 이루어졌으며, 모두에 붙여진 「홍길동전의 권두에(洪
吉童伝の巻頭に)」라는 서문과 말미에 붙여진 「찬조원 제현에게(贊助員諸賢へ)」
도 모두 호소이 하지메에 의해 집필되었다. 또한 일본어 번역본 결말부분

---

13) 이민희, 「김유정 개작 『홍길동전』(1935)연구」(『인문학연구』제45권, 2013), p.347.
14) 이민희, 위의 책, p.352.

인 '(10)길동의 류큐(琉球) 정벌/(11)길동 류큐왕이 되다'라는 장은 율도국의 왕이 되는 한글본의 내용과 크게 다른데, 이는 호소이 하지메의 창작으로 보인다. 이렇게 보면 「홍길동전」 일본어 번역의 주체는 호소이 하지메로 보는 것이 타당할 것이다.

그렇다면 「홍길동전」의 일본어 번역에 호소이 하지메의 기획 의도는 어떻게 개입되었고 그것은 홍길동 표상과 서사구조에 어떻게 구체화되고 있을까? 우선 일본어 「홍길동전」의 구성상 특징을 살펴보면 제일 눈에 띠는 것은 번호를 붙인 장의 제목과 단락별 제목을 붙여 놓았다는 점이다. 각 장의 목차는, '(1)길동의 출생/(2)괴한에게 습격을 당하다/(3)길동 활빈당의 수괴가 되다/(4)포리를 가죽부대에 가두다/(5)여덟 명의 길동/(6)평생의 소원/(7)요괴퇴치/(8)길동 삭발하다/(9)차차 그리워지는 고향 하늘/(10)길동의 류큐(琉球) 정벌/(11)길동 류큐왕이 되다'로 되어 있다. 각 장의 내용을 보면 (9)번까지는 위에서 정리한 한국어 「홍길동전」의 서사구조와 크게 다르지 않음을 알 수 있다. 단 '(10)길동의 류큐(琉球) 정벌/(11)길동 류큐왕이 되다'라는 부분은 원문과 크게 달라 작의(作意)를 검토해야 할 필요가 있다. 우선 번역본의 홍길동 표상과 관련하여 다음 인용을 보자.

> 총명영리, 하나를 들으면 열을 알고, 열을 배우면 백을 통달하는 재주가 있었다. 사서삼경, 제자백가, 천문지리는 물론이고 의학, 역학에도 도통했고 육도삼략(六韜三略)을 암송했고, 병법도 상당히 숙달했다. 이리하여 일찍이 열세 살이 되니, 낮에는 손오(孫吳=중국의 병법가인 손자[孫子]와 오자[吳子], 인용자주)의 병서와 진법(陣法)을 연구하여 천상천하에 모르는 것이 거의 없었다. 하지만 첩의 배에서 태어났기 때문에 온 집안 사람들이 상하를 막론하고 천대했을 뿐만 아니라 아버지를 아버지라 부르는 것조차 허락받지 못했기 때문에 분한비창(忿恨悲愴)의 마음을 금할 수 없었다.
>
> 聡明怜悧、一を聞いて十を覚り、十を学んで百に通ずるの才があつ

た。四書三経、諸子百家から、天文地理は云はずもがな、医学易学に通
じ六韜三略を誦んじて兵法にも仲々に熟達してゐた。斯うして早くも十
三才となれば、昼は孫呉の兵書と陣法を講じ、殆ど天上天下の事知らざ
るものとてなかつた。が、唯妾腹の生れであつたから、一家の上下挙
つて賎侍するのみならず、父を父と呼ぶことだに許されなかつたの
で、日夜忿恨悲帳の念を止めることが出来なかつた。15)

위 인용을 보면 홍길동은 어렸을 때부터 비범한 능력을 지녔음에도 서
얼이라는 이유로 천대와 차별을 받은데 대한 원망이 깊었음을 알 수 있다.
길동은 왕 앞에서도 다음과 같이 직접 자신의 울분을 토로한다.

신의 아비 국은을 입어 대대로 부귀영화를 누렸습니다. 저희가 어찌
불충불의를 저지르는 것을 참을 수가 있겠습니까? 하지만 신이 잘못하
여 천비의 배에서 태어나 부형을 부형이라 부르지 못하였습니다. 그리
하여 몸을 산림에 숨기고 세상과 무관하게 살기를 바랐습니다. 하지만
하늘이 저를 미워해서 그런지 제가 비루하게도 적당(賊党)이 되기는 하
였습니다만, 지금껏 백성의 재물은 추호도 범한 적이 없고, 오로지 각
읍군수의 부정한 재물을 탈취하였을 뿐입니다.

臣の父、国恩を蒙つて世々富貴栄華を享けました。我等いかでか不忠
不義のことを為すに忍びませうぞ。なれども臣誤つて賎婢の腹に生
れ、父兄をも父兄と呼ぶことができませぬ。依て身を山林の裡に潜め、
世事無関の望を抱いてござります。然るに天我を憎んでか、身を汚陋に
落して賊党とは成りましたが、未だ嘗て百姓の財物は秋毫と雖も犯せし
ことなく、唯各邑郡守の不正の財物を奪取したるに止まりまする。16)

여기서도 길동은 천비의 배에서 태어나 호부호형을 하지 못 하는 차별
로 인하여 세상을 등지고 도적이 되기는 하였으나 부정한 지방관리의 재

15) 白石重, 「洪吉童伝」(『通俗朝鮮文庫 洪吉童伝』第七輯, 自由討究社, 1911.9), p.4.
16) 白石重, 위의 책, p.30.

산만을 탈취하였다고 밝히고 있다.

이와 같이 호소이가 번역한 홍길동은, 유교적 신분제 사회의 폐해에 대해 자각한 인물이라는 점에서는 한국어 홍길동과 차이가 없다. 그렇다면 의적이 된 홍길동이 조직한 활빈당은 어떻게 번역되고 있을까?

> 도적의 수괴로 받들어진 길동은 그 지략으로 보나 재주로 보나 문무 겸비의 양장(良將)이었다. 하지만 그는 제적(諸賊)의 부서를 정하고 무예를 훈련시켰지만, 마침 전량(錢糧)이 부족하여 제적들에게 뒷일을 부탁하고 혼자 표연히 산채 소굴을 나왔다. 그는 정처 없이 여기저기 떠돌다 때로는 산천의 풍광을 음미하고 또 때로는 선행자와 교제하며 각 마을의 수령, 방백 등의 시정의 선악을 탐문한 후, 해인사에 쳐들어가서 전량을 탈취할 계획을 세우고 다시 바람처럼 산채 소굴로 돌아왔다.
>
> 賊徒の首魁に奉ぜられた吉童は、其智に於て、才に於て、文武兼備の良将であつた。されば、彼は諸賊の部署を定めて、武芸を練習せしめたが、折柄銭糧の欠乏を来たしてゐたので、吉童は諸賊に後事を托して、独り飄然としていづれともなく山寨の巣窟を出た彼は所々に放浪して、或時は山川の風光を賞し、或時は善行者と交を結び各邑受領、方伯等の施政の善悪などを探聞した後、海印寺に打ち入つて、銭糧を奪取せん計画を建て、再び風の如くに山寨の巣窟に帰つた。[17]

인용문을 살펴보면 길동은 '문무겸비의 양장(良將)'이었고, 해인사의 전량(錢糧)을 탈취할 계획을 세운 것은 전량이 부족한 상황이라는 필연성이 있었으며, '선행자와 교제하며 각 마을의 수령, 방백 등의 시정의 선악을 탐문'한 연후임을 알 수 있다. 그리고 길동은 활빈당 부하에게 다음과 같은 활빈당의 행동강령을 지시한다.

---

17) 白石重, 위의 책, p.10.

우리는 원래 양민이지만 의(義)로써 이곳에 모인 자들이므로 마음에
새겨 행여 꿈에라도 불의를 저지르지 말라. 첫째 국가에 정공(正供)하는
재물(公稅金과 같은 것)을 탈취하면 역적이다. 둘째로 백성의 재물을 약
탈하는 것은 국본을 문란케 하는 것이므로 우리들은 그런 짓은 해서는
안 된다. 단 각 읍수(군수)가 백성을 가혹하게 다루고 백성의 고혈을 짜
고 공(公)을 빙자하여 사(私)를 취한 불의의 재산을 빼앗는 것이야말로
활빈의 대법신조(大法信條)라 해야 한다. 너희들 이를 명심해야 한다.

活貧党の部下に 「我等は本と良民であるが、義を以て此所に聚まれる
者なれば、心に銘じて夢不義を行ふな。第一に国家に正供する財物(公税
金の如きもの)を奪取すれば逆賊であるぞ。第二に百姓の財物を掠奪する
が如きはこれ国本を撹乱せしむるものであるから、我洞中断じてかか
る事をいたしてはならぬ。唯各邑守(郡守)が百姓を苛虐に取扱ひ、民の
膏血を絞つて公に憑つて私を営んだ不義の財を奪ふのは、誠に活貧の大
法信條と謂はねばならぬのぢや。汝等これを銘記すべきぢや。[18]

길동의 활빈당 활동은 빈민구제와 탐관오리의 징벌이라는 목적 하에
국가나 가난한 백성에게는 해를 입혀서는 안 된다는 명확한 행동강령 하
에 이루어졌음을 알 수 있다. 그리하여 활빈당은 '불의의 재산을 빼앗아서
는 그것으로 빈민을 구제하여 일찍이 자신의 이름을 드러냈고 자신의 배
를 불리는 일은 없었고'[19], 자신들이 저지를 죄로 인하여 자칫 무고한 사
람들이 잘못 붙잡힐 수도 있을 것이라며, '함경감영 북문에서 창고의 공식
과 무기를 탈취한 것은 활빈당의 수괴 홍길동이라고 표방해 두라'[20]고 세
심한 부분까지 배려를 한다. 팔도를 돌아다니며 수령 중 탐관오리가 있을
때는 암행어사의 직권을 꾸며 징벌할 뿐이다. 활빈당의 징벌의 대상은 지
방 토호와 탐관오리 그리고 파렴치한 조정의 소인배들임을 알 수 있다.

18) 白石重, 위의 책, p.14.
19) 白石重, 위의 책, p.13.
20) 白石重, 위의 책, p.16.

이상과 같이 일본어 번역본의 홍길동 표상을 보면 한국어 원문과 마찬
가지로, 천비의 배에서 태어나 호부호형을 하지 못 하는 차별로 인하여,
유교적 신분제 사회의 폐해에 대해 자각한 인물이며, 그가 조직한 활빈당
은 지방 토호와 탐관오리 그리고 파렴치한 조정의 소인배들을 징계하여
빈민을 구제하고자 하는 조직이었음을 알 수 있다.

4. 홍길동과 활빈당 표상에 보이는 정치성

4.1 홍길동과 활빈당 표상에 보이는 모순

그렇다면 호소이 하지메는 위와 같이 번역한 홍길동을 어떻게 해석하
여 일본인들에게 소개했을까? 호소이 하지메의 「「홍길동전」의 권두에」에
서 홍길동을 어떻게 표상했는지 보자.

> 홍길동은 권모술수에 뛰어난 교활한 작자이다. 단지 빼앗을 줄만 알
> 고 나누어 줄 줄을 모른다. 내지의 승민전(承民伝)이나 협객전(俠客伝)에
> 는 의(義)와 협(俠)의 피와 눈물이 있지만, 길동은 그 수하를 홍청거리게
> 할 뿐 구제애민(済世愛民)의 큰 뜻은 전혀 없다. 이 점은 본서를 읽는 독
> 자가 특히 유의해야 할 요점이라 생각한다.
> 洪吉童は、詭計譎謀に富んだ、一の猾奴である。只奪ふ事のみを解し
> て与ふる事を知らぬ。内地の承民伝や俠客伝には義と俠との血と涙があ
> るが、吉童はその手下を賑はすのみで一向に済世愛民の大志が無い、此
> 点は本書を読む者の特に留意すべき要点だと思ふ。[21]

윗장에서 살펴보았듯이, 일본어판 「홍길동전」의 홍길동 표상은 한국어

---

21) 細井肇, 「『洪吉童伝』の巻頭に」(『通俗朝鮮文庫 洪吉童伝』第七輯, 自由討究社, 1911.9), p.4.

「홍길동전」의 그것과 큰 차이가 없음을 알 수 있다. 그럼에도 불구하고 그와는 정반대로, 여기에서는 '권모술수에 뛰어난 교활한' 인물로, '단지 빼앗을 줄만 알고 나누어 줄 줄'을 모르고, '의(義)와 협(俠)의 피와 눈물'도 없으며, '구제애민'의 뜻도 없다고 소개하고 있다. 그리고 이러한 홍길동 표상을 현실의 독립운동가들의 활동과 관련지어 비판한다. 다음을 보자.

- 왕년에 형살(刑殺)된 폭도의 수괴 강기동(姜基東)은 늘 「홍길동전」을 애송하고 스스로 길동에게 사숙(私淑)하여 제이의 길동이 될 것을 꿈꾸고 있었다.
  往年刑殺された暴徒の首魁姜基東は、常に洪吉童伝を愛誦し、自から吉童に私淑して第二の吉童たらん事を夢みて居た。

- 오늘날 조선인 일부가 독립의 명분을 빌려 동족의 생명을 위협하고 재물을 빼앗고자 하는 근본 원인은 「홍길동전」을 일독하면 납득이 가는 바가 있을 것이다.
  今日、鮮人の一部が独立の名に籍りて同族の生命を脅やかし金財を奪ふ心術は、洪吉童伝を一読することに於て釈然たるものがあらう。[22]

강기동을 비롯한 독립운동가들의 활동을 "독립의 명분을 빌려 동족의 생명을 위협하고 재물을 빼앗고" "약탈의 절대적 위력으로 백성의 굴종" 하게 하는 조선지식인들의 모습으로 왜곡하고, 그것을 「홍길동전」의 영향이라고 설명하고 있다. 그리고 이러한 독립운동가들의 속성을 조선시대부터 이어져 온 조선사회의 악정의 폐해로 설명한다.

- 언제나 통감하는 일이지만 조선인만큼 동정을 해야 할 민족은 아마전세계에 존재하지 않을 것이다. 이조 수백 년 동안 불쌍한 백성들은 탐관오리의 끊임없는 주구(誅求) 때문에 고혈을 빨리고 마침내

---

22) 細井肇, 「『洪吉童伝』の巻頭に」(『通俗朝鮮文庫 洪吉童伝』第七輯, 自由討究社, 1911.9), p.1.

근대의 합리적 정치의 혜택을 받을 수 있는 서광이 서서히 동천(東天)에 비추었을 때 일찍이 '독립'이라는 새로운 표어가 약탈의 절대적 위력으로 백성을 굴종케 하기 시작했다. (중략) 조선에서 관리는 약탈의 절대적 권위자이다. 관리 이외의 백성은 피약탈의 절대적 굴종자이다. 이 두 계급만이 사회를 조직하고 있었다.

いつも痛感する事であるが、朝鮮人ほど、同情に値ひする民族は恐らく世界に存在すまい、李朝累百年、哀々たる生民の貪官汚吏の饜くなき誅求の為に其の膏髓を剥がれ、漸やく近代の合理的な政治の恵沢に霑ほふべき曙光を微かに東天に瞰んだ時早くも 『独立』と云へる新たなる標語が掠奪の絶対的威力として生民の脅従を追求しつつ始まつた。(中略)朝鮮で官吏は掠奪の絶対的権威者である、官吏以外の生民は被掠奪の絶対的脅従者である、此の二階級のみが社会を組織して居た。23)

조선사회는 관리라는 약탈의 절대적 권위자와 백성이라는 피약탈의 절대적 굴종자 두 계급만이 존재하였고, 그러한 전통으로 근대 지식계급 역시 약탈을 위해 문자를 배우고 독립을 내세워 약탈하고자 했다는 것이다. 그리고 더 나아가 다음과 같이 청일전쟁을 합리화하는 논리로까지 나아가고 있다.

• 오늘날 독립을 제창하는 일부 조선인은 오복 중의 하나로 떠받들어지는 관리가 되고자 하여 문자를 배웠다. 그런데 수백 년 간 악정(惡政)으로 인해 백성의 고혈을 모두 빨려 산은 민둥산이 되고 연못은 말라 근대의 지식계급이 약탈생활에 들어가려 했을 때 아무것도 남아 있지 않았다. 그냥 내버려 두어도 조선에 사회적 혁명의 발발은 피할 수 없는 운명이었다. 이 사회적 혁명의 기운이 난숙한 절정에서 타동적으로 그 기운을 전환대행한 것이 청일전쟁이다.

---

23) 細井肇, 「『洪吉童伝』の巻頭に」(『通俗朝鮮文庫 洪吉童伝』第七輯, 自由討究社, 1911.9), pp.1-2.

今日の独立を提唱する一部の朝鮮人は、五福中の随一に尊ばるる官
吏たらんが為めに文字を学んだ、然るに、累百年の悪政に依つて生
民の膏髄は剥がれ尽して、山は童し沢は渇し、近代の智識階級が掠
奪の生活に入らうとした時、其処には掠奪すべき何物をも止めなか
つた。自然に放任しても、朝鮮に社会的革命の勃発は免れざる数で
あつたのだ。此の社会的革命の機運が爛熟した絶頂に於て、他動的
に其の機運を転換代行したものが日清戦争役である。[24]

조선 근대의 지식계급이 약탈생활을 하고자 하지만 더 이상 약탈의 대
상이 남아 있지 않아서 혁명이 일어날 상황이었고, 그러한 혁명의 기운을
대행한 것이 청일전쟁이라고 그 의의를 설명하고 있다. 그리고 다음과 같
이 독립운동가들을 약탈을 일삼는 홍길동의 후예로 왜곡하고 있다.

- 모처럼 약탈의 절대적 권위자가 되고자 하여 문자를 배운 청년들은
  막막하여 할 바를 몰라 어쩔 줄 몰랐다. 그리고 약탈의 자유를 구속
  하는 일본신정부에게 반항의 자태를 흉내내는 군소 홍길동의 무리
  가 되었다.
  折角掠奪の絶対的権威者たらんとして文字を学んだ青年は、茫乎とし
  て為さん所を知らず、全く途方に暮れた。そして、掠奪の自由を拘摯
  する日本新政府に反抗の姿態を擬する群小洪吉童の叢生となつた。[25]

지식인들의 약탈로 인해 발발한 혁명을 대행한 청일전쟁의 결과 일본
제국은 '근대의 합리적 정치의 혜택'을 주고자 했지만, 그것이 지식인들의
약탈의 자유를 구속하자 일본신정부에게 반항을 한 것이 바로 홍길동의
무리 즉 독립운동가들의 활동이라고 하는 것이다
이와 같이 호소이 하지메는 일본어판 「홍길동전」에서는 원전에서와 마

---

24) 細井肇, 위의 책, p.2.
25) 細井肇, 위의 책, p.3.

찬가지로 홍길동을 유교적 신분제 사회의 폐해에 대해 자각한 인물로 표상하고 있는데 반해, 「「홍길동전」의 권두에」에서는 홍길동을 권모술수에 능하고 극악무도한 강도로 표상하고 있음을 알 수 있다. 그렇다면 이와 같은 모순된 정반대의 홍길동 표상은 어떻게 가능했던 것일까? 이는 실존인물 홍길동 및 「홍길동전」이 의병활동에 미친 영향을 검토해 보면 알 수 있을 것이다.

4.2 실존인물 홍길동과 의병활동

소설 「홍길동전」의 모델에 대해서는 많은 선행연구가 존재해 왔다. 우선 김동욱은, '燕山君代의 洪吉同은 堂上官 嚴貴孫의 庇護를 받으며 公廨를 公公然히 明火賊질하다 잡혀 梟首된 者'로 '이 洪吉同의 說話가 許筠에게 實名을 提供하여' 나온 것이 '洪吉童伝'[26]이라고, 강도 홍길동과 「홍길동전」의 관련성을 처음 지적하고 있다. 이를 받아 이능우 역시 연산군, 중종, 선조조의 실록에서 홍길동(洪吉童)이란 도적과 관련된 기록을 찾아내고, '許筠作의 「洪吉童伝」이 설령 있었다 해도, 이건 거의 저 연산대 실존 인물 홍길동의 「伝」일 것으로 추리함이 순리일 것이다'[27]라고 하며, 연산군대의 실존인물 홍길동이 모델이 되었다고 지적하고 있다. 실제로 『조선왕조실록』에는 '강도 홍길동을 잡았으니 나머지 무리도 소탕하게 하다'[28], '홍길동을 도와준 엄귀손의 처벌을 의논하다'[29]와 같이, 강도 홍길동에 관한 기록[30]이 연산군 6년 10월에 엄귀손(嚴貴孫)과 관련해서 나타난다. 연산군 당

26) 김동욱, 「서평-정주동 저 홍길동전 연구」(『아세아연구』통권 9호, 1962.5), p.205.
27) 이능우, 「『홍길동전(伝)』과 허균(許筠)의 관계(関係) -실재(実在) 전설형(伝説型)의 인물(人物) 홍길동(洪吉同)의 출현(出現)에서-」(『국어국문학』제42-43호, 1969), p.6.
28) 『조선왕조실록』 연산군조 10월 22일.
29) 『조선왕조실록』 연산군조 10월 28일.

시 당상관까지 지낸 엄귀손이 파직되자 강도 홍길동(洪吉同)과 공모했는데 당시 홍길동은 백주에 무리를 지어 무장하고 관부에 출입, 약탈을 자행했다는 기록이 나온다. 이와 같이 『조선왕조실록』에 등장하는 홍길동은 말 그대로 강도로, 선행연구의 지적처럼 '연산군 때의 강도 홍길동은 100여 년 후인 선조 때에는 욕으로 통용되다가, 그 후 약 150여 년이 흐른 영조 때에는 장사꾼들이 맹세하는 구호로 그 이미지가 변화하였다'[31]고 할 수 있다.

그러나 이와 같은 홍길동은 허균의 소설 「홍길동전」의 영향으로 의적으로 표상되고, 작품 속 활빈당의 활동을 흉내내어 8세기 말에서 19세기 초에는 의병활동이 전개되기도 한다. 선행연구[32]에 의하면, 활빈당의 명칭이 처음으로 보이는 것은 1885년으로, 당시 호남의 화적집단은 당을 이루어 활빈당을 칭하며 활동했다고 한다. 부호군(副護軍) 김교환(金敎煥)이 올린 상소를 보자.

요즘 화적(火賊)의 폐해가 날로 심하여 폐해가 없는 곳이 없는데 호남(湖南)이 더욱 심합니다. 사람들을 불러 모아 무리를 이루어 심지어 그 인원수가 대체로 만 명이나 되는데 활빈당(活貧党)이라고 하면서 거리와 저자에 함부로 방(榜)을 내걸고는 민가를 파괴하고 사람을 살해하며 불을 지르고 재물을 빼앗으며 남의 무덤을 파헤치고 남의 부녀자를 겁탈합니다. 그리하여 길이 막혀 통행을 하지 못하고 마을이 소란해져

30) 이 외에도 『조선왕조실록』에는, 1.燕山 39卷, 6年(1500 庚申 / 명 홍치(弘治) 13年) 10月 22日(癸卯) 2번째 기사 강도 홍길동을 잡았으니 나머지 무리도 소탕하게 하다, 2.燕山 39卷, 6年(1500 庚申 / 명 홍치(弘治) 13年) 12月 29日(己酉) 1번째 기사 홍길동의 죄를 알고도 고발하지 않은 권농 이정들을 변방에 보내기로 하다, 3.宣祖 22卷, 21年(1588 戊子 / 명 만력(万曆) 16年) 1月 5日(己丑) 1번째 기사 조헌의 상소를 소각하고 내리지 않았는데 거기에 실린 동서 각인들의 관계와 행실 등과 같은 관련 기사가 실려 있다.

31) 이희근, 이덕일, 『우리 역사의 수수께끼』(김영사, 1999), pp.243-246.

32) 박재혁, 「韓末活貧党의 活動과 性格의 変化」(『釜大史学』 19号, 1995). 이하 한말 활빈당 활동에 대해서는 본 논문 참조

편안치가 못합니다.

　심지어 포교(捕校)들까지도 도리어 그 피해를 입고 있으며 수령(守令)도 곤란을 겪고 횡액을 당하는 때가 가끔 있습니다. 그런데도 수령은 내버려 두고 다스리지 못하며, 조정에서는 미처 알지 못하고, 설사 안다 하더라도 잡아다가 신문하지 못합니다.[33]

　이를 보면, 1885년 상당한 세력을 가진 활빈당이 존재하고 있었고 1886년에는 활빈당의 결성이 구체화되어 1880년대 중반부터 활빈당을 표방하는 집단들이 다수 존재하고 있음을 알 수 있다. 이와 관련하여 박재혁은, '기록상에는 火賊, 賊徒, 賊党 등으로 표현된 집단과 일본측 기록에 나타난 화적집단 역시 대부분 활빈당으로 보아야 할 것이다'[34]라고 지적하고 있어, 당시 활빈당의 활동이 화적, 도적, 적도 등의 활동으로 인식되고 있었음을 알 수 있다.

　갑오농민전쟁 이후에는 더욱 활발해진 활빈당의 활동범위가 전국적이고 항상적인 양상을 보였다. 정부에서는 대비책 마련을 논의하여 체포하고, 밀고자에게 상금을 지급했으며 자수자는 사면하거나 작통(作統)[35]을 통해 야간순찰을 실시하는 등 토벌에 골치를 앓았다. 그러나 토벌을 위한 지방대는 활빈당을 만나면 먼저 도망가고 오히려 백성들을 괴롭히기나 지방 사족을 능욕하는 등, 그들에 의한 피해가 오히려 활빈당을 능가하였다. 이러한 상황에서 활빈당집단은 더 대담하고 적극적으로 활동을 전개하며 지방 관아에 들어가 빈민을 구휼하라고 협박을 하기도 하였다.

　1900년대에는 각 집단의 조직체계가 구체적으로 정비되고 활동이 광역화, 장기화되었으며 내외사적단(內外社賊團, 1908)에서 완성단계에 이른다.

---

33) 고종 22권, 22년(1885 을유 / 청 광서(光緖) 11년) 3월 6일(을사) 5번째 기사 화적의 무리들을 진압하는 일에 관하여 김교환이 상소하다.
34) 박재혁, 「韓末活貧党의 活動과 性格의 変化」(『釜大史学』 19号, 1995), p.484.
35) 조선 시대 매 5호를 하나의 통(統)으로 만드는 것.

내외사격단은 승려들 중 홍길동의 제자라 칭하며 홍길동을 봉대(奉戴)하여 선생이라 존경하며 단체를 조직하여 활동해 온 내사와, 내사원 중 규칙을 위반하고 환속하여 속인으로서 단체를 조직한 외사로 구성되었다.

이렇게 조직을 정비하고 활동을 전개하던 활빈당집단은 국권상실이라는 시대적 상황 하에서 의병으로 전환해 감에 따라 조직체계도 점차 의병 조직과 유사하게 전환시켜 투쟁을 전개했다. 주도세력은 경제적 몰락을 거듭해 온 빈농, 상업, 고용과 같은 초보적 노동자, 유리걸식하는 무직 등이었다. 이들 활빈당 활동 내용은 그들이 발표한 <대한사민논설십삼조목(大韓士民論說十三條目)>과 <활빈당격문(活貧黨檄文)>36)에 잘 나타나 있다. <활빈당격문>은 외세-특히 일본-의 침략을 경고하고 통상무역을 금할 것, 철도부설을 외국인에게 허가하지 말 것, 곡물가격을 일정하게 할 것, 세금을 경감할 것 등을 주장하였다. 그리고 이들의 세금탈취 및 징수방해활동과 관아, 경찰관서의 습격은 봉건권력에 의한 과도한 민중수탈에 대한 적극적 저항이었고, 동시에 조선의 경제적 침탈을 목적으로 전개되던 각국, 특히 일본과의 통상무역에 대한 강력한 저항활동으로 외국상선과 조선에 진출한 외국상인들을 습격하였다. 특히 미곡운반선과 일본인 미곡상에 집중하여 조선의 침략을 가속화시키는 도구인 철도의 부설과 운행을 방해하는 활동을 했다. 이러한 활빈당은 갑오농민군의 잔여세력을 참여시켜 그 이념을 계승하였으나, 1905년 이후 국권상실이라는 시대적 상황과 일본군의 본격적인 토벌 앞에서 활빈당 집단들은 존속이 불가능하여 의병투쟁으로

36) <「大韓士民論説十三条目」 및 「活貧党檄文」의 내용>:
　　 1. 堯舜의 法을 行할 것 / 2. 奢侈하지 않은 先王의 服制를 본받을 것 / 3. 百姓이 소원하는 文券을 임금에게 올려 一国의 興仁을 꾀할 것 / 4. 無益한 開化 대신 民間 화목하고 上下 怨없는 正法을 行할 것을 諫言할 것 / 5. 防穀을 실시하여 旧民法을 채용할 것 / 6. 私田을 革罷하고 均田으로 하는 牧民法을 채용할 것 / 7. 穀価의 仰騰을 막기 위해 穀価安定策을 쓸 것 / 8. 金鉱의 採掘을 厳禁할 것 / 9. 悪刑의 여러법은 革罷할 것 / 10. 税金을 軽減할 것 / 11. 屠牛를 禁할 것 / 12. 行商者에게 徴税하는 弊를 禁할 것 / 13. 通商貿易을 禁할 것 / 14. 市場에서 外商의 출입을 厳禁할 것 / 15. 他国에 鉄道敷設権을 許与치 말 것.

전환하였다.

호소이 하지메가 '「홍길동전」을 애송하
고 스스로 길동에게 사숙(私淑)하여 제이
의 길동이 될 것을 꿈꾸고 있었던' '폭도
의 수괴'라고 언급한 강기동은, 이상과 같
은 활빈당 활동을 표방하던 의병 강기동
(姜基東, 1884.3.5~1911.4.17.)을 일컫는 것이
다. 강기동은 1909년 1월부터 일본어에
능통한 것을 계기로 헌병보조원으로 발
탁되어 경기도 양주군 고안헌병분견소에

[그림 1] 강기동

서 근무하며 투옥된 길인식 등 2명의 의병을 탈옥시켰으며, 총과 탄환을
탈취하여 의병장 이은찬이 이끄는 창의원수부에 투신, 의병으로서 대일항
쟁 대열에 동참하였다. 후에 의병대장으로 추대되어 경기도 양주 및 포천
에서 활동하면서 헌병보조원 시절의 정보를 바탕으로 효율적 군자금 확보
책과 일본군대, 헌병, 경찰의 정보를 제공하여 창의원수부의 반일투쟁에
많은 공헌을 했다. 의병대장 이은찬이 체포, 처형되어 창의원수부가 일본
군의 대대적인 토벌작전으로 와해되자, 격문을 띄워 의병을 모집하는 한
편 '창의원수부 중군장'이라는 칭호를 그대로 계승하여 흩어진 의진을 수
습하고 본격적인 대일항전을 계획하여 의병투쟁을 계속했다. 1909년 10월,
일본군의 집중적인 '의병토벌'이 진행되자, 연기우 의병부대와 연합부대를
구성하고 전투를 전개하였다. 일제의 '남한대토벌작전'으로 초토화되자, 독
립군으로 전환하여 대일항전을 계속하기 위해 국외로 망명을 결심하고,
1911년 2월 북간도 방면으로 이동하던 도중 함경남도 원산에서 체포되어
4월 17일 서울 용산 일본군 형장에서 순국하였다.

호소이 하지메가 「「홍길동전」의 권두에」에서, 홍길동을 권모술수에 능
하고 극악무도한 강도로 소개한 것은 실존인물 강도 홍길동을 염두에 둔

것이고, 독립활동을 조선시대 이래로 백성의 고혈을 약탈하고자 하는 근대지식인들이 일본제국의 '근대의 합리적 정치의 혜택'에 반항하고자 한 것으로 왜곡시킨 것은 이와 같은 활빈당 활동을 표방한 의병의 역사에 근거했음을 알 수 있다.

5. 일본어 번역본 「홍길동전」의 류큐정벌 에피소드의 정치성

원작 「홍길동전」의 율도국(律島國)은, 작가 허균의 이상 국가로서의 원전에서는 '남경'의 '제도', '남중율도국(南中律島國)'이라는 허구적 공간으로 설정되어 있을 뿐 그곳이 어디인지 학계에서 정설은 없다. 그러나 내용상 가장 가까운 완판본에는 다음과 같이 묘사되고 있다.

> 길동이 형을 이별한 후에 군사들을 권하여 농업을 힘쓰게 하고, 군대를 훈련하면서 삼년상을 마치니 양식이 넉넉하고 수만군졸의 문예와 말 타고 달리는 재주가 천하에 최강이었다. 근처에 한 나라가 있었는데 그 이름은 율도국이었다. 중국을 섬기지 아니하고 수십 대를 대대로 이어 오면서 덕화(德化)를 베푸니 나라가 태평하고 백성이 넉넉했다.[37]

율도국은 백성이 '농업'에 힘써 '양식이 넉넉하고' 군대는 '천하에 최강'이며 '중국을 섬기지 아니하고' '덕화(德化)'를 베풀어 '태평하고 백성이 넉넉'한 이상향으로 그려지고 있다. 이것이 일본어 「홍길동전」에서는 '(10)길동의 류큐정벌(吉童の琉球征伐), (11)류큐왕이 되다(琉球王となる)'라는 장의 제목에서도 알 수 있듯이, '류큐(琉球)'라는 현실 공간으로 설정되어 있다. 그곳은 '나라가 풍요로워 백성이 만족하고 금성 천리, 참으로 천부의 나라였

---

37) 허균, 『홍길동전(완판 36장본)』(웅진씽크빅, 2009), pp.98-99.

다'38)고 묘사되고 있다. 또한, 선봉 총독(總督) 허만달(許万達)과 이장춘(李長春)은 류큐를 시찰하고 그 모습을 다음과 같이 묘사하고 있다.

> 성곽이 견고하고 시가는 번화하였으며 군데군데 현송(絃誦) 소리가
> 들린다. 토인(土人)에게 지명을 물으니 이곳은 패흥현(沛興県)이라 한다.
> 현위(県尉)를 비롯하여 모두 온후하고 현명하며, 널리 학교를 세우고 자
> 제(子弟)를 가르치며 일찍이 관청에 송사가 없다고 한다. 그렇기 때문에
> 그 성예(声誉)가 원근에 전파된 것이었다. 그리하여 두 사람이 더 상세
> 히 주변상황을 살펴보니, 현명한 관장(官長)도 있는가 하면 백성을 강제
> 로 속박하여 민심을 괴롭히는 자도 있고 혹은 이름도 없는 재세(財税)를
> 부과하여 인민이 유리(流離)하는 경우도 많았다.
>
> 城廓堅固にして市街繁華、処々に絃誦の声が聞こえる。土人に地名を
> 問へば此処は沛興県と云ひ、県尉孟温厚、賢明にして広く学校を設け、子
> 弟を教へ、曾て官庭の訟事がないといふ。さればこそその声誉遠近に伝播
> しつつあるのであつた。かくて二人は尚も仔細に四辺の状況を探つた
> が、賢明なる官長もあれば、百姓を強制束縛して民心を苦しむるものもあ
> り、或は名もない財税を果される為、人民の流離するものも多かった。39)

이 대목은 원본에는 없는 일본어 번역본의 창작으로, 번역주체의 창의가 드러나고 있어 매우 흥미롭다. 이에는 메이지 정부가 류큐를 강제로 일본에 편입시킨 류큐처분(琉球處分)이라는 역사를 겪은 류큐의 현실이 반영되고 있음을 알 수 있다. 류큐는 1609년 사쓰마번(薩摩蕃)의 침략 이후 왕부(王府)의 지배가 강화되었고, 청과의 조공과 책봉관계도 유지하는 양속(兩屬) 관계였다. 그로 인해 야에야마섬(八重山島)과 미야코섬(宮古島)의 주민들은 가혹한 인두세에 시달려야 했으며 이로 인해 많은 유랑민이 발생하였다. 이후 1871년 유구의 미야코섬 주민이 타이완에 표류했다가 원주

---

38) 細井肇, 『通俗朝鮮文庫 洪吉童伝』(第七輯, 自由討究社, 1911.9), p.59.

39) 細井肇, 위의 책, p.59.

민에게 살해당하는 사건이 발생, 1874년 타이완 침공 이후 일본 정부는 적
극적으로 류큐를 일본의 영토로 편입하려 했고 1879년 류큐에 대한 무력
병합(琉球處分)을 단행하여 오키나와현(沖繩縣)을 설립하였다. 이후에도 '청
일 양국은 류큐분할 소유방안을 논의하였지만, 1894년 청일전쟁에서 일본
이 승리하여 일본의 식민지가 되었다'40)고 한다.

　이와 같은 류큐를 둘러싼 근대 이후의 일본, 타이완, 중국과의 관계를
염두에 두면, 호소이 하지메가 「홍길동전」에 왜 류큐정벌 에피소드를 창
작하여 삽입하였는지 이해가 될 것이다. 즉 이 시기, 류큐는 이미 류큐처
분에 의해 이미 일본의 식민지가 되었지만, 서론에서 언급한 바와 같이,
호소이는 1919년 3.1운동과 윌슨의 민족자결주의가 확산되는 국제정세 속
에서 타이완, 류큐, 조선의 식민지배의 정당성이라는 문제를 의식하고 있
었음을 알 수 있다. 이와 같은 호소이의 인식은, 홍길동이 류큐의 왕이 된
후 조선의 왕에게 보낸 표문의 내용에서도 드러난다. 표문은 '전임 병조판
서, 류큐왕 홍길동 돈수백배하여 조선국 성상폐하에게 말씀 올린다'41)라
고 형제의 나라 부모의 나라로서 우호관계를 강조하고 있다. 그리고 아버
지의 묘를 만들고 친모를 모셔다 극진히 섬기고 있다. 즉 동족동근, 형제
의 나라임을 강조하고 있는 것이다.42)

---

40) 김광옥, 「19세기 후반 일본의 琉球병탄과 淸과의 영토분쟁 처리-琉球 분할소유 방안을 중
　　심으로-」(『역사와 경제』제65호, 2007), pp.133-134.
41) 細井肇, 위의 책, p.70.
42) 이와 관련하여, 설성경은, '그는 오키나와 서남부 하테루마 섬으로 진출하여 그 곳과 이시
　　카키 섬에서 민중의 지도자로 활동하였다. 홍길동이 남태평양 유구 열도의 남서부 섬에
　　서 '홍가와라'라는 이름으로 펼친 자유 민권 운동은 그 곳의 기념비에 새겨져 있다'(설성
　　경,『홍길동의 삶과 홍길동전』, 연세대학교 출판부, 2002, pp.180-181)라고 하며, 실존인물
　　홍길동이 류큐로 건너갔을 가능성 제시하고 있다. 그 근거로 유구지방의 학자 가데나 쇼
　　도쿠(嘉手納宗德)의 주장을 언급하고 있으나 구체적인 서지사항이 제시되어 있지 않아
　　확인할 수 없다. 다만, 가네다 쇼도쿠가 읽은 「홍길동전」이 호소이 하지메의 「홍길동전」
　　이 아닐까 하는 개연성이 있다. 이는 추후 검토가 필요하다.

6. 맺음말

이상에서 호소이 하지메가 감수한 일본어 번역 「홍길동전」의 번역의 주체, 목적, 번역의 방법, 등장인물의 성격, 서사 구조 등을 살펴보았다. 「홍길동전」은 비록 초벌번역은 백석중이라는 조선인에 의해서 번역되었지만, 실제로 ≪통속조선문고≫의 기획, 「홍길동전」이라는 번역대상의 선택, 해설, 결말 부분의 류큐 에피소드 창작 등이 호소이 하지메의 손에 의해 이루어진 것을 감안하면 그 번역 주체는 호소이 하지메로 보는 것이 타당할 것이다.

호소이 하지메는 1919년 3.1운동과 윌슨의 민족자결주의 주창 이후 변화된 국제정세와 일본의 식민정책에 적극적으로 반응하여, 3.1운동을 일으킨 조선의 민족성을 분석함으로써 원활한 식민통치와 경영을 위한 정보, 자료를 확보하고 내선일체나 동근동조론 등과 같은 식민지배의 이데올로기를 개발하기 위한 목적으로 ≪통속조선문고≫를 기획하였다. 따라서 내용상 중국에 대한 조선인의 사대주의와 유교의 폐해를 비판하고 중국과는 구별되는 조선의 언어나 문화, 풍속 등을 소개하거나, 당쟁이나 탐관오리의 전횡을 기록한 서적의 번역을 통해 조선의 지배자들의 부패상과 모순을 강조하는 것으로 이루어져 있었다.

바로 「홍길동전」은 작가 허균이, 당쟁과 전쟁으로 백성이 생활고에 시달리던 시대 서얼차별이라는 신분제도의 모순과 유교사회의 폐해를 비판하고, 이상국가 건설의 의지를 구현한 작품이라는 측면에서, 호소이 하지메의 기획의도에 정확히 부합한다고 할 수 있다. 따라서 번역과정에서 이상과 같은 작가 정신을 구현한 홍길동의 인물상은 원작 그대로 번역된다. 즉 일본어 번역본의 홍길동 표상을 보면 한국어 원문과 마찬가지로, 천비의 배에서 태어나 호부호형을 하지 못 하며 차별을 받는 유교적 신분제 사회의 폐해에 대해 자각한 인물이며, 그가 조직한 활빈당은 지방 토호와 탐관오리 그리고 파렴치한 조정의 소인배들을 징계하여 빈민을 구제하고 자 하는 조직이다.

그러나, 한편으로 3.1운동이라는 민족 독립 운동을 탄압하고 조선민족 지배에 대한 정당성을 주장하기 위해서는 있는 그대로의 홍길동을 소개할 수는 없었다. 호소이 하지메는 「「홍길동전」의 권두에」에서, 홍길동을 권모술수에 능하고 극악무도한 강도로 소개하고, 그 활빈당을 본받아 활동한 의병들의 독립운동은 일본제국의 '근대의 합리적 정치의 혜택'으로 인해 백성의 고혈을 약탈하지 못 하게 된 조선 근대지식인들의 반항이라 해석한다. 그리고 1919년 3.1운동과 윌슨의 민족자결주의가 확산되는 국제정세 속에서 타이완, 류큐, 조선의 식민지배의 정당성을 주장하기 위해, 허균의 이상국가 율도국을 류큐처분에 의해 오키나와현으로 편입된 류큐로 표상하며, 형제의 나라 부모의 나라로서 우호관계를 강조하고 있다.

결국, 호소이 하지메는 「홍길동전」 번역에 있어, 조선의 사대주의와 유교의 폐해를 비판하고, 조선 지배층의 부정과 부패를 드러내고자 홍길동과 활빈당 표상은 원작에 의지하고, 해설에서는 실존인물 홍길동이나 의병활동의 역사에 근거하는 모순을 드러내고 있음을 알 수 있다. 또한 국제정세를 의식하여 동아시아 주변 국가의 지배에 대한 정당성을 주장하기 위해서는 원작의 이상향 율도국을 과감하고 노골적으로 류큐로 바꾸어 표상하고 있음을 알 수 있다. 「홍길동전」 번역에서 드러나는 이와 같은 호소이 하지메의 모순적 태도는 ≪통속조선문고≫시리즈 전반에 걸쳐 나타나고 있으며, 1920년대에 일어난 조선문학, 문화 붐의 실상과 허상의 한 측면을 드러낸다 할 수 있다.

제14장

1920년대 조선 민요 채록과 일본어 번역

─한반도의 단카(短歌) 결사 진인사(眞人社)의 활동

엄인경(嚴仁卿)

1. 1920년대 조선의 시가에 대한 관심

한국의 전통시가로 알려진 시조나 민요, 가사 등은 우리 민족의 오랜 역사와 전통과 더불어 이어져 왔다는 통념과는 사뭇 다르게, 수집과 연구는 물론, 이를 한민족의 전통문학이라고 인식하게 된 것은 백 년 정도라 의외로 역사가 짧다. 21세기에 들어서 조선의 민요가 재조일본인을 경유하여 창출된 개념이라는 사실이 새롭게 입증되었고,[1] 동아시아 권역에서 민요의 개념 형성은 향토의 발견과 궤를 같이 하는 현상도 드러났다.[2]

이러한 향토 담론이 부상한 1920년대는 '정서'와 '민족'이라는 개념이 결합하고 역사상 가장 맹렬하게 민족정서가 무엇인지를 집단적으로 탐구한 시대였다. 그리고 그 결과 조선의 시가에 대해 집중적인 조명이 이루어진

---

1) 임경화, 『근대 한국과 일본의 민요 창출』(소명출판, 2005) pp.155-200.
2) 엄인경, 「일제강점기 재조일본인의 '향토' 담론과 조선 민요론」(한국일본언어문화학회, 『일본언어문화』제28집, 2014), pp.585-607.

시기라고 할 수 있다. 이때 조선심, 민족혼, 민족정신, 민족정서는 조선의 국토나 향토성과 함께 언급되었다. 전통적인 정서 개념에는 인간만이 아니라 자연이나 사물도 정서를 가지고 호소한다는 자연관이 녹아 있어서 향토성은 단순한 소재를 넘어 민족의 정서를 만들어내는 진원지3)가 된 것이다.

1920년대 후반 한반도에서는 단카(短歌)라는 일본 전통시가와 밀접한 관련을 가진 재조일본인들에 의해 조선 민요에 관한 연구서가 등장하고, '내지' 일본에서는 조선인 유학생들에 의해 시조와 민요 등이 일본어로 번역되어 단행본으로 출간되었으며, 이와 더불어 조선 민요를 둘러싼 관심이 한반도 안팎에서 고조되었다. 1920년대 이전 일본에서 고향의 개념이 재창조되는 과정에 민요 장르가 부상하는 양상을 천착하거나4), 1920년대 후반 조선 민요의 정착 과정이나 재조일본인의 역할을 언급한 선행논5)이 있기는 하지만, 이 당시 상당한 양의 조선 민요가 일본어로 채록, 번역되고 연구된 배경의 구체상과 한반도의 단카 문단, 즉 가단(歌壇)을 둘러싼 본격적 논의는 아직 충분히 이루어졌다고 할 수 없는 상태이다.

따라서 이 글에서는 이 시기 재조일본인 가인(歌人)들이 조선 민요를 연구의 대상으로 삼은 단카 잡지 『진인(眞人)』의 일련의 획기적 기획들을 통해 조선 전통시가의 수집과 일본어 번역 양상을 살펴보고 그 과정에서 조

---

3) 고정희, 「고전시가와 민족정서 교육—1920년대 시조 및 민요 재발견의 공과(功過)를 바탕으로—」(한국고전문학교육학회, 『고전문학과 교육』제22집, 2009), pp.9-10.
4) 쓰보이 히데토, 「노래와 고향의 재창조—20세기 전반기 민요운동과 그 외」(동국대학교 한국문학연구소, 『한국문학연구』제30집, 2006).
5) 임경화, 『근대 한국과 일본의 민요 창출』(소명출판, 2005), 구인모, 『한국 근대시의 이상과 허상—1920년대 '국민문학'의 논리』(소명, 2008), 최현식, 「노래하는 민족, 읽는 서정 : 최남선과 이병기의 시조론 재고(再考)」(인하대학교 한국학연구소, 『한국학연구』제28집, 2012), 엄인경, 「한반도의 단카(短歌) 잡지 『진인(眞人)』과 조선의 민요」(한양대학교 일본학국제비교연구소, 『비교일본학』제30집, 2014)와 앞의 논문 「일제강점기 재조일본인의 '향토' 담론과 조선 민요론」 등.

선 문화가 어떻게 표상되었는지를 짚어 보고자 한다.

그래서 우선 1927년과 1929년에 한반도 최대 단카 결사인 진인사(眞人社)를 기반으로 재조일본인, 조선인, '내지' 일본인 문인들이 공동으로 조선 민요와 자연을 둘러싸고 본격적으로 저술한 <조선 민요의 연구(朝鮮民謠の 硏究)>와 <조선의 자연(朝鮮の自然)>[6]이라는 특집호를 중심으로 재조일본인들이 수집한 조선 민요와 그 일본어 번역 작업을 개관할 것이다.

그리고 단카 관련자들에 의한 조선 민요의 수집과 번역, 연구가 어떠한 의미를 가지는지를 이 시기 '내지'에서 조선의 고전 시가가 일본어로 번역 소개된 동기 및 배경과 비교하면서 검토해 보고자 한다. 이처럼 지금까지 전혀 언급된 적이 없었던 <조선의 자연> 특집호의 내용을 통해 재조일본인들이 조선의 민요를 배태한 조선의 자연과 풍토를 어떻게 파악하고 있는지를 상세히 살펴봄으로써, 1920년대 후반 조선 민요가 활발히 연구된 의미와 조선색 담론 부상과의 상관관계를 조명해 보고자 하는 의도이다.

2. 진인사(眞人社)의 조선 민요 관련 기획

1920년대 초 경성에서는 버드나무사(ポトナム社), 진인사(眞人社)와 같은 한반도 전역을 범위로 하는 단카(短歌) 문학결사가 가지(歌誌), 즉 단카 전문 잡지를 창간하였다. 『버드나무(ポトナム)』보다 한 해 늦은 1923년 창간된 『진인』은 빠르게 세력을 확장하며 곧 한반도 가단(歌壇)의 중심적 역할을 하게 된다.[7]

---

6) 이상의 두 특집호는 엄인경·이윤지 공역, 『조선 민요의 연구』(역락, 2016)와 엄인경 역 『조선의 자연과 민요』(역락, 2016)으로 완역 소개되었다. 더불어 이 글에서 인용한 모든 해당 번역문은 필자에 의한 것이다.

7) 1920년대 초기 한반도 가단의 태동과 동향에 관해서는 졸저 『문학잡지 國民詩歌와 한반도

진인사가 한반도 가단을 석권하게 된 데에는 몇 가지 요인이 있겠지만, 여기에서는 1920년대에 진인사가 기획한 특집호 세 편에 주목하고자 한다. 조선의 가단을 개척했다는 진인사 가인들이 어떠한 측면에서 '반도 가단'의 대표라는 자부심을 갖게 되었는지가 이러한 특집호에서 보다 확연히 드러나기 때문이다. 창간호부터 초기 5년간 『진인』 현존본이 대부분 산일되어 아쉽지만, 세 차례의 특집호는 다행히 남아 있는데, 아래는 그 세 번째 특집호의 편집후기 내용 일부이다.

> 진인사(眞人社)에서는 지금까지 특집호로서 제1회는 <제가(諸家)들의 지방 가단(歌壇)에 대한 고찰>을 내놓았고, 제2회는 <조선 민요의 연구>를 발표했다. 전부 아무도 시도하지 않은 새로운 연구로 호평이었다. 특히 <조선 민요의 연구> 특집호 등은 재판까지 냈다. 이번에 다시 보시는 바와 같이 당당한 <조선의 자연>을 제3회 특집호로서 내놓을 수 있게 된 것을 제군들과 함께 기뻐하고자 한다.
>
> (市山盛雄,「編輯後記」『眞人』第七卷第七号, 眞人社, 1929, p.108)

여기에서 언급하는 세 번의 특집호는 각각 1926년 1월, 1927년 1월, 1929년 7월에 기획된 것이다. 첫 번째인 <제가들의 지방 가단에 대한 고찰>은 '내지'의 유명 문인들에게 '지방 가단'이란 무엇이고 어떠해야 하는지를 묻고 그에 대한 답변을 게재한 것이다.[8] '지방 가단'으로서의 조선 가단의 역할과 위치, 자리매김의 필요성과 당위적 성격을 인식하고자 한 시도였음을 알 수 있다.[9] 이치야마는 여기에 요사노 간(與謝野寬), 와카야마 보쿠스이(若山牧水)를 비롯한 유명 가인, 미술가, 조원가(造園家) 등 일본 문화인 38명으로부터의 답변을 싣고 있다.

의 일본어 시가문학』(역락, 2015), pp.39-48가 참고가 될 것이다.

8) 市山盛雄,「諸家の地方歌壇に対する考察」『眞人』第四卷第一号, 眞人社, 1926), pp.8-20.

9) 이 내용과 의미에 관해서는 졸고「한반도의 단카(短歌) 잡지 『진인(眞人)』과 조선의 민요」, pp.179-180에 상세하다.

이듬해 진인사는 보다 본격적인 두 번째 특집호를 준비하게 되는데, 그
것이 바로 『진인』 5주년을 맞는 1927년 신년 특집으로 기획한 <조선 민요
의 연구>이다. 최남선, 이광수, 이은상과 같은 대표적 조선인 문인들과 하
마구치 요시미쓰(浜口良光), 이노우에 오사무(井上收), 아사카와 노리타카(淺川
伯敎), 오카다 미쓰구(岡田貢), 난바 센타로(難波專太郎), 이마무라 라엔(今村螺
炎)과 같은 당시 문필활동이 두드러진 재조일본인 문인들이 이치야마 모리
오(市山盛雄)와 미치히사 료(道久良)와 같은 『진인』의 대표적 가인들과 함께
조선 민요에 관한 평론을 수록한 이 특집호의 호평과 반향은 상당한 것이
었다. 곧 여기에 나가타 다쓰오(永田龍雄), 시미즈 헤이조(淸水兵三), 다나카
하쓰오(田中初夫)와 같은 전문가들의 원고가 더해져 같은 해 7월 도쿄 사카
모토(坂本)서점에서 『조선 민요의 연구』가 단행본으로 출간되기에 이른다.

그리고 그 속편의 의도로 나온 것이 1929년 7월 세 번째 특집호인 「조
선의 자연」이라 할 수 있다. 전월호에서도 전면광고로 특집호의 목차까지
예고하고 있어서 진인사로서도 상당히 기대가 큰 기획이었던 듯하다. 다
음의 그림은 예고 때의 목차와 실제 <조선의 자연> 특집호의 목차를 대
조한 것이다. 2차 특집 <조선 민요의 연구> 때보다 많은 집필자들에게 의
뢰했으나, 농림학교 교수 우에키 호미키(植木秀幹), 도자기 연구자 아사카와
노리타카, 조선인 최고 학자 최남선, 진인사의 수장 호소이 교타이(細井魚
袋) 등은 기일에 원고를 맞추지 못해서 결국 글을 수록하지 못했다.

결과적으로 <조선 민요의 연구>와 <조선의 자연>에 모두 기고를 한
사람들은 이노우에 오사무, 난바 센타로, 다나카 하쓰오, 하마구치 료코,
미치히사 료, 이치야마 모리오 여섯 명이고, 여덟 명이 새롭게 집필에 가
세하였다. <조선의 자연>에 새로이 기고한 집필자들은 경성제국대학 문
학부 교수 다카기 이치노스케(高木一之助), 조원가로서 명성이 높은 다쓰이
마쓰노스케(龍居松之助), 화가 가토 쇼린(加藤松林), 조선의 호토토기스(ホトト
ギス)파 대표 하이진(俳人)인 아다치 료쿠토(安達綠童), 시인 이노우에 이진

(井上位人)과 같은 미술이나 시가 분야의 최고 권위자들인 것을 확인할 수 있다. 또한 조선인으로서는 유일하게 민속학자 송석하(宋錫夏)가 참여하였으며, 진인사 동인들인 기시모토 신지(岸本眞治)와 세코 도시오(瀬古敏雄)가 합세하여 신앙, 전설, 속전, 수수께끼와 같은 조선의 언어문화에 관한 글을 싣고 있다. 결과적으로 진인사 가인들의 가세로 인해 당시 가인들의 조선 문화관이 보다 다양한 관점에서 전개되었다고 할 수 있다.

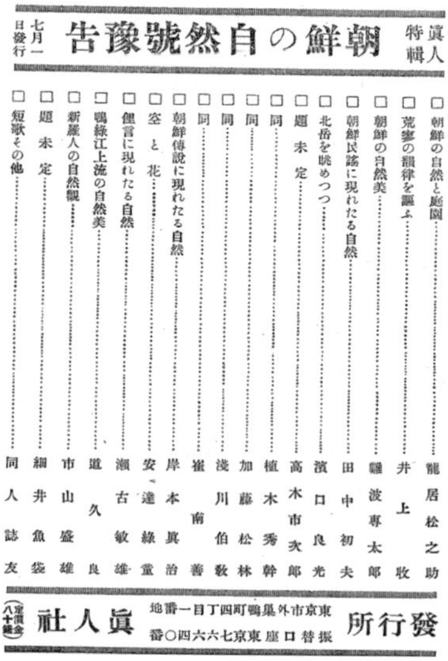

[그림 1] 『眞人』第七卷第六号
「朝鮮の自然」特集予告

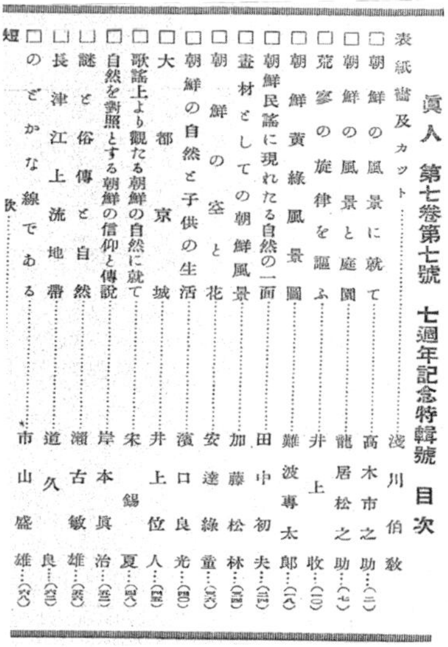

[그림 2] 『眞人』第七卷第七号
「朝鮮の自然」特集号目次

「조선의 자연」은 두 번째 기획 「조선 민요의 연구」와 같은 조선 민요에만 포커스를 맞춘 본격적 기획은 아니다. 정확히 말하자면 민요에 포커스를 맞추고자 의도했지만 민요의 뒤에 놓인 자연에 초점이 맞춰지는 결과를 낳았다. 하지만 이 「조선의 자연」을 기획함에 있어서도 조선의 향토색과 지방색을 충분히 드러낸 민요를 탐구하고 그것을 이해하는 것이 시가

전문가로서 꼭 필요한 작업이라는 인식을 가지고 있었음을 알 수 있다. 그 근거로 다나카 하쓰오가 양해의 메모를 통해 "이치야마 씨에게 표제의 논을 쓰기로 약속"했다거나, 송석하가 "이치야마 모리오 씨로부터 '민요에 나타난 조선의 자연에 관하여'라고 할 만한 내용을 써달라는 주문"을 받았다고 하는 점에서 이러한 사실이 명백히 드러난다. 따라서 기획의 주요 내용과 초점에 변화는 초래되었지만, <조선의 자연>은 <조선 민요 연구>와 더불어 1920년대 후반 한반도의 재조일본인 가인들이 조선 민요에 관심을 가지고 일본어로 번역, 채록한 이유가 어디에 있는지를 살펴볼 수 있는 절호의 자료라 할 수 있다.

3. 조선 민요 채록과 일본어 번역의 배경

이상에서 보듯 1920년대 중반 이후 한반도에서는 재조일본인, 특히 『진인』을 중심으로 한 가인들이 '지방'가단으로서의 조선 가단, 조선 민요, 조선 자연에 관한 특집호를 순차적으로 기획함으로써 조선의 고가요나 민요에 대한 관심을 높인 것을 알 수 있다. 그런데 보다 주목이 되는 사실은 이러한 관심이 단지 『진인』의 특집호에만 한정되지 않고 이 시기를 전후하여 재조일본인 문학자, 조선인 문학자들에게도 공통적으로 보인다는 현상이다.

우선 『진인』의 내부 사정에서 조금 더 살펴보자면, <조선 민요의 연구>와 <조선의 자연>의 사이에 나온 『진인』 1928년 3월호(제6권 제3호)의 편집후기에 해당하는 <니시스가모(西巣鴨)에서>난(欄)에서는 다음과 같이 보고가 기재되어 있다.

노구치 우조, 최남선, 하마구치 료코, 이치야마 모리오 제씨들의 기획에 의해 '조선민요집 간행회'가 경성 아사히초(旭町)에서 탄생했습니다.

일찍이 이루어져야 했는데 방임된 사업인 까닭에 사업 완성을 위해서는
상당한 노력을 요할 것으로 보고 있습니다.

(細井魚袋(1928) 「西巢鴨より」『眞人』第六卷第三号、眞人社、p.67.)

여기에서는 지금까지 알려지지 않은 '조선민요집 간행회'라는 단체가 '내
지' 일본의 민요 작가, 재조일본인 문학자와 가인, 조선 문학자를 중심인물
로 하여 성립했음을 밝히고 있다. 1928년 초 시점에 일본 민요계의 태두
노구치 우조(野口雨情), 조선인 문인의 대표 최남선, 동요나 동화 등 조선 아
동문학계의 일인자 하마구치 요시미쓰와 디불어『진인』의 이치야마 노리
오가 그 동안 방임되었던 사업으로 인식하고 '조선민요집'을 기획한 것을
알 수 있다. 이 간행회가 실제 어떠한 활동을 했는지를 더 상세히 알려 주
는 자료가 아직 없다. 고정옥은 김소운이 1929년 7월 일본말로 번역한『조
선민요집(朝鮮民謠集)』(東京 泰文館)을 내놓았다고 말하고 또한 김소운이 1933
년 1월『언문 조선구전민요집(諺文朝鮮口傳民謠集)』(東京 第一書房)에 2,375편을
수집했으며, 역시 같은 해 8월에 일문으로『조선민요선(朝鮮民謠選)』(岩波文
庫)을 간행했다고 언급하였다.10) 따라서『조선민요집』이라는 제명의 단행
본은 김소운에 의해 처음 나온 것이니 이치야마들에 의한 이 간행회의
『조선민요집』의 출간은 무산되었을 가능성이 높다.

　가장 영향력 있는 한국 구비문학에 관한 개론서 중 하나라 할 수 있는
장덕순·조동일 등의『구비문학개설』(일조각, 2006)에서도 "민요를 전면적
으로 수집해서 정확히 기술하자는 노력은 1930년대부터 시작"되었다고 보
고 그 수집의 결과로서 중요한 단행본의 처음으로 김소운이 1933년 도쿄
제일서방(第一書房)에서 내놓은『조선구전민요집(朝鮮口傳民謠集)』을 들며 "최
초의 본격적인 민요집"이라 설명하고 있다. 다만 이 간행회의 설립은 조
선 민요라는 키워드로 모인 네 사람의 대표성과 1920년대 후반『진인』의

---

10) 高晶玉,『조선민요연구』(원전은 1949년 수신사 간행) (동문선, 1998), pp.92-94.

조선 민요에 관한 관심과 그 정리 및 수집에 대한 사명감을 확인할 수 있는 중요한 기사라 할 것이다.

더불어 '조선민요집 간행회'의 활동이 여의치 않았음에도 조선 민요와 자연 특집호와 여러 관련 기획을 주도하였던 이치야마 모리오의 조선의 가요에 대한 다음 두 연구 작업에 주목해야 한다. 우선 첫째가 1928년에 나온 것으로 보이는 그의 편저 『균여전(均如傳)』이다. 광고에 「조선가요연구자료 제1편」이라 되어 있고 '이 귀중한 문헌을 이대로 방임해 두는 것은 실로 유감'이라 일역하여 간행한다는 경위가 기록되어 있다. 둘째, 그는 『진인』 지상에 1930년 1월부터 1931년 4월까지 「조선의 가요」를 연재하며, "본고는 조선가요사(朝鮮歌謠史)에 정리할 심산으로 착수한 것"[11]

[그림 3] 『眞人』 第六卷第十一号
『均如傳』 全面廣告

이라 했다. 조선 고문헌의 산일 현황을 안타까워하는 '조선 고대문화 연구자'인 재조일본인 가인 이치야마의 1920년대 후반부터 1930년대 초에 이르는 조선 가요 수집과 연구 활동을 알 수 있다.

그리고 비슷한 시기 와세다대학(早稻田大學)의 조선인 유학생 손진태에 의해 『조선고가요집(朝鮮古歌謠集)』이 도쿄에서 간행되었다. 그 서문에서

조선어로 만들어져 조선의 사상 감정을 드러낸 조선의 오랜 문학으로서 세상에 자랑할 만한 것이 있다고 하면 이 시조를 빼고 달리 구하기 어렵다.......그러나 특립한 국민문학의 유무는 그 민족의 선천적 능

11) 市山盛雄, 「朝鮮歌謠の展開一」(『眞人』 第八卷第一号, 眞人社, 1930), p.21.

력에만 의할 뿐 아니라 넓은 의미의 역사적 환경에도 의한다.......
　　조선의 옛 노래를 일괄 시조라고 했는데 조금 전문적으로 말하자면
이는 잘못된 화법이다. 조선의 옛 노래를—민요나 속요 이외의—전통적
개념에 의해 극히 대략적으로 분류하면 그것은 시조와 노래(歌)가 될 것
이다.

　　　　　　　　(孫晉泰, 「序説」『朝鮮古歌謡集』, 刀江書院, 1929, pp.1-12.)

와 같이 말하고 있다. 일본의 고전 시가집인『만요슈(万葉集)』와『고킨슈(古
今集)』에 상응시킬 수 있는 조선의 시가로서 시조(時調)를 내세우고 있다.
물론 손진태의『조선고가요집』은 7-8세기의 향가부터 거론하고 고가요의
하위분류로 민요나 속요 외의 시조와 노래라는 용어를 사용하는 등, 고가
요의 정의와 일역(日譯)의 실태에 있어서는 논의의 여지가 남아 있는[12] 문
제적 자료집이다.

　　요컨대 1920년대 중후반이라는 시기는 조선의 가요, 민요, 문예에 관한
수집과 일역 소개의 움직임이 한반도 내에서 뿐만 아니라 일본에서도 향
토 담론의 부상을 배경으로 상당히 활발했다고 할 수 있다. 그렇다면 이
시기 조선의 민요나 시가가 활발히 채록, 수집되고 일본어로 번역, 연구되
었던 이유는 어디에 있었던 것일까? 그 요인은 일본에서의 조선 고문학
소개, 한반도 가단의 동향과 조선인 문단의 동태라는 세 측면이 동시에
고려되어야 할 것이다.

　　우선 바로 위에서 언급한 손진태의 경우를 생각해 보자. 그는 일본 동
양문고에 소장된 자료를 친구 이은상과 함께 전사(轉寫)하였고[13] 이를 바
탕으로『조선고가요집』을 간행한 것이었다. 그리고 이에 바로 뒤이은 후

────────────

12) 権純会, 「南滄 孫晉泰의 歌集 転写와 『朝鮮古歌謡集』 편찬」(한민족어문학회, 『韓民族語文
　　学』제54집, 2009), pp.101-129.
13) 権純会, 「일본 동양문고 소장 국문시가 자료의 가치」(고려대학교 민족문화연구원, 『민족문
　　화연구』65호, 고려대학교 민족문화연구원, 2014), pp.561-586.

속 작업 『조선신가유편(朝鮮神歌遺編)』과 『조선민담집(朝鮮民譚集)』(두 권 모두 鄕土硏究社, 1930년)을 일련 선상에서 본다면, 그를 '일제강점기 민속학과 역사학 분야에서 상당한 업적을 남긴 대표적 국학 연구자'[14]라고 평가할 수 있는 것은 물론이다. 나아가 당시 일본 내에서 조선 전통시가를 소개할 필요성과 요구가 있었고, 손진태나 김소운의 예에서 알 수 있듯 당시의 조선인 유학생은 이에 부응하여 조선의 전통 시가를 수집하고 일본어로 번역하여 알리고자 하는 사명감을 가지게 된 것이다.

둘째로 이치야마 모리오를 중심으로 한 『진인』의 주요 가인들에게는 조선의 가단이 충분한 조선색을 부각시키고 더욱이 조선의 향토색을 적극적으로 구현해야 한다는 의식이 일찍부터 있었다. 1926년 신년호에서 기획된 특집 「제가들의 지방 가단에 대한 고찰」에서 다음과 같은 제가들의 기대와 요구가 드러나기 때문이다.

-다만 지방 가단 사람들에게 고가(古歌) 고문학(古文學)의 연구를 더 진행했으면 합니다. 지방에 있으면 연구에는 불편이 많겠지만, ...고가 고문학을 충분히 맛보아 두는 것은 새로운 생활의 단카를 만드는 데에 있어서도 크게 쓸모가 있는 것이라고 생각합니다.
-단카나 하이쿠 같은 예술은 특히 지방적으로 특색 있는 색채를 띠어야 한다. 향토적으로 깊이가 있는 작가가 더 대두해 주어야 한다. ......향토마다 깊이 묻힌 좋은 무언가가 있다. 그것을 소개하고 연구할 필요가 있을 것이다. ......가인(歌人)은 더 생장해야 한다. 조선 같은 곳에는 특히 깊은―거대한 향토가가 있어야 할 것이다.
(市山盛雄(1926) 「諸家の地方歌壇に對する考察」, pp.8-9.)

첫 번째 예문은 가인 우에다 히데오(上田英夫), 두 번째는 무용계의 거장 나가타 다쓰오가 기고한 회신 내용 일부이다. '중앙'의 유력한 단카, 무용

14) 김기형, 「손진태 설화 연구의 특징과 의의」(고려대학교 민족문화연구원, 『민족문화연구』 58호, 2013), pp.649-676.

과 같은 전통 문예 관련자들이 조선이라는 지방 가단에 요청하는 바가 잘
드러나 있다. 여기에서 매우 흥미로운 점은 이들 단카 가인들이 조선의
생활에 걸맞는, 조선의 향토에 입각한 새로운 단카들을 만들기 위해 해당
지방의 "고가(古歌) 고문학(古文學)의 연구를 더 진행"해야 한다는 입장이다.
요컨대 조선의 고가와 고문학을 통해 조선색을 깊이 드리운 가풍을 수립
할 수 있다는 의미에서 재조일본인 가인들이 조선의 전통 문예에 접근했
음을 알 수 있다.

　셋째로 1920년대 중반 이후 조선인 문단에서는 주요한, 김억, 최남선,
이은상, 이광수 등을 중심으로 한 '민요시'와 '시조부흥론'이 큰 화두였다.
근대시의 이상에 심취했던 이들이 자유시를 부정하고 정형시형으로 돌아
서거나,15) 자유시를 거절하고 반(反)자유시의 편에 서게 된 것이다.16) 특히
최남선에 의해 민요나 향가, 고려가요 등이 시조의 기원으로 소급되었고
시조가 국민문학으로 부상하며 '조선주의'를 실현하는 가치 있는 것으로
재발견된다.17) 이렇게 된 배경에는 『만요슈』로 대표되는 일본의 정형시인
단카(短歌)에 대한 의식이나 영향이 크게 존재한 것임은 주지의 사실이
다.18) 손진태 스스로도 1929년 『조선고가요집(朝鮮古歌謠集)』「서설(序說)」에
서 "일본의 『만요』나 『고킨』에 해당할 만한 조선의 오래된 노래가 조선에
서는 속칭 시조라고 일컬어진다"며 그러한 의식을 정확히 드러내고 있다.
『진인』이 조선의 민요, 고가요에 관한 특집 기획을 공유한 것이 바로 최
남선, 이은상, 이광수와 같은 시조부흥론자와 송석하와 같은 초기 민속학

---

15) 여태천, 「조선어 인식과 근대 민족시론의 형성—1920년대 김억의 시와 시론을 중심으로
　—」(한국비평문학회, 『비평문학』41집, 2001), pp.177-209.
16) 오문석, 「한국근대시와 민족담론—1920년대 '시조부흥론'을 중심으로」(한국근대문학회, 『한
　국근대문학연구』제4권 제2호, 2003), pp.75-97.
17) 최현식, 앞의 논문, pp.1-35.
18) 구인모, 앞의 책(『한국 근대시의 이상과 허상-1920년대 '국민문학'의 논리-』, 2009), pp.133-
　138이나 최현식, 위의 논문, p.7 등이 조선주의의 미학적 형식으로서 시조의 재발견과 가
　치화가 『만요슈』와 연동되어 있다고 지적한 바와 같다.

자였고, '조선적인 것'을 드러내려는 진인사의 강력한 의지가 이들의 '조선주의'와도 잘 맞물린 셈이다.

이처럼 1920년대 중후반은 한반도의 가단에서는 대내외적으로 조선의 로컬 컬러에 대한 천착이 강력히 요청되었으며, 창작의 측면에서 그 실천을 모색하던 시기였다. 그리고 이러한 조선색을 상상하고 체득하기 위한 일환으로 조선의 옛 노래와 옛 문학에 대한 수집과 채록, 일본어 번역 및 연구가 일어났다고 할 수 있다. 즉 1920년대 후반의 『진인』을 중심으로 재조일본인 가단에서 일어난 조선색 관련의 활발한 논의와 기획은 조선 민요와 풍토(흙)에 대한 관심과 조선 민요의 채록 및 일본어 번역 동향과 연동된 현상이며, 이는 조선인 문단의 '조선주의'와도 맥이 닿아 있었다. 나아가 이러한 조선 민요에 대한 관심과 일본어 번역 현상은, 1910년대까지 조선전통문예의 번역을 통해 조선인의 정서는 물론 식민지의 지(智)를 획득함으로써 이를 활용하여 식민지 통치에 기여하고자 한 번역 의도[19]와는 다른 새로운 방향을 내재한 것이었다.

4. 진인사 가인들의 민요 인식과 조선 문화관

그렇다면 조선 특유의 전통 문화에 대한 이해라는 내적 필요성에서 출발하여 조선 민요를 채록, 번역하면서 재조일본인들은 조선 민요를 어떻게 인식하였으며, 아울러 조선 민요를 포함한 조선 전통 문화에 대해 어떠한 가치 판단을 품게 되었을까? 이제 이를 분명히 하기 위해 특집호 <조선의 자연>에 기고된 글들을 통해 재조일본인들의 조선 민요 인식,

---

19) 정병호, 「1910년 전후 한반도 <일본어 문학>과 조선 문예물의 번역」(한국일본근대학회, 『일본근대학연구』제34집, 2011), pp.137-154.

조선 문화관을 분석해 보기로 한다.

<조선 민요의 연구>만을 중심으로 하여 조선 민요와 향토 담론에 관한 고찰은 별고[20]에서 다룬 바 있으므로 여기에서는 그 개요만 언급하자면 다음과 같다. 우선 이전 기획인 <조선 민요의 연구>에서 파악한 조선 민요 인식은 조선인 문인, 재조일본인 문필가, 『진인』 사우(社友) 가인이라는 세 그룹의 집필진으로 나누어 생각할 수 있다. 우선 첫째, 조선인 문인들은 일본인들의 오리엔탈리즘과 길항하면서 동시에 제휴하는 결과를 낳기는 했지만,[21] 조선의 고유한 '향토'와 '민족(성)'을 매치시키고자 노력하였다. 둘째, 재조일본인 문필가들은 각자의 전문 영역에 따른 개성적 논을 개진하고 있지만 대략적으로는 일본의 민요와 조선의 민요를 비교하여 우열을 가리려는 논조가 두드러진다. 이에 비해 셋째, 『진인』사 가인들은 로컬 컬러로서 조선 민요의 미질(美質)을 발견하고 그에 입각한 '조선의 노래'를 수립하려는 태도로 조선의 민요를 대하고 그 향토성에 뿌리 내린 고유한 노래의 특성을 거론하였다.

그로부터 2년 정도 경과한 후에 나온 <조선의 자연> 특집은 <조선 민요의 연구>의 속편이라는 명백한 의도에서 기획된 것임은 앞서 언급한 바와 같다. 이「조선의 자연」특집 중에서 조선 민요를 가장 정면에서 다루고 있는 것은 다나카 하쓰오의 글이다. 다나카 하쓰오는 단행본 개정판「조선 민요의 연구」의 권두에 '피마자의 노래(蓖麻子の唄)'와 '개타령 노래(犬打令の唄)'를 채보(採譜)하고「민요의 철학적 고찰에 기초한 조직 체계의 구성」[22]을 기술하였다. 다나카는 경기도립 사범학교 국어한문과 교수로

---

20) 엄인경, 앞의 논문 (「일제강점기 재조일본인의 '향토' 담론과 조선 민요론」, 2014), pp.601-603.

21) 구인모, 앞의 책, pp.140-145.

22) 田中初夫,「民謡の哲学的な考察に基づく組織体系のの構成」『朝鮮民謡の研究』(坂本書店, 1927) pp.152-163. 이하 다나카 하쓰오의 글은 여기에서 인용한다.

재직하면서 조선 민요의 음악적 연구와 조선 가요의 채보에 힘을 쏟으며, 한 때 『황조(黃鳥)』라는 조선 민요를 주로 한 잡지도 낼[23] 정도로 조선의 전통 노래에 깊은 관심을 가진 인물이었다.

그는 「조선 민요에 드러난 자연의 일면」에서 민요를 개념화하면서 동서양에 차이를 파악하였는데, 서양 민요가 서정시를 가리키는 데에 비해 동양은 서경시, 즉 자연시라는 요소가 부가된 것이라 보았다. 그리고 40편이 넘는 민요를 예로 들며 군데군데 해설하는 방식을 취하고 있어서 일정한 맥락에 따른 조선 민요의 분석이라고 할 수는 없지만, 그의 조선 민요관으로부터는 요순(堯舜) 시절에 대한 갈망 등을 예로 들며 중국에 대한 사대사상이 있음을 논증하거나, 다음의 예와 같이 약자에 대한 학대적 성격이 있다고 파악하는 데에서 그 특징을 도출할 수 있다.

- 기러기야 기러기야, 너 어디로 가는 게냐. 함경도로 가는 게냐, 무엇하러 가는 게냐.
  새끼 낳으러 간단다. 몇 마리 낳았느냐. 두 마리 낳았단다. 나에게 하나 주려무나. 무얼 하려 하는 게냐. 구워 먹고 끓여 먹고 꽁지 꽁지 맡아 두마.
- 저쪽 콩밭에 황금 잉어가 헤엄친다. 네가 아무리 헤엄을 잘 친들 술 안주밖에 더 되겠느냐.

각각 경성과 경기 강화에서 채록했다고 하는 이 민요들을 예로 들면서 다나카는 "약한 것에 대한 강자의 뻔뻔한 착취", 혹은 "약자에 대한 박해" 적인 성격을 강조하고 있다. 게다가 글의 말미에서도 다나카는 자연을 통해 조선의 민요로부터 "때로는 약자를 학대하는 변태적 기쁨마저 느"낀다고 정리하고, 자연을 노래한 민요는 "소극적이고 강인함을 결여"하였으며 "쇠퇴하고 거칠어지는 리듬"이 배어나온다고 평가하고 있다. 즉 조선의

---

23) 市山盛雄, 「本書執筆諸家略歷」 앞의 책(『朝鮮民謠の硏究』, 1929), p.2.

민요와 자연에 관해 사대성, 학대성, 소극성이라는 부(負)의 이미지를 지적하고 있는 것이다.

이와는 대조적으로 민속학자 송석하는 「가요 상으로 본 조선의 자연에 관하여」라는 평론을 통해 다른 의견을 개진한다. 송석하는 조선인 전문가라는 분명한 의식을 가지고 조선의 가요라는 광범위한 범위 내에서 민요, 시조, 가사, 잡가, 속요 등의 구분과 정의가 매우 복잡하다는 것을 드러내며, 조선 민요의 특수성에 대해서 다음과 같이 서술하는 점에서 다나카와 그 인식을 달리하고 있다.

> 민요는 그 원생림 같은 소박한 형식과 표현으로써 온갖 방면의 사상을 포함하며 그 국민의 기억력에 대해서는 뿌리 깊은 집요함을 가지면서도, 시간적으로는 끊임없이 변화하는 것이다. 이렇게 민요가 집요함을 지니고 있다는 점은, 국민 전체의 마음에 울리는 어떤 공명성이 있다는 것은, 전설의 그것과 마찬가지로 하나의 특성으로……
> 소위 연회 자리에서 부르는 노래 이외의 민요, 동요에서는 자연을 어떻게 보고 있는가 하면 여기에는 앞에서 말한 의식적인 것이 적은 대신 그만큼 우리에게 모래 안의 숨은 보석 찾기 같은 느낌을 주는 것이 많다. 예를 들어 복토가(覆土歌, 복토가란 죽은 자의 관을 묻을 때의 노래)에서 뿌리 깊게 마음속에 웅크리고 있는 풍수설의 영향도 알 수 있다.
> (宋錫夏, 「歌謡上より観たる朝鮮の自然に就て」(1929), pp.48-50.)

인용문에서 보듯 송석하는 조선의 민요가 "뿌리 깊게" 조선인의 마음속에 유전된 풍수설의 영향을 받고, "국민의 기억력"과 "뿌리 깊은 집요함"이 공명성을 지닌 채 쉼 없는 변화를 거쳐 왔다고 판단하고 있다. 이 글에서는 조선의 가요에 속하는 장르와 작가 이름들이 수많이 나열되고 있으며, 작품이 그렇게 많이 일본어로 번역되어 있지는 않으나, 조선 민요의 뿌리와 내재된 기억 및 독자적 사상의 영향력이 강조되어 있다고 볼 수 있다.

이처럼 <조선의 자연>에서 가장 두드러지게 드러나는 조선 민요관은 다나카 하쓰오에 의한 사대성, 가학성과 같은 부정적 이미지와 송석하가 말하는 조선 가요의 뿌리 깊은 독자성의 강조라 볼 수 있다. 이밖에 <조선의 자연> 특집에서 구체적인 조선의 민요를 번역하거나 거론한 것은 하마구치 요시미쓰와 이치야마 모리오 두 사람이다. 전자는 자연 속에서 장난감을 스스로 구하는 조선 아이들의 놀이와 간식 문화에 관해 기술하면서 황해도 민요 '채유가(採萸歌)'를 한 편 소개하고 있다. 후자는 다듬이질과 관련된 노래와 더불어 아리랑의 한 구절을 예로 들며 다음과 같이 말한다.

> 부두에, 역전에 몽유병자처럼 힘없이 방황하고 있는 젊은 지게꾼, 또는 소를 끌고 들길에서 돌아오는 젊은 노동자들의 입에서 노래로 나오는 아라랑 곡조다. 여운이 나긋나긋한 이 얼마나 애조를 띤 선율인가! …중략… 아라랑 노래는 아주 새로운 시대의 민요라고 한다. 이조 말기의 대원군이 경복궁 부흥을 계획하여 전국에서 부역 인부들을 징발했다. 사방에서 모여든 토민들 사이에 혹사(酷使)와 가역(苛役)에 대한 반감과 원망을 노래하는 신민요가 생겼다. 그 하나가 아라랑이라고 한다. 어쨌든 이 시대에 아라랑은 널리 퍼졌고 조선 민중의 마음에 깊이 파고든 모양이다. 하지만 나는 고려 초기인가 신라시대의 아라랑이라는 옛 노래를 어느 늙은 기생에게 듣고 완전히 반한 적이 있다. 그리고 그 쓸쓸한 음색 저변을 흐르는 느긋한 선이 바로 내가 느끼는 자연이었다.
> (市山盛雄(1929)「のどかな線である」『眞人』第七巻第七号、眞人社、pp.70-71.)

젊은 지게꾼과 젊은 노동자들 입에서 나오는 아리랑 곡조의 애조 띤 선율과 여운을 영탄하며, 근대라는 신시대의 민요로서 아리랑—아리랑의 후렴구가 '아라랑'인 버전도 상당수 존재한다—에 담긴 민중성을 지적하고 있다. 아리랑의 기원설은 다양한데 조선 말기 대원군의 경복궁 창건에 유래하는 경기 지방 민요라는 것은 공통적24)이다.

어쨌든 여기에서는 조선 식민지화의 논리적 근거가 된 조선 말기의 지배자의 민중에 대한 착취와 폭압과 조선의 대표적인 민요인 아리랑의 애조 띤 선율을 대조시켜 논하고 있는 점에서 조선사회의 부조리와 그에 대한 반감을 노래한 '신'민요로서의 아리랑이 부각되고 있음을 알 수 있다. 하지만 이치야마는 새로운 민요로서의 아리랑과는 달리 시대를 조선시대에서 고려, 신라시대로 거슬러 오르며 그 시간의 길이, 즉 '구'민요로서의 아리랑의 역사성에 더욱 이끌렸던 경험을 이야기한다.

그런데 여기에서 주목하고 싶은 것은 인용문의 마지막 부분, 즉 '아라랑 노래'로 상징되는 곡조와 박자, 쓸쓸한 음색의 청각적 세계에서 '느긋한 선'이라는 회화적 세계로 감각이 변모하는 점이다. 즉 <조선의 자연>에서는 전체적으로 민요의 청각적 세계가 자연의 회화적이고 시각적인 세계로 대체되고 있다. 경성제대 교수 다카기 이치노스케의 「조선의 풍경에 관하여」는 물론이고, 미술평론가인 난바 센타로의 「조선 황록 풍경도」, 화가인 가토 쇼린의 「그림 재료로서의 조선 풍경」, 조원가로 이름 높았던 다쓰이 마쓰노스케의 「조선의 풍경과 정원」 등에서 이러한 경향은 극명하게 잘 드러난다.

예를 들어 다카기는 조선의 자연에서 느낀 기분은 무감정, 무감각, 무판단의 기분, 막막함과 초조함에 유사한 느낌의 위화감을 "매우 정도가 다른 자연과 대면했을 때 일어나는 심정"이라 보고 "조선의 자연이나 풍경은 일본의 그것과는 기조를 달리 한 별개의 것"(「朝鮮の風景に就て」)이라 말했다. 다쓰이도 역시 "조선 특유의 색채를 발견"(「朝鮮の風景と庭園」)할 수 있다고 하였으며, 난바는 "신선의 나라, 신비한 느낌, 고전 취향"(「朝鮮黄緑風景図」)의 조선 풍경을, 가토는 "조선의 흙과 깊이 친"해고자 하는 마음(「畫材としての朝鮮風景」)을 기술하여 조선만의 특수한 자연 풍경이 갖는 매력을

24) 宮塚利雄, 『アリランの誕生』(創知社 1995), p.58.

말하였다.

이 외에도 재조일본인 가인들이 <조선의 자연>에 수록한 글에서는 자연을 배경으로 한 노래, 신앙, 전설, 속전, 수수께끼도 조선적인 문화로서 함께 거론되고 있다. 진인사 가인인 기시모토 신지와 세코 도시오의 「자연을 대조로 하는 조선의 신앙과 전설(自然を對照とする朝鮮の信仰と傳說)」, 「수수께끼와 속전과 자연(謎と俗傳と自然)」이라는 글이 그러한 예이다. 같은 '달리아 꽃'이라도 조선의 것이 훨씬 더 색이 선명하고, 달을 하늘에 뜬 '사발'이라고 비유할 수 있는 조선만의 특유함이 일본과의 명백한 대조로 기술되고 있다.

물론 시인인 이노우에 이진이 "이 도시의 카페는 도쿄의 지나치게 고상을 떠는 단점과 하얼빈, 상하이의 지나치게 육정적인 장점을 범벅하여 경성의 로컬 컬러를 화려하게"(「大都京城」) 드러낸다거나 단발머리 모던 걸이 활보하는 한편 민요의 나라라는 사천년 오랜 역사의 전설을 가진 조선의 이미지도 함께 기술되어 있다. 따라서 집필자에 따라 조선 문화를 중국과 일본의 혼합적인 것, 혹은 중재적인 것으로 파악하는 시선도 있고, 이러한 점을 일선동조론의 근거로 보거나 대륙 문화를 일본어로 전한 전달자로서만 의식한 경우도 있어서 전체를 일관하는 조선 문화관을 포착하기란 쉽지 않다. 특히 조선 재주의 실제 시간과 상관없이 조선을 뿌리를 내리고 거주하는 곳으로 보느냐, 잠시 체류하는 여행자나 관광객의 시각으로 보느냐의 집필자 감각의 차이도 확연히 드러나는 점은 특기할 만하다.

하지만 그런 중에 조선 재주자로서의 의식이 가장 강한 것은 역시 미치히사 료이다. 이 때문인지 그에게서는 1930년대부터 일제 말기에 이르기까지 '조선의 노래'와 '조선의 가단'을 유지하고자 노력한 자세를 보게 되는데, 이것이 『진인』 대표 가인의 모습이기도 하며, 조선의 민요와 자연이 단카와 맞닿는 지점이라고 할 것이다.

이와 관련하여 눈여겨 볼 것이 <조선의 자연> 특집호에는 단카, 하이

쿠를 포함한 일본 전통시가가 전체적으로 서른 수 정도 수록되어 있는 점
이다. 이것은 재조일본인 집필자들이 조선 민요, 노래, 수수께끼, 전설 등
문화의 배경이 되는 특수한 조선의 자연을 일본 전통시가에 어떻게 구현
해 내는가를 계속 의식하고 고민했다는 여실한 증거라 할 수 있겠다.

　이상에서 본 것처럼 <조선의 자연> 중 일부 저자는 <조선 민요의 연
구> 이래로 강조되었던 원시적이고 사대적이며 가학적이라는, 부정적인
조선의 민족성을 강조하고 그러한 조선 문화 인식을 강조하고자 하였다.
하지만 관심사가 '민요'에서 그 바탕과 근간이 되는 '자연'으로 이동하면서
<조선의 자연> 특집호에서는 조선의 자연과 예술과 문화가 일본과는 확
연히 다른 '흙', 즉 향토에 기반을 둔다는 것을 공통적으로 의식하게 된다.
이렇게 다른 자연과 풍토를 바탕으로 한 조선의 문화는 송석하의 경우에
서 알 수 있듯 조선인만이 이해할 수 있는 전문적이고 독자적인 영역이
되기도 하지만, 대부분의 재조일본인 가인, 문필가들은 민요, 가요, 전설,
속전, 수수께끼, 지명을 포함한 조선 문화를 흙에 뿌리 내린, 일본과 다른
조선의 특수한 것으로 인식했다. 즉 '내지'와는 명백히 다른 차이에 기반
한 다양한 조선의 문화는 상대적 관점으로 파악해야 이해할 수 있는 특유
의 아름다움이라는 관점이 확인된다.

　『진인』의 두 특집호를 통해 드러난 재조일본인의 조선 문화관에는 여
러 시선이 착종하지만, 공통적으로 다음 현상을 도출할 수 있다. 첫째, 조
선의 문화를 배태하는 향토성을 명백히 일본의 자연과 다른 차이로 인식
하고 그에 입각한 조선 문화 고유의 아름다움을 상대적으로 인정한다는
점이다. 그리고 둘째, 조선의 특색을 인식하는 방식이 구술 민요 연구에서
초점이 맞추어진 리듬, 곡조 등의 듣는 감각에서, 풍경, 회화, 선 등의 보
는 감각으로, 즉 조선 민요의 번역에서 조선 자연의 번역으로 변모한 점
이다. 이는 일본어 번역이라는 필수 과정에서 조선 민요의 리듬과 뉘앙스
가 완벽히 전달될 수 없는 언어적 한계에 대한 각성임과 더불어, 조선 표

상을 회화적으로 사생(寫生)하는 묘사법을 선택한 것이라 할 수 있다.

5. 민요의 의미 번역에서 풍경의 번역으로

이 글에서는 1920년대 중후반에 한반도 최대 단카 결사인 진인사가 시도한 일련의 기획, 특히 <조선 민요의 연구>에서 <조선의 자연>에 이르는 특집호를 중심으로 하여 조선 전통시가의 일본어 번역이 성행한 배경과 조선 문화가 어떻게 표상되는지에 관하여 고찰하였다. 단행본 개정판 <조선 민요의 연구>는 조선 민요의 정립과정을 논하는 선행연구에서 재조일본인들의 영향과 역할을 논할 때 몇 차례 거론된 바 있지만, 그것이 재조일본인 가인들이 이전부터 꾸준히 전개해 온 한반도 가단에서의 활동과 연계되어 추진되었던 조선 전통시가 및 문화 연구를 위한 특집 기획의 연속선에서 파악되지는 못하였다. 그러나 1926년부터 1929년에 걸쳐 진인사가 시도한 세 특집호는 가인들이 지방 가단으로서 조선의 가단이 해야 하는 역할로서 조선의 향토에 입각한 조선의 고가와 고문학 연구라는 책무를 인식하고 실천하는 작업이었다.

한편, 그 속편의 의도로 나온 『진인』 7주년 기념 특집호 <조선의 자연> 역시 조선의 고가요와 고문학에 대해 관심을 갖고 이를 수집하고 채록하며 일본어로 번역한 작업의 연장선상에 위치하며, 이러한 일련의 기획들은 조선의 로컬컬러를 문학적으로 체득하기 위한 재조일본인들의 노력의 일환이었다. 이를 주도한 진인사의 조선 민요 관련 특집 기획은 1920년대 최남선을 중심으로 한 시조부흥론자와 손진태, 송석하로 대표되는 초기 민속학자들이 의도한 강력한 '조선주의', 즉 일본 전통시가에 상응하여 조선의 고전시가를 재정립하려는 시도와도 직접적인 연관을 가지고 있었다.

진인사의 세 번째 특집호 <조선의 자연>은 조선 민요뿐 아니라 가요, 동요, 속전, 수수께끼, 전설과 같은 조선의 고가, 고문학을 탄생시킨 풍토이자 향토로서 조선 자연의 특수성이 다양한 관점에서 기술되었다. 이러한 조선 전통문예의 고유성은 여전히 부정적 이미지로 포착되기도 하지만, 대부분의 재조일본인 집필진들은 '내지' 일본과 다른 조선의 흙, 즉 향토와 풍토의 차이로 생겨나는 것으로 상대적인 관점에서 인식하고자 하였다. 특히 진인사의 중심 가인들의 연속적인 '조선적인 것'의 연구는 그 이전 시대의 조선문학(화) 부재론이나 부정론과는 확연히 차이가 있는 것으로, 향토의 역사성이 내재된 흙에 뿌리내린 조선 전통문화의 고유한 미감을 이해하기 위한 목적이었다고 할 수 있다.

이러한 목적 하에 기획된 <조선의 자연>은, 아리랑과 같은 조선 민요의 리듬과 의미 번역에서 조선 특유의 자연과 풍경의 번역이라는 감각의 전도를 초래하였다. 그리고 그 결과로서 1930년대에 들어서면 이치야마 미치히사 등 진인사를 중심으로 한 재조일본인 가인들은 『한향(韓鄕)』(1931년)이나 『가집 조선(歌集朝鮮)』(1934년), 『조선풍토가집(朝鮮風土歌集)』(1935년)과 같은 조선을 테마로 한 대규모 가집을 간행해 나간다. 즉 자연과 풍토가 갖는 특유의 '조선적인 것'을 내면화하여 자신들의 특수한 표현 수단인 단카로 구현하는 대작업을 실천해 나갔다.

제15장

번역/권력-타이완에서의 『타이완론(台湾論)』 소동을 둘러싸고

요코지 게이코(橫路啓子)

1. 서론

고바야시 요시노리(小林よしのり)[1]의 만화 『신 고마니즘 Special 타이완론(新ゴーマニズムSpecial台湾論)』(이하 『타이완론』)이 중국어로 번역되어 타이완에서 『타이완론-신 거만정신(台湾論-新傲骨精神)』(前衛出版)으로 출판된 것은 2001년 2월 7일의 일이다. 일본에서의 단행본 출판이 2000년 11월 1일임을 감안해 볼 때 일본 출판 직후 타이완에서의 출판이 결정된 것으로 보인다. 타이완 출판 당일에 열린 신간서적 발행 기자회견의 장소가 서주로(徐州路)에 위치한 일본식 건물인 타이베이 시장 관저였다는 사실은 매우 상징적이다.

타이완에서 벌어진 『타이완론』 소동은 2001년 2월 21일, 이 책에 등장하는 쉬원룽(許文龍, 1928~)과 차이쿤찬(蔡焜燦, 1927~2017)의 발언에 항의하

---

1) 이하, 본 논문에서는 관례에 따라 경칭을 생략한다.

는 부녀 구호 기금회(婦女救護基金會)의 기자 회견에서 시작됐다. 두 사람의 발언 내용을 요약하자면, 타이완에서의 위안부 강제 연행 사실은 없었으며 여성은 이를 "큰 출세"로 여기며 위안부가 되었다는 '위안부 자원설'이라 할 수 있다. 그 후 위안부 문제를 중심으로 논쟁이 격화되었고, 『타이완론』에 대한 불매 운동, 정부에 대한 발매 금지 요구, 분서 등이 이루어졌다. 또한 그 이상으로 작품에 기술된 담론과 발언자에 대한 직접적인 비판이 쏟아졌으며, 쉬원룽이 경영하는 기업의 상품 불매 운동, 병원으로의 협박 전화, 총통부 자정(總統府資政) 신분의 철회, 진바이링(金美齡, 1934~)의 국책 고문 신분의 철회 요구로 발전한다. 작가 고바야시 요시노리에 대해서는 2001년 3월 2일 타이완 내정부(내무부[內政部])에서 입국금지 결정이 내려졌다.[2]

'타이완론 폭풍'이라 불리는 이 소동은 문화현상으로서 매우 흥미롭다. 정치가 상위에 있고 문학이나 역사 등이 그 하위요소로써 존재하는 타이완 사회(혹은 중국어권 사회)의 '구조'를 구현하였기 때문이다.

일본에서 단행본 『타이완론』이 출판된 시기, 타이완에서도 이에 대한 보도가 일부 언론을 통해 이루어졌다.[3] 하지만, 이 책이 중국어로 번역되어 출간되지 않았더라면 타이완의 사회 현상으로서의 『타이완론』에 대한 비난은 당연히 일어나지 않았을 것이다. 또한 타이완 사회 전체를 뒤흔들고 언론을 점유하는 힘이 『타이완론』이라는 만화 자체에 있다기보다는, 매우 인위적인 힘이 더해진 것이라고 볼 수밖에 없다. 이 책의 핵심이 되는 이야기가 진바이링 등 타이완 독립파의 오랜 주장이라는 사실은 이미

---

2) 결정까지의 과정도 매우 복잡하여 3월 2일 당초에는 내정부의 내부 회의에서 '건의' 형태로 입국금지가 발표되었으나, 다음날에는 금지를 결정한 것은 내정부의 내부가 아니라 관련부회의 대표자의 결정사항이며 관련부회측은 내정부 상층의 허가 없이도 이 결정은 유효하다고 말했다. 또한 이 금지령은 3월 23일에 취소되었다.

3) 2000년 11월 1일 『타이완론』의 발행이 뉴스로 거론되고 12월 25일 『중국시보(中國時報)』의해 일본에서 한 달 사이에 24만권이 판매되었다는 보도가 나온다. 또한 이듬해 1월 3일에는 동일 매체를 통해 『타이완론』과 관련한 리덩후이의 발언에 대한 국민당 내부의 불만, 중국 대륙에서의 비판이 보도되었다.

모리 요시오(森宣雄)에 의해서 밝혀졌으며[4] 『타이완론』의 성립 자체부터가 정치적 의도를 내포하고 있다는 사실은 명확하다. 본고의 목적은 『타이완론』의 잘못된 타이완 역사 인식에 대한 지적, 수정이나 독립/통일, 우익/좌익이라는 양자택일적인 사상 선택이 아니라, 『타이완론』을 둘러싼 논쟁을 타이완과 일본이라는 두 공간에서 번역에 의해 발생한 현상으로 파악하고 타이완에서의 논쟁을 중심으로 타이완의 어떠한 맥락 속에서 어떠한 권력 행사가 발생했는지를 고찰하는 것이다.

2. 번역 / 타자

업무로서 번역을 해 본 경험이 있는 사람이라면 모든 집필 활동에서의 번역자는 '병졸'이며 '교환 가능한 대역', '거의 무명의 임금 노동자'[5]라는 도미니크 오리(Dominique Aury, 1907~1988)의 말에 무심코 고개를 끄덕이게 될 것이다. 오리는 번역이라는 행위에 대해 '어쩐지 품위 없는 행위'[6]라고 말한다. 이는 원문의 저자(화자)와 독자(청자) 사이에 서서, 서로 이해할 수 없는 상황을 총괄하는 대리인으로서의 번역의 역할에 어딘가 수상쩍은 점이 있기 때문임에 틀림없다. 그 '수상쩍음'은 저자와 독자 스스로가 번역자의 번역 내용이 정확한지를 확인할 수 없다는 점에서 발생하며, 본디 소통이 불가능하기 때문에 필요한 번역자라는 존재 자체가 가지는 특성이라 할 수 있다. 예를 들어 매개하는 인간의 '수상쩍음'을 역이용한 작품으로 황춘밍(黃春明, 1935~)의 『사요나라, 짜이쩬(さよなら・再見)』(1985)이 있다. 이 소설은 달리 확인하는 이가 없을 경우(혹 있더라도 간섭하지 않는 경우) 화

---

4) 森宣雄, 『台湾 / 日本連鎖するコロニアリズム』(インパクト出版社, 2001).

5) Georges Mounin著·伊藤晃など 譯, 『翻譯の理論』(朝日出版社, 1980), p.6.

6) 상동(上同).

자는 청자의 반응에 의해서만 '정확한' 전달 여부를 판단할 수 있음을 보여준다. 다시 말하자면 상대방의 표정이나 몸짓이 예상에 부합하는 것이라면 거기에 의사소통이 이뤄지고 있다는 상호(혹은 어느 한쪽의) '인식'이 형성된다는 것이다.

고모리 요이치(小森陽一)는 번역의 주체를 중심으로 번역 행위를 분석하였다. 번역을 각각 "사용되는 외국어 권에서의 뛰어난 청자 또는 독자의 역할"을 하는 제1단계, "외국어를 자국어로 치환하는 작업"의 제2단계, "외국어를 완전히 자국어로 변환하고 자국어로 정리된 담론을 완성"시키는 제3단계로 나누어 번역이라는 행위 자체의 정치성을 논하고 있다.7) 어디의, 누구의, 어떤 텍스트를 번역할 것인가, 어떻게 번역할 것인가, 누구를 대상으로 번역할 것인가 등은 번역가(혹은 번역 실행을 결정하는 출판사 편집자, 혹은 그 외의 사람들) 자신의 정치적 전략의 관철임에 다름이 없다. 번역된 텍스트는 다른 언어 체계로 옮겨감으로써 새로운 텍스트로 거듭나게 되고, 그 언어를 사용하는 독자층에 제공된다. 이로써, 저자의 이름은 그 담론을 말한 적이 있는 사람이라는 하나의 기호로써 오직 유령과 같이 부유할 수밖에 없다. 텍스트의 선택부터가 이미 정치적인 것이었기 때문에 번역문 자체도 결코 투명할 수 없으며 번역 이론에서의 등가 원칙은 환상에 지나지 않는 것이다. 황쉬안판(黃宣範)은 문화 간의 관계가 텍스트의 선택에서 번역문, 번역어까지 침투해 있으며 더욱이 그것은 접촉 빈도나 장단 등 다양한 요소에 따라 변화하는 것이라 말하며8) 번역문 속에 문화 간의 상하 관계가 항상 내포되어 있음을 지적하고 있다.

어떤 언어에 의한 텍스트를 수용하고 그것을 자신들의 언어 체계에 의해 수정하는 것이 '이해'이며 커뮤니케이션이라고 본다면, 이문화=타자와

---

7) 小森陽一, 「翻譯という實踐の政治性」(川本皓嗣·井上健 編, 『翻譯の方法』, 東京大學出版會, 1997), pp.277-289.
8) 黃宣範, 『翻譯與語意之間』(台北:聯經出版, 1976), p.3.

의 만남에는 모두 번역이라는 작업이 수반된다고 할 수 있다. 그 만남에 있어 수용은 오직 주체가 갖고 있는 언어 체계/문화 체계로 끌어들임으로써 달성된다는 사실은 이해의 과정을 생각해 보면 분명히 알 수 있다. 타자와의 첫 만남에서는 누구나 타자를 내면화함으로써 이해하고자 하며 그 이외의 만남의 방법은 없다고 여겨진다.

고바야시 요시노리의 『타이완론』은 일본인과 타이완의 만남에 대한 이야기이다. 하지만 그것은 처음부터 일부 타이완인에 의해 처음부터 설정된 것이며, 고바야시 요시노리에게는 처음부터 아첨하는 타자로서의 타이완이 각인되어 있었다. 이하, 타이완이 『타이완론』을 희구한 사회적 맥락을 파악하는 일환으로 타이완의 당시 상황을 살펴보고자 한다.

3. 『타이완론』의 탄생과 그 이후

3.1. 일본인을 위한 타이완 역사

고바야시 요시노리는 『타이완론』의 후기 「언어와 아이덴티티」에서 다음과 같이 말하고 있다.

SAPIO 편집부에서 타이완에 가보지 않겠느냐는 권유가 있었기 때문이긴 하지만, 원래 진바이링 씨의 인품의 배경이 궁금했기 때문에 내린 결단이었으며, 또한 리덩후이 전 총통과의 만남에서 받은 충격이 『타이완론』이라는 한권의 책을 만들고자 하는 의욕으로 이어졌다.[9]

『SAPIO』는 1989년에 창간된 잡지로 공식적으로 20만부의 발행 부수를

---

9) 小林よしのり, 『台湾論』(小學館, 2000), p.284.

기록하였다. 고바야시 요시노리의 만화『신 고마니즘 선언(新ゴーマニズム 宣言)』이 연재되었으며, 본고에서 논의하는『타이완론』역시 이 시리즈의 하나로 발표되었다.

고바야시 요시노리의『전쟁론』에 대해 지속적으로 비판한 우에스기 사토시(上杉聰)는『타이완론』에 대해 "『전쟁론』에 비해 그림은 박력이 없고 독창성도 찾아볼 수 없다"고 평가하며,『타이완론』이 판매되는 이유에 대해서도 "그동안 그에게 매료되어 온 젊은이들이 그 말도 안 되는 역사관과 세계관에 젖어 있는 이유는 어딘가 기분 나쁨을 해소해 주는 '현실'"[10]을 제공하고 있기 때문이라고 주장하였다. '타이완/중국' 혹은 '친일적인 타이완/반일적인 한국'라는 이항 대립에 의해, 타이완은 일본인의 전쟁에 대한 죄책감을 달래주는 '아름다운 섬(麗しの島)'이며 타이완을 그렇게 만든 것은 현대 일본조차 잃어버린 '일본 정신' 덕분이라는 것이『타이완론』의 핵심 이야기라 할 수 있다.

고바야시 요시노리는 진바이링이 말한 '일본 정신'을 계기로 타이완에 관심을 가지게 되었다. 이 '일본정신'에 대해 모리 요시오(森宣雄)는 그녀가 환상임을 자각하면서 정의한 '일본 정신(르번 징션 Rìběn jīngshén)'과 옛 일본에 존재했던 (혹은 존재했을지 모를) 실체가 있는 '일본 정신'과의 적극적인 혼동, 혼동의 용인이 있었다는 사실을 지적하였다.[11] 이러한 혼동의 용인이 이루어진 배경으로는 1990년대 중반부터 급격히 성장한 자유주의역사관을 중심으로 한 역사수정주의가 대두하는 일본의 사상적 흐름이 크게 작용하고 있다. 자학사관(自虐史觀)을 비판하는 일본인을 위한 이야기 중 하나인『전쟁론』의 속편이라는 위치에서『타이완론』이 그려진 것이라는 점에서 볼 때,『타이완론』은 처음부터 일본인을 위한 이야기라 할 수

---

10) 上杉聰,「「台湾獨立」を「戰爭」へと利用したい小林よしのり氏」(東アジア文史哲ネットワーク 編,『<小林よしのり『台湾論』>を超えて―台湾への新しい視座』, 作品社, 2001), p.186.
11) 森宣雄, 전게서, pp.98-103.

밖에 없다.

고바야시 요시노리는 실재하는 일본 식민의 긍정적 예로써 타이완에 약간의 현실감을 부여하고자 일본어 세대 이외의 사람(예를 들면 씨에야메이 [謝雅梅, 1965~]와의 접촉이나 천수이볜[陳水扁, 1951~] 총통)과의 회담을 작품 속에 등장시키고 있으나, 그 외에는 모두 일본어 세대와의 접촉만이 이루어졌음이 그대로 그려지고 있다.

고바야시 스스로도 상상의 타이완과 현실의 타이완 간의 차이를 느끼고 있었으며, 그 불안은 제6장 '천수이볜 총통을 만나다'에 가장 잘 드러나고 있다. 일본에서 타이완에 대한 정보를 수집하는 '요시린(よしりん)'(이하, 작가로서의 고바야지 요시노리와 작중 화자로서 고바야시 요시노리를 구별하기 위하여 작중의 캐릭터를 그의 별명을 취해 '요시린'이라 부른다)은 천수이볜의 언행에서 타이완 독립에 대한 갈망이 보이지 않는다는 사실에 '불안'을 느낀다. 이에 "결국 타이완과 중국은 향후 통일을 하고 싶은 것인가?"[12] 라는 물음을 던지고 "혹시 타이완의 독립 따위는 옛 일본어 세타이완이 바라고 있는 것은 아닌가?"라며 한층 더 강한 의심을 한다. 그리고 "첸 정권의 목적이 국민당으로부터의 독립이며 / 중국으로부터의 독립이 아니라면 / 나의 노력은 완전히 수포로 돌아가고 / 나는 배신당하는 것이다"[13]로 이어진다. "나의 노력"이란 독립을 소원하는 타이완을 위해 일본인에게 타이완인의 독립에 대한 염원을 알리는 것으로 이때 타이완 스스로가 최대의 소원으로 독립을 내걸지 않는다면 나는 "배신당하는" 것이 된다는 것이다. 고바야시 요시노리 혹은 '요시린'이 추구하는 것은 '일본의 유산=일본 정신'을 계승하고 독립을 열망하는 타이완만이 가질 수 있는 것이다. 이는 작품을 끝까지 읽어 보면 이 만화가 얼마나 일본인을 위해 만들어진 이야기인가를 알 수 있는 장치이다.

---

12) 小林よしのり, 전게서, p.92.

13) 상게서, p.93.

일본에서의 『타이완론』에 대한 비판으로는 "타이완의 현실을 그리고 있지 않다", "'본성인(本省人)=독립=친일 / 외성인(外省人)=통일=반일'이라는 이항 대립으로만 파악하고, 객가(客家) 민족과 원주민 등 다른 종족을 무시하고 있다", "위안부 문제에 대해 '강제가 아니다'라고 말하는 등 역사를 왜곡하고 있다"는 발언 등이 존재한다. 또 당시 일본의 통치에 대해 "나쁜 일을 하긴 했지만 좋은 일도 했다"라며 긍정적으로 평가하는 것은 타이완의 현실적인 인식과는 전혀 다르며 독선적인 '친일적 타이완'을 다른 '반일적' 아시아 국가와 비교해 논하는 것 자체가 황당무계하다는 비판도 있다. 그러나 그보다 의문이 드는 점은 일본에 『전쟁론』과 『타이완론』을 요구하는 독자층이 확실히 존재한다는 것, 그리고 『타이완론』이 타이완 측(일부이지만)의 바람과 요구에 따라 창작되었다는 점이다.

타이완에서는 『타이완론』 이전부터 타이완의 일부 사람들에 의해 일본을 반사경으로 삼아 (일본인을 위한) 타이완의 역사를 타이완 내에 피드백시킴으로써 논쟁을 만들어 온 과정이 존재한다. 그것은 리덩후이(李登輝, 1923~)가 총통이 된 후 생겨난 선전 방법의 하나이며, 그 첫 번째 예가 된 것이 시바 료타로(司馬遼太郎, 1923~1996)와의 회담을 수록한 『가도를 가다 40-타이완 기행(街道をゆく40-台湾紀行)』(이하 『타이완기행(台湾紀行)』)이다.

3.2. 리덩후이와 미디어

1993년 7월 2일부터 1994년 3월 25일까지 『주간 아사히(週間朝日)』에 연재된 「타이완기행」은 『가도를 가다』 시리즈의 하나이며, 시바 료타로가 타이완을 방문한 것은 리덩후이가 타이완 총통에 취임한지 5년째 되던 시기였다.

『타이완론』에서 고바야시 요시노리 일행을 접대하는 일본어 세대의 핵심 멤버는 리덩후이, 차이쿤찬, 시원룽이고, 이 중 리덩후이와 차이쿤찬이 시바 료타로의 타이완 방문 시에도 접대에 힘을 기울였다는 사실은 시바의 작품 속에 나타난다. 이때 시바 료타로의『타이완기행』과 고바야시 요시노리의『타이완론』모두 작가와 리덩후이와의 만남을 리덩후이 측에서 요청한 것으로 묘사하고 있음에 주목하고자 한다.

『타이완기행』의 마지막에는 리덩후이와 시바 료타로의 대담 「장소의 비애(場所の悲哀)」가 수록 되어 있는데, 이는 일본의『주간 아사히』1994년 5월 6일, 13일 호에 게재되었던 글이다. 타이완에서는 이 대담만을 발췌해 『타이완기행』의 출판14)에 앞선 1994년 4월 30일에서 5월 3일까지『자립만 보(自立晩報)』에 게재하였다. 여기에서 리덩후이는 일본 식민시대를 성경의 「출애굽기」와 비교하며 긍정적으로 평가하는 발언을 하였는데, 이는 5월 2일 국민당 내부에서 리덩후이의 정체성에 대한 논란을 불러일으켰다. 이에 타이완 내부에서는 총통 취임 초기 '타이완인 최초의 총통'으로서 '리덩후이 정결(情結) (리덩후이에 대한 애착)'이라 불리던 그의 인기에 그늘이 드리워졌으며 일부 열광적인 리덩후이 팬을 양산하는 한편 많은 이들을 놀라게 했다.

보다 큰 영향이 있었던 것은 중국대륙과의 관계이다. 따이궈원(戴國煇, 1931~2001)은 이에 대해 다음과 같이 기술하고 있다.

리덩후이와 대륙의 긴장은 시바 료타로와의 대화에서 시작되었습니다. 시바의 가장 큰 문제점은 타이완에 대한 그의 이해가 모두 일본어와 타이완 독립 관련 문헌에 의한다는 점입니다. 후자는 주로 규에이칸(邱永漢, 1924~2014)이 타이완을 화외(化外)의 땅이라고 주장하는 '타이완 지위 미정론'으로 시바는 이를 이용하고 있습니다. 리 총통도 부정하지

---

14) 단행본『가이도가 간다―타이완 기행(街道が行く―台湾紀行)』은 타이완에서『타이완 기행―가이도 만보(台湾紀行―街道漫步)』라는 제목으로 타이완의 도한출판(東販出版)에서 출판되었다. 번역자는 리진송(李金松).

않았습니다. 고의는 아니었을지 모르지만. 그들 일본통치의 영향을 받은 세대는 타이완과 중국의 관계에 대한 올바른 인식이 결여되어 있습니다. 타이완이 만약 화외의 땅이라면 당시 일본 총리였던 이토 히로부미(伊藤博文, 1841~1909)가 중국 청나라의 전권 대사(全權大使)인 이홍장(李鴻章, 1823~1901)과 시모노세키 조약을 체결할 필요가 있었을까요. 일본은 직접 타이완을 점령하면 될 것입니다. 빼앗아 버리면 됐어요. 그렇죠? 리덩후이에게 이러한 인식이 없는 것은 중화민국의 원수로서 있어서는 안 될 일입니다. 왜 그는 국민당과 국민 정부의 봉건적인 체질에 반대하면서 반식민(反植民)을 무시하고 있는 것일까요? 이러한 잘못된 인식은 타이완의 일반 대중도 받아들일 수 없는 매우 심각한 것입니다.[15]

리덩후이가 총통이 된 후의 발자취를 쫓아보면, 1988년 중화민국 총통에 취임한 이듬해의 1월에는 '실무 외교'[16]의 개념을 내걸고 1990년에는 '대팽금마 관세영역(台澎金馬 關稅領域)'이라는 이름으로 GATT 가입을 신청하는 등 타이완의 국제적 위상을 굳혔다. 그리고 1992년에는 미국과 프랑스에서 전투기를 구입하는 등 군비를 강화하였다. 이듬해 통일파로 분류되는 신당이 출범한 것 역시 리덩후이의 이러한 움직임을 중심으로 한 독립의 기운에 위협을 느꼈기 때문일 것이다.[17] 1994년 2월에는 휴가를 가장하여 필리핀, 인도네시아, 태국 등지에서 외교 활동을 하였으며 그로부터 2개월 후에 시바 료타로와의 대담이 타이완에서 발표되었다. 말하자면 그것은 타이완 독립에 대한 리덩후이의 열망을 명확히 해 가는 과정의 일환이었던 것이다. 이러한 흐름은 1995년 중시(中視)에서 방송한 일본 드라마 「오신(おしん)」을 둘러싼 일련의 움직임[18], 중국의 타이완 침공을 예언

---

15) 戴國煇, 王作榮口述·夏珍記錄 整理, 『愛憎李登輝─戴國煇与王作榮對話錄』(天下, 2001).

16) 원문에서는 '務實外交'.

17) 1992년 연말 입법위원선거에서 민주당의 득표율이 최초로 3할을 넘어섰다. 자료는 웹사이트 '聯合新聞網'의 '「輝」揮一袖 告別十二年執政(http://udn.com/SPECIAL_ISSUE/FOCUSNEWS/LEE/index.htm)에서.

18) 타이완의 방송국은 당시 지상파 3국을 제외하고는 모두 케이블 TV였기 때문에 공공의

한 서적『1995년 윤팔월(一九九五闰八月)』(鄭浪平, 1994)의 히트 등 문화적인 측면에 반영되었다. 그리고 1996년 총통 직접 선거를 앞두고 타이완 해협에서 진행된 중국의 무력 훈련을 정점으로 타이완 내부의 긴장감이 지속되었다.

리덩후이가 시바 료타로와의 대담에서 언급한 '타이완인의 비애'는 리덩후이가 속한 국민당 내에서 물의를 일으킨 말이었을 뿐만 아니라 중국과의 대결 자세를 국제적으로 밝히는 선언이기도 했다. 따이궈윈은 "흥미로운 것은 그(리덩후이)가 항상 일본인과의 담화나 공저를 통해 정치적 주장이나 심중을 토로한다는 점인데,『타이완의 주장(台湾の主張)』도 그러하고『아시아의 지략(アジアの知略)』역시 그러했다"[19]고 말하고 있다. 리덩후이가 마치 일본 언론을 스피커로 사용하고 이를 다시 중국어로 번역하여 타이완에 피드백시키는 방법을 즐겨 사용했다는 점을 감안하면, 그것이 초래한 결과– 타이완 내부의 독립 문제에 대한 논쟁 격화, 중국 대륙과의 관계 악화, 일본 우익과의 유착–에 매우 만족했다고 볼 수밖에 없다. 즉『타이완론』의 탄생을 요구하는 타이완 측의 정황이 존재하고 있었으며 이 만화는 그 흐름 중의 하나였던 것이다.

공간으로서 지상파의 영향력이 매우 컸다. 특히 지상파가 밤 8시 월요일부터 금요일까지 방송하는 드라마('八點檔'라 불림)는 매우 정치적 의미가 강하다. 1995년에 중화전시(中華電視)에서는 이 8시 드라마로「오신(おしん)」을 방송하여 높은 시청률을 얻었는데, 이 시간에 일본 드라마를 방송하는 것은 적절치 못하다는 비판이 나와 방송을 케이블 방송국으로 전환시켰다.「오신」을 황금시간대에 방송하는 것 자체가 타이완인을 일본인으로 바꾸려는 리덩후이의 음모라는 비판도 나왔다. 참고 자료 : 廖炳惠,「台灣當代公共文化的回顧與展望」(盧建榮 主 編,『文化與權力』, 麥田, 2001), pp.81-106.

19) 戴國輝·王作榮, 전게서, p.90.

4. 타이완에서의 『타이완론』

4.1. 중국어 번역

일본 언론을 통해 타이완 내부의 타이완 독립파의 결집을 촉진하고 그
외의 것을 배제하는 것은 리덩후이의 특징적인 전략이라고 할 수 있다.
그런 의미에서 『타이완론』은 전혀 새로운 것은 아니다. 유일하게 새로운
점은 타이완의 역사를 만화라는 매체를 통해 이야기한다는 데 있다. 하지
만 그 새로움은 일본에서의 의미와는 차이가 있다.

일본에서의 『타이완론』은 베스트셀러가 되었으며 "일본의 통치 시대에
일본이 타이완에 무엇을 했는지 깨달을 필요가 있다"[20]는 리덩후이의 의
도대로 타이완의 일본어 세대와 일본의 젊은이의 연대라는 뒤틀린 격세
유전을 창출하게 되었다. 진바이링이 만화의 거대한 영향력에 놀란 것[21]
처럼, 고바야시 요시노리는 일본에서의 만화란 "젊은이를 위한 강력한 미
디어"[22]로 여겼다. 하지만 타이완의 경우 『타이완론』의 독자로서 젊은 세
대를 그다지 중시하지 않은 것으로 보인다. 전위 출판(前衛出版)의 린원친
(林文欽) 사장은 중국어판 『타이완론』의 신서 발표회에서 "『타이완론』의
높은 인지도와 논쟁 가능성은 타이완에서 반드시 물의를 일으키게 될 것
이다. 테마와 책의 표지, 발행 대상을 고려해 볼 때 『타이완론』은 타이완
만화계의 대혁명이 될 것"[23]이라고 말했다. 세계적으로 만화는 어린이의
읽을거리로 여겨지는데 반해 성인 만화 시장이 형성되어 있는 일본은 이
와 이질적이라 하겠다. 타이완에서의 만화 역시 어린이를 위한 미디어라

---

20) 小林よしのり, 전게서, p.25.
21) 森宣雄, 전게서에서 전용(轉用), p.137.
22) 森宣雄, 상동.
23) 黃昭堂·小林善紀 等著, 『台灣論風暴』(前衛, 2001), pp.3-4

는 점을 생각해 보면, 전위 출판은 타이완의 『타이완론』에 대해 지금까지와는 다른 독자를 상정하고 있었다는 이야기가 된다. 『타이완론』의 주요 독자층이 기존의 이른바 만화의 독자와 다른 이유 중 가장 큰 요인은 『타이완론』의 주제가 타이완의 역사이기 때문이다. 즉, 타이완에서 『타이완론』은 만화가 아닌, 역사를 이야기하는 책으로 범주화된 것이다.

타이완에서 발행된 중국어판 『타이완론』은 번역 자체가 문제되지는 않았으나24), 타이완 사람들이 실제로 접한 것이 일본어가 아닌 번역판이라는 점을 생각해 볼 때 중국어판의 번역이 어떻게 이루어졌는가를 생각해 보아야 할 것이다.

번역문과 원문을 대조해 보면 한없이 오역에 가까운 것도 있지만 여기에서는 오역 여부를 보는 것이 아닌, 모든 텍스트를 번역자의 해석을 통해 번역되어 나온 결과로 간주하고 타이완이라는 맥락으로 옮겨진 후의 변화를 고찰하고자 한다. 일본어 오리지널 텍스트와 대조하는 것은 그 변화를 보다 명확하게 알아보기 위한 작업이다. 삭제나 첨가, 채색, 변경 등의 가공이 더해진 번역문과 원문의 차이를 상세하게 검증함으로써 번역자가 『타이완론』을 어떻게 해석하고 그곳에 어떠한 의식이 있었는가가 밝혀질 것이라 생각하기 때문이다. 또한 중국어판 『타이완론』의 번역자는 라이칭송(賴青松)과 시아오즈창(蕭志强)이라 적혀 있으나 그들에 관한 자료는 중국어판 어디에도 기재되어 있지 않다.25)

---

24) 진바이링은 3월 3일 타이완으로 돌아와 고바야시 요시노리에 대한 타이완 정부의 입국 금지를 비판하는 기자 회견에서 "만약 중국어 번역에 오류가 있다면 일본어판을 봐야 한다"(『中時晩報』2001年3月4日), "쉬원룽 씨는 타이완을 사랑하고 타이완을 위해 많은 것을 던져 공헌해 왔다. 그런데 작가가 취한 약간의 데포르메(déformer)와 일부 번역의 문제로 인해 정치 투쟁의 도구가 되어 버린 것은 너무 심한 처사이다"(『自由時報』2001年3月5日) 라고 말하고 있으나, 구체적으로 번역에 어떤 실수가 있었는지는 지적하지 않았다.

25) 인터넷에서 검색한 결과 번역자의 배경에 대한 정보가 있기에 참고 삼아 적어 두고자 한다. 라이칭송(賴青松)은 1970년생 신주시(新竹市) 출신으로 성공대학(成功大學) 환경 공정학과 졸업하였다. 저서로는 『한신 대지진을 겪으며-재난 이후 재건의 1000일(走過阪神大

대조 결과를 다음과 같이 몇 가지로 분류하였으나 이는 어디까지나 편의상의 분류일 뿐 그밖에도 다양한 해석이 가능하다고 생각한다. 인용 부분에 대해서는 원문은 (日), 중국어판은 (臺)로 표시하고 그 뒤에 페이지 수를 덧붙였다.

(1) 권위화

일본인에게 주어지는 타이완 관련 자료가 재일타이완인을 중심으로 하여 일본에 유통되는 편향적인 타이완 정보에서 기인한다는 것은 상술한 따이궈원이 언급한 내용이다. 하지만 작가의 직감에 의해 작성하였다고 선언한 『신 고마니즘 선언』26)의 경우, 작가의 직감에 의해 작성하였다고 선언했음에도 불구하고 타이완에 대한 지식이 결여 되어 있다는 점은 본래 '요시린'이 일본의 양심을 구현하기 위한 필수 장치였다. 그러나 중국어판에서는 몇 가지 변경 사항에 의해 타이완에 대한 '요시린'의 이해도가 깊음을 드러내는 요소가 추가되었다. 예를 들어 처음으로 타이완을 방문한 '요시린'을 환영하는 국빈대반점(國賓大飯店)의 연회 장면에서 타이완의 중화요리에 대해 이야기하는 장면이 나온다. 여기에서 '요시린'은 "타이완의 중화요리는 뛰어나게 맛있어!"라며 타이완의 요리를 중국 대륙이나 홍콩에 비교하여 "경쟁 원리에 노출된 타이완의 중화요리가 가장 맛있는지도 모른다"(日, 9)는 결론에 도달한다. 애초에 국빈대반점과 일반 민중들이 먹는 음식을 비교하는 것도 무리가 있는 이야기인데, 번역본에서는 "타이

地震―災後重建―千個日子)』,『타이완총독 아카시 모토지로 전기(台湾總督明石元二郎伝記)』 등이 있고 번역서로는 고가와 마사미치(小川政道)・가마타 마사토(蒲田雅人) 저『아시아의 비즈니스는 어디로 가는가(アジアビジネスはどこにいくのか)』 등이 있다. 시아오즈창(蕭志强)은 타이완대학(台湾大學) 법률학과, 둥우대학(東吳大學) 일본 연구소, 법광불교연구소(法光仏教研究所)에 소속되어 있으며 역서로는 친슌신(陳舜臣) 저『아편전쟁(アヘン戰爭)』, 미야기타니 마사미쓰(宮城谷昌光) 저『맹상군(孟嘗君)』 등이 있다.

26) 鷲谷花,「<よしりん>は立ち盡くす―『台湾論』に至る屈曲(東アジア文歷哲ネットワーク編, 前掲書), pp.200-206.

완의 중화요리는 역시 소문대로였다(台灣的中華料理果然名不虛傳!)" "경쟁원리
의 원칙 아래, 타이완의 중화요리는 역시 월등히 뛰어나다는 것을 결과가
증명하고 있다(結果證明, 在優勝劣敗的原則下, 台灣的中華料理果然脫穎而出)"(臺, 9)
(밑줄 인용자, 이하 동일)라고 적고 있다. 이때 '果然'은 '과연'이라는 의미로,
'요시린'이 타이완에 오기 이전부터 타이완의 중화요리가 "가장 맛있다"는
것을 알고 있었다는 설정이 된다.

(2) 변경

첫 타이완 방문에서 차이쿤찬이 개최한 환영회에서 차이쿤찬이 담당인
데라사와(寺澤)에게 자신이 일본통(通)임을 자랑하는 와중에 오히려 일본인
인 데라사와의 무지가 드러나는 장면이 있다. 여기에서 '요시린'은 "일본
의 전후의 풍조 속에서 조상들은 가만히 입을 다물어 왔다"(日, 10)고 말한
다. 타이완 사람의 입에서 일본의 전쟁에 대한 추억이 이야기된다는 것에
감동하면서 전후 일본의 민주주의를 구축해 왔던 어른, 그리고 그것에 굴
복하여 입을 다물어 버린 윗세대를 비판하면서 타이완에 남겨진 일본정신
을 재확인한다. 이에 대해 번역본은 "전후 민주주의의 풍조 속에서 그 세
대의 일본인은 발언권을 잃어 버리게 되었다!(在戰後的民主風潮中, 那個世代的
日本人被迫失去了發言權!)"(臺, 10)라며 그 당시의 정부를 비판하는 방향으로 변
경되었다.

또한 타이완의 역사를 설명하는 장면에서는 1945년의 패전으로 일본은
식민지였던 타이완을 떠나야 했는데 일본의 통치를 받던 당시 타이완인의
심정에 대해 '요시린'은 감정을 담아 다음과 같이 말한다. "이미 일본인이
다 되었는데… / 일본군으로써 싸웠는데… 리덩후이의 형은 전사해 버렸는
데… / 타이완 사람들은 그대로 남겨져 버린 것이다!"(日, 78). 여기에서 이
야기하는 것은 양심적인 종주국 일본과 그것에 감사하고 일본인이 되는

것을 받아들였던 "좋은 타이완인"이 느끼는 이별의 괴로움이다. 그러나 마지막 부분의 중국어 번역은 "타이완인은 또 한 번 버려지는 운명과 마주하게 된 것이다!(台灣人再度面臨遭受遺棄的命運!)"(臺, 74)라며 타이완인의 불행과 타이완의 불우한 역사성을 강조하고 있다.

(3) 이성화

고바야시 요시노리의 이야기의 특징 중 하나로 정서성(情緒性)을 들 수 있다. 이 만화에는 타이완에 대해 향수를 느끼고 있음을 물씬 풍기는 몇 개의 장면이 존재한다. 제6장 '천수이벤 총통을 만나다'의 시작 부분에서 다시 타이완으로 이동하게 된 경과를 설명하는 '요시린'은 일본에 있다 보면 석연치 않은 생각에 사로잡히게 되는 이유로 "이곳에 대한 애착이 점점 강해"(日, 91)지는데, 일본에서 정보 수집을 하고 있다 보면 천수이벤 총통의 언행과 자신이 생각하는 타이완 사이에 차이가 생기는 것이 마음에 걸린다는 대목이 있다. 타이완에 대한 "애착이 점점 강해진다"며 타이완에 대한 자신의 마음이 감정적임을 언급하고 있지만, 번역본에서는 "나는 점점 타이완 정세를 이해하게 되는 것 같다(自己覺得對於台灣的情勢越來越瞭解)"(臺, 85)며 타이완에 대한 개인적인 감정은 소거되고 대신 이성적, 객관적으로 타이완을 알아가고 있다는 의미로 변경된다. 이와 비슷한 변화는 타이완의 젊은이들이 일본 문화 유행에 접하는 장면에서도 나타난다. "타이완에 이렇게나 많은 일본 마니아가 있음에도 불구하고 타이완의 젊은이와 일본의 젊은이 모두 과거에 우리가 함께 걸어 온 농밀한 역사가 존재한다는 것을 모른다는 사실이 안타깝다."(日, 12)는 대사는 "실로 믿을 수 없다(儘管台灣有如此龐大的哈日族群, 兩個國家的年輕人, 卻對於過去所共同的擁有的濃密歷史經過一無所知, 實在令人難以置信)"(臺, 12)라는 놀라움으로 바뀌어 그 향수의 의미는 다소 탈색되어 있다. 이로 인해 '요시린'은 이성적인 캐릭터로 변경되는 것이다.

(4) 미화/본격화

쉬원룽의 집에 초대된 진바이링과 '요시린'은 사설 합창단의 환영공연을 접대받고 쉬원룽의 위안부에 대한 강의를 듣는다. 그렇게 일단락되던 때에 재차 음악 모임이 시작되는데, 그들은 매우 음악을 좋아하는 사람들로 "이렇게 밤새 노래를 부르는 일도 있다고 한다 / 진 씨는 그것이 두려워 오늘밤 마지막 편으로 타이베이에 돌아가기로 했다". 화자인 '요시린' 역시 악보를 건네 받아 함께 노래를 부르게 되었는데 "어째서 내가 타이완에서 이탈리아어로 오페라를 부르고 있어야 하는지 전혀 모르겠다"(日, 234)는 부조리한 상황이 전개된다.

밤새 교제하는 것이 견딜 수 없는 진바이링의 마음과 이질적인 공간에 있다는 것을 강조하고 싶은 이야기가 이 부분의 웃음 포인트인 셈이지만, 중국어 번역에서는 "우리는 하룻밤을 노래 속에서 보냈다 / 호의를 거절하기 어려웠던 진바이링 여사는 아쉬운 듯 호스트에게, '오늘은 마지막 편으로 타이베이(台北)에 돌아가야만 해요'라고 말할 수밖에 없었다(一整個晚上我們都在歌聲中度過/盛情難卻金美齡女士只好很惋惜地告訴主人「今天必須搭末班飛機回台北」)"(臺, 206)라며 그와 진바이링이 얼마나 그 자리를 떠나고 싶어 했는가를 묘사하였으며, "다만 안타깝게도 나의 '이탈리아어' 발음이 너무도 형편없어서 아무도 이해하지 못할지 모른다(只可惜發音台爛小生我的「義大利語」恐怕沒有人聽懂)"(臺, 206)라고 단순히 좋은 사람으로 그려지고 만다.

이처럼 본래는 웃음 포인트인 장면임에도 불구하고 '요시린'이 묘하게 좋은 사람이 되어 버리는 장면은 그밖에도 많이 있다. 두 번째 타이완 방문 시 머물렀던 서화반점(西華飯店)에서 직원과 친밀한 관계인 진바이링 덕분에 VIP 대접을 받은 '요시린'은 "화장실에 '비데'가 있다면 나로서는 말할 수 없이 고맙지만, 이거 너무 사치스러운 것 아닌가?"(日, 94)라며 장난기를 드러내 보인다. 하지만 중국어 번역에서의 '요시린'은 "게다가 욕실에는 비데가 달린 변기까지 구비되어 있다. 나에게는 너무 고급스러운 것 같다!(而且浴室還配備噴水式的免治馬桶, 對我來說好像太高級一點!)며 매우 겸손한 모습을 보인다.

타이베이 역 앞의 신광마천루(新光摩天樓) 전망대에서 아마도 타이완에서 청춘을 보냈을 어느 할머니가 식민지기 타이완의 모습이 담긴 사진을 보고 있는 장면은 화자에게 시간의 흐름에 대한 감회를 불러일으킨다. 일본으로 향하는 비행기 안에서 '요시린'은 다시 한 번 타이완에 올 것을 결의하며 이번 타이완 여행에 대해 "타이완과 일본을 연결하는 이 비행기가 마치 타임머신처럼 느껴졌다. / 이것은 시간 여행이었을까? / ...뭐라는 거야?"(日, 69)라며 진지한 체하는 자신을 부끄러워 한다. 그러나 중국어 번역에서는 이 마지막 "...뭐라는 거야?"(臺, 65)가 번역되지 않음으로써 '요시린'은 그저 감동을 받은 채 일본으로 돌아가는 것으로 묘사된다.

(5) 수정

번역자의 의식 여부는 알 수 없으나 타이완에 거주하는 번역자가 당연히 타이완의 상황에 정통하기 때문에, 자신이 알고 있는 사실에 맞게 내용을 수정하기도 한다.

차이쿤찬이 개최한 첫 타이완 행의 환영회에서 천수이볜 총통의 취임 연설이 화제가 되었는데, 연설에서 천수이볜이 독립을 선언하지 않겠다고 말하면서 "타이완 인민 만세!"라는 말로 연설을 마무리지은 것이 현지에서는 좋은 평가를 받고 있다며, 화자 자신 역시 "내 생각엔 새삼 '독립'이라는 말을 사용하지 않아도 사실상 이미 그렇게 되어 있기 때문에 '선언'하지 않아도 상관없다고 생각한다"(日, 9)는 자신의 의견을 개진한다. 그러나 중국어 번역에서는 이 "내 생각엔 – 상관없다고 생각한다"는 부분이 통째로 지워져 있다. 이와 비슷한 삭제는 차이쿤찬이 이동 차량 안에서 위안부에 대해 이야기하는 부분에서도 나타난다. 예로부터 창녀는 전쟁터에 나갔으며 "전쟁터인 이상 군이 위생 관리를 하는 것은 당연하고 여자를 수송하는 것도 당연하다. 그것은 나쁜 일이 아니다"(日, 108)라고 하고, 위안부의 강제 연행은 없었으며 그녀들이 군대에 의해 잘 관리되고 있었다는 것을 강조한다. 그러나 중국어판에서는 "게다가 전장에서는 군대가 위생 관리와 여자의 수송 작업을 담당하고 있었지만, 이는 물론 당연한 일이다! (而且在戰場上, 由軍隊負責衛生管理, 以及女子的載運作業, 本來就是理所當然!)"(臺, 102)로 번역되었으며, 마지막 부분의 "그것은 나쁜 일이 아니다"라는 대사는 번역되지 않았다. 간결함을 선호하고 군말을 싫어하는 중국어이기 때문에 반복을 피한 것처럼도 보이지만 그보다도 극단적인 가치 판단을 담은 개인의 발언을 번역하는 것을 피하고자 한 것이라 생각하는 편이 맞을 것이다.

또한 '요시린'은 타이완을 잘 알고 있는 일본아시아항공의 하세베(長谷部) 씨(중국어로는 모 대기업 A라는 이름으로 감추어진다)의 안내로 어느 바에 가게 된다. 그곳에서 그의 옆에 앉은 타이완인 호스티스가 서투른 일본어로 "할아버지는 항상 술을 마시고 영문 모를 말을 하다 잠들어 버려요 / 일본어로 '일본인에게 속지 말라'고 말하고는 잠들어 버려요."(日, 226)라고 말한다. 이를 들은 '요시린'이 재차 일본정신을 품고 있는 '토상 세대(トーサン世代)'의 존재를 확인하는데, 번역문에서는 "일본 아저씨는 술을 마신 뒤 영문 모를 말을 하고는 그 자리에서 잠들어 버려요. 그 중 일부는 저에게 '일본인에게 속지 마라'며 쿨쿨 잠들어 버리는 사람도 있죠(日本歐吉桑喝了酒之後就胡言亂語當場醉倒 / 有的還提醒我 「不要被日本人騙了」 說完就呼呼大睡)"(臺, 226)로 번역되어 있다. 원문의 경우 다음 프레임에서 '요시린'이 "아 역시 여기에도 일본 통치시대의 토상 세대가 있구나"라며 감동하고 있음을 보면 호스티스가 말한 "할아버지"란 당연히 그녀의 "할아버지"에 해당한다. 하지만 중국어 번역에서는 "할아버지"가 일반적인 "일본 아저씨"로 바뀌면서 단순한 호스티스의 일본인 관찰로 변경되었다.

또한 중국어판의 경우 '타이완을 사랑하는 '요시린''이기 위해서는 높은

위치에서 내려다보는 듯한 관찰자로서의 일본인의 관점이 있어서는 안 된
다. 따라서 번역판에서는 단어에서 문장에 이르기까지 그러한 시선을 제
거하는 작업이 이루어진다. 예를 들어 타이베이의 거리에서 "머리모양 공
작실(髮樣工作室)"이라는 간판을 발견했을 때, '요시린'은 일본어의 관점에서
볼 때 너무도 이상한 한자 사용 방식에 대폭소를 한다(日, 218). 실로 악의
없는 반응이지만 '머리모양(髮樣)'이란 '헤어스타일'의 중국어 번역에 불과
하기 때문에 타이완인의 입장에서는 그 웃음을 이해할 수 없다. 만약 그
것을 그대로 번역하면 오히려 일본인인 '요시린'에게 자신들의 문화가 조
롱당했다는 불쾌감을 느끼게 될 것이다. 이는 일본에서 사용되는 이상한
영어를 미국인이 비웃을 경우 일본인이 불쾌감을 느끼는 것과 같다. 때문
에 번역문에서는 이러한 불편을 없애기 위해 "그래서 또한 일본식 간판인
'머리모양 공작실(髮樣工作室)'을 찾았다(結果又發現一個日式店招「髮樣工作室」)"(臺,
218)며 타이완에서 일본을 발견하고 기뻐하는 '요시린'의 모습으로 그리고
있다. 중국어판에서의 '요시린'은 타이완의 역사를 깊이 생각하는 일본인
이다. 이를 기본으로 하여 타이완에 대해 잘 알고, 타이완을 긍정적인 시
선으로 관찰하는 인물로 묘사해야 하는 것이다.

　이는 일본인이 받아들일 수 있는 타이완을 만들기 위해서 재일타이완
인들이 지금까지 "왜곡하지 않으면 일본인의 환심을 얻을 수 없"[27]을 정
도로 의태(擬態)를 연기하는 것과 마찬가지이다. 따라서 타이완인이 받아
들일 수 있는 화자를 창조하기 위해 유머코드가 숨겨져 있던 일본의 『타
이완론』은 중국어 번역본에서 유머코드를 버렸고, 매우 진지하게 타이완
과 일본의 역사를 생각하는 화자의 태도와 모습을 강화함으로써 "고작 만
화"라며 스스로를 비하하면서도 실은 그 영향력을 잘 알고 있는 작가의
모습을 폭로하고 있다. 작가는 다른 언어권의 독자 앞에서 말을 잃고 다

---

27) 何義麟, 「台湾史教師としての憂慮」(東アジア文史哲ネットワーク, 전게서), pp.94-97.

른 문화권에 어울리는 캐릭터로 변경된 것이다.

앞서 언급한『타이완론』의 번역문에 나타나는 변화는 타이완의 역사 읽기에 합치된 것으로써 필요한 작업이었다. 오히려 화자를 '상냥한 타이완 통(通)'으로 보이도록 하여 타이완인의 입장에서 일본인을 위한 이야기를 조금이라도 받아들일 수 있도록 고안한 호의적인 번역이라고 할 수 있다.

『타이완론』은 언어 간 번역 작업을 한 실질적인 번역가 두 명 외에 타이완에서『타이완론』을 설명했다는 의미에서의 또 한 명의 번역자-진바이링이 존재한다. 이하에서는 그녀가 어떻게 언어를 전략적으로 사용하여『타이완론』을 점유하였는가를 고찰하고자 한다.

4.2. 작품의 소유를 둘러싼 고찰

타이완에서의『타이완론』을 둘러싼 논쟁에 의해 진바이링이 일약 유명인이 된 것은 '진바이링 현상(金美齡現象)'이라는 이름으로 이미 일본과 타이완의 언론에 의해 보도되었다. 이것은 단적으로 말해 그녀가『타이완론』이전에는 타이완에서 전혀 알려지지 않은 사람이었다는 것을 증명하는 것이다.

2001년 2월 21일 부녀구호기금회의 기자회견을 통해 시작된『타이완론』논쟁에서 가장 크게 문제시된 것은 위안부와 관련된 문제이다. 그리고 진바이링의 발언이 거론되기 시작 한 것은 2월 25일 이후로, 위안부가 되는 것은 당시 여성들에게 '큰 출세'였다는 쉬원룽의 발언을 두둔했을 뿐이었다. 2001년 2월 25일자『중국시보(中國時報)』에서 진바이링은 쉬원룽의 '위안부 자원설'은 쉬원룽 자신의 의견이 아니라 고바야시 요시노리의 만화가 만들어지는 과정에서 정리된 것이며, 그들이 위안부의 이야기를 다룬 것에 대해서는 자신에게도 일부 책임이 있음을 밝힌다. 그러나 쉬원룽이 말한 위안부란 위안부 전체를 의미하는 것이 아니라면서도 자신 역시 "일본에서는 좌익에 의해 과장되게 소란이 일어난" 위안부 문제의 실상을 알고 싶은 것이라며 어디까지나 지식인으로서의 자세를 유지했다.

이 기사에서 쉬원룽이 위안부를 조사하게 된 과정에 대해 진바이링은 "나는 당시 아직 초등학생으로 위안부의 진상을 몰랐기 때문에 쉬원룽에게서 듣고 싶었"으나 "쉬원룽 자신도 잘 모르는 일"이며, 쉬원룽의 "기억으로는 당시 사회 질서가 그다지 혼란스럽지 않았고 양가의 자녀에 대한 강제 연행은 없었던 것 같다"고 적고 있다. 그리고 곧 쉬원룽은 "일부러 나이든 사람을 찾아가 위안부에 대해 물었"고 "이 물음으로 강제 연행은 없었을 것"이라는 결과를 얻었다. 쉬원룽에 의한 이 위안부 강제 연행에 대한 조사는 이후 진바이링 자신이 조사를 의뢰한 것으로 알려져 있다.28) 이는『타이완론』비판의 가장 큰 쟁점이 된 위안부 발언의 출처를 진바이링 자신에게 두는 것으로 일견 동료를 보호하기 위한 의도를 보이는 것과 동시에 작품을 자신의 것으로 만드는 자세를 취한다. 그리고 이러한 자세는 언론을 자신 쪽으로 끌어당기기 위한 노련한 전략으로 보인다.

진바이링이 본격적으로 타이완 언론에 노출된 것은 고바야시 요시노리에 대한 타이완정부의 입국 금지가 내려진 이틀 뒤인 3월 4일 타이완에서 열린 기자회견이었다. 그 전날 도쿄 외신을 통해 고바야시 요시노리의 입국 금지 사실이 알려진 후 기사가 보도되었는데, 고바야시 요시노리는 지면을 통해 타이완은 민주 국가라고 생각해 왔는데 "배신당한 느낌"이라며 자신이 타이완에 갈 수 없게 된 것은 괜찮으나 타이완의 국제적 이미지가 손상되지 않을까 걱정하고 있다는 요지의, 타이완과 어느 정도 거리를 취한 발언을 하였다. 하지만 타이완에 날아간 진바이링은 "고바야시 요시노리는 타이완을 사랑하고 타이완에 이로운" 인물이며 민주의 후퇴를 허용

---

28) 森宣雄, 전게서, p.6.

한 정부는 고바야시 요시노리에게 사과하고 이 정책을 결정한 정부 관계자를 퇴임시켜야 한다고 몰아세웠다.[29] 당초 정부의 사죄를 요구한 것은 진바이링과 변호사였으나 타이완에서의 흥분 상태에 취한 진바이링은 고바야시 요시노리의 '대변자'로서 "타이완 정부가 사죄하지 않으면 다시는 타이완에 오지 않겠다"며 논조를 격화시켜 나간다. 진바이링이라는 '통역자'를 통해 타이완 미디어에 그려진 고바야시 요시노리는 타이완에 들어가고 싶으나 이를 거부당해 울분을 쏟아내며 타이완은 절대 민주적인 국가가 아니라고 한탄하는 진바이링의 모습 그 자체인 것이다.

이러한 '타이완 정부에 대한 사죄 요구'는 3월 7일 발표한 "지금까지 한 번도 사죄와 철회 요구를 발언한 적이 없다"는 고바야시 요시노리의 성명문에 의해 부정되었다. 그러나 실제로 타이완에서 『타이완론』에 대한 활발한 담론을 반복하는 진바이링의 모습은 TV나 신문 등 공공의 공간 속에서 여러 차례 반복되었고, 마치 『타이완론』의 작자가 그녀 자신인 듯한 착각을 불러일으켰으며, 고바야시를 대신하여 보다 효과적으로 이 『타이완론』 소동을 키워 나갔다. 이는 외교와 정치를 거래로 생각하고 역사와 문화, 언어, 인간까지도 모두 정치적 카드로 간주하는 진바이링[30]이 스스로를 유효한 카드로 활용하기에 이른 과정이라 할 수 있다. 그녀는 현재 타이완에서 '타이완 독립의 어머니'라 불리며 타이완 독립에 관한 행사에서 화려한 활동을 하고 있으며 스스로 플레이어로서 활약하는데 쾌감을 누리고 있다. 그러나 타이완에는 그녀가 꿈꾸는 '타이완국'에 포함되지 않는 이들이 결코 적지 않다는 사실을 잊어서는 안 될 것이다.

---

29) 『中時晩報』 2001년 3월 4일, 『聯合晩報』 2001년 3월 4日일 등.
30) 森宣雄, 전게서, p.138.

5. 결론

본 논문에서는 타이완의 『타이완론』 논쟁을 살펴봄으로써 타이완에서 역시 『타이완론』이 회구되었으며 그것이 다양한 형태의 번역 활동을 통해 언어가 가지는 권력성을 부각해 왔음을 기술하였다.

이마무라 히토시(今村仁司)는 '상상의 공동체'로서의 국가를 생각할 때 항상 그것이 배제의 구조를 가진다는 것을 다음과 같이 말한다.

동일화의 논리 없이는 근대 국민 국가가 존재할 수 없었겠지만 반대로 말하자면, 동일하지 않은 것을 배제함으로써 근대 국민 국가가 성립되었다. 그 때 동일화될 수 없던 것에 대한 다양한 분류와 도식이 의식의 여부와 관계없이 작동하여 동일 집단에 대해 비동일한 것을 '인종'이라는 환상의 형태로 만들어 온 것은 아닐까.31)

우리는 국가나 인종을 말할 때 한 나라 한 민족, 한 국가 한 문화, 한 나라 한 언어와 같은 관념에 사로잡히는 경향이 있으나 타이완에서는 그것이 환상임을 분명히 알 수 있다. 『타이완론』을 둘러싼 다양한 논쟁은 타이완의 정치나 문화 현상의 일부에 불과하며 이후 대량으로 몰려든 일본 문화나 일본의 정보에 대해 타이완은 실로 다각적인 반응을 보이고 있다. 그것은 일본인이 기준으로 삼는 '친일/반일'이라는 가치 기준을 넘어선 것으로 오히려 일본에 대한 인상만으로 대상과의 관계를 규정하고자 하는 일본인의 나르시스즘적인 면을 부각한다. 그리고 한편 타이완 역시 일본으로부터의 과도한 정보 유입, 일본의 타이완에 대한 몰이해와 그러한 상황을 받아들이는 스스로의 번민과 좌절감을 항상 안고 있는 것처럼 보인다. 타이완을 포함한 아시아의 복잡한 상황을 외면하지 않고 직시하는 것이야말로 중요하다고 생각한다.

번역 : 이가혜

---

31) 今村仁司, 『近代性の構造─「企て」から「試み」へ』(講談社, 1994), p.203.

저자 소개(게재 순)

▎ 오카 에리나(岡英里奈)

2010년 3월 요코하마시립대학(横浜市立大學) 국제총합과학부 국제총합과학과 졸업, 2012년 3월 요코하마시립대학 대학원 도시사회문화연구과 박사 전기 과정 수료(석사(학술)), 2016년 3월 나고야대학(名古屋大學) 대학원 문학연구과 인문학전공 단위취득만기퇴학. 주요 논문에는 「和歌が生む〈葛藤〉―島崎藤村『夜明け前』における國學と政治」(横浜市立大學大學院社會文化研究科, 『國際文化研究紀要』19号, 2013.3), 「『夜明け前』の歴史叙述と〈近代〉―島崎正樹「ありのまゝ」との比較から」(名古屋大學大學院文學研究科付屬「アジアの中の日本文化」研究センター, 『Juncture : 超域的日本文化研究』6号, 2015.3), 「明治維新期における中間層をめぐる歴史叙述と『夜明け前―1930年前後, 「草莽」ならざる「草叢」の時代」(立命館大學・國文學研究資料館「明治大正文化研究」プロジェクト編『近代文獻調査研究論集』, 2016.3) 등이 있다.

▎ 천홍슈(陳宏淑)

타이완 타이페이시립대학(台北私立大學) 영어교학과 부교수. 중국 청 말의 번역사, 교육소설 중역사 연구. 주요 논문에는 "A Hybrid Translation from Two Source Texts: The In-Betweenness of a Homeless Orphan."(『編譯論叢』 第8卷第2期, 台北：國家教育研究院, 2015.9), "Chinese Whispers: A Story Translated from Italian to English to Japanese and, Finally, to Chinese."(『東亞觀念史集刊』第8期, 台北：政大出版社, 2015), 「翻譯「教師」：日系教育小說中受到雙重文化影響的教師典範」(『中國文哲研究集刊』 第46期, 台北：中央研究院中國文哲研究所, 2015.3) 등이 있다.

▎ 고노 다쓰야(河野龍也)

일본 실천여자대학(實踐女子大學) 교수. 일본근대문학 및 동아시아 기행문 연구. 주요 논저로는 『佐藤春夫讀本』(東京：勉誠出版, 2015), 「佐藤春夫『南方紀行』の路地裏世界―廈門租界と煙草商戰の「愛國」」(『アジア遊學』第167号, 東京：勉誠出版, 2013), 「佐藤春夫「女誠扇綺譚」論―或る, 〈下婢〉の死まで」(『日本近代文學』第75集, 東京：日本近代文學會, 2006) 등이 있다.

▍최성희

고려대학교 영미문화연구소 연구교수. 연구 분야는 근대 한국의 영문학 수용, 번역학 이론, 번역 방법론, 영국 고전문학, 영국시 등이다. 논문으로 「뉴스위크 번역을 통한 식민 담론의 전복」(『번역학 연구』제14권 1호), 「후기 식민주의 텍스트의 번역 양상 연구―제임스 조이스의 『젊은 예술가의 초상』을 중심으로」(『통역과 번역』제17권 1호), 「'위안부' 관련 신문 기사 번역에 나타난 가부장주의 변형 연구」(『영미문화』제16권 4호), 「존 던의 초기 애정시에 나타난 가부장적 성 역할 구조의 불안정성」(『고전, 르네상스 영문학』제11권 2호) 등이 있다.

▍오바 겐지(大場健司)

규슈대학(九州大學) 대학원 지구사회 통합과학부 박사후기과정 3년. 비교문학, 일본근현대문학, 아베 고보. 공저로 松本常彦·波潟剛 편 『근현대문학과 동아시아―교육과 연구의 다양성을 향해』(福岡：花書院, 2016. 3), 후쿠오카시 문학관 편 『운동족 하나다 기요테루』(福岡：福岡市文學館, 2014.11), 楊本明·大場健司·韓靜 외 『完全掌握新日語能力考試全眞模擬試卷N1』(上海：外語敎學与研究出版社, 2014.2), 楊本明·大場健司·韓靜 외 『完全掌握新日語能力考試全眞模擬試卷N2』(上海：外語敎學与研究出版社, 2014.2)이 있다. 논문으로 "Picasso's Paintings as Allusions: A Comparative Study of Abe Kobo's The Ruined Map and Paul Auster's Ghosts."(Trans-Humanities Vol. 25. October 2016), 「경계를 넘는 『모래 여자』―아베 고보, T·S·엘리엇, 폴 보울즈」(『과경 일본어 문학 연구』제3호, 2016.6) 등이 있다.

▍후지타 유지(藤田祐史)

나고야대학(名古屋大學) 대학원 박사 후기과정. 일본근대문학, 시와 산문의 상호작용, 후루이 요시키치(古井由吉) 전공. 주요 논문에는 「川端康成「雪國」論―「天の河」句と連環する物語」(『JunCture超域的日本文化研究』第8号, 2017.3), 「幸田露伴『土偶木偶』論―〈永遠回歸〉の視点から」(『日本文藝學』第53号, 2017.3), 「古井由吉と芭蕉―『山躁賦』から「机の四隅」へ」(『解釋』63卷 第7·8月号, 2017.8) 등이 있다.

▍린타오(林濤)

중국 북경사범대학(北京師範大學) 외국어언문학학원(外國語言文學學院) 일문계 부교수. 중일비교문학, 일본문학 등. 주요 논저로 「중국의 일본여성추리소설 번역과 소개」(『마쓰모토 세이초 연구장려 연구보고』, 기타규슈 사립 마쓰모토 세이초 기념관, 2006), 「저우쭤런과 무샤노토지 사네아쓰」(『일본여자대학 대학원 문학연구과 기요』제4호, 開城出版社, 1998) 등이 있다.

▍이즈미 쓰카사(和泉司)

도요하시기술과학대학(豊橋技術科學大學) 종합교육원(總合敎育院) 준교수. 근대 일본어 문학, 문학상. 주요 저서로는 『일본 통치 기간 타이완과 제국의 〈문단〉(日本統治期台湾と帝國の〈文壇〉)』(東京：ひつじ書房, 2012), 『개조사의 미디어 전략(改造社のメディア戰略)』(共著, 東京：双文社出版, 2013), 「邱永漢「濁水溪」から「香港」へ」(『日本近代文學』第90輯, 2014.5) 등이 있다.

▌나카네 다카유키(中根隆行)

에히메대학(愛媛大學) 법문학부 교수. 일본근현대문학·문학지·한일문화교류사·외지일본문학 등 전공. 주요 저서로는 『〈朝鮮〉表象の文化誌―近代日本と他者をめぐる知の植民地化』(東京：新曜社, 2004)이 있으며, 『'조선' 표상의 문화지-근대 일본과 타자를 둘러싼 지의 식민지화』(소명출판, 2011.11)는 그것의 한국어 번역판이다. 논문으로는 「宗主國文芸の轉回―朴魯植と日韓俳句人脈」(『社會文學』第37号, 東京：日本社會文學會, 2013.2) 등이 있다.

▌산 위안차오(單援朝)

일본 소조대학(崇城大學) 총합교육 교수. 아쿠타가와 류노스케(芥川龍之介)와 구 만주지역 일본어 문학. 주요 논저로는 『상하이 100년 일중문화교류의 장소』(공저, 勉誠社, 2013), 「만주어가나」 일고찰」(『日語學習与研究』總159号, 北京, 2012), 「만주어계문학'과 '일본어계문학'의 교섭-중일문학자의 교유를 중심으로」(『崇城大學紀要』第38卷, 2013) 등이 있다.

▌도미타 아키라(富田哲)

타이완 단장대학(淡江大學) 일본어 문학계 부교수. 타이완사, 사회언어학 전공. 주요 저서로는 『植民地統治下での通譯·翻譯－世紀轉換期台湾と東アジア』(臺北:致良出版社, 2013), 「日本統治期台湾の通譯者' 通譯をめぐる近年の研究動向」(郭南燕編『世界の日本研究―國際的視野からの日本研究』, 京都：國際日本文化研究センター, 2017) 등이 있다.

▌정병호

고려대학교 일어일문학과 교수. 일본근현대문학, 한일비교문화론 전공. 주요 논저로는 『근대 일본과 조선 문학』(역락, 2016), 『국민시가 1941.9, 10, 12』(공역, 역락, 2015), 『강 동쪽의 기담』(문학동네, 2014), 『동아시아문학의 실상과 허상』(공저, 제이앤씨, 2013), 「1920년대 일본어잡지 『조선급만주(朝鮮及滿洲)의 문예란 연구-1920년대 전반기 일본어 잡지 속 문학의 변용을 중심으로」(『일본학보』제98집, 2014.2) 등이 있다.

▌김효순

고려대학교 글로벌일본연구원 부교수. 일본근현대문학, 식민지시기 조선 문예물의 일본어 번역 연구. 주요 논저로는 『재조일본인과 식민지조선의 문화』(편저, 역락, 2014), 『조선 속 일본인의 에로경성 조감도(여성직업편)』(공역, 도서출판 문, 2012), 「'에밀레종' 전설의 일본어 번역과 식민지시기희곡의 정치성 －함세덕의 희곡 「어밀레종」을 중심으로－」(『일본언어문화연구』제36집, 2016.10), 「한반도 간행 일본어잡지에 나타난 조선문예물 번역에 관한 연구」(중앙대학 일본연구소, 『일본연구』제33집, 2012.8) 등이 있다.

│ 엄인경

고려대학교 글로벌일본연구원 부교수. 식민지 일본어 문학, 일본 고전시가 연구. 주요
논저로는 『조선인의 단카(短歌)와 하이쿠(俳句)』(역락, 2016), 『문학잡지 『國民詩歌』와
한반도의 일본어 시가문학』(역락, 2015), 「한반도 일본어 시가(詩歌) 문학의 종장(終章)」
(『아시아문화연구』, 2015.6), 「일제강점기 재조일본인의 '향토' 담론과 조선 민요론」(『일
본언어문화』, 2014.9) 등이 있다.

│ 요코지 게이코(横路啓子)

타이완 푸런대학(輔仁大學) 외국어학부 일본어 문학과 준교수. 일본 통치시대 타이완문
학, 일중비교문화 등. 주요 저서로는 『日本統治期台湾と帝國の〈文壇〉』(東京:ひつじ書房,
2012), 『改造社のメディア戦略』(共著, 東京:双文社出版, 2013), 「邱永漢「濁水溪」から「香
港」へ」(『日本近代文學』第90輯, 2014.5) 등이 있다.

역자 소개(가나다 순)

김계자 고려대학교 글로벌일본연구원 연구교수

김보현 고려대학교 글로벌일본연구원 연구교수

남유민 고려대학교 중일어문학과 박사수료

신주혜 전 고려대학교 글로벌일본연구원 연구교수

송혜경 한국방송통신대학교 통합인문학연구소 학술연구교수

이가혜 고려대학교 중일어문학과 박사수료

이선윤 홍익대학교 교양과 조교수

임다함 고려대학교 글로벌일본연구원 연구교수

채숙향 백석대학교 관광학부 관광통역/항공서비스학과(일본어) 교수

동아시아의 일본어 문학과
문화의 번역, 번역의 문화

초판1쇄 인쇄 2018년 2월 25일
초판1쇄 발행 2018년 2월 28일

편저자 김효순
펴낸이 이대현

편 집 박윤정
디자인 안혜진
펴낸곳 도서출판 역락 | **등록** 제303-2002-000014호(등록일 1999년 4월 19일)
주 소 서울시 서초구 반포4동 577-25 문창빌딩 2층
전 화 02-3409-2058(영업부), 2060(편집부) | **팩시밀리** 02-3409-2059
전자우편 youkrack@hanmail.net
I S B N 979-11-6244-141-1 93830